btb

Buch

Als Kommissar Claes Claesson und die Ärztin Veronika Lundborg aus ihren Flitterwochen zurückkommen, erleben sie eine böse Überraschung: Veronikas Tochter Cecilia wurde auf dem Heimweg von einer Party brutal zusammengeschlagen und liegt nun mit schweren Verletzungen im Krankenhaus. Zur gleichen Zeit verschwindet ein Patient aus dem Untersuchungszimmer und wird bald darauf tot in der Abstellkammer der Klinik gefunden – ermordet. Kommissar Claes Claesson nimmt die Ermittlungen auf und kommt dabei einem weiteren Verbrechen auf die Spur …

Autorin

Karin Wahlberg arbeitet als Ärztin an der Universitätsklinik von Lund. Mit ihrem Debütroman »Die falsche Spur« schaffte sie in Schweden auf Anhieb den Sprung auf die Bestsellerlisten. Auch in Deutschland sind Karin Wahlbergs Krimis schon lange kein Geheimtipp mehr.

Karin Wahlberg bei btb

Die falsche Spur. Roman (72927)
Ein plötzlicher Tod. Roman (73076)
Kalter November. Roman (73284)
Tödliche Blumen. Roman (73348)

Karin Wahlberg

Verdacht auf Mord

Roman

Aus dem Schwedischen von
Lotta Rüegger und Holger Wolandt

btb

Die schwedische Originalausgabe erschien 2006 unter dem Titel »Blocket« bei Wahlström & Widstrand, Stockholm.

Verlagsgruppe Random House FSC-DEU-0100
Das für dieses Buch verwendete FSC-zertifizierte Papier *Munken* Print liefert Arctic Paper Munkedals AB, Schweden.

4. Auflage
Deutsche Erstveröffentlichung April 2007

Published by agreement with Salomonsson Agency
Umschlaggestaltung: Design Team München
Umschlagmotiv: corbis
Satz: IBV Satz- und Datentechnik GmbH, Berlin
Druck und Einband: Clausen & Bosse, Leck
EM · Herstellung: AW
Printed in Germany
ISBN 978-3-442-73582-2

www.btb-verlag.de

Die Schauplätze des Buches orientieren sich weitgehend an der Wirklichkeit. Ich habe mich zwischen Småland und Schonen, Oskarshamn und Lund bewegt. Aber einiges habe ich nach Gutdünken geändert. Das hier ist eine erfundene Geschichte. Nicht zuletzt, was die Personen angeht. Eventuelle Ähnlichkeiten mit der Wirklichkeit sind der Fantasie des Lesers zuzuschreiben.

KARIN WAHLBERG
Lund, November 2005

Prolog

Die Notiz stand auf der Lunder Lokalseite des *Sydsvenska Dagbladet*, und zwar am Dienstag, dem 10. September. Nicht vorher.

Es war kurz nach elf Uhr vormittags. Mit einem Ruck war er in seinem Einzimmerapartment in der Kulgränd erwacht, irgendwo in einem der ländlichen, nördlichen Vororte Lunds. Rasch hatte er seine Kleider angezogen, war zügig in die Stadt geradelt und saß jetzt im Espresso House, das sich die Räumlichkeiten am üppig grünen Lundagård mit der Anzeigenaufnahme des *Sydsvenska Dagbladet* teilte. Die Studenten hatten, Gott sei Dank, das Café noch nicht zur Gänze in Beschlag genommen. Mit schlafwandlerischer Sicherheit sammelte er die verschiedenen Teile der Zeitung von den leeren Tischen zusammen und nahm dann auf einem Hocker am Fenster Platz. Er las den kurzen Artikel Wort für Wort, Satz für Satz, immer wieder, ohne zu merken, dass er sich die Hälfte seines Kaffees auf die Hose goss.

Das Mädchen hinter der Theke sah, was passierte.

»So ein Pech!«, rief sie mit etwas zu lauter Stimme und eilte mit einem Lappen herbei.

Stumm hob er die Zeitung an, während sie aufwischte.

»Ich kann Ihnen einen neuen Kaffee bringen.«

Nussbraune Augen, warm und liebevoll. Sie duftete nach Seife und Zimt. Oder Ähnlichem. Nach etwas Gutem.

Verwirrt ließ er seinen Blick zwischen ihr und seinen fleckigen Jeans hin und her wandern.

»Danke«, brachte er schließlich über die Lippen.

»Die Toilette ist da hinten, wenn Sie versuchen wollen, die Hose wieder sauber zu bekommen«, sagte sie lächelnd und deutete in die entsprechende Richtung.

Ratlos blieb er erst einen Moment sitzen. Er wagte es nicht, die Zeitung liegen zu lassen, weil er mit der Lektüre nicht fertig war. Wollte den Inhalt noch einige weitere Male genießen und sich vergewissern, dass er nichts in dem Artikel übersehen hatte. Absolut nichts.

In der vergangenen Woche hatte er jeden Tag die Zeitung durchgeschaut und war immer unruhiger und aufgeregter geworden.

Jetzt stand es da, schwarz auf weiß.

> **Mann tot im »Block« aufgefunden**
> *Am Montag, dem 9. September, wurde ein Mann tot in einem Putzmittelraum im Hauptgebäude der Uniklinik Lund, im Volksmund »Block« genannt, aufgefunden. Laut Kriminalinspektor Gillis Jensen von der Kripo Lund ist noch nicht geklärt, ob es sich bei dem Toten um einen Patienten handelt. Die Polizei schweigt sich weiterhin darüber aus, wo genau im Gebäude sich dieser Putzmittelraum befindet, räumt jedoch ein, dass keine der Stationen betroffen ist. Der Mann ist offenbar schon seit einiger Zeit tot, aber die Todesursache wird sich erst durch die Obduktion feststellen lassen. Im Augenblick liegen noch keine direkten Hinweise auf ein Verbrechen vor.*

Er unterbrach die Lektüre und las den letzten Satz noch einmal. Begriff jetzt erst, was da eigentlich stand: … *keine direkten Hinweise auf ein Verbrechen …*

Es zuckte in seinen Wangen. Sein Gesicht war in den letzten Tagen erstarrt, aber jetzt glitten seine Mundwinkel fast unmerklich nach oben. Die Erleichterung war jedoch von ebenso kurzer Dauer, war genauso flüchtig wie der laue Wind des Spätsommers vor dem Fenster. Er hatte versucht, vor sich selbst wegzulaufen, dem zu entkommen, was er angerichtet hatte. Aber von innen nach außen, von der Tiefe der Seele bis hin auf die bloße Haut, war er wie mit einer dicken Schicht Teer beschmiert.

Er war ein verängstigter Idiot, ein Versager.

Man könnte ihn erwischen, ihn wie alle anderen idiotischen Versager.

Ruhig dachte er darüber nach. Er malte sich die vor ihm liegende Zeit aus. Den Herbst, die Dunkelheit, den rauen, silbrigen Nebel, der sich feucht über die Stadt legen würde, ein barmherziges Dunkel, in dem er sich verstecken konnte, bis es Zeit war, wieder ins Licht zu treten. In weiterer Ferne wurde alles leichter. Wenn nach der Schneeschmelze die ersten Schneeglöckchen blühten und ein Meer aus blauen Blümchen die Wiese vor der Unibibliothek bedecken würde. Dann würde er aufatmen können.

Das Sydsvenska Dagbladet *hat den Sicherheitschef der Uniklinik, Allan Nilsson, um weitere Auskünfte gebeten, was dieser jedoch ablehnte. Von mangelhafter Sicherheit für die Patienten könne momentan nicht die Rede sein.*

Das war alles gewesen. Also nicht sonderlich viele Zeilen. Nicht mal ein Hinweis auf der ersten Seite. Knapp und anonym. Also nichts Besonderes, nur ein Vorfall unter vielen.

Er holte tief Luft und spürte, wie die Verspannung seiner Schultern nachließ. Ich darf nicht so viel nachdenken, ermahnte er sich. So muss ich es machen, ich muss einfach mein Gehirn ausschalten. Ich muss den Stecker rausziehen, die Festplatte löschen.

Aber je mehr er sich bemühte, nicht nachzudenken, desto intensiver und rasender arbeitete sein Gehirn. Alles drehte sich im Kreis, und die funkelnden Fahrradlenkstangen vor dem Fenster begannen zu tanzen.

Außerdem hatte kein Wort über irgendeinen Zettel in der

Zeitung gestanden. Er besann sich. Bei näherem Nachdenken stand es recht günstig für ihn.

Er glitt von seinem Hocker, schloss sich in der Toilette ein und spritzte Wasser auf den Kaffeefleck. Er tat das im Grunde nur, um zu beweisen, dass er sich normal verhielt. Dann stellte er fest, dass es nun aussah, als hätte er in die Hose gemacht, aber das war auch schon egal.

Das Mädchen hinter dem Tresen nickte ihm freundlich zu, als er zurückkam. Trotz seines erbärmlichen Zustands fiel ihm auf, dass sie gut aussah. Nicht eigentlich hübsch, ihr Aussehen hatte etwas Ungewöhnliches, Fremdes, was er attraktiv fand. Vor allem wirkte sie fröhlich, und das beeindruckte ihn an einem Tag wie diesem. Das beeindruckte ihn eigentlich immer. Sie trug einen schwarzen Pullover, der am Busen eng anlag. Die Schürze war ebenfalls schwarz und eng über die Hüften geknotet. Dünne Silberringe baumelten an den Ohrläppchen, und sie hatte ein kreideweißes Band wie einen Verband fest um den Kopf gewickelt, sodass ihr schwarzes Haar sich im Nacken kräuselte. Ihm drängte sich die Frage auf, wo sie wohl ursprünglich herstammte. Von einer exotischen Inselgruppe in weiter Ferne vielleicht. Aber ihr Schwedisch war akzentfrei.

Er zwang sich dazu, auf ihre Aufmerksamkeit zu reagieren, er nickte knapp und lächelte sogar. Aber nur ganz hastig. Am besten war es, wenn sie sich gar nicht an ihn erinnerte. Jedenfalls nicht jetzt. Vielleicht konnte er später zurückkommen. Nachsehen, ob sie dann immer noch da war.

Er nahm wieder Platz und strich mit der Hand über die Zeitungsseite. Dort stand also nichts von einem Zettel. Diese Feststellung war jetzt trockener, nicht so fieberhaft. Er hatte ihm die Botschaft also doch nicht in die Tasche gesteckt. Hatte er es in der Verwirrung vergessen? So sinnlos. Eine Nachricht, die nie ankommen würde. Aber er hatte es doch getan, verdammt noch mal!

Er spürte bereits, wie leer ihm in absehbarer Zukunft alles vorkommen würde. Es gab nichts, worauf er sich konzentrieren konnte. Was er hin- und herwälzen konnte. Andererseits war es ein Segen, dass er keine unnötigen Spuren hinterlassen hatte. Sinnlos – und trotzdem gut.

Er stützte sein Kinn in die Hand und sah aus dem Fenster. Seine Gesichtsmuskeln spannten so sehr, dass die Backenzähne schmerzten.

Die Nacht war feucht gewesen. Die Pflastersteine der Kyrkogatan trockneten allmählich. Die milde Septembersonne würde bald die Fassade des Universitätshauptgebäudes erhellen, sie weißer und konturenreicher machen, und die laue, noch andauernde Wärme würde Gäste zu den Tischen locken, die auf den Gehsteigen und Plätzen standen. Das letzte Seufzen des Sommers.

Ein fast leerer Bus der Linie zwei donnerte Richtung Norden, nach Annehem. Er war nur ein einziges Mal in Lund Bus gefahren, und zwar als er zwei Tüten mit schweren Büchern nach Hause schaffen musste. Medizinische Fachbücher, richtige Schmöker, die er in drei verschiedenen Antiquariaten für einen Spottpreis erstanden hatte.

Ein steter Strom von Radfahrern mit Rucksäcken oder Taschen an den Lenkern bog auf dem Weg zum Juridicum um die Ecke der Lilla Gråbrödersgatan. Das Semester hatte gerade begonnen, und die Stadt zeigte sich mit einem Schlag vollkommen verändert, hatte ihren Sommerschlummer abgeschüttelt und Gas gegeben. Erstsemester und schon ältere Studenten, begeistert und erwartungsvoll, waren allerorten. Ein greller Kontrast zu seiner eigenen Befindlichkeit.

Aber viele würden sich einsam fühlen, dachte er. Innerlich leer. Er wusste, was das bedeutete. Und dass man es ihnen nur schwer anmerken würde, weil alle so jung waren. Man erwartete gemeinhin, dass sie glücklich waren.

Die Dunkelhaarige mit dem Band im Haar hatte ihm einen neuen Kaffee hingestellt. Er probierte vorsichtig: heiß und stark. Gleichzeitig beobachtete er zwei junge Frauen, höchstens fünfundzwanzig, die draußen auf dem Bürgersteig standen und sich unterhielten. Ihr Lachen drang durch die Fensterscheibe. Sie bewegten sich selbstbewusst, mit ausladenden

Gesten. Die eine trug ein schickes knallrosa Top mit gelben Rosen.

Freiheit, dachte er. Sie sind frei. Braun gebrannte Arme, sonnengebleichtes Haar, von einer Haarspange und einem Gummiband zusammengehalten. Die schmalen Nacken der beiden Frauen waren deutlich zu sehen. Weiche Grübchen an der Schädelbasis. Irgendwie wehrlos. Man wollte sanft seine Hand auf sie legen und sie vorsichtig mit den Fingerspitzen streicheln.

Die eine schaute plötzlich hoch und sah ihn durch die Scheibe direkt an. Als fühlte sie sich beobachtet. Er hielt den Becher mit dem Kaffee weiter vor sein Gesicht, fixierte sie über den Rand hinweg, lächelte aber nicht, obwohl es allen Grund gegeben hätte. Denn sie sah gut aus und hatte dieses seltene Begehren im Blick.

Kurz darauf hakten sich die Freundinnen unter und verschwanden über die Kyrkogatan im schattigen Lundagård. Er betrachtete ihre Rücken. Die Hübsche bewegte sich kälbchenhaft und leicht o-beinig in ihren flachen rosa Schuhen. Sie verschwanden unter den Ulmen in Richtung Akademiska Föreningen.

Es war fast zwölf Uhr. Er nahm seine Jacke, zog sie aber nicht an, nickte dem Mädchen hinter dem Tresen zu und verließ das Café. Dann verweilte er eine halbe Minute auf der Straße vor dem Café. Er versuchte herauszufinden, ob er mehr Lust verspürte, den Zeitschriftenlesesaal der Stadtbücherei zu besuchen, oder einfach nur Richtung Süden zum Stortorget flanieren wollte. Ins Gewimmel.

Er entschied sich für Letzteres. Sein Fahrrad ließ er stehen.

Mit großen Schritten und ausholenden Armbewegungen eilte er im Zickzack den Bürgersteig entlang. Es war viel los. Er schaute geradeaus. Hatte sich wieder im Griff. Bemerkte mit neu erwachter Aufmerksamkeit eine Gruppe japanischer Touristen, die vor dem grauen, bedrückenden Dom stand. Die Saison war also noch nicht vorüber. Vielleicht konnte man ja auch noch baden. Der Öresund war warm, und das sonnige Wetter hielt an. Vielleicht sollte er ja nach Lomma an den Strand radeln und in einer Mulde die letzten glitzernden Sonnenstrahlen genießen. Oder in der Gerdahalle trainieren.

Wir werden sehen, dachte er und verschob alle Beschlüsse, sowohl große als auch kleine, auf später.

Erstes Kapitel

Gotland, Donnerstag, 20. Juni,
der Tag vor dem Mittsommerabend

In jenem Moment, als sich Jan Bodén mit einer schweren Tüte in jeder Hand aufrichtete, gestand er sich ein, dass er schwankte. Nahm es erstmals zur Kenntnis, ohne sich weit hergeholte Erklärung zurechtzulegen.

Es fröstelte ihn. Kurz darauf begann er zu zittern. Aber er blieb stehen.

Bei Lichte besehen, schwankte er eigentlich gar nicht. Ihm war nicht schwindlig, und er stand mit beiden Füßen auf der Erde. Es war ein eher lästiges Gefühl von Ungleichgewicht. Eine spürbare Schwäche. Der einzige versöhnende Umstand war, dass er sich zufällig in der staatlichen Spirituosenhandlung weit weg von zu Hause befand, auf Gotland, genauer gesagt: vor dem östlichen Stadttor Visbys. Außerdem war es der Tag vor dem Mittsommerabend, und alle hamsterten für die Feiertage. Es herrschte Gedränge. Niemand hatte ihn bemerkt, nicht einmal Nina.

Wo zum Teufel steckte sie bloß?

Seine Frau hatte bezahlt, ihre Brieftasche zugeklappt, sich dann plötzlich auf dem Absatz umgedreht, an der riesigen Warteschlange vorbeigedrängt, die sie gerade hinter sich gebracht hatten, und den Laden nochmals betreten. Geradewegs wieder hinein ins Gedränge. Hatte sie etwas gesagt, ehe sie verschwand? Etwas, was er nicht gehört hatte, als er schwankend und elend dastand, nachdem er Bier und Branntwein in grüne Plastiktüten gepackt hatte?

Langsam gewann Bodén sein Gleichgewicht zurück, trat ein

paar Schritte zurück, lehnte sich breitbeinig an die Wand bei den Kassen und hielt nach seiner Frau Ausschau. Er wartete geduldig. Darin hatte er langjährige Übung, sie war von Natur aus ein wenig umständlich, was ihn mehr als einmal zur Weißglut gebracht hatte. Jetzt war es jedoch ganz angenehm, ein paar Minuten Zeit zu haben, um wieder auf die Beine zu kommen und ihr somit nichts erklären zu müssen. Es war erniedrigend, Schwäche zu zeigen. Wie er sich fühlte, ging nur ihn selbst etwas an. Vorläufig jedenfalls.

Wurde er etwa alt?

Andererseits hatte er es nicht eilig. Er versuchte sich dies einzuprägen, als sei es ein Zitat aus einem Ratgeber. Du hast noch den Rest deines Lebens vor dir. Die Wartezeit wird auch nicht kürzer, wenn man sie mit negativen Gefühlen füllt.

Er gehörte zwar nicht zu den Leuten, die diese Art von Büchern zu Hause hatten, aber so einiges hatte er natürlich auch aufgeschnappt. Eine Herzensangelegenheit. Die Pumpe, der Lebensmotor, konnte bei einem Mann in seinem Alter schon mal stottern. Er befand sich in der Gefahrenzone, und zwar ständig.

Gefäße und Herz. Seele und Schmerz.

Zwei Kollegen hatten im letzten Schuljahr einen Herzinfarkt erlitten, beide lebten noch, hatten aber ihre Lebensgewohnheiten ändern müssen. Sie waren immer noch vom Tode gezeichnet, jedenfalls in Bodéns Augen. Aber wer war das nicht?, dachte er und schauderte innerlich. Alle mussten früher oder später sterben, aber er zog, ohne zu zögern, einen späteren Zeitpunkt vor. Ohne Leiden. Ohne Schmerzen und Unbehagen.

Er konzentrierte sich. Seine Schwäche kam nicht aus dem Brustbereich. Sein Herz klopfte brav vor sich hin. Außerdem schien der Zwischenfall bereits vorüber zu sein. Kopf oben und Füße unten. Seine Umgebung hatte sich gefestigt. Also würde er in Zukunft tunlichst vermeiden, sich über Belangloses aufzuregen. Vielleicht war es ja was Psychisches? Ein Kollaps! Nicht, dass es ihm gefallen hätte, aber in gewissen Lagen schien es angemessen. Ein vorübergehender Kollaps war einem Defekt eines der größeren, vitalen Organe vorzuziehen.

Die ganzen Sommerferien lagen vor ihm. Seine Kleidung war entsprechend, leger und urlaubstauglich. Im Großen und Ganzen trug er jeden Sommer dasselbe. Seine Tofta-Klamotten. Nichts Enges, nichts, was zwickte. Die beige Windjacke besaß er schon lange, das dunkelblaue Polohemd einer Snobmarke hatte ihm seine Tochter vor Jahren geschenkt, gut eingetragene Jeans, dunkelblaue Strümpfe und schwarze Ecco-Sandalen, die mindestens sechs oder sieben Jahre alt waren.

Wie ein Soldat auf seinem Posten stand er mit auf beide Beine gleichmäßig verteiltem Körpergewicht da. Trotzdem befiel ihn ein stetig zunehmender Druck in seinem Kopf. Die Panik schlich sich an und explodierte plötzlich. Zugleich züngelten heiße Flammen wie von einer Feuersbrunst seinen Hals hinauf, pochten hinter seinen Augen und versprühten einen Funkenregen.

Aber er würde nicht zusammenbrechen. Das gehörte sich nicht. Am allerwenigsten in der Spirituosenhandlung, schließlich war er kein Säufer.

Mit Willenskraft ließ sich das meiste in den Griff kriegen. Oder mit dem Intellekt. Davon war er vollkommen überzeugt. Alles andere war schlapp und kraftlos.

Deswegen versuchte er den Verlauf aufzuhalten, die inneren Organe zu manipulieren, zu verhindern, dass der Druck zunahm und die Geräusche leiser wurden. Er atmete gleichmäßig. Wie beim Yoga. Er hatte Nina in Aktion gesehen. Gerader Rücken, Schneidersitz, die Arme ausgestreckt, die Handflächen nach oben. Vielleicht ging es ja genauso gut im Stehen. Langsam einatmen, langsam ausatmen. Kontrolle. Selbstbeherrschung. Nicht die Augen schließen, obwohl er gern gewollt hätte. Die Angst kontrollieren, indem man ihr nicht auswich, indem man alles widerstandslos geschehen ließ. In seinen Ohren brauste es, als sei Wasser oder Watte darin. Und zwar in beiden. Nicht nur im rechten. Das war neu und besonders unangenehm. Ein dumpfes Pochen.

Aber er blieb stehen. Schwankend zwar, aber aufrecht. Nichts Gefährliches konnte ihm widerfahren. Aber der Raum schien kleiner zu werden, stickiger, die Stimmen wurden leiser, und das Klirren der Flaschen verschwand in weiter Ferne.

Dann begann wieder alles zu kreisen. Die Neonröhren schwangen hin und her. Schwankten unberechenbar.

Pfui Teufel!

Die Angst ging mit ihm durch. Sein Magen verkrampfte, drehte sich. Luft drang nach oben, und er rülpste vorsichtig ein, zwei Mal, und das half. Toi, toi, toi! Ihm war nicht direkt übel, vielleicht war es ja Glück, dass er nichts im Magen hatte.

Was sollte das eigentlich? Hatte er einen Pfropf im Ohr?

Wirklich nicht!

Er hatte schon seit einiger Zeit rechts schlechter gehört, ohne etwas dagegen zu unternehmen. Die Veränderung war sachte erfolgt und deswegen leicht zu ignorieren gewesen. Zumindest für jemanden wie ihn. Es musste viel passieren, bis er einen Arzt aufsuchte. Das wusste er und Nina auch. Deswegen hatte sie in letzter Zeit auch kaum noch etwas gesagt. Sein Organismus hatte ihm bisher auch noch keinen größeren Ärger bereitet. Außerdem besaß er eine vergleichsweise gute Kondition. Das musste helfen.

Aber der wunde Punkt existierte, und zwar sehr weit innen. Er quälte ihn und hielt ihn davon ab, Hilfe zu suchen.

Er hatte Angst. Er hatte Angst um sein Leben. Oder, genauer gesagt, vor dem Tod. Es war vollkommen normal, davor Angst zu haben.

Trotzdem hatte er es bisher vermieden, sich der Wahrheit zu stellen. Dass etwas nicht war wie früher. Am allerwenigsten wünschte er es sich schwarz auf weiß. Die Aussage eines Arztes konnte sowohl Lebende als auch Tote verurteilen.

Mit der Sturheit eines Toren klammerte er sich daher an die Illusion, dass er im Großen und Ganzen derselbe war. So hatte er sich einen Freiraum geschaffen und Zeit, sich zu gewöhnen und die Ohnmacht auf Abstand zu halten. Er hatte eine zufrieden stellend funktionierende und unauffällige Strategie entwickelt nachzufragen, wenn er etwas nicht verstanden hatte. Oder fiel es doch auf?

Plötzlich fühlte er sich besser und merkte, wie er sich nach Nina sehnte. Ihre kantige Silhouette – sie war immer mager und geradezu flachbrüstig gewesen – ließ sich hinter einem rotgesichtigen Mann weit hinten zwischen den Regalen mit den Rot- und Weißweinen erahnen. Er wischte sich den kalten Schweiß von der Stirn. Irgendetwas nistete dort gewiss in seinem Kopf. Bohrte sich hinein. Keimte. Wurde vielleicht so groß wie ...

Er wagte nicht, daran zu denken. Wollte weder an Pingpong- noch an Tennisbälle denken.

Makaber.

War er bereits vom Tod gezeichnet? Von einer solchen Geschwulst befallen, wie niemand sie zur Kenntnis nehmen, geschweige denn im eigenen Körper haben wollte? So entsetzlich, dass sich das Wort weigerte, in seiner Vorstellung aufzutauchen.

Stur dachte er jetzt nur noch an weitaus trivialere Dinge. Beispielsweise daran, dass er die Teerpappe auf dem Dach des Sommerhauses erneuern und die Nachbarn zu Hause in Oskarshamn daran erinnern musste, den Rasen mindestens einmal in der Woche zu mähen, falls es regnete, und dass er für die Kinder, die schon nicht mehr zu Hause wohnten, ein Gästehäuschen bauen musste, weil diese inzwischen im Sommer mit Freund oder Freundin zu Besuch kamen. Seine Baupläne waren mittlerweile so weit gediehen, dass er beschlossen hatte, den Kommentar des neuen Nachbarn zu ignorieren, der gemeint hatte, man möge es doch bitte unterlassen, die Grundstücke mit allzu vielen Schuppen »zu verschandeln«. Dieser neue Nachbar konnte ihn mal!

Mit anderen Worten: Es gab einiges zu tun. Er hatte noch so unendlich viel vor.

Eine gute Stunde später waren sie mit einem Einkaufswagen auf dem Weg zum Parkplatz. Nina hatte nach geraumer Zeit für die Flasche Baileys bezahlt, derentwegen sie noch einmal in den Spirituosenladen zurückgekehrt war, damit sie am Mittsommerabend etwas zum Kaffee anbieten konnten. Schließlich sollte es auch für die Damen etwas geben. Dann mussten sie bei Coop noch Servietten und ein paar andere Kleinigkeiten kaufen. Jan Bodén war seiner Frau wie ein willenloser Hund gefolgt. Erfreulicherweise hatte er sich wieder unter Kontrolle gehabt, obwohl er sich an dem roten Plastikgriff des Einkaufswagens hatte festklammern müssen.

Als sie fast bei ihrem Saab angelangt waren, legte Nina ihre Hand auf seinen Unterarm.

»Was ist mit dir?«

Ihre Stimme klang fast zärtlich.

»Was soll schon sein … warum fragst du?«

»Du wirkst so abwesend.«

Ach wirklich?, dachte er und versuchte erstaunt auszusehen. Gleichzeitig erwog er, es ihr zu erzählen. Das würde ihn entlasten. Er würde seine Bürde mit Nina teilen. Ihr näherkommen.

Er wandte sich ihr zu und nahm Anlauf.

Nein, entschied er dann abrupt. Noch nicht. Sie wirkte so verdammt selbstbewusst. Sie hatte sich von ihm abgewandt und lächelte zufrieden zur mittelalterlichen Stadtmauer mit ihren Befestigungstürmen hinüber. Ganze sechsundzwanzig von den einmal neunundzwanzig waren noch erhalten. Das wusste er – trotz seines angeknacksten Zustands. Nicht zuletzt stellte diese Mauer, die sich friedlich nach Norden in Richtung Nordergravar erstreckte, ein Weltkulturerbe dar. Sie war die besterhaltene Stadtmauer Nordeuropas.

Er betrachtete, was vor ihm lag: eine mittelalterliche Welt aus Ockertönen, Grau und Ziegelfarben hinter einer soliden Kalksteinmauer. Die drei schwarzen, hölzernen Turmspitzen des Doms ragten auf wie die Ohren eines wachsamen Kaninchens. Einiges überdauerte, stellte er fest. Das leicht salzige Wasser der Ostsee ließ sich im Hintergrund erahnen. Der Himmel war von unschuldigem, klarem Blau.

Mittsommer. Die Sonne würde noch lange am Himmel stehen. Sie würde sich nur kurz hinter dem Horizont verstecken und in allerfrühester Morgenstunde wiederkehren.

Das Panorama war unbestreitbar schön. Und seiner Meinung nach von See aus fast noch schöner. Großartig und trotzdem überschaubar. Mit den Patrizierhäusern, Kirchenruinen und Speichern, die sich vor einem Felsen, Klinten, zusammendrängten, auf dem niedrige Stein- und Holzhäuser in der gleißenden Sonne die schmalen Gassen säumten. Die Stadt war ramponiert und alt, aber nie ohne Reiz, auch nicht beim schlimmsten Unwetter. Bei näherem Nachdenken nahm sich die Stadt an einem grauen Novembertag am besten aus.

Und das musste eigentlich irgendwie zum Ausdruck gebracht werden, obwohl jetzt zufälligerweise gerade Juni und Mittsommer war. Aber Bodén war nicht in Stimmung.

»Meine Güte, wie schön!«, rief dann natürlich Nina.

Hier rang er innerlich mit allergrößten Ängsten, und seine Frau geriet beim Anblick einer Stadtmauer aus dem späten dreizehnten Jahrhundert in Verzückung. Nina machte ihn zu einem gestrandeten Robinson auf einer einsamen Insel. Sie wurde ihm immer fremder. Die Frage lautete, wie er ihr wieder nahekommen sollte oder, genauer gesagt, ob er es wagen würde, sich selbst wieder nahezukommen.

»Ich dachte gerade daran, dass ich den ›Elch‹ auf der Fähre getroffen habe«, sagte er dann unvermittelt.

»Ach«, erwiderte sie.

Und verstummte abrupt.

Sie hatten eine der neuen Fähren von Oskarshamn aus genommen. Es war eine ruhige Überfahrt gewesen, auf der Ostsee hatte nur eine milde Brise geweht. Als Bodén seinen Sitzplatz im vorderen Salon verlassen hatte, um auf die Toilette zu gehen, war er mit dem »Elch« zusammengestoßen. Pierre Elgh. Der Name war ihm sofort eingefallen, obwohl seit ihrer letzten Begegnung fast vierzig Jahre vergangen sein mussten. Andererseits hatte es in seiner Kindheit nur wenige Menschen mit einem so exotischen Vornamen gegeben. Seine Mutter war wohl Französin gewesen. Der fremdartige Klang des Vornamens wurde jedoch vom Nachnamen überschattet. Wie immer er sich auch verhielt, Pierre war und blieb der »Elch«. Obwohl seine damals schmächtige Gestalt nur geringe Ähnlichkeit mit dem fraglichen Tier aufgewiesen hatte.

Der »Elch« hatte also vor ihm gestanden. Er sah aus wie das blühende Leben, inzwischen groß und athletisch, mit blondem, gekräuseltem Haar, das sein Gesicht umrahmte wie ein Heiligenschein, die Augen von dicken Brillengläsern stark vergrößert. Freundlich interessiert, durchaus neugierig betrachtete er Bodén, dessen Gefühle, gelinde gesagt, gemischt waren. Der unvermeidliche Vergleich stand an. Wie war sein Leben verlaufen? So ganz beiläufig.

»Das ist aber lange her«, begann der »Elch« gut gelaunt.

»Das kann man laut sagen.«

Der »Elch« reiste ohne Begleitung, erfuhr Bodén.

»Ich will über Mittsommer gute Freunde in Sysne besuchen«, sagte er. »Und du?«

»Meine Frau und ich haben ein Sommerhaus in Tofta«, erwiderte Bodén.

»Ach, ihr habt ein Haus auf Gotland? Habt ihr das schon lang?«

»Ja, einige Jahre sind es schon. Erbschaft«, antwortete Bodén, und der »Elch« nickte.

»Klingt nett«, meinte er, wie es sich gehört.

Und da musste ihm Bodén natürlich zustimmen. Worauf die nächste obligatorische Frage folgte: »Und was treibst du so?«

»Gesundheitswesen«, sagte der »Elch« verschmitzt.

Es war herauszuhören, dass er etwas verschwieg. Gleichzeitig wirkte er recht zufrieden, geradezu selbstbewusst.

»Tja«, erwiderte Bodén, und ihm war klar, dass der »Elch« vom Laufburschen, der in den Tunneln unter dem Krankenhaus unterwegs war, bis zum Superprofessor alles sein konnte. Letzteres wirkte dann aber doch unwahrscheinlich. Beim »Elch«. Ein heller Kopf war er nicht gerade gewesen. Jedenfalls nicht damals. Seine Miene war in diesem Augenblick jedoch alles andere als ausweichend. Eher arrogant. Das galt auch für seine Kleidung, obwohl diese eher durchschnittlich war, Jeans und Pullover. Es gab jedoch unterschiedliche Arten, seine Kleider zu tragen. Und es gab verschiedene Marken.

Der Körper verriet, wer man war. Der »Elch« hielt sich sehr aufrecht, fast wie ein Schürhaken.

»Und du?«, fragte er.

»Lehrer.«

Der »Elch« wirkte erst etwas skeptisch, aber dann änderte sich sein Gesichtsausdruck, und er lächelte und nickte erneut. Er hatte jetzt offenbar den Eindruck, dass es endlich an der Zeit war, ohne falsche Bescheidenheit mit der Wahrheit herauszurücken.

»Ich bin Arzt.«

Jetzt war es heraus. Bodén wollte gerade etwas dazu sagen, als sich der »Elch« räusperte.

»Chefarzt«, präzisierte er.

Der »Elch« hatte also richtig Erfolg gehabt. Er musste wie durch ein Wunder reüssiert haben, seit er die Schule verlassen hatte. Spät gereift, dachte Bodén ein wenig eifersüchtig.

Der »Elch« hatte es zu Hause nicht so leicht gehabt, soweit er sich erinnern konnte. Der Vater war irgendwie verschwunden. Hatte er sich erschossen? Vielleicht hatte es sich auch um einen Unfall gehandelt. Vielleicht wusste nicht einmal der »Elch«, was genau passiert war. Im Grunde genommen, hatte man nur recht wenig über die familiären Verhältnisse der Klassenkameraden gewusst. Darüber hatten sie auch nicht geredet. Gelegentlich schnappte man von den Eltern etwas auf, wenn diese sich halblaut unterhielten und glaubten, dass ihre Kinder sie nicht hören konnten. So hatte man manchmal doch noch das eine oder andere erfahren. Die Klassenkameraden wussten nur das Nötigste. Bei welchen Müttern man schon mal ein Wurstbrot bekam, bei welchen man vor einem Wolkenbruch Schutz suchen konnte, ohne dass es Proteste gab, welche Väter ein Auto besaßen und welche von diesen ein ungewöhnliches

Modell. Ungefähr so viel wusste man und vielleicht noch etwas mehr. Beispielsweise, wer besonders wohlhabend war. Obwohl das nicht viele gewesen waren. Darüber hinaus hatte man sich eigentlich nicht mehr für sonderlich viel interessiert, höchstens für eventuelle Schwestern, als dann dieses Alter gekommen war. Bodén selbst hatte keine Schwester gehabt. Die vom »Elch« war hübsch gewesen. Aber unnahbar.

Und jetzt standen sie also hier, der »Elch«, der spät erst richtig erwachsen geworden war, und er, der sich nur mit Müh und Not auf den Beinen halten konnte.

»Familie?«, fuhr Bodén fort.

»Wir leben getrennt. Wir haben uns auseinandergelebt. Für die Kinder war das nicht so schlimm, die waren den ständigen Streit ohnehin leid«, meinte der »Elch« lakonisch.

Bodén nickte.

»Und du?«

»Ich bin mit Nina verheiratet, falls du dich noch an sie erinnerst.«

Möglicherweise ließen sich jetzt ein paar rosa Flecken auf den Wangen des »Elchs« ausmachen.

»Nina Gustavsson aus der Parallelklasse?«

»Genau«, erwiderte Bodén.

»Meine Güte, klar erinnere ich mich …«

Bodén nickte.

»Alle Achtung. Da müsst ihr ja schon lange zusammen sein«, meinte der »Elch« und lächelte breit.

Bodén nickte wieder, aber etwas am Tonfall des »Elchs« gefiel ihm nicht. Nina und er waren nicht seit der Schulzeit zusammen, aber er hatte keine Lust, das näher zu erklären. Dass sie noch nicht geschieden waren, beruhte wahrscheinlich einzig und allein auf Trägheit. Auch das sagte er nicht.

Jetzt saß Bodén am Steuer und fuhr ohne größere Schwierigkeiten rückwärts aus der Parklücke. Das beklemmende Erlebnis in der Weinhandlung war nicht neu gewesen, aber es war sein bisher schwerster Anfall gewesen. Vielleicht war ihm ja sein Gleichgewichtssinn durcheinandergeraten, weil er davor über das Meer geschaukelt war – oder etwas in dieser Art. Es hätte ihn große Überwindung gekostet, Nina zu bitten, sich ans Steuer zu setzen. Der Saab war voll beladen, aber weniger sorgfältig bepackt, da die Kinder nicht mehr dabei waren. Die Rückbank hatten sie einfach mit Einkaufstüten und Taschen vollgestellt.

Sie kamen am Fußballstadion Gutavallen vorbei, bogen dann ein kurzes Stück in Richtung des südlichen Stadttors ab, dann ging es geradeaus nach Süden weiter, wo sie zwei Kreisverkehre passierten und dann die Stadt hinter sich hatten. Die Insel glich einer Scheibe, die sich aus dem Meer erhoben hatte. Auf dem Felsplateau verlief die Straße Richtung Klintehamn. Das Meer breitete sich rechts von ihnen aus, und die untergehende Sonne verlieh dem Wasser einen silbernen Glanz. Jan Bodén kniff zufrieden die Augen zusammen. Links lagen die Kasernen.

Er brauchte nicht über den Weg nachzudenken. Sie besaßen das Sommerhaus jetzt schon seit dreißig Jahren. Genauer gesagt: Er besaß es. Er hatte es in sehr jungen Jahren von einer kinderlosen Tante geerbt. Ein Geschenk des Himmels. Anfänglich war ihm das Haus mehr als eine Belastung erschienen. Er hatte die Verantwortung und die Gebundenheit gescheut, das Anstreichen, Laubrechen, Reparieren von Dachrinnen, Ausleeren von Trockenklosetttonnen und das Abstellen der Wasserleitung und das Ausleeren der Pumpe am Brunnen vor dem Winter. Anfangs hatten seine Eltern all dies erledigt, was zeitweilig sehr angenehm gewesen war, aber später hatte er es dann eher lästig gefunden, ihnen, weil sie es erwarteten und er in ihrer Schuld stand, das Haus überlassen zu müssen, wenn er und Nina selbst dort sein wollten. Zum Schluss kam es zum Eklat. Er hatte sich teilweise rausgehalten und seiner Mutter und Nina das Gezeter überlassen.

Die erste Reise der Saison zum Sommerhaus in Tofta erfolgte unter andächtigem Schweigen. Die karge Schönheit der Insel beeindruckte ihn jedes Mal. Vielleicht auch mit jedem

Jahr mehr. Das weiße, klare Schimmern, das dem vom Meer umrahmten Kalkstein entströmte. Die üppigen Wiesenblumen am Straßenrand. Blauer Heinrich, hoch aufragend wie ultramarine Fackeln, Akeleien mit ihren zarten blauen, rosa und weißen Blüten, die rotlila Sterne des Waldstorchschnabels, das Weiß der unechten Kamille, die sich leicht mit Gänseblümchen verwechseln ließ, das durchdringende Rot des Mohns und dann natürlich die Kornblumen. Die klassischen Blumen des Mittsommers. Gelegentlich schaute er in sein altes Pflanzenbuch, das er im Sommerhaus liegen hatte.

Nina saß milde lächelnd neben ihm. Die Jahre waren verstrichen, aber sie hatte sich nicht sehr verändert. Sie hatte sich besser gehalten als er. Im Großen und Ganzen hatten sich nur ihre Farben verändert, waren langsam verblichen. Die Haut war dünner und weißer geworden. Das Haar war nicht grau wie seines, sondern von einem unbestimmbaren, matteren Braunton als früher. Sie trug immer noch eine Pagenfrisur, und das Haar bedeckte ihre Stirn. Aber ihre Zartheit trog. Sie war eine starke Person und vermutlich mutiger als er.

Bodén warf einen Blick auf Ninas Hände, die in ihrem Schoß lagen, und schaute dann wieder durch die Windschutzscheibe. Die schmalen Verlobungs- und Eheringe aus Gelbgold sahen abgenutzt aus und hatten ihre endgültigen Plätze eingenommen, indem sie sich in ihren linken Ringfinger eingegraben hatten. Sie besaß lange und gerade Finger. Schöne Hände voller Kraft. Sie hatten ihm schon immer gefallen, aber jetzt fiel ihm auf, dass er sie schon lange nicht mehr berührt hatte. Es hatte sich einfach nicht ergeben. Plötzlich sehnte er sich danach. Er fühlte sich wie ein empfindsames Kind mit offenem Sinn. Deswegen legte er vorsichtig seine Hand auf die ihre. Seine warmen, breiten Finger auf ihre kalten. Er verspürte ein leichtes Zucken, aber sie entzog ihm ihre Hand nicht. Kurz erwiderte sie seinen Händedruck, nahm dann aber rasch ihre Hand weg, als hätte sie sich verbrannt. Mit unerwartetem Eifer oder aus reiner Spontaneität begann sie plötzlich mit beiden Händen in der Luft herumzufuchteln.

»Welch ein Glück, dass wir all das hier haben«, sagte sie in einem Ton, der ihm übermäßig exaltiert vorkam.

Sie breitete ihre Arme aus und deutete auf die in schwaches Sonnenlicht getauchten Wiesen, die sie umgaben. Er sah die Schafe, die bei der einsamen, weiß gekalkten Mühle grasten. Wie ein gespitzter Bleistift tauchte dann der Kirchturm von Tofta auf. Noch ein Stück weiter, kurz vor dem Campingplatz, bog er auf ihren schmalen Kiesweg ab, der geradewegs zu ihrem Sommerhaus und dem Ufer führte.

Er bremste an der Kreuzung, bei den Briefkästen: Ohrenkneifer und ein paar feuchte Reklamezettel für Gartenmöbel und eine Pizzeria, sonst nichts. Er hörte, dass er sich auf dem Land befand. Der Wind in den Baumwipfeln und in der Ferne das Meer. So schlimm war es also nicht um ihn bestellt. Er konnte noch immer den Unterschied hören.

Ein frischer Wind wehte ihm ins Gesicht, und er atmete den durchdringenden Tannennadelduft ein, ehe er die Autotür zuschlug und langsam in den Malvavägen einbog.

Vor den meisten Häusern standen Autos. Alle waren bereits raus aufs Land gezogen. Der Sommer war da.

Zweites Kapitel

Mittsommer

Erstaunlicherweise war Jan Bodén noch nicht an den Strand runtergegangen. Diese langen Spaziergänge hin und zurück durch den Sand zu Gnisvärds Fiskeläge wusste er normalerweise sehr zu schätzen. Seine Gedanken suchten sich dann neue Wege oder machten ganz einfach Pause, und ein Gefühl der Leichtigkeit stellte sich ein. Irgendwo hatte er einmal gelesen, dass das Auge gelegentlich die Weite brauchte, damit sich das Gehirn ausruhen konnte. Es durfte nicht ständig auf kompakte Hindernisse wie Mauern, dichte Zäune oder Hauswände stoßen. Und die Weite des Horizonts am Strand von Tofta schien fast grenzenlos zu sein.

Nach ihrer Ankunft am Vorabend hatte Nina mit ihm an den Strand gehen wollen. Nachsehen, ob der Tang, der sich immer in schwarzen Streifen ablagerte, von den Winterstürmen weggespült worden war. Am Wasser entlanggehen, während die Wellen an den Schuhsohlen leckten. Und danach zu den Strandwiesen mit ihren graublauen Leberblümchen im samtigen Glanz des Gegenlichtes.

Sie hatten tun wollen, was sie immer getan hatten, um festzustellen, dass der Sommer auch in diesem Jahr nicht auf sich warten lassen würde.

Aber er hatte vorgegeben, zuerst einige Dinge im Haus erledigen zu müssen. Er wusste natürlich, was ihn zurückhielt, obwohl seine Sehnsucht ebenso groß gewesen war wie die ihre. Aber er war noch nicht dazu in der Lage gewesen, sie in das Geheimnis seines Gebrechens einzuweihen. Stattdessen hatte er sich erboten, in dem offenen Kamin Feuer zu machen. Die Fußböden waren kalt und feucht gewesen. Also war sie allein an den Strand gegangen, was ihn irgendwie erstaunt hatte. Vielleicht hatte er geglaubt, sie würde sagen, dass sie ja am nächsten Tag gemeinsam an den Strand spazieren und dafür jetzt mit dem Essen beginnen könnten.

Sie war mehrere Stunden lang weggeblieben, was ihn fast noch mehr erstaunt hatte. Ihm war es sogar eine Spur unheimlich gewesen. Ein schlechtes Omen. Dass seine Frau die Wanderung allein genießen konnte.

Am Mittsommerabend war der Wind kalt, aber es war klares Wetter. Es würde nicht regnen. Er beschloss, den Rasen nicht zu mähen. Die Wiese hinter dem Haus war nicht groß. Der Rest bestand mit Ausnahme eines schmaleren Streifens an der Vorderseite des Hauses aus Wildnis. Die Kiefern bedeckten die dünne Erdschicht überall mit Zapfen und Nadeln. Zum Rechen blieb ihm keine Zeit. Die Vegetation war spärlich und empfindlich. Die Erdschicht über dem Sand sehr dünn.

Sie trugen die Gartenmöbel aus dem Schuppen und stellten sie auf die überdachte Veranda. Er kontrollierte, ob die Heizstrahler auch funktionierten. Nina rührte rasch einen Teig für die Erdbeertorte zusammen und schob ihn in den Ofen. Erdbeeren hatten sie noch keine.

Ob er nicht den Weg entlang zu Margus gehen und ein paar Pfund kaufen könne und danach noch zum ICA Bysen beim Campingplatz, um die Sahne zu besorgen, die sie am Vortag vergessen hatten.

Natürlich! Zwei Besorgungen boten Grund genug, um das Auto zu nehmen, fand er. Sein Fahrrad hatte er noch nicht aus dem Schuppen geholt. Vermutlich hatte es auch einen Platten.

Ob sie die Zeit finden würden, in Gnisvärds Fiskeläge um den Maibaum zu tanzen? Das sei fraglich. Das beginne um drei, und um sechs kämen die Nachbarn.

»Macht es dir was aus, wenn wir darauf verzichten?«

Nina warf ihm durch die Küchentür einen frechen Blick zu.

»Nein, überhaupt nicht. Ich kann auf diesen kindischen Ringelreihen gut verzichten«, antwortete er und hatte plötzlich Lust, sie zu umarmen, aber daraus wurde ebenfalls nichts.

Aus irgendeinem unerfindlichen Grund hatte er nicht die Kraft, die wenigen Schritte auf sie zuzugehen.

Der Abend war kalt, aber mückenfrei. Alle trugen Woll- oder Fleecejacken. Um den Tisch saßen die Gardelins, Hellgrens, Karlströms und Enekvists. Matjesheringe und neue Kartoffeln, saure Sahne mit Schnittlauch und dazu ein paar Kurze.

Jan Bodén nippte nur, wenn überhaupt. Er trank auch kaum Bier. Er versuchte sich so zu benehmen wie immer. Fröhlich und ausgelassen. Er sang bei den Trinkliedern mit. Schenkte nach. Allerdings nur bei den Gästen, nicht bei sich.

»Du, Karlström, trink doch noch ein Glas!«

Die Nachbarn gingen, aber nicht so spät wie früher, und das war gut so.

Sie deckten ab, gingen müde und schweigend nebeneinander hin und her, bis die ganze Spüle vollgestellt war. Es war wie ein Ritual. Sie ließen das Geschirr stehen. Nina zog ihr Nachthemd an, als Bodén gerade nach draußen ging.

Er zündete die Kerze auf dem Trockenklosett an. Saß dann benommen mit den Hosen in den Kniekehlen da, als könnte er sich erst jetzt entspannen. Durch das kleine Fenster ließ sich die graublaue Nacht erahnen. Es würde nicht ganz dunkel werden.

Dann stellte er sich neben die Fahnenstange und schaute nach oben. Der längste Tag des Jahres. Und auch die hellste Nacht. Aber Sterne waren trotzdem zu sehen.

Das ist das Universum, dachte er. Das ist die Ewigkeit.

Drittes Kapitel

Lund, Samstag, 31. August

Ein beharrliches Summen um den Kopf herum. August. Der Wespenmonat. Heiß und schwül.

Cecilia Westman stand wieder einmal ein Umzug bevor – Bücher in doppelten Papiertüten, der Krimskrams in Kartons unterschiedlicher Größe, die Kleider zusammengeknüllt in den Reise- und Tragetaschen, in denen sie sie vor einem Jahr hergebracht hatte.

Sie befand sich ganz alleine in der großen, stickigen Wohnung. Immer die Letzte!

Sie zog rasch den Kopf ein, schlug aber nicht nach der Wespe. Sie wollte sie nicht ermuntern, ihr ihren Stachel in die Haut zu rammen. Auf ihrer Stirn glänzte der Schweiß, sie fühlte sich ungewaschen und strich sich halb geistesabwesend eine blonde Haarsträhne hinters Ohr. Dann betrachtete sie das Sammelsurium, das den Weg zwischen Bett und Schreibtisch versperrte.

Das kleine, längliche Zimmer lag zum Hof hin und glich einer Zelle. Die wenigen Möbel würden dableiben, dafür war sie nur dankbar. Die Matratze war durchgelegen und der Schreibtisch zu klein. Die Wohnung an der Tullgatan, in die sie einziehen würde, war, abgesehen von einer geliehenen Matratze, unmöbliert. Aber das kümmerte sie nicht weiter. Sie sah dankbar einer Art Freiheit entgegen. Sie konnte jetzt selbst entscheiden. Sie wollte ein paar Erbstücke von ihrer Großmutter aufstellen und diese mit einigen Ikea-Möbeln und Sachen vom Trödler ergänzen.

Während des vergangenen Jahres hatte sie mit zwei Freundinnen an einer zentralen und noblen Adresse gewohnt, und zwar in der Gyllenkroks Allé gegenüber vom Lunder Stadtpark. Aber die Familie, der die Wohnung gehörte, kehrte aus dem Ausland zurück, und jetzt trennten sich ihre Wege. Sie würde nichts vermissen, stellte Cecilia fest, während sie durch die Wohnung schlenderte und Abschied nahm. Dann presste sie ihr Ohr an die Wohnungstür. Kein Geräusch aus dem Treppenhaus. Sie wartete auf Karl.

Zum ersten Mal würde sie eine zwar nicht große, aber eigene Wohnung beziehen. Sie hatte unterschrieben und ihr Name stand an der Tür. Studentenheime, WGs, Untermiete und Wohnungen, deren Mietverträge nicht unter dem eigenen Namen liefen, gehörten ab sofort der Vergangenheit an. Dank des Geldes, das sie von ihrer Großmutter geerbt hatte, war sie auf dem Wohnungsmarkt aufgestiegen. Sie hatte eine Eigentumswohnung gekauft, war bürgerlich geworden. Aber das bedeutete nicht, dass dies sie all ihrer Flexibilität beraubt hätte. So weit war es noch nicht!

Cecilia Westman näherte sich im Sauseschritt ihrem vierundzwanzigsten Geburtstag. Dass sie danach fünfundzwanzig Jahre alt werden würde, bereitete ihr bereits Magenschmerzen, ganz zu schweigen davon, dass es dann geradewegs auf die dreißig zuging.

Alles, was sie mitnehmen wollte, stand jetzt in einer Ecke aufgestapelt. Nichts lag herum oder war vergessen worden, eine Leistung, angesichts der Tatsache, dass sie auch dieses Mal wieder viel zu spät begonnen hatte. Sie neigte dazu, immer bis zum letzten Moment zu warten, aber irgendwie renkte es sich dann doch jeweils wieder ein. An und für sich mutete sie manchmal ihrer Umgebung damit einiges zu, aber sie hatte gelernt, damit zu leben.

Am meisten hatten ihre Antriebsschwierigkeiten und ihre allzu optimistischen Zeiteinschätzungen immer ihre Mutter gestresst, aber auch diese war mittlerweile recht geläutert. Cecilia selbst hielt es für einen Sport, wie die Fünfzehnhundertmeterläuferinnen durch einen Sprint in der letzten Runde zu überraschen. Einige wenige, dafür aber umso intensivere Stunden war sie wie gestochen herumgerast, hatte Kleider und Bettwäsche zusammengerafft sowie Bücher, Kerzenhalter und den wenigen Hausrat. In der Zielgeraden hatte sie dann den Inhalt des Badezimmerschranks einfach ungeordnet in ihren Toilettenbeutel gekippt. Er war zum Schluss so voll, dass das Plastik spannte wie der Bauch eines satten Schweins. Dann war alles fertig. Sie hätte sogar noch Zeit übrig gehabt.

Jetzt spazierte sie mit in die Hüften gestemmten Händen herum wie ein siegreicher Feldherr auf dem Schlachtfeld. Natürlich war ihr eine gewisse Routine zupass gekommen. Schließlich brach sie nicht zum ersten Mal ihre Zelte ab. Einiges hatte sie seit dem letzten Umzug gar nicht ausgepackt und geradezu vergessen.

Emmys Vater hatte seiner Tochter geholfen und Trissans Mutter der ihrigen. Sie waren mit riesigen Autos vorgefahren und hatten geschleppt und geschwitzt. Trissans Mutter hatte dann noch das ehemalige Zimmer ihrer Tochter geputzt, mit dem Scheuerlappen herumgewienert und dann auch noch die Fenster geputzt, während sich Trissan vermutlich bereits in ihrer neuen Wohnung in der Bytaregatan im Stadtzentrum eingerichtet hatte, falls sie sich nicht zum Trainieren in die Gerdahalle davongeschlichen oder irgendwo ein Café aufgesucht hatte. Cecilia war ein wenig eifersüchtig, versuchte aber, sich auf anderes zu konzentrieren.

Bei näherem Nachdenken hatte eine Mutter, die ihrer Tochter hinterherputzte, schon fast etwas Lächerliches. Trissans Mutter war außerdem recht übereifrig und mischte sich in alles ein. Cecilia hatte die Streitereien aus Trissans Zimmer gehört, obwohl Mutter und Tochter immer versucht hatten, leise zu sprechen.

Cecilia war es gewohnt, allein zurechtzukommen. Außerdem besaß sie die Gabe, gute Freunde zu finden, Freunde wie Karl.

Sie war als einziges Kind einer allein stehenden Mutter groß geworden, der ihre Arbeit immer sehr wichtig gewesen war.

Veronika war Ärztin, Chirurgin. Cecilia war immer stolz auf ihre taffe Mama gewesen, die ihr natürlich geholfen hätte, wenn Cecilia sie darum gebeten hätte. Und wenn sie sich nicht gerade auf ihrer Hochzeitsreise befunden hätte.

Die Hochzeit war sehr lustig gewesen, viel unbeschwerter, als sie sich dieses Ereignis vorgestellt hatte. Sie musste sogar zugeben, dass der neue Typ ihrer Mutter recht okay war. Obwohl sie sich ziemlich lange gegen diese Einsicht gesträubt und sich gleichzeitig über ihre kleinliche Art geschämt hatte, ohne sonderlich viel dagegen unternehmen zu können. Auf ihre Halbschwester Klara hatte sie sich jedoch die ganze Zeit gefreut.

Das luftige grüne Seidenkleid, das sie selbst auf der Hochzeit getragen hatte, lag zuoberst in ihrer Reisetasche, damit es nicht zu sehr knitterte. Claes, der Neue ihrer Mutter, fand, dass es gut zu ihren Augen passte.

Wenn es nicht so drückend heiß gewesen wäre, hätte sie das Badezimmer geputzt. Beispielsweise. Oder sie hätte sich die Küchenschränke vorgenommen. Sie hätte Trissan und Emmy damit am nächsten Morgen, an dem sie die gemeinsamen Räume putzen würden, überraschen können.

Aber nicht nur die Hitze hielt sie zurück. Außerdem konnte Karl jeden Augenblick auftauchen.

Das Beste an Karl ist, dass er ein Auto besitzt, dachte sie und kroch über das Bett ihres alten Zimmers zum Fenster hinüber, um nach ihm Ausschau zu halten. Es war zwar nur ein alter Toyota Starlet, eine Rostlaube und vermutlich der kleinste Kombi, der auf dem Markt zu haben war, aber er fuhr. Und das reichte ihr. Sie mussten versuchen, so viel wie möglich darin unterzubringen, auch auf dem Beifahrersitz. Sie selbst konnte dann mit dem Fahrrad zu ihrer neuen Wohnung fahren. Vielleicht musste er dann nur dreimal hin- und herfahren?

In der Ferne waren Autos zu hören. Vom Hof erklangen Stimmen. Gelegentliches schrilles Lachen. Sie streckte ihren Kopf aus dem Fenster und schaute nach unten. Kein Karl, dafür vier Leute an einem wackligen Gartentisch auf einem winzigen, ungepflegten Rasenstück. Daneben kämpfte eine von wildwüchsigen Fliederbüschen umstandene Laube um ihr Überleben, während ein riesiger, asphaltierter Parkplatz immer näher rückte. Der Rest des Hofes war deprimierend dunkel.

Ihr Blick blieb auf einer braun gebrannten Glatze hängen, die wie ein polierter Kupferkessel funkelte. Aber nicht dieser ältere Nachbar brachte sie aus der Fassung, auch nicht seine dickliche Frau mit schwarz gefärbtem Kraushaar und naturfarbenem Leinenkleid. Schon eher die kleine und ein wenig schlaffe, jüngere Frau, die mit hängenden Schultern an etwas Gelbem, vielleicht Karottensaft, in einem Wasserglas nippte. Ihr langes, dunkles Haar hing ihr über den Rücken. Wie sie das bei dieser Wärme nur aushielt ... Sie thronte einer Königin gleich. Cecilia wusste, warum.

Der Mann neben ihr berührte wie in einem Akt der Schöpfung, bei dem einem Klumpen Ton Leben eingehaucht wird, ihren Unterarm. Er streichelte ihn mit den Fingerspitzen, und zwar so gewollt vorsichtig und diskret, dass alle es sehen mussten.

Dieser Mann war Jonathan.

Cecilia starrte sich fast die Augen aus dem Kopf. Eine Sekunde lang wünschte sie, dass Blicke töten könnten. Immerhin konnte sie ungestört herunterstarren. Von oben war sein Gesicht nicht zu erkennen. Am deutlichsten zu sehen waren sein sonnengebleichtes Haar, das sich an den Schläfen kräuselte, und dann natürlich seine lässig unter dem Gartentisch ausgestreckten Beine, die in Bermudashorts steckten. Sein kurzärmliges Baumwollhemd war nicht gebügelt. Natürlich trug er ein Hemd, T-Shirts mochte er nicht.

Sie schluckte. Die Zunge klebte ihr wie ein Stück Holz am Gaumen. Aber ihre Augen waren klar wie Gebirgsseen und alles andere als feucht. Kein Schluchzen würde in ihr aufsteigen – höchstens Wut.

Wie gebannt hing sie über der Fensterbank und sah, wie seine langen Finger beharrlich hin- und herfuhren.

Ich besitze dich, wollte er der Dunkelhaarigen damit sagen.

Aber mich besitzt du jedenfalls nicht, dachte Cecilia trotzig und stellte gleichzeitig fest, dass den anderen beiden am Tisch unbehaglich zumute wurde. Sie vermutete, dass es sich um die Eltern der Langhaarigen handelte. Denn seine waren es keinesfalls. Und mit einem Mal war es auch Jonathan nicht mehr wohl in seiner Haut. Wahrscheinlich fühlte er sich beobachtet. Abrupt hörte er auf, der Langhaarigen über den Arm zu streichen, und schaute suchend nach oben.

Aber da hatte Cecilia bereits ihren Kopf zurückgezogen, und zwar so schnell, als hätte sie sich an einer heißen Kochplatte verbrannt. Wo Karl nur blieb?

Das Beste an ihm war also sein Auto. Jedenfalls wenn ein Umzug bevorstand. Außerdem war er ein guter Kumpel. Er packte an, ohne zu murren.

Zum Glück gab es immer Leute wie Karl.

Vieles andere war auch noch gut an ihm. Im Grunde genommen das meiste. Sein einziger Makel war eigentlich, dass er der Freund von Ylva war.

Trotz des geöffneten Fensters war es im Zimmer stickig. Ihre Kopfhaut juckte vor Feuchtigkeit, und aus ihren Achselhöhlen rann der Schweiß. Sie trug nur ein schwarzes Top und Khakishorts und war trotzdem fast in Auflösung begriffen. Die ausgeleierten Träger ihres BHs waren ihr von den Schultern gerutscht, obwohl diese relativ breit waren. Sie merkte es kaum, dachte an anderes, dachte daran, was sie soeben gesehen hatte. Versuchte, es zu verarbeiten, und war verdammt dankbar dafür, nicht die Dunkelhaarige dort unten auf dem Gartenstuhl zu sein.

Trotzdem tat es weh. Jedenfalls ein wenig. Vielleicht vor allem deswegen, weil es sie daran erinnerte, wie gutgläubig sie gewesen war. Sie hatte ihm abgenommen, dass sie ihm etwas bedeutete. Sie hatte geglaubt, was er gesagt hatte, sie hatte seine Verlogenheit nicht durchschaut. Sie hatte nicht begriffen, wozu er fähig war, zu Dingen, die überhaupt nichts mit Liebe zu tun hatten. Sie hatte gehört und gesehen, was sie hatte hören und sehen wollen. Sie war vor Liebe blind gewesen.

Nie wieder!

Sie schüttelte heftig den Kopf, als könnte sie damit ihr Unbehagen loswerden, und trotzdem wurde sie von einer widersprüchlichen Sehnsucht erfasst. Ihr fehlte das berauschende Gefühl der Leidenschaft. Nicht er. Neidisch betrachtete sie die Langhaarige, ihr selbstgefälliges, falsches Lächeln. Sie beneidete die da unten um die Wolke, auf der sie schwebte …

Noch schwebte …

Der Bund klebte an ihrer Taille. Sie stellte ihren Gürtel ein Loch weiter, aber das machte auch keinen Unterschied. Sie war eins siebenundsechzig groß und besaß die Figur eines Stundenglases, war aber von der Seite aus gesehen vollkommen platt. Breite Schultern, deutliche Taille, aber sozusagen kein Busen. Da konnte sie noch so sehr ihren Bauch einziehen und die Brust rausdrücken, er wurde nicht größer. Jeden Tag versuchte sie, sich damit abzufinden, oder nahm von den Reichen und gab den Armen, wie die Verkäuferin im Wäscheladen gemeint hatte, und schob die kleinen Brüste in die Mitte ihres Push-up-BHs und erlangte so immerhin ein sichtbares, wenn auch nicht abgrundtiefes Dekolleté.

Irgendwo musste noch eine Flasche Mineralwasser sein. Sie lief lustlos herum und suchte. Sie stand in der Diele neben der Tür und einem Abfallberg. Sechs zugeknotete Plastiktüten aus dem Söderlivs Supermarkt. Sie betrachtete sie müde. Was hatten sich Emmy und Trissan dabei gedacht? Natürlich, dass sie sich dieser Stinkbomben annehmen würde. Sie hatten ihren Müll einfach dagelassen. Verdammte Egoistinnen! Sie konnte die Tüten nicht bis zum nächsten Tag weiterstinken lassen. Fliegen, Würmer und eine Menge anderen Ungeziefers würden sicher in der feuchten Luft bis zum nächsten Morgen schlüpfen. Und sie hatte nicht einmal ihre eigenen Sachen weggeschafft, vom Putzen ihres Zimmers ganz zu schweigen. Abends war sie eingeladen. Sie befand sich also einen Schritt im Rückstand. Mindestens. Wenn nicht gar mehrere.

Wütend kniff Cecilia die Lippen zusammen und riss die Mülltüten an sich, während sie ihre Gedanken erzürnt in die

Vergangenheit schweifen ließ, obwohl das nichts brachte, aber das war ihr egal. Die Gedanken kreisten wie von selbst. Sie erinnerte sich plötzlich an Dinge, die sie ein für alle Mal aus ihrem Gedächtnis hätte tilgen sollen.

Wie die Zimmerverteilung. Wie war das eigentlich zugegangen? Hatte es sich einfach so ergeben, dass sie das kleinste Zimmer bekommen hatte? Es war so winzig, dass man ohne Zuhilfenahme eines Schuhlöffels kaum eine zweite Person hineinbekam. War es Zufall gewesen, dass Emmy und Trissan die beiden größeren Zimmer zur Straße bekommen hatten? Zufall oder Glück oder wie auch immer sie es genannt hatten. Nicht die Bohne! Sie war einfach vor vollendete Tatsachen gestellt worden. Emmy und Trissan hatten rechtzeitig ihr Revier abgesteckt, um dann so tun zu können, als sei alles nur ein Zufall gewesen. Sie hatten ihre Taschen und Kartons einfach in die besten Zimmer gestellt.

»Irgendwo mussten wir sie schließlich hinstellen«, hatte Emmy gesagt und sich um einen betrübten Gesichtsausdruck bemüht. Sie hatte aber auch durchblicken lassen, dass zum Tausch keine Bereitschaft bestehe. Emmy und Trissan hatten sich hinter ihrem Rücken geeinigt. Sie hatten die Sache gar nicht erst ausdiskutiert, was doch Trissan sonst immer so wichtig war. Schließlich studierte sie Psychologie. Sie hatten so getan, als hätten sie sie einfach vergessen. Was ist schon ein Jahr?, hatte Cecilia damals gedacht. Deswegen hatte sie keinen Aufstand veranstalten wollen, schließlich hatte sie es ein Jahr lang unter einem Dach mit ihnen aushalten müssen. Und irgendjemand hatte schließlich in der Dienstbotenkammer wohnen müssen, und vielleicht hätte es sie ja auch erwischt, wenn sie gelost hätten.

»Man muss sich wirklich alles sehr genau vorher überlegen«, murmelte sie halblaut, als sie die Treppe hinunterging. Sich absprechen. Deutlich werden. Obwohl das schwer war.

Aber die Miete hatten sie dann schwesterlich durch drei geteilt.

»Schließlich benutzen sowieso alle vorwiegend die Küche

und das Wohnzimmer, nicht wahr?«, hatte Emmy gemeint und sie mit ihren dunkelbraunen, ruhigen Augen angesehen. Als hätte sie schon einmal geübt, wie man vor Gericht auftrat. Klar und energisch und ohne Gefühle zu zeigen.

Und Cecilia hatte ihr aus irgendwelchen unerklärlichen Gründen nicht zu widersprechen gewagt. Wahrscheinlich war sie feige. Vielleicht hatte es aber auch daran gelegen, dass die anderen zu zweit gewesen waren und sie allein.

Emmy studierte Jura, und Trissan, die eigentlich Therese-Marie hieß, wollte Psychologin werden. Cecilia wusste noch nicht so recht, was sie werden wollte. Sie war nicht so zielstrebig. Sie gehörte zu den Leuten, die alles Mögliche ausprobierten. Das konnte hin und wieder recht anstrengend sein. Vor allem wenn sie die falsche Richtung eingeschlagen hatte. Wenn sie nicht recht wusste, welcher ihrer vielen Wünsche am dringlichsten war. Wenn sie verschiedene Dinge gleichzeitig tun wollte. Wenn sie aufregende Leute kennenlernen wollte, aber gleichzeitig allein sein und lesen und schreiben wollte. Wenn sie anderen helfen und zuhören und Ratschläge geben und gleichzeitig selbst etwas Wichtiges erzählen, sich in ein Problem vertiefen und sich Klarheit verschaffen wollte. Vielleicht in ein wichtiges gesellschaftliches Problem? Aber die Frage wäre dann auch gewesen, welches.

Recht oft wünschte sie sich, alles sei vorbei. Sie wollte zwar nicht unverzüglich in Rente gehen, aber sie hätte gerne ihren Platz im Leben gefunden haben und alles seinen Gang nehmen lassen wollen.

Die Bücher in Volkskunde, Literaturwissenschaft und Nordistik hatte sie eingepackt. Sie besaß ja auch kein Bücherregal. Vielleicht konnte sie sich Karl ja für einen Ausflug zu Ikea ausleihen? Ylva anbieten, ebenfalls mitzukommen. Aber dann hatten sie in dem Auto natürlich nicht mehr sonderlich viel Platz. Und sie brauchte wirklich einiges. Falls ihr Geld reichte.

Montag würde alles wieder anfangen. Sie würde im Studentensekretariat im Helgonavägen sitzen, Skripten verkaufen und Fragen von Erstsemestern beantworten. Es war ihr gelungen, am Institut für nordische Sprachen eine halbe Stelle zu bekommen. Das war gut, weil sie jetzt ihre Eigentumswohnung abbezahlen musste. Die restliche Zeit wollte sie weiterstudieren. Diesen Beschluss hatte sie gefasst, als ihr großer Berufstraum zunichte geworden war.

Drei Monate lang war sie zwei Stunden am Tag, eine Stunde in jeder Richtung, mit dem Pågazug nach Hässleholm gependelt, ständig übermüdet, und hatte die Erfahrung machen müssen, dass das Leben in einer Zeitungsredaktion zu einseitig war. Immer dasselbe. Sie hatte sich innerlich grau und bleiern gefühlt, vielleicht hauptsächlich aus Enttäuschung.

»Die junge und viel versprechende Aushilfsjournalistin fühlt sich also nicht wohl?«, hatte der Redaktionssekretär sie gefragt.

Sie hatte sich geschämt. Sitzungsreferate, Einweihungen, Sportvereine – immer etwas anderes und trotzdem immer dasselbe. Alles zu zerrissen und oberflächlich. Aber das hatte sie ihm nicht an den Kopf werfen mögen. Sie wollte mehr. Sie wollte sich vertiefen, aber wusste nicht so recht, in was. Sie wusste nur, dass es nicht die Sportvereine in Hässleholm waren.

»Das Leben besteht aus Wiederholungen«, hatte ihre Mutter trocken gemeint, als sie sie angerufen hatte.

»Aber ich will mich für etwas begeistern können, jedenfalls ein wenig«, hatte Cecilia beharrt.

»Ständige Begeisterung kann sehr ermüdend sein.«

Cecilia war die Pause natürlich aufgefallen, lang anhaltend und totenstill. Es hatte nicht einmal einen deutlichen »Ich muss es doch wissen«-Seufzer gegeben. Das Krankenhaus, die Sprechstunden, die Patienten, um diese Achse war das Leben ihrer Mutter vornehmlich gekreist. Eine gute Ärztin. Eine begabte Chirurgin. Den Rest, das, was übrig gewesen war, hatte Cecilia bekommen.

Hatte ihre Mutter es bereut?

»Es ging nicht anders«, hatte ihre Mutter mit ihrer pädagogischen Stimme gemeint. »Ich musste schließlich für uns beide Geld verdienen.«

In ihrem Flehen um Verständnis hatte sie weich, fast verletzlich gewirkt. Ihre ängstlichen, unausgesprochenen Fragen waren zu ahnen gewesen. Habe ich versagt? Hast du Grund, dich über deine Kindheit zu beklagen?

»Ich beklage mich nicht«, hatte Cecilia deswegen gesagt und ihrer Stimme einen möglichst festen und munteren Tonfall verliehen.

»So waren nun mal die Bedingungen, sonst hätte ich etwas anderes machen müssen«, hatte Veronika ihre Verteidigung fortgesetzt.

»Schon okay, Mama«, war ihr Cecilia ruhig ins Wort gefallen.

Sie hatte gehofft, dass es bei dieser Unterhaltung um sie gehen würde. Um ihre unsicheren Berufsträume und die unsichere Zukunft und nicht um das schlechte Gewissen ihrer Mutter.

Mit den Müllsäcken in der Hand trat sie auf den Hof und versuchte sich gegen den Anblick am Gartentisch zu stählen. Aber das Kaffeetrinken war zu Ende und der Tisch verlassen. Rasch warf sie die Tüten in die Mülltonne und ging dann langsam wieder nach oben. Im Durcheinander ihres Zimmers suchte sie nach ihrem Handy. Sie musste Karl Beine machen, sonst kam sie nie hier weg.

Und da kam er auch schon und füllte mit seinen breiten Schultern die ganze Türöffnung aus.

»Super, dass du Zeit hast«, sagte sie und wusste nicht recht, wo sie ihre Augen lassen sollte.

Fand er vielleicht, dass es zu viel verlangt war, ihr beim Umziehen zu helfen?

»Das hier ist easy«, erwiderte Karl, als hätte er ihre Gedanken gelesen. »Schließlich geht es nach unten und nicht nach oben. Und Klavier hast du doch auch keins?«

Sie stellte sich auf die Zehenspitzen und gab ihm einen festen Kuss auf die Wange.

»Soll ich uns was zu essen besorgen?«

Sie hatten alles reingetragen, und das Garderobenbrett, das von der Wand gefallen war, als sie den schweren, afghanischen Mantel vom Trödler darangehängt hatte, war wieder in die Mauer gedübelt. Sie wagte nicht, den Mantel in den Keller zu legen, weil sich dort irgendein übles Ungeziefer über ihn hätte hermachen können.

Sie hatte festgestellt, dass Karl wirklich ein Mann der Tat war. Nichts war ihm zu schwer oder zu mühsam. Sein weißes T-Shirt hing ihm über seine Shorts. Er hatte schmale Hüften und breite Schultern. Es wäre ihr auch recht gewesen, wenn es umgekehrt gewesen wäre. Es kam auf andere Dinge an. Auf das Lächeln. Die Augen. Die Art.

Sie konnte nicht nein sagen, obwohl sie eigentlich keinen Hunger hatte.

»Vielleicht etwas Joghurt.«

»Sonst nichts? Ich meine, richtiges Essen.«

»Ich weiß nicht, ich bin schließlich heute Abend eingeladen. Aber nimm, was du willst, ich zahle.«

Sie suchte ihr Portemonnaie hervor, in dem sie ein paar Scheine vermutete. Sie standen nebeneinander in der ausgesprochen engen Diele.

»Reicht das?«

Ein Hunderter.

»Klar! Aber brauchst du nicht auch was für morgen? Also, wenn du wach wirst? Brot, Orangensaft, Milch, Kaffee oder Tee?«

Es klang so, als plante er ein gemeinsames Frühstück. Leider konnte sie davon nur träumen.

»Bis dahin vergeht noch viel Zeit«, erwiderte sie und wedelte mit dem Geldschein. »Ich habe nicht mehr Bargeld. Sonst muss ich mitfahren und mit Karte zahlen.«

Er ging. Sie streckte sich auf der unbezogenen Matratze auf dem Boden aus und starrte an die Decke. Sie hatte keine Lust, in den Kartons zu wühlen und auszupacken. Im Prinzip hatte sie dafür noch ihr ganzes Leben lang Zeit. Also starrte sie an die Decke und betrachtete die Wände. Fühlte sich glücklich. Alles weiß und frisch gestrichen.

Als Karl zurückkam, schlief sie natürlich.

»Habe ich dich geweckt?«

»Und wenn, das war gut.«

Sie schaute sich schlaftrunken um. Lauschte auf die neuen Geräusche. Auf Autos, die näher vorbeifuhren. Sie war vom vierten Stock in den zweiten gezogen.

Draußen war es noch hell. Sie hatte noch keine Lampen, fiel ihr ein. Wenn sie in der Nacht nach Hause kam, musste sie sich ihren Weg ertasten oder das Licht auf der Toilette anknipsen und die Tür offen stehen lassen.

»Nette Bude«, meinte Karl. Er hatte sich auf eine Kiste gesetzt und hielt einen Karton mit einer weichen Pizza in den Händen. »Hast du sie gekauft?«

Sie nickte.

»Muss ein gutes Gefühl sein, Geld zu haben.«

Sie löffelte ihren Erdbeerjoghurt. Er trank Bier.

»Ich habe Geld von meiner Großmutter geerbt«, sagte sie leise.

Sie hatte keinen Grund, sich deswegen zu schämen. Sie hatte sogar noch etwas Geld übrig, eine gute Reserve, falls der Kühlschrank kaputtgehen, die Toilettenspülung Probleme machen oder ein Rohr brechen würde, wie Claes gesagt hatte. Dass er immer so übertreiben musste. Immerhin wirkte es recht unwahrscheinlich, dass alles gleichzeitig passieren würde, aber sicher war man natürlich nie.

Jedenfalls hatte sie sich um das meiste selbst gekümmert. Die Anzeigen studiert, viele Wohnungen besichtigt, angerufen und sich durchgefragt, den Papierkram erledigt und mit der Bank verhandelt. Sie hatte alles im Griff und war darüber sehr zufrieden.

Die Wohnung war nicht luxuriös, zweiunddreißig Quadratmeter, ein Zimmer zur Straße und eine Küche, in der man sitzen konnte, zum Hof. Eine kleine Diele und zwischen Zimmer und Küche das winzige Bad. Niemand konnte sich hier reinzwängen, und niemand würde sich in ihre Angelegenheiten einmischen. Nichts war »gemeinschaftlich« wie in der Wohnung in der Gyllenkroks Allé oder in dem gemeinhin als Parentesen bezeichneten verwohnten Studentenwohnheim, von dem aus man in zwei Minuten am Mårtenstorget und im Spirituosenladen war. Besser als so hatte man eigentlich nicht wohnen können, aber sie war trotzdem Hals über Kopf geflohen.

Bereits am ersten Tag im Studentenwohnheim hatte sie einen schönen Mann in der Gemeinschaftsküche kennengelernt und sich bis über beide Ohren in ihn verliebt. Ein sprühendes Feuerwerk hatte sie mitgerissen, weit weg von der Erde, sodass sie hoch über den Wolken geschwebt war und nur noch eines im Sinn gehabt hatte, nämlich den schönsten Mann, der ihr je begegnet war.

Jonathan.

Aber so etwas ermüdete auf Dauer oder enttäuschte. Oder demütigte sehr.

Seither hatte sie ihn aus ihrem Bewusstsein verbannt, bis weit hinter den Horizont, und sie war fest entschlossen, denselben Fehler nicht noch einmal zu begehen.

Jetzt hatte er also eine Neue. Noch eine. Natürlich hatte er das. Immer wieder Neue. Die Stadt war kleiner, als man meinen würde, trotz ihrer gut vierzigtausend Studenten. Dass sich einige von diesen immer wieder begegneten wie die Zähne zweier Zahnräder war weiter nicht bemerkenswert.

Mit angezogenen Knien saß sie auf ihrer Matratze. Sie hatte nicht die Kraft aufzustehen. Sie stellte den leeren Joghurtbecher auf die Fensterbank und zuckte zusammen, als das Handy in Karls Jackentasche klingelte. Sie sah, dass er rasch zu ihr hinübersah, sich dann abwandte und es aus der Tasche zog.

»Hallo«, hörte sie ihn sagen, knapp und so, als hätte er ein schlechtes Gewissen. »Gut, dass du anrufst. Ich komme gleich.«

Klang er froh? Vielleicht, vielleicht auch nicht.

Cecilia sagte nichts, saß weiterhin mit den Armen um die Beine da und legte den Kopf auf die Knie.

»Das war Ylva«, sagte Karl.

Sie nickte.

»Ich muss gehen.«

Sie nickte erneut.

»Danke für deine Hilfe«, rief sie ihm hinterher, gerade als die Tür hinter ihm zufiel.

Sie war zu erschöpft, um aufzustehen. Licht fiel ins Zimmer. Der Wasserhahn in der Küche tropfte. Schließlich kam sie auf die Beine und drehte den Wasserhahn zu. Sie stellte sich ins Küchenfenster und betrachtete eine Amsel, die beharrlich an einem Regenwurm zerrte.

Ein friedlicher Augustabend in den eigenen vier Wänden, dachte sie zufrieden.

Natürlich war sie spät dran.

Aus einem unerfindlichen Grund musste sie ihre Stereoanlage installieren, obwohl das gut bis zum nächsten Tag Zeit gehabt hätte. Sie legte Musik auf und begann ihre Kleider in die Garderobe zu hängen. Dann stellte sie Tassen, Teller und Gläser in den Küchenschrank und ging hin und her und überlegte sich, wie sie alles einrichten würde.

Es war bereits halb neun, als sie aus der Dusche kam. Auf der Einladung hatte acht Uhr gestanden. Die Party war draußen im Stadtteil Djingis Khan. Sie musste ein Taxi nehmen. Es kam fast unverzüglich, nachdem sie aufgelegt hatte. Ihre Haare waren noch nicht trocken, aber im Übrigen sah sie schick aus.

Das Taxi setzte sie am einen Ende der Fußgängerzone ab. Sie ließ ihren Blick über die Ansammlung ockerfarbener Reihenhäuser aus Holz schweifen, die aussahen wie kreisförmig aufeinandergestapelte Schachteln mit Sandkästen in der Mitte. Sie hatte noch nie dieses Viertel besucht, sondern war immer nur daran vorbeigefahren. Die Siedlung war ursprünglich für Studenten mit Kindern gebaut worden, aber jetzt wohnten dort alle möglichen Leute, was nicht zuletzt die verschiedenartigen Gardinenkonstruktionen verrieten, die manchmal recht halsbrecherisch wirkten.

Mit der Einladung in der Hand irrte sie die schmalen Wege entlang, sah aber recht bald ein, dass sie jemanden fragen musste. Schließlich erreichte sie ihr Ziel, einen lauschigen Innenhof mit grünen Büschen und einer Schaukel neben dem Sandkasten. Rechneten ihre Freunde etwa mit Nachwuchs? Sie wusste nicht recht, warum sie dieser Gedanke beklemmte.

Die Haustür stand offen. Musik drang heraus. Sie trat ein.

Ester und Leo waren drei Jahre älter als sie. Leo servierte auf der Veranda Drinks. Ester, die sie beim Training in der Gerdahalle kennengelernt hatte, war farbenfroh wie ein Funkenregen. Sie trug ein kurzes rotes Kleid. Schlank und geschmeidig bahnte sie sich mit einer Schüssel dekorativ belegter Brote einen Weg durch die Menge.

»Da hinten gibt es mehr Wein und außerdem eine nahrhafte Fischsuppe«, rief Ester mit lauter, heiserer Stimme, um den Lärm zu übertönen.

Ungefähr die Hälfte der Leute kannte sie. Der Rest waren vermutlich Leos Freunde. Ärzte oder zukünftige Ärzte. Ester war frischgebackene Hebamme. Cecilia vermutete, dass einige der anwesenden Frauen ebenfalls Hebammen waren.

Die Stimmung wurde immer ausgelassener. Man hatte sich die ganzen Sommerferien über nicht gesehen.

Cecilia merkte, wie ihr der Wein zu Kopf stieg. Sie war ausgetrocknet. Sie begann mit einem Typen herumzualbern, der für einen Ingenieur ungewöhnlich lustig war. Jedenfalls lustiger, als sie vermutet hatte, wie er ihr stillschweigend beim Training in der Gerdahalle hinterhergetrottet war. Da hatte er wie ein ängstlicher Hund gewirkt, der einem um die Beine streicht. Er hatte weder ein stabiles Brillengestell noch im Nacken kurz geschnittene Haare wie alle anderen Ingenieure, sondern muntere Sommersprossen auf der Nase und rotes, gelocktes Haar. Leider hing er auch jetzt wieder wie eine Klette an ihr. Er folgte ihr auf Schritt und Tritt, und es war nicht einfach, ihn abzuschütteln.

Sie rettete sich zu einem Frauengrüppchen in der Küche. Alle hatten wahnsinnig viel zu erzählen. Lautstark und lachend. Ihre Wangen glühten, und das grellrosa Top, das sie in ihrem Umzugsdurcheinander gefunden hatte, saß perfekt. Ihr Dekolleté kam gut zur Geltung, und ihre nackten Arme waren von der Sonne gebräunt.

Sie half, Brot zu schneiden, ließ sich von Leo umarmen und erhielt von Gustav Stjärne, dem stets gut gelaunten Goldjungen, einen Kuss, als sie versuchte, sich durch die Diele zu aalen. Es war eng. Die Haustür stand immer noch offen, und es herrschte leichter Durchzug. Immer noch kamen Leute. Einige rauchten auf dem Hof.

Sie wollte gerade auf Karl zugehen, der nicht weit von der Tür im Wohnzimmer stand, um ihm ein weiteres Mal für seine Hilfe zu danken. Vielleicht sogar mit mehr als Worten. Sie konnte Ylva im Augenblick nirgends entdecken, also war es ungefährlich. Auf einmal fühlte sie sich jedoch ein wenig schwach auf den Beinen. Ihre Absätze waren hoch und die Schuhe sehr spitz. Sie stützte sich an der Wand ab. Da fiel Karls Blick auf sie, und ein heißes Lächeln überzog sein Gesicht. Er trat einen Schritt auf sie zu, und sie hob bereits die Arme, um ihn zu umarmen. Aber ausgerechnet da fiel ihr Blick durch die offene Haustür.

Obwohl die Augustnacht sehr dunkel war, erkannte sie die Personen, die gerade dem Haus zustrebten. Herausgeputzt und mit im kalten Licht der Außenbeleuchtung bleichen Gesichtern standen sie unten an der Treppe. Sie trug ein unschuldiges weißes, knöchellanges Kleid und hielt eine Sonnenblume in der Hand. Ihre schwarze Mähne trug sie offen. Wie die Waldfrau. Sein Arm lag um ihre Schultern, und er sah Cecilia geradewegs in die Augen. Herausfordernd.

Die Langhaarige hat einen Unterbiss, stellte Cecilia fest, ehe sie Karl förmlich in die Arme fiel.

Gegen drei wollte sie nach Hause. Sie hatte einige Stunden hinter sich, an die sie sich nicht mehr recht erinnern konnte. Sie war im Gewühl eingeschlummert und mit dem Kopf auf einem Sofakissen aufgewacht, als jemand sie hochriss, weil er mit ihr tanzen wollte. Das war Karl gewesen. Aber nicht einmal das half, sie war zu müde, um sich aufzurappeln. Stattdessen hielt sie seine Hand fest und zog ihn neben sich aufs Sofa. Er wirkte so unerwartet gefügig, dass in ihr der Verdacht aufstieg, Ylva sei schon nach Hause gegangen. Außerdem war er alles andere als nüchtern, um nicht zu sagen sturzbetrunken, aber was spielte das schon für eine Rolle? Übermütig legte er ihr den Arm um die Schultern und zog sie unbeholfen an sich, als sei es ihm vollkommen egal, dass alle sie sehen konnten. Aber niemand schien auf sie zu achten, es war spät und die allgemeine Aufmerksamkeit recht abgeschwächt. Sie ließ ihren schweren Kopf auf seine Schulter gleiten und rieb ihre Wange zufrieden wie eine schnurrende Katze an seinem Hemd. Es war, als hätten sich die Schleusentore endlich geöffnet. Als hätten sie beide endlich begriffen, dass sie zusammengehörten.

Da spürte sie etwas Hartes. Eine Hand zwang sich unter ihren Rock und zwischen ihre Schenkel. Es tat weh. Fingernägel kratzten, und die Finger waren weder gefühlvoll noch zärtlich, sie bedienten sich einfach.

Sie riss die Augen auf. Sie starrte in ein leeres Gesicht und roch den abgestandenen Schnapsgeruch. In den blauen Augen, die an ihr vorbeisahen, entdeckte sie ein eiskaltes Funkeln.

Was spielte sich hier eigentlich ab?

So hatte sie sich das wahrhaftig nicht vorgestellt!

Aber er hörte nicht auf. Er grabschte und riss und grinste anzüglich und dumm.

Sie war wahnsinnig wütend, aber vor allem enttäuscht. Nicht er! Sie hätte sich nie vorstellen können, dass sich der nette Karl so verwandeln könnte. Aber unter dem Einfluss von Alkohol löste sich der Verstand offenbar in Luft auf. Sie hatte zwar Gerüchte gehört, diese aber als unsinnig abgetan.

Sie war dumm und blind gewesen, wieder einmal. Sie versuchte sich aus seinem Arm zu winden und machte Anstalten aufzustehen, aber er drückte sie nach unten. Sie stemmte beide Hände gegen seine Brust und ließ sich gleichzeitig mit einem Bums zu Boden gleiten. Niemand um sie herum schien etwas zu merken. Aber plötzlich spürte sie eine Hand an ihrem Arm und sah ein Gesicht über sich schweben. Nach einigem Gezerre war sie befreit und wurde von zwei starken Armen hochgehoben.

Verwirrt stand sie auf dem Parkettfußboden des Wohnzimmers. Gustav Stjärne. Er stand vor ihr und betrachtete sie ruhig.

»Wird schon wieder«, sagte er.

Sie warf ihm einen dankbaren Blick zu. Sie schwankte, als sie versuchte, ihren Rock herabzuziehen. Wo waren ihre Schuhe?

Sie wollte weg. Sofort.

Aber sie kam nur bis zur Veranda, für den Heimweg musste sie ihren Körper erst mal besser in den Griff kriegen, nüchterner werden. Schluss mit den Traumprinzen, sie würde Nonne werden. Nicht einmal mit Gustav, der ihr geholfen hatte, wollte sie etwas zu tun haben. Zumindest nicht jetzt. Sie hatte die Nase voll.

Sie stützte ihre Ellbogen auf das Holzgeländer, als ein Schatten auf sie fiel. Sie spürte Hände an der Taille. Starke Hände, die sich zielstrebig nach oben bewegten. Aber nicht grob. Sie drehte sich um, um zu sehen, wer es war.

Jonathan.

Ohne die Langhaarige.

Er ließ sie los, blieb aber stehen und lächelte, während er die Arme sinken ließ. Das Versöhnungslächeln. Sie wusste genau, was Sache war, und lächelte nicht zurück.

Die Süße der Bestätigung.

Sie wusste, was Sache war, weil sie die Situation wiedererkannte. Diese Szene mit allen nötigen Requisiten war bereits in ihr vorhanden. Sie ließ sich innerhalb eines Sekundenbruchteils durchspielen. Winzige Bewegungen, fast unsichtbar, die sich mit irritierender Mühelosigkeit deuten ließen. Die große Verschmelzung. Ein Du und ein Ich, die zu einem Wir wurden.

Rot, warm und gut.

Aber nach dem Glück kommt das Unglück. Das wusste Cecilia.

Lust brachte Unlust mit sich.

Wie ein Rausch, auf den ein Kater folgte, Übelkeit und Erniedrigung. Ein Schoß, der schmerzt.

Nein, nie mehr!

Eine Minute später verabschiedete sie sich und umarmte ihre Gastgeberin, die Glitzerspray in ihrem schwarzen Haar hatte und auf Leos Schoß saß. Sie verabredeten sich für das Alpintraining in der Gerdahalle. Sie würde Ester und Leo eine Einladung für ihre Einzugsparty schicken, sobald sie sich eingerichtet hatte. Sie sah Gustav Stjärnes leuchtend blaue Augen, die sie ruhig vom Wohnzimmer aus betrachteten. Sie nickte ihm knapp, aber dankbar zu.

Es war kühl, und Cecilia war leicht gekleidet. Sie versuchte mit ihrem Handy ein Taxi zu bestellen, während sie zur Straße hochtorkelte. Frühestens in zwanzig Minuten konnte eines kommen, denn alle Studenten wollten gerade nach Hause fahren, erfuhr sie. Sie fror, zog die dünne Jacke enger um die Schultern, überlegte, ob sie umkehren sollte, wollte aber nach Hause. Wenn sie ohnehin warten musste, konnte sie genauso gut schon einmal ein Stück gehen.

In der frischen Luft wurde sie schnell nüchtern. Mit immer sichereren Schritten ging sie den Fahrradweg entlang auf das Stadtzentrum zu. Mit ihrer Umhängetasche über der Schulter bewegte sie sich rasch unter der Autobahn hindurch und weiter den Tunavägen entlang, am Studentenwohnheim Sparta vorbei und dann auf die Professorstaden zu. Sie begegnete keiner Menschenseele. Ab und zu fuhr ein Auto vorbei, oder Fahrräder kamen ihr entgegen. Wahrscheinlich auf dem Heimweg von nächtlichen Partys. Als sie das Wohnviertel am Tunavägen erreichte, sah sie den Zeitungsboten, und ein Katergefühl überkam sie: eine weitere vergeudete Nacht in ihrem Leben.

Ihre Schuhe waren die reine Folter. Aber immerhin war ihr inzwischen warm, und sie begann, eine lustiges Lied zu summen, um den Schmerz zu vertreiben. Vermutlich würde sie am nächsten Tag zehn Blasen haben, an jedem Zeh eine, aber zum Barfußgehen war es zu kalt.

Sie war schon fast am botanischen Garten und bog ab, um die Abkürzung Richtung Spyken zu nehmen. Dann musste sie nur noch ein Stück die Södra Esplanaden entlanggehen. Sie wünschte, sie hätte vor dem Fest ihr Bett gemacht. Wahrscheinlich würde sie sich nun einfach unter ihre alte Decke auf die bloße Matratze legen.

Sie hatte immer noch die Rhythmen des Abends und der Nacht im Kopf, und ihre Schläfen pochten von dem Wein. Sie summte beharrlich, fast hysterisch, um das Scheuern ihrer Schuhe weniger zu spüren und weil sie es nicht wagte aufzuhören. Sie musste alle bösen Geister auf Abstand halten. Die Dunkelheit und die Einsamkeit.

Der botanische Garten lag neben ihr in vollkommener Dunkelheit. Unter den schwankenden Baumriesen lauerte die Angst. Sie schaute nicht dorthin, sondern stattdessen auf die andere Seite der Straße, an der prächtige Villen über sie wachten. Diese lagen zwar hinter düsteren Hecken versteckt, und die Fenster waren dunkel, aber dort wohnten zumindest Menschen. Der Wind, der ihr über die Wangen strich, war nicht kalt, er war erfrischend. Sie fror nicht mehr.

Sie hörte auf zu summen. Die Stadt schlief tief. Selbst die Autobahn war kaum mehr zu hören. Alles war friedlich.

Vorsichtig begann sie wieder leise zu summen. Da hörte sie, dass sich jemand von hinten näherte. Ein Fahrrad fuhr leise den Hügel herunter. Vielleicht jemand, den sie kannte, jemand von der Party, jemand, der vielleicht in dieselbe Richtung wollte wie sie, mit dem sie gemeinsam weitergehen konnte. Vielleicht würde er sie sogar auf dem Gepäckträger mitnehmen.

Sie befand sich genau in Höhe des Östervångsvägen, als sie sich umdrehte, um zu sehen, wer es war. Da pfiff es durch die Luft. Ein unbeschreiblicher Schmerz durchfuhr sie.

Dann war alles schwarz.

Viertes Kapitel

Oskarshamn, Sonntag, 1. September

»Zu Hause ist es doch am schönsten!«

Dieser Kommentar kam Veronika Lundborg unvermittelt über die Lippen, als sie sich reckte, dass ihre Wirbelsäule knackte. Dann kroch sie wieder unter die Decke und blieb im Bett liegen wie eine schnurrende Katze. Die andere Betthälfte war leer. Niemand hatte sie gehört, aber das machte nichts. Nur noch eine Minute, dann würde sie sich überwinden und aufstehen. Sie gönnte sich noch einen Moment unter der dünnen Sommerdecke, die sie fast bis zur Nasenspitze hochgezogen hatte. Der Bettbezug war weich. Die alten waren die besten, so oft gewaschen, dass sie sich behaglich anfühlten. Sie strich sich mit dem einen Fuß über ihre juckende Wade. Die Fußsohle war rau, die Haut trocken wie Sandpapier. Fußbad, dachte sie. Wie bei einer Schlange löste sich ihre Haut ab, und zwar am ganzen Körper, obwohl sie sich nach allen Regeln der Kunst eingecremt hatte.

Vertrautes Licht drang durch die vorgezogenen Gardinen des Schlafzimmers herein. Spätsommergelbe Sonnenstrahlen, müde und etwas vorsichtig und bedeutend weicher als das blendend weiße Tageslicht in Griechenland.

Der Herbst nahte, die Wehmut in ihrer Brust nahm zu, und dennoch mochte sie diese Jahreszeit trotz ihres Anflugs von Vergänglichkeit und Moder. Nach dem Sommer begann das neue Jahr, nicht am ersten Januar. Da war es meist schon zu spät. Nach der vielen Freizeit waren die Kräfte am größten, und neue Möglichkeiten taten sich auf. Das hatte sie bereits in der Schule gelernt. Neues Schuljahr, neue Lehrer, neue Aussichten darauf, sich zu verbessern. Ganz einfach eine neue Chance. Danach wurde alles wieder kompliziert.

Jetzt würde für die kleine Klara ein neues Dasein anbrechen. Sie würde im Kindergarten anfangen.

Es war bald neun Uhr. Kurz vor Mitternacht waren sie vor dem Haus aus dem Taxi gestiegen. Die unausgepackten Taschen standen noch unten in der Diele.

»Hast du gerufen?«

Claes stand nur in Unterhosen und T-Shirt und mit ihrer Tochter auf dem Arm in der Tür. Sie waren die schönsten Menschen, die sie sich vorstellen konnte. Sie lächelte unter ihrer Decke. Claes' Nasenrücken und Wangen waren vom Wetter gerötet. Er hätte eine Mütze tragen sollen, aber er hörte ja nicht auf sie. Ihre Tochter hatte natürlich einen Sonnenhut getragen, und sie hatten sie mit einer Sonnencreme mit hohem Sonnenschutzfaktor eingecremt.

»Nein, eigentlich nicht«, antwortete sie. »Ich wollte nur mitteilen, dass es schöner ist, zu Hause zu schlafen.«

Sie streckte ihre Arme nach Klara aus. Als sie mitten in der Nacht nach Hause gekommen waren, war ihre Tochter vollkommen aufgedreht gewesen. Sie hatten sie zwischen sich ins Bett genommen. Zum Schluss war sie eingeschlafen.

Die Reise war lang gewesen. Erst die Überfahrt mit dem Schiff, dann weiter mit dem Bus zum Flughafen auf Kos, schließlich der Flug heim nach Schweden. Es war Veronikas erste Hochzeitsreise gewesen, obwohl sie schon eine Ehe hinter sich hatte. Damals war nichts daraus geworden. Sie hatten es auf den Geldmangel geschoben. Sie waren jung gewesen und hatten vielleicht nicht begriffen, dass es Dinge gab, die man nicht verbummeln sollte. Aber Claes und sie hatten sich auf den Weg gemacht, und Klara hatten sie mitnehmen müssen, denn sie war noch zu klein, um der Obhut anderer anvertraut werden zu können. Mit einem Kleinkind zu reisen war erstaunlich gut gegangen. Sie hatten ihr Tempo drosseln müssen und waren in einen trägen und angenehmen Trott verfallen.

Es war ihre erste Reise nach Griechenland gewesen. Das Reiseziel hatten sie mehr auf gut Glück ausgesucht. Sie hatten sich eine überschaubare Insel in der Ägäis ausgesucht, Kalymnos. Eine von tausend Inseln.

Sie gingen in die Küche hinunter. Claes nahm Brot aus dem Gefrierschrank und legte es zum Auftauen in die Mikrowelle.

»Wir haben keine Milch«, sagte er enttäuscht.

»Dann musst du deinen Kaffee eben schwarz trinken.«

Veronika öffnete das Küchenfenster. Das Haus hatte eine Woche lang leer gestanden. Die hereinströmende Luft war kühl und frisch. Claes ging im Bademantel zum Briefkasten.

»Meine Güte, wie der Rasen gewachsen ist«, sagte er, als er zurückkam und die Zeitungen auf den Küchentisch warf.

»Mach dir darüber jetzt keine Gedanken.«

»Tu ich ja nicht. Aber er mäht sich nicht von selbst.«

Veronika machte Klara ein Brot und kochte gleichzeitig Kaffee. Ihre Tochter saß in ihrem Kinderstuhl und trug ein Lätzchen. Claes vertiefte sich in die Zeitung. Als er bis zum Sportteil weiterblätterte, funkelte sein breiter goldener Ehering. Ob er ihn wohl anbehält?, fragte sie sich. Ihr Exmann hatte Ringe unbequem gefunden. Seiner war zu eng gewesen. Das hatte er jedenfalls gesagt, als er ihn schon recht bald auf ein Bord im Badezimmerschrank gelegt hatte. Dort war er dann liegen geblieben. Sie war enttäuscht gewesen, hatte sich aber nichts anmerken lassen, denn sie glaubte an Freiwilligkeit in Dingen der Liebe. Sie hatte nicht eingesehen, dass sie bereits zu dieser Zeit der Bitterkeit, die dann nur noch zunahm, einen Platz eingeräumt hatte. Aber was hätte sie auch tun sollen? Wahrscheinlich war ihm die ganze Ehe zu eng gewesen. Nach einer Weile hatte auch sie ihre Ringe verlegt. Hatte sie zufällig in der Tasche eines Ärztekittels vergessen. In der Wäscherei hatte man sie nicht gefunden. Nach ein paar Jahren war Dan ausgezogen, und damit war die Geschichte zu Ende gewesen.

Abgesehen von Cecilia.

»Wie es wohl Cecilia mit dem Umzug ergangen ist?«

Sie schaute auf die Uhr an der Küchenwand. Bereits zehn.

Aber es war Sonntag und noch zu früh, um bei ihr anzurufen. Ihre große Tochter verschlief halbe Tage, wenn sie frei hatte.

»Wird schon alles geklappt haben«, meinte Claes, immer noch über den Sportteil gebeugt. »Ruf sie doch an, wenn du es genauer wissen willst.«

»Ja, später.«

Erst um eins rief Veronika Cecilia auf ihrem Handy an, erhielt aber keine Antwort. Festnetznummer hatte sie noch keine. Wahrscheinlich würde es eine Weile dauern, bis sich ihre Tochter darum kümmerte.

Veronika begann auszupacken, schüttelte den Sand aus den Taschen der Shorts und füllte die Waschmaschine. Am Kühlschrank hing das Informationsblatt des Kindergartens Humlan. Am nächsten Tag um zehn würde sie mit Klara dort mit dem Eingewöhnen beginnen. Das war ein feierlicher Augenblick. Sie hatte recht spät im Leben ihr zweites Kind bekommen, und jetzt würde auch diese kleinste Tochter den langen und hoffentlich angenehmen und ertragreichen Weg beginnen, der vom Kindergarten über die Vorschule zu all den Jahren in der Schule führte. Sie hatten sich den Kindergarten angesehen. Claes war auch dabei gewesen. Es war die dritte Kindertagesstätte gewesen, die sie besichtigt hatten. Sie hatten sich bei ihrer Entscheidung von ihrem Instinkt leiten lassen und nicht von irgendeiner Pädagogik.

»Ich bin mit allen pädagogischen Konzepten einverstanden, solange sie nur nett sind und sich um die Kinder kümmern«, hatte Claes gemeint.

Aber er war trotzdem auch skeptisch gewesen, und seine Zweifel hatten zugenommen, je näher dieser magische erste Tag gerückt war. Klara hatte bei dem ersten Besuch die anderen Kinder ernst und stumm betrachtet. Die Kindergärtnerin hatte sie herumgetragen, um ihr die Räume und alle Spielsachen zu zeigen, und es war ihr gelungen, ihr ein schüchternes Lächeln zu entlocken. Veronika war erleichtert gewesen. Immerhin hatte ihre Tochter nicht aus vollem Hals geschrien. Aber Claes war anschließend kreideweiß im Gesicht gewesen und hatte geäußert, er hätte das Gefühl, als stünde ihm eine Amputation bevor. Ihre Tochter fremden Leuten überlassen. Konnten aufrichtige und wohlmeinende Eltern ihr Kind wirklich der Vernachlässigung und Gleichgültigkeit anheimgeben? Mussten sie sich nicht eigentlich selbst um sie kümmern? Trotz allem.

»Du übertreibst«, hatte Veronika unbeschwert gemeint.

Diese Stimme war aus einem geläuterten Mütterherz entstiegen, das alles schon einmal erlebt hatte und deswegen gelassener blieb.

»Aber das ist doch alles so lange her«, hatte Claes immer noch zweifelnd eingewandt. »Mittlerweile handelt es sich um Massenabfertigung. Die Gemeinden haben kein Geld. Man pfercht die Kleinen zusammen. Überall ist es wahnsinnig laut, und die Beaufsichtigung ist schlecht. Die Kindergärtnerinnen haben uns nur etwas vorgegaukelt, als wir dort waren.«

»Wie willst du das wissen?«

»Es stand doch in der Zeitung, dass jetzt gespart werden soll. Es gibt zu wenig Personal, und die Kindergruppen sind zu groß. Die Kinder beißen sich gegenseitig«, hatte Claes mit einer Sorgenfalte zwischen den Brauen gemeint.

»Aber nicht im Humlan.«

»Wie willst du das wissen?«

»Abwarten«, hatte Veronika das Thema beendet.

Was hätten sie auch sonst tun sollen? Sie waren zwei moderne Menschen in der einzigen Gesellschaft, die ihnen zur Verfügung stand. Beide arbeiteten sie, und beiden gefiel ihre Arbeit. Sie hatten auch Spaß an ihrem Haus, aber eine Immobilie bedeutete Hypothek, und die musste bezahlt werden. Sie benötigten zwei Einkommen. Das wusste Claes genauso gut wie Veronika. Und sie verdiente mehr als er. Das wusste er auch.

Und wenn jemand zu Hause bleiben würde, so wäre er das.

Claes nahm seinen Wagen, weil er einkaufen wollte, aber erst fuhr er noch rasch beim Präsidium vorbei. Er wollte sehen, wie viel Arbeit auf ihn wartete, stellte aber erleichtert fest, dass sein Schreibtisch noch ebenso leer war wie vor sechs Monaten, als er seinen Elternurlaub angetreten hatte. Man ist nicht unersetzlich, dachte er. Natürlich nicht!

Alles schien somit auf einen echten Neubeginn hinzudeuten, eine Art Honeymoon, in dem er es ruhig angehen lassen konnte, bis wieder alles über ihm zusammenbrach, und er nicht wusste, wo ihm der Kopf stand, welche Ermittlung und welcher Bericht Vorrang hatte, was er erst mal links liegen lassen konnte und was er ganz einfach vergessen musste, um nicht vollkommen in der Arbeit zu ertrinken. Dann entdeckte er jedoch im Postzimmer, dass sein Fach randvoll war. »Kriminalkommissar Claes Claesson« stand auf einem Plastikstreifen unter seinem Fach. Ihm wurde ganz warm ums Herz, als er das sah. Die Freude dazuzugehören. Das hier war sein Arbeitsplatz. Hier stand sein Name. Hier wartete man auf ihn.

Er legte eine Hand auf den Poststapel, unterdrückte dann aber seine Neugier und ließ ihn liegen. Er würde einige Stunden lang mit dem Brieföffner in der Hand verbringen, wenn er jetzt anfing. Das meiste gehörte vermutlich ohnehin in den Papierkorb.

Gegen drei tranken sie Kaffee auf der Veranda. Die Wespen kreisten unablässig über dem Perlzucker auf den aufgetauten Zimtschnecken. Aber sie blieben beharrlich sitzen. Sie wollten die wenige Zeit nutzen, die sich die Veranda verwenden ließ. Bald würde das schlechte Herbstwetter über sie hereinbrechen.

Über den Zaun hinweg wechselten sie ein paar Worte mit ihrem Nachbarn Gruntzén, der mittlerweile mit einer zwanzig Jahre jüngeren Thailänderin in dem großen gelben Haus wohnte. Seine Exfrau und die beiden Kinder hatten die Idylle verlassen. Niemand in der Nachbarschaft wusste, wohin sie verschwunden waren, und keiner wagte zu fragen.

»Sie erwartet ein Kind«, sagte Veronika, während Claes den Rasenmäher aus dem Schuppen schob.

»Wie willst du das wissen?«

»Das sah man.«

Claes wunderte sich nicht mehr darüber, wie unterschiedlich die Sinnesorgane, darunter das Sehvermögen, funktionieren konnten. Obwohl er als Polizist darin geübt war, auch Details wahrzunehmen, schienen gerade Schwangerschaften ein blinder Fleck zu sein, sofern sie nicht schon fast ihr Endstadium erreicht hatten.

Um halb sechs aßen sie. Ausnahmsweise kochte Veronika. Spaghetti mit Hackfleischsauce. Der Rasen war frisch gemäht, und die abgeschnittenen Halme lagen in Häckselstreifen auf der Erde.

Veronika wirkte abwesend. Mit dem Zeigefinger strich sie sich schweigend und nachdenklich über den Nasenrücken.

»Ist irgendwas?«, wollte Claes wissen.

»Wieso geht Cecilia nicht ans Telefon?«, fragte sie stirnrunzelnd.

»Sie unternimmt vermutlich gerade etwas.«

Veronika wollte die Stimme ihrer großen Tochter hören. Sie sehnte sich nach ihr. Veronika und Cecilia hatten seit der Abreise nicht mehr miteinander geredet. Es gab viel zu erzählen.

Am Nachmittag hatte sie es kaum noch ausgehalten. Sie hatte wissen wollen, wie es in der neuen Wohnung war. Sie hatte sich von Cecilia alles erzählen lassen und die Freude in ihrer Stimme hören wollen. Aber sie hatte auch selbst von ihrer Reise erzählen und sich natürlich auch über die Hochzeit austauschen wollen. Wie hatte es Cecilia gefallen? Hatte sie nicht auch gefunden, dass Claes' Schwester Gunilla eine wunderbare Frau war? Über den Bruder war sie jedoch nicht ganz so glücklich. Ganz zu schweigen von seiner Frau. Recht aufdringlich. Und der Presbyter, der so gerührt gewesen war, das sei doch etwas Besonderes gewesen. Er hatte hinten in der Kirche gestanden, und die Tränen waren ihm über die Wangen gelaufen.

Aber das war jetzt egal. Wenn nur ihre Tochter an den Apparat ging. Oder selbst anrief. Sich einfach irgendwie meldete.

Sie nahm wieder das schnurlose Telefon vom Küchentisch

und wählte rasch die Nummer. Wartete eine Weile. Dann legte sie es langsam wieder auf die Tischplatte aus Kiefernholz. Schaute auf, Claes direkt in die Augen.

Böse Vorahnungen, gibt es die?, überlegte er.

Ester Wilhelmsson hatte kurz vor drei ihre Nachmittagsschicht auf der Entbindungsstation angetreten und würde jetzt bald Feierabend machen. Es war kurz vor neun. Sie fühlte sich wahnsinnig müde, hatte aber glücklicherweise bereits das meiste von der Party aufgeräumt, bevor sie zur Arbeit gegangen war. Ihrer Meinung nach war die Party ein Erfolg gewesen. Sie hatte jetzt jedoch ein ziemliches Schlafdefizit.

Alle Kreißsäle waren den Nachmittag über sozusagen ständig belegt gewesen. Aber es war sowieso besser, alle Hände voll zu tun zu haben, wenn man müde war, als nur rumzusitzen.

»Ihr Jungen könnt noch durchfeiern und am Tag danach arbeiten«, hatte Ann-Britt gemeint.

Vielleicht stimmte das ja. Aber jetzt erwartete sie das Bett. Und Leo. Sie wollte nur noch eben den Bericht über eine Zweitgebärende mit PN, Partus normalis, die in das Patientenhotel verlegt werden sollte, fertig stellen. Das ging rasch. Der Verlauf war kurz und effektiv gewesen. Bei ihrem Eintreffen war der Muttermund bereits ganz geöffnet gewesen, und kaum war sie über die Schwelle getreten, da war das Kind auch schon zur Welt gekommen. Die Frau, die Zwillinge erwartete, hatte dagegen noch einiges vor sich. Ester hatte sie an Rigmor übergeben.

Sie unternahm einen raschen Rundgang durch die Zimmer, um sich kurz zu verabschieden. Die Frischentbundene und der dazugehörige Vater befanden sich im Zustand der Glückseligkeit, den nur ein Neugeborenes hervorrufen kann. Trotz ihrer bleiernen Müdigkeit fand sie, dass sie sich für den wunderbarsten Beruf dieser Erde entschieden hatte. Anschließend begab sie sich zu der baldigen Mutter, die Zwillinge erwartete, und wünschte ihr viel Glück. Sie vermied es, sich auf eine fruchtlose Diskussion darüber einzulassen, wie die Entbindung enden würde. Oder beendet werden würde. Bisher war alles gut gegangen. Trotzdem war das Thema im Laufe des Nachmittags, als immer mal wieder alles stillgestanden hatte, zur Sprache gekommen. Die werdende Mutter war vollkommen erschöpft. Ester und die Pflegehelferin hatten sie, so gut es ging, aufgemuntert. Sie hatten versucht, der ständigen Frage auszuweichen, ob nicht ein Kaiserschnitt ratsam sei. Ester wusste, dass die Hebamme, die sie ablöste, viel mehr Erfahrung besaß. Wenn es ihr nicht gelang, die Frau zu entbinden, dann gelang es niemandem. Mit dem Dienst habenden Arzt sah es hingegen nicht so gut aus, da er ausgesprochen vorsichtig wirkte. Weil er noch recht neu war, gab es noch einen Arzt im Hause, der über solidere Kenntnisse und mehr Erfahrung verfügte.

»Hat der Neue wirklich ein abgeschlossenes Medizinstudium?«, hatte Josefin unlängst beim Kaffee gescherzt. »Er wirkt so unbeholfen.«

Sie war manchmal hart, und sie war nicht die Einzige. Es wurden gelegentlich gnadenlose Urteile gefällt. Ester war dabei ein wenig unbehaglich zumute, weil es ihren Vorstellungen von Solidarität widersprach. Der neue Arzt war ein Freund von Leo. Sie wünschte ihm so sehr, dass er sich als beliebt und anstellig erweisen würde, denn das hätte sie Leo erzählen können. Aber über die jetzige Situation sprach sie nicht. Sie schwieg einfach. Sie kannte ihn nicht sonderlich gut. Es war auch so schon unangenehm genug. Aber mit der Zeit würde er vielleicht noch die Kurve kriegen. Eigentlich brauchte er ihr nicht leidzutun. Er war recht gut aussehend und hatte, soweit sie wusste, auf anderen Gebieten durchaus Erfolg. Aber das waren vielleicht auch nur Gerüchte.

Sie nahm ihre Brieftasche aus ihrem Metallspind, eilte in den Keller und zog sich um. Im Fahrradkeller holte sie mehr gewohnheitsmäßig ihr Handy aus der Tasche. Drei Nachrichten in der Mailbox. Sie hörte die erste ab, während sie ihr Fahrrad mit der anderen Hand die Rampe hochschob. Eine Stimme, die sie nicht kannte, forderte sie auf, eine bestimmte Nummer anzurufen. Sie hatte nicht genug Zeit, die Nummer zu notieren, aber die beiden anderen Nachrichten hatten genau denselben Wortlaut. Nach dem dritten Mal hatte sie die Nummer im Kopf.

Als sie zwischen der Frauenklinik und dem ebenso ziegelroten Gebäude der HNO-Klinik stand, wählte sie die Nummer, die ihr irgendwie bekannt vorkam.

Ein ihr unbekannter Mann meldete sich, als gerade ein Krankenwagen vor der Notaufnahme hielt. Ein alter Mann wurde auf einer Trage herausgehoben. Das hier ist mein Arbeitsplatz, und so sehen die Firmenwagen aus, dachte sie. Sie schaute zu Boden, um sich besser konzentrieren zu können. Die Verbindung war schlecht.

»Ich weiß gar nicht, worum es geht«, sagte sie. Vielleicht hatte er aus Versehen ihre Handynummer gewählt.

Mit einem etwas zwiespältigen Gefühl nannte sie nochmals ihren Namen. Ob das so klug war? Wenn das jetzt irgendein suspekter Typ war?

Dann begriff sie jedoch, dass es ernst war. Die Intensivstation. Jemand, den sie vielleicht kannte. Bewusstlos. Wer? Leo?

Verzweifelt schob sie ihr Fahrrad zurück. Rannte den Tunnel entlang und dem Herz des Krankenhauses entgegen, dem sogenannten »Block« mit seinen zwölf Stockwerken.

Zehnter Stock hatte er gesagt. Es sei nicht eilig. Aber wer wollte sich schon Zeit lassen, wenn es im ganzen Körper kribbelte?

Als das Telefon klingelte, waren sie gerade dabei, ins Bett zu gehen.

»Für dich«, sagte Claes Claesson zu seiner Frau.

Er blieb neben ihr stehen. Sah, wie ihr Kopf nach vorne kippte. Ihr krauses Haar fiel wie ein Vorhang nach vorne und verbarg ihr Gesicht. Dann begann sie am ganzen Körper zu zittern.

Fünftes Kapitel

Montag, 2. September

Wir bezeichnen dies zwar als Tumor, aber er ist gutartig«, sagte der Arzt.

Jan Bodén fühlte sich recht schwach auf den Beinen. Bereits um acht Uhr hatten sie ihm Wasser in seine Gehörgänge gespült, ihm eine seltsame Brille aufgesetzt und ihn hin- und hergekippt, bis ihm speiübel geworden war. Dabei hatte er seltsamerweise das deutliche Gefühl gehabt, dass all dies nicht ihn betraf, ein Gefühl, das ihn seit dem erschütternden Vorfall im Spirituosenladen in Visby wie ein grauer Schatten verfolgte.

Er war dreihundert Kilometer von zu Hause entfernt. Das Krankenhaus seines Heimatortes hatte ihn an die Spezialisten der Uniklinik Lund überwiesen, was zweifellos beruhigend, aber gleichzeitig auch unheilverkündend war, da es bedeutete, dass es sich bei ihm nicht um eine Routineangelegenheit handelte. So weit, so gut. Eigentlich müsste er sich gut aufgehoben und gewissermaßen auserwählt fühlen. Dankbar darüber, in einer Zeit zu leben, in der die medizinische Forschung sich selbst immer wieder von neuem übertraf, wie jemand mal gesagt hatte, aber er war nicht dankbar. Jedenfalls noch nicht, obwohl er alles ihm Mögliche unternahm, um wenigstens ein wenig froh zu sein. Aber Dankbarkeit war dabei nicht vorgesehen.

»Die kriegen das schon wieder hin, glaub mir«, hatte die Rektorin gesagt, eine großbusige Frau in Leinenkostüm, die Kerstin Malm hieß und nur »die Malm« genannt wurde. Sie hatte ihm rasch ihre Hand auf den Arm gelegt, als er ihr sein Attest überreicht hatte. In ihren Ohrläppchen hatten silberne Federn gebaumelt, muntere Ausrufezeichen unter rot gefärbter Pagenfrisur. Sie hatten in ihrem Büro mit Fenstern Richtung Osten gestanden, und die Morgensonne hatte auf den Schreibtisch gebrannt. Es war stickig und warm gewesen. Das Schuljahr hatte gerade begonnen, und die Malm hatte viel um die Ohren gehabt, worauf auch ihre vorgebeugte Haltung und rasche Atmung sowie die Aktenberge auf dem Schreibtisch und die ungeduldig Wartenden vor ihrer Tür hatten schließen lassen. Sie war auf dem Sprung gewesen, sehr viel mehr war deswegen nicht gesagt worden. Sie hatten sich nicht einmal hingesetzt.

Er war davongetrottet, hatte sich zwischen den lärmenden Schülern auf dem Korridor einen Weg gebahnt, ein fremder Vogel, der steifbeinig auf den Schulhof gegangen war und seinem Arbeitsplatz der letzten fünfundzwanzig Jahre den Rücken gekehrt hatte. Er hatte sich leer gefühlt.

Aber was hätte sie groß sagen sollen? Vielleicht waren ja die Worte der Malm wirklich aufrichtig gewesen, vielleicht hatte sie ja wirklich geglaubt, ein Ausflug ins Krankenhaus genüge und dann sei alles wieder so wie früher. Ungefähr so, wie wenn man sein Auto zur Wartung in die Werkstatt bringt.

Im Übrigen hatte er sich ja nie sonderlich für die Ansichten der Matrone Malm interessiert. Warum also jetzt damit beginnen?

Und genau wie Nina und alle anderen, denen er begegnete und die ihm stur und rhythmisch auf die Schulter klopften, wurde natürlich auch seine Chefin von einer Art zwanghafter Zuversicht beseelt, musste eine lange Reihe von Worten zwischen sich und den Kranken schieben, egal, wie schlimm es aussah. Nicht zuletzt, weil es Erfreulicheres gab, als sich mit jemandem zu unterhalten, dem das Todesurteil bereits auf die Stirn graviert war. Andererseits hatten die Leute ja gut reden, solange sie nicht selbst betroffen waren. Davon konnte Bodén ein bitteres Lied singen. Er hatte niemanden, absolut niemanden, dem er sich hätte anvertrauen wollen. Die aufmunternden Zurufe ermüdeten ihn nur. Wie ein kleines Kind drehte und wendete er jeden noch so kleinen Kommentar. Versuchte, Blößen zu finden. Und die Fragen häuften sich.

Warum?

Er war empfindlich geworden, und das erschöpfte und enttäuschte ihn. Er ertrug seine eigene Schwäche nicht. Er hatte geglaubt, über diesen ganzen gefühlsmäßigen Unsinn erhaben zu sein; was sich nicht messen oder wissenschaftlich beweisen ließ, war Luft, nichts, woran man einen Gedanken verschwenden musste. Er war nicht umsonst Naturwissenschaftler. Rationell in seinen Gedanken und energisch in seinen Handlungen. Die inneren Luftlöcher ging er mit strenger Logik und scharfem Intellekt an. Die ganze Zeit. Sogar die Nächte verwendete er darauf. Benommen erwachte er von seinen schweren Träumen. Eigentlich war er ein Mensch, der nie träumte. Aber jetzt war es wie verhext. Er fand sich nicht zurecht. Er versuchte die eigene Verletzlichkeit mithilfe von Statistik und anderen sicheren Berechnungsmethoden in Schach zu halten.

Niemand hatte die Angst erwähnt und auch nicht die Einsamkeit.

Er war schließlich und endlich vollkommen auf sich allein gestellt. Allein – auch mit seiner Angst. Er stand Todesängste aus.

Schweigend saß er auf einem Drehstuhl in der HNO-Klinik in Lund in einem Zwischending aus Untersuchungszimmer und Büro, das weit hinten an einem sehr abseitigen Korridor lag. Wie eine friedliche Endstation des Lebens, dachte er ironisch und versuchte damit dem Grauen entgegenzuwirken. »Gleichgewichtstest« stand an der Tür. Aber nichts war im Lot.

Es hatte ihn jedoch erleichtert, von niemandem erkannt worden zu sein. Der Korridor war menschenleer gewesen, als er sich nach einem spartanischen Frühstück im Patientenhotel des Krankenhauses hierherbegeben hatte. Einen Schluck Kaffee, mehr hatte er nicht herunterbekommen. In Lund kannte ihn glücklicherweise niemand.

Ihm stand ein Tag voller Untersuchungen bevor. Nystagmografie am Morgen, anschließend ein Audiogramm bei den

Audiologen, dann eine Ohrenuntersuchung beim Chefarzt und Ordinarius Professor Mats Mogren, in dessen Händen er sich im Augenblick befand. Dann war Mittagessen, und anschließend musste er wieder zum Chefarzt Mogren für einen sogenannten otoneurologischen Status und eine ergänzende Anamnese, also weitere Fragen. Dann kam eine Kaffeepause und zum Abschluss eine weitere Begegnung mit einem Arzt. All das würde, soweit er verstand, zu einer Beurteilung und eventuell zu einer Operation führen. Vielleicht würde er sogar schon einen Termin bekommen, ehe er nach Hause fuhr. Das wäre natürlich gut. Etwas, wonach er sein Dasein ausrichten konnte.

Die Zeit davor und die Zeit danach.

Gegen Abend würde er hoffentlich etwas entspannter denselben Weg zurück nehmen, den er am Vortag gekommen war. Er freute sich bereits darauf. Zug nach Alvesta, dort nach Växjö umsteigen, von dort mit einem Bus, der Rasken hieß, nach Hause.

Auf dem Weg nach Lund hatte ihn der Name dieser Busverbindung aufgemuntert. Er erinnerte an die zähen Smäländer, die unverdrossen ihre steinigen und kärglichen Äcker bestellt hatten. Sie hatten die Wälder urbar gemacht. Ein robustes Völkchen. Und von diesem stammte er ab. Hatten sie überleben können, die, die sich nicht dünngemacht hatten und nach Amerika ausgewandert waren, dann würde auch er jetzt überleben. Außerdem waren die Voraussetzungen heutzutage viel besser. Und er gehörte wirklich nicht zu den Leuten, die bei der ersten Schwierigkeit gleich aufgaben.

Aber den Mut – woher sollte er den nehmen? Gott hatte er schon lange aus seinem Leben verbannt. Einen guten Gott gab es nicht. So wie die Welt jetzt aussah. Ein Richter, der am Jüngsten Tag über die Lebenden, die Toten und all jene elenden Sünder, die die andere Backe nicht hingehalten hatten, sein Urteil sprach, konnte kaum Trost spenden. Aber Liebe und Gnade? Sprach Gott nicht auch über die wahre Liebe? Konnte diese nicht auch ihn selbst umfassen? Einen Mann, der sich im letzten Moment eines Besseren besonnen hatte? Der den Tempel des Herrn nur selten besucht hatte. Bei den Gottesdiensten hatte er sich durch seine Abwesenheit ausgezeichnet, außer bei den Konfirmationen der Kinder, und da war es ihm nur mit Mühe gelungen, sich wach zu halten.

Würde er noch die Zeit haben zu beweisen, dass auch er es wert war, geliebt zu werden?

Aber Gott verlangte doch keine Beweise, nicht wahr? Keinerlei Aufnahmeprüfungen oder andere Einsätze. Gott konnte ihn, einen armen Sünder, so wie er war, ins Herz schließen.

Jan Bodén hatte noch nie zuvor so an seinem Leben gehangen. Die Lebenslust sang in ihm, durchströmte ihn täglich. Eine Leidenschaft, eine Glut, die ihn auf den Beinen hielt. Manchmal schauderte es ihn.

Aber davon erzählte er niemandem. Am allerwenigsten Nina.

Vielleicht war es ihr trotzdem aufgefallen, dass er sich verändert hatte. Obwohl sie an anderes zu denken schien. An praktische Dinge oder was auch immer. Er wusste es nicht so genau. Sie führte ihr Leben und er seines – das war im Lauf der Jahre immer deutlicher geworden. Jedenfalls konnte sie ihm in dieser trostlosen Situation nicht helfen. Sie hatte sich zwar erboten, ihn nach Lund zu begleiten, aber er hatte weder den Wunsch noch die Kraft, auch ihr noch Mut zu machen. Er hatte ihr stattdessen versprochen, sie im Laufe des Tages anzurufen, um sie auf dem Laufenden zu halten.

Befiel ihn jetzt plötzlich eine nie da gewesene Geistigkeit, die er früher höhnisch als reinen Unsinn und lächerlichen Zeitvertreib für Menschen ohne Lebensinhalt abgetan hätte?

Als er am Sonntag im Zug nach Lund gesessen hatte und die Sonne über den Lichtungen und hügeligen Wiesen untergegangen war, hatte er sich in einem seligen Rauschzustand befunden. Der Zug war dahingerast, und er hatte nach draußen gestarrt und geschluckt. Zum ersten Mal hatte er wirklich gesehen, was er vor Augen gehabt hatte, und die Verzückung hatte ihm die Tränen in die Augen getrieben.

Aber ganz unabhängig von der Existenz höherer Mächte ruhte sein Leben jetzt in den Händen des Chefarztes und Professors Mats Mogren. Seine Titel garantierten Kompetenz und Erfahrung. Er konnte sich also nicht beklagen. Mogren wirkte jung für einen Professor. Aber wahrscheinlich beruhte das nur darauf, dass er selbst mittlerweile alt war.

»Wir haben die CT-Bilder aus Oskarshamn erhalten. Ich werde sie mir noch einmal mit meinem Kollegen, der die Operation durchführt, genauestens ansehen«, informierte ihn Chefarzt Mogren, der sein Leben im Griff zu haben schien. Bodén war fast eine Spur eifersüchtig auf ihn. Klar, dass er sich wohlfühlt, mit all seinen Titeln, dachte er.

Er wurde davon in Kenntnis gesetzt, dass es sich um eine ganztägige Operation handelte, bei der die Neurochirurgen die Ohrenärzte ablösten, wenn man sich den empfindlicheren Gehirnregionen näherte.

Es ist also sehr ernst, dachte Bodén. Sie würden an seinem Gehirn herumwerkeln.

Am Nachmittag würde er noch ausführlichere Informationen erhalten.

»Dann können wir alles in Ruhe besprechen«, unterstrich Mogren mehrmals.

Und dann war es Zeit für das Mittagessen.

Jan Bodén trat schwankend hinaus in das grelle Sonnenlicht. Noch etwas benommen stand er vor dem Entree der HNO-Klinik und überlegte sich, wo er wohl hinsollte. Er hatte immer noch keinen Hunger, aber irgendetwas würde er zu sich nehmen müssen. Auf der anderen Straßenseite stand eine rosa Imbissbude. Davor saßen weiß gekleidete Leute in der Sonne und aßen. Jan Bodén gesellte sich dazu.

Die Schlange war lang. Grüne OP-Kleidung unter den weißen Kitteln, Holzpantinen und Sandalen, ein paar Taxifahrer und Patienten. Der Bratengeruch war ziemlich unangenehm, aber er musste nicht lang warten. Offenbar war dieser Junkfoodladen beliebt, Wurst mit Kartoffelbrei und eine Menge thailändischer Gerichte standen auf der Speisekarte. Die Besitzer aus einem Land in Südostasien arbeiteten, was das Zeug hielt. Bodén bestellte ein Tanduri-Huhn und begab sich dann mit seinem Tablett ins Freie.

Er verfluchte die Wespen, die einen Mülleimer mit Eispapier umkreisten. Er fand einen eigenen Tisch auf dem Gehsteig.

Er betrachtete den ruhigen Verkehr, überwiegend Radfahrer und ein paar Krankenwagen. Und dann natürlich die ganzen Weißgekleideten, die wie Schwäne in einem Teich vorbeirauschten. Gewöhnungsbedürftig, dachte Bodén, aß einen kleinen Bissen Huhn und holte sein Pflanzenbestimmungsbuch aus der Jackentasche. Ein alter Bekannter, den er zufällig aus Gotland mitgenommen hatte. Jetzt konnte er es gut gebrauchen. Es stammte aus dem Jahr 1950 und war in oranges Leinen gebunden. Auf dem Deckel waren drei aufrechte Huflattichpflänzchen abgebildet. Die liebevollen Farbbilder hatten in seiner Kindheit sein Interesse an Botanik geweckt. Bei Gänsekraut, Ehrenpreis und Stiefmütterchen suchte er nun Trost. Er sah die Pflanzen vor seinem inneren Auge, ahnte die Wärme der Waldlichtung im Rücken, und der Geruch von Erde stieg um ihn herum auf. In Gedanken begab er sich weit in die Natur, in die Stille hinaus.

Nachdem er seinen Hühnerknochen abgenagt und die letzten Reiskörner verspeist hatte, entdeckte er einen Bekannten, der auf die rosa Imbissbude zuhetzte. Zweifellos Pierre Elgh in voller Ärztemontur. Der »Elch« starrte zu Boden. Bodén stellte fest, dass er, seit sie sich zuletzt begegnet waren, etwas mehr Farbe bekommen hatte. Jetzt hob der »Elch« den Kopf und sah in seine Richtung. Bodén stellte sich darauf ein, ihn zu begrüßen und ein paar Worte mit ihm zu wechseln. Der »Elch« wusste natürlich nicht, dass er in Lund war. Wie hätte er das auch wissen sollen?

Aber der »Elch« nickte nur kurz und schlug dann, als sei ihm unbehaglich zumute, eine andere Richtung ein.

Bodén fand das seltsam. Drei Medizinstudenten in zu großen Ärztekitteln kreisten mit ihren Tabletts auf der Suche nach einem freien Tisch um ihn herum. Bodén entschloss sich, ihnen Platz zu machen, erhob sich und ging, um sich den Heimsuchungen des Nachmittags zu stellen.

Aber erst zog er noch das Handy aus der Tasche, rief Nina an und teilte mit, alles sei okay. Sie würden sich abends eingehender darüber unterhalten.

Dann wählte er eine weitere Nummer.

Das Taxi fuhr am Pförtner vorbei. Der Block ragte vor dem Kühler des Autos wie eine riesige graue Mauer auf. Ein unpersönlicher Koloss, der zusammen mit den beiden Türmen des Doms die charakteristische, kilometerweit sichtbare Silhouette Lunds bildete. Die älteren Krankenhausgebäude kauerten sich verschreckt im Schatten dieses Riesen zusammen. Das Gelände war nicht sonderlich groß.

Veronika Lundborg zahlte und stieg aus dem Taxi. Als sie durch die Drehtüren des Haupteingangs ging, fühlte sie sich winzig wie eine Ameise.

Ihre Unruhe hatte sich während der ganzen Fahrt gesteigert. Leer starrte sie vor sich hin. Wie ein hallendes Flughafenterminal, dachte sie, alles Stein und Beton. Die aufgestaute Sorge bereitete ihr Übelkeit. Seitlich vor ihr lag eine Cafeteria neben hohen Fenstern. Irgendwie ungemütlich. Aber nichts wäre ihr jetzt angenehm vorgekommen.

Sie fror, obwohl es ein warmer Tag war. Sie war natürlich schon früher in der Lunder Uniklinik gewesen, eine Zeit lang zu Beginn ihres Medizinstudiums und später dann zur Weiterbildung, aber das half nicht. Ihr Blick irrte rastlos hin und her. Daher ging sie geradeaus zum Empfang.

»Ich will zur neurochirurgischen Intensivstation«, sagte sie und lehnte sich über die Theke.

Sie versuchte, gleichmäßig zu atmen. Es schauderte ihr vor dem, was sie erwartete. Schädeltrauma. Die kleine Cecilia, die sie heil und gesund zur Welt gebracht hatte. Sie konnte sich daran erinnern, als sei es gestern gewesen, obwohl es über zwanzig Jahre zurücklag. Die Geburt des ersten Kindes blieb auf immer im Gedächtnis haften. Jede Phase, vom langsamen Öffnen des Muttermundes bis zum Hervorbringen dieses zappelnden Wesens. Das Glück. Die Größe des Augenblicks.

Und jetzt hatte jemand dieses Kind angegriffen. Es zerstört.

»Neurointensiv befindet sich im zehnten Stock. Gehen Sie in das Fahrstuhlfoyer A«, sagte die Empfangsdame freundlich und deutete ans Ende der Eingangshalle, an der Cafeteria, dem Kiosk und dem Friseur vorbei.

Es war mitten am Tag und Besuchszeit. Vor den Fahrstühlen warteten viele Leute. Ungeduldig warf sie sich dem ersten Klingeln entgegen.

»Neurointensiv« lag an einem hellen Korridor. Sie blieb ratlos in der Mitte stehen. Blaue Türen, wohin sie auch sah.

Wo war Cecilia?

Sie fragte eine Pflegehelferin, und diese holte eine Schwester. Diese hieß sie willkommen.

»Sie sind also die Mutter von Cecilia Westman«, sagte sie. »Sie liegt da hinten.«

Schweigend führte sie die Schwester zu einem Intensivzimmer am Ende des Korridors. Zwei Betten. Das eine war leer. In dem anderen lag Cecilia.

Von Süden her schien die Sonne herein. Hier oben war der Himmel unerträglich blau und die Aussicht wunderbar, als schwebte man zwischen den Wolken.

Ein Körper, deponiert in einem Bett. Unnatürlich reglos. Mit weißem Gesicht und geschlossenen Augen, rasiertem Schädel, intubiert und an ein Beatmungsgerät angeschlossen. Nicht ansprechbar. In Narkose.

Aber das war sie. Das war Cecilia.

Veronika ließ sich auf einen Stuhl neben dem Bett sinken und ergriff behutsam ihre Hand, um nicht an die Kanüle in ihrem Handrücken zu stoßen. Die Hand war warm. Vorsichtig strich sie ihrer Tochter über die Wange. Natürlich reagierte sie nicht. Aber es würde gut gehen, glaubte der Neurochirurg, mit dem sie am Telefon gesprochen hatte. Er musste es wissen. Der helle Klang dieser Worte hallte in der Dunkelheit der Verzweiflung wider.

Es würde gut gehen.

»Der Arzt kommt, wenn er im OP fertig ist«, sagte die Schwester, die sich ruhig im Zimmer bewegte, die Apparate neben dem Bett kontrollierte, Schläuche zurechtlegte und die zahllosen Kurven ablas, die rot auf Monitoren aufleuchteten.

»Wer kann so etwas nur getan haben?«, rief Veronika verzweifelt.

Die Schwester sagte nichts und legte ihr eine Hand auf die Schulter. Der Hass brannte in Veronika. Sie biss die Zähne zusammen.

Dieser verdammte Mensch, der ihr Kind beinahe umgebracht hatte. Sie wollte es ihm gründlich heimzahlen.

Zitternd atmete sie ein und beruhigte sich ein wenig.

Cecilia lebte. Das war das Wichtigste. Trotz allem.

Akustikusneurinom.

So hieß das verfluchte Ding.

»Wie ich schon am Vormittag sagte. Wir bezeichnen es als einen Tumor, auch wenn er gutartig ist«, sagte Professor Mogren.

Es war die zweite Begegnung mit seinem Arzt, und Bodén kam er jetzt schon etwas vertrauter vor. Netter Mann, weder eingebildet noch wissenschaftlich trocken.

Vorsichtig wagte er es, sich zu entspannen.

»Wenn er sich an einer anderen Stelle befände«, fuhr Mogren fort, »könnte man ihn vielleicht ignorieren.«

Ihn. Es klang so, als würde er über ein menschliches Wesen sprechen. Einen üblen Zeitgenossen mit einer Seele und einem Denkvermögen, den es zu manipulieren galt. Er lebte ja tatsächlich auch, bestand aus Zellen, die sich ungehemmt teilten und kein Gefühl für Grenzen und das Gewebe in ihrer Umgebung hatten. Sie liefen Amok und waren zu Feinden geworden.

»Sie wachsen nur lokal, breiten sich nicht aus. In der Regel ist das Wachstum langsam. Ein Drittel der Zellen wachsen überhaupt nicht, beziehungsweise sehr langsam. Oft sind die Tumore klein, dann belassen wir sie einfach, wo sie sind, und untersuchen stattdessen die Patienten regelmäßig.«

Aber der seinige war also nicht klein. Verdammtes Pech. Er sah mit einem Mal die weiße Kugel vor sich.

»Der Haken ist, dass dieser Tumor an einer sehr unpraktischen Stelle sitzt. Wächst er, dann drückt er auf das Gewebe im hinteren Schädelbereich, und dann hat das Gehirn weniger Platz«, meinte Professor Mogren und deutete auf den eigenen Hinterkopf.

Bodén wollte nichts mehr hören.

»Ich wiederhole es noch einmal. Er breitet sich nicht im Körper aus«, fuhr Mogren rasch fort, da ihm Bodéns Reaktion aufgefallen war. »Er sitzt auf dem Gehör- und Gleichgewichtsnerv, und wenn man ihn vollständig entfernt, wächst er nicht nach.«

Nun wirkte der Arzt geradezu fröhlich. Bodén lauschte begierig.

»Viele Patienten flößt das Schwindelgefühl Angst ein, und sie deuten es als Anzeichen für einen Gehirntumor, aber eigentlich ist das ein ungewöhnliches Symptom. Schwindel ist in der Regel ungefährlich, aber natürlich unangenehm.«

Davon konnte Bodén ein Lied singen, da er sich phasenweise nur noch schwankend vorwärts bewegt hatte. Nun sah er ein, dass dies wohl unterschiedliche Gründe gehabt hatte.

Ob Angst das Dasein ins Wanken bringen konnte?

»Gelegentlich treten jedoch gewisse Gleichgewichtsstörungen auf, wenn man diesen Tumor hat, eine gewisse Unsicherheit …«

Bodén zuckte bei dem Wort »Tumor« immer noch zusammen. Ihm wurde übel davon.

»Meist kommt es auch zu einer Verschlechterung des Gehörs. Wird sie von dem Tumor verursacht, so ist sie einseitig. Die meisten Patienten leiden auch an Tinnitus.«

Bodén nickte. Ohrensausen und Probleme mit dem Gehör.

Wie lange machten ihm diese Probleme jetzt eigentlich schon zu schaffen? Schwer zu sagen. Es fiel ihm nie leicht, Dinge zu datieren. Vor allem solche, die er nicht hatte wahrhaben wollen.

Es war Nachmittag geworden. Die Sonne ging an der roten Ziegelmauer vor dem Fenster unter. Die HNO-Klinik war ein Stück weit vom Block in einem der älteren, etwas heruntergekommenen, aber gemütlichen Gebäude untergebracht.

Professor Mogren machte eine längere Pause, um ihm Zeit zu geben, Fragen zu stellen. Bodén suchte fieberhaft in seinem Gedächtnis nach all den Fragen, die seit dem Befund in seinem Kopf herumgekreist waren, aber es fiel ihm nichts ein.

Doch, die Kinder.

»Ist das erblich?«, wollte er wissen.

»In der Regel nicht«, antwortete der Arzt.

»Meine Kinder werden das also nicht bekommen?«

»Vermutlich nicht.«

Mogren schien bereit zu sein, ihm auch dies eingehender zu erläutern, er wusste offenbar unendlich viel über diese Krankheit, aber dann sah Bodén, wie der Arzt innehielt, und ließ die Sache auf sich beruhen.

»Dann kommen wir zur eigentlichen Operation.«

Der Arzt setzte sich zurecht, beugte sich über den Schreibtisch und nahm den Auszug aus einer Krankenakte in die Hand. Hinter ihm standen Regale mit Ordnern und Videos. Die obersten Fächer waren leer. Platz für neue Fälle, dachte Bodén. Für Leute wie mich.

»Bei Tumoren dieser Größe empfehlen wir einen operativen Eingriff, denn sonst …«

Er verstummte.

Denn sonst was? Bodéns Herz überschlug sich in seinem Brustkorb, aber er sagte nichts.

»Sie werden vollständig genesen«, betonte der Arzt. »Die Operation kann auf verschiedene Arten durchgeführt werden.«

Die beste und sicherste Methode bitte, dachte Bodén.

»Nach dem Kaffee werden Sie mit einem der Ärzte sprechen, die Sie operieren werden. Wie alle frisch Operierten kommen Sie anschließend für kurze Zeit auf die Intensivstation, dann werden Sie auf die neurochirurgische Station verlegt. So weit alles klar?«

Bodén nickte.

»Sie werden auf dem rechten Ohr dadurch ganz taub werden … Aber ich sehe hier«, Professor Mogren schaute auf ein Papier, »dass Sie im Prinzip auf dem rechten Ohr ohnehin nicht mehr hören.«

Bodén nickte.

»Nach dem Eingriff werden Sie an Schwindel leiden, aber das legt sich nach einiger Zeit«, fuhr Mogren zuversichtlich fort.

Das klang hoffnungsvoll. Wenn es nicht schlimmer war …

Professor Mogren setzte sich auf dem Stuhl zurecht, sah Bodén schräg von unten in die Augen, zog die Brauen hoch und runzelte dabei die Stirn. Instinktiv bereitete sich Bodén auf etwas Unbehagliches vor.

»Es besteht das Risiko, dass ein Nerv, der Nervus facialis, bei dem Eingriff beschädigt wird.«

»Und?«, erwiderte Bodén.

Er hatte eigentlich geglaubt, inzwischen geläutert zu sein. Aber nein, die hölzerne Stummheit hatte ihn wieder fest im Griff. Resigniert unterließ er es zu fragen, was eine solche Schädigung für Konsequenzen haben könnte. Dem Arzt war ohnehin anzusehen, dass es nichts Spaßiges war. Mit einem Mal verspürte er den Drang, einfach aus dem Projekt auszusteigen und vielleicht einen Arzt zu finden, der seine Sache besser verstand.

»Der Facialis ist ein Gesichtsnerv. Ich sage nicht, dass der Verlauf so aussehen muss«, fuhr Professor Mogren eindringlich fort, um die Information zu vervollständigen, »aber es gibt keine Garantien dafür, dass dieser Nerv auf dem Weg zum Innenohr nicht geschädigt wird.«

Bodén war klar, dass Nina, hätte sie ihn begleitet, diese Eventualitäten direkt angesprochen hätte. Sie hätte genau wissen wollen, wie geschickt der Chirurg war und ob es wirklich keinen besseren gab und so weiter und so weiter. Ihm fehlte ihre Kraft, ihre praktische Art. Sie hätte natürlich gewusst, was eine solche Schädigung für Folgen gehabt hätte, da sie Krankenschwester war.

»Eine Schädigung des Facialis führt auf der operierten Seite zu einer halbseitigen Gesichtslähmung. Aber oft ist diese vorübergehender Natur«, schwächte der Arzt rasch ab.

Bodén versuchte sich eine halbseitige Gesichtslähmung vorzustellen, aber es gelang ihm nicht. Alles schien zu schweben, wirkte unbegreiflich und verschwommen.

»Manchmal ist die Lähmung jedoch auch von Dauer. Dann geht die Mimik verloren.«

Ach so, dachte Bodén, ohne die Miene zu verziehen, aber sein Herz schlug schneller.

»Das ist natürlich bedauerlich. Der eine Mundwinkel hängt dann nach unten. Es ist also nicht mehr so leicht, auf dieser Seite zu lächeln. Und auch schwierig, die Oberlippe hochzuziehen, also die Zähne zu zeigen, um es so auszudrücken. Auch das Auge zu schließen, bereitet Probleme, aber das lässt sich durch plastische Chirurgie teilweise korrigieren.«

Mit einemmal war Bodén die Lust auf weitere Informationen vergangen. Nicht einmal versuchsweise wollte er sich vorstellen, wie entstellt er aussehen würde. Schließlich hatte er bereits eingesehen, dass er sich den Fakten beugen, den Krebs akzeptieren und sich den ihm auferlegten Maßnahmen unterziehen musste. Er konnte sich nicht wehren. Er musste sich operieren lassen und nicht wieder alles, wie Nina ihm vorwarf, unnötig komplizieren.

Die Todesangst, die er teilweise hinter sich gelassen hatte, wurde in diesem Augenblick von einer galoppierenden Angst vor dem Leben abgelöst.

Wie würde sich wohl der Rest seines Lebens gestalten?

Dann war bis halb fünf Kaffeepause. Im Zentralblock gebe es eine Cafeteria, hatte ihm eine Schwester erklärt. Ein bisschen

Abwechslung tut gut, dachte er und machte sich auf den Weg dorthin. Er hatte gelinde gesagt einiges zu verdauen. Danach würde er zur HNO-Klinik zurückkehren, um einen Doktor Ljungberg zu treffen, der ihn operieren würde. Er hoffte, dass er anschließend genug Zeit hatte, zu Fuß zum Bahnhof zu gehen. Andernfalls musste er ein Taxi nehmen.

Er schob seine schwarze Umhängetasche, in der seine Sachen zum Übernachten lagen, hinter einen Stuhl auf dem Korridor, um sie nicht mitschleppen zu müssen. Selbst wenn sie jemand klaute, war es ihm egal. Sie enthielt nichts Wertvolles. Sein Verhältnis zu materiellen Dingen hatte sich verändert. Sie waren ihm nicht mehr so wichtig, und er fühlte sich freier.

Es war immer noch warm. Eine herrliche Jahreszeit. Eigentlich hätte er in Hemdsärmeln herumlaufen können, aber in seiner Jackentasche lagen Dinge, die er dann doch nicht missen wollte. Hausschlüssel, Brieftasche und eine Sonnenbrille. Das klassische Pilotenmodell von Ray-Ban, das er für teures Geld vor vielen Jahren erstanden hatte.

Und dann natürlich das Pflanzenbuch in Farbe.

Er hatte es aus purer Sentimentalität mitgeschleppt, es einfach nicht bleiben lassen können. Es vermittelte ihm auf eine vielleicht lächerliche Art das Gefühl, ein Leben gelebt zu haben. Vielleicht sogar gelegentlich ein gutes Leben. Das gab ihm Geborgenheit.

Er hatte das Buch von seiner Mutter zu seinem zehnten Geburtstag bekommen. Er konnte sich nicht erinnern, ob er sich damals gefreut hatte. Heutzutage würden sich Kinder vermutlich über ein Pflanzenbuch kaputtlachen. Er konnte sich auch nicht daran erinnern, ob er noch weitere Geschenke erhalten hatte, Spielsachen, weniger ernsthafte Dinge.

Das Pflanzenbuch hatte ihn sein ganzes Leben lang begleitet. In seiner Kindheit hatten alle Schüler noch Herbarien angelegt, Pflanzen gepresst, die sie in den Sommerferien gesammelt hatten. Im Nachhinein klang das aufregender, als es in Wirklichkeit gewesen war. Für ihn war es eine Hausaufgabe über die Sommerferien gewesen, die er so lange vor sich hergeschoben hatte, bis alles verblüht gewesen war. Er hatte sich bei einer fleißigen Mitschülerin ein paar eher langweilige Pflanzen erbetteln müssen, die diese zufälligerweise übrig hatte. Auf dem Deckel des Pflanzenbuchs war ein dunkelbrauner, daumenabdruckgroßer Fleck. Er erinnerte sich daran, wie ihn ein Mitschüler mit dem Spitznamen Lachs im Siebenmeilenwald geschubst hatte. Sein Kakao war aus dem Becher geschwappt. Die ganze Klasse hatte mit Gummistiefeln im Moos gesessen. Er hatte eine Heidenangst gehabt, seine Mutter könnte den Fleck entdecken, ein trauriges Gesicht machen, mit ihren abgearbeiteten Händen über den Einband streichen und ihn vorwurfsvoll ansehen. Er hätte sich schuldig gefühlt, weil er nicht dankbar genug gewesen war. Er wäre kein artiger Sohn gewesen, weil er mit den Dingen, die man ihm geschenkt hatte, nicht sorgsam genug umgegangen war. Das Buch war natürlich teuer gewesen.

Ein kühler Wind wehte um den Südflügel des massiven Gebäudes. Er ging die Treppen hinunter, über den asphaltierten Wendeplatz aufs Entree des Zentralblocks zu, das in einer dunklen und feuchten Senke lag. Er sah einen Mann, dessen Gesicht teilweise blauviolett verfärbt war, und fühlte sich mit einem Mal ganz elend. Ihm wurde jetzt klar, was ihm möglicherweise bevorstand. Ein entstelltes Gesicht ließ sich schlecht mit seiner täglichen Arbeit vor versammelter Klasse vereinbaren. Es würde schwierig sein, die Schüler im Zaum zu halten. War es nicht schon schlimm genug, dass er schlecht hörte? Würde er jetzt auch noch Frührentner werden? Das wollte er nicht, obwohl es in letzter Zeit manchmal anstrengend gewesen war.

Er dachte an das vergangene Frühjahr zurück. Die Sonne hatte heiß durch das Fenster des Klassenzimmers geschienen. Die Schüler hatten halb auf den Bänken gelegen und still vor sich hin gerechnet. Es waren nur die Geräusche der Stühle und Stifte zu hören gewesen. Er hatte am Lehrerpult gesessen, Physikklausuren korrigiert und war zufrieden gewesen, weil er die Zeit so gut nutzen konnte. Vielleicht war er auch ein wenig schläfrig geworden.

Plötzlich war die Tür aufgerissen worden, und Anni war eingetreten und hoch erhobenen Hauptes am Pult vorbei zur letzten Bankreihe marschiert. Sie war also doch noch gekommen. Er hatte gehofft, dass sie dem Unterricht fernbleiben würde. Anni war die Einzige, die er nicht im Griff hatte. Eigentlich hätte sie gar nicht in dieser Klasse sein dürfen. Man hätte sie wer weiß wohin schicken sollen, in seiner Klasse hatte sie jedenfalls nichts zu suchen. Sie war an sich begabt, aber ihre Faulheit hatte etwas Destruktives.

Alle hatten ihre geröteten Köpfe gehoben und waren Anni mit den Blicken gefolgt. Die Arbeitsruhe war wie weggeblasen gewesen. Alle waren sie Teil eines Schauspiels geworden, bestehend aus Bodéns fruchtlosem und dummem Versuch, die konzentrierte Stille wiederherzustellen, und Annis dringendem Bedürfnis, im Mittelpunkt zu stehen, wahrgenommen zu werden.

»Wo warst du?«, hatte er gefragt und dabei versucht, streng und energisch auszusehen. Und er hatte ihre Stimme gehört, diesen nasalen Stockholmer Dialekt. Aber er hatte die Worte nicht verstanden. Die Laute waren nicht zu ihm vorgedrungen. Stumm hatte er in die rabenschwarz umrahmten Augen ganz hinten im Klassenzimmer gestarrt. In Augen, die ihn nicht losgelassen, sondern an der Tafel festgenagelt hatten.

Genauer gesagt, hatten sie ihn aufgespießt.

Er hatte seine Korrekturen fortgesetzt. Ruhig und beherrscht hatte er die Seiten umgeblättert. Aber offenbar hatte Anni etwas gesagt, das eine Antwort erforderte, eine sarkastische Erwiderung. Die Köpfe waren ihm immer noch zugewandt gewesen. Er hatte diese Blicke gekannt. Die Erwartung, die wie Feuer brannte. Sie hatten die Wirkung abgewartet. Und seine säuerliche, vernichtende Antwort. Den Angriff, der Anni plattmachen und zähmen würde. So hatte ihr ungeschriebener Vertrag ausgesehen. Denn hier geht es um Klassenzimmer-Entertainment, hatte er müde gedacht und sie gerade dazu auffordern wollen weiterzurechnen, die Stunde sei noch nicht vorbei, als es irgendwo aus einer der hinteren Bankreihen geschallt hatte: »Du bist ja auch nur so ein blöder alter Knacker!«

Das hatte gesessen wie ein Peitschenhieb. Er hatte den Mund geöffnet und etwas entgegnen wollen, rasch und gnadenlos.

Aber wer war es gewesen?

Wer hatte ihm, plötzlich übermütig, diese Respektlosigkeit ins Gesicht geschleudert?

Er wusste es immer noch nicht, aber sein Verdacht ging in eine bestimmte Richtung. Inzwischen war es ja auch egal. Die Schüler hatten jedoch nicht gewusst, dass er seit langem einen wohl erprobten Trick kannte, wie man sich wieder Respekt verschaffte. Wie man sich rächte, um es mit aller Deutlichkeit zu sagen.

Mit einer gewissen Genugtuung hatte er einfach etwas schlechtere Noten als geplant gegeben. Und zwar in zwei Fächern. Das traf zwar manchmal die Falschen, aber wer konnte schon behaupten, das Leben sei gerecht?

Genau das hatte er zu dem jungen Schüler gesagt, der mit hochroten Wangen und eisigem Blick am letzten Schultag an ihn herangetreten war.

»Das beeinflusst meine ganze Zukunft«, hatte der Jüngling gerufen und hasserfüllt mit einem braunen Umschlag vor seiner Nase herumgefuchtelt.

Hochmut kommt vor dem Fall, hatte Bodén gedacht, ohne eine Miene zu verziehen. Man soll nicht glauben, dass alles immer so leicht geht.

Jetzt stand er in der riesigen Eingangshalle des Zentralblocks. Sein Herz schlug schneller. Immer dieses Unbehagen, das ihn jeweils dann überwältigte, wenn er es am allerwenigsten gebrauchen konnte. Und dann diese Hitzewallungen.

Eine halbseitige Gesichtslähmung lässt sich nicht mit hundertprozentiger Sicherheit ausschließen.

Er fasste sich an die Wange.

Im Übrigen vollkommen gesund? Also einmal abgesehen von dem Tumor.

Professor Mogren hatte ihm kürzlich diese Frage gestellt,

und wie ein aufmerksamer Knabe hatte er rasch geantwortet: »Natürlich. Vollkommen gesund.«

Aber stimmte das überhaupt? Musste er sein Herz nicht untersuchen lassen? Ehe sie anfingen, an ihm herumzuschnippeln?

Wallungen brandeten in ihm auf, sein Herzschlag dröhnte, ihm wurde schwindlig, er musste sich hinsetzen, sein Blick suchte nach einem Stuhl, überall sah er Bänke, aber auf allen schienen übergewichtige Leute zu sitzen. Erlitt er gerade einen Herzinfarkt? Schließlich war alles extrem anstrengend gewesen. Er verspürte einen brennenden Schmerz in seiner Brust, versuchte seine Atmung unter Kontrolle zu bringen, stand mitten im Gedränge, hätte sich eigentlich an die Wand lehnen sollen, konnte sich aber kaum vom Fleck bewegen. Ein junger Mann kam mit wehendem weißen Arztkittel auf ihn zu. Ein Glück! Bodén machte ein paar unbeholfene Schritte auf den Arztkittel zu.

»Wo ist die Notaufnahme?«, brachte er mit Mühe über die Lippen. Der Mann kam ihm irgendwie bekannt vor.

»Hinter dem Zentralblock. Sie müssen um das ganze Gebäude herumgehen«, sagte der Weißbekittelte und machte eine weit ausholende Armbewegung.

Bodén sah ein, dass dies kein kurzer Spaziergang sein würde. Eine in seiner Lage unvorstellbare Entfernung. Seine Panik nahm zu. Der Arzt hielt eine Tüte vom Kiosk in der Hand und schien es eilig zu haben. Plötzlich wirkte es aber, als betrachte er Bodén mit neuen Augen. Irgendetwas schien in seinen Augen aufzublitzen. Bodén beobachtete dies alles. Wohlwollen, dachte er. Er fühlte sich in guten Händen. Ein Arzt lässt nie jemanden im Stich, der in Not ist.

»Ich zeige Ihnen den Weg. Ich kenne eine Abkürzung«, sagte der Mann und deutete ans andere Ende der Eingangshalle.

Fast im Dauerlauf bewegten sie sich am Kiosk und an der Cafeteria vorbei. Bodén auf unsicheren Beinen, immer einen halben Schritt vor dem jungen Mann. Er wünschte sich jetzt nur noch eine Liege. Wollte sich nur noch hinlegen und die Augen schließen, hielt den Blick aber krampfhaft auf den Steinboden gerichtet. Die Brust schmerzte unentwegt. Er konnte nicht sprechen.

Würde er es rechtzeitig zur Notaufnahme schaffen?

Er musste sich beruhigen. Schließlich hatte er ja den richtigen Mann an seiner Seite. Aber wo hatte er ihn schon einmal gesehen? Fieberhaft suchte er in seiner Erinnerung. Es war wirklich sehr nett, dass er sich die Zeit nahm, ihm den Weg zu zeigen. Das würde er ihm nie vergessen. Niemals! Der junge Arzt war vermutlich sehr beschäftigt. Eigentlich hatte er gar keine Zeit, mit einem Patienten, der sich verlaufen hatte, herumzurennen. Aber das war eben die Berufung. Die verdammte Pflicht des Arztes.

Sie näherten sich dem Fahrstuhlfoyer A. Die Fahrstuhltüren öffneten sich, und Leute strömten ihnen entgegen.

»Entschuldigen Sie«, sagte eine Frau, die in dem Gedränge mit Bodén zusammengestoßen war.

Die Stimme kam ihm irgendwie bekannt vor. Er konnte sich gerade noch umdrehen, aber sie war bereits verschwunden, und er selbst stand vor einem Treppenhaus.

Unangenehm, all diese Menschen, die er nicht einordnen konnte. Wie in einem Albtraum. Der Arzt schob ihn vor sich her, ging immer noch einen halben Schritt hinter ihm. Bodén spürte seine beruhigende Nähe. Sie passierten die Fahrstühle für den Bettentransport. Keine Menschenseele war zu sehen. Dann ging es auf einen unendlich langen Korridor zu, der trostlos widerhallte und ebenfalls vollkommen ausgestorben war. Merkwürdig, in so einem großen Krankenhaus. Er glaubte, dass sie sich hinter der großen Eingangshalle befanden, hatte aber die Orientierung verloren. Er fühlte sich immer schwächer. Keuchte. Der Schweiß lief ihm über den Körper. Er wischte sich die Stirn ab.

»Erkennen Sie mich denn nicht?«

Er blieb stehen, hörte die Atemzüge des Mannes hinter seinem Rücken. Eine trockene Stimme, keinesfalls verständnisvoll oder freundlich. Die Umlaute klangen irgendwie bekannt.

Wie zu Hause. Die Vokale waren gedehnt. Das »r« gerollt, im Rachen gesprochen.

Bodén schwankte, als er versuchte, sich umzudrehen. Gleichzeitig sah er sich nach Wegweisern um. Wo befand er sich? Wie sollte er hier je wieder herausfinden? Er sah nur glatte Wände und einen spiegelnden Fußboden wie den eines Ballsaals, der das Licht des Nachmittags reflektierte. Helligkeit kam schräg von oben von einem trostlosen Innenhof herein.

Geschlossene Türen. Vorlesungssäle natürlich, dachte Bodén. Er trottete weiter, wagte nicht, stehen zu bleiben. Hatte Angst davor zusammenzusacken. Wollte nach draußen. Aber wie? Sein Blick irrte herum. Er hatte vollkommen die Orientierung verloren. Er schielte vorsichtig auf seinen Begleiter, und dieser lächelte zurück. Blieb stumm. Er bekam Angst. Das Lächeln wirkte ungemütlich. Kalt und gezwungen.

Kannte ihn der Mann im Ärztekittel?

Kannten sie sich?

Er sah sich um. Immer noch keine Menschenseele, so weit das Auge reichte. Eine Uhr an einem Pfeiler zeigte halb fünf. Um Gottes willen! In fünf Minuten musste er bei Doktor Ljungberg in der HNO-Klinik sein. Musste hier raus. Hier weg. Weg.

Strauchelte weiter. Kam sich vor wie ein herumirrender Idiot. Es war totenstill. Er musste pinkeln. Entdeckte in ein paar Metern Entfernung eine Toilette. Sogar zwei. Ging auf die beiden Türen zu, aber eine Hand auf der Schulter hielt ihn auf. Die Hand des Mannes war hart wie Stahl. Er verlor das Gleichgewicht und strauchelte auf die nächste Tür zu. Schlug so fest dagegen, dass sein Brustkorb schmerzte und er fast keine Luft mehr bekam. Beim Sturz verfing sich seine Jacke in der Türklinke. Die Tür öffnete sich. Vom Boden aus erblickte er einen roten Putzeimer.

Schwankend und mit schmerzendem Knie erhob er sich mühselig.

»Ist das der richtige Weg?«, fragte er den Arzt in bittendem Ton. Vielleicht war er ja der Teufel in eigener Person?

Er strich sein Haar zurück, das ihm in die Stirn gefallen war. Seine Hände zitterten.

»Ja. Der richtige«, erwiderte der Weißgekleidete knapp.

Wie eine gejagte Ratte, dachte Bodén und suchte den weißen Kittelaufschlag nach dem Namensschild ab. Er zwang sich zu fokussieren, seinen Blick zu schärfen. Schwarze Buchstaben auf hellem Grund. Und dann sah er, was dort stand.

Vor Schreck blieb ihm fast das Herz stehen. Er ließ seinen Blick langsam nach oben gleiten, aber nach wie vor den Kopf gesenkt. Gab sich geschlagen. Bettelte wortlos um Gnade.

Abwartend und gespannt standen sie sich gegenüber. In Bodéns Ohren toste es wie nie zuvor. Ein Orkanwind schüttelte ihn. Noch nie hatte er sich einem Herzinfarkt so nahe gefühlt. Dem Tod. Seine Brust schmerzte, und sein Mund war trocken.

Der Mann vor ihm bestand jedoch aus Eis. Oder Hass. Er kannte kein Erbarmen.

Aber warum?

Er hegte einen bestimmten Verdacht. Aber es fiel ihm schwer, ihn in Worte zu fassen. Er räusperte sich und versuchte, seine Stimmbänder in Gang zu bringen.

»Wie merkwürdig, dass ich Sie hier treffe«, sagte er und lächelte automatisch und einschmeichelnd.

Besser noch einmal mit dem ganzen Mund lächeln, bevor ihn die Gesichtslähmung erwischte.

»Ja, nicht wahr«, erwiderte der junge Mann, der mindestens einen Kopf größer war als Bodén.

Der Weißgekleidete trat einen Schritt auf ihn zu. Bodén versuchte zurückzuweichen, eine Bewegung, die ihm Mühe bereitete. Er schwankte. Mit Entsetzen sah er, wie der Ärztekittel gleichsam größer wurde, wuchs. Der Mann näherte sich ihm wie ein keuchender Stier.

Die Angst packte ihn. Langsam begriff er, was Sache war. Er wollte verhandeln. Den jungen Mann besänftigen.

»Können wir nicht darüber sprechen?«

»Ich glaube, es ist alles gesagt.«

»Ach?«

»Waren das damals nicht auch Ihre Worte? ›Dazu ist alles gesagt.‹«

Die Augen hasserfüllt aufgerissen. Das Gesicht bleich und starr. Kein Erbarmen. Keine Gnade.

Bodén drehte sich um, stolperte ein paar Schritte. Kam aber nicht weit. Spürte einen Arm um seinen Hals. Der Arzt warf sich von hinten auf ihn. Drückte sich gegen ihn, während sein Arm seinen Kehlkopf zusammendrückte. Ihm wurde übel, er wollte sich befreien, brauchte Luft. Er versuchte den Arm wegzureißen, der immer fester zudrückte. Seine Fingernägel krallten sich in den glatten Stoff des Ärztekittels. Er schlug auf den Unterarm des Mannes, aber nichts half. Der Druck nahm nur weiter zu. Die Schmerzen waren bald unerträglich. Entsetzen. Luft. Alles würde er für einen einzigen Atemzug geben.

Er wurde vorwärts gestoßen. Wohin, wusste er nicht. In einen fensterlosen Verschlag. Vielleicht tat er sich dabei weh. Sein Bein schmerzte. Aber das war nichts, verglichen damit, keine Luft zu bekommen. Sein Kopf schmerzte. Seine Kehle wurde zusammengepresst. Unerträgliche Schmerzen. Der Arm drückte gnadenlos zu. Irgendwo war etwas nass. Er hatte in die Hose gemacht. Vielleicht auch mehr. Wusste es nicht. Er zuckte. Seine Arme fielen herab. Er stürzte. Milchig und leer. Jemand atmete stoßweise. Ein dumpfer Knall weit weg.

Dann nichts mehr.

Veronika baute sich gut sichtbar vor der großen Cafeteria in der Eingangshalle auf. Es saßen jetzt bedeutend weniger Leute dort. Die meisten Tische waren leer. Sie wusste nicht, wie Cecilias Freundin aussah. Sie hieß Ester, und sie hatte eine gewisse Vorstellung davon, wie sie aussehen könnte. Dunkle Kurzhaarfrisur und braune Augen.

An dem riesigen Arbeitsplatz war Schichtwechsel. Ein Menschenstrom bewegte sich auf den Ausgang und weiter auf die Parkhäuser oder auf die Fahrradständer hinter dem asphaltierten Wendeplatz zu. Veronika wusste, dass sich alle nur wegsehnten. Das tat sie auch. Die Sehnsucht nach frischer Luft war in einem Krankenhaus mit seinen lichtlosen Korridoren, abgeschotteten Patientenzimmern, Untersuchungszimmern und gelegentlich sogar fensterlosen Büros konstant.

Gerade eben war sie zufällig auf einen Mann von daheim gestoßen, aber der schien sie nicht erkannt zu haben. Wahrscheinlich war er krank, deswegen war er vermutlich auch hier. Er hatte sich in Gesellschaft eines jungen Arztes befunden, dessen Gesicht ihr ebenfalls irgendwie bekannt vorgekommen war. Vielleicht sein Sohn. Die Welt war kleiner, als man glauben könnte.

Ihre Augen brannten vor Müdigkeit, aber ihre Sonnenbräune aus Griechenland ließ sie erholt aussehen. Sie zog einen Lippenstift aus der Tasche und zog ihre Lippen nach, als Claes auf ihrem Handy anrief. Sie berichtete ihm kurz von Cecilias Befinden. Nach der Operation sei jetzt alles soweit stabil. Dann hörte sie ihm zu, wie er mit seiner ruhigen Stimme vom ersten Tag im Kindergarten Humlan erzählte. Es sei dort vielleicht eine Spur langweilig, aber Klara habe sich gut zurechtgefunden. Jetzt war es also doch nicht sie, die sich darum kümmern musste, dass sich ihr zweites Kind im Kindergarten zurechtfand. Aber das war ihr im Augenblick egal. Vielleicht hatte auch das einen tieferen Sinn. Claes' Stimme klang zuversichtlich und weniger skeptisch. Klara hätte sich mehr für die anderen Kinder als für die Spielsachen interessiert, erzählte er. Sie könnten sich glücklich schätzen, eine so unbekümmerte Tochter zu haben. Anschließend hatte Claes Klara ins Präsidium mitgenommen, und sie hatten seinen Dienstplan geändert. Louise Jasinski hatte sich erboten, ihn zu vertreten, falls das nötig werden sollte.

»Aber es handelt sich doch wohl nur um ein paar Tage, oder was glaubst du?«

Veronika schwieg. Sie wollte die Möglichkeit haben, so lange bei Cecilia zu bleiben, wie es nötig sein würde. Deswegen ließ sie sich mit der Antwort Zeit.

»Ich habe wirklich keine Ahnung. Aber eine Weile wird es schon dauern.«

Sie bemerkte eine schlanke Frau in weißem Kittel und einem tiefschwarzen Zopf, die offenbar jemanden suchte.

»Ich muss aufhören. Ich ruf dich später wieder an.«

Sie ging auf die Frau zu.

»Sind Sie Ester?«

Sie setzten sich mit ihren Tabletts an einen Fenstertisch. Veronika fand die andere sympathisch. Sie bewegte sich harmonisch und lächelte oft.

»Wie gut, dass die Polizei Sie erreicht hat. Ich möchte Ihnen für Ihre Hilfe danken«, begann Veronika.

»Aber ich habe eigentlich gar nichts Besonderes getan«, entschuldigte sich Ester.

Veronika fiel es leicht, sich mit ihr zu unterhalten.

»Wie kam es, dass die Polizei gerade Sie angerufen hat?«

»Anschließend haben sie ja, oder vielleicht war es ja auch nur eine Person, die sie niedergeschlagen hat, ihre Tasche ein Stück weit weg in die Büsche geworfen. Dort hat die Polizei sie gefunden. In der Tasche lag die Einladung mit der Telefonnummer von Leo und mir.«

Veronika nickte.

»Aber sie haben Cecilias Brieftasche gestohlen«, meinte Ester.

»Das ist in diesem Zusammenhang wirklich eine Kleinigkeit«, sagte Veronika und meinte wirklich, was sie da sagte.

Hatte man sie deswegen niedergeschlagen? Wegen des Geldes? Sie hatte natürlich auch schon mehrmals an diese Möglichkeit gedacht. Wie unsinnig. Ein Leben für ein paar Geldscheine oder eine Kreditkarte.

»Was sagen die Ärzte?«, fragte Ester vorsichtig.

»Dass es gut aussieht, aber dauern wird, und was sie für bleibende Schäden davonträgt, wissen wir natürlich noch nicht, aber die Ärzte hoffen, dass sie im Großen und Ganzen wiederhergestellt wird. Die erste Woche soll sie noch in Narkose bleiben. Offenbar ist das gut für das Gehirn, nach einer Operation auszuruhen. Das machen sie immer so. Sie hatte ein Epiduralhämatom, eine Blutung zwischen Schädelknochen und Gehirnhaut. Sie haben sie sofort operiert, als sie eingeliefert wurde. Aber ich weiß nicht, wie lange sie so dagelegen hatte …«

Ihr versagte die Stimme.

»Ich weiß aber in etwa, wann sie gegangen ist. Das habe ich auch der Polizei gesagt. Es war etwa um halb vier am Morgen«, erwiderte Ester rasch.

»Sie wurde erst gegen sechs gefunden. Von einem Mann auf dem Weg zur Arbeit. Sie hat also vielleicht …«

Plötzlich weinte Veronika, als sie daran dachte, wie verlassen und schutzlos ihre Tochter gewesen war. Gleichzeitig war es ein angenehmes Gefühl, so unbeherrscht heulen zu können. Vielleicht fiel ihr das im Beisein einer vollkommen Unbekannten sogar leichter.

»Aber es war ein Glück, dass sie noch rechtzeitig gefunden wurde«, meinte Ester und lächelte vorsichtig.

»Natürlich«, erwiderte Veronika und trocknete ihr tränennasses Gesicht. »Die Neurochirurgen haben die Knochensplitter und die Blutung entfernt, die auf das Gehirn drückte. Sie haben auch einen Druckmesser eingesetzt, der den Druck im Gehirn misst.«

Ihre Worte überschlugen sich förmlich. Sie hatte ein wahnsinniges Bedürfnis zu erzählen. Ester nickte. Sie saß ruhig da und schien auch nicht den dringenden Wunsch zu haben auszureißen.

»Man will sicherstellen, dass der Druck im Gehirn nicht zu sehr ansteigt«, fuhr Veronika fort, »und dass das Gehirn ausreichend durchblutet wird, sodass keine weiteren Schäden auftreten. Sie hat auch einen dünnen Plastikkatheter im Kopf, der mit einer Maschine verbunden ist, die den Stoffwechsel im Gehirn kontrolliert. Epileptische Anfälle, sie hatte glücklicherweise noch keinen, und Fieber führen zu erhöhtem Stoffwechsel, und dabei können Zellen absterben, und das will man natürlich unbedingt verhindern.«

Ester meinte, Cecilia bekäme wohl Antibiotika und Antiepileptika, und Veronika nickte. Es fiel ihr leichter, sich mit jemandem zu unterhalten, der sich auskannte, dem man nicht alles erklären musste, und deswegen erzählte sie auch mehr, als sie das unter anderen Umständen getan hätte.

»Nach einer Woche lassen sie sie langsam aus der Narkose aufwachen. Anschließend kommt die Rehaklinik.«

»Aber das Ganze kommt wieder in Ordnung, und das ist das Wichtigste. Und Cecilia ist sehr stur und fit«, warf Ester zuversichtlich ein.

Veronika nickte. Cecilia war immer lebhaft gewesen. Ein energisches Kind.

»Ich würde Sie gern noch etwas fragen«, sagte sie dann und faltete ihre Papierserviette zusammen, während sie nach den richtigen Worten suchte. »Vielleicht ist das eine seltsame Frage. Aber war Cecilia ... unglücklich, als das hier passierte?«

Ester hatte lange und glatte Wimpern. Sie schaute auf ihre Hände.

»Nein, soweit ich weiß, nicht. Auf unserer Party schien sie ihren Spaß zu haben. Sie freute sich über die neue Wohnung. Wer hätte sich nicht darüber gefreut? Viele Studenten müssen dauernd umziehen. Erst nach Jahren bekommt man von der kommunalen Wohnraumverwaltung eine Wohnung. Cecilia hatte gerade alle ihre Sachen in die Wohnung geschafft. Karl hatte ihr dabei geholfen.«

»Kennen Sie Karl?«

Ester nickte.

»Wirklich nett, dass er ihr geholfen hat. Vielleicht kann ich mich bei Gelegenheit bei ihm bedanken.«

»Schon möglich«, meinte Ester.

Veronika wusste, was sie eigentlich wissen wollte. Nicht ob Cecilia unglücklich, sondern ob sie glücklich gewesen war.

Sie wünschte ihrer Tochter viel Glück.

Aber Glück ließ sich nicht für andere bestellen. Man konnte es ihnen nur von Herzen wünschen.

»Verdammt! Wo steckt Jan Bodén? Jetzt warte ich schon eine halbe Stunde. Ich will nach Hause.«

Doktor Ljungberg saß im Untersuchungszimmer der HNO-Klinik. Er nahm seine Brille ab und massierte die roten Abdrücke, die diese auf seiner Nase hinterlassen hatten. In der anderen Hand hielt er den Telefonhörer. Er sah müde aus.

»Keine Ahnung«, sagte Mats Mogren am anderen Ende. »Vermutlich ist er nach Hause gefahren. Er fand vielleicht, dass er jetzt weiß, was er wissen muss.«

»Na dann.«

Ljungberg legte auf, sagte der einzigen Schwester in Reichweite, der korpulenten Irene, sie solle Bodén, falls er noch auftauche, ausrichten, er könne ihn anrufen.

Dann ging er in die »Burschenkammer« unterm Dach, trank einen Schluck über Nacht abgestandenen Kaffee und alberte mit dem Arzt herum, der Nachtdienst hatte und der sich über den Stress und die Monotonie auslassen musste, die ihm jetzt auf der Notaufnahme bevorstanden. Dann zog er sich um, ging die Treppe hinunter, trat in den klaren Septemberabend und schwang sich auf sein Fahrrad. Er hatte fünfunddreißig Minuten Strampeln vor sich, bei denen er wieder zu sich kommen konnte.

Sechstes Kapitel

Dienstag, 3. September

Kinder sind wirklich sehr unterschiedlich, dachte Kriminalkommissar Claes Claesson.

Er hatte einen weiteren halben Tag in der Kindertagesstätte Humlan hinter sich gebracht. Ella rannte dauernd rum, Petrus mit seinen großen braunen Augen hielt sich meist abseits, und der goldlockige Martin, bleich, kränklich wirkend und mit ständig laufender Nase, war recht weinerlich, fand Claes. Die Kindergärtnerinnen waren ebenfalls recht unterschiedlich. Am sympathischsten fand er Marie. Klara ging es vermutlich genauso. Marie war, auch wenn man es kaum laut zu sagen wagte, eine rundliche Dame, bei der die Rundungen richtig verteilt waren. Sie war fröhlich und energisch in einer geglückten Kombination, außerdem hatte sie Lachfältchen.

Er saß in Socken auf einem Kinderstuhl und hatte das Gefühl, sich am vollkommen falschen Ort zu befinden. Nicht nur, dass er es sich nie hätte träumen lassen, in einem Kindergarten zu arbeiten, sondern auch, dass er das Gefühl hatte, man hätte ihm den Wind aus den Segeln genommen, ihn angehalten, weil er vor allen anderen gestartet war. Also sah er ein – und versuchte dabei nicht zu gähnen –, dass er sich mehr an seinen Arbeitsplatz zurückgesehnt hatte, als er sich hatte eingestehen wollen.

Auf Veronikas Aufforderung hin hatte er zumindest ihre Babysitterin Maria angerufen. Sie war die Freundin von Lasse, dem Sohn seines Kollegen Janne Lundin. Sie war arbeitslos und bei der Arbeitsvermittlung als arbeitssuchend registriert, konnte aber trotzdem einspringen, falls sie dort nichts hatten. Um die Eingewöhnungsphase in den Kindergarten musste er sich jedoch selbst kümmern. Morgen konnte er Maria eventuell am Nachmittag bitten, auf Klara aufzupassen, damit er eine Weile an seinem Schreibtisch auf der Wache sitzen konnte. Das kam ihm plötzlich unerhört wichtig vor. Vielleicht hatte er dann sogar Gelegenheit, eine Tasse Kaffee mit den Kollegen zu trinken. Ihm hatte in letzter Zeit die Gesellschaft Erwachsener gefehlt.

Am Vormittag hatten ihn die Kindergärtnerinnen eingeladen, mit ihnen im Personalzimmer Kaffee zu trinken. Klara musste sich daran gewöhnen, dass er nicht in Reichweite war. Etwas verlegen hatten sie dann zusammengesessen, zwei Kindergärtnerinnen und er, und sich höflich unterhalten. Diese beiden würden sich später einmal um seinen Augapfel kümmern. Er versuchte so charmant wie möglich zu sein, da er das Gefühl hatte, dass das von Bedeutung dafür war, wie sie sich um Klara kümmern würden. Vielleicht irrte er sich auch, aber Menschen waren Menschen, und war man selbst freundlich, dann waren die anderen auch freundlich. Veronika sagte auch immer, dass die netten Patienten besser behandelt würden. Vielleicht sogar medizinisch, aber es war nur menschlich, dass man den Stänkerern aus dem Weg ging. Überstunden machte man schon eher wegen irgendwelcher netter Leute.

Das laue Septemberwetter hielt an. Auf dem Heimweg kaufte er ein. Klara war im Buggy eingeschlafen. Wahrscheinlich würde sie deswegen den ganzen Abend munter sein. Aber er war inzwischen ein sehr geläuterter Vater.

Bei der Post waren Fotos von der Hochzeit, die seine Schwester Gunilla geschickt hatte. Klara und er saßen am Küchentisch, dem Mittelpunkt des Zuhauses, wo sie die meiste Zeit zubrachten, außer die Abende, an denen Veronika und er sich aufs Wohnzimmersofa fallen ließen. Klara saß auf ihrem Kinderstuhl und stocherte im Essen. Das Fenster ging auf den Vorgarten. Er schaute gern dort hinaus und folgte den Jahreszeiten, die sich in dem nicht allzu weit entfernten, knorrigen Apfelbaum spiegelten.

Er hatte ein Gläschen aufgemacht. Es gab nur zwei Geschmacksrichtungen, die Klara mochte, Rindfleisch mit Dill und vegetarische Lasagne. Früher hatte er immer gefunden, dass Kinder alles essen sollten. Taten sie das nicht, waren sie verwöhnt. Diese Einstellung hatte er rasch ändern müssen. Im Übrigen war er auch in vielen anderen Dingen gezwungen gewesen umzudenken, und das hatte er getan, ohne dass ihm deswegen die Schamröte ins Gesicht gestiegen wäre. Er hielt das eher für gesund. Er fühlte sich als Teil eines großen Kontinuums, er teilte die Sorgen und Freuden, die die Eltern aller Zeiten gehabt hatten. Deswegen hatte er auch einen großen Vorrat Kindergläschen angelegt, und das hatte wahrhaftig nichts damit zu tun, dass er nicht kochen konnte, sondern war eine reine Vorsichtsmaßnahme für den Fall, dass er viel um die Ohren haben würde, während Veronika weg war.

Langsam betrachtete er die Fotos von der Hochzeit. Er fand, dass er jünger aussah, als er sich fühlte. Das war natürlich eine positive Überraschung. Veronika strahlte. Viel Mund und viel Haar. Sie trug weiße Blüten in den Locken. Das Brautbukett hatte er bestellt, aber Veronika hatte ihm Anweisungen gegeben. Es war erstaunlich gut zu sehen, obwohl die Blüten helle Farben hatten. Auch Cecilia strahlte auf den Fotos. Sie trug ihr langes, sonnengebleichtes Haar offen. Ihr grünes Kleid stand ihr. Ausnahmsweise stand sie neben ihm und nicht wie sonst in zwei Metern Entfernung. Sie hatte Klara auf dem Arm, ihre kleine Schwester.

Eine richtige Familie, dachte er. Obwohl er wusste, dass es alle Varianten gab, mit Kindern kreuz und quer, mit oder ohne Vater oder Mutter und manchmal mit zweien von beidem. Er war erstaunt und fast lächerlich stolz darüber, dass es gerade ihm geglückt war, das in die Reihe zu kriegen. Er hatte nicht geglaubt, dass er jemanden treffen könnte, mit dem er es ein Leben lang aushalten wollte. Eine Liebesaffäre war eine Sache, aber der gemeinsame Alltag etwas ganz anderes.

Alles konnte sich schnell verändern! Cecilias langes, gewelltes Haar war jetzt abrasiert. Es würde nicht leicht werden, zu dieser Veränderung zu erwachen. Aber das Haar wuchs nach. Schlimmer war es mit eventuellen Folgeschäden, wie es Veronika ausgedrückt hatte. Sichtbaren und unsichtbaren Handicaps. Veronika war zuversichtlich gewesen. Er hatte nicht das Herz gehabt, ihren Optimismus infrage zu stellen. Konnte Cecilia diese schwere Schädelverletzung wirklich ohne bleibende Schäden überstehen?

Er sagte nichts und vermied es herumzuunken. Was wusste er schon? Schließlich kannte sich Veronika mit Medizin aus. Er machte sich auf das Schlimmste gefasst, alles andere war dann eine positive Überraschung. Aber Veronika war nicht so. Jedenfalls nicht im Augenblick. Außerdem ging es nicht um seine Tochter, und das war kein geringer Unterschied.

Er half, so gut es ging, und deswegen rief er bei der Polizei in Lund an. Es war immer heikel, sich in die Arbeit der Kollegen einzumischen. Er überschlug sich fast vor Verbindlichkeit, als er sich durchstellen ließ. Er nannte seinen Namen und seinen Rang. Nach einigem Hin und Her hatte er endlich einen netten Menschen am Apparat: Kriminalinspektor Gillis Jensen.

»Schwer zu sagen, was eigentlich passiert ist«, meinte Jensen, »aber wir tun, was wir können. Es könnte sich um unprovozierte Gewalt handeln. Wir haben im Augenblick Ärger mit einer Bande, die nachts im Zentrum von Lund Leute mit Baseballschlägern aus Metall niederschlägt. Wir haben bestimmte Verdachtsmomente und versuchen, die Gruppe einzukreisen. Sie sind alle, glauben wir, recht jung und kommen aus einem der Vororte … Sie haben diese Probleme in Oskarshamn vermutlich auch?«

»Nicht so drastisch«, meinte Claesson, aber mehr, um deutlich zu machen, dass er zuhörte.

»Wir haben noch nichts, womit wir Anklage erheben könnten. Schade um diese jungen Leute. Sie fühlen sich vermutlich vollkommen außen vor.«

Vermutlich mussten sie sich darauf einstellen, dass sie den Täter nicht ermitteln würden. Er würde versuchen, Veronika darauf vorzubereiten, dass es niemanden geben würde, den man zur Rechenschaft ziehen konnte. Aber bisher hatten sie noch kaum über den Täter gesprochen, sondern mehr über Cecilias Verletzungen und darüber, was die Neurochirurgen unternommen hatten und weiterhin planten. Wie fähig sie waren, und dass es noch schlimmer hätte kommen können.

Cecilia hätte tot sein können, aber das sprach niemand aus. Alle konzentrierten sich auf das Gegenteil. Jedenfalls lebt sie noch, sagten alle, fast wie ein Mantra.

Vielleicht sollte man auch einmal darüber nachdenken, inwiefern Cecilia den Vorfall mitverschuldet hatte, dachte Claesson, sah aber sofort ein, dass sich das nicht so ohne Weiteres mit Veronika besprechen ließ. Er konnte so denken, schließlich war sie nicht seine Tochter. Vielleicht hatte sich Cecilia irgendwo aufgehalten, wo junge Frauen nichts zu suchen hatten, jedenfalls nicht nachts und nicht allein. Die Stadt ist gefährlich. Allerdings nicht für jeden. In dieser Beziehung existierte keine Gleichberechtigung. Vielleicht war Cecilia auch in schlechte Gesellschaft geraten, wie es so schön hieß. Was wussten sie eigentlich über ihr Leben? Veronika glaubte, einiges zu wissen. Sie telefonierten oft miteinander. Wahrscheinlich häufiger, als er wusste. Er hatte das Gefühl, dass sie ihre Telefonate führten, wenn er nicht zu Hause war.

Er war außen vor und hatte immer versucht, daraus keine große Sache zu machen. Veronika und Cecilia verbanden viele gemeinsame Jahre, über zwanzig, ehe er überhaupt auf der Bildfläche aufgetaucht war. Was konnte er erwarten? Aber er wollte so gerne helfen. Wollte, dass alles gut werden würde.

Das Gefühl, außen vor zu sein, war womöglich jetzt noch stärker, aber das musste er aushalten.

Das Telefon klingelte, als er Klara gerade aus ihrem Kinderstuhl hob. Jemand räusperte sich, wie um sich zu sammeln. Er war nicht ganz bei der Sache, da er seiner Tochter mit dem schnurlosen Telefon hinterherlief. Sie lief mit großen Schritten in die Diele.

»Hier ist Nina Bodén. Ich wohne bei Ihnen in der Straße.«

Claesson suchte in seinem Gedächtnis nach einem Gesicht, wusste aber nicht, wer sie war. Währenddessen tauchte Klara zwischen den Schuhen ab und steckte einen Arm in einen seiner schmutzigen Joggingschuhe, kaute vorerst aber noch nicht darauf herum.

»Entschuldigen Sie die Störung«, fuhr sie fort. Claesson hörte, dass etwas vorgefallen sein musste. Ihre Stimme klang nervös und angestrengt. »Ich weiß nicht recht, an wen ich mich wenden soll, und Sie sind doch bei der Polizei ... Also, mein Mann ist nicht nach Hause gekommen.«

Claesson holte tief Luft und dachte an alle entlaufenen Männer, die sich neue Frauen gesucht oder aus anderen Gründen dünngemacht hatten. Meist waren diese Gründe finanzieller Art. Die Augen immer noch auf Klara gerichtet, die sich weiterhin damit begnügte, die Hände abwechselnd in die Schuhe zu stecken, begann er genauere Fragen zu stellen. Wie lange er verschwunden sei? Vierundzwanzig Stunden. Ob er früher schon einmal verschwunden gewesen sei? Nein, noch nie. Ob er deprimiert sei? Nein, erwiderte sie, und er hörte, dass sie zögerte. Ob sie sich schon an die Polizei gewandt hätte? Ja, aber dort meine man, sie solle abwarten, die meisten Leute tauchten wieder auf. Ob ihr Mann auf seiner Arbeit gewesen sei?

»Nein. Er ist krankgeschrieben.«

»Ist er krank?«

»Nein, nicht direkt, aber er soll operiert werden.«

Ist man dann nicht krank?, fragte sich Claesson. Obwohl natürlich ein großer Unterschied zwischen verletzt und krank bestand. Ersteres war eher eine Reparatur, Letzteres bedeutete eher, ans Bett gefesselt zu sein und nicht die Kraft zum Aufstehen zu haben.

»Darf ich fragen, was er operieren lassen muss?«

»Nur einen kleinen Tumor.«

Nur!

»Ach?«

»Einen ganz ungefährlichen hinter dem Ohr.«

Und dann kam die Geschichte von seinem Besuch der HNO-Klinik in Lund.

»Haben Sie dort angerufen?«

»Natürlich«, antwortete Nina Bodén. Ihr versagte fast die Stimme. »Er ist nach der Kaffeepause nicht wieder aufgetaucht, aber das schien keine große Rolle zu spielen.« Sie weinte. »Sie glaubten, er hätte das Gefühl gehabt, genug erfahren zu haben, und sei nach Hause gefahren.«

Es war Abend.

Veronika machte sich jetzt die zweite Nacht ihr Bett im Angehörigenzimmer ganz hinten auf der neurochirurgischen Intensivstation. Daneben lag eine kleine Küche. Dort war es still. Sie hatte sich gerade eine Tasse Tee gekocht. Am Vormittag hatten zwei verheulte Personen, ein Mann und eine Frau, an diesem Tisch gesessen. Sie hatte sie anschließend nicht mehr gesehen. War ihr Sohn gestorben? Oder ihre Tochter? Sie wusste es nicht. Würde es auch nie erfahren. Wollte es auch gar nicht wissen.

Großartig, dass sie auf der Station Platz für die Angehörigen hatten. Viele kamen wie sie von weither. Diese Nacht wollte sie noch einmal dort schlafen, dann wollte sie sich um ein anderes Quartier kümmern. Vielleicht in Cecilias Wohnung übernachten, wenn sie nur reinkam.

Sie kroch unter die Decke des schmalen Klappbetts und wusste, dass sie schlecht schlafen würde. Etwas anderes war auch gar nicht denkbar. Es war warm und stickig. Damit konnte sie sich abfinden. Mit den Gedanken auch. Und einstweilen ertrug sie auch noch die Ungewissheit.

Sie brach nicht zusammen, und das war gut.

Ihr Dasein war überschaubarer geworden. Sie bewegte sich langsam zwischen Cecilias Bett, dem Korridor mit den blauen Türen, den Fahrstühlen und der Cafeteria im gar nicht mehr so unpersönlichen Eingangsbereich hin und her. Bald würden die Verkäuferinnen hinter der Cafeteriatheke sie wiedererkennen.

Bisher hatte sie den Block nicht verlassen. Diese kleine Welt war genug für sie. Das Warten gab ihr Sicherheit. Die Zeit war genauso unbeweglich wie Cecilia.

Und es wurde Morgen und es wurde wieder Abend.

Cecilia mit geschlossenen Augen auf dem Rücken. Sie regte sich nicht, egal, wie lange sie neben ihr saß. Nicht einmal die Augenlider zuckten. Betäubt, solange die Schwellung des Gehirns zurückging. Immer dasselbe, wenn sie neben ihrem Bett saß.

Die Schwestern wechselten. Neue kamen.

Die Schläuche machten ihr keine Angst. Auch nicht die Maschinen. Der Respirator, die Mikrodialyse, die Infusomaten. Moderne, avancierte Medizintechnik. Sicher das Beste, was zu haben war, auch international. Sie machte sich keine Sorgen über die Kompetenz der Ärzte, Schwestern und Pflegehelferinnen oder darüber, dass sie nicht ihr Bestes gaben. Sie waren stolz auf ihren Beruf, genau wie sie, und bemühten sich, dass alles so gut wie möglich verlaufen würde. Deswegen hatten sie einen Pflegeberuf gewählt. Sie wollten sich dadurch verwirklichen, dass sie anderen halfen.

Heilen oder trösten und lindern.

Es war, als hätten all diese tüchtigen Frauen Besitz von Cecilia ergriffen. Ihre Tochter war zu einer Arbeitsaufgabe geworden. Zu einem Körper, der kontrolliert werden musste. Zu roten Ziffern auf einem Monitor oder zu den Papierstreifen eines EKGs oder EEGs. Der Gehirndruck unter dem zusammengeflickten Schädelknochen, der Sauerstoffgehalt des Blutes, der Puls, die Urinmenge, Elektrolyte, Säure/Base, Mikrodialyse. Waschen, Umbetten, Massieren, Bewegung von Armen und Beinen, die sonst starr werden würden.

Ein Objekt der Pflege.

Sie war mit ihrer Tochter nie allein. Bisher hatte niemand Fragen über Cecilia gestellt. Niemand kannte sie. Die Schwestern brauchten nicht zu wissen, wer sie war. Die Hände, die sich um die Patientin kümmerten, taten, was sie zu tun hatten, egal, wer gerade in diesem Bett lag.

Veronika trug vorsichtig die Seele ihrer Tochter und wartete darauf, dass sie erwachen würde. Sie war die einzige Verbindung zu Cecilias Identität.

Eine Mutter. Und eine Tochter.

Claes rief an. Sie hatte das Licht ausgemacht, die Jalousie jedoch nicht heruntergelassen. Sie wollte eine Öffnung nach draußen, zum Nachthimmel.

»Morgen um elf erwartet dich Gillis Jensen im Präsidium.«

Sie hatte einen Termin, und das reichte ihr im Augenblick. Es gefiel ihr, Pläne zu machen. An ihnen konnte sie sich festhalten. Schlosser, Bank, Institut für nordische Sprachen, Cecilias ehemalige Mitbewohnerinnen, wie immer die hießen.

Das musste sie herausfinden. Morgen.

Zehnter Stock. Sie schwebte hinaus in den Nachthimmel. Ein Flugzeug blinkte. Landeanflug auf Sturup. Wo es wohl herkam? Vielleicht aus Stockholm.

Dan würde übermorgen eintreffen. Mit einem gewissen Schauder stellte sie das fest. Deswegen konnte sie nicht einschlafen. Vielleicht nicht nur deswegen. Die Sorge machte ihr zu schaffen. Sie warf sich hin und her. Stand schließlich auf und zog ihre Jacke an.

Sie musste noch einmal nachsehen, ob bei Cecilia alles in Ordnung war. Trat in Socken auf den Korridor, in dem das Licht gedämpft war. Die Station hielt Nachtruhe. Sie hörte leise Stimmen und sah ein stärkeres Licht aus dem Intensivzimmer neben Cecilias fallen. Irgendwas war passiert, oder ein neuer Patient war eingeliefert worden, der an die Maschinen angeschlossen werden musste. Vielleicht wurde auch eine Leiche für den letzten Abschied gewaschen. All das stellte sie, weil sie selbst viele Nachtdienste hinter sich hatte, im Vorbeigehen fest.

Die Tür zu Cecilias Zimmer stand offen. Die Nachttischlampe am Kopfende brannte, der Lichtkegel war auf den Respirator gerichtet. Alles andere lag im Halbdunkel. Als sie durch die Tür trat, eilte ein Mann an ihr vorbei. Er drängte sich, als sie eintrat, förmlich aus dem Zimmer. Veronika drehte sich nach ihm um und sah, wie er den Korridor entlangeilte. Ein großer Mann, der sich sehr gerade hielt, große, federnde Schritte machte und leichte Plattfüße hatte. Weiße Hosen, weiße Holzschuhe und Ärztekittel. Er verschwand rasch aus der Station. Die Milchglastür fiel hinter ihm zu.

War etwas mit Cecilia?

Sie drückte die Hand an die Brust, um sich zu beruhigen, und näherte sich ängstlich dem Bett. Die Decke war glatt gezogen, faltenlos. Sie schaute Cecilia ins Gesicht. Der Tubus ragte aus ihrem Mund und war mit einem Schlauch mit dem Respirator verbunden. Nichts war herausgezogen. Alles war angeschlossen. Sie fand, dass Cecilia aussah wie immer. Nein, nicht wie immer, aber so wie sie eben jetzt mit geschlossenen Augen und ohne Muskeltonus aussah.

Sie hörte, dass sich eine Schwester räusperte. Zuckte zusammen. Hatte sie auf der anderen Seite der Fensterwand nicht gesehen.

»Brauchen Sie was?«, fragte sie.

Es war eine von den netten. Sie klang nicht genervt, sondern mitfühlend.

»Nein, ich konnte nur nicht schlafen.«

Veronika wollte sich schon zurückziehen. Sie wollte nicht stören.

»Das ist natürlich nicht leicht für Sie.«

Die Schwester hatte ihre Hände in ihren Kitteltaschen. Vermutlich wollte sie ihr damit bedeuten, dass sie Zeit hatte. Veronika nickte schweigend. Fand es sehr tröstlich, dass die andere da war. Ein Mensch, der sie fragend, fast zärtlich ansah und gelassen abwartete. Ein Gesicht, das sich ihr zuwandte und nicht dem Bett, den Maschinen oder den Infusomaten.

»War irgendwas?«

»Wieso?«, fragte die Schwester und zog erstaunt die Brauen hoch.

»Der Dienst habende Arzt war doch eben da?«

»Nein, soweit ich weiß, war nichts. Sie sehen doch selbst, dass sie gut schläft.«

Sicher, dachte Veronika. Da brauche ich mir keine Sorgen zu machen.

»Wollen Sie eine Schlaftablette? Ich meine, das hier ist doch alles sehr fremd für Sie. Und es ist viel passiert.«

»Danke, aber das ist nicht nötig.«

Sie wollte nicht sagen, dass sie Schlaftabletten in ihrer Toilettentasche hatte. Sie hatte aber noch keine genommen. Aber jetzt hatte sie das vor.

Dann schlief sie tief. Aber die Nacht war unruhig und der Schlaf brüchig wie dünnes Eis.

Siebtes Kapitel

Mittwoch, 4. September

Ester Wilhelmsson nahm von Djingis Khan das Rad. Es war halb sieben, und sie war spät dran. Leo und sie hatten sich am Vorabend gestritten. Eigentlich hatte es zum ersten Mal so richtig gekracht, aber irgendwann war schließlich immer das erste Mal, dachte sie rasch und umfasste den Lenker fester. Sie war den Tränen nahe.

Sie mochte keinen Streit. Wer tat das schon? Aber ihr war Streit noch verhasster als den meisten anderen. Sie war aggressionsgehemmt, wie es so schön hieß. Nicht dass sie je sonderlich darunter gelitten hätte, für gewöhnlich waren alle nett zu ihr. Auch ihre Eltern hatten sie nur mit Glacéhandschuhen angefasst. Ihre Brüder ebenso. Unsere Kleine. Unsere Prinzessin. Sie war es gewohnt, zuvorkommend behandelt zu werden und zu hören, dass sie es allen recht machte. Sie hatte richtige Schwesternhände. Fest und weich. Du bist immer so freundlich und gelassen, hatte ihre Mentorin beim Praktikum auf der Entbindungsstation gemeint. Sie hätte sich fast dagegen gewehrt. Freundlich und gelassen zu bleiben, war das ihre Rolle im Leben? Nicht selbstbewusst, albern und vorlaut wie Cecilia. Aber Cecilia hatte sicher einiges auszuhalten, aber alle fanden ja, sie habe ein dickes Fell und benötigte vielleicht geradezu etwas Widerstand, wie Leo fand. Aber Ester hatte gelegentlich geglaubt, einen traurigen Schimmer in Cecilias Augen zu entdecken. Ungerechtfertigte Anfeindungen konnte sie genauso wenig gebrauchen wie alle anderen.

Plötzlich kam sich Ester gefangen vor. Als hätte sie sich hinter ihrer Weichheit und Verbindlichkeit versteckt. Es war an der Zeit auszubrechen. Vielleicht hatte sie sich deswegen von Cecilias Patzigkeit so angezogen gefühlt. Sie wollte sich etwas trauen. Sich einen Teufel scheren. Irgendwo musste das auch in ihr drinstecken. Weit drinnen, dort wo ihre Wut schwelte.

Sie umfasste den Lenker noch fester. Fuhr schneller. Trat wie verrückt in die Pedale. Als sie die Professorsstaden durchquerte, hatte sie ihre Verspätung aufgeholt.

Hebammen fiel es für gewöhnlich nicht schwer, das Kommando zu übernehmen. Wie oft hatte sie das nicht gehört. Ein seit Generationen stolzer und selbstständiger Berufsstand. Das hatte sie sich in der Einführungsvorlesung zur Hebammenausbildung sagen lassen. Sie hatte sich von dieser Energie und Kraft, die keinerlei Gemeinsamkeit mit der Verbindlichkeit und dem ewigen Lächeln, das man von ihr immer erwartet hatte, aufwies, angezogen gefühlt. Es war ein Handwerk und gleichzeitig so vieles mehr. Man musste Entscheidungen treffen, die manchmal unerhört schwierig waren. Und im gewichtigsten Augenblick des Lebens Hilfe leisten und Geborgenheit vermitteln. Bisher war sie noch keiner Hebamme begegnet, die ihre Berufswahl bereut hätte.

Ester wusste, was ihr fehlte. Konturen. Sie fühlte sich verschwommen, wie mit irgendwie aufgeweichten Kanten. Aber wenn sie sich wehrte, rächte es sich stets. Ungut. Das brachte sie tagelang aus dem Gleichgewicht, resultierte in Magenkrämpfen und unvermittelten Heulattacken.

An sich sind alle Menschen nett und lieben einander, dachte sie.

Also lächelte sie eben, und dann renkte sich das Meiste von allein wieder ein, ohne dass man sich sonderlich anstrengte. Und sie liebte Leo nun mal von ganzem Herzen und konnte deswegen auch nicht einfach so mir nichts, dir nichts einschlafen. Er hingegen gähnte nur einmal herzhaft, drehte ihr den Rücken zu und schnarchte, was das Zeug hielt, was ihre Wut nur noch steigerte. Aber sie weinte nicht, was an sich schon ein Zeichen von zunehmender Entwicklung und Reife war.

Sollte ihr gemeinsames Leben wirklich so aussehen? Er war wie eine Mauer. Und sie lag da und sehnte sich nach gegenseitigem Verständnis. Aber in welcher Sache?

Worum war es bei dem Streit eigentlich gegangen?

Er war spät nach Hause gekommen, hatte in der Klinik sehr viel zu tun gehabt, wie er sofort klargestellt hatte. Außerdem hatte er noch in der Gerdahalle trainiert. Nein, gegen das Training hatte sie nichts einzuwenden.

Fast den ganzen Tag interessante Patienten, hatte er gesagt und angefangen zu erzählen, während sein frisch geduschtes Haar in alle Richtungen stand. Er hatte wild gestikuliert und den Pestosalat verschlungen, den sie zubereitet hatte, während sie auf ihn wartete. Gleichzeitig hatte sie Radio gehört. Eine Sendung über die abhanden gekommene Stille hatte ihre Aufmerksamkeit geweckt. Die Stimme aus dem Radio hatte sich mit der immer noch präsenten, schmerzlichen, aber nicht unangenehmen Begegnung mit Cecilias Mutter vermischt. Jemand hatte ihr ins Ohr geflüstert, war in sie hineingekrochen, beruhigend wie eine schlafende Katze.

Leo hatte einfach weitergeplappert. Seine ärztlichen Anordnungen referiert, Schritt für Schritt, ohne ein Detail auszulassen. Musste sie das wirklich alles erfahren? Aber er hatte es loswerden wollen. Er hatte begeistert erzählt, wie er gedacht und untersucht und Überweisungen zum Röntgen und in die Frauenklinik geschrieben hatte. Er hatte herumtelefoniert, glücklicherweise daran gedacht, Labortests zu bestellen, vielleicht hatte er auch etwas übersehen, aber das würde sie nicht erfahren. Dann war es in den OP gegangen, und er hatte assistieren dürfen, der Chefarzt habe einen Narren an ihm gefressen, hatte er gesagt. Ihm sei natürlich nicht ganz wohl in seiner Haut gewesen, und das mit den Blutgefäßen, die sich unter dem Gewebe verbargen und nicht beschädigt werden dürften, sei auch nicht geheuer. Mit zitternder Hand habe er die Gefäße abgeklemmt und versucht, sich zu orientieren, hätte geteilt und zusammengezogen und getan, wie ihm geheißen. Der Chefarzt habe dann allerdings schließlich die Geduld verloren und ihm die Instrumente aus der Hand genommen. Irgendwann müsse man auch fertig werden!, habe er gesagt und sei dann gegangen. Er habe den Bauch dann selbst zunähen müssen. Die Verantwortung sporne an. Die OP-Schwester sei sehr nett gewesen. Sie habe sich nicht darüber geärgert, dass er sich Zeit gelassen habe. Vermutlich habe sie ihn auch gar nicht so unbegabt gefunden. Vielleicht gar etwas sicherer als die anderen Grünschnäbel.

Er war vor Stolz fast geplatzt.

Sie hatte ihn sauer angeschaut. Warum hatte sie ihm dies nicht einfach gönnen können?

Aber irgendetwas hatte ihr widerstrebt, und sie hatte wie ein bockiges kleines Kind auf dem Küchenstuhl gesessen. Es war nicht das erste Mal gewesen und vermutlich auch nicht das letzte. Ihre Aufgabe war es, ihn zu bewundern. Das war ihre Rolle auf der anderen Seite des Küchentisches.

Und dann hatte er auch noch erzählt, dass sich eines der Weiber während des Operierens um die Station hatte kümmern müssen. Seine Selbstzufriedenheit hatte sie provoziert. Das Weib, die Große mit dem Pferdeschwanz, die drei Monate nach ihm an der Klinik angefangen hatte, musste brav Schlange stehen, bis sie an der Reihe war. Das zu tun, was allen Spaß machte. Das Operieren.

Ester hatte ihren Blick auf Leos überlegene Miene geheftet. In seinen selbstgerechten Mundwinkeln hatten auch noch Reste des Pestosalats geklebt. Irgendwas Gelbes.

Allmählich war sie immer wütender geworden. Diese Erkenntnis, dass ihre Funktion in dieser Zweierbeziehung weder zufällig noch vorübergehend war, hatte sie geschmerzt. Ein Muster hatte sich herausgebildet. Oder war die ganze Zeit schon da gewesen. Und es würde nicht verschwinden.

Wie ein Feldherr, der seine Truppen inspiziert, hatte er aus dem Fenster geschaut. Sie nicht wahrgenommen. Einfach unbekümmert weitererzählt. Aber wie ihr Tag gewesen war, danach hatte er mit keinem Wort gefragt.

Eigentlich hatte er sich schon damals, als sie sich kennenlernten, nur mäßig für Schwangerschaften und Gynäkologie interessiert. Aber sie hatte angenommen, dass sich das ändern würde. Vielleicht war es ihr auch nicht so wichtig gewesen. Schließlich war es ja auch nicht unbedingt nötig, dass man sich für die Arbeit des anderen interessierte. Hatte sie damals gefunden.

Ein frischgebackener Arzt, der jeden Tag neue Entdeckungen machte, und eine frischgebackene Hebamme, die sich offensichtlich nur mit Banalitäten beschäftigte, hatten sich also an einem einfachen Kiefernholztisch gegenübergesessen, der auf einmal die Ausmaße eines Ozeans angenommen hatte.

Vielleicht würden sie sich ja später noch darüber unterhalten können, dachte sie, während sie die Frauenklinik, ein älteres Gebäude, das tapfer im Schatten des riesigen Zentralblocks ausharrte, umrundete. Sie mussten sich in Ruhe hinsetzen und die Angelegenheit sachlich und wie erwachsene Menschen besprechen.

Aber wie sollte sie beginnen, damit er ihr auch zuhörte? Ohne sauer zu werden? Glaubte sie wirklich an die erwachsene Vernunft? An Worte, Diskussionen, Versöhnungen und Abmachungen? An ihrem Arbeitsplatz waren Worte irgendwie heilig. Mit ihnen ließ sich alles klären. Wir müssen darüber sprechen. Wieso hat denn niemand was gesagt? Was denn, lass uns doch einfach darüber reden. Reden, reden, reden. Aber war es wirklich so einfach? Warum sprachen sie dann nie richtig miteinander? Und was war mit allem, was sich nicht in Worte fassen ließ? Was verletzte und schmerzte? Was üble Schwingungen und einen Schlaf, holprig wie Kopfsteinpflaster, hervorrief. Gewisse Menschen bedienten sich einfach, egal, was sie sagten. Leo beanspruchte seinen Platz, ungeachtet dessen, was sie sagte oder unternahm. Es gelang ihnen auch nicht, Gerechtigkeit irgendwie abzumessen. Solche Messinstrumente existierten schließlich nicht. Wäre es etwa möglich, sich gemeinsam darauf zu einigen, zu Hause überhaupt nicht mehr über die Arbeit zu sprechen?

Konnte sie sich damit abfinden, weniger wert zu sein? Ungefähr so, wie wenn die Ärzte der Klinik sich plötzlich über sie hinweg unterhielten, wenn ein anderer Arzt dazukam?

Recht rasch hatte sich dieser recht unangenehme und graue Nebel zusammengebraut. Innerhalb weniger Wochen.

Dabei waren sie doch glücklich gewesen!

Und was schlimmer war: Er schien es gar nicht gemerkt zu haben. Aber wenn er dann zu guter Letzt doch begriffen hatte, wie sauer sie war, wenn sie ihn geweckt hatte und die Fetzen geflogen waren, da hatte sie auf einmal keine Lust mehr gehabt. Er war wütend und gekränkt gewesen, und sie hatte einen trockenen Mund bekommen und versucht, alles wiedergutzumachen, hatte seinen nackten Oberkörper umarmt, ihren Kopf an seinen Hals gelegt und war eingeschlafen, während er ihr wie einem Kind über den Kopf gestrichen hatte.

Sie war nicht dazugekommen, ihm zu erzählen, dass sie Cecilias Mutter begegnet war. Das Timing hatte nicht gestimmt. Außerdem wusste sie, dass er ihr nur zuhörte, wenn er Lust hatte. War es nicht spannend genug, dann konnte er einfach mitten in einem Satz aufstehen und den Fernseher einschalten. Und das ertrug sie nicht.

Die Aufgabe der Untergeordneten ist es hinterherzudackeln. So sah die Rollenverteilung aus. Und herumzuquengeln. Wie die eigene Mutter. So wollte sie nicht werden.

Sie dachte, dass sie Cecilias Mutter gerne wiedersehen wollte. Sie war nett und besaß klare und deutliche Konturen. Und außerdem war sie bereits, was Leo erst noch zu werden wünschte, Chirurgin.

Die Morgenbesprechung war vorüber.

Danach tranken die Ärzte in dem kleinen Personalzimmer noch einen Kaffee im Stehen. Ein Zwei-Minuten-Trunk, dann verteilten sie sich auf die verschiedenen Stationen der Frauenklinik.

Er traf als Letzter ein, hatte noch nicht gelernt, dass es rasch zu sein galt, die Kanne war also bereits leer, als er sich seinen Kaffee eingießen wollte. Verdutzt warf er seinen Pappbecher in den Mülleimer, verließ das Gedränge und trat auf den Korridor. Dort wartete er brav auf den Chefarzt, den er begleiten sollte, einen gutgelaunten und sportlichen Fünfundvierzigjährigen, der nie plötzliche Kreuzverhöre veranstaltete, um sein Wissen zu überprüfen, wie gewisse andere, die von sich behaupteten, nur sein Bestes zu wollen.

Einen großen Teil des Arbeitstages verbrachte er damit zu lavieren, nie etwas in Frage zu stellen, wozu er auch keinerlei Veranlassung hatte. Dafür war er noch viel zu grün. Der Trick war, genau die richtige Dosis Interesse an den Tag zu legen, immer dabei zu sein, ohne zu klammern, und Fragen zu stellen, aber nicht zu oft. Es galt also einen Drahtseilakt zu vollführen, nach dem er jeden Abend todmüde ins Bett fiel.

Es gab auch anderes, was ihn beschäftigte, aber diese Gedanken schob er von sich. Er musste sich auf seine anspruchsvolle Arbeit konzentrieren, die kribbelnd und aufregend war, aber auch gefährlich und ihm wirklich Angst einflößte.

Nichts durfte je schiefgehen.

Er wartete also. Die Neonröhren spiegelten sich in dem frisch gebohnerten, grauen Linoleumfußboden. Der Korridor war lang. Die Türen führten zu den Büros der Ärzte. Ganz hinten lag der Vorlesungssaal.

Der Chefarzt würde auf sich warten lassen. Die Diskussion im Personalzimmer, die weit über seinem Anfängerniveau lag, war hitzig. Sehnsüchtig betrachtete er die Grüppchen von Ärzten, die eifrig wichtige Fragen besprachen, während sie auf die Glastür zum Treppenhaus, das auf die verschiedenen Stationen führte, zugingen.

Arbeitsgemeinschaft, dachte er. Sie gehören dazu.

Mit Ausnahme einer Frau am Kopiergerät und ein paar Studenten, die vor dem Vorlesungssaal ganz hinten im Korridor warteten, war er ganz allein.

Ihm war schon ein paar Mal der Gedanke gekommen aufzugeben. Teilweise hatte er ihn sogar schon in Handlung umgesetzt. Er wollte niemandem schaden. Er war schon gelegentlich, wenn es ihm nicht gelungen war, sich zusammenzureißen, auf der Toilette verschwunden und hatte dort lange genug ausgeharrt, um seine Finger nicht in eine warme Scheide stecken und die Öffnung des Muttermunds messen zu müssen, während die Wöchnerin stöhnte und widerwillig die Beine spreizte. Aber meist zwang er sich dazu, die Untersuchung durchzuführen, obwohl er sich wie ein Eindringling vorkam, und er versuchte dann immer, die Sache so schnell wie möglich hinter sich zu bringen.

Meist war es weich und feucht. Die Hebamme stand neben ihm und wartete. Zu welchem Ergebnis würde er kommen? Fünf Zentimeter hatte er einmal geschätzt. Darauf hatte sie entgegnet, das sei reines Wunschdenken. Wenn es drei seien, könnten sie schon froh sein! Er hatte in seinem weißen Ärztekittel im Entbindungsraum gestanden und es vermieden, den werdenden Eltern in die Augen zu sehen, und sich dabei bloßgestellt und erniedrigt gefühlt.

Plötzlich verließ einer der Chefärzte die Gruppe im Pausenzimmer. Er war sich nicht sicher, wie er hieß. Sein Gesicht wurde starr, und er bekam einen ganz trockenen Mund. Hatte er einen Fehler begangen? Schon wieder.

»Hätten Sie einen Augenblick Zeit?«, fragte der Chefarzt und lächelte, während er mit einem Schlüsselbund in seiner Hosentasche klapperte.

War das Lächeln ironisch? Der Ärztekittel war aufgeknöpft, und darunter trug er ein weißes Hemd und eine gestreifte Krawatte.

Zeit? Er hatte jede Menge Zeit.

»Natürlich«, stammelte er und wagte es nicht einmal, den Blick zu senken, um auf dem Namensschild nachzulesen, wie sein Gegenüber hieß.

»Ich würde gerne etwas mit Ihnen besprechen, ziehe es aber vor, das in meinem Büro zu tun.«

Die tiefe Stimme des Chefarztes war immer noch leise, aber das Schlüsselrasseln war lauter geworden.

»Ich werde Sie nicht lange aufhalten.«

Er stand da und wartete. Hatte Angst, seinen Posten zu verlassen. Der Chefarzt bemerkte das.

»Sagen Sie einfach Bescheid, dass Sie später kommen«, zerstreute der Chefarzt seine Bedenken.

Also betrat er das Pausenzimmer, teilte mit, er werde auf die Entbindungsstation nachkommen, und folgte dann dem distinguierten Herrn in ein Büro mit unzähligen Papieren und dicken englischen und sogar deutschen Büchern in Regalen und auf dem Schreibtisch.

»Schließen Sie bitte die Tür.«

Er schloss sie leise und blieb dann unsicher stehen.

»Treten Sie näher.« Der Chefarzt deutete auf einen Stuhl neben dem Schreibtisch. »Also, mal unter uns …«

Der Mann lehnte sich vor und sprach leise, als hätten die Wände Ohren.

»Sie müssen wissen, dass Sie hier sehr willkommen sind.«

Stahlgraue Augen und frisch rasiert, glatte Wangen wie die eines Knaben. Er lächelte immer noch. Er lächelte ständig, das Lächeln war aber schwer zu deuten, etwas zu poliert und reserviert. Die weichen Hände, die er übereinanderlegte, wurden von einem Ehering und einem breiteren Doktorring geziert.

Vor Unsicherheit errötend saß er auf dem Besucherstuhl.

»Es freut uns immer, einen neuen Kollegen in unseren Reihen begrüßen zu dürfen. Und dass Sie ein Mann sind, ist von großem Vorteil. Da kann ich genauso gut ehrlich sein.«

Mit einem Mal witterte er etwas Gutes und Nachahmenswertes.

»Wir müssen realistisch sein«, fuhr der Chefarzt, der Nordin hieß, fort, inzwischen hatte er die Zeit gefunden, das Namensschild zu lesen. Dozent und Chefarzt Eskil Nordin. »Schließlich muss diese Fachrichtung vorangetrieben werden«, meinte Nordin. »Entwicklung führt zu Fortschritt. Und wünschen wir Fortschritt, so können wir wohl kaum die gesamte Frauenheilkunde nur den Frauen überlassen.«

Selbstverständlich hörte er, was sein älterer Kollege da sagte. Aber diese Direktheit erweckte in ihm den Verdacht, er könnte sich verhört haben, obwohl er natürlich wusste, dass in gewissen Kreisen darüber gemurrt wurde, dass die Majorität der werdenden Fachärzte für Gynäkologie Frauen waren. Ausgewogenheit und Vielfalt seien immer am besten. Keine Frage!

Mit einem Male saß er viel gelassener auf seinem Stuhl. Aufrechter. Vielleicht war es ja ungerecht und unmodern, was sein Gegenüber andeutete, aber die Welt war eben nicht gerecht.

Ein zufriedenes Lächeln machte sich auf seinen sonst so verkniffenen Lippen breit.

Jeder müsste die Waffen verwenden, die ihm zur Verfügung standen. Er war ganz einfach vom rechten Schlag. Das musste er ausnutzen. Es spielte also keine Rolle, dass er sich manchmal fehl am Platze fühlte. Viele Patientinnen verlangten eine Gynäkologin. Aber das musste er eben wie ein Mann hinnehmen. Er verfügte schließlich über den Vorteil, der ihm zu guter Letzt Macht und eine Stellung verschaffen würde.

»Außerdem möchte ich betonen, dass es in unserer Disziplin sehr viel interessante Forschung gibt«, fuhr der Chefarzt fort und strich seine Krawatte auf seinem Bauch zurecht. »Sie werden sich spezialisieren wollen. Das will man früher oder später. Nur die Waschlappen stellen sich nicht den richtigen Herausforderungen.«

Er nickte, dass er auch ganz dieser Meinung sei.

»Was ich damit sagen wollte, ist, dass Sie mir sehr willkommen sind, wenn Sie sich auf diesem Gebiet weiterentwickeln wollen. Ich habe viele interessante Ideen, die wir leicht weiterspinnen könnten. Ich meine, Sie wollen sich hier schließlich nicht nur mit den Patientinnen abmühen. Das hier ist eine fantastische Fachrichtung, das müssen Sie wissen. Gynäkologie und Geburtshilfe. Herausragend, bietet viele Möglichkeiten zur Forschung, sei es auf dem Gebiet der Chirurgie, der Endokrinologie oder Nachsorge. Dazu gehören Kongressreisen, Rampenlicht, ein ganz anderes Leben. Gewissermaßen tiefer.«

Er nickte erneut, immer noch lächelnd. Er konnte einfach kein ernsthaftes Gesicht machen. Aber was sollte er antworten?

Nichts.

Das war auch gar nicht nötig, denn hier herrschte plötzlich die wortlose Einigkeit zweier unrasierter Cowboys im Wilden Westen.

Chefarzt und Dozent Eskil Nordin wandte sich seinem Computer zu. Das Gespräch war beendet.

Gustav Stjärne rannte im Freudenrausch die Treppen zur Entbindungsstation im Erdgeschoss hinunter.

Ester hatte sich im Keller umgezogen und ihre Brieftasche und Schlüssel in der Box für die Wertsachen eingeschlossen und befestigte jetzt ihr Namensschild und ihre Schwesternbrosche auf dem weißen Krankenhauskittel, während sie darauf wartete, dass die Übergabe beginnen würde.

Sie saß in Gedanken versunken da. Es waren knapp zwei Jahre vergangen, seit sie Cecilia zum ersten Mal getroffen hatte. Sie hatten sich in dem engen Umkleideraum in der Gerdahalle kennengelernt, in der man sich so nahe kam, dass man jede Bewegung planen musste, um niemanden versehentlich anzurempeln. Aber dass man deswegen gleich eine Unterhaltung begann, war nicht selbstverständlich. Da gehörte mehr dazu.

Cecilia gehörte zu den seltenen Menschen, zu denen man leicht Kontakt bekam. Eine gewisse gegenseitige Neugier war durch alle die Trainingsstunden geweckt worden, die sie gemeinsam geschwitzt hatten. Es gab dort aber viele andere Teilnehmer, die Ester kaum bemerkte. Cecilia war lebhaft. Sie war fröhlich und wach und fiel auf. Ester war natürlich aufgefallen, dass sich einer der Männer mit Vorliebe neben sie stellte. Sie hatte es gesehen, obwohl der große Raum voller Arme und Beine und voller Bewegung gewesen war. Anfangs hatte sie die beiden für ein Paar gehalten. Er studierte an der Technischen Hochschule, bildete sie sich ein. Vielleicht hatte sie ihn ja einmal mit einem T-Shirt mit dem Wappen der TH auf dem Rücken gesehen.

Bei diesen Trainingsstunden hatte es einiges gegeben, worüber man sich Gedanken machen konnte. Der TH-Typ war Cecilia auf die Pelle gerückt, aber sie hatte ihm am Ende der Stunde einfach die kalte Schulter gezeigt und war nicht geblieben, um sich noch mit ihm zu unterhalten. Sie hatten also nichts miteinander, hatte Ester geschlossen. Was ihr Cecilia auch bestätigt hatte. Er hatte einfach wie eine Klette an ihr geklebt.

Was wusste Ester noch über Cecilia? Die Polizei hatte sie gefragt. Ihre Familie war irgendwie erst jetzt in Erscheinung getreten, aber das war auch nichts Ungewöhnliches. Sie wussten alle nur vage über den Hintergrund der anderen Bescheid. Wenn man erst einmal von zu Hause ausgezogen war, konnte man erzählen, was man wollte. Man konnte auch Sachen erfinden oder verschleiern. Meist ging das aber nur eine Weile gut. Wie bei einer Freundin, die ihren unerfreulichen Hintergrund in den einer Diplomatentochter verwandelt hatte. Aber das war riskant. Aufzufallen, weckte die Neugier der anderen, und Lund war eine kleine Stadt.

Aber Cecilia hatte weder Geheimnisse, noch gab sie an. Sie hatte kurz erwähnt, dass sie den tapferen Versuch unternehme, sich an den Neuen ihrer Mutter zu gewöhnen. Ihr Vater und zwei Halbbrüder lebten in Stockholm. Und dann hatte sie noch das neue Schwesterchen Klara. Freund war keiner im Bild. Ester ahnte eine alte, üble Geschichte, von der Cecilia nicht erzählen wollte. Dass sie seit langem mit Karl befreundet war, war bekannt, aber der war mit Ylva zusammen.

Sonst hätte man glauben können, da sei etwas.

Sie wurde aus ihren Gedanken gerissen. Es war Zeit für die Übergabe. Die große Übersichtstafel war vollgeschrieben. Oben standen die Initialen der Patientinnen und der Zeitpunkt, wann das Fruchtwasser abgegangen war und die Wehen eingesetzt hatten. Die Hälfte von ihnen hatte bereits entbunden und wartete darauf, ins Patientenhotel oder auf die Station entlassen zu werden, um neuen Gebärenden Platz zu machen. Falls welche kamen. Das erfolgte immer in Wellen. Einmal hatte man alle Hände voll zu tun, dann war es wieder ganz still.

Die Nachtschicht wollte nach Hause. Die Müdigkeit stand

ihnen ins Gesicht geschrieben. Am großen runden Tisch in der Mitte des Schwesternzimmers war die Anspannung sehr groß. Man steckte die Köpfe zusammen und übergab seine Patienten. Laut Dienstplan sollte sie mit Lotten zusammenarbeiten, einer der neueren Schwestern. Da sie selbst noch nicht so viel Erfahrung hatte, waren ihr ältere und erfahrenere Schwestern lieber. Lotten war allerdings sehr fix und kritisierte sie nur selten ohne guten Grund. Sie gehörte eher zu den Leuten, die diskutierten.

Ester hatte gerade erst eine der ersten Herausforderungen absolviert, die das Berufsleben bereithielt: Die Konfrontation mit der überall spürbaren Hackordnung. So seien die Menschen nun einmal veranlagt, hatte ihre Mutter gesagt. Manchmal sei die Hierarchie ja ganz praktisch, aber meist diene sie nur dazu, Menschen zu unterdrücken. Und vieles andere auch. Das Lachen und die Freude.

Lotten und sie übernahmen zwei Entbundene und eine noch nicht Entbundene.

»Recht zäher Verlauf«, meinte die Hebamme bei der Übergabe. »Mal sehen, ob es dir gelingt, sie vaginal zu entbinden.«

Freundschaftlich stieß sie Ester in die Seite.

»Es geht nur langsam voran, schwache Wehen und heikel mit dem Wehentropf. Wir wollen die Gebärmutter schließlich nur mäßig antreiben, damit die alte Kaiserschnittnarbe nicht platzt.«

»Klar.«

»Sie ist wirklich vollkommen erschöpft. Das ist jetzt ihre zweite Nacht. Sie will einfach nur, dass es ein Ende nimmt.«

Ester nickte.

»Sie verlangt nach einem Kaiserschnitt und zwar sofort, aber es ist mir gelungen, sie dazu zu überreden, abzuwarten, bis du kommst. Ich dachte, dass du dir vielleicht etwas mehr Zeit nehmen kannst. Ich habe sie leider etwas vernachlässigt, es war wahnsinnig viel los, und ich hatte bei den anderen zu tun.«

Sie gähnte so herzhaft, dass ihre Amalgamfüllungen zu sehen waren.

»Der Muttermund ist fünf Zentimeter geöffnet. Es geht immerhin vorwärts.«

Esters Wangen glühten. Die Arbeit packte sie, brachte sie wieder auf die Beine. Diese Aufgaben waren so greifbar, so deutlich.

Der Nachgeschmack des nächtlichen Streits war verschwunden. Lotten und sie kamen mit frischen Kräften, um der Gebärenden beizustehen. Frühstück und eine Epiduralanästhesie, dann konnten sie sie vielleicht aus dem Bett kriegen und ihren Körper und nicht zuletzt ihre Gebärmutter wieder in Gang bekommen.

Ester strich das Wehenprotokoll vor sich glatt, um sich zu sammeln. Wieder einmal wurde ihr mit aller Deutlichkeit bewusst, dass sie den richtigen Beruf ergriffen hatte.

»Das wird eine harte Nuss«, entfuhr es Lotten.

»Ja«, erwiderte Ester und erhob sich stolz mit der Bürde ihrer Aufgabe auf ihren schmalen Schultern. »Lass uns reingehen, und sehen, ob wir sie nicht aufbauen können.«

»Andernfalls musst du mit dem Arzt absprechen, wie lange wir noch so weitermachen sollen«, meinte die Hebamme, deren Schicht zu Ende war, um noch einmal ihre Meinung zu sagen, ehe sie auf klappernden weißen Holzpantinen den Korridor hinuntereilte.

Ester schaute auf die Uhr. Halb acht. Sie nahm die Krankenakte und ging Richtung Entbindungsraum. Leise öffnete sie die Tür und trat lautlos auf die schlummernde Frau und ihren erschöpften Mann zu. Stickig und dunkel. Nur die Lampe über dem Arbeitstisch brannte.

Veronika atmete Luft ein. Ein ungleichmäßiges und halb ersticktes Atemholen, wie früher, als sie noch ein Kind gewesen war und plötzlich entdeckt hatte, dass sie allein gelassen worden war.

Es stank nach Abgasen. Taxis und Autos mit wartenden Angehörigen, die Motoren im Leerlauf. Die Luft in der Schlucht zwischen den beiden Flügeln des Zentralblocks wirkte kompakt und unbeweglich. Patienten mit Tropf und Sauerstoffflaschen saßen auf einer Bank neben dem Portal und rauchten erstaunlicherweise. Die Kippen warfen sie mit ungelenker Präzision in eine Zementschale, die schräg vor ihnen stand.

Sie wandte dem Zentralblock den Rücken zu, ging rasch am Pförtnerhaus vorbei auf die Hauptauffahrt der Klinik zu. Auf der anderen Seite lag der Friedhof und weckte gewisse Gedanken. Hier war die Luft vermutlich auch nicht viel sauberer, aber es stank nicht mehr so. Sie schritt rasch aus, Richtung Süden, auf das Zentrum zu. Der Schweiß stand ihr auf der Stirn, und sie zog ihre Jacke aus und öffnete einen weiteren Knopf ihrer Baumwollbluse.

Ich fange mich sicher gleich wieder, sagte sie zu sich selbst. Das ist gut. Das ist genauso wichtig, wie die Sorge und die Trauer zuzulassen.

Es war immer noch ungewöhnlich warm für die Jahreszeit. Es würde vermutlich einen fantastischen Herbst geben.

Die Autos strömten unerbittlich auf das mittelalterliche und enge Stadtzentrum zu, der Stau an der Kreuzung bei der Allhelgonakyrkan wurde immer länger, und die Abgase hüllten die Fußgänger ein, die an der Ampel warteten. Sie bog in die Sankt Laurentiigatan ein, die zum Bahnhof führte. Sie ging immer noch sehr aufrecht und war stolz darüber, sich wie ein Fisch im Wasser vorwärtszubewegen, obwohl sie gar nicht in Lund wohnte. Sie näherte sich dem Clemenstorget und konnte es nicht lassen, einen Blick auf den kleinen Laden zu werfen, der Brautkleider verkaufte und der am Anfang der Karl XI. Gata lag. Der Laden schien um zwei große Schaufenster voller Träume in Weiß erweitert worden zu sein.

Das Kleid, das sie dort im Frühjahr bestellt hatte, war inzwischen in Gebrauch genommen worden. Sie hatte es zwar nicht vorgehabt, sich in Schale zu werfen und sich etwas Teures oder Aufsehenerregendes zuzulegen. Sie hatte sich etwas Schlichtes gewünscht, worin sie kaum auffiel. Sie wusste selbst nicht, warum das so wichtig war.

Cecilia hatte den Laden ausfindig gemacht. Sie waren eigentlich nur aus Neugierde hingegangen. Etwa eine Stunde später hatten sie ein ärmelloses Satinkleid bestellt, in einer Farbe, die Toffee oder dunkler Champagner hieß. Der Halsausschnitt war kleidsam hoch und viereckig, ungewöhnlich, alles andere als brav gewesen, und trotzdem hatte sie sich nicht unbekleidet gefühlt. Oberhalb der Brust war sie recht mager und sah aus wie ein gerupftes Hühnchen, ihr Busen war ebenfalls recht klein. Die Stoffbahnen waren weich und schwer bis zu den Schuhspitzen herabgefallen. Eine Jacke in einem Chiffon in derselben Farbe war lose unter der Brust geknotet worden und hatte die nackten Schultern bedeckt.

Plötzlich hatte sie Lust, in den Laden zu gehen. Sie wollte erzählen, wie es gegangen war. Die Inhaberin war sehr entgegenkommend und nett gewesen. Wirklich nett, dachte Cecilia. Und das war mehr als einfach nur freundlich. Sie hatte sich wirklich für ihre Arbeit begeistert und den ganzen Laden mit ihrer Herzlichkeit erfüllt. Das war natürlich auch eine Voraussetzung für gute Geschäft, aber nicht immer Grund genug. Die meisten Leute waren einfach geschäftsmäßig freundlich.

Was konnte man auch mehr verlangen.

Dieses ganze Gerede von Interaktion und Kommunikation. Wann hatte das eigentlich begonnen? Sie überlegte. Als die Distanz so groß geworden war, dass die Leere im Körper fast schon schmerzhaft wurde? Und sich in Gelenken, Nacken- und Magenregionen festbiss? Als Freundlichkeit und Höflichkeit, die das Öl im Getriebe der Gesellschaft darstellten, keine Selbstverständlichkeit mehr gewesen waren, sondern etwas, was man verlangen musste. Wegrationalisiert. Stress und Rationalität waren angesagt. Was normale, nette Menschen immer getan hatten, miteinander geredet und sich nach dem Befinden der anderen erkundigt, war plötzlich zu etwas Besonderem mit geradezu professionellem Stempel geworden.

Über das Wort professionell hatte sie sich in letzter Zeit sowieso zunehmend geärgert. Es war trocken und vollkommen leer, weil es alles enthielt. Eine professionelle Chirurgin beherrschte ihr Metier.

Aber musste jemand, der professionell war, auch mitfühlend sein? Oder nett?

Sie betrat den Laden nicht. Das wäre ihr in der gegenwärtigen Situation zu persönlich vorgekommen. Sie wäre außer Stande gewesen, von ihrer Hochzeit zu berichten, selbstbezogen zu erzählen, dass das Kleid wie angegossen gepasst und die Friseurin die Blumen im Haar richtig gut hingekriegt habe, dass der Brautstrauß mit den pastellfarbenen Rosen, Hortensien und Ranunkeln außerordentlich schön gewesen sei und sie im Landgasthof mit siebenundzwanzig Gästen fürstlich getafelt hätten: Lachs, Hirschsattel und Holundereis, und dass sehr viel gelacht worden sei.

Genau das! Die Hochzeit war sehr lustig gewesen.

Aber dann würde die nette Verkäuferin vielleicht fragen, wie es denn ihrer Tochter gehe, die bei der Anprobe dabei gewesen sei. Sie hatte zwar beide Töchter dabeigehabt, aber die Gefahr bestand, dass die Rede auf Cecilia kommen würde. Dann würde sie zusammenbrechen, in Selbstmitleid versinken und vor der Verkäuferin in Tränen ausbrechen.

Sie musste sich noch eine Weile aufrecht halten. Eine Weile noch durfte sie sich nicht gehen lassen. Eine Weile noch musste sie ihre Ruhe haben.

Sie strebte auf dem kürzestmöglichen Weg dem Präsidium entgegen, nahm die neue Brücke über die Gleise, die dort begann, wo früher die Güterabfertigung gelegen hatte. Auf der einen Seite lag Lunda Hoj, eine Fahrradvermietung. Ob sie ein Fahrrad mieten sollte? Ihr fehlte die Kraft, sich dazu zu entscheiden. Sie ging die Holztreppe hinauf, die von einem mehrstöckigen Fahrradparkhaus flankiert wurde. Zum ersten Mal in ihrem Leben befand sie sich in einem Parkhaus für Zweiräder. Lund war zweifellos eine Stadt, in der man auf zwei Rädern am besten vorwärtskam.

Das Polizeipräsidium lag an der Bryggmästaregatan. Ein imposanter Kasten aus rotem Backstein. Sie nannte ihren Namen und musste ein paar Minuten warten. Ungeduldig ging sie im

Foyer auf und ab. Dann erschien Gillis Jensen, um sie abzuholen.

Er war ein Mann mit einem gefurchten Gesicht und weichem Schonendialekt.

»Es geht um Ihre Tochter«, sagte er.

»Ja.«

Mehr brachte sie nicht über die Lippen. Mit einem Mal wirkte alles so betrüblich. Vielleicht weil sie die schützende Atmosphäre der Klinik verlassen hatte und sich nun unter normalen, gesunden Menschen befand, die keine Töchter hatten, die niedergeschlagen und betäubt in einem Krankenhausbett lagen.

»Wir haben einige Sachen hier. Unter anderem ihre Kleider, die von der Spurensicherung untersucht werden … und dann noch den Inhalt ihrer Tasche.«

Die Kreditkarte hatte Veronika bereits sperren lassen. Die Brieftasche war verschwunden. Das Handy war auch nicht wieder aufgetaucht, aber damit hatte sie auch nicht gerechnet. Cecilia hatte eines mit einer Prepaid-Karte.

Es galt, so vieles zu beachten. Es fiel ihr schwer, sich zu konzentrieren. Sie betrachtete den Inhalt der Plastiktüte. Ein Labello, ein Kamm, ein rosa Lippenstift. Sonst nichts. So nackt, fast armselig.

»Keine Schlüssel?«, fragte sie.

»Nein. Leider. Wir haben uns von einem Schlosser öffnen lassen.«

»Wie bereits erwähnt, haben wir uns ein wenig umgesehen. Wir glauben, dass sich außer uns niemand Zutritt zu der Wohnung verschafft hat. Nichts ist zerstört oder so.«

Gillis Jensen sah aus, als hätte er ihre Gedanken gelesen.

»Das ist unsere Vorgehensweise … hauptsächlich, um zu sehen, ob wir etwas finden, das …«

»Ja, natürlich.«

»Wir haben nichts entdeckt, das sich direkt mit dem Vorfall in Zusammenhang bringen ließe. Überall standen Umzugskartons und Taschen auf dem Boden.«

»Das kann ich mir vorstellen.«

»Vorschnelle Mutmaßungen sind zu vermeiden, aber das Wahrscheinlichste ist, dass sie den Täter nicht kannte. Soweit wir ihre Kameradin verstehen …«

Kameradin, dachte Veronika, während Gillis Jensen ein Papier hervorzog und betrachtete. Kameradin, das klang vertrauenerweckend und altmodisch.

»Also, Ester Wilhelmsson, die Ihre Tochter im Übrigen auch identifiziert hat. Sie hat ausgesagt, dass Cecilia ihre Wohnung allein verlassen hätte. Sie hätte von der Party ein Taxi nach Hause nehmen wollen.«

Aber warum hat sie dieses Taxi dann nicht genommen? Warum hat sie es bloß unterlassen? Sie musste Cecilia einschärfen, nachts nie allein unterwegs zu sein. Sie musste ihr das ins Gehirn bläuen.

Was dachte sie da? Ins Gehirn? Das war bereits beschädigt.

Das Bild des glatt rasierten Kopfes explodierte plötzlich in ihrem Inneren. Die geschlossenen Augen und die hinter dem geflickten Schädelknochen befindliche Unsicherheit.

Vielleicht wurde sie ja nie wieder normal!

Veronika presste die Hände im Schoß zusammen. Sie erkannte, wie unangemessen solche Ermahnungen wären. Cecilia war volljährig. Sie konnte machen, was sie wollte.

»Wie geht es ihr eigentlich?«, fragte Gillis Jensen plötzlich.

»Gut. Den Umständen entsprechend.«

Sie wickelte sich den Riemen ihrer Tasche um den Finger. Ein kalter Schauer erfasste sie. Sie konnte sich nicht mehr konzentrieren. Ihr Blick irrte zwischen den Gegenständen auf dem Schreibtisch hin und her. Monitor, Brieföffner, Ordner, staubige schwarze Kugelschreiber in einem weißen Porzellanbecher mit Polizeiwappen.

Ziemlich unsinnig, hier herumzusitzen. Kriminalinspektor Jensen hatte sicher auch viel zu tun.

Aber Jensen wirkte nicht im Geringsten, als wollte er sie loswerden. Gelassen saß er da und wippte nicht mal mit seinem Stuhl. Seine Ohrläppchen waren lang und dunkelrot, und seine

Augenlider waren vom Alter faltig wie die eines sympathischen Bluthundes. Sie entspannte sich. Sie hatte plötzlich einfach nicht mehr die Kraft, sich zusammenzunehmen. Sie wollte das sonnenwarme, etwas stickige Büro, in dem eine nachdenkliche und ungefährliche Stille herrschte, nicht verlassen. Gillis Jensen war keine Plaudertasche. Seine Hände lagen unbeweglich und schwer auf dem Schreibtisch.

»Hat sie schon etwas gesagt?«, fragte er schließlich mit leiser Stimme.

Veronika schüttelte den Kopf.

»Wir werden sie später vernehmen.«

Sie nickte. Laut dem Neurochirurgen würde sich Cecilia an die Zeit unter Narkose nicht erinnern. Barmherzigerweise würde ihr auch jede Erinnerung an die Misshandlung fehlen, hatte der Arzt gemeint. Vollkommene Amnesie, was den Vorfall angehe. Wie sinnvoll Körper und Seele des Menschen doch geschaffen waren, dass man sich an den bösen Blick und animalische Gewalt nicht erinnern musste. Obwohl sie wusste, dass dem nicht immer so war. Die Erinnerung gewisser Menschen vermochte wiederwärtigste, erlittene Tortur Sekunde um Sekunde wiederzugeben. Da war die Leere doch wohl vorzuziehen?

So viele Überlegungen und Fragen, deren Antworten auf sich warten lassen würden. Sie musste sich gedulden.

»Kommt das häufiger vor?«, fragte sie dann nervös.

»Was meinen Sie?«

»Ist es normal, dass junge Frauen in Lund auf offener Straße niedergeschlagen werden?«

Ihre Stimme klang gekränkt und scharf.

»Nein«, erwiderte Jensen, ohne ihr mit dem Blick auszuweichen. »Es kommt vor, hier wie andernorts, aber ich würde nicht behaupten, dass es normal ist.«

»Was steckt für gewöhnlich dahinter?«

Er strich sich übers Kinn.

»Das ist unterschiedlich. Das kommt auch ganz darauf an, wer der Täter ist. Ich vermute, dass Sie über das Motiv nachdenken?«

Sie nickte.

»Manchmal gibt es kein anderes Motiv als das Bedürfnis, Aggressionen auszuleben.«

Natürlich, dachte sie. Es überraschte sie nicht. Höchstens, dass das Böse nun auch sie erwischt hatte und nicht nur die anderen.

»Oft handelt es sich um eine Bande«, sagte Jensen. »So ist es schon immer gewesen. In der Gruppe ist man mutiger, die Identität wird vom Zugehörigkeitsgefühl gestärkt. Sie haben ja sicherlich von den Rockerbanden gehört. Heutzutage kommen sich viele ausgegrenzt vor. Die Gesellschaft hat keinen Platz mehr für alle. Hier in Lund wie auch sonst überall, gibt es einige mehr oder weniger kriminelle Banden.«

Kriminelle Banden. Das klang wie eine Heimsuchung. Wie die Heuschrecken des alten Ägypten.

»Kennen Sie ihre Freunde?«, wollte er wissen.

Sie antwortete mit einem Achselzucken.

»Eventuelle Verehrer, die ihr aus irgendwelchen Gründen nicht wohlwollen?«

Sie starrte nach draußen. Diesig und sonnig. Die Fenster waren lange nicht mehr geputzt worden.

»Nein.«

Mit solchen Idioten gibt sich meine Tochter nicht ab, dachte sie kalt.

Veronika kam nicht auf den Hof, weil die Haustür abgeschlossen war. Sie konnte also nicht nachschauen, welches Fahrrad möglicherweise das von Cecilia war. Außerdem hätte sie ohnehin keinen Schlüssel gehabt, um es aufzuschließen.

Sie hatte den langen Weg zur Tullgatan also vergeblich zurückgelegt. Jetzt stand sie vor dem Haus und konnte Cecilias Wohnung immerhin von außen sehen. Sie kam zu dem Schluss, dass es diejenige hinter zwei leeren Fenstern im zweiten Stock sein musste. Das Wohnhaus war mindestens hundert Jahre alt. Braunroter Ziegel, eine dunkle, nach Süden gerichtete Fassade, die von weißen Fensterrahmen aufgehellt wurde. Rote Sonnenstrahlen funkelten in den Scheiben.

Warum hatte sie nicht doch ein Fahrrad gemietet? Ihre Beine waren schon vollkommen gefühllos. Sie erwog, den ganzen Weg zum Fahrradverleih am Bahnhof zurückzugehen, hatte dafür aber nicht die Kraft. Außerdem gab es noch einiges zu besorgen. Ein Hotelzimmer. Irgendwo musste sie unterkommen, bis sie Zutritt zu Cecilias Wohnung erhielt.

Aber konnte sie dann wirklich dort wohnen? Ihr war unbehaglich zumute, als sie die Hauswand hochstarrte. Dies war Cecilias Zuhause. Nicht ihres. Eigentlich war sie gar nicht befugt, sich zwischen den Umzugskartons ihrer Tochter breitzumachen, ohne sie vorher gefragt zu haben. Ihre eigene Mutter hätte in einer entsprechenden Situation nicht gezögert. Unverzagt hätte sie alles nach eigenem Gutdünken geregelt. Sie hätte sich an den Habseligkeiten und Träumen ihrer Tochter vergangen, und hätte dann noch die Frechheit besessen, beleidigt zu sein, wenn nachher etwas geändert oder umgeräumt worden wäre. Sie hätte eher noch Lob erwartet.

Ihre Mutter hatte es immer nur gut gemeint. Dieser Ausdruck haftete in ihrer Erinnerung. Viele Jahre später hatte Veronika auch begriffen, dass es sich tatsächlich so verhalten hatte, auch wenn es nicht ganz selbstlos gewesen war.

Sie hatte aber das Gefühl, dass ihr selbst gewisse, weniger vorteilhafte Seiten ihrer Mutter fehlten. Außerdem lebte ihre Mutter nicht mehr.

Langsam ging sie die Södra Esplanaden Richtung Osten. Sie hielt sich im Schatten der Ulmen, die immer noch grüne, weiche Blätter hatten, und bog dann in die Bankgatan zum Mårtenstorget ein.

Sie schob die Bilder von sich. Der Schlag. Der Schmerz. Hatte sie noch Gelegenheit gehabt, zu schreien? Hatte sie das Gesicht des Bösen gesehen? Und dann ihr Körper, der schwer auf dem rauen, nasskalten Asphalt aufgetroffen war. Bewusstlos und schutzlos.

Und wenn niemand vorbeigekommen wäre?

Der Schmerz, der sie durchfuhr, war so schrecklich, dass sie stehen bleiben und die Augen zusammenkneifen musste, bis er ausebbte.

Ein Junge, mager wie ein Windhund, dessen türkisfarbenes Haar in alle Richtungen abstand, wich mit einem Satz gerade noch einem vorbeirasenden Bus aus und landete vor ihr auf dem Bürgersteig. Ein schwerer, mit Nieten und Ketten besetzter Gürtel um seine Hüfte rasselte. Seine Freundin eilte ihm hinterher, wobei ihr wogender Busen fast aus dem Dekolleté rutschte. Sie trug einen ultrakurzen rosa Rock mit weißen Punkten, der fast über ihren Slip hochrutschte, als sie sich vorbeugte, um einen Kuss in Empfang zu nehmen. Sie erinnerten an zwei bunte Papageien. Als Veronika an ihnen vorbeiging, schien er ihr gerade seine Zunge tief in den Hals schieben zu wollen.

Das geht ja richtig gut, dachte sie, ohne dass sie würgen muss.

Mit einem Mal wurde sie munter, sah sich verwirrt um. Alle Studenten waren nun zum Semesterbeginn in die Universitätsstadt zurückgekehrt. Die Aufregung vibrierte in der ungewöhnlichen Septemberwärme, die wie ein dichter honiggelber Schleier über allem lag. Junge Menschen, deren Träume sich noch nicht zerschlagen hatten, dachte sie. Sie erinnerte sich an ihre Studienzeit, als ihre Neugier noch ungebändigt gewesen war, und die Reise in die Welt der schweren Folianten, der Kompendien und der unleserlichen Vorlesungsmitschriften ein Ziel und einen Sinn gehabt hatten. Unzählige Stunden hatte sie in schlechter Luft und bei ständigem Stühlescharren in der Bibliothek für ihr Examen gebüffelt und nachts zu viele Tassen Kaffee getrunken, bis sie fürchterliches Sodbrennen, fürchterliche Kopfschmerzen bekommen und ihre Hände wegen einer Koffeinvergiftung gezittert hatten. Dann nach der Klausur oder mündlichen Prüfung die große Erleichterung.

Es war kurz vor zwei. Der Verkehr nahm zu. Ein Bauerndorf, aus dem eine Gelehrtenstadt, ein Bischofssitz und ein Zentrum medizinischer Versorgung geworden war. Auch das

Leben außerhalb der akademischen Welt hatte einiges zu bieten, das wusste sie. Verpackungshersteller, Arzneimittelindustrie und expandierende Hightech-Unternehmen. Cecilia hatte einmal einen Sommerjob als Putzhilfe bei Tetra Pak gehabt. Das war jetzt schon zwei Jahre her. Vor ihrer Vertretungsstelle als Journalistin.

Wieso hatte sie das nur gesteckt? Das war ein Fehler gewesen.

Ihre Gedanken nahmen auf einmal eine mütterliche und bevormundende Wendung. Wie würde sie ihren Lebensunterhalt bestreiten, wenn sie jetzt längere Zeit ausfiel? Ihre neue Arbeit hatte Cecilia noch gar nicht angetreten, die Hälfte ihres Unterhalts hatte sie auch mit Studiengeld bestreiten wollen. Etliche Fragen harrten einer Lösung. Wem musste Veronika eigentlich mitteilen, dass Cecilia im Krankenhaus lag? Sie musste bei der staatlichen Versicherung und bei der Fördermittelstelle anrufen. Vielleicht auch beim Sozialamt? Bei dem Gedanken an alle Telefonate, die in diesem bürokratischen Wirrwarr nötig waren, fühlte sie sich gleich ganz erschöpft. Aber vielleicht gab es ja in der Klinik einen Sozialarbeiter, der ihr beistehen konnte?

Alle mussten mithelfen. Sie selbst, Claes und vielleicht auch Dan, Cecilias Vater. Es würde schon gehen. Sie verdiente zwar gut, hatte aber auch gerade ein Haus gekauft und hohe Schulden. Dan hatte ihrer Meinung nach Cecilia gegenüber immer ziemlich geknausert. Vielleicht hatte ja auch die neue Frau dahintergesteckt. Er hatte immer auf Veronikas Statusberuf hingewiesen. Du hast doch verdammt noch mal genug Geld, mit deinem Ärztegehalt. Sie hatte immer das Gefühl gehabt, den Kürzeren zu ziehen. Vernünftige Gespräche waren unmöglich gewesen. Sie hatte also die Achseln gezuckt. Es gab Leute, die schlechter dran waren. Allein stehende Frauen mit niedrigen Löhnen, die trotzdem ihren Stolz hatten. Also war sie zurechtgekommen.

Das kriegen wir schon hin, wenn Cecilia bloß wieder gesund wird, dachte sie. Alles andere ist egal.

Sie eilte an einer Reihe niedriger Häuser in weiß, gelb und rosa am Busbahnhof vorbei. In einem Fachwerkhaus lag ein Hotel, das einladend wirkte. Es zog sie irgendwie an, und eine Viertelstunde später hatte sie ein gemütliches Zimmer mit Blümchentapete, lila Bettüberwurf und gleichfarbigem Sessel reserviert. Jetzt hatte sie zumindest eine vorübergehende Unterkunft gefunden, und setzte ihren Weg Richtung Norden fort. Sie wollte zurück ins Lazarett. So nannte man das sowohl hier als zu Hause.

Ihre Tochter liegt also im Lazarett!

Die Bezeichnungen änderten sich dauernd. Obwohl sie ja selbst Provinzärztin war, musste sie immer auf einer Liste nachsehen, wie die jeweiligen Krankenhäuser hießen, wenn sie Briefe an Kollegen schrieb. Avesta, Lycksele und Enköping hatten ein Lazarett. Gällivare, Norrtälje und Oskarshamn ein Krankenhaus. So weit war alles recht einfach. Aber das Vrinnevi Krankenhaus lag in Norrköping und Ryhov in Jönköping, und das musste man einfach im Kopf haben. Oder eben nachschlagen.

Oskarshamn, ihr eigener Arbeitsplatz, schrumpfte nach diversen Fusionen immer mehr. Auch die Nothilfe sollte weiter abgebaut werden. Dadurch ließ sich Geld sparen. Die Veränderungen waren jetzt schon seit langem im Gange. Manchmal waren sie recht undurchdacht. Sie hatte schon keine Lust mehr, über die Zukunft nachzudenken oder nach Argumenten für und gegen diese oder jene Lösung zu suchen. Die Zukunft ließ sich ja doch nicht realistisch vorhersehen.

Sie stand vor der Markthalle am Mårtenstorget. Sie hatte leichte Kopfschmerzen, ein stetiges Pochen in den Schläfen. Sie legte die Hand über die Augen und betrachtete die essenden und trinkenden Gäste der Straßencafés.

Dort hätte auch gut Cecilia sitzen und herumalbern können. Die Ungewissheit beschwerte sie wie Blei. Sie holte ein paar Mal tief, aber kraftlos Luft, strich die Haare hinter die Ohren und überlegte, ob sie wohl etwas zu sich nehmen sollte. Ihr Magen war vermutlich leer, aber seit sie sich in Lund befand, verspürte sie keinen Hunger mehr. Also ging sie einfach weiter, allerdings langsamer. Ihre Füße schmerzten. Die Schuhsohlen waren zu dünn.

Die Einsamkeit drohte sie zu ersticken. Das Weinen saß ihr wie ein Kloß im Hals. Ihre Augen brannten, waren aber trocken.

Sie hatte niemanden, mit dem sie ihre Last richtig hätte teilen können. Claes tat sein Möglichstes. Zumindest war er für sie da. Es hatte eine Weile gedauert, bis das Eis zwischen ihm und Cecilia gebrochen war. Bei der Hochzeit schien es dann endgültig geschmolzen zu sein. Glücklicherweise!

Diese sinnlose Eifersucht. Diese ewige Angst, nicht die wichtigste Person zu sein. Dabei hatte sie ja Platz für alle beide. Unterschiedliche Plätze, aber gleichermaßen nahe. Der Platz eines Kindes direkt am Herzen seiner Mutter kann nie von einer anderen Person eingenommen werden.

Dan würde am folgenden Tag eintreffen. Er hatte ihr eine SMS mit seiner Ankunftszeit geschickt. Aber sie würde erst daran glauben, wenn sie ihn vor sich sah.

Sie hatte ein schmales, autofreies Ende der Straße erreicht und stand vor einem vor Alter ganz schiefen Gebäude mit Treppengiebeln aus rotem Backstein und dem Dom, grau und massiv, direkt dahinter. Auch hier gab es ein Café. Tat man denn in Lund nichts anderes als Kaffee trinken? Diese Stadt musste das Paradies der Kaffeetrinker sein.

»Liberiet« las sie auf einem Schild an dem Gebäude. Errichtet im fünfzehnten Jahrhundert. Die Bibliothek des mittelalterlichen Domkapitels, daher der Name. »Liberi« war ein altertümlicher dänischer Ausdruck für Büchersammlung. Das Gebäude war später in den Besitz der Universität gelangt. Im achtzehnten Jahrhundert hatte man im Obergeschoss einen Fechtsaal eingerichtet. Der Vater der schwedischen Gymnastik, Pehr Henrik Ling, war Anfang des neunzehnten Jahrhunderts der Fechtmeister der Universität gewesen und hatte die Studenten hier im Fechten und in Gymnastik unterrichtet.

Unglaublich!

Lund war als dänische Stadt gegründet worden. So viel wusste sie, und das meinte sie auch sehen zu können. Der Baustil mit den Treppengiebeln, dem Fachwerk und den niedrigen Stadthäusern war ähnlich. Aber wann war Schonen eigentlich schwedisch geworden?

Ihre historischen Kenntnisse waren rudimentär. Claes hätte diese Frage vermutlich beantworten können. Wieso interessierten sich Männer eigentlich normalerweise mehr für Geschichte? Sie selbst war so ahnungslos, dass sie nicht einmal wusste, in welchem Jahrhundert es sich ereignet haben könnte. Noch weniger wusste sie, bei welchem Friedensschluss Schonen zu Schweden gekommen war.

Sie musste wohl oder übel doch etwas essen. Also betrat sie das Café und kaufte eine Dose Mineralwasser und eine Zimtschnecke. Dann setzte sie sich auf eine freie Bank vor dem Dom. Sie legte ihre Jacke neben sich, öffnete die Dose und trank so gierig, dass ihr die Hälfte das Kinn herablief. Dann entledigte sie sich ihrer Schuhe. Die Sonne hatte immer noch Kraft.

Sie hatte nur ein paar Minuten ausruhen wollen, aber blieb jetzt einfach sitzen. Ein ungewöhnlich friedlicher Moment. Ein junges Paar einige Meter von ihr entfernt hatte die Köpfe zusammengesteckt und unterhielt sich leise. Es war nicht schwer zu erraten, worüber sie sprachen. Kosende Liebesworte.

Sie überlegte, ob sie in den Dom gehen sollte. Sie hatte nur noch vage Erinnerungen von ihrem letzten Besuch. Eine mittelalterliche Uhr war eine der Attraktionen. Aber die musste man sich offenbar um zwölf Uhr ansehen, wenn sie das Glockenspiel in Gang setzte und eine mechanische Prozession zu sehen war. Sie hob es sich also für einen späteren Zeitpunkt auf.

Sie öffnete die Augen und erblickte vor sich ein kleines Kind. Es bewegte sich auf dem ungleichmäßigen Pflaster ungelenk vorwärts, fiel hin, weinte aber nicht, sondern richtete sich auf, wie Kinder das tun, und eilte weiter mit der unerschöpflichen Energie, die leider im Laufe der Jahre abnimmt.

Sie hatte Klara nicht vergessen. Aber sie war sich sicher,

dass es ihrer jüngeren Tochter gut ging. Claes kümmerte sich um sie. Das war ein großer Trost, und ein entscheidender Unterschied zu der Zeit, als Cecilia klein gewesen war. Damals war sie allein gewesen.

Eine Wespe streifte auf der Suche nach Zuckerresten ihrer soeben verspeisten Zimtschnecke ihre rechte Hand. Sie verhielt sich ganz still, und die Wespe flog bald weiter. Sie betrachtete ihre Arme. Die Mittelmeersonne war kräftig gewesen. Ihr Ehering funkelte auf der sonnenbraunen Haut.

Wohin war nur die Griechenlandreise verschwunden?

Noch vor wenigen Tagen hatte die Sonne über einem steinigen Strand und einem azurblauen Meer gebrannt. Sonnenhut und Wassermelone. Angenehme Trägheit. Claes auf der Decke neben ihr. Frei und entspannt. Geradezu glücklich?

Das Handy riss sie aus ihren Träumereien. Sie freute sich über den Anruf, war aber gleichzeitig auch auf der Hut. Ein Anruf aus der Klinik konnte mit Forderungen verbunden sein. Else-Britt Ek wollte wissen, wie es ihr ginge.

»Ich weiß nicht so recht«, antwortete Veronika.

Am anderen Ende wurde es still. Die Pause war verdächtig lang. Else-Britt war vermutlich von der Klinikleitung dazu ausersehen worden, bei ihr anzurufen.

»Ich sehe ein, dass du dich dazu vielleicht noch gar nicht äußern kannst, aber wir wüssten gerne, wie lange du vermutlich noch wegbleibst.«

Die Frage war äußerst zurückhaltend formuliert. Das Leben ging weiter, während sie hier gestrandet war.

Wie lange bleibe ich wohl weg, überlegte sie. Kann ich das beantworten? Wie sollte ich mich im Augenblick auf andere Patienten konzentrieren können?

»Das weiß ich nicht«, wiederholte sie.

»Du weißt schon, ich denke an den Dienstplan …«

Veronika versuchte eine Art innerer Struktur herzustellen. Tage- oder gar wochenweise zu denken. Aber es gelang ihr nicht.

»Diese Woche komme ich keinesfalls.«

Der Seufzer am anderen Ende war kaum zu hören, aber er war da.

»Wie geht es ihr denn?«

Else-Britt war okay. Sie ließ sich nicht nur für Botendienste des Chefs benutzen. Die Frage war aufrichtig und nicht nur aus Höflichkeit gestellt.

»Ich weiß nicht. Im Augenblick gut. Das sagen zumindest die Neurochirurgen.«

Sie lehnte die Stirn gegen den warmen Sandstein des Doms, solide gebaut vor hunderten von Jahren.

»Und wie geht es dir?«

Else-Britt sprach leiser.

»Einigermaßen.«

»Das ist natürlich nicht leicht.«

»Nein. Wir wollen das Beste hoffen.«

Veronika hörte selbst, dass sie forsch klang. Sie wollte das, was sie gesagt hatte, wieder zurücknehmen und genauso traurig klingen, wie sie sich fühlte. Aber das ging nicht. Sie hatte genau diese Forschheit lange geübt. Aufgesetzter Optimismus und unerschütterliches Durchhaltevermögen als Selbstverteidigung gegen Ungerechtigkeiten und Unzulänglichkeiten. Wütend zu sein und Forderungen zu stellen war anstrengend. Forsch und munter zu sein war erträglicher. Oder warum nicht gleich dreist. Welche Strategie hätte sie auch sonst anwenden sollen, um als Teil der Minorität, der sie nun mal angehörte, an ihrem Arbeitsplatz akzeptiert und respektiert zu werden? Lauter Ärzte und Schwestern und dazwischen noch eine Handvoll Leute wie sie selbst.

Viele Dinge wäre sie jetzt gern losgeworden. Aber sie schwieg. Sie wagte es nicht, die Schleusen zu öffnen. Sie war sich auch nicht sicher, ob Else-Britt während der Arbeit Zeit für eine Flut unsortierter und trauriger Vertraulichkeiten hatte.

Was hätte sie auch sagen sollen? Worte reichten nicht aus. Nichts konnte den Zustand ausdrücken, in dem sie sich befand.

»Pass auf dich auf.«

Wie denn?, überlegte sie.

Achtes Kapitel

Donnerstag, 5. September

Wieder diese fordernde Stimme.

»Warum unternehmen Sie nichts?«

Claes Claesson war in eine Sache hineingezogen worden, die ihn eigentlich nichts anging. Aber es ließ sich nun mal nicht ändern.

»Jetzt sind zwei weitere Tage vergangen, und ich weiß immer noch nichts.«

Nina Bodén klang eher wütend als besorgt oder traurig. Ihre tonlose und etwas wehleidige Stimme erweckte in ihm unbehagliche Assoziationen, die weit in die Vergangenheit zurückreichten. Aus diesem Grunde besaß er auch Übung darin, einfach nachzugeben. Seine liebe Mutter hatte jedoch bedeutend mehr Humor besessen, selbst wenn sie geschimpft hatte wie ein Rohrspatz. Außerdem war sie vorhersehbarer gewesen, jedenfalls für ihn. Sie hatte an etwas gelitten, was er heute als eine Oberschichtsneurose bezeichnen würde. Plötzlich hatte sie ihr beengtes Dasein nicht mehr ertragen, sondern war wie ein trockener Ast zerbrochen und hatte die Kontrolle, nach der sie ihr ganzes Leben lang gestrebt hatte, unbekümmert aus der Hand gegeben. Höflich und wortgewandt sollte man sein! Und am liebsten auch noch fröhlich!

Wieso hatte die Vermittlung dieses Gespräch nur zu ihm durchgestellt? Er kannte natürlich die Antwort: So war die Telefonistin eine lästige Anruferin schnell wieder losgeworden. Außerdem konnte sie ja auch nicht wissen, dass er formal noch nicht wieder im Dienst war. Er hatte seine Beurlaubung verlängern lassen, um seine Tochter in den Kindergarten eingewöhnen zu können. Er saß eigentlich nur im Präsidium, um sich seelisch vorzubereiten. Auch ich muss mich eingewöhnen, dachte er leicht amüsiert, sah der Prozedur aber mit Gelassenheit entgegen. Er hatte nicht vor, lange herumzuzicken. Er war sogar verdammt froh, endlich mal wieder etwas in Angriff zu nehmen. Etwas für Erwachsene.

Aber nicht den verschwundenen Gatten von Nina Bodén. Außerdem gehörten Vermisste nicht zu Claessons Aufgaben, egal, ob es sich dabei um entlaufene Katzen oder entlaufene Ehemänner handelte. Dafür war das Dezernat für allgemeine Kriminalität zuständig. Und das sagte er auch.

»Aber die kümmert das einen feuchten Dreck. Läuft das immer so bei der Polizei? ›Warten Sie ab‹, sagen die nur. Wie lange soll ich denn warten? Es könnte ihm doch was zugestoßen sein!«

Jetzt klang sie fast ein wenig vulgär, und das kannte er von seiner Mutter nicht. Aber das war vermutlich der Stress. Wütend und aufgebracht, keine angenehme Kombination. Genauso wenig angenehm war es, dass sie ausgerechnet ihn darum bat, sich persönlich dieser Angelegenheit anzunehmen. Vielleicht appellierte sie ja an seine nachbarschaftlichen Gefühle. Er gab sich dienstlich nur ungern mit Leuten ab, die er kannte, selbst wenn sie nur in derselben Straße wohnten.

Aber er versuchte während des Gesprächs zu überlegen, wem er die Sache aufs Auge drücken konnte, ohne sie vor den Kopf zu stoßen. Vielleicht konnte er ja doch dem Kollegen Beine machen, mit dem sie bereits gesprochen, dessen Namen sie aber vergessen hatte. Er konnte sich ja einfach nach dem Stand der Dinge erkundigen. Vermutlich herrschte Flaute. Aber dann konnte er zumindest mit gutem Gewissen behaupten, er habe sein Möglichstes versucht.

»Es muss etwas geschehen«, beharrte die Stimme am anderen Ende.

Genau, dachte er. Das wollen alle. Was unternommen wurde, war dann fast egal. Hauptsache, es tat sich was.

»Ist Ihnen noch etwas eingefallen, was Sie erzählen möchten?«, hörte er sich fragen. »Schließlich kommt es vor, dass …«

»Was denn, zum Beispiel?«

Verdammt, dachte er. Jetzt ließ er sich doch in diese wahrscheinlich vollkommen triviale Vermisstensache verwickeln. Wie es aussah, handelte es sich ja wohl kaum um eine Entführung. Vermutlich lag der Mann unter einer Palme und schlürfte einen Cocktail. Oder er lag in den Armen seiner heimlichen Geliebten. Claesson beneidete ihn fast.

»Es kommt vor, dass einem nach einiger Zeit noch etwas einfällt. Dinge, denen man anfangs keine Bedeutung beimaß«, erklärte er.

Es wurde vollkommen still. Er überlegte, ob sie wohl immer noch wütend war oder einfach nachdachte.

»Und was sollte das sein?«

Ihre Stimme klang jetzt freundlicher. Er konnte sich immer noch kein klares Bild von dieser besorgten Ehefrau machen, aber es nahm so allmählich gewisse Konturen an.

»Was auch immer mit dem Verschwinden Ihres Mannes zu tun haben könnte«, sagte er und sah eine korpulente Frau mit hochrotem Gesicht vor seinem inneren Auge. Sie hatte ein Doppelkinn und trug eine Perlenkette.

Woher er das mit der Perlenkette hatte, war ihm selbst nicht ganz klar. Die einzige Frau, die er kannte, die ein sogenanntes Collier besessen und auch getragen hatte, war seine Mutter gewesen. Die Familienperlen. Sie befanden sich jetzt in Gunillas Besitz. Obwohl sie sie nie zu tragen schien.

Es war wieder still geworden.

»Nein«, sagte sie dann. »Nichts, was damit zu tun haben könnte.«

Nein, nein, womit hat es dann zu tun?, dachte er.

Aber da ihn die Sache nicht weiter interessierte, hielt er den Mund und schaute auf die Uhr. Eine Stunde würde er noch bleiben können. Nach einigen unverbindlichen Worten legte er auf.

Die Eingewöhnungsstunden am Vormittag waren genauso

schläfrig, nett und harmlos gewesen wie die des Vortags. Klara interessierte sich zwar für die anderen Kinder, aber sie war ein vorsichtiges kleines Mädchen. Sie hatte sich immer in seiner Nähe gehalten, aber nach einer Weile seine Hand losgelassen. Die bewusste Pädagogik imponierte ihm. In seiner Einfalt hatte er sich vorgestellt, dass die Kindergärtnerinnen die ganze Zeit herumrannten und zusahen, dass sich die Kinder nicht wehtaten, während sie nach Herzenslust spielten. Jetzt ahnte er, dass alles einen deutlichen Rhythmus hatte. Jeden Morgen wurden dieselben Lieder gesungen. Klara liebte das Lied von der Spinne und wiegte mit dem ganzen Körper hin und her und klatschte in die Hände. Sie war jedoch noch zu klein, um die Kletterbewegung der Spinne mit den Fingern nachzuahmen. Eine der Kindergärtnerinnen hatte eine große, zottelige, rosa Spinne, die sie das Spinnennetz hochklettern ließ. Die Kinder schrien vor Begeisterung, wenn sie sie hervorholte.

Das überraschendste Ereignis des Tages war gewesen, dass der etwas mickrig wirkende kleine Martin einem Mädchen, das Dagmar hieß, einen Teller auf den Kopf gehauen hatte. Sie hatte zwei Minuten lang wie am Spieß geschrien, dann war es vorbei gewesen. Der Knabe hatte mehr Mumm in den Knochen gehabt, als man erwartet hätte. Aber Dagmar war nicht nachtragend gewesen.

Alles in allem war er recht froh, dass er die Eingewöhnung hatte übernehmen müssen. Falls es bei dem einen Kind blieb, und das meiste sprach dafür, denn Veronika war trotz allem bald sechsundvierzig. So bot sich nun die Gelegenheit, mit anzusehen, wie die Arbeit mit den Kleinen im Humlan fortschritt.

Alle diese kleinen Menschen, dachte er. Eines Tages würden sie Kommunalpolitiker, Straßenfeger, IT-Gurus, Krankenschwestern oder Diakonissen sein. Aber auch Prostituierte, Diebe, Mörder und Vergewaltiger.

Jetzt hütete Maria die kleine Klara. Sie wollten auf den Spielplatz im Stadtpark. Vielleicht würden sie sich auch noch die Tiere ansehen. Die beiden verstanden sich gut, er konnte sich also entspannen. Es gab Leute, die besser mit Kindern umgehen konnten als andere. Es gab vermutlich nur wenige, die Kinder regelrecht verabscheuten, aber seit sie Klara hatten, war ihm aufgefallen, dass es Menschen gab, die im Umgang mit Kindern ein natürliches Talent besaßen. Angeboren. Wie Maria.

Auf dem Gang stieß er auf Janne Lundin, der beim Kaffeetrinken nicht dabei gewesen war. Das Kaffeetrinken war ihm etwas dadurch verleidet worden, dass sich Louise Jasinski recht abweisend verhalten hatte. Als freue sie sich nicht unbedingt, dass er zurückkam. Würde es einen Machtkampf geben? An sich bereitete ihm das keine Sorgen. Schließlich war er sich seiner Fähigkeiten bewusst.

»Nett, dass du wieder da bist«, meinte Lundin.

»Ich habe etwas Freigang. Die Maria von deinem Lasse passt auf Klara auf.«

Lundin nickte. Gleichzeitig schien ihm unbehaglich zumute zu sein.

»Ja, also«, meinte er und schien nicht recht zu wissen, was er sagen sollte. »Die Sache mit Cecilia ist wirklich Pech!«

Claesson nickte.

»Wie sieht es aus?«

»Etwas unsicher.«

»Ach.«

»Aber Veronika meint, die Prognose sei gut.«

»Na dann, das ist gut!«

Lundin trug wie immer ein kurzärmeliges, kariertes Hemd. Die Haut auf seiner Nase schälte sich ab. Er stand vornübergebeugt da und sah schräg auf Claesson herab. Lundin hatte einmal erwähnt, dass er nur äußerst selten die Gelegenheit habe, jemandem gerade in die Augen zu sehen. Und wenn es doch einmal vorkäme, so habe er immer das Gefühl, einem Riesen gegenüberzustehen.

»Es wird natürlich lange dauern, bis sie wiederhergestellt ist«, meinte Claesson.

»Weiß man eigentlich, was genau passiert ist?«

»Nein. Wahrscheinlich das Übliche. Unprovozierte Gewalt in einer unruhigen Samstagnacht, wenn alle zu viel getrunken haben.«

»Du sagst es. Nimmt einen ganz schön mit, wenn es die eigenen Leute erwischt.«

Wieder ein schweigendes Nicken.

Lundin musste im Gegensatz zu allen anderen Kollegen nicht zu der neulich erfolgten Änderung des Familienstandes gratulieren, denn er war mit seiner Frau Mona auf der Hochzeit gewesen. Die Kollegen hatten im Übrigen für eine schöne Glasschale von Orrefors zusammengelegt.

Nun aber befanden sich seine Kollegen in einer heiklen Lage: Sie mussten ihm gleichzeitig gratulieren und ihr Mitgefühl aussprechen.

Inspektor Lennie Ludvigsson saß auf seinem Hintern, der immer dicker wurde. Mit dem Zeigefinger scrollte er auf der schnurlosen Maus. Daten und Bilder flimmerten auf dem Monitor vorbei.

Ludvigsson hatte ihren Polizeichef Olle Gottfridsson, der allgemein nur Gotte genannt wurde, an Berühmtheit übertroffen und nicht weniger als zwei Kochwettbewerbe gewonnen. Gotte hingegen konnte nur auf einen ersten Preis im Pfefferkuchenhauswettbewerb der Zeitschrift *Alles übers Essen* zurückblicken, der überdies schon viele Jahre zurücklag. Ludvigsson hatte seine Preise allerdings zusammen mit seiner Frau errungen, und es bestand der begründete Verdacht, dass sie für die Kreativität verantwortlich gewesen war. Aber trotzdem: Ludvigsson war am Kochtopf nicht zu schlagen.

Claesson hatte in Erfahrung gebracht, dass Ludvigsson neuerdings beim Dezernat für allgemeine Kriminalität tätig war und somit möglicherweise für den Smäländer zuständig war, der in Schonen verschwunden war. Sofern seine Frau nicht log, war dieser Lehrer Jan Bodén gut gelaunt und bei klarem Verstand in Oskarshamn in den Bus nach Växjö gestiegen und hatte dann den Zug nach Lund genommen, um sich in der dortigen Uniklinik einer Untersuchung zu unterziehen. Dort, genauer gesagt in der HNO-Klinik, verlor sich seine Spur.

»Du bist also hier gelandet«, begann Claesson.

Ludvigsson drehte sich in seinem Bürostuhl um. Das frisch geschorene rote Nackenhaar stand borstig über dem Fettwulst oberhalb seines Hemdkragens ab.

»Allerdings!«, meinte Ludvigsson und betrachtete Claesson, der in der Tür stehen geblieben war, mit zusammengekniffenen Augen.

»Und, gefällt es dir?«

»Aber klar!«

In den blauen Augen mit den farblosen Wimpern stand die Frage geschrieben: Und was willst du? Aber Ludvigsson würde nichts sagen, sondern brav abwarten, bis Claesson zur Sache kam. Die Hierarchie saß ihm in den Knochen.

»Hat sich eine gewisse Nina Bodén wegen ihres Mannes bei dir gemeldet?«

»Hm ...«

Ludvigssons Wangen röteten sich. Er wühlte in seinen Papieren auf dem Schreibtisch.

»Richtig«, sagte er mit hochrotem Kopf und hielt ein Formular hoch. »Ist bereits erfasst«, fuhr er fort, wie um seine Beflissenheit zu unterstreichen, und deutete auf den Computer.

»Gut«, meinte Claesson.

Ludvigsson wirkte immer noch verlegen. Was steckte dahinter?

»Ich meine nur, dass es gut ist, dass wir es nicht versäumt haben, uns um diesen Zeitgenossen zu kümmern.«

Claesson hätte ob seiner hochtrabenden Formulierung fast selbst gelächelt. Ludvigsson starrte ihn nur an.

»Ist mit ihm irgendwas Besonderes?«

»Nein.«

»Er ist nicht irgendein Promi oder so?«

Claesson schüttelte den Kopf, spannte Ludvigsson aber weiterhin auf die Folter. Irgendwie tat es ihm gut. Wahrscheinlich war er in letzter Zeit einfach unterfordert gewesen. Und

Louise Jasinskis Miene hatte ihn auch nicht gerade aufgemuntert.

»Es ist nur so, dass seine Frau ein paar Mal bei mir angerufen hat«, sagte er schließlich.

»Ach?«

Jetzt wurde Ludde richtig nervös und umklammerte die Maus mit seinen kurzen Fingern noch fester, als würde sein Unbehagen verschwinden, wenn er sofort damit begann, auf dem Monitor nach etwas zu suchen, egal nach was.

»Ich habe vor, Nina Bodén mitzuteilen, dass sich die Sache mit ihrem Mann in besonders guten Händen befindet.«

Daraufhin verließ Claesson Ludvigsson, dessen Gesicht inzwischen dieselbe Farbe angenommen hatte wie sein knallrotes Haar.

Ester Wilhelmsson hatte sich sterile Handschuhe übergezogen und stand nun über das Bett gebeugt. Der säuerliche Geruch klaren Fruchtwassers schlug ihr entgegen. Konzentriert betrachtete sie das dunkle Kopfhaar, das auftauchte und sofort wieder verschwand, wenn die Wehen nachließen. Der Infrarotstrahler über dem Wickeltisch war eingeschaltet und machte es noch stickiger im Entbindungsraum. Ihr lief der Schweiß aus den Achselhöhlen, obwohl ihr Kittel sehr weit war. Einige Haare kitzelten störend an der Stirn. Sie versuchte sie wegzupusten.

Die Herztöne des Kindes auf dem Streifen des CTG beunruhigten Ester. Es ging langsam, zu langsam. Als kämpften sie gegen einen allzu großen Widerstand an. Sie wurde ungeduldig. Sie war zu unerfahren, um das Wagnis einzugehen, gelassen zu bleiben. Sie wollte das Ganze nur hinter sich bringen. Zusehen, wie der dunkelhaarige Kopf des Kindes aus dem Schoß herauswuchs, bis der breiteste Kopfumfang überwunden war. Sie wollte den Kopf einen Augenblick in der Vulva belassen, ihn mit der Hand festhalten, die Mutter auffordern, nicht weiterzudrücken, und geduldig und andächtig und nervös schweigend auf die nächste Wehe warten. Dann würde alles ganz schnell gehen, der Kopf würde fast von selbst kommen, und danach waren nur wenige, oft geübte Handgriffe nötig, um die Schultern zu entbinden. Erst nach unten drücken, dann nach oben, und der Körper glitt heraus. Zappelte. Und dann kam endlich der gesegnete Schrei.

Bis dahin würde es aber noch dauern. Am Vortag hatte sie eine Frau entbunden, die vorher schon mit Kaiserschnitt geboren hatte. Fast hätte sie aufgegeben, aber dann war es doch noch in Gang gekommen. Ihr Körper hatte gebären wollen, die regelmäßigen Wehen waren von selbst gekommen, kräftig und wirkungsvoll. Die Stunden waren vergangen, aber nicht mit sinnlosen Schmerzen. Es war vorwärtsgegangen. Fortschritt. Die große Anstrengung hatte Früchte getragen. Das Kind an der Brust. Endlich! Und dann diese unbeschreibliche Zufriedenheit. Die Ruhe und anschließend das Glück.

Aber jetzt schien alles stillzustehen. Stillstand. Die kurzen Wehen kamen in rascher Folge. Die Mutter war vollkommen am Ende. Ester wagte nicht zu warten, beugte sich zu Lotten herüber und bat sie flüsternd, Hilfe zu holen. Vielleicht ließ sich der Verlauf ja mit einer Saugglocke beschleunigen.

Lotten trat auf den kühleren Korridor. Sie sah den neuen Arzt sofort. Er stand, die Hände in den Kitteltaschen, im Schwesternzimmer. Sonst war niemand da.

»Wir brauchen Hilfe«, sagte sie kurz.

Er sah sie entsetzt an. Er war gut aussehend und wirkte recht nett, aber sie fand trotzdem nicht, dass er ihr leidtun musste.

»Sofort!«, fügte sie noch scharf hinzu und ging in den Entbindungsraum zurück. Sie rechnete damit, dass er hinterherkommen würde.

Aber niemand kam.

Ester verzog keine Miene. Sie beruhigte den Vater. Redete der Mutter gut zu. Lobte sie.

»Und jetzt machen Sie den Mund zu, damit die Luft beim Pressen nicht entweicht, und richten Ihre ganze Kraft nach unten.«

Die Frau verzerrte das Gesicht und presste. Ihre Adern

schwollen an, und ihr Gesicht wurde hochrot. Sie krümmte sich. Ihr Mann hielt ihr den Kopf.

Die Kurve des CTG wirkte weiterhin besorgniserregend. Möglicherweise waren die Schwankungen noch bedrohlicher. Ester versuchte, ihre Panik zu unterdrücken. Vor Angst drehte es ihr den Magen um. Sie fürchtete die große Katastrophe. Das, was nie geschehen durfte. Das tote Kind. Das behinderte Kind. Und dann die Schuldgefühle.

Sie wollte das Kind raushaben. Jetzt, sofort.

Wechselte erneut einen Blick mit Lotten. Zog die Brauen hoch. Lotten nickte und eilte wieder nach draußen.

Wo ist der Typ hin?, fragte sie sich wütend. Hätte er nicht jemand anders holen können, wenn er selbst nicht den Schneid hatte, zu ihnen reinzugehen?

Eine der Hebammen saß am Schreibtisch im Schwesternzimmer. Kein Arzt weit und breit.

»Wir brauchen da drin Hilfe.«

Lottens zierliche Gestalt war ungeduldig, auf dem Sprung. Sofort griff die Hebamme zum Telefon und wählte die Nummer des Diensthabenden.

»Doch wohl nicht der Neue?«, fragte Lotten.

»Wirklich nicht! Wir müssen jemanden nehmen, der sich auskennt«, entgegnete die Hebamme mit Nachdruck.

Lotta eilte davon, holte für alle Fälle eine Saugglocke und eine Geburtszange und ging dann wieder in den Entbindungsraum. Sie bereitete alles für die Entbindung vor. Klammern, Nabelbinde, eine Schere und eine rostfreie Schale für die Plazenta. Dann legte sie Betäubungsmittel, Nadeln und Faden und eine Spritze in Bereitschaft. Sie öffnete die sterile Verpackung der Saugglocke noch nicht.

Sekunden vergingen. Die Zeit kroch dahin und schien stillzustehen wie die Ewigkeit, während vom CTG leise die langsamen Herztöne des Kindes zu hören waren, ge-legentlich mit Pausen, dann wieder beschleunigt. Ester stand mit ihren Holzschuhen wie ein Fels da. Lotten neben ihr, bereit, ihr jeden Wunsch vom Gesicht abzulesen. Bald war es überstanden.

Da öffnete sich die Tür, und kühlere Luft drang herein. Doktor Åkesson lächelte sie an. Ester wurde zuversichtlicher, ihre Bedenken nahmen ab. Sie reichte die Verantwortung wie einen Staffelstab an den Arzt weiter. Sie hatte plötzlich wieder mehr Kraft. Åkesson hängte seinen Ärztekittel auf und griff sich ein paar Latexhandschuhe. Dann drehte er sich um, um etwas zu der Person hinter ihm zu sagen. Im Halbdunkel war Gustav Stjärne zu erkennen.

»Sie können mit mir die Glocke ansetzen. Sie haben das ja jetzt schon ein paar Mal gemacht«, wies Åkesson ihn an.

Spannung lag in der Luft. Gleich würde das Wunder geschehen.

»Ich muss hier raus«, keuchte Gustav Stjärne. »Ich muss auf die Toilette.«

Åkesson zuckte mit den Achseln und ließ ihn gehen. Die Tür schloss sich. Åkesson zog die Handschuhe an und bedeutete Lotten mit einem Kopfnicken, die Verpackung der Saugglocke zu öffnen.

»Jetzt ist es bald vorbei«, sagte er beruhigend über die Mutter gebeugt. »Ich setze eine Glocke auf den Kopf des Kindes, und bei der nächsten Wehe versuchen wir es gemeinsam.«

Die Mutter wimmerte. Sie hatte Schmerzen. Er setzte die Glocke an, sorgte für ein Vakuum und wartete. Ester war bereit. Die Mutter lag mit geschlossenen Augen ruhig da. Alle im Kreißsaal standen angespannt in Bereitschaft.

Als sich die Tür öffnete und Gustav Stjärne wieder erschien, setzten endlich die Wehen ein. Zwischen den Presswehen schrie die Frau.

»Still, machen Sie den Mund zu und pressen Sie!«, ermahnte sie Åkesson, während er kräftig nach unten zog. Dann machte er, als der Kopf teilweise zum Vorschein gekommen war, eine kreisende Bewegung nach oben. Das war Schwerstarbeit. Mit einem geübten Griff drückte Ester der Mutter auf den Bauch. Der Kopf wurde größer und war plötzlich draußen. Der Arzt entfernte die Glocke, aber die Wehen waren schwach, und es war schwer, den Körper des Kindes ebenfalls herauszuziehen.

Endlich hing das Kind grau und bleich und still in ihren Händen. Åkesson bat Lotten, den Kinderarzt zu rufen, während Ester der Mutter den kleinen Körper an die Brust legte und mit einem Handtuch abrubbelte. Ein leises Winseln. Mit der Zeit wurde es immer stärker, und zum Schluss war das gesegnete Schreien da.

Gustav Stjärne benimmt sich merkwürdig, dachte Ester, als sie später mit der Krankenakte dasaß. Aber das würde sie für sich behalten und nicht Leo erzählen.

Es dröhnte über den Hausdächern. Veronika legte die Hand über die Augen und schaute hoch. Ein Hubschrauber hob ab. Wie ein riesiger Teller lag der Helipad auf dem Dach des Zentralblocks.

Sie ging durch den Haupteingang und eilte dann an der Informationstheke, dem Friseur und dem Kiosk vorbei zu den Fahrstühlen. Im zehnten Stock verließ sie die Kabine. Als sie den Schwestern in dem langen Korridor mit den blauen Türen zunickte, fühlte sie sich fast zu Hause. Diese erwiderten ihr Lächeln.

Cecilia lag in einem Zimmer nach Westen. Veronika blieb in der Tür stehen. Das weiche Licht des Nachmittags fiel schräg auf den Rücken von Dan Westman.

Sie konnte sich nicht erinnern, dass seine Schultern so gebeugt gewesen waren. Hilflos stand er ein Stück vom Bett entfernt, und zwar näher am Fuß- als am Kopfende. Veronika stellte fest, dass die Schwester, die sich im Hintergrund zu schaffen machte, zu den weniger netten gehörte. Sie mochte sie nicht. Sie war korrekt und sicher sehr tüchtig. Bei den Maschinen und beim Kurvenschreiben schien sie sich am wohlsten zu fühlen. Beim Messen und beim Nachfüllen. Auf eine niederträchtige Art hatte sie Veronika dazu aufgefordert, doch mehr an sich zu denken, häufiger Kaffee trinken zu gehen, häufiger auszuruhen, frische Luft, lange Spaziergänge, vor allen Dingen ordentlich zu essen. Die Schwester wollte sie von der Bettkante weghaben, wagte das aber nicht offen auszusprechen. Ihre eigene Bequemlichkeit verpackte sie in Anteilnahme.

Aber wer konnte schon an sich selbst denken, wenn das eigene Kind schwer verletzt war? Jetzt hatte sie zumindest getan, was man ihr befohlen hatte. Sie hatte einen großen Spaziergang auf dem Friedhof gegenüber unternommen.

Dan war grau im Gesicht. Hilflos und wie zwei Standbilder aus einer vergangenen Zeit sahen sie sich an.

»Mein Gott!«, sagte er schließlich. Er wirkte entsetzt.

Veronika besaß zweifellos einen gewissen Vorsprung, fast zwei Tage am Krankenbett ihrer Tochter. Außerdem hatte sie mehr Übung darin anzusehen, was aus einem Menschen werden kann. Aber ihre Augen hatten sich trotzdem nicht daran gewöhnt. Zärtlich betrachtete sie den rasierten Kopf. Sie waren sich so auffällig ähnlich, Dan und Cecilia. Das wurde jetzt, wo das Haar fehlte, schmerzhaft deutlich. Dieselbe runde Kopfform und dieselben Ohren, die spitz vom Kopf abstanden.

Sie legte ihm die Hand in den Rücken.

»Sieht schlimmer aus, als es ist«, flüsterte sie. »Das wird schon wieder.«

Ohnmächtig rang er die Hände.

»Wie kannst du das nur sagen? Sie ist ja wie tot ...«

Seine Stimme wurde laut. Die Schwester warf ihm von ihrem Schreibtisch auf der anderen Seite des Fensters einen finsteren Blick zu.

»Pst. Nicht so ...«

Veronika legte den Zeigefinger an die Lippen. Wir müssen Cecilia schonen, dachte sie. Man konnte nie wissen, was durchdrang. Sie konnte sich nicht wehren und sich vor dem, was um sie herum geschah, nicht schützen. Sie konnte das Zimmer nicht verlassen, widersprechen oder sonst wie protestieren.

»Gibt es jemanden, mit dem man sprechen kann? Der Bescheid weiß«, sagte er etwas ruhiger.

Veronika nickte.

»Am Spätnachmittag ist Visite.«

Sie setzte sich ans Kopfende. Vorsichtig strich sie mit den Fingerspitzen über den kahlen Schädel. Sie spürte die ersten Stoppeln und hörte das gleichmäßige, fast einschläfernde Geräusch des Respirators neben dem Bett. Das Öffnen und Schließen der Ventile. Die Maschine war auf fünfzehn Atemzüge pro Minute eingestellt.

Dan wagte sich vor. Stand dicht hinter Veronika. Dann streckte er zögernd seine Hand aus.

»Sie ist warm«, sagte er.

Veronika nickte und machte ihm vorsichtig Platz.

Drei ernste Erwachsene in einem kleinen Zimmer. Der Neurochirurg, Dan und Veronika. Beide Eltern zusammen, zum ersten Mal seit sehr langer Zeit, dachte Veronika.

Der Arzt hatte gerade gesprochen. Alle diese Worte. Und jedem einzelnen maßen sie so viel Bedeutung zu.

Veronika mochte den Chirurgen, er wirkte nicht, als wollte er ihnen etwas vormachen, um selbst in einem besseren Licht zu erscheinen. Er schien mit beiden Beinen auf der Erde zu stehen und befand sich vermutlich mehr im OP als auf dem Golfplatz.

Cecilia war bewusstlos gewesen, als sie irgendwann gegen sechs eingeliefert worden war. Veronika hatte das alles schon einmal gehört, brauchte aber eine Auffrischung. Nicht dass sie es beim ersten Mal nicht begriffen hätte, aber dieses ständige Wiederholen, diese ewigen Erklärungen und Beschreibungen sowie die Lösung praktischer Fragen hielten die Angst in Schach, wenn auch immer nur sehr vorübergehend. Sie konnten die Trauer vor sich herschieben, Dan und sie. Den großen Schmerz, der so unbegreiflich war.

Dan erfuhr, was sie bereits wusste. Dass sie Cecilia sofort operiert hatten, und dass alle Frischoperierten in der Narkose blieben, bis das Ödem, also die Schwellung, zurückgegangen war.

»Wir werden sie also irgendwann nächste Woche aus der Narkose holen, wenn alles wie geplant verläuft.«

Feste Stimme. Gepflegtes Schonisch. Kein Zögern. Der Arzt wusste, was er tat und sah ihnen geradewegs in die Augen.

»Cecilia wird sich an die Zeit, als sie der Gewalttat ausgesetzt war, nicht erinnern.«

Die Gewalttat, der sie ausgesetzt war, dachte Veronika. Als sie das Pech hatte, sich in der Nähe eines bösen Menschen zu befinden, der sie niederschlug, misshandelte und schwer verletzte, dieser verdammte Idiot!

Sie spürte, wie ihr das Blut von neuem ins Gesicht stieg.

»Wahrscheinlich wird sie sich auch an die Minuten vor dem Schlag nicht erinnern. Damit müssen Sie rechnen. Möglicherweise erinnert sie sich daran, wie sie die Party verließ und welchen Weg sie dann einschlug. Das Kurzzeitgedächtnis befindet sich im Hippocampus. Aber wahrscheinlich hatte dieses Kurzzeitgedächtnis die letzten Gedächtniseindrücke noch nicht an die anderen Teile des Gehirns mit den dauerhafteren Gedächtnisfunktionen übertragen, ehe sie das Bewusstsein verlor. Man könnte also sagen, die Übertragung wurde unterbrochen.«

»Wie gut«, meinte Dan.

»Ja, viele unserer Patienten finden das.«

»Und was wird dann?«

Die Angst lag zitternd im Raum. Dan hatte diese Frage auch nur mit Mühe über die Lippen gebracht.

»Die meisten werden ganz gesund. Damit rechnen wir auch in Cecilias Fall.«

Eine Pause entstand. Der Arzt lächelte sie aufmunternd an. Veronika erwiderte das Lächeln. Die meisten werden gesund. Das konnte sie sich nicht oft genug sagen lassen. Diese Erklärungen und Prognosen. Einiges überzeugte sie, an anderes wagte sie nicht recht zu glauben.

»Wenn es wirklich schlimm wäre, würde ich es Ihnen sagen«, fügte der Arzt mit etwas leiserer Stimme hinzu. »Es ist wichtig, niemandem falsche Hoffnungen zu machen.«

Dieses Mal stand Veronika auf der anderen Seite. Auf der der Zuhörer. Sie versuchte, nicht daran zu denken, dass es eine nützliche Erfahrung sein könnte. Dass sie anschließend eine mitfühlendere Ärztin sein würde, die den Patienten mehr Vertrauen einflößte und sich deutlicher ausdrückte. Schließlich war sie ein und dieselbe Person. Und im Moment eine ganz gewöhnliche unglückliche Angehörige.

Dans Gesicht glänzte. Die Nervosität hatte ihn aus dem Gleichgewicht gebracht. Er stellte unendlich viele Fragen und verlangte immer wieder Garantien. Veronika schämte sich fast. Er klang so wütend. Schockiert und aggressiv. Gleichzeitig tat er ihr leid. Sie hätte ihm gerne in seiner Verzweiflung geholfen.

Aber der Arzt blieb geduldig. Er wiederholte alles und klärte die meisten Missverständnisse. Aber die Angst ließ sich nur vorübergehend in Schach halten. Er wusste sicher, dass diese Fragen in ein paar Tagen wieder auftauchen konnten, als hätte er nie zuvor darüber gesprochen. Veronika dachte an alle Male, als das Pflegepersonal gekränkt gewesen war, weil die Patienten behauptet hatten, nicht informiert worden zu sein, obwohl man geduldig auf der Bettkante gesessen und alles erklärt hatte. Aber so war es eben. Das war menschlich.

»Nachdem wir Ihre Tochter hier entlassen haben, kommt sie, weil sie in Lund gemeldet ist, in die Rehaklinik nach Orup. Sie ist in einem ehemaligen Sanatorium etwa dreißig Kilometer von hier untergebracht. Die Lage ist sehr schön. Sie wird mindestens drei Monate lang nicht arbeiten oder studieren können. Sie müssen damit rechnen, dass sie mindestens ein halbes Jahr lang sehr müde sein wird, möglicherweise auch länger. Sie wird weniger energisch sein, Mühe haben, sich zu konzentrieren, und größeren Stimmungsschwankungen unterworfen sein.«

Meine Güte, dachte Veronika. Aber das sind alles Kleinigkeiten, wenn sie nur wieder aufwacht. Und dass sie dann immer noch dieselbe ist.

Es war kurz vor acht Uhr abends. Veronika und Dan saßen im Restaurant Café Finn bei der Kunsthalle am Mårtenstorget. Sie hatten bei einigen Restaurants durch die Tür geschaut und diese dann für zu laut und die Klientel für zu jung befunden. Zum Schluss hatten sie sich nach etwas Passendem erkundigt.

Lammfilet, Rösti und Rotwein mit dem Exmann. Nach zwanzig Jahren. Veronika nippte an ihrem Weinglas und fand die Situation gar nicht mal sonderlich zugespitzt.

Die Kerzenflamme spiegelte sich in der Glasscheibe, die auf dem dunkelblauen Tischtuch lag. Der Kerzenhalter war eine gewagte Kreation aus Eisen. Robust wie das gesamte Lokal. Die Wände waren bis zur von Eisenträgern getragenen Decke mit Plakaten von Kunstausstellungen tapeziert. Die Stimmung war intim und voller Vergangenheit.

Ein richtig guter Rotwein, dachte Veronika. Sie besaß nicht das Vokabular, um die subtileren Düfte und Geschmacksnoten zu beschreiben. Der Wein kam aus Sizilien. Sie drehte das Glas mit ihren Fingerspitzen. Sah sich im Lokal um. Recht voll. Ein langer Tisch nur mit Frauen. Füllige, magere und fröhliche, mit baumelnden Ohrringen und farblich passenden Halstüchern, alle mittleren Alters. Sie hatten auf die Quiche, den Pastasalat und den Tetra-Pak-Wein im Eigenheim zugunsten der Geselligkeit in der Kneipe verzichtet. An einem kleineren Tisch verschlang ein Mann in norwegischer Wolljacke eine Frau mit den Augen, eine Frau, deren langes, glanzloses Haar einen Haarschnitt nötig hatte. Die beiden waren älter und gesetzter als jene zwei, die vor dem Dom neben ihr gesessen hatten.

Die verliebten Paare schienen sie zu verfolgen.

An ihrem eigenen Tisch herrschte verlegenes Schweigen. Sie sagten nicht viel. Sie wich Dans Blick aus. Bedrückt saßen sie da wie graue Schatten aus der Vergangenheit.

Er hob sein Glas.

»Trinken wir auf …«

Ja, worauf sollten sie trinken?

»Cecilia«, meinte sie und überlegte, ob er das wohl anstößig fand.

Blaue Ringe um die Augen, die Haut gegerbt. Die gleichen etwas hängenden Wangen und tief liegende Augen. Er war attraktiv, obwohl er ziemlich mitgenommen wirkte. Lebendig trotz der nagenden Unruhe und Müdigkeit. Ungerechterweise blieben einige Leute so.

»Trinken wir darauf, dass sie wieder gesund wird«, sagte er.

Sie nickte. War so erschöpft, dass sie nicht einmal mehr weinen konnte. Sie war den Tränen sehr nahe gewesen, als er ihr in die Augen geschaut hatte, aber jetzt verflogen sie wie Nebelschwaden, die sich verziehen. Auch der Wein half. Sie hatte sich so lange angespannt, dass ihr Körper schon gar nicht mehr wusste, dass es auch anders ging. Die Müdigkeit überfiel sie – jetzt, wo sie sich endlich entspannte.

Sie betrachtete ihn nochmals. Kritischer. Konnte es nicht lassen. Sie war sich bewusst, dass er wahrscheinlich das Gleiche tat. Die Jahre waren nicht sonderlich gnädig mit ihm umgegangen. Wahrscheinlich lag es an diesen verdammten Zigaretten, die sie damals so geärgert hatten. Aber er hatte kürzlich aufgehört. Seine Kleidung war auch adretter. Die Sachen waren mehr aufeinander abgestimmt, Hemd und brauner Blazer. Wahrscheinlich kaufte seine Frau für ihn ein. Veronika konnte sich ein Bild von seiner neuen Frau machen, die gar nicht mehr so neu war. Sie war ehrgeiziger, als sie es je gewesen war. Vielleicht hatten sich aber auch nur die Zeiten geändert. Das Propere war in Mode gekommen. Dafür sah er jetzt etwas langweiliger aus. Weniger feurig.

Es ist jetzt zwanzig Jahre her, seit ich zum letzten Mal mit ihm geschlafen habe, dachte sie.

Es verblüffte sie, dass sie immer noch auf seinen Geruch reagierte. Der ließ sich offenbar nicht abschütteln. Pheromone, dachte sie. Sie hatte unlängst darüber einen Artikel im Ärzteblatt gelesen. Flüchtige Substanzen, die beim Empfänger über den Geruchssinn physiologische Prozesse und die dazugehörigen Verhaltensmuster in Gang setzen. Sie weckten das Begehren. Führten dazu, dass sich Menschen voneinander angezogen fühlten und so ihren Partner unbewusst über den Geruchssinn auswählten.

Stimmte das wirklich?

Sie konzentrierte ihren immer verschwommeneren Blick

auf seine Finger, auf die dunklen Haare zwischen den Gelenken. Sie hatte vergessen, wie behaart er gewesen war. Aber sie erinnerte sich an das Gefühl, mit ihm zu schlafen. Ein Gefühl der Erfülltheit. Seine Hände und der erdige, würzige Ledergeruch. Und das Weiche, wenn er tief in sie eindrang. Rastlos und zielbewusst. Er hatte immer sofort auf ihre Avancen reagiert. Leicht entzündlich wie Petroleum. Leider auch genauso flüchtig. Lebte im Jetzt. Energisch, selbst in Situationen, wenn er aus Scham oder wegen eines schlechten Gewissens hätte zögern müssen. Und anschließend hatte er sich immer entfernt und all die Dinge getan, über die sie anfänglich nicht so viel gewusst hatte.

So war es damals gewesen. Wie es jetzt damit aussah, daran wagte sie nicht einmal zu denken. Es war zwanzig Jahre her, seit er mit ihr geschlafen hatte. Aber nicht nur mit ihr, sondern auch mit einem Haufen anderer Weiber.

Vielleicht waren es ja doch nicht so viele, dachte sie. In ihrem Kopf waren es immer mehr geworden. Aber ein Seitensprung genügte, um ihr Weltbild zu erschüttern. Vielleicht war das ja kleinlich und unreif von ihr. Er hatte immer gefunden, sie übertreibe. Er schlug doch nur mehr oder weniger zufällig ab und zu über die Stränge und dachte sich nichts dabei. Die andere war ihm nicht wichtig gewesen. Vielleicht waren es ja mehrere gewesen. So hatte er sich ausgedrückt. Hatte sich nicht scheiden lassen wollen. Hatte sie haben wollen. Die ganze Zeit. Aber er hatte sich nie erklären können. Jedenfalls nicht zu ihrer Zufriedenheit.

Und sie hatte sich dafür geschämt, ihm nicht zu genügen, was ihr Selbstvertrauen endgültig zerstört hatte. Sie wurde nicht geliebt.

War sie stur und kleinlich gewesen? Hätte sie nicht versuchen können, sich abzuregen, statt der Scheidungsstatistik zu entsprechen? Hätte sie nicht beharrlicher am Ideal der Kernfamilie festhalten sollen? Schließlich war ihr gemeinsames Leben keineswegs langweilig gewesen.

Aber sie war jung gewesen. Die Zweifel hatten an ihr genagt

wie eine Spitzmaus. Es hatte wohl alles so seine Richtigkeit gehabt. Aber einfach war es bei Gott nicht gewesen. Aber notwendig.

Sie beendete diesen Gedankengang mit einem Schluck Wein. Ließ ihn auf der Zunge hin- und herrollen. Dann stellte sie langsam das Glas ab.

»Wann wurde Schonen schwedisch?«, fragte sie.

Dan zog die Brauen hoch und sah sie verblüfft an, benötigte aber nicht einmal Zeit zum Nachdenken.

»Im Jahr 1658 beim Frieden von Roskilde.«

Sie nickte. So war das also.

Gleichzeitig schämte sie sich ein wenig. Drehte an ihrem Ehering. Eigentlich hatte sie ja Claes diese Frage stellen wollen.

Der Junge

Was außerhalb des Gedächtnisses geschieht.

Vier Jahre alt ist der Junge. Er steht auf der Veranda in der knallenden Sonne. Vom Meer her weht eine angenehme Brise. Er steht unbeweglich da, erstarrt in seiner Angst, die knubbeligen Füße in einem Paar Sandalen mit schwarzen Riemchen. Etwas o-beinig auf die weiche Art von Kindern. Shorts, ein Pflaster auf der einen Wade – immerhin hat sich irgendjemand die Mühe gemacht, ihm eins zu geben – und rote Mückenstiche an Armen und Beinen. Auf seinem T-Shirt ist ein Delfin über seinem runden Bauch.

»Mama und Papa kommen gleich«, sagt er leise und mürrisch und lässt den Kopf hängen.

Er wagt es nicht aufzuschauen. Auch nicht, sich zu bewegen. Er steht vollkommen still, den Erwachsenen ganz und gar ausgeliefert.

»Nicht bald. Aber dann!«

Die Stimme der Frau ist energisch und distanziert. Sie wischt den weißen Tisch auf der Veranda mit einem rosa Schwammtuch ab, reibt Rotweinflecken weg. Dann rückt sie die Stühle zurecht, rasch und energisch, und die Stuhlbeine knallen auf die Holzbohlen. Sie hat ihm den Rücken zugewandt.

Er steht ganz am Rand, Rosen, Lavendel, Rittersporn, Margerite und Königskerze wachsen hinter ihm auf dem schwach ansteigenden Hang.

»Mama und Papa kommen bald«, wiederholt er, da ihn niemand gehört hat.

Seine Stimme zittert leicht. Er lässt schwer den Kopf hängen. Die Haare fallen ihm in die Stirn. Er starrt auf seine Zehen, ohne diese wahrzunehmen. Seine Zehennägel sind eingerissen und schmutzig. Sommerfüße. Ab und zu wirft er von unten herauf einen raschen Blick auf die Frau in dem gelben Sommerkleid mit dem hochgesteckten Haar. Mittlerweile zerrt sie Kleidungsstücke von einem Trockengestell herunter.

»Mama und Papa kommen …«

Er verschluckt das letzte Wort. Die Stimme ist schwächer, aber genauso überzeugend. *Sie kommen bald.* Natürlich tun sie das! Sie halten mit dem Wagen vor dem Haus und lassen ihn einsteigen.

Er hat eine Spuckeblase im Mundwinkel, aber noch kommen keine Tränen.

»Heute Abend«, sagt die Frau und verschwindet mit einem Haufen frisch gewaschener Laken ins Haus.

Vielleicht hört er, was die Frau dann zu dem Mann dort drinnen in dem fremden Haus mit den vielen düsteren Zimmern sagt.

»Ich frage mich, wie lange er eigentlich noch bei uns bleiben soll.«

Die Worte klingen unfreundlich. Die Antwort des Mannes ist nicht zu hören. Vielleicht schweigt er auch.

»Mein Gott, was für verantwortungslose Leute!«, fährt sie missvergnügt fort.

Hört der Junge das, obwohl es nicht für seine Ohren bestimmt ist?

Oder ist es vielleicht sogar ihre Absicht, obwohl nicht ganz vorsätzlich. Sie will, dass er, ein kleiner Junge, begreift, was er ihr zumutet. Dass sie wütend und aufgebracht ist. Richtiggehend außer sich.

Dass es so verantwortungslose Eltern gibt!

Die sich nicht um ihre eigenen Kinder kümmern. Und sie muss es ausbaden.

Schließlich kann sie auch nicht nein sagen, wenn das arme Kind bereits auf der Schwelle steht.

Neuntes Kapitel

Sonntag, 8. September

Nina Bodén hatte keinen der über das Wochenende ausgeliehenen Videofilme anschauen können. Oder nur Ausschnitte davon. Im Übrigen war sie im Haus herumgetigert.

Erst hatte sie es mit einem amerikanischen und recht vorhersehbaren Liebesfilm, dann mit einem recht exzentrischen japanischen Film über die subtile und zurückhaltende Brutalität der Samurai versucht. Recht bald war ihr klar geworden, dass sich beide nicht für eine Frau mittleren Alters eigneten, die glaubte, gerade ihren Mann verloren zu haben. Was hatte sie auch erwartet? Eine vergebliche Flucht.

Einfach weg!

Nach zweiunddreißig Jahren. Sie hatte bereits nachgerechnet. Sie hatten immerhin noch ihre Silberhochzeit gefeiert. Aber was wurde aus der goldenen?

Es waren viele, ereignisreiche Jahre gewesen. Und danach langsame, anstrengende.

Bestürzt stellte sie fest, dass er ihr schon lange nicht mehr so gefehlt hatte wie jetzt. Sie hatte eher vorgehabt, ihn sich vom Hals zu halten und ihn ganz und gar nicht zu vermissen. Sie hatte sich auf neue Abenteuer einlassen wollen. Es war ihrer Meinung nach eigentlich nur eine Frage der Zeit gewesen.

Das Leben war viel zu kurz, um es auf triviale Dinge zu vergeuden. Das war ihr schon länger klar gewesen und mit der Zeit deutlicher geworden. Bald würde sie den Mut haben, sich herauszukatapultieren.

Bald.

Aber das Bewusstsein, überhaupt nicht zu wissen, wo er sich aufhielt, türmte sich jetzt wie eine graue Mauer vor ihr auf. Sie war ausgeschlossen worden. Zum ersten Mal vollkommen allein. So hatte sie sich das Ganze nicht gedacht.

Dieser Typ! Wo zum Teufel steckte er?

Sie starrte aus dem Fenster. Schönes Wetter natürlich. Schade nur, dass sie nicht rausgehen konnte, dass sie nicht rausgehen wollte.

Hatte ihm jemand etwas angetan? Ihr Zorn verwandelte sich rasch in Besorgnis. Sie sah sein schmerzverzerrtes Gesicht vor sich und verspürte ein Gefühl der Zärtlichkeit, das sie sich kaum zugetraut hätte und erstaunlicherweise als angenehm empfand. Sie jammerte leise, während ihr die Tränen über die Wangen liefen, und schlug mit den Handflächen gegen die Wand. Sie kam sich vor wie ein Kind. Wem konnte sie sich jetzt anvertrauen?

Und gegen wen sollte sie ihre Wut richten?

Immerhin ließ sie jetzt Gefühle zu. Die Dämme barsten. Sie weinte und ließ sich gehen.

So taff bin ich also nicht, dachte sie, schnäuzte sich und kühlte ihr Gesicht mit kaltem Wasser. Schließlich könnte jemand kommen. Sie musste natürlich nicht aufmachen, aber trotzdem. Vielleicht klopfte ja die Polizei an. Sie hegte zwar ihre Zweifel, die schienen sich ja nicht gerade ein Bein auszureißen, aber man konnte nie wissen. Irgendwann musste diese Sache schließlich ein Ende nehmen. Irgendeinen Bescheid würde sie früher oder später ganz sicher erhalten.

Aber was sollte sie unterdessen tun?

Sie unternahm einen letzten, verzweifelten Versuch, sich zu zerstreuen, legte das dritte Video ein und setzte sich mit der Fernbedienung in der Hand kerzengerade aufs Sofa. Schöne Bilder. Eine arme irische Familie, die mithilfe einiger unfruchtbarer Äcker ihr Dasein fristete, hatte es auf dem Klappentext geheißen. Wieso hatte sie diesen Film überhaupt ausgeliehen? Vielleicht weil sie nach einem Inhalt suchte, der überhaupt nichts mit ihrem eigenen Leben zu tun hatte. Eine andere Art

Elend. Nichts, was sich irgendwie mit ihrem eigenen Unglück verwechseln ließe.

Aber der Versuch war vergebens. Alles war grau und furchtbar. Hätte sie nicht etwas Lustigeres ausleihen können? Aber hätte sie ein Happy End ausgehalten? Sie fühlte sich trotz allem mehr von Schilderungen der Not angezogen.

Sie wusste nicht, wohin mit ihrer Energie. Sie hatte Kommissar Claesson angeschnauzt, ihn aber noch nicht persönlich mit ihrer zunehmenden Ohnmacht konfrontiert. Ein kleiner, dicklicher Typ namens Ludvigsson hatte sich bei ihr gemeldet. Sie hatte ihn im Präsidium aufgesucht. Er müsste sich mehr bewegen. Weniger Fett und mehr langsame Kohlenhydrate zu sich nehmen. Sie hätte ihm das fast gesagt, hatte es dann aber bleiben lassen.

Über die beiden, die sie dann zu Hause aufgesucht hatten, ließ sich nicht viel sagen. Die machten wohl einfach ihre Arbeit. Eine junge Polizistin in zu weiter Jacke, oder vielleicht war sie ja auch nur selbst zu klein, und ein robuster Mann, ein richtiger Polizist, der das Wort führte. Fragen, Fragen und noch mehr Fragen. Aber keine Antworten.

Das absolut letzte Lebenszeichen war aus Lund gekommen. Auch die dortige Polizei war natürlich eingeschaltet worden. Ein Arzt der HNO-Klinik hatte beteuert, dass sich Jan bei ihrer letzten Begegnung nicht auffällig verhalten habe. Eine Schwester der Poliklinik, die ebenfalls ein paar Worte mit ihm gewechselt hatte, konnte dies bestätigen. Jan hatte sich erkundigt, wo er Kaffee trinken könne, und die Schwester hatte ihm eine rosa Imbissbude gegenüber oder das Hauptgebäude, den Zentralblock, empfohlen.

Dann hatte sich seine Spur verloren.

Die Kinder riefen an, und das machte alles nur noch schlimmer. Besorgt stellten sie immer wieder dieselbe Frage. Im Prinzip war es die einzige Frage, die sich stellen ließ.

Wo konnte er nur sein?

Sie hatte Eva-Lena. Sie wusste außerdem alles. Eva-Lena war die Einzige, die ihr volles Vertrauen besaß, und sie stand immer zur Verfügung. Sie erwartete neue Berichte, die sie ihr gleichsam wie teure Geschenke zu Füßen legen sollte. Aber sie konnte nicht andauernd Eva-Lena in Anspruch nehmen. Sie hatte auch ihre Probleme, und die waren nicht gerade klein. Ihr Mann war ein widerlicher Kerl, und sie hatte noch nicht die Kraft aufgebracht, ihn zu verlassen. Es würde einen wahnsinnigen Ärger geben, glaubte Eva-Lena. Außerdem würde sie dann arm werden wie eine Kirchenmaus. Die Frage lautete, ob es das wert war. Die immer gleiche Frage. Und immer dieselbe diffuse Antwort. Was war schon etwas wert? Das ließ sich nie im Voraus sagen. Die Zukunft ließ sich nicht voraussagen. Hätte sie ihn umbringen können, ohne dafür belangt zu werden, so hätte sie schon längst diesen Ausweg gewählt, hatte Eva-Lena mit einem derben Lachen geäußert und die Sache damit als vollkommen unmöglich abgetan.

Aber war es so unmöglich?

Nina Bodén dachte über diese komplizierte Frage nach. Hatte sie sich je gewünscht, Jan wäre tot? Hatte sie?

Eva-Lena war in letzter Zeit schon etwas kurz angebunden gewesen – oder bildete sie sich das nur ein? Nein, so etwas bildete man sich in der Regel nicht ein, zumindest das hatte sie das Leben gelehrt. Es wirkte, als ob Eva-Lena nicht mehr so recht zu ihr hielt, aber sie rückte natürlich nicht mit der Sprache heraus. Wahrscheinlich hatte sie nie zu den Leuten gehört, die es wagten, sich mit Sauertöpfen auseinanderzusetzen. Sie rechnete damit, dass alle anderen ihre Gedanken lesen konnten und das Problem lösten, wenn sie nur lange genug bockte.

Mit solchen Mätzchen hatte Nina schon lange aufgehört.

Wie durch ein Wunder war es ihr tatsächlich während der letzten Woche gelungen, ihre Arbeit zu erledigen. Beschäftigung lenkte sie ab. Pflichtschuldig war sie in ihrem kleinen weißen Dienstwagen herumgefahren und hatte Hausbesuche gemacht. Dienstag und Donnerstag war sie weit raus aufs Land gefahren, weil Gullbritt krank war und jemand ihren Bezirk hatte übernehmen müssen. Der Wald, der die Landstraßen flankierte, hatte sie getröstet. Ebenso die roten Holzhäuschen, vor denen Astern und Chrysanthemen wuchsen.

Noch wusste niemand in dieser Einöde, was sie bedrückte. Ihr blieben die neugierigen und fragenden Blicke erspart. Sie musste Jans Verhalten nicht rechtfertigen.

Typisch!

Zu Hause war es schlimmer. Die Leute fragten, warum Jan jetzt schon so lange weg sei. Wie es in der Uniklinik in Lund gegangen sei. Alle diese Gespräche waren heikel, und deswegen blieb sie am liebsten zu Hause. Wie oft hatte sie schon Lust zu sagen, dass sie keine Ahnung hätte? Dass die Polizei ihn suchen würde, aber dass sie selbst nicht den blassesten Schimmer hätte, wo er hin sein könnte. Das klang geheimnisvoll und reichte meist als Antwort nicht aus. Sie musste es wiederholen und erklären. Sie wollten, dass sie von Dingen erzählen würde, über die sie eigentlich nichts wusste, und irgendwelche Geheimnisse preisgab, denn nichts war so aufregend wie ein Geheimnis. Aber sie gab nicht nach.

Keine Ahnung, sagte sie immer mit fast tonloser Stimme und versuchte, nicht allzu schnippisch zu klingen, denn das stachelte die Neugier und die Fantasie nur noch mehr an.

Aber es war wahrhaftig nicht leicht. Mit der Unruhe klarzukommen und sich fast wie eine trauernde Witwe zu benehmen, während die Gedanken ständig um das kreisten, was sie selbst am allermeisten bedrückte. Die Ungewissheit. Das, wovon sie nichts wusste. Das, was er ihr vielleicht verschwiegen hatte. Hatte Jan Geheimnisse gehabt?

Sie hatte an seinem Schreibtisch gesessen, alle Schubladen durchsucht und dann alles zurückgelegt, damit er nichts merken würde.

Wenn er zurückkam.

Falls er zurückkam.

Nein, sie war auf nichts gestoßen, was er hätte verbergen müssen. Aber sie war trotzdem nicht zufrieden. Etwas war geschehen. Aber wann hatte sich diese Veränderung vollzogen? Falls es denn eine Veränderung gewesen war.

Sie war zwiespältig und wollte nicht irgendwo Trolle sehen, wo es keine gab.

War im Lauf der Jahre zwischen ihnen nicht alles weniger geworden, stiller? Wie bei den meisten anderen auch. In gewisser Weise auch ein Segen. Das Leben verebbte und wurde ruhiger. Eine unausgesprochene Abmachung, die beide nicht infrage zu stellen wagten. Sie hatten sich ganz einfach mit den Unarten des anderen abgefunden. Natürlich war manchmal alles recht zäh, aber das Leben an sich war nun einmal zäh und widerspenstig, man musste ständig dagegen ankämpfen.

Aber wann hatte sich diese Freudlosigkeit eingestellt? Und das Schweigen? Das anderen Dingen Freiraum schaffte.

Wie gut kannte sie Jan eigentlich?

Wieder stellte sie sich ans Küchenfenster, verschränkte die Arme über der Brust. Sah den Nachbarn schwere Tüten mit Lebensmitteln vom Auto ins Haus tragen, seine Frau kam mit ein paar Tüten mit Kleidern hinterher. Nina Bodén kannte keine andere Person, die so viele Kleider kaufte wie ihre Nachbarin. Immer die neueste Mode. Sie sah aus wie ein zu groß geratener Teenager und behauptete, dass sie ihrem Mann so gefalle. Nina Bodén hätte sie fast gefragt, was sie selbst finde, hatte dann aber den Mund gehalten. Bei ihrem Beruf war eine scharfe Zunge unangebracht. Sie war zu ewiger Anteilnahme, ewigem Verständnis und ewiger Geduld verurteilt.

Jeder muss auf seine Fasson selig werden, dachte sie und sah den Mann wieder ins Freie treten. Jetzt hatte er sich umgezogen. In Holzpantinen ging er in die Garage und rollte den Rasenmäher ins Freie. Verdammt, der Rasen!

Sie wurde wieder wütend. Sie ließ die Arme fallen und hätte fast laut geschrien, wenn in diesem Moment nicht gerade Kriminalkommissar Claes Claesson mit seinem Kinderwagen an ihrem Haus vorbeispaziert wäre.

Warum hatte Jan sie in dieser öden Landschaft zurückgelassen? Sie konnte nichts tun, sich nicht einmal vorbereiten, höchstens auf das Schlimmste. Und der Rasen musste gemäht werden, und sie wusste nicht einmal, wie man den Rasenmäher in Gang bekam.

Energisch öffnete sie den Küchenschrank, um sich irgendwie zu beschäftigen.

Vielleicht sollte ich rasch einen Rührkuchen machen, dachte sie nun konstruktiv. Oder Mürbegebäck oder Schokoladenplätzchen backen. Oder warum nicht Baisers? Sie schaute im Kühlschrank nach, wie viele Eier sie hatte. Vier Stück. Das reichte. Das mit den Baisers konnte sie lassen und stattdessen einen Rührkuchen und Plätzchen backen. Butter hatte sie auch genug. Für Gebäck verwendete sie nie Margarine. Immer Butter. Sonst lohnte sich die ganze Arbeit nicht.

Backen ist ein wahrer Trost, dachte sie, während sie sich die Schürze umband. Das Handy klingelte. Sie schaute auf die Anzeige. Lächelte. Etwas Süßes zum Kaffee ist sicher gut, dachte sie und hielt das Telefon ans Ohr.

Veronika lag auf dem Sofa. Claes hatte Klara im Kinderwagen mitgenommen, um Milch und ein paar andere Kleinigkeiten zu kaufen. Das Zimmer hatte sich im Verlauf des Tages aufgeheizt. Es war regelrecht stickig, sie musste sich keine Decke über die Beine legen. Den ganzen Tag hatte sie im Garten gearbeitet. Sie hatte Erde unter den Fingernägeln, und ihre Glieder fühlten sich angenehm müde an. Endlich wagte sie es, die Augen zu schließen und in einen tiefen Schlaf zu fallen.

Die Haustür wurde geöffnet und fiel zu. Claes und Klara waren in der Diele zu hören. Sie lag wie betäubt da. Das Glasmobile im Fenster warf die Strahlen der untergehenden Sonne in verschiedenen Farben an die Decke.

Claes stand in der Tür.

»Hast du etwas schlafen können?«

Sie nickte.

»Eine ganze Weile.«

»Wie gut!«

Ich bin mit dem besten Mann der Welt verheiratet, dachte

sie zufrieden. Klara versuchte, zu ihr aufs Sofa zu kriechen. Nach ihrer Woche in Lund hing sie ständig an ihr.

»Gehst du morgen ins Humlan?«, fragte sie und strich ihr übers Haar.

Klara hörte nicht zu. Sie hielt einen lila Stift, das Werbegeschenk eines Arzneimittelherstellers, fest in der Hand und saß breitbeinig auf Veronika. Dann ließ sie sich auf den Boden gleiten, und Veronika stand auf, nahm Klara auf den Arm und ging zu Claes in die Küche. Sie setzte Klara ab und legte Claes ihre Arme um den Hals. Sie wollte ihn dafür entschädigen, dass sie morgen wieder fahren würde. Allerdings hatte er sich nicht beklagt.

»Wie lange bleibt Dan?«, fragte er, als hätte er ihre Gedanken gelesen.

»Übers Wochenende. Wir lösen uns ab.«

Weitere Fragen stellte er nicht.

Zehntes Kapitel

Dienstag, 10. September

Während Klara im Humlan war, verbrachte Claes Claesson einige Stunden im Präsidium. Es war über eine Woche vergangen, seit Cecilia niedergeschlagen worden war. Veronika war wieder nach Lund gefahren, um dabei zu sein, während sie sie langsam aus der Narkose holten.

Die Kindergärtnerinnen beteuerten, dass sich Klara sehr gut zurechtfand. Er solle sich über ihre Tränen beim Abgeben keine Gedanken machen. Das sei normal. Recht bald sei sie dann immer fröhlich und ausgeglichen, bestätigten sie alle. Sie bezeichneten sich in ihren Rundbriefen nicht als Kindergärtnerinnen, sondern als Pädagoginnen. Der ewige Versuch, die Perspektiven anderer zu verändern und den eigenen Status zu erhöhen, dachte er. Eine Rangordnung gibt es trotzdem.

Eigentlich machte er sich größte Sorgen darüber, wie es sein würde, wenn Klara eines Tages überhaupt nicht mehr aufbegehrte, sondern ihm fröhlich zuwinkte, wie einige Kinder das taten. Wenn ihr Marie dann genauso lieb war wie er. Ein Gedanke, der sich mit seiner väterlichen Eitelkeit nicht in Einklang bringen ließ.

Jetzt saß er am Schreibtisch und beschäftigte sich mit den Papieren, die in Ordner sortiert werden mussten. Vielleicht würde er sie dann tatsächlich wiederfinden, wenn er sie einmal brauchen sollte. Das meiste war jedoch im Papierkorb gelandet. Das papierlose Büro war seiner Meinung nach nicht nur eine Utopie, sondern, was ihn betraf, gar nicht wünschenswert. Obwohl die Informationsgesellschaft unter den Papierbergen förmlich zusammenbrach, war es ihm lieber, ein Papier in der Hand zu halten, statt auf den Monitor zu starren. Was ihm entgegenflimmerte, konnte er nicht so leicht verarbeiten.

Im Dezernat hatte sich kaum etwas verändert. Man braucht nicht glauben, dass sich weltbewegende Dinge ereignen, bloß weil man eine Weile weg ist, dachte er. Es war fast ein wenig langweilig, dass alles immer noch so war wie vorher. Ein paar neue Anweisungen, Änderungen gewisser Verordnungen, ein paar neue Gesichter in der Kantine, aber das war alles.

Zum ersten Mal seit langer Zeit ertappte er sich bei dem Gedanken, ob es nicht an der Zeit sei, sich eine neue Arbeit zu suchen. Dazu würde er allerdings umziehen müssen. Das hätte er früher tun können. Jetzt war das weitaus aufwändiger. Es war sogar so aufwändig, dass er es wohl dabei belassen musste, von einer Veränderung zu träumen. Mit Frau, Kind und Eigenheim saß er fest – so wie die meisten anderen. Die einzige größere Veränderung, zu der die Leute neigten, war die Scheidung.

Louise Jasinski hatte diesen Weg eingeschlagen. Sie hatte ihr Reihenhaus verkauft und war in die Stadt gezogen. Aber zufrieden wirkte sie keineswegs, eher wütend. Aber es war auch nicht ihre Entscheidung gewesen. Sie hatte ihm einiges erzählt, als er im Erziehungsurlaub gewesen war und sie den Mord in der Waschküche aufgeklärt hatte. Sie hatte ihn zu Hause besucht und war ziemlich niedergeschlagen gewesen. Ihr Mann hatte eine andere, jüngere Frau gefunden und sich auf dem Weg zu neuer Seligkeit geglaubt. Mit anderen Worten: nichts Neues unter der Sonne, aber es stellte sich die Frage, wie lange man über eine solche Sache sprechen musste. Sie war zurzeit launisch und unberechenbar. Benny Grahn fand, sie habe einfach mal wieder einen Mann nötig.

Gotte war jemand, dem man wirklich nicht vorwerfen konnte, wechselhaft zu sein, er hatte weder das eine noch das andere verändert. Er gehörte einer Generation an, in der es noch Ehrensache gewesen war, sowohl mit seiner besseren Hälfte als auch mit seinem Arbeitsplatz solidarisch zu sein. Gotte würde nächsten Sommer in den Ruhestand treten und hatte dann so gut wie sein ganzes Berufsleben an einem Ort, nämlich bei der Polizei in Oskarshamn, verbracht. Ein ehrgeiziger Jurist würde wahrscheinlich seine Nachfolge antreten. Das würde ganz sicher zu ziemlichen Veränderungen führen. Claesson würde gar nicht umziehen müssen, um ein abwechslungsreicheres Leben zu erhalten.

Nina Persson war aus dem Erziehungsurlaub zurückgekehrt und saß geschminkt und mit langen, lackierten Fingernägeln am Empfang wie früher. Wie sie das mit einem Kleinkind vereinbaren konnte, war Claesson unerklärlich. Wahrscheinlich handelte es sich um ein gut gehütetes Geheimnis der Frauen. Er hatte das Gefühl, dass die Kollegen netter zu Nina geworden waren. Früher hatten sie immer anzügliche Bemerkungen über ihre üppigen Formen und blonden Haare gemacht, aber jetzt hatte es den Anschein, als seien sowohl Nina als auch die Kollegen reifer geworden. Hatte das mit der Mutterschaft zu tun? Sie musste einen anderen Menschen schützen.

Sie lächelte herzlich. Vielleicht weil sie nun beide Eltern geworden waren? Er nickte ihr zu, fand es aber nicht angebracht, an seinem Arbeitsplatz über Kinder zu sprechen, obwohl er es zur Not auch schon mal tat. Ihr Alvar und seine Klara.

Seine Gedanken kreisten sowieso mehr um Louise Jasinski. Dass sie geistesabwesend war, konnte natürlich auch auf anderes als die Scheidung zurückzuführen sein. Sie ging ihm aus dem Weg. An diesem Vormittag hatte sie mit offener Tür in ihrem Büro gesessen, aber kaum den Kopf gehoben, als er vorbeigegangen war. Das sah ihr gar nicht ähnlich. Als sie sich im Zusammenhang mit dem Mordfall in der Waschküche und der verschwundenen Schülerin, die Maiblumen verkauft hatte, bei ihm gemeldet hatte, war sie erschöpft gewesen. Die Leitung des Dezernats und das Chaos zu Hause hatten ihr ziemlich zugesetzt – was von beidem schlimmer gewesen war, konnte man schwer sagen –, aber sie hatte ihn nicht damit belastet. Aber vielleicht war er in seiner angenehmen und entspannten Rolle des Kommissars im Erziehungsurlaub auch nur blind und taub gewesen.

So viel stand jedenfalls fest: Wenn sie den Job der Dezernatchefin inzwischen in den Griff bekommen hatte, war es sicherlich keine Freude, ihn wieder zurückgeben zu müssen. Es dauerte, bis man das Befehlen gelernt hatte, und für eine Frau war es nicht unbedingt leichter, auch wenn es nicht unbedingt schwerer sein musste. Dieses ständige Gerede über Geschlechterkrieg und Gleichberechtigung ging ihm auf die Nerven. Wie auch immer, Macht und Einfluss übten auf gewisse Menschen immer eine große Anziehung aus. Besonders verlockend waren sie, wenn das Leben eine Wendung genommen hatte, die es wünschenswert erscheinen ließ, sich ganz in eine Sache zu vergraben. Und die Arbeit war ein guter Platz, wenn man flüchten wollte.

Mittlerweile hatte er erkannt, dass Kinderbetreuung auch keine ganz einfache Aufgabe war. Diese Erfahrung teilte er vermutlich mit vielen Vätern in derselben Situation. Aber er sagte nichts. Er hatte keine Lust auf die triumphierenden Mienen aller übereifrigen Mütter, die in ihm nur ein weiteres Beispiel für die Unzulänglichkeit der Männer sahen.

Veronika hielt nichts von solchen verborgenen Unterdrückungsmechanismen und seine Schwester auch nicht. Es gab aber Frauen, die das taten. Liljan hatte es versucht. Sowohl Veronika als auch seine zwei Jahre ältere Schwester Gunilla waren starke Frauen. Er hatte als Kind eine strenge, aber liebevolle Schule besucht. Seine Beziehung zu Gunilla war über all die Jahre hinweg herzlich geblieben, sein Kontakt zu seinem jüngeren Bruder Ulf hingegen abgekühlt. Was, wie er vermutete, nicht zuletzt an dessen bescheuerter Ehefrau Liljan lag. Weder Veronika noch er selbst ertrugen sie eine längere Zeit. Liljan besaß die einzigartige Fähigkeit, immer das Falsche zu tun. Sie mischte sich in alles ein. War zu aufdringlich. Und Ulf war immer stiller und verschlossener geworden, aber das war schließlich seine eigene Wahl. Sein Bruder versteckte sich hinter seiner Frau.

Claesson war sich der Bedeutung seiner älteren Schwester für ihn immer bewusst gewesen. Inzwischen erlaubte er es sich sogar, sie zu bewundern. Sie führte ein aktives Leben: Sie war Personalchefin, hatte vier Söhne und einen etwas weltfremden Ehemann. Aber auf wundersame Weise bewältigte sie alles, ohne ihre gute Laune zu verlieren. Vielleicht lag das auch daran, dass sie ein angeborenes stabiles Naturell besaß.

Es war immer lustig, seine Schwester in ihrem Haus in Stockholm, einem wahren Hexenkessel, zu besuchen. Ihm war auch bewusst, dass Gunilla an seiner Vorliebe für sogenannte selbstständige Frauen schuld war und vielleicht auch an seinem lächerlichen Stolz darüber, inzwischen ebenfalls ein großes Haus voller Leben zu besitzen.

Bei näherem Nachdenken hätte er es mit einer Frau, die nicht auf eigenen Beinen stand, nicht ausgehalten. In seinen vorherigen Beziehungen hatte es immer zu viel oder zu wenig von dem einen oder anderen gegeben. Das Verhältnis zu Katina, der Frau, mit der er zusammen gewesen war, als er Veronika kennenlernte, war nicht leidenschaftlich gewesen. Eigentlich war die Beziehung nie richtig auf Touren gekommen, was sicher nicht nur daran lag, dass sie sich nur an Wochenenden getroffen hatten.

Eva, seine längste und wichtigste Liebesbeziehung, war ihm ziemlich an die Substanz gegangen. Eine äußerst komplizierte Geschichte. Ab und zu ereilte ihn der Gedanke, dass er sich wirklich glücklich schätzen konnte, dass diese Zeit hinter ihm lag. Dass es ihm geglückt war loszukommen, noch dazu einigermaßen ungeschoren.

Er öffnete die oberste Schreibtischschublade. Staubige Stifte, Büroklammern in allen Größen und ganz hinten Notizzettel. Er schaute sie durch, ehe er sie wegwarf.

Er war hier an seinem Schreibtisch überflüssig. Ein seltsames, um nicht zu sagen erschreckendes Gefühl. Die Kollegen waren mit Fällen beschäftigt, über die er kaum etwas wusste. Niemand hatte Veranlassung, ihn zu behelligen. Alle gingen vorbei, genau wie vor kurzem Louise. Der eine oder andere hatte kurz Halt gemacht, um ein paar Worte mit ihm zu wechseln, aber mehr war nicht gewesen. Peter Berg hatte ihn fröhlich begrüßt. Er wirkte unverschämt froh und munter. Seine pockennarbigen, bleichen Wangen hatten eine frischere Farbe angenommen. Vielleicht hatte es aber auch an seinen Kleidern gelegen, die modischer und bunter geworden waren. Unter seinem schwarzen Pullover trug er ein oranges Hemd.

Claesson fühlte sich ebenso ausgeschlossen, wie es die pensionierten Kollegen vermutlich taten, wenn sie ihren alten Arbeitsplatz besuchten. Das Gemeinschaftsgefühl ließ sich nicht konservieren.

Kurz vor elf klingelte das Telefon. Er zuckte fast zusammen, aber es passte ihm ausgezeichnet. Die Langeweile strengte an. In der Gewissheit, es sei Veronika aus Lund, besser als nichts, hob er ab.

Es war zwar nicht seine Frau – eine Bezeichnung, an die er sich noch nicht so ganz gewöhnt hatte –, aber doch ein Anruf aus dieser südlichen Universitätsstadt. Kriminalinspektor Gillis Jensen von der Polizei Lund nannte seinen Namen. Claesson vermutete, dass er ihm in seinem gewandten Schonisch etwas über die Körperverletzung mitteilen wollte. Claesson hatte ihn schließlich eine Woche zuvor wegen Cecilia angerufen. Hatten sie jemanden festgenommen?

Aber es ging nicht um Cecilia, sondern um Jan Bodén.

Ihm stieg die Röte in die Wangen. Das Gespräch mit der Frau kam ihm in den Sinn. Er wusste immer noch nicht, wie diese Nina Bodén aussah, die er Ludvigsson so effektiv aufs Auge gedrückt hatte. Etwas an ihrer Stimme hatte ihm nicht gefallen. Der unablässig vorwurfsvolle Klang. Vielleicht schämte er sich ja auch dafür, dass er sie einfach nur hatte loswerden wollen, zwar nicht an den ersten Besten, aber immerhin. Und obwohl es das einzig Vernünftige gewesen war, kam erschwerend hinzu, dass sie offenbar in derselben Straße wie er wohnte. Nicht dieser Zufall an sich, sondern die Tatsache, dass sie diesem Umstand Bedeutung beizumessen schien. Nachbarn, dachte er. Geschwätz und Getuschel über die Hecken hinweg. Und er, der in ihren Augen einfach mit den Händen im Schoß dasaß.

Veronika hielt alle Karten in der Hand, die ihre Tochter bekommen hatte. Lustige Bilder und fröhliche, optimistische Wünsche.

Gute Besserung! Nicht klein beigeben! Du bist eine Kämpferin, das wissen wir! Wir sehnen uns nach dir! Bis bald!

Sie kamen von nah und fern. Von Freunden aus der Schule und von neuen Freunden, die Veronika nicht einmal dem Namen nach kannte. Aber sie freute sich wirklich sehr, dass so viele an Cecilia dachten.

Sie beugte sich zum Ohr ihrer Tochter vor.

»Cecilia, alle denken an dich«, flüsterte sie froh. »Sara aus Oskarshamn hat mehrere Male angerufen. Und Ester war fast jeden Tag hier. Und dann hast du Karten von Kristoffer, Magdalena, Sanna, Johanna, Ylva und Calle bekommen. Wirklich wahnsinnig viele Leute haben von sich hören lassen. Dass du so viele Freunde hast, meine Kleine. Ist das nicht wunderbar?«

Sie legte den Stoß Karten wieder auf den Nachttisch. Dort stand bereits das Foto von der Hochzeit. Aufgeräumt und fröhlich schauten sie in die Kamera. Die Sonne funkelte in Cecilias langem Haar.

Die Hitze hielt an. Im Krankenhaus blieb die Temperatur gleichmäßig kühl, aber im Freien klebten die Kleider am Leib. Die Nächte wurden allmählich kühler.

Veronika verließ das Entree des Zentralblocks und ging auf die Lasarettsgatan zu. An der Kreuzung hielt sie inne und blinzelte in die Sonne. Es war Mittag, und viele Leute waren unterwegs. Das Klinikgelände war nicht groß, aber dicht bebaut. Hinter dem Zentralblock ragten neue, riesige Gebäude auf, in denen sich Forschungslabors und Unterrichtsräume befanden.

Zum ersten Mal seit dem Unglück hatte sie gute Laune. Sie spürte kaum die kühle Windbö, die ihr durch die Kleider fuhr und ihre Tränen trocknen ließ. Eine Vorahnung des nahenden Herbstes. Zwar war es noch eine Weile bis dahin, zumindest bis zu den düsteren, grauen Tagen im November. Davor lagen noch klare Tage mit durchdringenden Farben. Eine gute Zeit für die Reha, dachte sie. Der Himmel ist dann immer noch zur Sonne hin geöffnet. Zum Leben.

Sie hatte sich in der Klinikkantine mit einer ehemaligen Kommilitonin zum Mittagessen verabredet. Im Augenblick war sie für jede Art von Gesellschaft dankbar. Sie musste jemandem ihr Herz ausschütten. Zwar hatte sie Claes bereits angerufen, aber nur kurz mit ihm sprechen können. Daher gab es noch viel zu bereden. Sie war voller unbändiger Freude. Es war dasselbe Gefühl, wie ein Kind zur Welt gebracht zu haben. Die Euphorie war unbeschreiblich, und sie hatte das starke Bedürfnis, sie in Worten auszudrücken.

Es ging aufwärts.

Nach Tagen in Lund, die wie in einem Vakuum verstrichen waren, ging es jetzt endlich bergauf. Sie hatte nicht gewagt, zu sehr zu hoffen. Gleichzeitig hatte sie die Hoffnung, dass alles wieder so werden würde wie vorher, ihre ganze wache Zeit erfüllt. Auch die Nächte. Sie hatte geträumt, dass sich Cecilia wie in einem Film frisch erwacht behaglich in ihrem Krankenhausbett räkelte und mit ironischem Lächeln sagte: Meine Güte, Mama, was machst du hier? Dann hatte sie sich erstaunt umgesehen. Und was mache ich hier?, hatte sie gefragt, während ihr langes blondes Haar auf dem Kissen ausgebreitet lag.

Cecilia würde vollkommen genesen. Davon waren die Neurochirurgen überzeugt, aber manchmal wagten Patienten nicht, an gute Prognosen zu glauben. Mit diesem Phänomen war sie sehr vertraut. Es gab Patienten, die nicht einsehen wollten, dass sie geheilt waren. Man hatte ihnen eine Diagnose gestellt, vielleicht Krebs, aber jetzt war die Gefahr vorüber. Trotz langer Erklärungen und Bemühungen, sie zu überzeugen, blieb der Gedanke an das Allerschlimmste so stark und lebendig, dass er lähmend wirkte. Sind Sie sich auch hundertprozentig sicher, dass er nie mehr zurückkommt? Natürlich konnte man das nicht sein. Die Angst vor dem Tod wurde von einer Angst vor dem Leben abgelöst. Aber ging man vom Schlimmsten aus, wurde man zumindest nicht enttäuscht.

Zu diesem Fall hatte sie mit nichts als ihrer Anwesenheit beitragen können, und das war ungewohnt. Aber allmählich hatte sie sich damit abgefunden. Eigentlich wollte sie einfach nur bei Cecilia sein. Sie bereitete sich darauf vor, ihre Tochter so zu akzeptieren, wie sie nun einmal sein würde. Sie versuchte, auf jegliches Planen, welcher Art auch immer, zu verzichten. Was blieb ihr auch schon anderes übrig.

Aber ab und zu wurde sie doch ganz schön wütend.

Du hättest einen anderen Vater haben müssen, dachte sie, als sie Cecilia über ihr Stoppelhaar fuhr. Das ist mein Fehler, nicht deiner, meine Kleine. Der Vater, den ich dir ausgesucht habe, hat immerhin ein ganzes Wochenende bei dir ausgeharrt. Dann ist der Egoist nach Hause gefahren. Hat sich wie immer aus dem Staub gemacht. Aber wir sind es schließlich gewohnt, allein zurechtzukommen, du und ich. Und jetzt haben wir außerdem noch Claes. Ich weiß, dass du ihn nicht magst, aber das wird schon noch, auch wenn es etwas dauert. Du wirst schon sehen, alles wird gut.

Erst gestern hatte sie diesen unhörbaren Monolog gehalten. Immer unhörbar. Es waren ständig Schwestern im Zimmer, unsichtbare Schatten, aber trotzdem immer anwesend. Einige von ihnen kannte sie inzwischen. Diejenigen, die sie hatte kennenlernen wollen, die, die sie mochte.

So hatte sie auch heute Morgen am Bett gesessen. Der Arzt war ebenfalls anwesend gewesen. Es war ein schöner Spätsommertag gewesen, Ausflugswetter, hatte sie gedacht. Das Zimmer war von buttergelbem Sonnenlicht erfüllt gewesen. Es war zwar stickig gewesen, keine salzige Meeresluft oder erdiger Tannenduft, aber da war trotzdem eine Sehnsucht, vielleicht auch eine Vorahnung gewesen.

Plötzlich waren alle Gedanken zum Stillstand gekommen. Cecilias Lider hatten gezuckt. Sie hatte immer noch den Tubus im Mund gehabt. Oral intubiert. Der Respirator erledigte regelmäßig und stoßweise die Atmung. Aber die Betäubung war nicht mehr so stark gewesen. Kleine, unruhige Bewegungen. Finger, die nach etwas griffen. Eine Hand, die gehoben wurde. Ein langsames Erwachen wie das von Dornröschen.

Veronika hatte den Atem angehalten. Ihrer Tochter war es gelungen, ein Augenlid ein paar Millimeter weit zu heben. Die Augen hatten sich träge in dem Halbmond unter den dunklen Wimpern bewegt. Die Iris war in dem Spalt zu erkennen gewesen. Und dann die Pupille. Veronika hatte eifrig ihren Blick gesucht.

»Hier bin ich. Siehst du mich?«

Sie hatte sich vorgebeugt und ihr das Gesicht zugewandt. Sich an sie geschmiegt. Wäre fast auf das Bett gefallen. Plötzlich hatte Cecilia sie gesehen. Die schwarze Pupille hatte sie förmlich durchbohrt.

Dann war das Augenlid wieder schwer herabgefallen.

Alles hatte plötzlich eine neue Wendung genommen. Veronika hatte dem Arzt und der Schwester zugelächelt. Es war ungewohnt und überwältigend gewesen. Dann hatte sie ihnen den Rücken zukehren müssen, um sich zu sammeln und dem großen Glück, das sie erfüllte, Platz zu bereiten. Sie hatte aus dem Fenster gesehen. Die wunderbare Aussicht aus dem zehnten Stockwerk hatte ihr einen Augenblick der Schwerelosigkeit beschert. Die offene Grenzenlosigkeit der Schönheit. Die flache Landschaft, die mit dem Öresund verschmolz und die ihr so vertraut war. Die weichen Linien der Öresundbrücke über dem Wasser, die Verbindung nach Kopenhagen, nach Dänemark und auf den Kontinent. Das Hochhaus Turning Torso, das sich wie ein Leuchtturm im Hafen von Malmö in den Himmel schraubte.

Es hatte ihr fast die Brust gesprengt. Tränen waren geflossen.

In einem einzigen Augenblick kann sich alles vollkommen verändern. Wie seltsam war doch das Leben!

Und jetzt befand sie sich auf dem Weg zur Kantine, um eine Kommilitonin von früher zu treffen.

Im Fahrstuhl von der Neurochirurgie stellte sie widerwillig

fest, dass sie sich hier bereits sehr heimisch fühlte. Rasch hatte sie sich dieser geschlossenen Welt angepasst, die eigentlich ihrem eigenen Arbeitsplatz sehr ähnlich, jedoch kleiner war und von den großen und ewigen Fragen beherrscht wurde.

Leben und Tod.

Vielleicht auch Glück. Und Trauer.

Ihr Alltag, wie durch eine Lupe betrachtet. Sie hatte sich nicht hinter ihrem Beruf verstecken können. Was geschah, betraf sie und nicht die anderen.

Cecilia hatte einen Zimmergenossen bekommen. Die hoch technisierten Intensiveinheiten waren für zwei Patienten vorgesehen. Am Vormittag des Vortags hatten sie ein Bett hereingerollt. Mopedunfall, wie sie aufgeschnappt hatte. Vermutlich ohne Helm. Er hatte auf dem Sozius gesessen. Ein kurzer Moment, und alles war anders gewesen.

Um das Bett des Jungen herum waren Paravents aufgestellt worden, aber die fieberhafte Aktivität dahinter war ihr trotzdem nicht entgangen. Pflegepersonal in Weiß oder in gelber Schutzkleidung eilte hin und her. Unterhielt sich gedämpft. Sie wusste, was das zu bedeuten hatte. Sie hatte aus einer Art Rücksichtnahme heraus versucht, so wenig wie möglich an Cecilias Bett zu sitzen. Die Eltern waren ihr grau und gebeugt im Korridor begegnet. Der Vater hatte einen Pullover mit dem gelb-grünen Wappen des Bauernverbands getragen. Sie waren ratlos und unbeholfen gewesen.

Patientenzimmer, Angehörigenzimmer, Korridor und Fahrstuhl. Vertraut und beruhigend.

Diese Fahrstühle, hatte sie gedacht, während sie wartete, zu gewissen Zeiten waren sie ständig besetzt. Rauf und runter, und sie musste regelrecht einen Satz machen, um noch durch die Türen zu gelangen, ehe sie sich wieder in Bewegung setzten. Manchmal auf dem Weg nach unten nahm sie auch die Treppe. Zehn Etagen, für eine kerngesunde Frau kein Problem. Einige Male war sie die Treppen auch hochgegangen. Sie wollte die Bewegung ihres Körpers, die Arbeit ihres Herzens und die Kraft in ihren Beinen spüren, die die Unruhe vertrieben, wenn auch nur für einen Augenblick. Sie hatte sogar das Andachtszimmer hinter dem Empfang in der Eingangshalle entdeckt. Die Tür war immer nur angelehnt, aber sie war noch nie eingetreten. Sie wollte mit dem Besuch warten, bis Cecilia gänzlich erwacht war. Dann wollte sie dort eine Kerze anzünden. Aber die Bibliothek hatte sie besucht. Sie hatte dort in den Zeitungen geblättert. Sich auf längere Texte zu konzentrieren fiel ihr schwer. Gerne hatte sie Gedichte gelesen.

Vergangene Woche waren sie sich zufällig begegnet, Christina Löfgren und sie. Sie waren sich in der Eingangshalle fast in die Arme gelaufen, und keine von ihnen hatte die Möglichkeit gehabt, sich abzuwenden oder so zu tun, als sähe man die andere nicht, obwohl das vielleicht naheliegend gewesen wäre. Veronika verletzlich und auf schwankendem Boden, Christina von der Arbeit gestresst.

Sie hatten sich beide seit dem Studium nicht sehr verändert. Damals hatten sie sich oft gesehen, sich sehr gemocht und Spaß zusammen gehabt. Vor ungefähr einem Jahr waren sie sich zuletzt auf der Jahresversammlung des Ärzteverbands in Göteborg begegnet. Also war ihr Kontakt bereits neu etabliert. Sie blieben vor den Drehtüren stehen und wechselten ein paar Worte. Veronika hatte ihr eigentlich nicht erzählen wollen, warum sie sich in Lund aufhielt, das war eine zu große Sache, aber Christina Löfgren, die im Übrigen in der Frauenklinik arbeitete, entlockte es ihr recht schnell.

»Was ist los?«

Eine kurze Antwort genügte, den Rest erriet Christina und zog sofort einen Kalender aus der Brusttasche ihres weißen Kittels.

Es gibt Leute, auf die immer Verlass ist, dachte Veronika. Denen Freundschaften wichtig sind. Sie war gerührt und dankbar.

Veronika war bisher noch nicht in der Kantine gewesen. Offenbar ging auch Christina nicht besonders oft dorthin. Obwohl Veronika eigentlich keinen rechten Hunger gehabt hatte, seit sie nach Lund gekommen war, stellten die Essenspausen eine wichtige Unterbrechung dar, auf die sie sich meist freute und die sie in ein kleines Ritual verwandelt hatte. Meist hatte sie die Cafeteria in der Eingangshalle aufgesucht oder das Restaurant, das recht versteckt auf der gleichen Etage an einem etwas abseitigen Korridor lag und aus ein paar ungemütlich verteilten Tischen bestand. Dort ging es immer sehr schnell, keine kulinarischen Höhepunkte, aber immerhin war es eine Abwechslung. Sie war gelegentlich auch zu dem rosa Schnellimbiss gegangen, der einige Schritte vom Block entfernt lag, hatte sich an einen der weißen Plastiktische gesetzt und eines der thailändischen Gerichte gegessen. Jemand hatte ihr auch erzählt, das Essen im Patientenhotel sei gut, aber dort war sie noch nicht gewesen, warum nicht, wusste sie auch nicht so recht.

Erst hatte sie sich ein Zimmer im Patientenhotel nehmen wollen, aber dort war alles belegt gewesen. Nach ein paar Nächten in dem gemütlichen Hotel hatte sie über die Klinik ein Angehörigenzimmer in einem roten Backsteinhaus am Sofiavägen bekommen, in der Nähe des Krankenhauses, auf der anderen Seite des Friedhofs.

Die Kantine war hell und einladend. Sie wartete mit ihrer Bestellung. Sie setzte sich an einen Tisch neben der Tür und schlug das *Sydsvenska Dagbladet* auf. Rasch blätterte sie an den Kriegen und Krisenregionen vorbei. Vielleicht konnte sie ja ins Kino gehen? Die Abende zogen sich immer in die Länge. Meist ging sie in der Stadt spazieren, was recht erholsam war. Natürlich sehnte sie sich auch nach Klara und Claes. Aber für sie würde sie auch wieder Zeit finden. Vielleicht gab es ja einen Film, dem sie etwas abgewinnen konnte. Sie blätterte rasch zum Teil C der Zeitung weiter, Lund und Sport.

Mann tot im »Block« aufgefunden – die Überschrift war klein, weckte aber ihre Neugier. Tote in einem Krankenhaus waren eigentlich nichts Ungewöhnliches, aber dieser Mann war in einem Putzmittelraum aufgefunden worden, und das war zweifellos origineller. Ihre Fantasie nahm freien Lauf. Er hatte höchstens eine Woche lang dort gelegen. Die Putzfrau, die ihn dort gefunden hat, kann einem leidtun, dachte sie. Dass man im

Zentralblock einfach verschwinden konnte, kam ihr gar nicht so abwegig vor. Das Gebäude war förmlich dafür gemacht, darin zu verschwinden. Es war groß und anonym. Ganz zu schweigen von den Tunneln. In dem riesigen unterirdischen Labyrinth konnte man sich leicht verirren. Oder belästigt werden.

Aber in dem Artikel stand nichts von Tunneln. Es handelte sich um einen Putzschrank. Wahrscheinlich nur mit unzureichender Ventilation. Vermutlich hatte es ekelhaft gestunken. Seltsam, dass niemandem der Geruch aufgefallen war.

Sie schaute von der Zeitung auf. Christina war immer noch nicht zu sehen, aber sie hatte ja Zeit. Sie schaute aus dem Fenster und ließ dann ihren Blick durch den Raum schweifen. Sie hatte sich dabei ertappt, dass sie ständig nach dem Täter Ausschau hielt. Nach dem Gesicht des Schweins, das Cecilia niedergeschlagen hatte. Das war sinnlos, das wusste sie, aber sie konnte es nicht lassen. Sie wollte wissen, ob es ihm anzusehen war.

Konnte man es einem Menschen ansehen, dass er schlecht war?

Sie dachte darüber nach, ob man das Leben eines anderen Menschen zertrümmern konnte, ohne eben ein schlechter Mensch zu sein. Wäre es versöhnlicher gewesen, den Täter, der Cecilia überfallen hatte, für einen armen Teufel zu halten? Für einen kranken Menschen?

Sie konnte sich noch so große Mühe geben, sie war einfach noch zu wütend, um in diesen Bahnen zu denken. Das musste warten. Jedenfalls spürte sie, dass ihre Anspannung nicht mehr ganz so groß war.

An einem langen Tisch in ihrer Nähe hatte sich eine Gruppe jüngerer Ärzte niedergelassen. Vermutlich Ärzte im Praktikum, aber etwas an ihrer Haltung sagte ihr, dass auch sie bereits schwere Beschlüsse hatten fassen müssen. Sie hatten bereits die Angst verspürt, einen Fehler zu machen oder der Situation nicht gewachsen zu sein.

Ihre Tischnachbarn sprachen laut. Vier junge Männer. Auf den ersten Blick wirkten sie recht übermütig. Keiner von ihnen sah aus, als sei er ein schlechter Mensch, stellte sie fest, während sie einem von ihnen zuhörte, wie er ausführlich von einer Reanimation erzählte. Er wollte von seinem Erlebnis berichten, war stolz und immer noch ganz aufgeregt. Das gibt sich, dachte sie. Leider, vielleicht. Ein anderer Jüngling, mit schwarzen Haaren und blassem Gesicht, als wäre er nur selten an der frischen Luft, erzählte von einer Operation. Sie hörte genug, um mitzubekommen, dass am offenen Organ operiert worden war und nicht mithilfe von Laparoskopie. Noch waren sie eifrig. Lernten Neues. Wuchsen. Befanden sich auf dem Weg. Sie sind nicht müde, sondern sehen immer noch in die Zukunft, dachte sie neidisch. Sie fragte sich, wie viele von ihnen so allmählich resignieren, einen gewissen Zynismus entwickeln und sich nach innen kehren würden. Sie würden zu schwerfälligen Elefanten werden. Wie sie selbst.

Zumindest manchmal.

Vor wenigen Jahren hatte ihr ihre Arbeit noch Spaß gemacht. Bevor sie in den Mutterschutz gegangen war. Sie hatte sich mit Dingen beschäftigt, die sie beherrschte und auf die sie stolz war. Überwiegend Chirurgie im unteren Bauchraum. Mehrstündige Operationen, nach denen sie mit schmerzendem Rücken und gefühllosen Beinen, aber sehr zufrieden nach Hause gegangen war. Ein vernünftiges Tagewerk.

Der Gedanke daran, wie es jetzt war, erzürnte sie. Man hatte ihr einen Teil der schwereren Operationen abgenommen, und zwar zugunsten von einfacheren und kleineren Eingriffen. Bei denen sich ihr Geschick entfalten könne, hatte ihr Chef gesagt, und mit denen sich keiner der drei neuen Kollegen, die ihr Chef eingestellt hatte, abgeben wollte. Sie verliehen kein Prestige und waren kompliziert. Je mehr Technik und je größer der Abstand zu den Patienten, desto mehr Prestige. Aber das hatte er nicht gesagt.

Die vielen Gespräche mit den Patienten waren schwer und ermüdend. Nicht alle waren zufrieden. Sie kam immer vollkommen erschöpft nach Hause. Die neuen Kollegen hatten offenbar genau festgelegt, mit welchen Aufgaben sie sich befassen wollten, ehe sie die Klinik betreten hatten. Und den

Ärzten, die bereits da waren, blieb nichts anderes übrig, als Platz zu machen.

Alles, ohne dass sie gefragt worden wäre.

»Du warst schließlich nur schwer zu erreichen«, hatte ihr Chef gesagt, als sie ihn zur Rede gestellt hatte. Sie hatte versucht, ihn dazu zu zwingen, ihr in die Augen zu sehen. Nicht auszuweichen. Es war ihr dritter Arbeitstag nach dem Mutterschutz gewesen, und ihr hatte allmählich gedämmert, wie die Arbeitseinteilung aussehen würde.

»Ich war zu Hause«, hatte sie erwidert. Aber die Bemerkung, sie sei im Telefonbuch zu finden, hatte sie sich verkniffen.

Als später einer der neuen Kollegen die Litanei angestimmt hatte, dass die Patienten früher zufriedener und die Ärzte angesehener gewesen seien und außerdem besser verdient und mehr Einfluss gehabt hätten, hätte sie ihm fast eine aufs Maul gehauen. Sie war streitlustig gewesen. Eine gegen alle.

Das meiste war heutzutage tatsächlich besser. Mehr Patienten überlebten und führten ein anständigeres und längeres Leben. Die Eingriffe waren weniger drastisch, es gab weniger Nebenwirkungen, und Medikamente ersetzten chirurgische Eingriffe, was oft schonender war. Aber sie hatte die Zähne zusammengebissen und nichts gesagt.

Eines der Gesichter am Nachbartisch meinte sie wiederzuerkennen. Während sie noch darüber nachdachte, woher sie ihn wohl kannte, sah sie Christina Löfgren in Begleitung eines Kollegen auf sich zukommen, was sie enttäuschte. Sie hatte sich in Ruhe unterhalten wollen. Es fiel ihr äußerst schwer, Konversation zu betreiben, wenn sie nicht in Form war. Sie hatte den Mann auch schon einmal irgendwo gesehen, aber zu ihrer großen Erleichterung ging er an ihrem Tisch vorbei.

»Wer war das?«, wollte sie wissen.

»Pierre Elgh«, antwortete Christina Löfgren. »Ein Anästhesist.«

Veronika nickte. Sie konnte fast den Groschen fallen hören. Elgh hatte an ihrem Krankenhaus einige Male für die dortigen Narkoseärzte die Vertretung übernommen. Sie hatte ihn meist nur in der grünen Operationskleidung gesehen, in der kaum jemand wiederzuerkennen war. Er war nett. Wenn sie nicht irrte, so stammte er aus derselben Gegend wie sie.

Claes Claesson schrieb eifrig mit. Ihm war dabei nicht ganz wohl zumute. Er hätte das Gespräch eigentlich direkt an Louise Jasinski weiterleiten müssen. Schließlich hatte er selbst sie ja gebeten, die Leitung zu behalten, bis Veronika wieder zu Hause und Klara im Kindergarten eingewöhnt sein würde. Aber wo er jetzt Gillis Jensen schon einmal am Apparat und sich außerdem schon mit Jan Bodéns Frau unterhalten hatte, konnte er genauso gut die Informationen entgegennehmen. Aber die Ermittlung konnte er keinesfalls übernehmen. Dafür blieb ihm momentan einfach nicht genügend Zeit.

»Könnten Sie bitte wiederholen, was auf dem Zettel stand?«, fragte er.

Jensen las die Zahlen noch einmal vor, und er schrieb mit.

»43 32 43.«

Er wusste nicht, wieso er die Zahlen spontan in Zweiergrüppchen aufteilte wie bei einer sechsstelligen Telefonnummer.

»Haben Sie auch die Vorwahl?«, fragte er.

»Bitte?«

»Das sollte bloß ein Witz sein. Sieht ja aus wie eine Telefonnummer.«

»Könnte sein. Oder ein Code für irgendwas. Man könnte sich die Zahlenkombination für einen Safe vorstellen oder für ein einfaches Vorhängeschloss oder einen Computer.«

Claesson überlegte, wer das wohl herausfinden könnte, zügelte sich dann aber. Das war die Angelegenheit der Lunder Polizei. Nicht ihre.

Sie vereinbarten, in Verbindung zu bleiben. Dann widmete er sich seinen Notizen.

Frau Bodéns Sorge war also berechtigt gewesen. Er suchte in seinem Gedächtnis nach ihrem Vornamen, konnte sich aber nicht erinnern. Egal, ihr Mann war also nicht zu einer Geliebten gezogen. Er war auch nicht vor irgendwelchen Schulden beim Finanzamt davongelaufen.

Er war tot.

Emmy und Trissan waren um zehn Uhr verabredet gewesen, und jetzt war es bereits fünf nach.

Emmy saß ausgerechnet in Omas Café und wartete. Das Café lag am Knut den Stores Torget gegenüber vom Bahnhof. Sie gingen selten dorthin, aber jetzt hatten sie sich auf dieses Lokal geeinigt.

Sie kam sich an diesem Ort irgendwie schutzlos und deplatziert vor. Sie kannte hier niemanden. Das war auch einer der Gründe gewesen, warum sie sich ausgerechnet hier verabredet hatten. Hier würden sie sich ungestört unterhalten können.

Mit anderen Worten: Der Treffpunkt war nicht ohne Bedacht gewählt. Eine recht lange Verhandlung war dem Beschluss vorausgegangen. Etliche SMS und Nachrichten auf der Handymailbox, ohne dass sie sich erreicht hatten. Das war seltsam, aber die Erklärung war natürlich recht einfach. Sie hatten beide einfach keine größere Lust gehabt, sich zu sehen. Jedenfalls nicht so bald.

Sie hatten sich ein wenig überbekommen und brauchten deswegen etwas Distanz, Abkühlung. Jedenfalls erging es Emmy so. Sie hatte definitiv genug bekommen und ging davon aus, dass das auf Gegenseitigkeit beruhte. Sie fühlte sich übersättigt wie nach einer zu großen Portion Hafergrütze.

Aber keine von beiden hatte gewagt, dies auszusprechen, und vielleicht war das auch gut so. Gelegentlich gingen Dinge einfach vorüber, wenn man einfach nur abwartete, bis sich die Gefühle beruhigt hatten und sich die Perspektive verändert hatte.

Außerdem hatte sie keine Zeit. Sie hatte nicht die Kraft für emotionale Diskussionen, die sie erschöpften und die Unruhe, mit der sie bereits lebte, noch vergrößerten. Es gab ihrer Meinung nach fast nichts Schlimmeres als Abrechnungen. Sie hatte ganz einfach Angst. Angst vor Trissans Unerbittlichkeit.

Bei dem bloßen Gedanken schauderte es ihr. Sie trank einen Schluck Caffè Latte. Der Dampf wärmte ihre Nasenspitze. Sie fror, obwohl schönes Wetter war. Sie hatte jetzt schon viel zu lange schlecht geschlafen und auch nicht richtig gegessen. Eher Spatzenportionen. Ab und zu ein paar Krümel. Aber irgendwie genoss sie das.

Das Studium nahm all ihre Zeit in Anspruch. Selbst die Nächte. Das wollte sie so. Sie hatte ein Ziel. Sie hielt das, was sie tat, für sinnvoll, und das spornte sie an. Endlich kam ihr ihre Existenz wirklich vor. Ihr Leben und ihre Pläne. Zum ersten Mal verlangte sie Ungestörtheit. Sie genoss es, sich zu konzentrieren. Nicht dauernd mit ihren Freunden im Café zu sitzen, mehrmals in der Woche auszugehen und erst in den frühen Morgenstunden nach Hause zu kommen oder zum Shoppen nach Malmö oder Kopenhagen zu fahren.

Sie befand sich in einer Phase, in der sie in ihrem Leben alles Unwesentliche aussortierte, so wie man aus einem Eimer mit Heidelbeeren Tannennadeln und Blätter aussortiert, dachte sie.

Es war lange her, dass sie zuletzt Blaubeeren gepflückt hatte.

Plötzlich sehnte sie sich nach Hause nach Småland. Das tat sie sonst nur selten. Aber die Auseinandersetzung mit ihrer besten Freundin war ihr so unangenehm, dass ihr das langweilige Leben in Älmhult plötzlich als plausible Alternative erschien. Aber nur ganz kurz, während sich der Schauder, der sie beim Gedanken an Trissan und Cecilia und alles andere überkommen hatte, langsam legte.

Sie hätten natürlich nie zusammenziehen sollen, sie und Trissan. Ihre Freundschaft auf eine solche Probe stellen. Sie hätten Cecilia auch nicht bitten dürfen, bei ihnen einzuziehen, aber nachher war man immer klüger. Sie hatten sich die Wohnung allein nicht leisten können, und Cecilia hatte eine Bleibe gesucht. Sie hatten Cecilia im Studentenheim kennengelernt, als sie mit Jonathan Lönn zusammen gewesen war. Und sie war okay, das war es nicht. Aber sie war auch … Emmy suchte nach dem richtigen Wort. Cecilia war ganz einfach nicht ihr Typ. Sie wusste, dass man nicht so denken sollte, aber Cecilia war ganz einfach zu weich. Aber bei näherem Nachdenken stimmte das nicht, fiel ihr auf. Reserviert? Nein, auch das nicht. Unbestimmbar? Vielleicht.

Trissan hatte so ihre Seiten, keine Frage, aber sie verstand sie ohne viele Worte. Darin waren Trissan und sie sich ähnlich. Und das war gut so. Denn Cecilia und sie ähnelten sich überhaupt nicht. Cecilia war so reserviert und konnte sich nicht behaupten.

Aber das stimmte irgendwie auch nicht.

Cecilia hatte in ihrem Kämmerchen in der großen Wohnung gesessen, ohne viel Aufhebens von sich zu machen. Aber es war doch seltsam deutlich gewesen, dass sie dort gewesen war. Vielleicht hatte sie Musik gehört oder was auch immer. Oder Sachen in ihre unzähligen Notizbücher geschrieben.

Emmy sah Cecilia vornübergebeugt auf ihrem ungemachten Bett vor sich, ein Schreibheft auf den Knien und je eine Kerze im Fenster und auf dem Schreibtisch. Die ehemalige Dienstbotenkammer zum Hof war recht dunkel gewesen. Cecilia hatte kaum Sachen besessen, aber schließlich war auch kaum Platz für irgendwas gewesen, dachte Emmy, während sie ihre langen, empfindlichen Fingernägel betrachtete. Sie hatten wirklich eine Auffrischung mit durchsichtigem Nagellack nötig. Einfachheit und Schlichtheit lautete die Devise.

Die Bedienung im Café stellte ein Tablett frischer Zimtschnecken in die Auslage. Ihr Blick fiel auf das frische Gebäck. Es sah lecker aus, aber sie würde nichts essen. Ihr Magen war leer wie ein gerade geplünderter Safe.

Sie trank ihren Milchkaffee und dachte darüber nach, ob Cecilia nicht irgendeine stille Macht ausgeübt hatte. Sie hatte Trissan und sie auf Abstand gehalten und damit ihre Neugier geschürt. Als wolle sie sie auf die Folter spannen. Sie hatte Trissan und ihr ein schlechtes Gewissen machen wollen, weil sie in ihren großen Zimmern zum Stadtpark saßen und manchmal alle ihre Freunde zu Besuch hatten. Sie hatten Partys gefeiert, und das Wohnzimmer und die Küche waren voller Leute gewesen.

Sie hatten Cecilia nie verboten, dabei zu sein.

Aber hatten sie sie eingeladen?

Vielleicht nicht direkt, aber es war doch wohl auch ohne viele Worte selbstverständlich gewesen, dass sie willkommen gewesen wäre.

Doch, so war es!

Sie ging mit sich ins Gericht. Sie wäre an Cecilias Stelle jedenfalls einfach dazugestoßen. Aber Cecilia hatte ihr Zimmer nur selten verlassen. Sie hatte in ihrem kleinen Zimmer gehockt, während die Partys tobten.

Und dann war Karl aufgetaucht.

Er war gelegentlich gekommen, um Cecilia zu besuchen. Emmy erinnerte sich daran, während es sie wegen ihrer nackten Beine fröstelte und sie mit dem langen Löffel in ihrem Caffè Latte rührte. Sie erinnerte sich daran, wie Karl geradezu die ganze Diele ausgefüllt hatte. Dieses prickelnde Gefühl ließ sich auch im Nachhinein noch mühelos hervorrufen.

Es war ihr schwergefallen, in ihrem Zimmer zu bleiben, wenn sie seine tiefe Stimme in der Wohnung gehört hatte. Sie hatte sich nicht beherrschen können, sondern plötzlich etwas in der Küche oder im Wohnzimmer zu tun gehabt, nur um durch die Diele gehen zu müssen.

Manchmal war sie dann stehen geblieben und hatte eine Weile mit Karl geredet. Bis Cecilia aufgetaucht war. Cecilia hatte sich immer so seltsam verhalten, wenn Karl zugegen gewesen war. Einsilbig und geheimnisvoll. Sie hatte die ganze Zeit über affektiert gelächelt, irgendwie christlich milde, dass es einem wahnsinnig auf die Nerven ging.

Sie ließ den Löffel los, sodass er in den Kaffee fiel. Ein paar Tropfen spritzten auf ihr T-Shirt. Ein paar kleine braune Flecken auf rosa Grund zwischen den gelben Rosen. Sie wischte sie weg. Sie waren kaum zu sehen. Manchmal hatte Cecilia Karl in ihr Zimmer mitgenommen. Recht oft, wenn sie genauer darüber nachdachte. Eigentlich immer.

Dort war es recht eng gewesen, dachte Emmy. Sie stellte sich die winzige Dienstbotenkammer vor. Schmal und hoch. Sehr eng, ein Bett und ein Schreibtisch, und dazwischen hatte man sich kaum umdrehen können. Man hatte sich in dem Zimmer nicht zu zweit aufhalten können, ohne sich dauernd in die Quere zu kommen. Haut an Haut. Karls starke Arme. Ein gelassener Riese. Wenn man da nicht ins Bett gefallen war, das da so einladend gestanden hatte.

Ihr Blut rauschte pulsierend Richtung Unterleib.

Emmy biss sich auf die Lippe. Aber alle wussten doch, dass Karl mit Ylva mit der Mähne zusammen war. Weißblondes, lockiges Haar, engelsgleich. Sie waren schon sehr lange ein Paar.

Was hatte Cecilia eigentlich für Absichten gehabt?

Das konnte sie allemal mit Trissan besprechen. Nach dieser fürchterlichen Sache stellte sich wohl auch die Frage, was Karl eigentlich wusste. Sie hatte ihn nicht angerufen, um ihn zu fragen. Vielleicht sollte sie das ja tun? Sie hatten wirklich allen Grund, sich miteinander zu unterhalten. Vielleicht hatte er Cecilia ja schon in der Klinik besucht? Sie befinde sich immer noch in Narkose, hatte ihr Trissan erzählt, die mehr wusste, denn sie hatte sich mit Cecilias Mutter unterhalten.

Vielleicht saß Karl ja treu wartend an ihrem Bett.

Ihre Pupillen zogen sich zusammen. Ihr Herz schlug schneller, aber nicht vor freudiger Erwartung, sondern weil sie plötzlich einen eisigen Hauch im Nacken verspürte. Sie trug ihr Haar hochgesteckt und hatte keine Lust, ihre Frisur zu ändern, bloß weil es sie am Hals fror. Die in alle Richtungen abstehende Frisur stand ihr und hatte sie zehn Minuten vor dem Badezimmerspiegel gekostet. Dann hatte sie noch einige Zeit auf die Wimpern verwendet. Ganz wenig Farbe, damit es natürlich aussah.

Die Preisfrage lautete: Was hatte Karl eigentlich vorgehabt? Warum hatte er Cecilia so oft besucht? War er wirklich noch mit Ylva zusammen?

Die Tür wurde aufgestoßen, aber es war nicht Trissan, sondern eine junge, dickliche Frau in verwaschenem T-Shirt und mit einem Kind auf dem Arm. Emmy betrachtete sie voller Abscheu, sah dann auf ihre Uhr und überlegte, ob sie ihr Lehrbuch und ihre Vorlesungsnotizen hervorholen sollte, hatte aber keine Lust. Trissan konnte jeden Moment auftauchen. Sie brauchte eine Entschuldigung, um einfach nur dazusitzen und faul zu sein.

Ich gebe ihr noch fünf Minuten, dachte sie.

Sie hatte bereits ein Seminar hinter sich, das um acht Uhr begonnen hatte. Genauer gesagt, um Viertel nach acht. Die juristische Fakultät erlaubte sich immer noch die akademische Viertelstunde, wie Emmy bereits bei der Einführungsvorlesung gelernt hatte. Diese Gepflogenheit stammte noch aus einer Zeit, in der die Studenten keine Uhren besessen hatten. Sie hatten eine Viertelstunde Zeit, um in den Vorlesungssaal zu kommen, nachdem die Domuhr die Stunde geschlagen hatte.

Sie war also früh aufgestanden. Das Thema des Seminars war im Hinblick auf die Zukunft wichtig gewesen. Vertragsrecht in der Wirtschaft. Das Seminar war sehr anspruchsvoll, und man musste sehr viel büffeln, um eine gute Note zu bekommen. Also war sie am Vorabend spät zu Bett gegangen. Erst um drei hatte sie ihre Bücher zugeschlagen, nachdem sie den Wecker gestellt hatte, auch den in ihrem Handy, um nur ja rechtzeitig aus den Federn zu kommen. Das Einzige, was sie nicht getan hatte, war, ihre Mutter anzurufen und sie zu bitten, sie zu wecken, ehe sie zu ihrer Arbeit bei Ikea ging. Sie tat das gelegentlich, am Vorabend war ihr diese Idee jedoch erst nach Mitternacht gekommen.

Jetzt merkte sie, dass sie ganz schwach vor Müdigkeit war. Ihre Gedanken irrten herum, und sie ärgerte sich immer mehr darüber, dass Trissan sie warten ließ. Aber das war typisch. Sie kam immer zu spät. Das war die reine Schikane.

Es war erniedrigend, diejenige zu sein, die warten musste, während der Kaffee langsam kalt und immer weniger wurde.

Sollte sie noch einen bestellen?

Es herrschte ein Ungleichgewicht. Immer die, die das Sagen hatten, kamen zuletzt. Trissan trödelte, und Emmy wartete geduldig. Wie ein treuer Hund. Der Gedanke allein hätte Emmy fast dazu gebracht, aufzustehen und zu gehen.

Aber sie blieb sitzen. Wo sie schon einmal hier war, konnte sie das Ganze genauso gut hinter sich bringen. Den Kontakt wieder aufnehmen, egal, was dann passierte.

Sonst hätte sie sowieso nur gebüffelt.

Sie trommelte mit den Fingerspitzen auf die Tischplatte.

Ihr Handy lag auf dem Tisch. Sie nahm es zur Hand, legte es dann aber wieder hin.

Das Hin und Her, bis sie sich schließlich auf Omas Café geeinigt hatten, ging ihr durch den Kopf. Erst hatten sie sich im Lundagård hinter dem Universitätshauptgebäude treffen wollen. Das war die berühmteste Konditorei der Stadt mit erlesenem Gebäck und exquisiten Pralinen, aber da Trissan in die Bytaregatan gezogen war und Omas Café praktisch vor der Haustür hatte, war ihr dieses lieber gewesen. Vor allen Dingen, da dort nicht geraucht werden durfte. Nicht so wie im Gräddhyllan, wo sie sonst immer hingingen, das altmodischer war. Trissan hatte gerade aufgehört zu rauchen.

Emmy starrte zum Gräddhyllan in einem niedrigen gelben Haus hinüber. Eine Mitstudentin trat dort gerade ein. Sie fühlte sich noch einsamer. Die dicke Mutter mit dem Kleinkind saß am Nachbartisch. Emmy betrachtete sie erneut voller Widerwillen, aufgequollen, bleich, billige Kleider, das Kind, das herumsaute. Ihr wurde fast übel. Die Mutter schien in ihrem Alter zu sein. Es schauderte sie. Kleinkinder kamen in ihrer Planung nicht vor. Höchstens sehr viel später. Wenn sie fertig war. Und der Märchenprinz aufgetaucht war. Ihre Kinder stellte sie sich auch ganz süß vor.

Sie genoss ihre Zukunftspläne. Hielt eisern an ihrem Ziel fest. Der Weg dorthin war zwar sehr stressig, gab ihrem Leben aber auch einen Sinn. Nach den Sommerferien würde das Tempo nur noch zunehmen. Ihr Studium näherte sich unerbittlich seinem Ende, und sie geriet in Panik, wenn sie an das Leben danach dachte. Die Angst vor der Zukunft hatte von ihr Besitz ergriffen. Sie schlief schlecht und hatte bereits vier Kilo abgenommen. Und vorher war sie auch nicht gerade dick gewesen. Ihre Vernunft sagte ihr, dass sie aufpassen musste. Gleichzeitig genoss sie es, ein Bein über das andere schlagen und den Fuß um die Wade legen zu können.

Ihr Plan war, sich als Wirtschaftsanwältin zu profilieren. Im Augenblick ärgerte es sie ungemein, dass sie Trissan gegenüber so nachgiebig war, was sich so überhaupt nicht mit ihrer Vorstellung von ihrem zukünftigen Ich in Einklang bringen ließ. Sie wollte zielstrebig und geradlinig sein. Sie vermied den Ausdruck »glatt«, das klang zu geschäftsmäßig und kalt, aber ihr erträumtes Selbstbild war nicht weit davon entfernt. Vielleicht eher gewitzt. Irgendwie würde sie es schaffen.

Sie sah auf die Uhr. Trissan war jetzt bereits sechzehn Minuten verspätet. Noch genau drei Minuten wollte sie ihr zugestehen. Dann reichte es.

Während der langen Diskussion darüber, wo sie sich treffen sollten, war nämlich nicht gesagt worden, dass es im Prinzip keine Rolle spielte, was Emmy wünschte. Es wurde ja doch immer getan, was Trissan wollte. Und bei solchen Kleinigkeiten zeigte es sich, was wirklich Sache war, dachte Emmy.

Ein Glück, dass sie nicht mehr zusammen wohnten. Die Erleichterung war größer, als sie geahnt hatte, obwohl sie jetzt recht weit außerhalb im Westen im Örnvägen in einer trostlosen Zweizimmerwohnung aus den Sechzigerjahren wohnte, deren Wände so dünn waren, dass sie erzitterten, wenn die Haustür zufiel.

Aber sie konnte die Tür hinter sich zumachen. Und das war erholsam. Besonders jetzt, nach dieser üblen Sache mit Cecilia. Es war furchtbar, das zugeben zu müssen, aber sie hatte keine Zeit. Wirklich nicht. Ihre Tage waren so schon zu voll. Irgendwie machte sie die Tatsache, dass sie den Sekunden hinterherhetzte, auch wichtig. In ihrer Welt gab es kein gedrosseltes Tempo, sondern immer nur Vollgas.

Mit einem Mal türmten sich ihre Vorhaben wie eine Mauer um sie herum auf. Aber auch wie eine Leiter, auf der sie an die Spitze klettern wollte.

Bei ihrer Unterhaltung mit Trissan hatte sie ein paar Sätze darüber gesagt. Das hätte sie natürlich nicht tun sollen. Als Psychologiestudentin hatte sich Trissan daraufhin natürlich darüber ausgelassen, dass das Leben mehr zu bieten habe. Nicht nur Stress und Karriere. Schließlich sei es doch wohl kaum erstrebenswert, sein Leben mit Angstzuständen, Depressionen und Phobien zuzubringen, hatte Trissan in einem Tonfall gesagt, als redete sie mit einer Fünfjährigen. Trissan hat keinen Grund, sich über die Zukunft Sorgen zu machen, dachte Emmy. So schlecht, wie es vielen Leuten zu gehen schien, würde sie auf jeden Fall eine Arbeit finden. Sie selbst würde sich die erstrebenswerten Seiten des Lebens für später aufheben. Wenn sie am Ziel war.

Der Morgennebel hatte sich gehoben, es hatte aufgeklart, und alles war trocken. Nachher würde sie in die Bibliothek radeln und büffeln. Oder sollte sie stattdessen mit dem Fahrrad zum Eden auf dem alten Klinikgelände an der Paradisgatan fahren? Ihr gefielen die großen, hellen Lesesäle in dem etwas moderneren Gebäude. Ihr gefiel es auch, dass sich hier die Studenten mischten. Wirtschaftler, Juristen, Mediziner und ein paar Geisteswissenschaftler bunt durcheinander. Zweifellos galt das Eden deswegen als der beste Platz der Stadt, um jemanden kennenzulernen. Deswegen hatte sie heute Morgen auch einen zusätzlichen Blick in den Spiegel geworfen, bevor sie von zu Hause aufgebrochen war.

Sie wusste allerdings auch, dass Karl im Augenblick nur noch selten dort saß. Er hatte gerade angefangen zu arbeiten.

Kriminalkommissar Claes Claesson verstand sich selbst nicht mehr. Er war an diesem klaren Septembertag unterwegs, um eine Trauerbotschaft zu überbringen. Er musste außerdem eine Frau bitten, eine Leiche zu identifizieren, die sich in keinem sonderlich guten Zustand befand, um entscheiden zu können, ob es sich überhaupt um ihren Mann handelte.

Am Vortag war die Leiche in Lund gefunden worden, und

im *Sydsvenska Dagbladet* hatte bereits eine kurze Nachricht über den nicht identifizierten Mann gestanden, dessen Leiche an einem ungewöhnlichen Ort aufgefunden worden war. In einem Putzmittelraum im Krankenhaus. Der Bericht war aber nur in Lund erschienen, bis nach Småland hatte sich die Nachricht nicht verbreitet. Erst nach etlichen Stunden waren die Ermittler in Lund draufgekommen, dass es sich um den Mann mittleren Alters aus Oskarshamn handeln könnte, der eine Woche zuvor vermisst gemeldet worden war.

Es war viele Jahre her, dass er sich mit solchen Dingen hatte befassen müssen. Deswegen war die Aufgabe aber nicht weniger unerfreulich. Aber er war voll und ganz selber schuld: Er hatte sich selbst erboten hinzufahren. Was wohl auch sinnvoll war, nicht zuletzt wegen des Gefühls, etwas Handgreifliches zu verrichten. Und möglicherweise, um Louise Jasinski milder zu stimmen.

Sie war immer noch recht unfreundlich. Sie ließ sich zwar herab, ihm während der drei Minuten, die sie ihm gnädig zugestand, in die Augen zu sehen, aber irgendwie schien es ihr zu widerstreben. Er hatte das seltsame und wenig angenehme Gefühl, wie ein kleiner Junge mit der Mütze in der Hand dazustehen und auf ihre Aufmerksamkeit zu warten.

Sie saß an ihrem Schreibtisch und richtete sich nicht einmal auf, wenn er eintrat. Eine sehr beschäftigte Frau, die alle Hände voll zu tun hatte.

Er hatte immer versucht, den Frauen im Dezernat, Louise Jasinski und Erika Ljung, Rückhalt zu bieten. Und das war der Dank! Ljung verhielt sich weiterhin unauffällig, aber sie war auch noch recht neu. Aber Jasinski! Sie hatte zweifellos seine Abwesenheit genutzt, um ihr Revier zu vergrößern.

Er saß im Auto und wurde immer aufgebrachter. Eine ideale Methode, das Unbehagen zu vertreiben, das er der ihm bevorstehenden, schweren Aufgabe gegenüber empfand. Aber er brauchte schließlich nur abzuwarten. Sich mit ihr anzulegen war unter seiner Würde. Wahrscheinlich war ihm wohler, sobald er nicht mehr auf ihr Entgegenkommen angewiesen war, darauf, dass sie ihn weiterhin als Chef vertrat, bis er wieder voll arbeiten konnte.

Ohne nachdenken zu müssen, fuhr er Richtung Kolberga. Er kannte die Strecke wie im Schlaf. Seine Gedanken waren mit anderem beschäftigt.

Nina Bodén, dachte er. Er prägte sich den Namen ein, um einen Versprecher zu vermeiden. Bald würde sie Klarheit haben. Sie würde bald zumindest Gewissheit haben und alle Mutmaßungen hinter sich lassen können. Das würde nicht einfach sein.

Sie wohnte in seiner Straße, nur fünf Häuser von dem Einfamilienhaus entfernt, das er zusammen mit Veronika vor zwei Jahren gekauft hatte. Sie hatten es nicht bereut, jedenfalls nicht er, obwohl es teuer gewesen war und es einiges zu renovieren gegeben hatte. Bei pittoresken Holzhäusern mit Sprossenfenstern und Erkern war das häufig so.

Anschließend würde er Klara abholen und bei ICA einkaufen. Zu Hause wartete immer noch der ungemähte Rasen, der sicher wieder ein paar Millimeter gewachsen war. Solange er mit Klara allein war, konnte er ihn nicht mähen. Klara verlangte volle Aufmerksamkeit. Wahrscheinlich musste er bald die Sense benutzen.

Die Begegnung, die ihm bevorstand, war schlimmer als die mit Louise Jasinski, die eigentlich eher wie ein kleines Kind wirkte, das sein Schmollen auskostete, bis es ihm verleidet war.

Glücklicherweise rief noch Veronika an, ehe er von der Ausfallstraße nach Kolberga abbog. Wenigstens eine fröhliche Stimme heute, dachte er. Es ging aufwärts. Cecilia hatte die Augen geöffnet, und nicht genug damit, sie hatte Veronika auch erkannt, dessen war sie sich vollkommen sicher.

Meine Frau kommt also hoffentlich bald nach Hause, dachte er mit einem Gefühl der Erleichterung, das sich nicht auf das Organisatorische mit Klara bezog. Das Haus war ohne Veronika leer. Ihm fehlte jemand, mit dem er über all die alltäglichen Dinge sprechen konnte, die eigentlich recht belanglos waren.

Wieso hatte er früher eigentlich immer auf seinem Singledasein beharrt? Manchmal begriff man einfach nicht, was einem guttat.

Aber die Hauptsache war, dass es mit Cecilia aufwärts ging. Alles andere spielte eigentlich keine Rolle. Wenn es jetzt bloß so weitergeht, dachte er. Er parkte vor dem Haus. Sie konnte ihn sehen. Die Nachbarn auch. Die meisten wussten, wer er war. Es war ein idyllisches Wohnviertel mit wenig Verkehr. Im Großen und Ganzen fuhren nur Anlieger hier durch.

Das Wohnviertel war in den Dreißigerjahren entstanden. Die Straßen waren schmal, die Grundstücke groß und die Häuser, ursprünglich alle aus Holz, ebenfalls. Das Viertel war überschaubar und hübsch. Einzig ein Haus, das mit Betonsteinen verkleidet worden war, fiel aus der Reihe. Und dann Bodéns Grundstück, das als einziges parzelliert worden war. Das ursprüngliche Haus war abgerissen worden. Sozusagen mit dem Schuhlöffel war – vermutlich in den Sechzigern oder frühen Siebzigern – ein Doppelhaus auf das Grundstück gezwängt worden. Zwei Familien bewohnten den düsteren und fantasielosen Klotz, den Claesson jetzt vor sich hatte. Ein schweres Dach lastete auf dem Haus aus dunkelbraunen Ziegeln mit dunkel gebeizten Trauerrändern um die Fenster.

Er holte tief Luft.

Ein Plattenweg aus rotem Öland-Kalkstein führte zur Haustür. Ihm fiel auf, dass keinerlei Unkraut zwischen den Platten wuchs. Aber auch hier musste der Rasen dringend gemäht werden.

In seinem Privatleben war er nicht sonderlich aufmerksam. Vielleicht einfach nicht neugierig genug, wie zumindest Veronika behauptete. Aber er war sich sicher, Nina Bodén nie zuvor begegnet zu sein. Sie sah überhaupt nicht aus, wie er sie sich vorgestellt hatte, sondern wirkte jünger und weniger hektisch. Sie war schlank, geradezu zerbrechlich, trug glattes, halblanges Haar, einen weiß-blau gestreiften, hochgeschlossenen Pullover, Hosen aus Jeansstoff und Schollsandalen. Aber ihre Farben verrieten, dass sie wohl auf die sechzig zuging. Ihr Haar war von stumpfem Graublond und ihr Gesicht kreideweiß. Jedenfalls nachdem sie ihn erblickt hatte.

Er kam nicht dazu, sich vorzustellen.

»Sie haben ihn gefunden«, sagte sie bereits in der Diele und griff mit der Hand nach der Goldkette um ihren Hals.

Das Wohnzimmer war hell, die Fenster gingen auf den Garten. Er wusste, dass Jan Bodén Lehrer gewesen war. Bücherregale standen an den Wänden, und über dem Sofa hingen große Kunstdrucke. Vielleicht war seine Frau ja auch Lehrerin? Grundschullehrerin. Sehr viel Kunsthandwerk, Selbstgewebtes und ein paar dilettantische Ölgemälde gab es auch.

»Ich habe gespürt, dass er tot ist, wollte es aber nicht glauben«, sagte sie mit tonloser Stimme, ehe er noch etwas sagen konnte. »Ich hätte ihn begleiten sollen!«

»Wir wissen immer noch nicht, ob es sich um Ihren Mann handelt, aber wir glauben, dass ...«

Er nahm auf einem blauen Sofa Platz. Hinter ihm lag ein mit grauem Schaffell bezogenes Kissen.

»Sie glauben ...?«

»Ein Mann ist tot in einem Putzmittelraum der Uniklinik Lund aufgefunden worden.«

»Mein Gott! Wie ist er da nur hingeraten?«, fiel sie ihm ins Wort.

»Das wissen wir nicht. Noch nicht.«

»Aber Sie glauben, dass es sich um meinen Mann handelt?«

»Einiges deutet darauf hin, aber wir benötigen Ihre Hilfe bei der Identifizierung.«

Sie erhob sich rasch aus ihrem Sessel und trat ans Fenster. Ihr Rücken bebte, und sie ließ den Kopf an die Scheibe sinken.

Mit ruhiger Stimme informierte er sie darüber, was nun geschehen würde. Danach schwieg er. Wartete einfach ab und fragte dann vorsichtig, ob es jemanden gäbe, der ihr Gesellschaft leisten könne, woraufhin sie entgegnete, darüber müsse er sich keine Gedanken machen. Auf dem Klavier standen Fotos von zwei jungen Leuten mit Abiturmützen und holdem Lächeln. Auf einer abgebeizten Anrichte befanden sich weitere Fotos der Kinder. Eine Tochter und ein Sohn.

»Wo wohnen Ihre Kinder?«

»In Stockholm und in Lund. Ich rufe sie nachher an. Sie …«

Sie ging in die Küche, holte sich ein Stück Küchenkrepp und ließ sich dann wieder in den Sessel sinken.

Claesson war sitzen geblieben. Ruhig, etwas vorgebeugt, abwartend.

Das Schrillen des Telefons durchschnitt die Stille.

Sie fuhr hoch. Er staunte über die unerwartete Kraft, mit der sie in die Diele stürzte und den Hörer an sich riss.

»Hallo«, sagte sie mit belegter und gleichzeitig weicher Stimme.

Eines der Kinder, dachte er.

Er stellte sich ans Fenster und sah, dass das Unkraut in den Beeten der Bodéns auch nicht besser gejätet war als in seinen eigenen. Die Gartenmöbel aus weißem Plastik standen in einer sonnigen Ecke.

Sie sprach jetzt leiser, flüsterte fast.

»Ich komme zurecht … Nein, nicht jetzt … Aber ich weiß ja, dass du …«

Die Stimme klang kindisch. Er verstand den Rest nicht, sondern dachte sich seinen Teil.

Aber ich weiß ja, dass du da bist.

»Hast du Karl gesehen?«

Ganz außer Atem betrat Trissan Omas Café und legte ihr Handy und ihren Terminplaner auf den Tisch. Der Terminplaner war aus rotem Leder. Auf dem Deckel stand in goldenen Buchstaben »Therese-Marie Dalin«. Er platzte aus allen Nähten und enthielt Brieftasche, Kalender, Adressbuch und Fotos von ihren kleinen Geschwistern, ihrem Hund bei ihren Eltern und ihren Freunden.

Emmy benutzte ein elektronisches Notizbuch. Ihr Palm Pilot lag in ihrer Tasche der Marke Mulberry aus ungefärbtem

Leder, die sie zu Weihnachten bekommen hatte, nachdem es ihr gelungen war, ihre Mutter davon zu überzeugen, dass es sich um eine langfristige Investition handeln würde. Eine so teure Tasche hätte ihre Mutter niemals für sich gekauft. Das hatte sie mehrmals betont.

Aber Emmy fand nicht, dass sie verwöhnt war. Jedenfalls nicht, wenn sie sich mit anderen verglich. Und erst ihre Mitstudenten: Autos, Reisen, teure Partys, Eigentumswohnungen am botanischen Garten oder an der Karl XI. oder der Karl XII. Gata. Nicht viele wären mit dem Örnvägen zufrieden gewesen. Sie hatte auch nicht vor, lange dort zu wohnen. Das Ende ließ sich bereits absehen.

Trissan betrachtete Emmy, die ihrem Blick nicht auswich. Sie hatte nicht vor nachzugeben. Dieses Mal nicht.

»Wieso?«, wollte Trissan wissen.

»Nun, Karl muss einer der Letzten gewesen sein, die Cecilia getroffen haben, bevor sie … Vielleicht sollten wir ihn anrufen?«

Vollkommene Stille.

»Wie kommst du darauf?«

Trissan war eiskalt. Emmy errötete.

»Ich dachte, er weiß vielleicht mehr …«

»Doch wohl kaum mehr als ihre Mutter, oder? Mit der habe ich gesprochen.«

»Und wie war sie?«

»Nett. Sie erzählte von Cecilias Gehirnoperation.«

»Oh!«

Emmy biss sich auf die Unterlippe. Sie spürte, wie sie erblasste.

»Aber sie wird wieder normal«, meinte Trissan.

Emmy begriff vage, wie ungeheuerlich es wäre, wenn sich diese Prognose nicht erfüllte.

»Okay, dann ruf halt Karl an, wenn du unbedingt willst«, meinte Trissan plötzlich.

Emmy kam es vor, als betrachtete Trissan sie mit einem seltsamen Blick. Kritisch und streng.

»Auf der Party in Djingis Khan war eine Unmenge Leute«, begann Emmy vorsichtig, um ihr Unbehagen loszuwerden.

»Und?«

»Vielleicht war da ja auch ihr Exfreund?«

»Dieser Idiot Jonathan Lönn«, entschlüpfte es Trissan. »Hast du ihn irgendwann in letzter Zeit getroffen?«

Emmy schüttelte den Kopf.

»Dieser Idiot«, wiederholte Trissan, aber nun schon weniger aufgebracht.

»Aber er sieht gut aus«, meinte Emmy und wusste, dass es vollkommen ungefährlich war, dies zu sagen, denn niemand würde sie mit ihm in Verbindung bringen.

»Findest du?«

Sie verrät sich, dachte Emmy. Plötzlich war Trissans Gesicht hochrot geworden.

»Kennst du eigentlich die Frau, die die Party veranstaltet hat?«, wollte Trissan wissen, wie um das Thema zu wechseln.

Emmy schüttelte den Kopf.

»Vielleicht wüsste ich es ja, wenn ich sie sähe.«

»Irgendjemand aus der Gerdahalle«, meinte Trissan.

»Stimmt.«

Trissan holte tief Luft und lehnte sich über den Tisch.

»Fragt sich wirklich, was da los war«, meinte sie mit ihrer sachlichen Stimme, obwohl sie vor Neugierde förmlich platzte.

Emmy zuckte mit den Achseln.

»Aber sollten wir sie nicht doch besuchen?«

»Sollten wir?«, erwiderte Trissan.

»Ich meine in der Klinik«, fuhr Emmy fort.

»Aber sie ist doch bewusstlos«, meinte Trissan.

»Aber wir können doch trotzdem hingehen?«

Das Unbehagen, sich dem Krankenhaus zu nähern, war rein körperlich. Gleichzeitig war es auch verlockend.

Vielleicht tauchte ja auch Karl auf. Das Leben war schließlich voller Zufälle.

Aber diesen Gedanken sprach Emmy nicht aus.

Es war ein herrlicher Tag, der nach einem kühlen und feuchten Morgen in einen lauen Vormittag übergegangen war. Jetzt war es so warm, dass man keine Jacke brauchte.

Emmy und Trissan hatten sich darauf geeinigt, trotz allem ins Krankenhaus zu gehen. Sie redeten einander gut zu, um es sich nicht plötzlich doch noch anders zu überlegen. Vor ihnen lag eine Aufgabe, die ausgeführt werden musste, um das schlechte Gewissen zu beruhigen.

Aber erst musste Trissan noch einiges erledigen, und sie schoben diese unangenehme Sache ein Weilchen auf. Emmy wollte inzwischen mit ihren Büchern im Eden warten.

Plötzlich trat Stille ein. Sehr viel mehr hatten sie sich nicht zu sagen, es fiel ihnen aber trotzdem schwer, sich zu trennen.

Emmy ließ das Fahrrad stehen. Sie schlenderten nebeneinander her. Sie kamen am Café Gräddhyllan vorbei, das an der verkehrsberuhigten Straße lag, die zum Juridicum führte. Als sie die Kyrkogatan und die Ecke erreichten, an der das Espresso House und die Anzeigenannahme des *Sydsvenska Dagbladet* lagen, hatte sich fast wieder dasselbe Gefühl der Vertrautheit wie früher eingestellt. In der lauen Luft warteten sie am Zebrastreifen. Es herrschte dichter Verkehr.

Emmy entdeckte an den Tischen auf der Straße keine Mitstudenten. Sie wandte sich den Fenstern des Cafés zu, um rasch einen Blick hineinzuwerfen, und sah geradewegs in das Gesicht eines Mannes. Er beobachtete sie über den Rand seines Kaffeebechers hinweg.

Ein neuer Verehrer?, dachte sie. Ihre Gefühle waren jedoch gemischt. Sie kannte ihn nicht.

Oder doch?

Sie wandte sich ab, überquerte zusammen mit Trissan die Straße und begab sich in den Lundagård. Sie fühlte sich weder geschmeichelt noch aufgekratzt. Eher etwas zweifelnd. Sie war es gewohnt, dass ihr die Männer hinterhersahen, und konnte es sich erlauben, sich eher abweisend als dankbar zu verhalten, sie konnte es sich sogar erlauben, sich darüber auszulassen, dass sie kein Objekt sein wollte. Aber jetzt schwieg sie. Trissan redete. Der Lärm der Stadt verlor sich in der Ferne. Sie gingen gerade am Kungshuset vorbei. Eine Gruppe Studenten stand im Schatten vor dem Portal des etwas schräg stehenden Turmes. Trissan winkte zwei von ihnen zu. Emmy hatte einen Stein im Schuh. Trissan erzählte immer noch, und sie nickte nur schweigend, hielt an und leerte ihren Schuh aus, drehte sich aber nicht um. Der Blick des Mannes brannte ihr immer noch im Rücken.

Der Junge

Der Kaffee ist stark.«

Papas Stimme ist nicht laut, nur so ruhig, dass es einem den Magen umdreht.

Mucksmäuschenstill sitzen wir um den Tisch. Filippa leckt an ihrem Eis am Stiel, ohne zu begreifen, dass es nicht so tropfen darf. Auf ihre Hand. Gleich tropft es auf die helle Tischdecke.

»Ich dachte, dir schmeckt starker Kaffee«, erwidert Mama und gießt sich selbst eine Tasse ein.

Es ist ein Sonntag vor langer Zeit. Sie haben gerade das Abendessen beendet. Mama hat abgeräumt. Papa ist zu Hause, und wir sind alle versammelt, denn es kommt nicht so oft vor, dass er zu Hause ist. Seine Arbeit ist so wichtig, dass er oft fort ist. Er hilft anderen, die krank sind und die es schwer haben.

»Aber das hier ist ja das reinste Gift.«

Papa lässt die Tasse stehen.

Vorsichtig knabbere ich an der Schokoglasur meines Eises, damit nichts davon aufs Tischtuch fällt.

Mama hat besonders fein gedeckt. Papa will das so. Sonntagsfein mit Tischdecke und Blumen.

Blumen sind Mamas Spezialität.

Manchmal begleitet Mama Papa auf seinen Reisen. Papa findet nicht, dass Mama es nötig hat, einer Arbeit nachzugehen, die lächerlich ist. Kränze für Tote und Sträuße für Bräute können andere binden. Es ist wichtiger, dass seine Frau bei ihm ist. Denn Papa *braucht* sie. Papa verdient genug Geld, sodass

Mama nicht arbeiten muss. Die Kinder, also Filippa und ich, müssen endlich etwas selbstständiger werden. Mama soll sie nicht so verwöhnen.

»Es schadet den Kindern nicht, bei Tante Kerstin zu sein«, sagt er.

Tante Kerstin ist nett. Sie wohnt im Nachbarhaus, und ihre Kinder sind schon erwachsen. Aber sie ist nicht so wie Mama.

»Siehst du nicht, dass sie kleckert«, sagt Papa angeekelt und schaut auf Filippas knubbelige Hände, von denen das Vanilleeis herabtropft.

Mama reißt ein Stück Küchenkrepp ab, nimmt Filippa das Eis aus der Hand und wischt ihr die Hände ab. Filippa beginnt zu heulen.

»Hier«, sagt Mama, leckt rasch das Flüssige ab und gibt Filippa das Eis zurück.

Filippa verstummt und isst weiter. Ihr Mund ist weiß. Jetzt tropft es ihr vom Kinn.

»Hast du nicht gehört, was ich gesagt habe? Nimm dem Kind das Eis weg!«

Papa ist wütend, aber seine Stimme ist immer noch halbwegs freundlich.

Mama streift sich das Haar aus der Stirn, beugt sich zu Filippa herüber und versucht, ihr das Eis zu entwinden. Die hält den Stiel so fest, wie sie nur kann.

»Nein«, sagt Filippa mit Nachdruck.

Mama gibt auf. Filippa darf das Eis behalten. Mama fährt ihr mit Küchenkrepp um den Mund, um die Tropfen von ihrem Kinn aufzufangen.

»Dass man mit solchen Ferkeln am Tisch sitzen muss, wenn man ausnahmsweise mal freihat.«

Jetzt klingt Papas Stimme härter.

Ich weiß nicht, wo ich hinschauen soll, um Papas Augen auszuweichen.

Ich bin kein Ferkel, sieht Papa das denn nicht?, denke ich und versuche so zu tun, als wäre nichts. Ich baumle vorsichtig mit den Beinen und halte den Blick auf die Tischplatte und die Blumen in der grünen Vase gerichtet. Dann schaue ich in die Sonne, die durchs Fenster scheint und auf dem Tisch einen gelbgoldenen Fleck bildet.

Da spüre ich Papas Hand auf dem Kopf. Ich muss ihn ansehen. Ich nehme mich zusammen und wende meinen Blick den kleinen schwarzen Löchern in seinen Augen zu. Ich schaue direkt in sie hinein. Sehr rasch tue ich das.

Dann schaue ich wieder auf die Tischplatte und die Blumen.

»Und wie geht es meinem Sohn?«, fragt Papa.

»Hm«, entgegne ich und nicke.

Dann nicke ich und nicke und nicke, weil ich nicht aufhören kann.

»Doch, er ist brav«, sagt Mama und lächelt sonnig.

Da höre ich auf zu nicken und erwidere ihr Lächeln. Ich lächele Mama breit an.

Das sieht Papa.

»Kann ich vielleicht auch mal ein kleines Lächeln bekommen?«

Papa lächelt nicht, als er das sagt. Aber es bleibt einem nichts anderes übrig, als das zu tun, was er sagt. Ich zwinge also die Mundwinkel, so gut es geht, auseinander. Mein Mund lächelt gezwungen. Das ganze Gesicht ist angespannt. Ich verkrampfe meinen ganzen Körper, Arme, Finger, Bauch, und zittere fast vor Anstrengung, so sehr bemühe ich mich, froh auszusehen.

Papa starrt mich an.

»Danke«, sagt er.

Er sagt danke! Dann hat es also funktioniert, denke ich.

Obwohl man sich nie sicher sein kann.

Nach dem Essen räumt Mama die Küche auf. Filippa sitzt mit ihren Puppen auf dem Küchenboden.

Papa kommt in mein Zimmer. Dort ist alles sauber und aufgeräumt, es gibt also nichts, worüber er sich beklagen könnte. Sicherheitshalber werfe ich einen Blick aufs Bett und sehe, dass dort ein paar schmutzige Kleider liegen. Dann schaue ich aufs Regal. Ich will mich vergewissern, dass die Bücher ordentlich aufgereiht dastehen und auch die Spielsachen nicht durcheinanderliegen.

»Ein Glück, dass ich dich habe«, sagt er.

Betreten rutsche ich auf dem Schreibtischstuhl hin und her und schaue zu Papa hoch, der über mir ragt.

»Wir sind uns ähnlich, du und ich«, sagt Papa. »Eines schönen Tages wirst du ein bedeutender Mann sein.«

Wenn Papa das sagt, dann wird es auch so werden. Ein bedeutender Mann.

»Aber da musst du dich auch ernsthaft ins Zeug legen, mein Sohn.«

Ich nicke. »Ernsthaft« ist ein großes Wort.

Vor dem Einschlafen liege ich lange da und denke darüber nach. Ich denke und denke, um Mama nicht hören zu müssen. Sie versucht, nicht zu schreien.

Dann höre ich, was ich nicht hören will. Das dumpfe Geräusch, als Mamas Schädel gegen die Wand knallt.

Ich werde einmal ein bedeutender Mann sein, genau wie Papa gesagt hat. Dann habe ich alles im Griff, denke ich in meinem Bett, in dem ich nichts unternehmen kann. Ich kann nicht einmal einschlafen.

Elftes Kapitel

Samstag, 14. September

Emmy hatte sich auf die niedrige Mauer vor dem Bahnhof gesetzt, die die Radfahrer daran hindern sollte, die Fußgänger umzufahren, die sich auf dem Weg zum Tunnel zu den Gleisen befanden. Hinter ihr lag ein Fahrradparkplatz, so groß wie ein Fußballplatz. Die Räder standen so dicht, dass die Lenker ineinander verhakt waren.

Emmy wartete. Die Sonne stand niedrig. Während sie wartete, wurde es Herbst.

Es fröstelte sie. Abwechselnd betrachtete sie Leute und Zugverkehr. Der Pågazug Sten Stensson Stéen fuhr in den Bahnhof ein und wenig später nach Malmö weiter. Vermutlich kam er aus Eslöv. Zufälligerweise wusste sie, wer dieser Sten Stensson Stéen gewesen war. Einer der Dozenten versuchte ihnen zwischen den Paragrafen etwas schonische Allgemeinbildung beizubiegen. Sten Stensson Stéen aus Eslöv war eine fiktive Gestalt. Früher hatte man Filme über diesen ewigen Studenten gedreht, der das akademische Umfeld nie hatte verlassen wollen. Schreckliche Vorstellung! Sie selbst träumte nur noch davon, endlich fertig zu werden. Zu arbeiten und Geld zu verdienen. Irgendwie endlich wirklich zu werden.

Ewige Studenten gab es nicht mehr, jedenfalls nicht, soweit sie wusste. Das verhinderte die Zentralstelle für Studiengeld. Es galt, die Semester zu nutzen. Keine Scheine, kein Geld. Sie hatten sechs Jahre Zeit, nicht mehr und nicht weniger. Das ist die krasse Wirklichkeit, und dieses Damoklesschwert hängt auch über mir, dachte sie und schaute auf die Uhr.

Sie war rechtzeitig gekommen. Sogar mehr als rechtzeitig. Sie war früh erwacht und hatte sich ziemlich aufgeregt fertig gemacht. Dann hatte sie sich nicht gedulden können und war viel zu früh zum Bahnhof geradelt. Trotz ihrer Ungeduld machte es ihr Spaß, zu warten, sich umzusehen und sich langsam vorzubereiten.

Sicherheitshalber hatte sie am Automaten zwei Fahrkarten gezogen. Damit sie den Zug nicht verpassen würden, falls er in letzter Sekunde auftauchen würde. Es gab Leute, die immer im letzten Moment kamen. Wie Trissan.

Aber bei Karl war das natürlich etwas anderes. Sie stellte ihn sich als viel beschäftigten, seriösen Mann vor, der arbeitete und forschte. Langweiliger Typ, vergräbt sich ganz in die Arbeit und nimmt die Welt nicht mehr wahr, hätte Trissan gesagt.

Aber er hat ein Ziel, dachte Emmy, und der Stolz über Karl leuchtete ihr regelrecht aus den Augen. Menschen, die Ziele hatten, fand sie attraktiv. Die nach oben wollten. Die es nicht zuließen, dass ihnen das Leben aus den Händen glitt. Das hatten sie ganz eindeutig gemeinsam, Karl und sie.

Sie schaute wieder auf die Uhr. Sie saß da wie die ewig Wartende.

Wahrscheinlich ist er noch mitten bei einem Experiment im biomedizinischen Zentrum, dachte sie, um ihn dafür zu entschuldigen, dass er nicht kam. Etwas Kompliziertes, was er nicht mal eben abbrechen kann.

Zufälligerweise hatten sie nach dem Training in der Gerdahalle ihre Fahrräder gleichzeitig geholt. Das war am Tag nach ihrem Besuch mit Trissan in der Klinik bei Cecilia gewesen.

Was doch alles passieren kann, wenn man Glück hat!

Oder wenn man es einzurichten weiß, dachte sie nicht ohne Selbstkritik.

Die Trainingshalle in Professorsstaden hatte die meisten Besucher im Land. Ein moderner Tempel, der alle anzog. Nicht nur Studenten und Angestellte der Universität, sondern alle. Sogar Rentner.

An einem Tag Ende des Frühjahrs hatte sie zufällig Karl auf

dem Fahrrad von der Klinik kommen sehen. Sie war unter den hohen Kastanien am Helgonavägen stehen geblieben und hatte gesehen, dass er sein Rad nicht zu den unzähligen Rädern genau vor dem Eingang gestellt hatte. Er hatte es ein paar Meter weiter zu den neuen Fahrradständern geschoben.

Nach diesem Tag hatte sie ihr Rad auch dort abgestellt. Dort war wirklich mehr Platz.

Sie hatte sogar neue Zeiten gewählt. Mit dem Zirkeltraining hatte sie ganz aufgehört. Das war sonst ideal, um neue Leute kennenzulernen, da man in kleinen Gruppen von einer Station zur nächsten ging. Aber da Karl eigentlich nie dort auftauchte, sondern immer am Training mit den Gewichten teilnahm, hatte sie ebenfalls angefangen, dorthin zu gehen. Das war genauso effektiv und außerdem eine halbe Stunde kürzer.

Diese Woche liegt irgendwie was in der Luft, dachte sie.

Sie hatte ihn natürlich sofort gesehen, als die Musik angegangen war und sie losgelaufen waren. Aufwärmen. Quer durch die große, hallende Halle voller Menschen, die wie eine Elefantenherde im Kreis gerannt waren. Sie hatte seinen Kopf mit der Kurzhaarfrisur ganz außen gesehen. Sie selbst war in der Mitte gelaufen. Sie hatte geradeaus geschaut, was wichtig war, um nicht umgerannt zu werden. Sie hatte den wippenden Pferdeschwanz und den dicken Hintern des Mädchens vor sich im Auge behalten. Sie hatte so getan, als würde sie ihn nicht sehen, aber seine Anwesenheit war prickelnd gewesen.

Dann hatte sie sich eine Matte hinter dem Trainer gesucht, von der aus die ganze Halle zu überblicken war.

Sie konnte ihn von dort aus sehen, ohne dass er sie sah. Schließlich könnte ja diese Ylva da sein oder sonst jemand. Sie wollte mit ihm sprechen, wenn er allein war, um ihn oder sich selbst nicht in Verlegenheit zu bringen.

Karl war stark, konstatierte sie rasch. Sie machte die Bewegungen, ohne nachzudenken. Ihr Körper tat, was er sollte, und sie konnte sich auf anderes konzentrieren. Die ganze Zeit musste sie auf die Sprossenwand schauen, vor der Karl stand. Mit ausholenden und kraftvollen Bewegungen folgte er denen des Trainers, keine flügellahme Krähe, sondern ein richtiger Mann.

Das dachte sie auch jetzt, während sie auf der kühlen Kalksteinmauer saß und fröstelte.

Dann hatten sie die Eisenstangen vom Boden aufgehoben, um die Arme zu trainieren. Er hatte sich eine dunkelblaue genommen. Er war also einer von den Stärkeren. Achtzehn Kilo. Nicht dass sie sonst brutale Stärke und Muskeln anziehend fand, eher umgekehrt. Aber ihre früheren Überzeugungen schienen plötzlich nicht mehr zu gelten. Ihr war das Herz aufgegangen, Karl hatte ihr Eindruck gemacht. Sie hatte ihn fast schön gefunden. Sie war gerade von der grünen Eisenstange mit zehn Kilo auf die rote mit zwölf umgestiegen. Wenn Karl in ihre Richtung gesehen hätte, wäre das auch aufgefallen. Er hätte sie schwitzen und die Zähne zusammenbeißen und gleichzeitig den Versuch machen sehen, so entspannt und konzentriert wie möglich zu wirken. Er hätte ihre schmalen, zierlichen Oberarme gesehen, die durch ihr rotes Trikot besonders gut zur Geltung kamen. Sie hatte es vermieden, vornübergebeugt dazustehen. Ihr Bauch hatte noch platter gewirkt als sonst. Ihr Busen hatte sich unter der Anspannung der Brustmuskeln gehoben.

In der Umkleide war sie anschließend mit Ester zusammengestoßen. Sie war groß und durchtrainiert, hatte aber an diesem Tag etwas bedrückt gewirkt. Sie kannten sich kaum und waren sich zuletzt im Krankenhaus bei Cecilia begegnet. Emmy hätte sie gerne näher kennengelernt, aber gerade da hatte ihr die Zeit gefehlt.

Sie hatte ihren Trainingsanzug übergezogen – duschen konnte sie auch zu Hause – und war nach draußen gerannt, um am Fahrradständer zu warten.

Sie war im genau richtigen Augenblick gekommen.

Nur ein paar Sekunden später war Karl mit verschwitzten Haaren und in einem schwarzen Trainingsanzug durch die Glastür getreten.

Wie es ihr gelungen war, mit ihm ins Gespräch zu kommen,

wusste sie nicht mehr so recht. Es war wie ein Traum gewesen, aber trotzdem sehr konzentriert. Das hätte Trissan zumindest gesagt, wenn sie ihr von der Sache erzählt hätte, aber das würde sie natürlich nie tun.

Da hatten ein Feuer, eine Hoffnung, eine Flamme gebrannt, und ihre Sinne hatten sich allen Ideen der Welt geöffnet.

»Louisiana«, hatte sie gesagt. Irgendwie hatte sie wohl im Gefühl gehabt, dass er sich für Kunst interessierte. Vielleicht hatte ihm aber auch nur der Gedanke an einen kleinen Ausflug gefallen. Von mehr war auch nicht die Rede gewesen. Sie hatte sich auch nicht mehr vorgestellt. Hotelzimmer, ein romantisches Diner und ausgiebiges Frühstücken waren in ihrem Kopf noch nicht aufgetaucht.

Eins nach dem anderen.

Es ging ihr schließlich nicht nur um Kunst, sondern um alles: die Fahrt mit dem Pågazug nach Helsingborg, das Kaffeetrinken mit dänischem Gebäck auf der Fähre nach Helsingør, die Zugfahrt ins pittoreske Humlebæk, den sonnigen Spaziergang unter hellgrünen Buchen vom Bahnhof zum Museum. Dann Seite an Seite, vielleicht Hand in Hand, durch alle Ausstellungssäle. Ein leckeres Mittagessen mit Aussicht über den Öresund auf die schwedische Küste. Wein oder Carlsberg Elefant-Bier. Oder sowohl als auch.

Kann es romantischer werden?, dachte sie auf ihrer Mauer. Ihr türkisblauer Lammwollpullover hing über ihre Schultern, und sie trug ihr glänzendes Haar offen.

»Du sitzt hier?«

Sie zuckte zusammen. Idiotischerweise hatte sie ihn nicht gesehen. Mit einem nonchalanten Lächeln stand er jetzt vor ihr. Sie stand auf und sah ihn an. Er schob seine Sonnenbrille hoch.

»Arbeit an Veränderungen führt nie zu Veränderungen«, las Veronika in *Dagens Medicin*.

Es war Samstagmorgen, und sie war noch im Bademantel. Die Zeitschrift lag aufgeschlagen auf dem Küchentisch, aber warum sie an einem milden Septembermorgen, an dem sie nicht zur Arbeit musste, diese Fachzeitschrift las, wusste sie nicht. Sie besaß fast nicht die Kraft, überhaupt etwas anzufangen. Sie war unglaublich müde, ihr war beinahe übel, und sie hatte mechanisch angefangen, den Post- und Zeitungsstapel abzuarbeiten, der sich in der Woche zuvor angesammelt hatte.

Vor dem Küchenfenster erwachte der Garten. Diesige Sonnenstrahlen fielen warmgelb auf die Küchenschränke. Die Kaffeemaschine gluckerte. Der Geruch von frisch aufgebrühtem Kaffee und Toastbrot überraschte sie nach ihrer tagelangen Abwesenheit.

Heimeligkeit, dachte sie und kuschelte sich in ihren Bademantel. Die Sonne war tagsüber immer noch warm, aber Claes hatte die Zentralheizung noch nicht eingeschaltet, und deswegen war es morgens recht kühl.

Die Kopfschmerzen vor Anspannung ließen langsam nach. Sie saßen sich zufrieden schweigend gegenüber. Sie und ihr Ehemann. So wie immer.

Sie warteten darauf, dass Klara aus ihrem Vormittagsschlummer erwachen würde. Sie war bereits um sechs munter gewesen. War herumgekrochen und hatte sie im Ehebett mit ihrem Gebabbel und ihren Faxen unterhalten.

Müde war Claes mit ihr aufgestanden. Veronika war das in ihrem traumlosen Halbschlummer sehr recht gewesen. Sie hatte sich wie ein toter Fisch gefühlt. Auf dem eigenen Kissen schlief sie einfach besser. Sie hatte viel Schlaf nachzuholen. Klara war nach dem Frühstück, das sie nur zur Hälfte aufgegessen hatte, wieder eingeschlafen. Wahrscheinlich hatte auch sie einsehen müssen, dass an einem stillen Samstagmorgen nicht mehr geboten wurde als ein mürrischer Papa und trübe Dämmerung vor dem Fenster. Oder was sie auch immer dachte, ihre anderthalbjährige Tochter.

»Genau, was ich immer gesagt habe«, meinte Veronika.

Sie kommentierte, was sie gerade las. Es war nicht lange her, da konnte sie sich mit niemandem über die Zeitung unterhalten. Nachdem Cecilia von zu Hause ausgezogen war, war sie in ihrem bedeutend schlichteren Bungalow aus den Sechzigerjahren mutterseelenallein gewesen.

In dem Artikel ging es um eine Doktorarbeit, die bewies, was alle schon immer gewusst hatten. Weder Klinikchefs noch Politiker wünschten tief greifende Veränderungen. Die meisten waren kosmetisch, man platzierte um, legte zusammen oder teilte und versuchte so, Geld zu sparen, ohne dass die Konsequenzen für die tägliche Arbeit bedacht worden wären.

Früher hatte sie immer nur Artikel über das Gesundheitswesen gelesen, die mit ihrer Arbeit direkt zu tun hatten. Aber jetzt war die Welt mit einem Mal größer geworden. Und turbulenter. Sie erstreckte sich bis zur Neurochirurgie in Lund und bis zur naiven Hoffnung, dass es dort nur komplette Systeme, effektive Routinen und durch und durch solides Fachwissen geben würde. Keine Anfänger oder Schussel und keine unausgereiften Strukturen, die die Sicherheit der Patienten gefährdeten.

Aber Menschen waren Menschen und hatten meist gute Vorsätze, aber das reichte nicht immer aus. Bisher waren ihr an Cecilias Krankenlager Kompetenz und Wohlwollen begegnet. Bemühtheit und Gewissenhaftigkeit. Allerdings auch ärgerliche Unbeholfenheit, von der sie lieber absehen wollte.

Ihre eigene Angst machte ihr zu schaffen. Mit ihrem Medizinstudium sah sie mehr als die meisten anderen, versuchte aber, eine so harmlose Angehörige zu sein wie möglich, die Pflege nicht zu stören und die Therapie nicht zu kritisieren.

Sie wollte schließlich nichts anderes, als dass alles wieder gut würde. Nicht auf sie sollte sich das Pflegepersonal konzentrieren, sondern auf Cecilia.

Bei ihrer Tochter war alles in Ordnung gewesen, als sie sie verlassen hatte. Ihr Blick war weniger diffus gewesen. Sie hatte auf Aufforderungen reagiert, ihre Augen geöffnet und wieder geschlossen und ihr die Hand gedrückt. Die dunkelhaarige Schwester, die Veronika so mochte, fand, dass sie große Fortschritte mache. Bald würden sie das Atemgerät abschalten. Cecilia hatte begonnen, selbstständig zu atmen, und löste es mit ihrer Spontanatmung aus. Der Druck in ihrem Kopf war stabil.

Es war ihr nicht leichtgefallen, sie allein zu lassen und nach Hause nach Oskarshamn zu fahren. Dan war jedoch auch dieses Wochenende aus Stockholm angereist. Er hatte selbst darum gebeten, Cecilia wieder besuchen zu dürfen. Als hätte sie es so geplant. Schließlich war Cecilia auch seine Tochter, obwohl weder Cecilia noch sie bisher sonderlich viel davon gemerkt hatten, dachte sie missmutig. Einen losen Kontakt hatte er in den Jahren ihrer Kindheit und Jugend immerhin aufrechterhalten.

Claes war, als sie am Vorabend spät gegessen hatten, sehr vorsichtig gewesen und hatte nur nette Sachen gesagt. Er hatte erzählt, das Eingewöhnen in den Kindergarten funktioniere. Klara komme bereits gut zurecht. Genau das hatte sie hören wollen.

»Willst du noch eine Tasse Kaffee?«

Er hielt die Thermoskanne in der Hand.

»Nein, danke.«

»Sicher?«

»Mir ist etwas schlecht.«

»Dann iss noch ein Brot.«

Sie nahm eine Scheibe Graubrot und strich Butter darauf.

»Schön, wieder zu Hause zu sein«, meinte sie, streckte die Hand über den Tisch und strich ihm über die Wange, zog die Hand aber rasch wieder zurück.

»Unrasiert?«

»Sehr«, sagte sie und sah ihm tief in seine grün schimmernden Augen.

»Besorgt?«

»Ja«, antwortete sie. »Aber es lässt sich aushalten.«

Er strich ihr durchs Haar.

»Hast du was aus Lund gehört?«, wollte sie wissen, obwohl ihr im Grunde klar war, dass diese Frage unsinnig war. Sie würden den Täter nicht finden.

»Ja, das habe ich«, erwiderte er, »aber nicht in dieser Sache.«

Das Licht schoss in ihre Pupillen und explodierte im Kopf.

Sie wehrte sich, schloss die Augen, so schnell sie konnte,

und versuchte gleichzeitig, das Gesicht zu verziehen. Aber das war fast unmöglich. Langsam ließ sie sich wieder in den Brunnen sinken. In die barmherzige Leere.

Schwer und körperlos ruhte sie im Nebel. Wie Blei. Nicht wie ein flatternder Zitronenfalter an einem Hochsommertag. Nicht wie ein Engel durchs All schwebend. Gefesselt. Irgendwo, woran, war unsicher.

Wo war sie? Wer war sie?

Baumelnd, schwebend, durchs All.

Wieder diese Zuckungen, und in schwindelndem Tempo wurde sie aus dem Dunkel gerissen. Ihr Hals schmerzte. Sie hatte einen schlechten Geschmack in ihrem trockenen Mund. Sie wollte schlucken, etwas Kaltes herablaufen spüren. Versuchte es. Nein, das wollte sie nicht, denn es ging nicht.

Schnell sank sie wieder.

Irgendwo spürte sie ein Kitzeln. Aber wo? Und Geräusche. Worte. Eine Stimme, warm und bestimmt.

Es kitzelte weiter, wie der Marsch einer Fliege über warme Haut. Sie wollte, dass es aufhörte. Aber das ging nicht. Schwer, stumm und unbeweglich lag sie da.

Wo war das eigentlich? Auf der Hand vielleicht. Nicht schmerzhaft, aber nervig. Nehmt das weg! Sie wollte das herausschreien, aber das ging nicht. Wollte sich kratzen, aber auch das ging nicht.

Dann war es weg. Die Ruhe trat wieder ein. Zufrieden konnte sie sich wieder ins Nichts treiben lassen.

Aber dann war es wieder da. Das Ziepen. Das Kitzeln. Beharrlich, aber weit weg von ihr. Etwas hebt sich. Schwer und träge. Die Hand. Sie sitzt da. Die Fliege.

Sie zieht mit Mühe die Lider hoch. Weißes Licht. Stark und rücksichtslos. Geruch von Plastik. Aber auch von Mensch. Und warme Haut. Streichelt, berührt sie, die ganze Zeit. Einzelne Worte treten aus dem Chaos hervor und ergeben langsam einen Sinn.

»Liebe Cecilia!«

Der Klopfer schlug gegen die Haustür. Nina Bodén fuhr vom Sofa hoch und betrachtete sich im Spiegel in der Diele. Keine Tränen. Nur etwas geschwollen unter den Augen. Sie strich ihren dunkelblauen Pullover glatt und machte auf.

Jetzt kommt sie also, dachte sie und sah Eva-Lena durchdringend an, die mit drei Lilien in der Hand auf der Treppe stand. Die Blumen wirkten, als wären sie bereits welk. Bernt war nicht dabei. Und das war auch gut so. Die Sonne fiel auf Eva-Lenas Haar, das rot leuchtete wie das Fell eines Fuchses.

Sie wussten beide nicht, was sie sagen sollten. Am allerwenigsten Eva-Lena, die ihr Beileid hätte aussprechen müssen, aber Kondolieren war nicht ihre starke Seite. Nicht nach allem. Es wäre natürlicher gewesen, wenn sie schon früher bei ihrer Nachbarin vorbeigeschaut hätte. Sofort. Da hätte sie keine Worte gebraucht. Da hätte es genügt, wenn sie so gewesen wäre wie immer.

Aber jetzt war es eben so, wie es war.

»Komm rein«, sagte Nina schließlich.

In diesem Augenblick überreichte ihr Eva-Lena endlich die Blumen. Beerdigungsblumen, dachte Nina, dankte trotzdem und stellte die Lilien in eine dunkelgrüne Orrefors-Vase, ein Geschenk zu ihrem Fünfzigsten. Die Vase war sehr schön. Auch die Blumen wirkten jetzt weniger welk.

Die beiden Nachbarinnen gingen in die Küche. Ob sie Lust auf Kaffee hatten, spielte keine Rolle, denn jetzt schrieb die Etikette Kaffeetrinken vor. Was hätten sie auch sonst tun sollen?

»Ich konnte nicht früher kommen«, brach Eva-Lena das Schweigen. »Du weißt schon, Bernt …«

Sie unterbrach sich. Nein, das war wirklich nicht die richtige Gelegenheit, um über Bernt zu sprechen, diesen Stoffel, der in den letzten Jahren so viel Platz in ihren Gesprächen eingenommen hatte. Nicht einmal einen frischen blauen Fleck hatte sie, den sie Nina hätte zeigen können, die Krankenschwester war. Es war auch recht lange her, dass Eva-Lena bemerkt hatte, dass Nina ihre Blessuren immer uninteressierter betrachtet hatte. Es geschieht ja doch nichts, schien sie zu denken. Eva-Lena ließ sich verprügeln und ging doch nie zur Polizei, obwohl Nina sie unzählige Male dazu aufgefordert hatte. Das sei unakzeptabel, hatte sie gesagt. Kränkend. Er übt Macht über dein Leben aus und kontrolliert es! Eva-Lena wusste, dass sie immer mit neuen Ausflüchten kam. Es wurde Sommer, und sie wollten in ihr Sommerhaus. Im Winter wollten sie Ski fahren. Und ohne Bernt, allein, hätte Eva-Lena all das nicht tun können, da sie gar nicht das Geld hatte, aber das sagte sie natürlich nie unumwunden, das hätte zu materialistisch gewirkt. Sie hatte jedoch das Gefühl, dass Nina das ohnehin wusste. Und vielleicht sogar Jan, obwohl es ihm eher gleichgültig gewesen war. Er hatte zumindest nichts gesagt. Nur sie war ihm wichtig gewesen. Wenn sie erst einmal unterwegs waren, dann war Bernt auch immer so süß, wie man es sich nur vorstellen konnte. Aber das erzählte sie nie. Doch, Nina schon, aber Jan hatte sie es nie erzählt.

Sie hatte natürlich Träume. Verbotene Träume. Von denen erzählte sie auch nichts. Wenn sie Glück hatte, dann würde sich die Wirklichkeit viel eleganter ändern als durch eine Scheidung. Jeden Tag hatte sie sich in ihrer Hilflosigkeit an diesem süßen Traum festgeklammert. Bernt könnte einen Unfall bauen. Besoffen gegen einen Baum fahren. Und dann würde alles natürlich ganz anders werden.

Sie schaute aus dem Küchenfenster. Auf der Fensterbank stand ein Foto von Jan. Fast kamen ihr die Tränen. Das Foto war neu. Es hatte früher nicht dort gestanden. Er war braun gebrannt, und der Wind fuhr ihm durch sein gelichtetes Haar. Das musste Gotland sein. Meer und hellblauer Himmel mit weißen Wolken. Ein Foto, das Nina im Sommer aufgenommen hatte.

»Wie geht es dir?«, wollte sie vorsichtig wissen und nagte dann an ihrer Unterlippe.

Sie hatte einen Kloß im Hals. Jan wirkte auf diesem Bild so unendlich gesund und entzückend. Im Halbprofil war er sehr stattlich. Er hielt den Kopf etwas gesenkt. Sein Oberkörper war nackt. Das Bild endete in Brusthöhe. Seine warme Brust. Ihr salziger Geschmack.

»Es geht schon«, antwortete sie. Sie öffnete eine Dose Zoégakaffee und löffelte Pulver in den Kaffeefilter. Gleichzeitig überlegte sie sich gekränkt, wieso Eva-Lena nicht schon früher angeklopft hatte. Wo hatte sie nur gesteckt? Aber sie schaute nicht in Richtung der Nachbarin. Irgendwie war es ihr auch egal, und sie hatte beim besten Willen keine Lust zu fragen.

Eva-Lena saß wie auf Kohlen auf der Kante ihres Stuhls. Er war mit einem gestreiften Stoff bezogen, den Nina bei einem Kurs auf Gotland gewebt hatte. Die blau gestrichene Bank im Bauernstil hatte Kissen aus demselben Stoff. Alles war ihr wahnsinnig vertraut.

Nina nahm Tassen aus dem Schrank.

»Wir setzen uns ins Wohnzimmer«, meinte sie.

Eva-Lena half ihr dabei, das Geschirr, das Service Blå Blom, ins Wohnzimmer zu tragen. Sie versuchte, sich ungezwungen zu bewegen, obwohl nichts ungezwungen war. Eine Unsicherheit, gespannt wie die Kette eines Webstuhls, schwirrte in der Luft.

Eva-Lena war bisher nie aufgefallen, dass die Küchenuhr so laut tickte. Es war ihr auch noch nie so leer vorgekommen, obwohl Jan nur in den seltensten Fällen bereits von der Schule nach Hause gekommen war, wenn sie ihre Besuche gemacht hatte. Alles war unbehaglich gleich. Seine Schulbücher lagen in einem Stapel auf der Anrichte im Wohnzimmer. Obenauf der Lehrerkalender. Sie wollte ihn in die Hand nehmen, seinen Namen in seiner ökonomischen, gerundeten Schrift lesen, ließ es aber bleiben.

»Ich habe nur noch Zwieback«, hörte sie Ninas Stimme aus der Küche.

»Das macht nichts«, erwiderte Eva-Lena und sah plötzlich ein, dass sie besser Kuchen statt Blumen mitgebracht hätte. Auf fast jeder freien Fläche standen hübsche Sträuße mit weißen Beileidskarten. Der süßliche Blumenduft war fast übermächtig. Es war ihr nicht leichtgefallen, die richtige Sorte zu finden. Ein paar Brötchen und ein Hefekranz mit Kardamom von Nilssons wären natürlich besser gewesen.

Sie saßen sich an dem niedrigen Couchtisch gegenüber. Nina saß auf dem Bruno-Mathsson-Sessel und Eva-Lena auf dem schlichten blauen dänischen Sofa. Sie strich mit der Hand über das Schaffellkissen, das neben ihr lag, und bewegte versuchsweise die Lippen.

»Was haben sie gesagt?«, fragte sie schließlich.

»Du meinst die Polizei?«

Eva-Lena nickte. Nina ließ sich mit der Antwort Zeit. Sie erhob sich, um aus einer roten Thermoskanne Kaffee einzugießen.

»Nicht viel«, sagte sie, setzte sich wieder und schaute in den Garten.

Sie weicht mir aus, dachte Eva-Lena.

»Sie wissen nichts«, meinte Nina zum Schluss seufzend, als hätte sie das schon tausendmal gesagt. »Vielleicht war es sein Herz. Wer weiß. Oder eine Gehirnblutung. Jedenfalls hatte es wahrscheinlich nichts mit dieser Sache hinter dem Ohr zu tun, da war sich der HNO-Arzt vollkommen sicher. Aber nach der Obduktion wissen wir mehr.«

Sie sprach so leise und gleichförmig, dass Eva-Lena gezwungen war, vollkommen reglos und mit gespitzten Ohren dazusitzen, um überhaupt etwas zu verstehen.

»Aber irgendwas müssen sie doch wissen!«, rief sie und fuhr sich mit beiden Händen rasch durch ihr rotes, kurz geschnittenes Haar.

»Das schon«, meinte Nina und sah ihre Nachbarin an. »Er wurde an einem seltsamen Ort gefunden.«

Eva-Lena hielt den Atem an. Sie wusste natürlich wo, denn sie hatte es in der Zeitung gelesen, aber es war etwas anderes, es von jemandem zu hören, der unmittelbar betroffen war. Und unmittelbarer betroffen als Nina konnte niemand sein.

»Es stellt sich wirklich die Frage, wie er da hingeraten ist«, meinte Nina. Sie flüsterte, und in ihren Augen standen Tränen.

Eva-Lena biss die Zähne zusammen. Ihr war unbehaglich zumute.

»Ja, wirklich«, murmelte sie und begann dann, wieder an ihrer Unterlippe zu nagen.

Der Zeiger der Küchenuhr bewegte sich laut und monoton weiter, ohne sich darum zu kümmern, dass Tod und Trauer in das Haus eingezogen waren.

»Ein Putzmittelraum«, schluchzte Nina schließlich, und Eva-Lena starrte sie nur an. »Wie zum Teufel ist er da hingeraten?«

Sie wandte sich an Eva-Lena, und dieser fiel es schwer, Nina in ihre aufgeregten und blutunterlaufenen Augen zu sehen. Es hatte ihr vollkommen die Sprache verschlagen.

»Vielleicht hat er sich verlaufen«, erwiderte sie zum Schluss leise.

»Verlaufen? So sehr kann man sich doch wohl nicht verlaufen!«, erboste sich Nina.

Eva-Lena wurde bleich und antwortete nur mit einem entsetzten Achselzucken.

Das war wahrhaftig ein Rätsel. Jan war doch sonst immer so gut orientiert gewesen, klug und kenntnisreich. Er hätte sich nie verirrt und verlaufen. Niemals. Auch nicht mit dieser kleinen Veränderung, wie immer sie jetzt hieß, hinter dem Ohr. Erbsengroß. Ein unbedeutender Tumor, der sich leicht hätte entfernen lassen, wenn sie das richtig verstanden hatte. Er hatte jedoch angedeutet, dass er etwas nervös sei. Vielleicht hatte er sogar Angst gehabt. Aber wer hatte keine Angst vor einer Operation, noch dazu im Kopf? Bevor sie ihr die Galle entfernt hatten, hatte sie nächtelang kaum geschlafen.

Die Sonne ging unter, und es wurde kühler. Die großen Fenster zum Garten heizten das Zimmer tagsüber auf, sorgten aber auch für Abkühlung, wenn es abends dämmerte. Eva-Lena sehnte sich nach ihrem Halstuch. Aber sie blieb auf dem Sofa sitzen, denn sie konnte irgendwie nicht aufbrechen, sie fühlte sich schwer und war Nina unendlich dankbar dafür, dass sie sie nicht gefragt hatte, was sie die letzte Woche unternommen habe.

Genau genommen, überhaupt nichts. Sie hätte alle Zeit der Welt gehabt, Nina zu besuchen, aber daraus war nichts geworden. Manchmal war das Leben so. Als hätte sie es nicht selbst in der Hand. Jedenfalls hatte sie Bernt nicht daran gehindert. Der war entweder bei der Arbeit gewesen oder betrunken und anschließend verkatert. Die Firma lief gut, ob er da war oder nicht, dank seiner guten Mitarbeiter, mit denen er immer so angab. Die hatte er, weil er so eine hervorragende Menschenkenntnis und die fantastische Gabe besaß, gute Leute zu verpflichten. Das hatte sie sich so oft anhören müssen, dass es ihr zu den Ohren rauskam. Dass sie damit ebenfalls gemeint war, hatte sie im Lauf der Jahre ebenfalls begriffen.

Sie war eine Ehefrau, die den Mund hielt und tat, was er ihr sagte.

Sein Verhalten legte jedoch nahe, dass er aufgegeben hatte, jedenfalls einstweilen. Er hatte nicht mehr die Kraft, über sie herzufallen. Diese Feststellung erfüllte sie seltsamerweise mit einer gewissen Trauer. Sie war allen gleichgültig. Niemand näherte sich ihr mehr. Weder auf die eine noch auf die andere Art. Weder Schläge noch Zärtlichkeiten.

Sie war verlassen.

Wie gelähmt war sie hinter halb herabgelassenen Rollos in ihrer Doppelhaushälfte sitzen geblieben. Sie hatte außer im Haus und im Garten nie gearbeitet. Kinder hatten sie nie bekommen, und das stimmte sie am traurigsten. Sie hielt sich dort auf, wo sie immer gewesen war, in ihrem Zuhause, ihrem Schutz vor der Welt, der zu ihrem Gefängnis geworden war. Sie hatte sich nach einer Stimme gesehnt, nach einem Arm um die Schultern, einer Umarmung, aber nichts bekommen. Nicht einmal Nina hatte bei ihr angeklopft. Sie war nicht gekommen, um in ihrer Trauer Trost zu suchen. Seltsam, dachte Eva-Lena. Das wäre bei zwei alten Freundinnen doch das Natürliche und Naheliegende gewesen.

Was hatte Nina daran gehindert?

Was hatte sie gewusst?

Das Telefon klingelte. Nina stand auf und nahm den Hörer

ab. Die Kinder waren es nicht, das hörte Eva-Lena. Das Gespräch war kurz. Abgehackt und unfertig.

Als Eva-Lena wieder in der Diele stand, wirkte Nina unkonzentriert. Sie ist stark, dachte Eva-Lena. Und zäh. Sie steht bereits wieder aus der Asche auf.

Nicht Nina würde die Einsamkeit vollkommen lähmen, sondern sie.

Das Geräusch war nicht dasselbe. Nicht wie eben. Auch der verschwommene Schatten war nicht mehr da, sondern jetzt höher und schmaler.

»Ich bin das, Jonathan.«

Sie hörte eine Stimme und versuchte die Augen aufzusperren.

… Jonathan … Jonathan …?

Die Geräusche schwebten wie Schneeflocken durch die Luft.

Aber der Himmel war pechschwarz. Sie glitt vorwärts. Es war kalt und ihr schwindelte.

Es gelang ihr nur, die Lider ein ganz klein wenig zu öffnen. Sie waren wie schwere Vorhänge.

»Wie geht's?«

Da war diese Stimme wieder. Tief und milde. Warm wie Sonnenlicht. Gelb wie die Sonne, wie eine Melone. Rund, gelb und süß. Sie versuchte das Fruchtfleisch herunterzuschlucken. Wie in Gedanken. Den kühlen, süßen Saft in ihrer trockenen, geschwollenen Kehle. Aber der Schmerz war so durchdringend, dass sie die Augen schließen und tief Luft holen musste, und da hörte sie etwas neben sich wie eine Maschine klicken. Ihre Zähne bohrten sich in etwas Hartes. Gummiartiges. Sie versuchte zuzubeißen.

»Mach den Mund nicht zu!«

Dieses Kommando kam von einer anderen Person. Die Stimme war seidenweich, aber energisch. Sie kannte sie, biss also nicht mehr zu, hatte stattdessen vor, zu verschwinden, die Augen zu schließen und sich fallen zu lassen.

»Ich denke so viel an dich.«
Diese dunkle Stimme wollte sie wieder hochholen.
Denkt an mich.
An wen denn?

Die Umhängetasche war sehr durchschnittlich gewesen. Riemen, schwarzes Nylon, Reißverschluss, ein Außenfach. Nina Bodén sah sie plötzlich ganz deutlich vor sich.

»Eine typische Tasche, wie man sie zum Übernachten verwendet«, sagte sie mit Nachdruck zu dem Polizisten aus Lund, dessen Namen sie im Augenblick vergessen hatte. »Von diesen Taschen muss es tausende geben. An ihr war nichts Ungewöhnliches.«

Trotzdem war ihr diese Umhängetasche viel später nicht mehr aus dem Kopf gegangen.

Jan hatte die schwarze Nylontasche doch auf die Reise mitgenommen?

Das hatte sie jedenfalls zu dem Polizisten gesagt, der sie an jenem schrecklichen Tag Anfang der Woche in Lund befragt hatte. Er hatte einen dänischen Nachnamen. Jensen hatte er wohl geheißen, und er hatte mit tiefer Stimme ein gemütliches Schonisch gesprochen. Bei dieser Arbeit sicher kein Fehler, dachte sie.

Als sie nach Hause gekommen war, hatte sie überall gesucht, im Kleiderschrank, in der Abstellkammer und in der Garage. Sie hatte die Tasche nirgends gefunden. Sie hatte sich also nicht geirrt. Jan hatte sie dabeigehabt.

Eigentlich hatte Jensen gar nicht nach irgendeiner Tasche gefragt. Er hatte wissen wollen, ob sie alle Gegenstände wiedererkannte, die er vor ihr in durchsichtigen Plastiktüten ausgebreitet hatte.

Ob diese Gegenstände Jan gehörten?

Ja, das sei so, hatte sie geantwortet.

Sie war immer noch vollkommen fassungslos, wenn sie an diesen Augenblick dachte. Sie hatte eine plötzliche Zärtlichkeit für diese Dinge empfunden. Die Brieftasche, den Schlüsselbund, die Stifte, das Handy und das alte Blumenbestimmungsbuch, die alle nackt und verlassen auf dem Tisch gelegen hatten. Wie herrenlose Hunde.

Dann hatte Jensen sie gefragt, ob etwas fehlte. Auf den ersten Blick war ihr nichts eingefallen. Sie hatte ihn schließlich auch nicht begleitet, als er zum Bus nach Växjö gegangen war, um von dort aus den Zug zu nehmen.

Als sie das Zimmer von Inspektor Jensen in der Byggmästaregatan gerade hatte verlassen wollen, war ihr die Tasche eingefallen. In der Tasche hatten natürlich sein Kulturbeutel und sein Schlafanzug gelegen.

Dann hatte sie von der Polizei in Lund nichts mehr gehört. Aber die Tasche hatte eine Menge aufrüttelnde Gefühle und Gedanken in Gang gesetzt, die sie nicht mehr in Ruhe gelassen hatten.

War Jan so verwirrt gewesen, dass er Dinge verloren hatte? Hatte er nicht mehr auf sich selbst aufpassen können? Wie ein einsames Kind sah sie ihn vor sich, das nicht mehr aus einem Labyrinth herausfindet. Das auf unsicheren Beinen und mit zunehmendem Entsetzen herumirrt. Bei diesem Gedanken vergoss sie bittere Tränen. Armer Jan!

Und sie hatte ihn nicht einmal begleiten wollen.

Er hatte es nicht gewollt. Sie hätte es aber trotzdem einrichten können. Bisher hatten sie alle guten wie schlechten Zeiten gemeinsam bewältigt. Sie kannte ihn gut, wusste, dass eine deutliche Stellungnahme genügt hätte, und er hätte nachgegeben. Dann hätte sie sich jetzt nicht so fürchterlich einsam und vergessen gefühlt. Dann wäre ihr dieses Unbegreifliche erspart geblieben. Dann wäre sie jeden Augenblick dabei gewesen und hätte jetzt eine plausible Erklärung.

Er hatte nicht sie mitgenommen, sondern sein Pflanzenbestimmungsbuch!

Er hatte also dieses alte Buch eingesteckt, das er als Kind zum Geburtstag bekommen hatte. Das musste etwas zu bedeuten haben. Das war ihr natürlich klar. Deswegen hatte sie das Buch auf der Wache in Lund auch vorsichtig, fast zärtlich in die Hände genommen und war fast beschwörend mit den Fingerspitzen darübergefahren. Vielleicht war das ein Akt der Liebe gewesen. Ihr war ein empfindsamerer und weicherer Jan begegnet. Diese Seite hatte er sehr gut verborgen gehalten, zumindest vor ihr.

Oder hatte die Zeit sie blind gemacht?

Und dann ist da noch diese Nummer, dachte sie. Die Ziffern, die ihr Jensen vorgelegt hatte: »4 3 3 2 4 3«.

Sie hatte diese Telefonnummer nicht sofort wiedererkannt, und Jensen hatte ihr geglaubt. Weshalb hätte sie auch lügen sollen?

Und doch irritierten diese Zahlen sie. Ein Zettel mit der Nummer einer ihr vollkommen fremden Person hatte in Jans Jackentasche gelegen.

Jetzt war die linke Hälfte des Ehebetts schon seit vierzehn Nächten unberührt. Sie stand mit dem Rücken zum Bett und wiegte auf den Fußsohlen hin und her, als wollte sie Anlauf nehmen. Sie war in der Kleiderkammer gewesen, um nach der schwarzen Nylontasche zu suchen.

Aber sie hatte die Kleider nicht angerührt.

Zwölftes Kapitel

Montag, 16. September

Erst jetzt fing es richtig wieder an.

»Kriminalkommissar Claes Claesson« stand schwarz auf weiß an seiner Tür. Es war zwar nur ein auswechselbares Plastikschild und auch nicht neu, aber ihm kam es vor, als sähe er es zum ersten Mal.

Das ist mein Büro, dachte er, hängte seine Jacke an den Haken an der Tür und krempelte zufrieden seine Ärmel hoch. Sein Platz in der Welt der Berufstätigen. Ein schönes Zimmer mit Fenstern schräg nach Westen. Im Hinblick auf die vielen Stunden, die er an seinem Arbeitsplatz verbrachte, hatte das einiges zu bedeuten.

Jetzt wurde es ernst. Die leichte Verdrossenheit der vergangenen Woche war an diesem Morgen rasch besserer Laune gewichen. Mit aufrechter Haltung hatte er auf seinem Fahrrad gesessen und war auf dem Fahrradweg ins Stadtzentrum gefahren.

Heute würde er von Anfang an dabei sein und nicht erst eintrudeln, wenn alle schon seit Stunden in Aktion waren. Veronika würde Klara im Humlan abgeben und erst am Nachmittag nach Lund zurückfahren.

Louise Jasinski warf ihm einen Blick zu, während sie zum Konferenzraum gingen.

»Nett, dass du wieder da bist«, sagte sie und lächelte beinahe.

Verblüfft hätte er fast erwidert: »Meinst du das wirklich?«, oder etwas in dieser Art, entgegnete dann aber nur, dass es ihn wirklich sehr freue, zurück zu sein. Er lächelte, so breit er konnte. Im Stillen fragte er sich, was sie eigentlich im Schilde führte. Schließlich war er schon eine ganze Woche lang wieder zurück, obwohl er erst heute bereits morgens eingetroffen war. Außerdem hatte sie sich bisher sehr distanziert verhalten. Hatte sie das vergessen?

Die Lagebesprechung begann. Das Wochenende war wie immer verlaufen. Besäufnisse, Streitigkeiten, Schlägereien, Einbrüche und Verkehrsdelikte. Außerdem ein Wohnungsbrand. Der Wohnungsinhaber habe wohl im Bett geraucht, vermutete Jesper Gren, der hingefahren war. Claesson stellte zufrieden fest, dass alles wie immer wirkte. Als wäre er keinen einzigen Tag fort gewesen.

Der Einzige, der sich außer Louise verändert hatte, war Peter Berg. Er war immer unauffällig gewesen und hatte harmlos gewirkt. War in der Menge nicht aufgefallen, wovon er beruflich durchaus profitiert hatte. Er war immer beliebt gewesen. Er sah freundlich aus, etwas grün hinter den Ohren. Wahrscheinlich erweckte er bei gewissen Frauen auch Mutterinstinkte. Ein Junge, der der eigene Sohn hätte sein können und um den man sich deswegen kümmern musste. Jetzt war, hieß es gerüchteweise, genau das passiert. Jemand hatte sich Berg unter den Nagel gerissen. Und wenn Lundin nicht vollkommen falsch unterrichtet gewesen war, handelte es sich dabei um jemanden von der Polizei in Kalmar. Er hieß Nicko, und sein Nachname ließ sich nicht buchstabieren. Er hat gleich doppelte Probleme, dachte Claesson, schwul und Ausländer.

Kurz vor drei rief Gillis Jensen aus Lund an. Claessons Gedanken strebten in zwei Richtungen, als er die schonische Stimme hörte. Ging es um die Misshandlung von Cecilia oder um den Tod von Jan Bodén?

Es ging um Letzteres.

Christina Löfgren rannte die Treppe der Frauenklinik hinauf. Ihr offener Mantel bauschte sich hinter ihr wie ein Segel. Sie musste in den dritten Stock. Nahm immer die Treppe, nie den Fahrstuhl, höchstens in einer dunklen Nacht, aber dann auch nur, wenn sie aufwärts musste.

Es war Essenszeit. Sie hielt die Schlüssel des Klinikwagens in der Hand. Auf dem Gang vor dem Kaffeezimmer stand Gustav Stjärne auf dem grauen Linoleumfußboden und wartete auf sie. Das Licht der Leuchtstoffröhren spiegelte sich im Fußboden und glänzte auch in seinem blonden Haar, das über den Ohren etwas zu lang war.

»Sie melden sich doch, falls etwas sein sollte«, sagte sie rasch und überreichte ihm die Autoschlüssel.

Aber sie wusste, dass das nicht der Fall sein würde. Und das war ein Problem. Es erforderte Mut und Reife, um sich zu seinen Schwächen zu bekennen. Beides besaß er ihrer Einschätzung nach nicht.

Egal, welche der sechzehn der Klinik angeschlossenen Mütterzentralen er aufsuchte, es würde geradezu fatal verlaufen. Jedenfalls ihrer Meinung nach. Aber diese Ansicht teilten offenbar nicht alle ihre Kollegen. Sein Arbeitseinsatz würde sehr mäßig ausfallen, und er würde einem Stress ausgesetzt sein, der ihm eigentlich nicht zuzumuten war. Offenbar hatte es ein großes Problem mit dem Dienstplan gegeben, denn er war wirklich noch sehr unerfahren, der junge Gustav, fand sie. Wahrscheinlich war einer kompetenteren Kraft etwas dazwischengekommen. Oder diese Person hatte einfach keine Lust gehabt. Auch das kam gelegentlich vor. Sie selbst fand einen Ausflug in die Umgebung immer ganz erfrischend. Die Korridore der Klinik und die stickigen Untersuchungsräume zu verlassen war erholsam. Ganz still saß sie dann immer im Auto und hörte Radio. In der Klinik ging es wirklich weitaus turbulenter zu.

Meist drehte es sich darum, Frauen krankzuschreiben. Eine Schwangerschaft war zwar keine Krankheit, aber doch eine körperliche Anstrengung. Immer weniger Arbeitsplätze schienen Arbeitnehmer akzeptieren zu wollen, die auch mal etwas kürzer treten mussten. Übelkeit, Rückenschmerzen, Luxationshüfte, Wasser in den Beinen und Schlafstörungen wegen eines riesigen Bauches und einer Blase, die ständig geleert werden musste, waren kaum vereinbar mit vollem Einsatz bei reduzierter Belegschaft. Anpassung und Flexibilität waren Eigenschaften, die irgendwann einmal verloren gegangen waren.

Manchmal dachte sie zynisch, dass man sie auf den Mütterzentralen genauso gut durch einen Stempel für die Krankmeldung ersetzen könnte. Eigentlich war es nicht weiter gefährlich, Gustav Stjärne zu schicken. Die Hebammen hatten die Lage ohnehin bereits beurteilt. Er musste nur noch die Papiere unterschreiben.

Dennoch ließ sich nicht ganz von der Bedeutung der ärztlichen Sprechstunde absehen. Nicht nur für die Patienten, sondern auch für den Arzt oder die Ärztin. Oft kamen auch andere Dinge zur Sprache. Dinge, die unmittelbare Maßnahmen erforderten, eine Überweisung oder eine Untersuchung. Vielleicht ging es auch einmal um eine Sorge, die eine fundierte, kompetente Antwort erforderte, deren Gustav Stjärne nicht fähig war.

Hatte er Angst vor den Patientinnen? Es hatte ganz den Anschein. Gleichzeitig fanden ihn viele sehr charmant. Es war also sehr unterschiedlich. Wie aberwitzig seine Verordnungen auch sein mochten, so waren doch einige Patienten sehr zufrieden. Was einiges darüber aussagte, wie viel Gewicht der zwischenmenschlichen Beziehung beizumessen war.

Er verschwand den Korridor hinunter. Er wollte sich umziehen. Sie starrte ihm finster nach. Was konnte sie unternehmen? Nichts natürlich. Außerdem unterlag es auch nicht ihrer Verantwortung, sie brauchte sich also gar nicht einzumischen.

Mit etwas Geduld würde man vermutlich selbst ihn auf Vordermann bringen.

Sie war hungrig und entnahm ihrem Vorrat in der Tiefkühltruhe im Kaffeezimmer ein Weight-Watchers-Fertiggericht, schnitt die Plastikfolie ein und schob die Schale in die Mikrowelle. Die Unterhaltungen am Tisch türmten sich wie eine Mauer um sie auf. Sie hatte einen hektischen, aber angenehmen Vormittag hinter sich. Viele werdende Mütter. Die Geburtenrate stieg an. Es war sogar schon wieder von einem Babyboom die Rede. Jedenfalls von einem kleinen.

Sie überlegte, ob sie das Essen mitnehmen und sich an ihren Schreibtisch setzen sollte, um zumindest etwas Atem zu holen, ehe sie sich neuen mitmenschlichen Herausforderungen stellte. Einst hatte sie sich diesen Beruf der Patientinnen und nicht der Papierberge wegen ausgesucht. Sie hatte sich von Handgreiflichem angezogen gefühlt, von Dingen, die etwas bedeuteten. Und das hatte sie nie bereut. Aber all dieser zwischenmenschliche Kontakt strengte auch an.

Eine Kollegin forderte sie auf, sich zu ihr zu setzen. Aber kaum hatte sie Platz genommen, da fiel ihr das Auto ein, und sie rannte auf den Korridor.

Gustav hatte sich umgezogen und kam ihr gerade entgegen. Welch ein Glück, dass er noch nicht weg war.

»Das Auto steht vor der HNO-Klinik«, rief sie ihm zu. »Hier vorm Haus gab es keinen freien Parkplatz.«

Er hob kurz die Hand, um ihr zu bedeuten, dass er verstanden habe. Vielleicht war er ja einfach nur schüchtern? Aber jetzt stieg ihm ein wenig Farbe in die Wangen, und er lächelte sogar, obwohl die Lippen angespannt blieben. Wie alle, vor allem Leute, die es nicht gewohnt waren, freute er sich darüber dazuzugehören.

Immer dieses Elend mit dem Auto, dachte sie, ging zurück und ließ sich wieder an den Tisch sinken. Stets wartete der ohnehin nicht gleichförmige Tagesablauf mit irgendwelchen Hindernissen auf. Aber so war es eben, und was sich nicht ändern ließ, musste man eben hinnehmen. Etwas so Einfaches wie ein Parkplatz für den Dienstwagen ließ sich offenbar nicht einrichten. Die Organisation der Klinik war einfach zu schwerfällig. Die Parkplatzverwaltung hatte mit der Klinikverwaltung nichts zu tun, und es gab keinerlei Absprachen.

Eine neue Woche hatte begonnen. Bald würde man ihr den Piepser der Entbindungsstation übergeben. Sie fühlte sich im Großen und Ganzen recht wohl, wie sie da so behaglich zwischen ihren Kollegen saß. Sie musste allerdings noch ihre Unterlagen für die abendliche Besprechung zusammensuchen, zu der sie sich in einem schwachen Augenblick hatte breitschlagen lassen. Außerdem hatte sie dann die ganze Nacht den Hintergrunddienst, allerdings zu Hause. Sie konnte nur hoffen, dass sie trotzdem Gelegenheit zum Schlafen erhielt.

Sie hatte noch nicht nachgeschaut, wer eigentlich Dienst hatte und in der Klinik bleiben würde. Sie bat ihren Kollegen um den Wochenplan, und er reichte ihn ihr über den Tisch.

»Bingo!«

Er lächelte spöttisch. Christina stellte fest, dass die Aussichten auf eine ungestörte Nacht nicht sonderlich rosig waren. Die Voraussetzungen konnten kaum schlechter sein.

»Verdammt!«

»Da haben zwei Weltmeister zusammengefunden.«

Es gab einige amüsierte Mienen in der Runde.

Ein weiterer Fehler im Dienstplan, dachte sie, wusste aber, dass es zu spät war, daran noch etwas zu ändern. Sie versäumte es stets, den vorläufigen Dienstplan zu überprüfen. Andererseits musste man Gustav Stjärne auch mal zum Zug kommen lassen. Aber ihn zusammen mit Annika Holt einzuteilen ging dann doch zu weit. Sie war schließlich auch noch ziemlich unerfahren.

Gustav Stjärne war, gelinde gesagt, instabil. Sie hatte den Verdacht, dass die Klinik da ein Problem am Hals hatte, aber einstweilen würden ihn noch viele verteidigen, wenn sie etwas Dahingehendes äußerte. Die Zeit war noch nicht reif. Annika Holt konnte hingegen schon einiges, war aber noch unsicher. Immerhin wusste man, woran man bei ihr war, Gustav Stjärne hingegen entzog sich meist. Er war glitschig wie ein Stück Seife und gab sich den Anschein, als wäre er die Kompetenz in höchsteigener Person.

Allzu sehr von sich eingenommen, dachte sie. Aber manchmal fand er dann merkwürdigerweise doch ein Korn.

Es war ihr unbegreiflich.

Wieder stand Kriminalkommissar Claes Claesson vor Nina Bodéns braun lasierter Eichentür. Er hatte seinen Wagen genommen und ihn gut sichtbar vor dem Haus geparkt. Es dauerte trotzdem.

War sie nicht zu Hause?

Die Fenster waren geschlossen, aber weder waren die Gardinen zugezogen noch die Rollos heruntergelassen worden. Trotzdem wirkte das Haus abweisend. Verschlossen und unbezwingbar.

Claesson hatte den Eindruck, dass das wohl weniger an dem Todesfall als an der bombastischen Architektur lag, die Erinnerungen an den Ostblock weckte. Das Dach ragte Schatten werfend über die Fenster hinaus, die dunklen Backsteine wirkten düster und schwermütig.

Er sah, dass jemand den Rasen gemäht hatte. Auch der seinige war inzwischen frisch gemäht. Am Wochenende hatte er es endlich geschafft. Hoffentlich konnte der Rasenmäher für den Rest des Jahres in der Garage bleiben, denn der Spätsommer war nun unerbittlich vom Herbst abgelöst worden.

Aber noch war es milde. Bald würde die gesättigte und glühende Natur der Kälte und der langen, weißen Ruhe harren.

Endlich erschien Nina Bodén in der Tür. Sie war recht klein. Vielleicht sah sie auch kleiner aus, weil sie so dünn war, fast zierlich und zwar auf diese trockene und zerbrechliche Art, die alternden Frauen eigen ist. Osteoporose und Knochenbrüche würden ihr vermutlich nicht erspart bleiben. Wieder fiel ihm seine Mutter ein. Noch in recht hohem Alter hatte sie damit angegeben, dass sie immer noch in den Rock passe, den sie zu ihrer Verlobung getragen habe, und das, obwohl sie drei Kinder zur Welt gebracht habe.

Das Rezept seiner Mutter war im Übrigen recht einfach gewesen. Iss nie nach sieben Uhr abends, war ihr Rat gewesen. Oder ihre Ermahnung. Hoffentlich würden Nina Bodén Beinbrüche erspart bleiben. Zum Schluss war es mit seiner Mutter ein richtiges Elend gewesen. Erst hatte sie sich den einen Oberschenkelhals gebrochen, dann den anderen. Dass sie so leicht gewesen war, war jedoch ein Vorteil gewesen. Sie hatte gekämpft, ohne zu klagen, und sich bemüht, rasch wieder auf die Beine zu kommen. Ihre gute Kinderstube schrieb Tapferkeit vor. Dass man nicht klagte und vor allem nicht klein beigab.

Ansonsten ähnelten sich Nina Bodén und seine adrette Mutter in nichts. Das helle Wohnzimmer überraschte ihn aufs Neue. Die Sonne flutete vom Garten herein und wurde von den weißen Wänden reflektiert. Die Einrichtung war gemütlich.

Nina Bodén stand mitten im Zimmer und ließ unsicher die Schultern hängen. Ihre Kleidung war einfach und bequem, saß aber nicht sonderlich gut. Sie trug Hosen und einen Pullover. Etwas Gymnastik hätte ihr sicher nicht geschadet. Wieder hörte Claesson die Stimme seiner Mutter im Ohr: Kinn hoch, Brust raus! Und vergiss nicht, Blick geradeaus! Nie nach unten!

Wieder war er der Bote. Nina Bodéns Augen prallten entsetzt von ihm ab, als er Bericht erstattete.

»Erwürgt?«

Sie schlug die Augen nieder, erblasste und ließ sich dann auf einen Sessel sinken, wo sie wie ein zitterndes Vogeljunges auf der Kante sitzend verharrte.

»Was im Einzelnen geschehen ist, wissen wir noch nicht«, sagte Claesson.

Auch ihre Lippen waren weiß geworden. Sie hatte ihre weißen Schollpantoffeln ausgezogen. Das Schuhwerk für Leute im Pflegesektor, dachte Claesson, als er sie auf dem Wollteppich liegen sah. Nina Bodén schaute auf ihre Zehen oder was immer sich ihrem Blick darbot. Ihr Haar fiel nach vorne und bedeckte ihr Gesicht. Ihr Pony war dünn und wie ihr übriges aschblondes Haar, das ihr bis zum Kinn reichte, gerade abgeschnitten.

Claesson beherrschte mittlerweile die Kunst, nicht alles in Allgemeinplätzen zu ersticken. Wie bei seinem letzten Besuch nahm er auf dem Sofa Platz. Wir nehmen gerne unsere gewohnten Plätze ein, dachte er, strich seine Jeans über den Knien glatt und beugte sich dann vor und faltete die Hände.

Er wartete.

Am schwersten war es, ein Vertrauen aufzubauen und etwas zu vermitteln, was nur auf Vermutungen basierte. Auf reinen Hypothesen. Sie wussten noch nicht sonderlich viel. Es war verlockend, sich zu allgemeinen Spekulationen hinreißen zu lassen und diese dann mit ein paar Allgemeinplätzen abzurunden. Um überhaupt etwas zu sagen und weil es nun einmal erwartet wurde. Die Leute wollten eine richtige Antwort. Konkret und begreifbar.

Auf die Fragen, die jetzt kommen würden, ließ sich nämlich kaum antworten.

»Warum ausgerechnet er?«, murmelte sie.

Darauf wusste er natürlich keine Antwort. Genauso wenig wie auf die nächste Frage, von der er wusste, dass sie jetzt kommen würde.

»Warum ausgerechnet dort? In Lund? Das muss ein Irrtum sein.«

Der inhärente Konflikt der Katastrophe. Als bewegte man sich von einer Eisscholle zur nächsten, dachte er. Es gab eigentlich nur einen Weg. Der war einfach, aber auch schwer. Ehrlichkeit und Zeit. Zu sagen, wie es war, ohne dadurch die Ermittlung zu gefährden. Einsehen, dass die Menschen keine Maschinen waren.

Während es still wurde, konnte er nicht umhin, sich zu überlegen, was Nina Bodén wohl gerade gegessen hatte. Ein eher dezenter Geruch strömte aus der Küche. Vielleicht Fischfrikadellen. Er hatte keine Fischfrikadellen in Hummersauce mehr gegessen, seit er die Polizeihochschule besucht hatte. Mit Salzkartoffeln war das ein billiges und gutes Essen gewesen. Und außerdem sehr leicht zuzubereiten.

Sie schnäuzte sich und warf ihm einen forschenden Blick zu.

»Der Gerichtsmediziner hat Ihren Mann besonders gründlich untersucht«, sagte er mit der Betonung auf »besonders«. »Er glaubt, dass er rücklings erdrosselt worden sein könnte. Beispielsweise könnte ihm jemand seinen Arm um den Hals gelegt haben.«

Er sagte nicht, dass man das auch als Mugging bezeichnete, dass es dem Opfer kaum eine Chance ließ, obwohl die Todesangst dazu führte, dass sich die Kräfte vervielfachten. Er ging nicht auf die Details ein. Er wollte es ihr in einem Tempo erklären, in dem sie seine Antworten verarbeiten konnte.

Der Gerichtsmediziner hatte minimale Blutungen in den Halsmuskeln entdeckt sowie Punktblutungen in den Augen und Hautabschürfungen im Gesicht. Nicht viel. Nichts, was vor Gericht Bestand haben würde, jedenfalls nicht ohne zusätzliches Beweismaterial.

»Alles ist so merkwürdig! Wie kann man nur in einem Putzmittelraum sterben?«

Claesson nickte, er hatte allerdings weitaus seltsamere Orte erlebt. Eine Speisekammer, einen Kofferraum, ein Spielhaus in einem Garten und das Bett der Geliebten. Letzteres war vielleicht nicht so merkwürdig, wenn man darüber nachdachte.

»Und dann soll er auch noch ermordet worden sein?«

»Das lässt sich nicht ausschließen«, erwiderte Claesson.

Immer diese Vorsicht, dachte er. Sie war ihm zur zweiten Natur geworden.

»Das kann ich nicht glauben.«

Ihre Stimme klang unnachgiebig.

Er äußerte sich nicht dazu, vernahm, wie sein Magen laut knurrte, und hoffte, dass sie es nicht hörte. Er hatte kaum etwas gegessen, nur ein Butterbrot zu Mittag, und verspürte jetzt einen Bärenhunger.

»Ich soll meinen Kindern also erzählen, ihr Vater sei ermordet worden?«

»Wäre es Ihnen lieber, dass ich mit ihnen spreche?«

»Nein, um Gottes willen!«, rief Nina Bodén und verstummte dann abrupt.

Ein leiser Plumps war zu hören. Besitzt sie eine Katze?, überlegte Claesson.

»Wer hätte Jan umbringen wollen?«, fuhr sie zweifelnd fort.

Trotzdem klang sie nicht sonderlich überrascht, sondern eher neugierig.

»Es muss sich um einen Irrtum handeln. Die müssen sich geirrt haben. Das kann gar nicht anders sein«, beharrte sie.

Sie geht davon aus, dass es sich um mehrere Täter handelt, dachte Claesson. Vermutlich hat sie das aus der Zeitung. Bei Schlägereien gingen immer Banden aufeinander los, und bei Vergewaltigungen gab es neuerdings auch immer mehrere Täter.

»Das lässt sich im Augenblick noch nicht beantworten. Wir müssen erst noch weitere Nachforschungen anstellen. Deswegen würde ich auch gerne wissen, ob Ihr Mann Feinde hatte oder in irgendwelche Auseinandersetzungen verwickelt war.«

Mit leerem Blick starrte sie auf den Wollteppich unter dem Couchtisch. Er war in hellen Farben gehalten. Die Tischplatte war aus Glas, und er konnte ihre kleinen, knubbeligen Füße in dunkelblauen Socken sehen. Sie war ganz in Blau. Wie bei seinem letzten Besuch.

Wieder vernahm er ein Geräusch aus einem der Nebenzimmer. Als würde sich jemand im Bett umdrehen. Waren sie nicht allein? Oder hatte sie ihre Katze irgendwo eingeschlossen?

»Nein«, sagte sie nur und schüttelte den Kopf.

Irgendwelche Feinde fielen ihr also nicht ein.

»Jedenfalls hatte er keine Feinde, die in Lund wohnen. Auch keine Freunde. Wir kennen überhaupt niemanden in Lund.«

Das machte die ganze Sache höchst merkwürdig, da musste er ihr zustimmen.

»Wenn ich darüber nachdenke, dann kann es sich nur um einen Raubüberfall handeln«, fuhr sie fort. Ihre Stimme klang fest und energisch.

Claesson sah sie erstaunt an.

»Können Sie mir das eingehender erläutern?«

»Die Tasche ist schließlich weg.«

Er nickte und kam sich dumm vor. Von einer Tasche wusste er nichts. Der Bericht aus Lund war nicht so detailliert gewesen.

»Wissen Sie, was in dieser Tasche lag?«

»Unterwäsche zum Wechseln, ein sauberes Hemd, ein Toilettenbeutel, vielleicht ein Buch. Wenn sie am Montag verschwand, enthielt sie vermutlich hauptsächlich schmutzige Wäsche. Er ist an einem Sonntag nach Lund gefahren und hat in der Nacht auf Montag im Patientenhotel übernachtet. Das weiß ich sicher. Sonntagabend habe ich mit ihm telefoniert. Am Montag habe ich mit der Rezeption des Patientenhotels telefoniert, als er nicht nach Hause kam.«

»Die Tasche enthielt sonst nichts?«

»Ich weiß nicht. Ich habe sie nicht gepackt.«

»Und jetzt ist sie weg?«

»Ja.«

Falls es sich um einen Raubüberfall handelte, so ist die Beute mager ausgefallen, dachte Claesson. Nina Bodén hatte sofort, als ihr Mann nicht wie vorgesehen nach Hause gekommen war, alle Kreditkarten sperren lassen. Sie war eine gewissenhafte Person. Damit hätte sie die Polizei jedoch auch daran gehindert, Jan Bodén aufzuspüren. Jetzt spielte es keine Rolle mehr. Wenn er jedoch am Leben geblieben wäre, dann hätte er jedes Mal, wenn er an einer Tankstelle, in einem Restaurant im Hotel oder an einem Fahrkartenschalter mit der Karte gezahlt hätte, Spuren hinterlassen.

»Die Polizei in Lund hat einen Zettel mit einer Nummer gefunden. Ich weiß, dass man Sie darum gebeten hat, darüber nachzudenken, ob Sie diese Nummer wiedererkennen.«

»Ich kann diese Nummer nicht in unserem Adressbuch finden. Auch nicht in Jans. Ich habe wirklich keine Ahnung, wem sie gehört. Leider.«

Sie versuchte, sich das Unbehagen, dass man in den Taschen ihres Mannes eine fremde Telefonnummer gefunden hatte, nicht anmerken zu lassen.

»Sie finden doch wohl den Täter?«

Nicht einmal das konnte er ihr versprechen.

»Wir tun unser Bestes«, meinte er, erhob sich und ging in die Diele.

Ehe sie die Haustür hinter ihm schloss, fiel ihm auf, dass die Schlafzimmertür auf der anderen Seite der Diele geschlossen war.

War sie auch schon geschlossen gewesen, als er gekommen war?

Draußen war es kühl. Er drehte den Zündschlüssel um und fuhr langsam an. Halb versteckt hinter ein paar Büschen sah er ein Herrenrad an der Hauswand lehnen.

Sie hat also das Rad ihres Mannes weggestellt, weil sie den Anblick nicht erträgt, dachte er. So ganz wollte ihm das aber nicht einleuchten.

Sie musste raus.

Jetzt war ihr alles egal. Außerdem brauchte sie Milch.

Nina Bodén schlüpfte in ihre bequemen schwarzen Halbschuhe und marschierte los, den Blick stur zu Boden gerichtet. Sie versuchte es zu ignorieren, dass die Leute sie ansahen. Dass alle sich für ihre Trauer interessierten. Obwohl eigentlich noch niemand wusste, was wirklich geschehen war. Sie wussten nur von diesem Tumor. Und dass es vermutlich sein Herz gewesen sei.

Unter normalen Umständen hätte sie sich ganz anders verhalten. Sie hätte nach links und nach rechts gegrüßt. Sie hatte bei so vielen Leuten Haus- und Krankenbesuche gemacht, dass sie vollkommen den Überblick verloren hatte. Vieles hatte man ihr im Vertrauen erzählt. Sie war durch Türen getreten und äußerst behutsam vorgegangen, denn die Leute waren sehr verletzlich, wenn sie von anderen abhängig waren. Wenn alles Private ans Licht gezerrt wurde, dann war sowohl Milde als auch Höflichkeit angebracht.

Manchmal war es zu Hause bei den Patienten dermaßen beklemmend gewesen, dass sie am liebsten kehrtgemacht hätte und sich nach einem anderen Beruf sehnte, vielleicht an einer Maschine. Sie hatte versucht, all diese Schicksale, die sich angesammelt hatten, von sich zu schieben, war in den Wald gegangen, hatte gemalt und gebacken. Denn zu vergessen war unmöglich gewesen. Aber nach und nach war das meiste verblichen. Jede Gemeindeschwester hatte einiges zu ertragen. Sie hatte Einsamkeit, Armseligkeit und die Unfähigkeit zur

Empathie erlebt. Das meiste hatte jedoch nichts mit Lieblosigkeit zu tun gehabt, sondern mit Unbeholfenheit, Angst und dem Verhaftetsein in alten Konflikten.

Jetzt lag ihr eigenes Leben auf dem Präsentierteller. Die Behörden hatten bei ihr angeklopft. Dieser Übermacht hatte sie nichts entgegenzusetzen.

Betroffen und am Boden zerstört, ging sie den Bürgersteig entlang. Sie war nicht mehr diejenige, die kam, sondern die, die anderen aufmachen und sie, wenn auch widerwillig, hereinlassen musste. Die Polizei.

Ihr schwindelte, und sie versuchte, gleichmäßig zu atmen. Mehr als ängstliche, flache Atemzüge brachte sie jedoch nicht zustande.

Ich bin ratlos, dachte sie. Ich muss jetzt einfach abwarten, es gibt nichts zu tun. Nicht das Geringste.

Dann kam die Wut. Sie schlug mitten in ihre Ohnmacht ein und hinterließ einen tiefen, hässlichen Krater.

Warum hatte er nicht auf eine vernünftige Art sterben können?! Als Allerletztes hatte er sie auch noch blamiert!

Uneingestandene Gefühle wollten an die Oberfläche steigen, aber sie schluckte und unterdrückte sie. Ihr stieg der feuchte Geruch des Rasens in die Nase, und sie beruhigte sich ein wenig. Sie hoffte, dass der nächste Schub nicht sofort kommen würde, denn dann hätte sie umkehren müssen. Sie versuchte, die misslichen Gedanken von sich zu schieben, bis sie wieder auf dem Heimweg war. Dann würde sie noch eine Runde durch den Wald gehen und dort heulen und schreien können, dass es in den Kronen der Kiefern nur so widerhallte.

Zu Hause musste sie ihr Gefühl unterdrücken, ein fast unmenschlicher Drahtseilakt.

Sie musste sehr Acht geben, dass sie nicht alles verlor.

Der Geruch des Rasens mischte sich mit einem schwachen Rosenduft, eine spät blühende Sorte, die am Meer wuchs. Die Nächte waren kühl, aber noch nicht kalt. Das Wasser speicherte die Wärme. Der Duft drang langsam in ihre Nase. Der Rasen war frisch gemäht und noch feucht. Sie schaute zur Seite. Lange Grashalme lagen abgemäht im Garten.

Er mäht seinen Rasen also nicht so oft, dachte sie. Er war uneben und stark vermoost. Die Ringelblumen und Astern, die den Gartenweg flankierten, waren sehr hübsch.

Sie ging gerade am Grundstück des Kommissars vorbei. Sie war dort natürlich auch schon früher oft vorbeigekommen. Vorsichtig hob sie den Blick, um zu sehen, ob er wohl draußen wäre. Sie bemühte sich, desinteressiert zu wirken. Wie eine zufällig vorbeikommende Spaziergängerin. Aber eine gewöhnliche Passantin hätte vermutlich ungeniert über den Zaun gesehen und den Anblick des Gartens genossen. Wozu wären sonst das Beschneiden, Mähen und die ordentlichen Beete gut gewesen?

Erfüllt von Auflehnung gegen die Normalität, wandte sie sich dem grün gestrichenen Zaun zu. Das Holzhaus des Kommissars lag weiter hinten auf dem Grundstück. Das wusste sie natürlich bereits. Aber jetzt hatte es für sie an Interesse gewonnen oder, genauer gesagt, sein Besitzer.

Schönes Haus, stellte sie fest. Macht aber vermutlich recht viel Arbeit. Holzhaus mit Satteldach und Sprossenfenstern und einer heruntergekommenen Garage daneben. Die hatte dringend einen Anstrich nötig. Die Fenster des Hauses waren nicht wartungsfrei wie ihre, aber dafür hübsch. Sie hätte damals lieber so ein Haus gehabt, aber Jan war dagegen gewesen.

Sie sah das Kind auf der Wiese vor dem Haus herumtollen. Das Mädchen versuchte, einen Holzwagen auf der unebenen Rasenfläche vor sich her zu schieben. Die Grasbüschel rauf und runter, aber meist blieb sie hängen. Jetzt schrie sie.

Nina Bodén beschleunigte ihre Schritte und hatte das Grundstück passiert, noch ehe Claesson sie hätte erblicken können.

Wie in Trance ging sie zum ICA-Supermarkt. Sie nahm einen Korb und ging auf die Fertiggerichte zu.

Sie war keineswegs am Ende. Weder als Mensch noch als Frau. Aber Pierres Umarmungen und seine Blicke waren nicht mehr so angenehm – ein anderes Wort fiel ihr im Augenblick nicht ein – und spendeten keine Wärme mehr.

Sie beschloss, auch noch einen Käsekuchen zu kaufen, und ging rasch zurück zur Kühltheke für Molkereiprodukte, um Sahne zu holen. Dann nahm sie noch ein Glas Erdbeermarmelade.

Plötzlich merkte sie, dass sich ihr jemand von hinten näherte. Eine große Person. Kerstin Malm, Jans Rektorin.

Sie geriet in Panik.

Denk nicht an den Putzmittelraum, ermahnte sie sich. Kein Wort darüber. Lass dich nicht in irgendwas verwickeln. Vor allen Dingen, sag nichts hier mitten im ICA! Lailas Tochter saß an der Kasse, das hatte sie beim Reingehen bemerkt. Das Mädchen war zwar etwas beschränkt, allerdings auch gründlich und sehr nett, aber man konnte trotzdem nie wissen, was sie zu Hause erzählte.

»Bedauerlich.«

Das Wort war wie eine weiche Wolke. Mehr sagte Kerstin Malm nicht. Sie neigte auch nicht ihren Kopf zur Seite, und daher gelang es Nina, ihre Augen trocken zu halten und einen Kloß im Hals zu verhindern. Sie musste nicht weinen.

»Wir vermissen Jan«, fuhr Kerstin Malm im selben unsentimentalen, aber trotzdem warmen Tonfall fort. »Wir denken an Sie, glauben Sie mir.« Sie legte Nina eine Hand auf die Schulter und nickte ihr mit traurigen Augen zu und ging dann ruhig weiter zur Gemüsetheke.

Nina Bodén blieb verblüfft stehen und versuchte sich zu besinnen.

Die Rektorin Kerstin Malm ist ein guter Mensch, dachte sie. Auch wenn Jan gelegentlich über sie hergezogen hatte. Die Malm, das Schlachtschiff, Machtmensch, Schlampe und vieles andere hatte er sie im Laufe der Jahre genannt. Vor allen Dingen damals, als alle mit ihren Beschuldigungen über ihn hergefallen waren.

Aber das war lange her. Wie unterschiedlich es doch sein kann, dachte sie jetzt. Kerstin Malm wusste, wie man sich einem Menschen in tiefer Trauer näherte, ohne sich aufzudrängen. Ohne einem die Luft zum Atmen zu nehmen, aber auch ohne sich aus der Affäre zu ziehen.

Erst als sich Nina Bodén wieder dem Garten des Kommissars näherte, traf sie der nächste Gedanke.

Würde man etwa auch an seinem Arbeitsplatz ermitteln?

Würden sie seine Kollegen verhören, da es sich jetzt nicht mehr um einen gewöhnlichen Todesfall handelte? Nicht mehr um eine Krankheit, sondern …

Nein, dieses Wort vermochte sie nicht einmal zu denken.

Christina Löfgren war wieder einmal spät dran, obwohl sie das gar nicht mochte. Sie hatte gerne alles im Griff und vermied es, sich zu blamieren.

Am Nachmittag hatte sie auf der Entbindungsstation im Erdgeschoss zu tun gehabt, war aber immer mal wieder in ihrem Büro im dritten Stock verschwunden, um das Material für den abendlichen Vortrag zusammenzustellen. Eigentlich war es keine große Sache, nur das normale Montagstreffen mit den Kollegen. Eine gewisse Vorbereitung war jedoch trotzdem erforderlich gewesen. Ein paar Zahlen machten sich auch immer gut, vor allem dann, wenn sie mithilfe des Overheadprojektors präsentiert wurden. Den Computer zu Hilfe zu nehmen war ihr zu kompliziert.

Sie dachte über die Einleitung ihrer Ausführungen nach, während sie die Austreibungsphase verfolgte, die Reaktionen des Kindes auf dem CTG im Auge behielt und versuchte, sich einen Eindruck von der Stimmung im Entbindungsraum zu verschaffen, in den sie zitiert worden war. Hatte der Vater Angst? Er wirkte so ernst. Wünschte er eine raschere Entbindung, vorzugsweise mit Kaiserschnitt, oder war er voller Zuversicht?

»Sieht gut aus«, sagte sie nach einer Weile, nickte den anderen zu und verließ den Raum.

Das Schwesternzimmer war leer. Gustav Stjärne begleitete gerade eine Hebamme in einen Entbindungsraum den

Gang hinunter. Kurz darauf kam eine Hilfsschwester aus dem Raum.

»Irgendwas los?«

»Eine Blutung. Aber der Mutter tut nichts weh, und sie hat keine Wehen, obwohl es langsam an der Zeit wäre. Wir werden sie also wieder nach Hause schicken.«

Der berühmte Schleimpfropf, dachte Christina. Diese schleimige Blutung, die die Mütter hoffen ließ, dass endlich etwas geschah. Aber Wehen waren eben auch vonnöten, sonst ging es nicht. Und die konnten auf sich warten lassen.

Nichts Besonderes, damit kommt Gustav Stjärne schon allein klar, dachte sie und blieb sitzen. Sie überlegte immer noch, wie sie ihre Ausführungen bei der Abendbesprechung beginnen sollte. Sie hatte sonst eigentlich keine Probleme, aber sie war sich bewusst, dass ihr Thema wenig Status hatte, weil es nicht um Chirurgie ging, und auch wenig mit dem zu tun hatte, womit sich ihre Kollegen normalerweise befassten. Sie wollte sich auch nicht lächerlich machen. Inhalte, über die man sonst nur Witze machte, färbten auf die Referenten ab. Man machte auch lieber Witze über das Diffuse, Psychologische, schwer zu Deutende als über das Deutliche. Nur selten über Krebs und massive Blutungen. Sie wollte überzeugen. Die Kollegen wachrütteln.

Körper und Seele als Einheit. Das war schwer.

Sie wurde zu einem anderen Entbindungsraum gerufen. Die Gebärende lag still mit geschlossenen Augen und in sich selbst versunken da und wartete auf die nächste Wehe. Dann kam der Schmerz, die Kraft schien sie zu zerreißen, und sie warf sich mit durchgedrücktem Kreuz zurück und schrie laut.

»Bleiben Sie liegen!«

Die Ermahnung der Hebamme war barsch. Die Frau war jedoch nicht mehr ansprechbar.

»Bleiben Sie liegen«, wiederholte die Hebamme. »Beugen Sie den Kopf vor und nicht zurück. Pressen Sie nach unten!«

Die Hebamme zog die Schamlippen auseinander, um zu sehen, wie weit der Kopf schon zum Vorschein gekommen war. Christina sah auf dem Streifen des CTG, dass die Herztöne sich zwischen den Wehen stabilisierten. Es handelte sich jedoch um eine Erstgebärende und würde dauern. Der Kopf ragte bereits ein Stück hervor, und die Herztöne klangen nicht ganz einwandfrei.

Sie ging Gustav Stjärne holen. Besser, wenn er dabei war, auch wenn es in vielerlei Hinsicht einfacher ohne ihn war. Die meiste Zeit stand er ohnehin nur im Weg.

Jetzt waren Leute im Schwesternzimmer.

»Wie ging es mit der Blutung?«, fragte sie.

»Sie geht nach Hause«, antwortete die Hebamme, ehe Gustav Stjärne noch etwas sagen konnte. »Sie soll wiederkommen, wenn die Wehen einsetzen.«

Gustav schwieg. Unbeholfen blätterte er in der Krankenakte und ging dann diktieren. Christina folgte ihm.

»Irgendwelche Unklarheiten?«

»Nein.«

Er schaute auf die Papiere. Unterschrieb auf einer Diagnoseliste, die die Sekretärin bekommen würde, aber wartete damit, das Diktafon einzuschalten, solange sie in der Tür stand.

Unsicher, dachte sie. Sie kannte die Symptome. Er braucht seine Ruhe zum Nachdenken und will nicht, dass jemand zuhört.

»Die Herztöne werden schwächer. Können Sie jetzt kommen«, bat die Hebamme aus dem Entbindungsraum, den sie gerade verlassen hatte.

Die Hebamme war noch recht neu und unsicher. Es war aber gut, dass sie Bescheid sagte.

»Kommen Sie mit«, sagte Christina zu Gustav Stjärne, der das Diktafon weglegte.

Sie traten in den Entbindungsraum, in dem die Unruhe vibrierte. Die Gebärende hatte gerade eine Wehe überstanden und ließ sich aufs Kissen zurücksinken. Sie hielt die Augen immer noch geschlossen und suchte mit der Hand nach der Lachgasmaske, drückte sie auf den Mund und atmete ein paar Mal tief und begierig ein. Sie hoffte, in dem Nebel verschwinden zu können. Aus der Maske kam jedoch kein Lachgas mehr, sondern nur noch reiner Sauerstoff, um es dem Kind leichter zu machen.

Gustav Stjärne hatte sich schräg hinter Christina aufgebaut, als benötigte er sie als Schutzschild vor sich. Sie hatte keine Lust, ihn nach vorne zu schieben. Die Courage musste er schon von allein aufbringen.

Noch hatte sie keine Veranlassung einzugreifen. Die Hebamme und die werdende Mutter fanden ihre Anwesenheit beruhigend. Die Natur war klug. Es war eine Kunst, im richtigen Augenblick einzugreifen und nicht zu stören, was von allein funktionierte. Man durfte aber auch nicht zu lange warten. Erfahrung, dachte sie. Sonst half nichts. Gustav Stjärnes Unsicherheit war ihr, so gesehen, begreiflich. Sie war berechtigt. Es dauerte lange, bis man die nötige Erfahrung besaß. Viele Stunden bei Frauen, die Qualen litten. Man musste Situationen beherrscht haben, die auf den ersten Blick gleich wirkten, aber in der Praxis einzigartig waren. Handgriffe mussten sitzen, und man musste das Normale vom Abweichenden unterscheiden können.

Gustav Stjärne wurde doch nicht etwa ohnmächtig? Hinter ihr war es Besorgnis erregend still. Sie drehte sich zu ihm um. Er stand noch, immer noch hinter ihr. Sie nickte ihm zu, und er blinzelte zurück. Dann schaute sie aufs Bett und auf das CTG und las auf der Kurve das Befinden des Kindes ab. Merkwürdig, wie sehr man sich doch über bestimmte Leute ärgerte. Ihre Verärgerung nahm zu. Eigentlich sollte sie sich dafür zu schade sein, aber sie konnte sich nicht beherrschen.

Warum musste er nur um jeden Preis Gynäkologe werden? Das war eine schwere Disziplin. Hatte er das überhaupt begriffen? Sie erforderte Verstand und Einfühlungsvermögen, Selbstkritik und Ausdauer. Außerdem stellten die Frauen von heute Ansprüche. Sie hatten auch keinen Grund, das nicht zu tun.

Außerdem musste man rasch eingreifen können. Man durfte nicht tatenlos zusehen.

Oder, was noch schlimmer war, einfach verschwinden.

Er hätte sich beispielsweise zwecks besserer Übersicht näher ans Bett stellen können. Das hätte auch engagierter und wissensdurstiger gewirkt. Sie äußerte sich aber immer noch nicht darüber. Sie hatte keine Lust, wie ein Glucke zu wirken, die ihre schüchternen und ängstlichen Kinder nach vorne schiebt. Er brauchte einem nicht leidzutun, schließlich musste es ihm ja nicht schwerer fallen als allen anderen, etwas zu lernen. Außerdem erhielt er sowohl von oben als auch von unten Unterstützung. Schwestern und Hebammen umsorgten ihn. Er war blond und unsicher, und das stimmte alle Mutterherzen milder. Vielleicht nicht alle, aber ausreichend viele. So war es immer. Der rote Teppich war auch schon ausgerollt. Eine der Stationsärztinnen hatte Gustav Stjärne aus Eskil Nordins Zimmer kommen sehen, und er hatte überaus zufrieden gewirkt.

Der Dozent hatte einen Platz vorbereitet, fragte sich nur, wie die Bedingungen aussahen.

Bei ihr hatte von einem roten Teppich nicht die Rede sein können. So unterschiedlich konnte es sein. Gustav Stjärne war, so unwahrscheinlich das wirken mochte, auserwählt. Was jedoch nicht hieß, dass es eine gute Wahl war.

Im Entbindungsraum war es wärmer geworden. Der Infrarotstrahler über dem Wickeltisch war eingeschaltet. Trockene Wärme. Ein weißes Frotteehandtuch wartete auf den winzigen neuen Menschen. Auf dem rostfreien Rolltischchen neben dem Entbindungsbett lag alles bereit. Grüne Tücher, die Schale für die Plazenta, die Nabelbinde, die Schere sowie Klemmen.

Alles war hell und neu. Das Kind würde in eine blitzsaubere, unverschrammte Welt eintreten. In eine frisch renovierte Entbindungsstation.

Der Vater befand sich immer noch in seiner eigenen Welt. Vorgebeugt saß er auf dem Sessel und betrachtete seine Schuhe. Vermutlich schlug ihm das Herz bis zum Hals. Vielleicht war er ja gar nicht der Vater des Kindes. Oder er war es, aber die Beziehung war bereits zu Ende.

Was wusste sie schon? Abgesehen davon, dass es sehr unterschiedlich sein konnte.

Licht wie auf einem Altarbild. Himmlisch und leuchtend.

Aber jetzt nicht mehr so grell wie vorher. Nicht mehr so eisig weiß.

Es schnitt ihr trotzdem direkt in den Kopf, sobald sie versuchte, die Augen zu öffnen. Aber es kam nur aus einer Richtung.

Eine Lampe. Eine brennende Lampe. Eine brennende Lampe, die warm war.

Weg damit, dachte sie und schloss die Augen, und da verschwand der Lichtschein, war nur noch ein rotes Glimmen.

In weiter Ferne war eine Stimme zu hören. Schaukelnde, geflüsterte Worte. Hell und samtig weich.

»Cecilia, wie geht es dir heute, meine Freundin?«

Die Stimme war warm. Die Stimme mochte sie. Nicht Mamas. Nicht die der guten Fee. Aber Mama mochte sie auch.

»Sie wollen vielleicht mit ihr allein sein«, sagte die Fee und strich ihr sanft über die Stirn.

Jemand räusperte sich. Es klang wie ein Mann. Die Fee war also nicht allein. Sie wurde neugierig. Wollte sehen. Versuchte, die Augen zu öffnen, aber da war wieder das grelle Licht, wie eine spitze Nadel. Also kniff sie die Augen wieder zu.

»Meine Güte, wie du die Stirn runzelst«, sagte die gute Fee. »Du magst die Lampe wohl nicht. Warte, ich drehe sie in die andere Richtung.«

Die Fee verstand sie! Die Fee verstand alles. Sie musste sich jetzt nicht mehr mit Händen und Füßen gegen das Böse wehren, ihr blieb der Krampf in den Gliedern erspart.

»Ich setze mich hier drüben hin, falls etwas sein sollte«, sagte die Fee zu der Person, die sie noch nicht zu Gesicht bekommen hatte.

Sie hörte das Rascheln von Stoff, als die Fee verschwand. Sie war aber hauptsächlich damit beschäftigt, auf diesen anderen zu lauschen. Ein Stuhl schrammte über den Boden, und ein Tisch auf Rollen quietschte. Oder umgekehrt, sie konnte die Geräusche nicht so genau unterscheiden.

Etwas Dunkles fiel auf sie. Ein Schatten. Jetzt würde es ihr vielleicht nicht mehr so wehtun, wenn sie hochschaute.

Also versuchte sie mit aller Kraft, ihre Lider zu öffnen. Das war schwer, aber es gelang.

Erst sah sie nur Dunst und Nebel und blinzelte, um klarer zu sehen. Wimpern hoch und runter. Die Augen im Kreis wie rollende Kugeln.

Sie hatte gelernt, wie man's macht.

Dann blieb ihr Blick auf einer Gestalt in weißen Kleidern haften, aber diese Gestalt war größer. Und breiter. Sie suchte nach dem Kopf. Der müsste ganz oben sein. Immer weiter öffnete sie die Augen, zum oberen Ende dieser weißen Gestalt.

Von dort kam die Stimme. Vorsichtig, leise murmelnd.

»Cissi!«

Cissi? Wer war das?

»Cissi«, flüsterte die Stimme wieder, fast weinerlich.

Was sollte das mit Cissi?

Sie erinnerte sich und war beleidigt.

Es war lange her, dass sie Cissi geheißen hatte.

Inzwischen hieß sie Cecilia.

Oder?

Doch!

Das müsste er wissen. Das müssten alle wissen.

Sie musste versuchen, dieses Gesicht festzuhalten, um ihn sehen zu können. Er war jedenfalls keine Fee.

Aber vielleicht ein Drache?

Das war jetzt wirklich lustig!

Sie nahm noch einmal Anlauf, und es gelang ihr, die Augen ganz zu öffnen. Dann fielen ihre Lider aber wieder wie schwere Vorhänge herab.

Sie sammelte nochmals Kraft und riss die Augen auf. Sah geradeaus. Und dann nach oben.

Er war es.

Lass mich, lass mich, lass mich! Die Worte hallten in ihrem Kopf wider, ohne zu verklingen.

Sie erinnerte sich nicht an den Namen, denn ihr Blut war in Wallung geraten und ihr vor allem in den Kopf gestiegen. Sammelte sich dort und wurde dickflüssig und träge. Hämmerte und klopfte unheimlich.

Sie wollte weglaufen. Nach draußen. Entkommen.

Aber sie war gefangen. An Händen und Füßen festgekettet. Stumm und schwer.

»Sie wirkt etwas unruhig.«

Das war die Stimme der Fee. Sie war gekommen, um sie zu retten. Sie zu holen.

»Setzen Sie sich hierher und warten Sie einen Augenblick. Sie wird sicher gleich ruhiger«, sagte die Fee.

Aber nein! Das ist falsch, falsch, falsch! Sag ihm, er soll verschwinden.

Bitte …

Jetzt hört sie ihn nicht. Vielleicht ist er gegangen.

Sie atmet ruhiger. Schön. In ihrem Kopf plätscherte es. Wie Wasser. Es rauscht, statt klebrig und träge zu pumpen. Und dann kommen Bilder wie aus einem Film.

Ein Räuspern ist von der Seite zu hören. Er ist noch da!

Sie versucht, den Film trotzdem zu sehen, aber die Bilder kommen nicht hoch. Jedenfalls nicht die von einem blauen, schönen Himmel und einem funkelnden Meer.

Etwas anderes erscheint auf der Leinwand. Kein guter Film.

Ein schlechter.

Grausig.

Den will sie nicht sehen. Nicht schon wieder. Den will sie vergessen. Für immer.

Sie würde also über das schwierige Thema der Vorgänge unter der Oberfläche sprechen. Vorgänge, die nicht zu sehen waren und sich weder operieren noch medizinisch beseitigen ließen. Über Schmerzen in einem vollständig normalen Unterleib. Sengende Schmerzen, die jungen Frauen den Glauben an sich selbst raubten, zumindest den Glauben daran, jemals im

Liebesrausch ein männliches Glied in sich aufnehmen zu können.

Christina Löfgren wehrte sich bereits jetzt gegen die fast nicht wahrnehmbaren, aber trotzdem vernichtenden Mienen ihrer Kollegen. Sie, zumindest einige von ihnen, würden ihr mit höflichem Desinteresse begegnen. Wahrscheinlich wehrten sie sich so gegen die eigenen inneren Tabus. Und gegen die Ohnmacht. Aber vielleicht irrte sie sich.

Allen waren diese jungen Patientinnen bereits begegnet, und man hatte versucht, sie so gut wie möglich zu behandeln, es mit Salben und Antibiotika versucht, aber nichts hatte geholfen. Die Patientinnen kamen immer wieder zurück, manchmal sogar mit akuten Beschwerden.

Sie war rausgegangen, hatte eine Tasse Kaffee getrunken und war dann wieder in den Entbindungsraum zurückgekehrt. Jetzt schaute sie zwischen dem Streifen aus dem CTG und dem spitzen Bauch der Frau hin und her. Die Presswehen kamen in rascher Folge. Dieses kurze, jedoch regelmäßig wiederkehrende Zusammenziehen der Gebärmutter hatte allmählich doch Wirkung gezeitigt. Es war auch schonender für das Kind.

Aber es dauerte. Und der zähe Schmerz zehrte an den Kräften, obwohl diese noch nicht ganz erschöpft waren. Die Hebamme tat ihr Möglichstes und feuerte die Mutter unermüdlich an. Ruhig und energisch machte sie ihr Mut.

Bald kommt ein Kind zur Welt, und alles wird glatt gehen, dachte Christina. Sie war nicht besorgt. Sie überlegte nur, ob sie den Prozess vielleicht mit einer Saugglocke beschleunigen sollte.

Aber bislang gab es noch keinen Grund, übereifrig zu sein und den Lauf der Natur zu stören. Der Raum war trotz der ständig wiederkehrenden Schmerzen der Mutter von einer optimistischen und gelassenen Stimmung erfüllt. Unzählige Male hatte sie auf diese Weise einer Geburt beigewohnt.

Sie hatte das Privileg, bei der Arbeit einem der wichtigsten Augenblicke des Lebens beiwohnen zu dürfen, und dafür war sie dankbar. Sie betrachtete dies nie als etwas Selbstverständliches. Genau wie die Hebammen bauten diese Höhepunkte sie auf. Ein neuer, kleiner Mensch auf Erden. Die Hebammen klagten nur selten. Sie hatten ihren Beruf mit Bedacht gewählt.

Sie richtete den Blick auf den Schoß, der zwischen den Beinstützen entblößt dalag. Das Becken war schon allein dadurch stark geweitet, dass die Beine schwer zur Seite geneigt waren.

Der zukünftige Vater war inzwischen munterer geworden und hatte sich erhoben. Aber er trat nicht näher. Er verharrte abwartend in einem halben Meter Entfernung. Sie forderte ihn aber auch nicht dazu auf, näher zu kommen. Das überließ sie der Hebamme, die das Paar besser kannte. Vielleicht war er ja nicht erwünscht. Vielleicht wollte die Mutter die Distanz wahren. Vielleicht sollte sogar ein Vaterschaftstest durchgeführt werden, wenn das Kind erst einmal auf der Welt war.

Die Wehen schienen jetzt etwas länger anzuhalten, und das Kind erholte sich weiterhin ordentlich in den Pausen. Dann kam die nächste Presswehe, wie eine Urkraft, verstärkt und verlängert durch die Begeisterung und Ermunterung der Hebamme. Das Gesicht der Frau war hochrot und geschwollen, der Mund geschlossen. Sie hielt die Luft an und drückte. Das ist ansteckend, dachte Christina. Es spielte keine Rolle, wie viele Geburten sie erlebt hatte; sie musste sich gegen den Impuls wehren, sich am Drücken zu beteiligen.

Endlich hatte die Frau den richtigen Moment gefunden. Der Kopf des Kindes sank in den Geburtskanal. Nun war es fast überstanden.

»Ich werde jetzt nicht mehr gebraucht«, flüsterte sie der Hebamme zu und verschwand nach draußen.

Es genügt, dass Gustav Stjärne dort herumsteht, dachte sie.

»Telefon für Sie«, sagte eine Schwester. Sie hatte den Hörer auf den Schreibtisch gelegt.

Es war Veronika Lundborg.

Ich habe eigentlich keine Zeit, dachte sie und bekam gleichzeitig ein schlechtes Gewissen. Für Veronika war es wirklich nicht leicht.

Sie schlug gerade ihren Kalender auf, da baute sich Ester mit blutigem Kittel und gestikulierend vor ihr auf.

»Hallo«, sprach Christina rasch in den Hörer.

»Hallo«, war Veronikas Stimme matt und aus weiter Ferne zu vernehmen. »Störe ich?«

»Kann ich dich später zurückrufen?«

»Natürlich!«

Sie knallte den Hörer auf die Gabel und folgte Ester in einen anderen Entbindungsraum. Die Plazenta saß fest.

Die frisch entbundene Frau war blass, und ihr Mann war noch blasser, aber beide betrachteten ihr Kind mit glücklicher Miene. Christina band sich rasch eine Plastikschürze um und zog sterile Handschuhe an. Ihr fiel auf, dass nicht nur die Mutter bleich geworden war. Auch Ester wirkte blass. Vielleicht ist sie ja schwanger, dachte Christina.

Christina schlang sich die Nabelschnur um die Hand, um nicht abzurutschen. Sie hatte sich darauf eingestellt, einen raschen Versuch zu unternehmen. Vermutlich hatte Ester bereits getan, was sich machen ließ. Die Mutter hatte stark geblutet und war kreidebleich. Die Uhr stand auf halb fünf, als sie langsam in verschiedene Richtungen zog, aber ohne zu reißen, damit sich die Nabelschnur nicht löste. Der Mutterkuchen saß jedoch fest. Die Frau musste betäubt werden.

Vielleicht ist Annika Holt ja schon da, dachte sie. Vielleicht kann sie den Mutterkuchen ja im OP entfernen? Sie musste jetzt dringend zu ihrer Besprechung.

Oder Gustav Stjärne? Eine manuelle Plazenta-Ablösung müsste er bereits beherrschen.

Sie zog die Handschuhe aus.

Gustav Stjärne wartete vor der Tür. Die Frau in Raum acht war jetzt glücklich entbunden.

»Gut, dass ich Sie hier treffe«, sagte sie so munter wie immer, wenn sie ihn ansprach.

So wie man zu einem Kind spricht. Oder einem Hund.

»Können Sie eine manuelle Plazenta-Ablösung durchführen?«

Er schien zurückzuweichen, aber sie entschied sich dafür, dies zu ignorieren. Sie deutete sein Schweigen als Ja.

»Gut! Rufen Sie den Anästhesisten an und sprechen Sie dann mit der Patientin. Aber warten Sie nicht!«

Er blieb trotz der klaren Anweisungen stehen und ließ die Arme hängen.

»Machen Sie sich an die Arbeit!«

Mit zunehmendem Unbehagen ging sie langsam die Treppe hoch. Sicherheitshalber rief sie noch einmal auf der Entbindungsstation an, als sie ihr Büro erreicht hatte. Ester war nicht zu erreichen, dafür aber eine andere Hebamme. Sie versprach, sich zu melden, falls Schwierigkeiten auftauchten. Diese Bemerkung war allerdings überflüssig. Natürlich würden sie sich, wenn nötig, melden.

»Annika Holt ist gerade eingetroffen«, sagte die Hebamme.

»Sehr gut.«

Dann brauche ich mir ja über die Plazenta-Ablösung weiter keine Gedanken machen, dachte sie, raffte die Overheadfolien zusammen und eilte weiter zum Vorlesungssaal.

Auf dem Tisch standen Camembert, Birnen und Wasser. Es war schon nach Viertel vor fünf. Die Kollegen würden alle unpünktlich sein, das war ihr klar. Ärzte waren nie pünktlich.

Der Chef ließ durch seine Sekretärin mitteilen, dass er nicht kommen würde. Immerhin sagt er Bescheid, das ist gut, dachte sie. Es wäre ihr sehr lieb gewesen, wenn er gekommen wäre. Einer der Oberärzte kam, schnitt sich eilig ein Stück Käse ab, nahm sich eine Birne und entschuldigte sich dann dafür, dass er leider nicht bleiben und ihr zuhören könne. Irgendetwas musste dringend zu Hause erledigt werden. Sie nickte wortlos. Man sollte realistisch bleiben. Ein Stück Käse war interessanter als das, was sie zu sagen hatte.

Aber als der vierte Kollege auf die Käseplatte zustürzte und mit einem verlegenen Lächeln sagte, dass er eigentlich hätte bleiben wollen, konnte sie sich einen Kommentar nicht verkneifen.-

»In diesem Fall hätte ich es vorgezogen, wenn du gar nicht erschienen wärst.«

Er lachte über diesen Scherz, der kein Scherz war, blieb aber trotzdem nicht.

»Dann bleiben nur wir übrig«, sagte sie schließlich zu den vier Personen, die noch um den Tisch herumstanden.

In diesem Augenblick wurde die Tür geöffnet, und Gustav Stjärne trat ein.

»Was wollen Sie hier?«

Er hatte zumindest so viel Anstand zu erröten.

»Ich wollte zuhören«, antwortete er.

Sie fragte nicht weiter. Sie ging davon aus, dass er Annika die Plazenta-Ablösung aufs Auge gedrückt hatte. In diesem Fall hätte er jedoch dort bleiben müssen. Jede Gelegenheit, etwas Neues zu lernen, war wertvoll. Und so spannend war ihr Vortrag auch wieder nicht.

Während sie die neuen Maßnahmen für Frauen mit Beischlafschmerzen referierte, stieg die Stimmung im Saal. Nach und nach trafen immer mehr Zuhörer ein, und zum Schluss war die Hälfte der Plätze im Saal besetzt. Das allgemeine Interesse war groß, und es gab viele Fragen. Damit hatte sie nicht gerechnet.

Zufrieden eilte sie anschließend wieder auf die Entbindungsstation. Alles schien in Ordnung zu sein.

»Wie ging es mit der Plazenta?«, fragte sie Annika.

»Gut«, antwortete diese.

»Und Gustav Stjärne?«

»Zog es vor, dir zuzuhören«, sagte sie.

Christina begriff, dass das großzügig klingen sollte, ihr entging nicht der kritische Unterton, der in ihrer Stimme mitschwang.

»Du wolltest ihn also nicht dabeihaben?«

Annika Holt errötete.

Es war im Studentenheim Parentesen passiert und lag nun schon lange zurück. Sie hatte versucht, es zu vergessen.

In einer Studenten-WG in einem der zwei halbrunden Häuser, die eine kümmerliche Wiese umgaben. Graue Gebäude, die bescheiden mitten im Zentrum lagen, halb verdeckt von hohen Kastanien und den beiden Häusern Dackegården und Korpamoen, den alten småländischen Studentenverbindungen.

Sie war schon einige Male umgezogen und hatte sich eigentlich zu alt gefühlt, um immer noch in einem Studentenheim zu wohnen. Ihre Erwartungen waren gering. Trotzdem war sie froh gewesen, überhaupt ein Zimmer ergattert zu haben.

Bereits am zweiten Tag war sie geradezu überrumpelt worden.

Es war in der Gemeinschaftsküche mit Fenstern zum Innenhof geschehen. In der Mitte hatte ein Esstisch mit einem rot-weiß gestreiften Wachstuch gestanden. An beiden Enden der Küche hatten sich Schränke, eine Spüle und ein Herd in halbwegs akzeptablem Zustand befunden.

Sie hatte Schranktüren geöffnet und Schubladen herausgezogen, um sich einen Überblick zu verschaffen, und dann ihre Sachen eingeräumt.

Ein wahnsinnig gut aussehender Medizinstudent – obwohl sie damals natürlich nicht wusste, was er studierte – hatte am Herd gestanden und Fischstäbchen gebraten. Er war ihr sofort aufgefallen, denn einen so attraktiven Mann übersah man einfach nicht. Er hatte so ziemlich alles Bisherige übertroffen.

Sie hatte eine Bratpfanne hervorgeholt und etwas Butter hineingegeben. Dann hatte sie zwei Eier in eine Schale geschlagen, zwei Esslöffel Wasser und eine Prise Salz dazugegeben und mit einer Gabel umgerührt. Er hatte sich die ganze Zeit hinter ihr befunden. Der große Esstisch zwischen ihnen war zu einer Bühne angewachsen, auf der sich nur zwei Schauspieler befunden hatten. Sie und er.

Es hatte zwar auch Zuschauer gegeben, welche, daran konnte sie sich anschließend nicht mehr erinnern. Dass sie nicht allein gewesen waren, hatte gemischte Gefühle in ihr hervorgerufen. Sie hatte Angst gehabt, sich gleich zu Anfang zu blamieren, für lächerlich oder auch eitel gehalten zu werden.

Es wäre also einfacher gewesen, wenn sie allein gewesen wären. Aber jetzt war es nun einmal so gewesen, und obwohl ihr bewusst gewesen war, dass sie sich vielleicht lächerlich machte, hatte sie sich einfach nicht beherrschen können.

Er hatte geflirtet. Erst hatte er ihr nur kurze Blicke zugeworfen, und dann war er immer deutlicher geworden. Er hatte sich ungeniert und fast rührend übertrieben verhalten. Er hatte ihr Küsse zugehaucht und sich wie ein Hoflakai verbeugt. Seine Augen hatten gefunkelt, seine Zähne gestrahlt. Er hatte gelacht. Er war so lebendig gewesen! Es hatte so viel Leben in ihm gesteckt.

Sie hatte ihm verblüfft zugesehen, war allerdings nicht nur geschmeichelt, sondern auch ein wenig verlegen gewesen. Er hatte sich vollkommen verrückt und übertrieben aufgeführt.

Konnte sie dieser merkwürdigen und grenzenlosen Flut von Gefühlen entsprechen? Sie hatte diese pfauenhafte Anmache wirklich mit zwiespältigen Gefühlen beobachtet. Er hatte ihr alle seine Schwanzfedern entgegengestreckt. Es war ein zweifelhaftes Vergnügen gewesen, der Gegenstand solch roher Gelüste zu sein. Aber noch schlimmer wäre es gewesen, wenn er ihr keinerlei Beachtung geschenkt hätte.

In der Studenten-WG hatte es bald zwei vorherrschende Auffassungen gegeben: Die einen waren beeindruckt gewesen, die anderen hatten Jonathan widerwärtig gefunden.

Aber niemandem war er gleichgültig gewesen.

Am allerwenigsten ihr.

Trotz seiner übertriebenen, gezierten Art hatte sie ihn auf unerklärliche Weise unwiderstehlich gefunden. Dieser schöne Mann verschwendete all seine Energie auf sie. Blendete sie mit seiner Sonne.

Dass er gut aussah konnte als mildernder Umstand gelten. Sie hatte seine überspannte und theatralische Art charmant und lebendig gefunden. Weder vernünftig noch manierlich. Und alles andere als durchschnittlich. Er war ein Mann gewesen, wie sie ihn noch nie erlebt hatte.

Und mit all diesen Träumen hatte er ausgerechnet sie überhäuft und sonst keine. Ihr war ganz warm geworden, und ihr Blut hatte heftig in ihren Adern pulsiert. Er hatte nur sie gewollt und sonst keine.

Und sie hatte in dem Glauben gelebt, die Einzige zu sein. Was hätte sie auch sonst glauben sollen? Sie war die Auserwählte gewesen, nach der er tage- und nächtelang gesucht hatte.

Dass jemand so lieben konnte.

Dass sie so geliebt wurde.

Und vor Liebe war sie blind gewesen. Als sie so allmählich erfahren hatte, dass er noch vor einem halben Jahr mit einer anderen Frau aus der Studenten-WG zusammen gewesen war und dann mit noch einer, zweien oder dreien gleichzeitig, da hatte sie nichts davon wissen wollen.

Und doch!

Auch wenn das wahr gewesen wäre: Sie hatte das verzweifelte Bedürfnis empfunden, ihre große Liebe zu verteidigen. Wenn es wahr gewesen wäre, was da angedeutet wurde, so war es jetzt nicht mehr dasselbe. Denn bei ihr war alles anders.

Jetzt war es ernst.

Und sie hatte weiterhin die Augen verschlossen. Einige um sie herum hatten gefunden, dass die Sache nach den Regeln der Mathematik nur auf eine Art enden könne.

Und sie hatten Recht behalten.

Denn dann hatte der Zirkus begonnen.

Christina Löfgren legte den Hörer auf. Sie saß zu Hause in ihrer Küche in der Stjärngatan.

»War das die Klinik? Musst du wieder hin?«, rief ihr Mann, der vor dem Fernseher saß.

»Nein. Das war Veronika Lundborg.«

Auf dem Ecksofa vor dem Fernseher hatten sich zwei ihrer Söhne nach Teenagerart hingefläzt. Ihr Mann saß aufrecht zwischen ihnen. Er hatte sein Hemd aufgeknöpft und trug Socken an den Füßen. Er wirkte entspannt. Sie selbst war auf Stand-by geschaltet.

Eine weiche Dunkelheit ruhte vor der Fensterfront zum Atriumgarten hin, kein rauer Nebel wie im November und auch nicht das kompakte Schwarz des Dezembers. Es wird eine milde Nacht, dachte sie.

Sie schloss die Tür, die nur angelehnt gewesen war. Das Dröhnen von der Autobahn erstarb. Die Katze war hereingehuscht und hatte es sich neben einem der Söhne bequem gemacht.

Sie hielt inne. Die niedrige Gartenlaterne warf ein weiches Licht auf die Blätter der prachtvollen Magnolie. Sie war der Stolz ihres Gartens und verblühte immer schon im Mai. Im Herbst leuchteten dafür die roten Samenkapseln. Unter einer haarigen Hülle ließen sich auch schon die neuen Knospen ahnen. An den Böden und dem Klima Schonens war wirklich nichts auszusetzen. Die Böden waren fruchtbar und die Winter milde.

Veronika hatte erzählt, sie habe von der Polizei den Schlüssel zur Wohnung ihrer Tochter erhalten. Dort gebe es immerhin eine Matratze, auf der sie liegen könne. Sonst sei alles mit Kisten und Papiertüten mit Büchern vollgestellt. Sie beabsichtige, ein Bett für Cecilia zu kaufen. Ein bequemes, allein schon in Hinsicht auf die Verletzungen ihrer Tochter. Dann war sie in Tränen ausgebrochen. Hatte geschluchzt, was wirklich untypisch für sie gewesen war. Aber sie hatte es sicher nötig gehabt. Sie hatte über die Launenhaftigkeit des Daseins geweint, aber auch aus Dankbarkeit darüber, dass alles doch noch recht glimpflich verlaufen war.

Sie ging in die Waschküche, die nicht sonderlich groß war. In dem Haus gab es fast nicht genug Platz für alle, obwohl das Auto auf der Straße stand, seit sie die Garage in ein Zimmer für zwei der Söhne umgebaut hatten. Aber sie hatten nicht vor umzuziehen. Es gefiel ihnen in ihrem niedrigen Reihenhaus aus den Fünfzigerjahren in der sogenannten Planetstad. Es war aus schönem gelben Backstein und umgab einen kleinen Garten, in den niemand hineinschauen konnte.

Sie hatte nicht einmal Zeit, die Waschmaschine zu öffnen, da teilte einer ihrer Söhne ihr mit, da sei ein Anruf für sie.

Es war Annika Holt.

Rauf und runter. Hitze und Rausch. Sie war den Gefühlsstürmen, die in ihr tobten, vollkommen preisgegeben. Aber als sie endlich begriff, dass er auch andere traf, machte sie Schluss. Endgültig und nachdrücklich. Und zog sich zurück wie ein angeschossenes Tier.

Sie erholte sich und konnte nach einer düsteren Periode wieder mit ungetrübtem Blick nach vorne blicken.

Da kam er zurück. Reuevoll kroch er in ihre Arme. Sie wehrte sich. Steif wie ein Stock stand sie da.

Aber er gab nicht auf.

Klare Augen, randvoll mit Gewissensqualen, lächelten in ihre. Er stand ganz dicht neben ihr. So dicht, dass sie sich nicht wehren konnte. Ohne mit der Wimper zu zucken, versprach er, es nie wieder zu tun. Sie zwei seien füreinander bestimmt. Er sei einfach so dumm, dass er das bisher nicht begriffen habe. Verzeih, liebste, liebste, meine geliebte Cissi. Ich habe dir auch ein Herz aus Gold gekauft.

Sie vergrub ihre Nase in seinem Haar, das nach frischem Frühlingswind duftete. Der Duft war stark und unerbittlich. Ihr Herz hämmerte, und in ihrem Unterleib pochte es. Ich kann das einfach nicht missen, dachte sie begeistert. Ich bringe es nicht fertig, ihm den Rücken zu kehren. Ich will es auch nicht. Er braucht mich.

Sie genoss die Süße des Verzeihens.

Und merkte nicht, dass er sich ihr aufzwang.

Sah nur ein Kind, das sich an ihr festklammerte. Das sie brauchte, weil sie verzeihen konnte. Und das Kind war ein kleiner, empfindlicher Junge und gleichzeitig ein großer, viriler Mann. Das verwirrte sie und machte sie schwach. Er koste und liebte und war zärtlich und mild wie Honig. Sie war das liebreizendste Geschöpf, das ihm je begegnet war.

Morgens gab es dann Champagner und das volle Programm. Dann kroch er wieder in ihr Bett. Genau wie eben. Genau wie früher schon.

Sie wuchs in ihrem Glück, hatte auf einmal wieder die Kraft, auf dem alten Gleisbett bis zum Golfplatz zu joggen, ohne zu ermüden. Abends gab es immer neue leckere Sachen. Sie schnitt neue Rezepte aus der Zeitung aus und stand dann in der Küche am Gangende und bereitete mit immer größerem Verlangen ein Liebesmahl zu.

Eines Abends ging sie zu seinem Zimmer am anderen Ende des Gangs. Wollte zu ihm ins Bett kriechen. Aber es war bereits besetzt.

Am Tag darauf lief das Fass dann über. Nicht sie verlor die Nerven, sondern er. Er riss ihre Tür auf, stürmte in ihr Zimmer und schrie mit blutunterlaufenen Augen, dass sie verdammt noch mal erst anklopfen müsse! Für wen sie sich eigentlich halte? Sie solle jetzt endlich mal begreifen, dass er nicht ihr Leibeigener sei.

Sie war sprachlos und hatte vielleicht auch etwas Angst. Aber sie musste sich für ihre Erniedrigung rächen. Es brodelte in ihr, und sie schrie ihn an.

Er hielt sich auf sicherem Abstand und sah sie herablassend an, ging aber nicht.

Ihr Hass wurde immer größer. Zum ersten Mal in ihrem Leben spuckte sie jemandem ins Gesicht.

Da knallte es.

Er hatte ihr eine so schallende Ohrfeige versetzt, dass sie erst meinte, taub geworden zu sein. Dann riss er ihr den Pullover vom Leib. Riss ihn in Stücke. Warf sie aufs Bett, sodass ihr Kopf gegen die Wand schlug. Öffnete den Reißverschluss ihrer Jeans und drückte sie auf die Matratze, als sie entkommen wollte. Er zwang ihre Schenkel auseinander und legte sich schwer auf sie. Dann riss er ihren Slip beiseite und stieß sein Glied in sie hinein. Die ganze Zeit hielt er ihr den Mund zu und erstickte ihre Schreie, während er immer heftiger in sie eindrang.

Sie glaubte, dass es nie ein Ende nehmen würde.

Christina Löfgren hatte es eilig.

Sie beherrschte die meisten Situationen und hatte nichts dagegen, die Ärmel hochzukrempeln. Chaotische Ereignisse stimulierten sie, zumindest im Nachhinein.

Sie eilte geradewegs zum OP. Darauf hatte sie sich mit Annika Holt geeinigt.

Als sie eintrat, wurde die Patientin gerade anästhesiert. Sie hatte sich im Vorbeigehen eine Mütze übergestülpt und einen Mundschutz umgehängt. Rasch zog sie sich jetzt noch einen grünen Kittel über und stellte sich dann neben den OP-Tisch, um zu assistieren. Der Kaiserschnitt wurde mit Bravur ausgeführt, und dem Kind ging es gut. Sie überließ das Zunähen Annika und begab sich auf die Gynäkologie. Eine Patientin blute, hatte Annika Holt gesagt. Gustav Stjärne halte auf der Entbindung die Stellung, sofern er sich nach ihrer Arbeitseinteilung richte.

Etwas Klatsch auf der Station, das gehörte zur Arbeitsfreude. Sie erfuhr, dass die Blutung teilweise zum Stillstand gekommen war. Sie wechselte ein paar Worte mit der Patientin, die einen englischen Kriminalroman las. Dann ging sie auf die Entbindungsstation, auf der neue werdende Mütter aufgenommen worden waren.

Gustav Stjärne sah sie nicht.

Zwei Frühgeburten waren auf dem Weg, eine aus Malmö und eine aus Karlskrona. Sie rief bei beiden Kliniken an. Zu frühe Wehen und Blutungen, bei beiden drohe eine Frühgeburt, wurde berichtet. Sie rief auf der Neonatalstation an, ob man dort informiert sei. Das war nicht der Fall. Und dort war auch kein Platz. Mit anderen Worten: Es war ungefähr so wie immer. Um eines der Kinder konnten sie sich in jedem Fall kümmern, falls es nun zur Geburt kam, denn ein Brutkasten war frei. Der Kinderarzt versprach zurückzurufen, sobald er nachgesehen habe, ob es für das andere Kind nicht doch noch Platz gäbe. Ansonsten würde er sich um ein Bett in einer anderen Klinik kümmern, woraufhin Christina dem Krankenwagen entsprechende Anweisungen erteilen könnte.

Sie legte auf. Nach einigen weiteren Telefongesprächen wurde entschieden, dass beide Mütter willkommen seien. Christina informierte die Hebammen und rief dann im OP an, um sich zu erkundigen, ob Annika Holt fertig sei. Das war sie. Christina informierte sie über die beiden Patientinnen, die erwartet wurden.

Dann ging Christina Löfgren in die Küche, goss sich eine Tasse Kaffee ein und gab sehr viel Milch hinein, da es schon so spät war. Wahrscheinlich würde es ihr schwer fallen einzuschlafen. Sie überlegte einen Augenblick, ob es sich überhaupt lohnte, nach Hause zu fahren. Vermutlich schon. Die Krankentransporte dauerten meist länger als berechnet. Annika würde sich um die Aufnahme kümmern können. Außerdem brauchte sie, wenn es darauf ankam, nur fünf Minuten, um wieder in der Klinik zu sein.

»Wo ist Gustav Stjärne?«

»In der drei«, sagte die Hebamme, die mit einem Teller Hüttenkäse mit Banane vor sich auf der Eckbank saß.

Ich sollte ein paar Worte mit ihm wechseln, ehe ich gehe, dachte Christina und begab sich in die drei, um ihn zu holen.

Vorsichtig öffnete sie die Tür einen Spalt.

In dem schwachen Licht der Nachttischlampe sah sie die Frau schwer im Bett liegen. Ihr Bauch wölbte sich riesig. Sie war, abgesehen von Gustav Stjärne, allein. Er saß mit dem Rücken zur Tür. Aber nicht stocksteif und abwartend wie sonst. Er saß vorgebeugt am Kopfende des Bettes.

Sie blinzelte, um sich an das Halbdunkel zu gewöhnen, blieb aber auf dem Gang stehen. Mit Erstaunen beobachtete sie, wie er der Frau die Hand hielt, während er ihr mit einem feuchten Frotteehandtuch vorsichtig über die Stirn strich.

Aus dem werde ich nicht schlau, dachte sie. Wenn sie nicht so hartgesotten gewesen wäre, hätte sie vielleicht eine Träne vergossen.

Vorsichtig schloss sie die Tür wieder.

Der Junge

Filippa läuft um das große Klettergerüst im Kreis herum. Es ist aus dunklem Holz und steht schon lange im Freien. Sie weiß nicht, ob sie den Mut hat hochzuklettern. Ihr rotes Kleid reicht ihr nur halb über die Oberschenkel. Vermutlich hat sie Angst, sich beim Hochklettern die Knie aufzuschürfen. Aber sie ist auch einfach nur ängstlich. Meine Schwester ist ein Feigling.

Ich selbst sitze in einiger Entfernung auf einer Bank und langweile mich. Ich tue so, als wäre ich gar nicht mit meiner kleinen Schwester auf dem Spielplatz.

Ein Mädchen in gelber Regenjacke sitzt ganz oben auf dem Klettergerüst. Mir ist klar, dass Filippa auch dorthin möchte. Sie will ganz oben stehen und den ganzen Spielplatz überblicken können. Das Klettergerüst besteht aus aufeinander- und nebeneinandergestapelten Holzkisten. Wenn Filippa da raufwill, muss sie erst noch mutiger werden. Ich habe jedenfalls nicht die Absicht, mich dadurch zu blamieren, dass ich ihr raufhelfe.

Noch schreit sie nicht. Ich beschließe, einfach sitzen zu bleiben, obwohl das wahnsinnig langweilig ist. Ich bin eigentlich zu groß für Spielplätze, jedenfalls wenn meine Freunde nicht dabei sind.

Meine Schwester sei zu klein, um allein auf den Spielplatz zu gehen, sagt Mama. Geschwister müssten zusammenhalten, damit liegt sie mir ständig in den Ohren.

Es ist Sonntag, und das Wetter ist nicht gut genug, um einen Ausflug zu machen, aber ausreichend gut, um draußen zu sein. Es sind ungewöhnlich viele Kinder auf dem Spielplatz.

Auch Väter. Sie sind mit den Kindern zusammen. Stoßen die Schaukeln an, heben ihre Kinder von den Klettergerüsten und erwarten sie am Ende der Rutschbahn. So geht es in normalen Familien zu. Mein Papa hat das nie getan.

Ich habe schon lange aufgehört, von einem Vater zu träumen, der Sachen mit einem unternimmt. Einen Vater zu haben, den man vorzeigen kann, den es wirklich gibt und der groß und stark ist, wäre natürlich super gewesen, aber daran ist nicht zu denken.

Mein Papa ist etwas Besonderes. Er hat so viele wichtige Dinge zu erledigen, die anderen Menschen helfen, sagt Mama.

Deswegen bittet Mama mich, im Haus ruhig zu sein. Kein Sterbenswort darf man sagen. Papa darf nicht gestört werden. Er braucht seine Ruhe, um sich auf seine wichtigen Aufgaben konzentrieren zu können, sagt Mama immer wieder. Sie klingt aber müde, wenn sie das sagt. Und etwas ängstlich. Aber so klingt sie immer.

Papa sitzt in seinem Zimmer und schreibt etwas Wichtiges. Mein Papa sei sehr begabt, sagt Großmutter. Intelligent. Das ist gut. Das werde ich auch mal, wenn ich groß bin. Bedeutend und intelligent, damit die Leute zu mir aufschauen. Papa sitzt an einem großen Schreibtisch mit Papierstapeln, und die Tür ist meist geschlossen. Er konzentriert sich.

Man weiß natürlich nie, wann er die Tür aufreißt und herausstürzt. Und man weiß nie, ob er dann froh oder wütend ist. Das weiß man nie so genau. So ist das mit Menschen, die wichtige Dinge zu tun haben. Sie hätten das Recht, ungewöhnlich zu sein, sagt Großmutter.

»Ich verlasse mich auf meinen großen Sohn«, sagt Mama und lächelt mich an.

Sie setzt großes Vertrauen in mich. Dass ich zusehe, dass Filippa nicht im Weg ist. Denn Mama muss selbst zu Hause bleiben, falls Papa etwas braucht, eine Tasse Kaffee zum Beispiel.

Jetzt hat sich meine kleine Schwester endlich ein Herz gefasst und ist auf den ersten Absatz geklettert. Sie steht in ihrem roten Kleid und in rosa Stoffschuhen da und winkt mir angeberisch zu. Meinetwegen, denke ich und bleibe sitzen. Ich reagiere nicht einmal auf ihr Winken. Ziehe mit meinen Turnschuhen Striche in den Sand. Ich sehe, dass sie gern weiter nach oben klettern würde, aber zu feige ist. Das lese ich in ihren Augen. Aber die Höhe und das Abenteuer sind zu verlockend, also setzt sie vorsichtig den Fuß auf die nächste Sprosse. Vielleicht wagt sie es ja doch.

Ein lauer Wind streicht durch die Bäume. Der Spielplatz liegt geschützt zwischen Büschen und einem niedrigen Holzhaus. Dort ist an Wochentagen Kinderbetreuung. Wenn es regnet, kann man sich dort unterstellen und außerdem Saft und Zimtschnecken kaufen. Daran erinnere ich mich aus der Zeit, als ich noch ganz klein war und noch nicht zur Schule ging. Jetzt gehe ich in die dritte Klasse.

Alle Türen und die grünen Fensterläden sind jetzt verschlossen. Wenn geöffnet ist, kann man Tretautos, Schubkarren, Springseile, Bälle, Eimer und Schaufeln ausleihen. Hinter dem Haus wachsen Brennnesseln. In die bin ich mal reingefallen, als ich klein war.

Ein Stück weiter ist der Friedhof. Da liegt Großvater.

Ganz plötzlich verschwinden alle Leute vom Spielplatz. Es ist Mittag, und die Väter fassen ihre Kinder an den Händen und gehen nach Hause. Nur Filippa und ich bleiben zurück. Die Schaukeln sind leer, im Sandkasten liegt noch ein Eimer und auf der Wiese ein blauer Pullover, den ein Kind vergessen hat. Niemand ist mehr da, zu dem Filippa hochklettern könnte. Das Mädchen in der gelben Regenjacke ist auch weg.

Es ist immer fies, der Letzte zu sein. Genau wie diese vergessenen Sachen. Ich bin hungrig und träume davon, mich an einen gedeckten Tisch zu setzen, wage es aber nicht, nach Hause zu gehen. Die Sonne brennt heiß. Das macht alles noch schlimmer. Man wird ganz müde davon.

Mama hat versprochen, uns abzuholen. Wann genau, weiß ich nicht. Das weiß sie vermutlich selbst nicht. Sie wagt es nie, eine Zeit zu nennen, obwohl ich eine Uhr besitze und die Zeiten richtig gut kann.

»Das hängt ganz davon ab«, sagt sie.

Es hängt immer davon ab, denke ich.

Der Spielplatz ist trotzdem der beste Platz, um sich mit Filippa die Zeit zu vertreiben. Wo sollten wir sonst auch hin? Es ist langweilig, einfach nur herumzulaufen. Ich entscheide mich also dafür zu bleiben, obwohl es hier nicht sonderlich aufregend ist.

Ich werfe lustlos ein paar Stöckchen, stehe auf und trete nach dem Plastikfußball, den jemand vergessen hat, und er fliegt Richtung Friedhof, aber ich habe keine Lust hinterherzulaufen. Filippa klettert langsam das Klettergerüst herunter. Die Zeit vergeht im Schneckentempo. Jetzt habe ich nicht nur Hunger, sondern auch Durst.

Da kommen sie.

Vier Stück. Sie sind mindestens drei oder vier Jahre älter als ich. Der Wind pfeift durch die Speichen ihrer Fahrräder. Sie bremsen, und der Sand fliegt hinter ihren Reifen auf. Sie springen vom Sattel, werfen die Fahrräder auf die Erde und setzen sich auf die Schaukeln. Aber sie schaukeln nicht, sondern sitzen einfach da.

Wie eine Mauer.

Sie starren mich an.

Eiseskälte erfüllt meinen Körper. Mir wird klar, dass ich Filippa vom Klettergerüst herunterbekommen muss. Wir müssen verschwinden.

»Du musst also Kinder hüten«, sagt ein Junge mit so blonden Haaren, dass sie fast weiß aussehen. Er trägt Ketten, die ihm über seine Jeans hängen, und er grinst mich kalt an und schaut dann auf seine Freunde, ob sie ihn auch ausreichend bewundern. »Wie viel bekommst du dafür?«

Sein Grinsen wird noch breiter. Das Grinsen eines Wolfs.

Auch der Junge neben ihm macht eine bedrohliche Miene. Sein Kopf ist rasiert und wirkt besonders groß, weil der Junge so mager ist. Seine Kleider hängen lose herunter. Sein Kopf wirkt wie ein weißer Champignon, die Stoppeln sind nur als Schatten zu sehen.

Ich sitze auf meiner Bank und wünsche ihnen die Krätze an den Hals. Das macht mich mutiger, aber ich weiß, dass es ratsam ist, den Mund zu halten. Meine Lippen sind wie zugeklebt. Was auch immer ich sagen würde, sie würden über mich herfallen.

Das Gesetz der Wildnis ist simpel. Das weiß jedes Kind.

Ich zwinge mich dazu, den Abstand zu Filippa abzuschätzen. Sie ist jetzt fast unten angelangt und starrt mit offenem Mund, als wäre sie blöde.

Eigentlich ist es bis zu ihr nicht sonderlich weit, aber zwischen uns liegen die Schaukeln. Ich überlege, ob ich so schnell wie möglich in einem Bogen auf sie zulaufen und ihr gleichzeitig zurufen soll herabzuspringen. Dann kann ich sie an der Hand hinter mir her auf die Straße zerren, die ein Stück entfernt liegt.

So rechne ich mir das aus.

Also senke ich den Kopf, hole tief Luft, mache einen Satz und renne an den vier Jungen vorbei. Ich laufe um die Schaukeln herum, habe das Gefühl, den Feind auszutricksen, schaffe aber nur die halbe Strecke. Krachend fliege ich auf die Nase. Es blutet, und ich bekomme einen Augenblick lang keine Luft. Einer von ihnen hat mir ein Bein gestellt. Zwei andere werfen sich blitzschnell auf mich.

Aber sie wissen nicht, mit wem sie es zu tun haben, denke ich die ganze Zeit. Sie wissen nicht, dass ich beliebig viel ertragen kann. Dass ich es gewohnt bin einzustecken, um zu überleben.

Dass ich nicht irgendwer bin.

Der Weißhaarige dreht mich unsanft auf den Rücken, setzt sich auf meinen Brustkorb. Er drückt meine Arme nach oben über den Kopf und hält sie an den Handgelenken fest. Es tut wahnsinnig weh. Ich kann mich nicht rühren. Ich schaue in die kalten Augen des Bleichen, die ganz dicht über mir sind. Ich wage nicht einmal zu schlucken. Ich habe immer mehr Speichel im Mund und bekomme Lust, ihm ins Gesicht zu spucken. Seine eisblauen Augen funkeln böse und triumphierend. Sie sind von einem Hass erfüllt, von dem ich nicht weiß, wo er herkommt. Ich spüre nur meinen eigenen Hass.

Aber der Weißhaarige hat auch Angst. Das sieht man. Der Schweiß läuft ihm über die Stirn, und sein Haar klebt an den Ohren. Je angestrengter ich mich zu befreien versuche, desto wilder wirkt er. Als hätte auch er gelernt, dass es sich nicht lohnt aufzugeben.

Er drückt mich immer fester in den Sand. Sein Kopf ist immer noch unbehaglich nahe. Seine Oberlippe zittert. Angst überkommt ihn. Der kleine Scheißkerl hat Angst, denke ich und ramme meine Fersen in den Sand. Ich stemme mich ab und versuche, mich aus seinem Griff zu winden.

Da drückt er so fest zu, dass seine Lippen weiß werden.

Ausgeliefert höre ich, wie die anderen auf das Klettergerüst zugehen. Sie wollen Filippa herunterholen! Panik erfasst mich. Ich mache einen neuen Versuch, mich tretend und windend zu befreien. Wie ein Aal winde ich mich unter dem Gewicht des Bleichen.

Aber da kommt noch einer und setzt sich auf mich. Zwei gegen einen! Und ich bin der Kleinste. Ich habe keine Chance.

Filippa schreit nicht. Also schlagen sie sie nicht, denke ich, obwohl es mir immer schwerer fällt, klar zu denken. Mein Kopf wird schwer und kann nur noch einen einzigen Gedanken fassen: Ich muss Filippa retten.

Sie sind es bald leid, vermute ich. Alle sind es irgendwann leid. Sogar mein starker Papa. Man muss nur Geduld genug haben.

»Ich hab sie«, höre ich einen von ihnen ein Stück weit weg rufen.

Da schreit Filippa. Nicht aus vollem Hals, mehr wie ein Hund, der winselt.

»Jetzt bist du still, sonst bekommst du es mit uns zu tun«, brüllt dieselbe Stimme Filippa an. »Wir bringen sie hinters Haus«, ruft er.

Der Bleiche über mir dreht den Kopf zur Seite, um zu sehen, wo sie sie hinschleppen.

»Weißt du, was wir jetzt machen?«, fragt er dann ganz dicht über meinem Gesicht.

Ich antworte nicht, beiße die Zähne zusammen.

»Mit kleinen Schwestern von solchen wie dir machen wir, was wir wollen.«

»Schlagt sie nicht«, presse ich hervor, sehe aber sofort ein, dass das dumm war.

»Schlagt sie nicht«, äfft mich der Bleiche natürlich gleich nach. »Wir schlagen kleine Mädchen nicht, spinnst du?«

Es läuft mir immer noch aus der Nase, aber von etwas Nasenbluten stirbt man nicht, sagt Papa immer. Ich habe früher schon Nasenbluten gehabt. Mehrmals. Ich bekomme das immer, wenn ich wütend werde. Oder wenn ich Angst habe. Und jetzt hat mir außerdem noch jemand eine geschmiert.

Ich liege im Sand und kann Filippa nicht mehr hören. Ich denke, dass ihr jetzt wer weiß was passieren kann. Vielleicht verschleppen sie sie, liefern sie einem Kidnapper aus. Sie haben vielleicht kriminelle Kontakte zu Erwachsenen, die sie weiterverkaufen. Es gibt unzählige Menschenschmuggler. Und Pädophile.

Der Typ, der hinter dem Bleichen auf meinen Beinen sitzt, steht plötzlich auf, und ich verspüre einen komischen Schmerz. Das Blut läuft. Es pocht, aber ich kann immerhin noch die Beine bewegen.

»Ich geh rüber und schau mal nach«, sagt er.

Seine Stimme klingt belegt, als würde er im Schlaf sprechen. Er ist größer als die anderen und hat schwarzes, zurückgekämmtes Haar. Er verschwindet in die Richtung, in die sie Filippa gezerrt haben.

»Verdammt, lasst mich nicht hier«, ruft der Bleiche dem anderen hinterher, bleibt aber weiter rittlings auf mir sitzen.

Aber jetzt kann er sich nicht mehr konzentrieren. Sein fester Griff um meine Handgelenke wird schwächer. Er wird nervös, vielleicht will er hinter den anderen her, denn er dreht sich die ganze Zeit um. Vielleicht fühlt er sich genauso verlassen wie ich?

Gerade als ich mir das zunutze machen und mich freistrampeln will, höre ich Filippas Schrei von hinter dem Haus. Wie ein Schwein, das abgestochen wird. Ein verzweifelter Schrei steigt zum Himmel. Ich werde wütend. Ich reiße mich los, springe aus dem Sand auf, falle noch einmal aufs Gesicht, als der Bleiche mein Handgelenk packt. Das Nasenbluten wird schlimmer, warm und klebrig, aber ich spüre das kaum. Ich versetze ihm einen Tritt, um mich zu befreien, stehe auf und eile humpelnd in Filippas Richtung. Der Bleiche ist mir zwischen den Häusern hindurch auf den Fersen, aber ich habe wieder Kraft in den Beinen und renne wie verrückt.

Ich bleibe stehen, als es nicht mehr weitergeht. Der Bleiche, der hinter mir hergekommen ist, versetzt mir einen Stoß. Dann stehen wir da, sehen drei Paar Augen. Und Filippas gespreizte Beine, sodass die Scheide zu sehen ist. Zwei der Jungen haben die Hosen heruntergelassen. Die Unterhosen auch. Filippa wie weggeworfen auf einem großen Stein. Ihr Kleid hängt ihr unter den Achseln, und die rosa Stoffschuhe hat sie noch an. Rot und rosa, wie hingeworfene Teile von Filippa. Unterhalb des Steins wachsen Brennnesseln.

Alles kommt zum Stillstand. Eine halbe Sekunde stehen wir wie versteinert da.

Dann mache ich kehrt. Dränge mich an dem Bleichen vorbei und renne erneut um mein Leben. Auf den Spielplatz, über die Wiese und auf den Friedhof zu. Höre es hinter mir keuchen, wie Hunde, Raubtiere, die immer näher kommen. Und dann packt mich einer. Zieht mich am Arm und schlägt mir in den Nacken. Ich bekomme fast keine Luft mehr. Falle auf den glatten Rasen. Rutsche weiter. Sie sind zu zweit. Und sie schleppen mich unerbittlich zurück. Schleifen mich jeder an einem Bein hinter den niedrigen Schuppen.

Filippa sitzt immer noch wie eine schmutzige Puppe auf dem Stein. Ihr Gesicht ist tränenverschmiert, und sie schaut zu Boden.

»Und du hältst die Schnauze«, sagt der Blonde und sieht mich finster an.

Ich antworte nicht.

»Ehrenwort?«

Ich schweige weiter.

»Du warst nie hier.«

Ich sage immer noch nichts.

»Ist das klar? Du hast uns nie gesehen.«

»Am besten, wir bringen es ihm gleich bei«, sagt der Haarlose, als ich nicht antworte.

Ich spüre Hände, die mich auf die Erde zerren und nach unten drücken. Dann nimmt einer von ihnen seinen Schwanz raus.

Und pinkelt mir ins Gesicht.

Mama badet Filippa in der Badewanne. Vermutlich hat sie ihr ein Schaumbad eingelassen. Papa sieht mich ernst an.

»Es gibt nichts Verwerflicheres als zu lügen«, sagt er mit rauer Stimme, und ich bin so müde, dass ich fast bereit bin, allem zuzustimmen.

Ich habe den Kopf gesenkt, versuche, den Hals nicht zu verspannen, weil es dann nicht so wehtut, wenn die Schläge kommen.

»Sieh mir in die Augen«, sagt Papa.

Ich werfe einen raschen Blick in seine steinerne Miene. Unter einem Auge zuckt es. Das verheißt nichts Gutes. Das weiß ich.

»Ach, du wagst nicht mehr als einen kurzen Blick«, sagt Papa, und jetzt klingt seine Stimme sehr nachdenklich. »Ein Mensch mit einem reinen Gewissen wagt es, anderen in die Augen zu schauen. Und kann man das nicht, muss man es lernen.«

Ich zwinge meine Augen wieder nach oben, habe meinen Kopf aber immer noch zwischen den hochgezogenen Schultern. Einen kurzen Moment lang starre ich meinem Vater geradewegs in die Augen.

»Du sollst mich nicht anstarren«, sagt Papa. »Du sollst mich mit geradem, mutigem Blick ansehen. Nicht so finster.«

Okay, denke ich, hebe den Kopf ein wenig und versuche, gerade und mutig zu blicken. Ich versuche es wirklich, aber es hilft nichts. Und das weiß ich natürlich. Die Schläge setzt es trotzdem immer.

»Dir ist doch wohl klar, dass ich dir beibringen muss, nicht zu lügen. Man sieht es dir an, dass du lügst. Ich muss dir beibringen, keine Missetaten zu begehen«, sagt Papa und ist jetzt hochrot und irgendwie aufgedunsen. In seinen Mundwinkeln hängt weißer Schaum.

»Mein Sohn muss für seine Taten geradestehen«, brüllt er.

Sein Zorn ist noch recht verhalten, aber ich weiß, dass es kein Zurück mehr gibt. Seine grenzenlose Wut wird aus ihm hervorbrechen wie das Feuer aus dem Schlund eines Drachen. Trotzdem hoffe ich immer noch auf ein Wunder. Denke mir jedes Mal, dass er sich vielleicht verändert hat.

Aber Papa packt fest meinen Oberarm. Umklammert ihn wie mit einer Eisenkralle.

Der erste Schlag trifft meine bereits geschwollene Wange. Es tut so weh, dass ich mir wünsche, ich wäre tot. Und ich weiß, dass ich noch nicht genug gebüßt habe. Die Qual ist nicht zu Ende. Die Schläge hageln auf mich herab, und ich weiß, dass es das Beste ist aufzugeben. Eine schlaffe Puppe zu werden. Oder vielleicht ein Engel.

Alles wird weiß und rot und schwarz, und ich falle. Ich spüre Hände, die an meinen Armen und Beinen zerren und mich auf etwas Weiches werfen. Auf das Bett. Und ein Traum steigt in mir auf, der Traum, tief hinein in die Matratze zu verschwinden.

Aber die Schläge hageln weiter. Überallhin. Ich spüre nicht mehr, wohin, weiß nur, dass mir das, wenn ich einmal groß bin, nie mehr widerfahren wird.

Niemand wird mir dann ein Haar krümmen.

Und Filippa auch nicht.

Dreizehntes Kapitel

Dienstag, 17. September

Claes Claesson hatte unruhig geschlafen. Er war um neun Uhr mit der Rektorin Kerstin Malm verabredet, aber das war es nicht, was ihm den Schlaf geraubt hatte.

Manchmal waren die Nächte chaotisch, ohne dass es einen Grund dafür geben würde. Er hielt sein Gesicht unter kaltes Wasser und stellte fest, dass er recht mitgenommen aussah. Aber es ging ihm nicht bloß schlecht. Schon eher fühlte er sich innerlich zerrissen. Und da er sich des Öfteren in dieser Stimmungslage befand, versuchte er sie in gewohnter Weise zu meistern, indem er dem Dunkel auszuweichen und sich dem Licht zuzuwenden suchte.

Er fühlte sich allein, obwohl Klara hinter ihm im Doppelbett brabbelte. Jetzt stand sie ganz unwiderstehlich in ihrem roten Schlafanzug vor ihm und wartete auf eine trockene Windel.

Vielleicht war er ja etwas eifersüchtig. Das war ein Teil der Einsamkeit. Aber er wollte dieses wenig großartige Gefühl gar nicht erst eingehender analysieren. Jedenfalls würde er nicht so tief sinken, auf eine vollständig hilflose junge Frau mit ernsthaftem Schädeltrauma eifersüchtig zu sein. Jedenfalls nicht bewusst. Und wie er zu diesem Exmann stand, darüber wollte er gar nicht erst nachdenken. Übrigens schienen sie sich nicht sonderlich oft zu begegnen. Wenn er es richtig verstanden hatte, hielten sich Dan und Veronika zu unterschiedlichen Zeiten im Krankenhaus auf.

Das Gefühl, ausgeschlossen zu sein, saß ihm aber immer noch wie ein kaltes Unbehagen in den Knochen.

Jedenfalls war er froh, wieder zur Arbeit gehen zu können. Das war in vielerlei Hinsicht unkompliziert. Er freute sich darüber, einen Beruf auszuüben, den er sich selbst ausgesucht hatte. Aber nur selten sah er irgendwelche Artikel oder hörte jemanden sagen, dass es Spaß machte zu arbeiten. Meist ging es um Stress und Unlust.

Der Elternurlaub war in vieler Hinsicht bereichernd gewesen. Inzwischen wusste er auch das sogenannte Privatleben zu schätzen. Früher hatte er kaum gewusst, was das war, und hatte gelebt, als wäre jeder Tag sein letzter. Er hatte zwar Beziehungen gehabt, sogar längere, aber die Arbeit hatte immer an erster Stelle gestanden.

Vielleicht bin ich ja reifer geworden, überlegte er, während er Kaffee aufsetzte und für Klara und sich Haferbrei kochte. Mit ungekochter Preiselbeermarmelade.

Etliche langweilige Aufgaben blieben ihm erspart, solange Louise Jasinski ihn als Chefin vertrat. Es fühlte sich an, als hätte er einen beschwerenden, nassen Wollmantel gegen eine leichte Sommerjacke eingetauscht. Jetzt durfte sie sich abmühen mit diesem nassen Mantel, der auf der Erde schleifte. Und sie war wahrhaftig nicht guter Dinge.

Er fütterte Klara mit dem Brei, schob sich selbst ab und zu einen Löffel davon in den Mund und überflog gleichzeitig einen kurzen Artikel in der Zeitung.

Der Mann aus Oskarshamn, der vor einer guten Woche tot in einem Putzmittelraum in der Uniklinik Lund aufgefunden wurde, ist vermutlich erdrosselt worden. Die Spurensicherung am Tatort hat keine wesentlichen Hinweise erbracht. Die Polizei geht jedoch einer Reihe Tipps aus der Öffentlichkeit nach.

Er hielt die Breiteller unter den Wasserhahn und stellte sie in die Spülmaschine. Dann steckte er die Zeitung in seine Aktentasche. Im Augenblick kam er nie dazu, etwas fertig zu lesen.

Eine Staatsanwältin aus Lund namens Didriksen leitete das Ermittlungsverfahren im Fall Bodén. Laut Gillis Jensen war diese Malin Didriksen sehr clever. Ihr Name klang, als sei er einer dänischen Fernsehserie entsprungen. Der Täter sei in Lund aufzuspüren. Davon gingen sie aus. Sie waren sich ziemlich sicher, dass es sich um einen Mann handelte. Es erforderte rohe Gewalt, einen Erwachsenen, der Todesängste ausstand und sich heftig wehrte, rücklings um den Hals zu fassen. Gewiss konnte Wut hin und wieder Berge versetzen, aber dennoch wirkte es unwahrscheinlich, dass eine Frau Jan Bodén erwürgt haben sollte.

»Falls es sich nicht um eine russische Kugelstoßerin handelt«, hatte Gillis Jensen am Telefon gesagt.

»Aber die sind ja recht dünn gesät«, hatte Claesson erwidert.

So hatten sie ein Weilchen ihren Spaß. Dazu brauchte es nicht viel.

Er trug einiges dazu bei. Geplänkel. Es machte ihm Spaß. Normalerweise wäre es ihm vermutlich ziemlich sinnlos vorgekommen.

Er setzte Klara ihren Fahrradhelm auf und sie in den Kindersitz. Sie fuhr gern Rad. Und er bewegte sich gern.

Mittlerweile arbeitete er intensiv mit Gillis Jensen zusammen. Der Zettel mit der sechsstelligen Telefonnummer war von der Spurensicherung in Schonen untersucht worden. Sie hatten ihn in Jan Bodéns Jackentasche gefunden, die Fingerabdrücke stammten nicht von ihm. Jemand schien ihm den Zettel nach dem Mord in die Tasche gesteckt zu haben. Ein abgerissenes Stück Papier, liniert, hatte Jensen gesagt. Nicht groß, etwa fünf mal zehn Zentimeter. Laut Spurensicherung stammte er nicht von einem Schreibblock. Schwarze Linien und eine etwas breitere Randlinie. Als wäre das Stück Papier von einem Formular mit Vorgedrucktem oder einem Logo, das natürlich fehlte, abgerissen worden. Eine Kopie dieses Zettels war bereits nach Oskarshamn unterwegs.

Die Fingerabdrücke waren in der Kartei der Polizei nicht vorhanden. Also eine Person ohne Vorstrafen. Die DNA-Spuren auf dem Papier waren noch nicht fertig ausgewertet.

Claesson hatte den Zettel mit der Ziffernfolge »4 3 3 2 4 3« vervielfältigt. Er wollte herumfragen und nichts von vornherein ausschließen, indem er die Zahlen gruppierte.

Die meisten Zahlenkombinationen bestanden aus vier Ziffern. Sechs Zahlen waren ungewöhnlicher, ausgenommen bei Telefonnummern. Darüber hatte er schon viel nachgedacht. Sechs Ziffern wurden jedoch bei Geldschränken oder eher Panzerschränken verwendet. Sowohl bei solchen mit mechanischen Schlössern wie denen von Sargent & Greenleaf als auch bei moderneren mit elektronischen Schlössern. Wie ihm Benny Grahn, ihr eigener Kriminaltechniker, erläutert hatte. Zahlenschlösser funktionierten jeweils mit drei Zweiergruppen. Genau wie bei Telefonnummern. Jetzt bin ich wieder bei den Telefonnummern, dachte er, während er auf den Humlan zurollte. Das Einfachste drängte sich immer wieder auf. So war es oft.

Das Normale war das Normalste.

Er hatte vergessen, Gillis Jensen zu fragen, welche Fortschritte die Chiffrierungsexperten aus Enköping gemacht hätten. Er hatte dort selbst vor vielen Jahren an einem Chiffrierkurs teilgenommen, aber das meiste inzwischen vergessen. So war das eben, wenn man sich nicht ständig mit einer Sache beschäftigte. Gut, dass es Experten gab. Die Sicherheitspolizei hatte natürlich auch Leute, die sich mit Chiffrierung auskannten, aber das war Jensens Sache.

Er verspürte immer größere Lust, diesen Mann aus Schonen kennenzulernen. Bisher hatten sie sich nur telefonisch ausgetauscht, allerdings so oft, dass er meinte, den anderen zu kennen. Vielleicht würde er ja Veronika einmal nach Lund begleiten.

Vielleicht wollte er ja auch Gillis Jensen persönlich kennenlernen, weil er dann die Ermittlung des Überfalls auf Cecilia vorantreiben konnte. Obwohl er eigentlich jetzt schon wusste, was dabei herauskommen würde. Vermutlich nichts. Man hatte sie ja noch nicht einmal verhören können.

Im Humlan war es friedlich. Noch waren nicht alle Kinder eingetroffen. Er hängte Klaras Rucksack und ihre Jacke an ihren

Haken, während sie sich ihre roten Gummistiefel mit gelben Punkten auszog. Sie hatte sie vor einigen Tagen bekommen und schien jetzt förmlich in ihnen zu wohnen. Regenschwere Wolken hingen über den hohen Birken, die das niedrige Gebäude umstanden, wahrscheinlich waren die Stiefel an diesem Tag also recht angebracht.

Er hatte sich also einen Termin bei Kerstin Malm geben lassen. Es war immer am sichersten, wenn möglich ein Treffen im Voraus zu vereinbaren. Insbesondere jetzt, zu Beginn des neuen Schuljahres, schien es ihm ratsam. Er radelte erst noch ins Präsidium, um seine Papiere zu holen.

Trotz allem fühlte er sich noch nicht ganz zugehörig, war aber gleich sehr aufgemuntert, als ihn Peter Berg und Erika Ljung vor dem Kaffeeautomaten begrüßten.

»Wie sieht's aus?«, fragte Berg.

»Du siehst aber ausgeruht aus«, meinte Ljung.

»Alles bestens«, erwiderte Claesson.

»Du bist an dieser Bodén-Sache dran?«, fragte Berg.

»Das ist doch im Augenblick ganz passend«, antwortete er entschuldigend, als versuchte er sich herauszureden.

»Rätselhaft«, meinte Berg.

»Die Wirklichkeit ist selten rätselhaft.«

»Ich weiß.«

Louise Jasinski kam aus ihrem Zimmer. Hatte sie seine Stimme gehört? Sie hob den Blick von einem Papier, das sie beim Gehen las. Sie sah ihn verbissen an.

»Wie sieht's aus?«, fragte er.

»Okay.«

»Bis dann! Ich muss weiter«, sagte er dann zu allen dreien, aber lächelte Louise besonders herzlich an.

Und sie lächelte zurück. Unglaublich, aber wahr.

Das Oskarsgymnasium war ein einstöckiges Gebäude. Das Entree erinnerte an eine chinesische Pagode à la Småland. Das Schulgelände mit Sporthalle und anderen Gebäuden war sehr groß. Hinter dem Hauptgebäude befanden sich Grünflächen mit mehreren Sportplätzen.

Die meisten Jugendlichen saßen vermutlich in den Klassenzimmern, denn sowohl der asphaltierte Schulhof als auch die Gänge waren recht ausgestorben. Claesson glaubte zu wissen, dass die Stundenpläne anders aussahen als zu seiner Zeit. Jetzt gab es einzelne Kurse und viel Zeit für selbstständige Arbeit, während der die Schüler hauptsächlich auf den Gängen herumhingen oder in den Aufenthaltsräumen herumtrödelten. Das glaubte er zumindest. Die Devise lautete, dass man ohne Selbstdisziplin und unerschöpflichen Wissensdurst nichts erreichte.

Er bereute es, mit dem Fahrrad gekommen zu sein, denn schwarzblaue Wolken hatten sich am Himmel aufgetürmt.

Der Sekretariatstrakt war gut ausgeschildert. Und weitläufig. Die Anzahl der Rektoren hatte seit seiner Schulzeit ganz offensichtlich zugenommen. Es gab neuerdings drei sogenannte Studienrektoren. Der Chef des Ganzen wurde nicht mehr Direktor, sondern Gymnasiumschef genannt. Dann lerne ich eben um, dachte er. Aber für ihn blieb Kerstin Malm nach wie vor die Direktorin.

Die Tür stand auf. Kerstin Malm saß hinter einem riesigen Schreibtisch, der mit Ordnern, Papier- und Heftestapeln bedeckt war.

Sie hatte einen festen Händedruck.

»Wird es lange dauern?«

Meine Güte, wirkt die aber gehetzt, dachte er.

»Ich meine, lohnt es sich, dass ich Kaffee hole? Schließlich ist es ja Zeit für den Zehnuhrkaffee«, sagte sie und lächelte mit ihren lippenstiftroten Lippen.

»Danke. Das klingt gut!«

Einige Minuten später war sie mit einem Tablett mit zwei kaffeegefüllten Bechern aus Ton und einem Teller mit zwei grünen, marzipanüberzogenen Gebäckstücken zurück. Diese sogenannten Staubsauger hatten sie auf der Wache auch, denn sie schmeckten einfach allen. Diese hier waren kalt, die grüne Marzipanschicht war hart. Wahrscheinlich kamen sie direkt aus dem Tiefkühlfach. Aber schließlich zählte die gute Absicht.

»Meine Güte«, begann sie. »Das muss wirklich ein Irrtum gewesen sein.«

Er sagte nichts. Die Frau vor ihm war Anfang fünfzig, groß und von kräftigem Knochenbau, wie fülligere Frauen das gerne ausdrückten. Ihr mahagonifarbenes Haar reichte ihr wie eine Haube über die Ohren und bedeckte die Stirn mit einem geraden Pony. Ihre baumelnden Ohrringe bestanden aus blauen Steinen, deren Farbe zu ihrem Lidschatten passte, was ihr gut stand. Insbesondere da ihre Augen eine ähnliche Färbung hatten. Sie trug lange Hosen und eine graue Kostümjacke.

»Wie erging es Jan Bodén hier an der Schule?«, begann er die Befragung.

»Gut.«

Die Antwort kam rasch. Er wartete auf die Fortsetzung, die in der Luft hing. Sie schaute auf den kleinen Tisch, an dem sie saßen, eine Sitzgruppe mit zwei Sesseln. Vermutlich für solche kleinen Kaffeepausen vorgesehen, aber sie hatte den Tisch erst von Papieren freiräumen müssen. Dann hatte sie zwei Teelichter in dreibeinigen blauen Kerzenständern der Glashütte Nybro angezündet. Er erkannte sie wieder, denn sie hatten dieselben, allerdings in Weiß zuhause. Ihm gefiel die Mühe, die sie sich machte.

»Ich will es einmal so sagen«, fuhr sie fort, faltete ihre gelbe Papierserviette zu einem Dreieck und fuhr mit dem Fingernagel am Falz entlang. »Jan besaß fundierte Kenntnisse und war ein ausgezeichneter Pädagoge.«

Sie runzelte die Stirn.

Aber … dachte er.

»Aber er war sehr launisch. Besser gesagt, wurde er es immer mehr mit zunehmendem Alter.«

»Wie äußerte sich das?«

»Ich glaube, das hing teilweise damit zusammen, dass er schlecht hörte, es aber nicht recht zugeben wollte.«

Sie faltete ihre Servietten mit zunehmendem Elan.

»Und?«

»Daher auch die zu erwartende Operation. Man muss hinzufügen, dass der Lehrerberuf wirklich fantastisch ist. Es ist ein Privileg, die Entwicklung von Generationen von Jugendlichen über Jahre hinweg zu verfolgen. Gleichzeitig ist das aber auch eine harte Arbeit, wenn es nicht richtig funktioniert.«

»Das kann ich mir denken.«

»Die Anforderungen an die Lehrer sind sehr hoch. Viele wursteln sich so durch und sehnen sich nach der Rente. Zu denen gehörte vermutlich Jan.«

»Vermutlich?«

»Ich habe nie mit ihm darüber gesprochen. Das hätte ich natürlich tun müssen.«

Kerstin Malm hörte damit auf, ihre Serviette zu malträtieren. Sie lag kompakt zusammengefaltet neben ihrer Tasse. Sie beugte sich vor, stützte die Ellbogen auf den Tisch und legte ihr Kinn auf die gefalteten Hände.

»Ich hatte einfach nur das Gefühl, dass es sich so verhielt«, meinte sie nachdenklich.

»Was?«

»Dass er zu denen gehörte, die klagen.«

»Aber klagte er denn mehr als die anderen?«

Sie antwortete nicht, lehnte sich zurück und legte die Hände in den Schoß.

»Nein, eigentlich nicht. Aber früher hatte er nie geklagt. Es wirkte so, als hätte er die Kontrolle verloren.«

»Über die Schüler?«

»Über das Leben«, meinte sie und seufzte wehmütig.

Das waren große Worte, die sich leider bewahrheitet hatten. Jan Bodén hatte ein für alle Mal die Kontrolle über das Leben verloren.

»Was meinen Sie damit, dass er als Lehrer nicht funktioniert hätte?«

»Er hielt sich wissensmäßig nicht à jour. Besaß nur mäßige soziale Fähigkeiten. Hatte Probleme mit der Disziplin.«

»Hatte er die Schüler nicht im Griff?«

»Ja und nein. Ursprünglich galt er als streng.«

»Wie lange ist das her?«

»Das war noch so bis vor einigen Jahren. Als ich Studiendirektorin wurde – das war, ehe ich Gymnasiumschefin wurde, und das ist sechs Jahre her –, galt er als streng, aber gerecht. Und das blieb teilweise so.«

»Aber Sie meinen, dass er nicht mit allen Schülern fertig wurde?«

»Das schafft sowieso niemand.«

»Nein, natürlich nicht. Aber was genau hat dann nicht funktioniert?«

»Es müssen nicht unbedingt dieselben Schüler sein, die einmal mit seinen manchmal zu hohen Ansprüchen konfrontiert wurden, die sich dagegen auflehnen. Die Schüler wechseln jedes dritte Jahr. Aber manchmal habe ich das Gefühl, dass sich Dinge herumsprechen und sich Einstellungen von einem Jahrgang auf den nächsten vererben.«

»Aber was tat er denn nun genau?«

»Bei manchen Lehrern genügt ein Blick, um alle in Angst zu versetzen. Oder jedenfalls, um die Ordnung wiederherzustellen. Vielleicht auch ein paar ironische Bemerkungen. Das Übliche, mit anderen Worten.«

Er nickte. Denn Mangel an Verständnis und Demokratie führte zu Schreckensherrschaft.

»Es gibt Lehrer, die gerne diese Fähigkeit hätten. Die, bei denen im Klassenzimmer das Chaos herrscht«, fuhr sie fort.

»Aber doch wohl nicht auf dem Gymnasium?«

»Doch. Nicht alle Schüler träumen davon, ihre Tage auf der Schulbank zu verbringen.«

Plötzlich schien sie das Gesagte zu bereuen. Sie stocherte in dem Gebäckstück, das sie vermutlich hatte übrig lassen wollen, überlegte es sich dann anders und schob den Rest resolut in den Mund.

Alle Frauen haben ihre Tricks, um den Kalorienverbrauch zu reduzieren, dachte er. Oder um sich selbst zu betrügen.

»Ich muss aber betonen, dass Jan auch Humor besaß«, sagte sie und schaute aus dem Fenster. Draußen war der Himmel beunruhigend schwarz geworden. »Das geht auch nicht anders, wenn man mit Menschen zu tun hat.«

Er nickte.

»Und dann hatte er natürlich noch die Noten als Druckmittel, um es einmal milde auszudrücken.«

Es donnerte Besorgnis erregend und begann zu schütten, als Claesson mit eingezogenem Kopf über den Schulhof radelte. Kerstin Malm stand am Fenster und sah ihm hinterher. Er wird klatschnass, dachte sie.

In der Hand hielt sie den Zettel mit der Zahlenfolge, den er ihr gegeben hatte. Eine Kopie. Die Zahlen sagten ihr nichts. Aber wer ließ sich nicht vom Geheimnis der Zahlen in den Bann ziehen? Sie blieb im Gewitterlicht stehen und dachte über die Zahlen nach. Sie schienen eilig hingekritzelt worden zu sein, etwas nach rechts geneigt, die Zweien mit nicht ganz vollständigem Bogen und die Dreien so nachlässig, dass sie der einzigen Fünf ähnelten.

Hatte Bodén eine Geliebte gehabt? Er wäre nicht der Erste gewesen. Sie hatte die vage und möglicherweise nicht ganz gerechtfertigte Vorstellung, dass die meisten verheirateten Männer mittleren Alters nach rechts und links schauten. Sie wussten nicht recht, wo sie hingehörten, oder hatten zumindest das Bedürfnis, noch einige weitere Umarmungen auszuprobieren. Vielleicht als letzte Reise, bevor man gänzlich zum Alteisen gehörte. So entsprach es jedenfalls ihrer eigenen bitteren Erfahrung, von der sie niemand anderem erzählen wollte. Denn für keinen der Beteiligten waren solche Affären etwas, womit man angeben wollte. Sie hatte geschwiegen wie ein Grab.

Diese Geschichten kamen ihrer Meinung nach früher oder später sowieso ans Tageslicht. In einer vergleichsweise kleinen Stadt wie dieser ließen sich nur sehr wenige Geheimnisse bewahren. Und nie hatte sie auch nur das Geringste über Bodén und eventuelle Mätressen gehört.

Sie konnte es trotzdem nicht lassen, darüber nachzudenken. Sie blieb stehen, obwohl sie den Zettel weglegen und mit ihrem Tagewerk beginnen hätte sollen. Die Post öffnen und die Mails anschauen. Als wollte ich etwas wiedergutmachen, dachte sie und ging langsam um ihren halbrunden Schreibtisch herum.

Es war so dunkel geworden, als wäre bereits Abend. Sie machte jedoch kein Licht, sondern verweilte in der Dunkelheit. Endlich donnerte es drei Mal lange. Sie wartete auf den Blitz. Langsam ließ sie sich auf ihren Schreibtischstuhl sinken, als wollte sie den Aufruhr des Himmelsgewölbes nicht stören. Auf ihrem Computermonitor funkelte die Ostsee bei Sonnenaufgang. Sie hatte das Foto selbst an einem schönen Sommermorgen aufgenommen, als sie mit dem Boot zur Blå Jungfru unterwegs gewesen waren, der sagenumwobenen Insel am nördlichen Ende des Kalmarsunds. Die Insel, ein Halbrund aus Granit, unterbrach als einzige Erhebung den Horizont. Die Nordspitze Ölands war nicht zu sehen, aber sie wusste, wo sie lag, noch etwas weiter. An diesem Morgen war sie zufrieden gewesen. Sie hatte die Kapuze hochgeklappt, denn der Wind war kalt gewesen. Der Tag war dann warm geworden, und ihr Mann und sie hatten auf ein paar warmen Felsen gepicknickt. Vielleicht war sie sogar glücklich gewesen. Wie undramatisch und einfach das Leben doch manchmal sein konnte. Mittlerweile versuchte sie, alle derartigen Momente in ihrem Gedächtnis aufzubewahren. Denn auf das Licht folgt Dunkel, dachte sie wehmütig. Die Zeit danach war sehr schwer gewesen.

Sie stützte ihren Kopf auf und betrachtete das Schauspiel vor dem Fenster. Lila Wolken vor einem gewitterschwarzen Hintergrund sowie Wolkenfetzen, die wie Trauerflor einen hellblauen Riss in der Wolkendecke umrahmten. Kontraste und donnernde Dramatik, die ihrem bereits angestrengten Gewissen noch weiter zusetzten.

Da blitzte es dreimal hintereinander blendend hell auf. Sie kniff die Augen zu, um sich nicht dem grellen Licht auszusetzen, und beeilte sich, ihren Computer auszuschalten. Jetzt peitschte der Regen gegen die Fensterscheiben, sodass man kaum noch nach draußen sehen konnte.

Sie dachte an den Kommissar. Hoffentlich hatte er sich irgendwo unterstellen können, was aber nicht sehr wahrscheinlich wirkte. Bis zum Präsidium war er sicher nicht gekommen.

Sie sprach leise mit sich selbst. Versuchte, vernünftig zu argumentieren. Es war belastend, ein gewissenhafter Mensch zu sein.

Sie hatte doch wohl nichts Unpassendes gesagt? Etwas, was sich missverstehen ließ?

Aber die Schuldgefühle darüber, sich überhaupt über einen anderen Menschen geäußert zu haben, verursachten ihr Magenschmerzen. Und das, obwohl sie sehr viel gar nicht erzählt hatte.

Ein Wald mit Pilzen.

Dorthin wollte sie. Die Sehnsucht war so stark, dass sie einen Augenblick lang das Gefühl hatte, auf den weichen Tannennadeln eines Pfads zu stehen, der sich durch den Schatten schlängelte. Sie stieg über Baumwurzeln. Auf einer Lichtung, die starke Sonne im Rücken. Sie sah Pfifferlinge, die wie Laub im Moos leuchteten. Vergilbtes Birkenlaub, dachte sie immer, ehe sie sich hinkniete und die unteren Äste einer Tanne anhob, an denen nur noch braune Nadeln hingen. Dann sah sie die ganze Pfifferlingfamilie. Die großen goldgelben Hüte und die winzigen, runden Kinder. Die ließ sie stehen, sie würde die Stelle schon wiederfinden. Sie fand immer zu ihren Pilzgründen zurück. Und wenn sie sich Mühe gab, fand sie sogar Trichterpfifferlinge im Moos, ebenso wohlschmeckend, aber mit ihren braunen Hüten nicht genauso verlockend.

Sie erlaubte es sich, dort einen Augenblick zu verweilen, während die rosa Wände sie beinahe überfielen. Als sei sie in eine Marzipantorte geraten. Eine leichte Übelkeit befiel sie, aber sie kam dennoch halbwegs zurecht. Die Schwestern der Station vierundzwanzig waren wahnsinnig nett und hießen sie willkommen. Eine Schwester Gunilla, Mitte fünfzig, mit braunen Augen und zurückgekämmtem, von einer Spange gehaltenem Haar, und eine Hilfsschwester Jessika, Anfang zwanzig, bleich und etwas füllig, mit flachsblondem, dickem Haar bis zu den Ohren. Natürlich hießen sie auch Cecilia herzlich willkommen. Hauptsächlich sie. Sie gaben ihr die Hand und sprachen mit ihr. Sie redeten auf sie ein, obwohl die Reaktion sehr zu wünschen übrig ließ.

Schwester Gunilla vertiefte sich in das Tagebuch, das Cecilia begleitet hatte, seit sie in die Klinik gekommen war. Sie blätterte rasch die Eintragungen durch, die von den Schwestern, aber auch von Veronika und Dan stammten. Kürzere und längere Einträge, die der Patientin später dazu dienen sollten, sich eine Vorstellung von der Zeit zu machen, an die sie sich nicht erinnern konnte und die in Dunkel gehüllt bleiben würde. In dem Tagebuch fanden sich auch recht schonungslose Fotos. Noch hatte man Cecilia nicht mit ihnen konfrontiert. Das würde man erst viel später tun.

»Wir werden dieses Tagebuch weiter benutzen«, meinte Schwester Gunilla und lächelte. Ihre Augen waren munter wie die eines Eichhörnchens. Sie legte das Tagebuch auf den Nachttisch.

Die Übelkeit nahm kein Ende. Ein Rumoren und Brennen. Veronika fragte sich, ob sie wohl ein Magengeschwür entwickelte oder zumindest eine Gastritis. Damit hatte sie noch nie zu tun gehabt. Sie ließ sich auf den Sessel sinken. Sie war es nicht gewohnt, leidend zu sein. Sie musste etwas gegen das Sodbrennen nehmen und versuchen, mehr zu schlafen. Ganz offensichtlich hatte sie nicht genug Schlaf bekommen. Die Maschine streikte. Aber das war vielleicht nicht sonderlich verwunderlich.

Cecilia hatte ein Einzelzimmer bekommen. Als sie nicht mehr am Respirator hing, war sie in ein Vierbettzimmer auf der Intensivstation gekommen, aber jetzt war man der Meinung, dass sie auf eine normale Station verlegt werden könne.

Auch hier war die Aussicht einzigartig. Die Station lag auf derselben Etage, und man hatte Cecilia nur ein Stück den Gang hinuntergerollt. An dieser wunderbaren Aussicht sah man sich nie satt. Das funkelnde Wasser, die dänische Küste mit der dänischen Hauptstadt, die Öresundbrücke und das Malmöer Hochhaus Turning Torso, das den riesigen Kran der Kockumwerft ersetzt hatte, der einst das Wahrzeichen der Stadt dargestellt hatte.

Nein, daran hatte sie nichts auszusetzen.

Und doch begann sie sofort wieder zu weinen, nachdem die Schwestern sie allein gelassen hatten. Sie wandte der Schönheit draußen den Rücken zu, während Cecilia hinter ihr auf dem Rücken lag und ausruhte. Sie wollte Cecilia nicht zeigen, dass sie traurig war, obwohl ihr klar war, dass ihre Tochter das vermutlich gar nicht bemerkt hätte.

Plötzlich stand Schwester Gunilla in der Tür.

»Brauchen Sie noch etwas?«

»Nein«, schniefte Veronika, die sich in ihrem Elend ertappt fühlte, und schüttelte den Kopf. »Alles in Ordnung.«

»Es strengt natürlich an«, meinte Schwester Gunilla. »Das ist immer so und auch ganz selbstverständlich. Jetzt wird alles anders. Neue Station und neue Leute, mit denen man sich auseinandersetzen muss.«

Veronika hörte ihr zu. Jedes Wort war ein Trost. Offenbar hatte sie Mühe, die Geborgenheit der Intensivstation aufzugeben. Jedenfalls bereitete ihr die Verlegung größere Mühe als Cecilia selbst. Cecilia war die meiste Zeit müde. Sie schlief wie ausgepowert, wenn sie sie nicht weckten.

Trotzdem war Veronika natürlich dankbar über diesen ersten Schritt zur langsamen Genesung. Die erste Station auf dem Weg zur Rehabilitierung in der Gehirntraumaabteilung der Rehaklinik Orup. Man hatte sie und Dan über die Pläne informiert, und das war ein gutes Gefühl. Aber sie wagte nicht, daran zu denken, wie es mit Cecilia weitergehen würde. Würde sie wirklich wieder so werden wie früher, wie einige behauptet hatten? Es hatte aber auch Leute gegeben, die sich da nicht so sicher gewesen waren.

Sie musste sie eben bedingungslos lieben, wie immer es auch kommen mochte.

Sie biss sich auf die Unterlippe. Wollte ihrer Angst Einhalt gebieten. Der Tatsache, dass sie überhaupt Angst hatte. Die Übelkeit war vorübergegangen und von einem brennenden Schmerz in der Magengrube abgelöst worden. Sie beugte sich vornüber, ließ sich wieder auf den Sessel sinken und massierte vorsichtig ihren Bauch.

»Wie geht's?«

Schwester Gunilla beugte sich über sie und legte ihr eine Hand auf die Schulter.

»Es wird schon besser.«

»Es ist natürlich besonders anstrengend, wenn man von außerhalb kommt und nicht einmal zu Hause wohnen kann.«

Das fand sie auch. Sie litt ständig an Heimweh, ein Gefühl, das sie, seit sie erwachsen war, nicht mehr empfunden hatte. Claes und Klara. Das Meer und der Wald. Sogar nach ihrer Arbeit sehnte sie sich, obwohl dieses Gefühl zwiespältig war. Wie sollte sie noch die Kraft für andere gestrauchelte Menschen aufbringen? Was sie am meisten brauchte, war vermutlich der Alltagstrott. Morgens aufzustehen und etwas Bestimmtes vorzuhaben. Ihr fehlten auch die Kollegen. Obwohl sie sich gelegentlich hintergangen fühlte. Sie hatte zeitweilig das Gefühl gehabt, sich der Klinik zu entfremden, weil sie benachteiligt wurde, seit einige abgebrühtere Kollegen dort arbeiteten. Dass es Zeit war, etwas Neues anzufangen. Besser geflohen als schlecht gefochten! Aber jetzt wünschte sie nichts sehnlicher, als in den alten Trott zurückzukehren. In die Geborgenheit. Jetzt, wo die Wirklichkeit so unberechenbar geworden war.

»Mit dem Schlaf war es in letzter Zeit nicht weit her«, entschuldigte sie sich.

Schwester Gunilla nickte. Veronika war klar, dass diesen Schwestern nichts neu war. Alle schienen zu wissen, wie sie sich fühlte. Nicht nur Cecilia. Sie fragte sich, ob sie anschließend besser in der Lage sein würde, sich um Angehörige zu kümmern. Weniger oberflächlich, hoffentlich offener für das Schmerzliche.

»Wir kümmern uns um Cecilia, falls sie einen Moment rausgehen wollen«, sagte Schwester Gunilla und schob eine Haarsträhne hinters Ohr, die aus der Spange gerutscht war.

Die Magenkrämpfe ließen nach. Veronika nahm ihre Jacke und ihre Tasche und tätschelte der schlafenden Cecilia die Wange. Sie reagierte, indem sie die Nase krauszog.

»Tschüs, Kleine, ich komme etwas später wieder.«

Schwester Gunilla war noch bei Cecilia, als sie auf die Fahrstühle zuging. Sie wartete ein paar Sekunden, dann überlegte sie es sich anders und ging die Treppe nach unten.

Die zehn Stockwerke schaffte sie im Nu.

Etwas hielt sie zurück. Aber was?

Claesson saß in seinem Büro. Dass Kleider am besten am Körper trockneten, war ein Grundsatz, an den er zu glauben versuchte. Seine Jacke hing auf einem Kleiderbügel auf der Toilette und tropfte. Sein weinroter Pullover hing auf der Heizung, sein Hemd war halbwegs trocken geblieben. Es war kurzärmelig. Die Hosenbeine klebten auf seinen Oberschenkeln, und das würde vermutlich bis Feierabend so bleiben.

Er dachte über die Ehefrau des Opfers nach, über Nina Bodén, während der Geruch nasser Kleider immer mehr zunahm, je heißer der Heizkörper wurde, den er ganz aufgedreht hatte. Noch war das Fenster nicht beschlagen, aber das war nur eine Frage der Zeit. Er hatte keine größere Lust, sich noch einmal mit Frau Bodén auseinanderzusetzen. Er wurde in ihrer Gegenwart immer so verdammt schläfrig. Ihr Haus war irgendwie in die Jahre gekommen und hatte eine müde, ängstliche und irgendwie auch biedere Ausstrahlung.

Das war ungerecht, aber er erlaubte es sich trotzdem. Mit der Nachbarin konnte er allerdings am Nachmittag noch sprechen, das hatte er bisher noch nicht getan. Da würde er dann aber ein Auto aus dem Carpool nehmen.

Er griff zum Telefonhörer. Sie hieß Eva-Lena Bengtsson.

Sie öffnete die Tür einen Spalt. Zwei ängstliche Augen. Er musste ihr seinen Dienstausweis unter die Nase halten, obwohl sie diesen Termin vereinbart hatten und sie ihn erwartete.

Das Haus war pedantisch aufgeräumt und wirkte eine Spur tot, wie es häufig der Fall ist, wenn alles an seinem Platz steht. Polierte Möbel, viel Samt, viele kleine Lampen mit glockenförmigen Lampenschirmen sowohl in den Fenstern als auch auf den Tischchen. Gummibäume in weißen Übertöpfen. Er war sich sicher, dass sie gehäkelte Überzüge für Toilettenpapierrollen besaß. Sie schien sehr viel Zeit zu haben.

Eva-Lena Bengtsson verhielt sich ihm gegenüber sehr skeptisch. Sie habe noch nie mit der Polizei zu tun gehabt, das schien ihr sehr wichtig zu sein, denn sie betonte es mindestens drei Mal. Sie gab ihrem Erstaunen sehr zurückhaltend Ausdruck und sprach mit ganz leiser Stimme. Ihr ganzes Benehmen ließ darauf schließen, dass sie eine vorsichtige Frau war, aber trotzdem eigenwillig. Sie wiederholte sich, als wollte sie ihm ihre Unschuld einbläuen.

Die Vergangenheit ihres Mannes ist möglicherweise weniger unbescholten, dachte Claesson. Er musste das im Register überprüfen, sobald er wieder im Präsidium war. Vielleicht ein Strafmandat wegen zu schnellen Fahrens oder wegen Alkohols am Steuer?

»Sind Sie schon lange Nachbarn?«, begann er vorsichtig.

»Das sind jetzt schon einige Jahre«, erwiderte sie und schaute zur Seite, während sie nachrechnete. »Fünfzehn.«

Dann sah sie wieder auf. Gut erhalten für ihr Alter, dachte Claesson. Als hätte sie ihre Mädchenhaftigkeit konserviert. Die Patina war jedoch ebenfalls da, in Form von faltiger Haut unter dem Kinn und kleinen Fältchen um Mund und Augen. Auch die Adern ihrer Hände waren die einer reifen Frau.

»Wie gut kannten Sie sich?«

Sie wurde rot.

»Recht gut.«

»Mir ist klar, dass das für Ihren Mann und Sie sehr bedauerlich sein muss.«

Sie nickte. Sie war irgendwie aus dem Konzept geraten und

hatte sich nun wieder beruhigt, als wäre die Zeit zum Stillstand gekommen.

»Vielleicht auch unbehaglich?«, fuhr er fort.

Sie räusperte sich.

»Wir wussten kaum etwas«, murmelte sie.

Er runzelte die Stirn.

»Ich meine, über seine Krankheit. Jan gehörte nicht zu den Leuten, die über so etwas sprechen.«

Claesson fand es genauso lähmend, in dieser Doppelhaushälfte zu sitzen. Das war fast noch bedrückender. Die leblose Ordnung brachte ihn zwar dazu, besonders gesittet auf dem Sessel zu sitzen, aber irgendwie tat es einem auch leid um die viele Energie, die für Staubtücher und Putzlappen aufgewendet worden war. Das Gemälde über dem beigen Sofa in einem schweren Goldrahmen zeigte eine düstere Naturszene. Ein hohes Gebirge und brausende Wasserfälle und einen Himmel, der fast so aussah wie der vor dem Fenster. Es war immer noch grau, regnete aber nicht mehr. Vielleicht würde es ja am Abend aufklaren.

Sie hatte kein Licht gemacht. Als wollte sie sich, obwohl es erst zwei Uhr war, im Dämmerlicht verstecken. In der Stille waren in weiter Ferne die Sirenen eines Krankenwagens zu hören. Claesson saß breitbeinig da und vermied es, ein Bein über das andere zu legen, da seine Hose noch nicht ganz trocken war.

»Aber Sie haben mit ihm noch an dem Tag gesprochen, an dem er verschwand?«

Sie wurde genauso schnell bleich, wie sie eben noch errötet war.

»Vermutlich war das auch der Tag, an dem er getötet wurde«, fuhr er ohne Gnade fort.

Auf ihrem Hals tauchten rote Flecken auf.

»Wir wissen noch nicht, wann der Mord verübt wurde. Wir vermuten, dass es an dem Tag passiert sein muss, an dem er in der HNO-Klinik in Lund war. An einem Montag, am 2. September.«

Ihr Blick war voller Entsetzen auf ihn gerichtet.

»Und an diesem Tag haben Sie mit ihm telefoniert.«

Sie war weiterhin sprachlos.

»Und zwar auf seinem Handy«, fuhr er fort.

Dann sagte er nichts mehr.

Sie sprang auf, ging in die Küche und drehte den Wasserhahn auf. Sie ließ das Wasser laufen und kam dann mit einem Glas wieder herein, setzte sich und nippte. Ihre Hand zitterte. Sie war keine Gewohnheitsverbrecherin und alles andere als eiskalt.

Es hätte natürlich auch ihr Gatte gewesen sein können, der bei Bodén angerufen hatte. Aber das schien nicht der Fall gewesen zu sein. Eva-Lena Bengtsson war am Boden zerstört.

»Woher wissen Sie das?«

»Wir haben uns die Listen mit den Anrufen geben lassen. Schließlich handelt es sich um die Ermittlung eines Mordfalls«, sagte er, als wäre sie so dumm, das nicht selbst zu begreifen.

»Er wollte nur von sich hören lassen.«

Ihre Stimme war so zerbrechlich wie Porzellan.

»Und?«

»Er erzählte von der Untersuchung«, fuhr sie fort. »Er hatte in der HNO-Klinik mit einem Professor gesprochen. Einem Spezialisten. Offenbar sollte er noch einen weiteren Spezialisten treffen. Einen Arzt, der ihn operieren würde. Offenbar sollte die Operation von mehreren Ärzten durchgeführt werden …«

Sie verstummte.

Dann begann sie zu weinen. Claesson war klar, dass es besser war, sitzen zu bleiben. Zumindest, bis sie sich wieder etwas gefasst hatte.

»Hatten Sie ein Verhältnis?«

Sie nickte.

»Er bedeutete mir sehr viel. Er war so ein feiner Mensch«, flüsterte sie.

Das klingt gut, dachte Claesson. Fragt sich nur, ob seine Frau das auch findet.

Veronika rollte mit dem Rad aufs Zentrum zu.

Erst bergab auf dem Getingevägen mit dem Friedhof auf einer Seite, dann geradewegs nach Süden. Sie war auf dem Weg zum Dom. Sie wollte eine Kerze anzünden.

Der Getingevägen änderte auf dem Weg ins Zentrum viermal seinen Namen. Erst in Bredgatan, dann auf der Höhe von Universität und Dom in Kyrkogatan, anschließend in Stora Södergatan und bei Tetra Pak und Sankt Lars in Malmövägen. Dort verließ man die Stadt dann wieder auf dem Weg nach Malmö und Kopenhagen.

Seit sie Cecilias Fahrrad auf dem Hof ihres Hauses gefunden hatte, war sie in der Umgebung herumgefahren. Sie hatte versucht, ihre Unlust wegzustrampeln und müde zu werden. Sie war in dem schönen Park der ehemaligen psychiatrischen Klinik herumgeradelt. In den Klinikpavillons waren inzwischen Kindergärten, Schulen und verschiedene Firmen untergebracht. Sie war den schlechten Weg am Ufer des Höje Å Richtung Westen gefahren, an der Kläranlage vorbei, und war nach Värpinge By gekommen. Das war richtig ländlich und doch sehr nah an der Stadt. Auf der Fahrt hatte sie die alte Mühle von Flackarp in der Ferne gesehen, mit ihren nackten Flügeln, und in der anderen Richtung den Vorort Klostergården mit seinen Mietshäusern aus den Sechzigerjahren.

Die Dörfer Schonens unterschieden sich beträchtlich von denen in Småland. Mit ihren langen, weiß gekalkten Gebäuden und ihrem gelegentlich sichtbaren Fachwerk wirkten sie sehr idyllisch.

Trotzdem sehnte sie sich nach Hause zu der weniger einschmeichelnden Kargheit, zu den dunklen Wäldern, den harten Felsen, der kühlen Ostsee. Und zu den roten Holzhäusern mit den weißen Fensterrahmen.

Sie war gerade an der Allhelgonakyrka vorbei, hatte an einer roten Ampel gehalten und war auf der Bredgatan weitergeradelt, als sie etwas fassungslos ein Paar aus einem Beerdigungsinstitut kommen sah.

Die Eltern des Jungen mit dem Mopedunfall.

Sie fuhr weiter. Die Trauer war ihr ganz nahe gekommen.

Die Nächte waren dunkel geworden. Das war etwas, was sie mit Zufriedenheit erfüllte, jedenfalls solange sie büffeln musste.

Emmy saß beim Schein der Lampe. Es war kurz nach Mitternacht, und sie hatte ein paar weite Khakihosen und einen weichen Pullover angezogen. Sie kaute an ihren Nägeln, obwohl sie das nicht tun sollte. Sie hatte ihr Haar hochgebunden, und es zog ihr vom offen stehenden Fenster in den Nacken.

Nach einem äußerst kurzen Abendschlummer gegen acht war sie hellwach und sehr konzentriert. Neben ihr standen ein Becher Kaffee und eine Flasche Cola light. Sie hatte auch Süßigkeiten gekauft. Nur eine kleine Tüte, aber mit irgendetwas musste sie sich schließlich belohnen. Auf dem Schreibtisch lagen Leuchtstifte in verschiedenen Farben, Heftnotizen und verschiedene andere Stifte, die sie im Schreibwarenladen sorgfältig ausgesucht hatte. Besonders die Stifte waren ihr wichtig. Sie sollten keinen Widerstand haben und nicht zu dünn sein. Für Bleistifte hatte sie ein Faible. Druckbleistifte, aber da, wo sie herkam, konnte man keine Minen zum Nachfüllen kaufen. Ich muss mich besser einrichten, dachte sie und spuckte einen Fingernagelsplitter aus. Aber das hatte wenig Sinn, da sie dieses Studienjahr noch zur Untermiete wohnte, dann begann das richtige Leben. Wie auch immer das aussah, aber irgendetwas würde sie unternehmen. Wenn sich nichts anderes ergab, konnte sie immer noch nach Hause fahren und ihren Eltern auf der Tasche liegen. Oder irgendwo jobben und Geld zusammensparen, um eine Weltreise zu machen. Irgendwohin fahren, wo noch nicht so viele von ihren Freunden gewesen waren, damit sie tüchtig aufschneiden konnte, wenn sie wieder nach Hause kam.

Aber das war natürlich nur eine Notlösung. Am liebsten wollte sie arbeiten. Sie versuchte, sich diese Alternative so verlockend wie möglich auszumalen. Sie war eine starke Frau auf Reisen.

Am liebsten hätte sie ein Praktikum in einer Anwaltskanzlei gemacht, um Punkte für die Zulassung am Gericht zu sammeln. Vielleicht würde es ihr in der Kanzlei ja so gut gefallen, dass sie gar nicht mehr ans Gericht ging. Das machten viele so. Nahmen irgendwelche anderen Angebote an.

Sie gab sich ihren Träumen hin, weil sie sie zum Büffeln motivierten. Der Sinn der Sache war schließlich, eine interessante Arbeit zu finden, in der man wachsen konnte. Sie rackerte sich nicht ab, um anschließend arbeitslos zu werden.

Sie betrachtete ihre Fingernägel. Die sahen wirklich furchtbar aus. Sie musste mit dem Nägelkauen aufhören, sonst musste sie zur Maniküre, und dafür fehlten ihr sowohl Zeit als auch Geld. Sie war gerade erst beim Zahnarzt gewesen, sich eine Klammer machen und ein Präparat zum Zähnebleichen geben lassen. Das machten alle. Aber sie hatte es nicht gewagt, ihrer Mutter davon zu erzählen. Sie hätte es vollkommen idiotisch gefunden, an ihren wunderbaren, jungen und gesunden Zähnen herumzumachen. Vielleicht würden sie auch für immer beschädigt werden. Wenn sie um Geld bat, behauptete sie einfach immer, sie bräuchte neue Kontaktlinsen.

Die Stille beruhigte sie. Die Stadt schlief. Ihr gehörte die Nacht. Der Fernseher des Nachbarn unter ihr war leise zu hören. Er sah fast immer die ganze Nacht fern. Hatte wohl unregelmäßige Arbeitszeiten oder war arbeitslos. Vor einigen Tagen hatte man alle seine Möbel rausgetragen. Sie hatte geglaubt, er würde umziehen, aber noch gestern hatte sie ihn im Treppenhaus gesehen. Vielleicht hatte er ja neue Möbel bestellt, die noch nicht geliefert worden waren.

Sie blätterte um und versuchte, sich zu konzentrieren.

Als Erstes hörte sie, dass ein paar Zweige abgebrochen wurden. Sie bekam keine Angst, schließlich wohnte sie im dritten Stock, und blieb einfach sitzen. Vielleicht ein großer Hund, der auf das Rasenstück zwischen den Häusern und der großen Fliederhecke pinkeln wollte.

Aber dann hörte sie es leise pfeifen, wie Vogelzwitschern frühmorgens Anfang Mai. Aber jetzt war September, und die

Vögel waren schon lange verstummt. Sie glaubte, den Nachbarn unter ihr sein Fenster öffnen und schließen zu hören. Dann lauschte sie auf Schritte von der Treppe, hörte aber keine. Stattdessen war das halblaute Pfeifen wieder zu hören.

Galt es etwa ihr?

Sie schaltete die Schreibtischlampe aus und veränderte den Winkel der Jalousien, konnte aber trotzdem nicht bis nach unten schauen. Es raschelte im Laub, und wieder knackten Zweige. Ihr Herz schlug schneller, denn jetzt hörte sie leise, aber deutlich von unten ihren Namen.

Wer war das?

Sie zog die Jalousie hoch, aber das reichte nicht, sie konnte nur die Schatten der Fliederhecke sehen, also öffnete sie ihr Fenster, obwohl sie etwas Angst hatte, und beugte sich nach draußen. Es war schon sehr spät. Was für ein Idiot kam noch so spät?

»Hallo!«

Sein Gesicht leuchtete weiß, als er es ihr zuwandte. Er winkte ihr zu.

Sie glaubte, falsch gesehen zu haben.

»Meine Güte, du bist das! Warum hast du nicht vorher angerufen?«

Sie versuchte leise zu sprechen, um die Nachbarn nicht zu wecken. Sie sah, dass zumindest der Mann unter ihr noch auf war, denn das Licht aus seiner Wohnung fiel als ein milchweißer Schein in die Nacht.

»Ich habe mein Handy verloren«, zischte er zurück.

Er war nicht direkt supergut aussehend, stellte sie in dem Moment fest, in dem sie ihr Fenster wieder zumachte, um dann nach unten zu laufen, um die Haustür aufzuschließen. Aber so war das eben. Sie schob die Tasche mit ihrem Trainingssachen beiseite, die mitten in der Diele stand. Ihr Inhalt war feucht. Sie hätte ihr Handtuch und ihre Kleider direkt nach dem Training in der Gerdahalle aufhängen sollen.

Er war heute nicht da gewesen.

Mein Lernpensum bleibt auf der Strecke, überlegte sie auf

dem Weg die Treppe hinunter. Das passte ihr nicht. Jede Minute war so wertvoll wie ein Edelstein. Sie strebte in der Klausur die Bestnote an und hatte keine Lust, ein leeres Blatt abzugeben. Ihr graute davor, die Klausur wiederholen und noch einmal alles von neuem lernen zu müssen.

Er störte!

Und? Plötzlich war ihr dieser ständige Wettkampf verhasst. Dieser ermüdende, glanzlose Trott. Und sie hasste sich noch mehr dafür, dass sie immer so negativ war, dass sie sich nicht von ganzem Herzen darüber freuen konnte, dass einer ihrer Verehrer sie spät und spontan besuchte, sondern sich stattdessen ein Leben im Kloster wünschte.

Sie schloss die Haustür auf.

Wen zum Teufel lasse ich da eigentlich rein?!, dachte sie. Ich kenne ihn schließlich kaum.

Aber gewisse Risiken ließen sich nicht vermeiden!

Vierzehntes Kapitel

Donnerstag, 19. September

Therese-Marie Dalin, auch Trissan genannt, hörte zuerst überhaupt nichts. In ihrem Kopf war nur ein leeres Brausen. Dann bereute sie es, ans Telefon gegangen zu sein.

Es war eine Frauenstimme. Als sich ihre erste Enttäuschung gelegt hatte, wollte sie nur eins: auflegen. Sie hatte den Verdacht, jemand wollte sie überreden, eine Versicherung abzuschließen. Sie dachte, lass sie ausreden und sag dann entschieden nein. Sie klingen immer gleich, vernünftig und überzeugend. Sie schoben ihren Schuh in den Türspalt, und das am Telefon. Aber die Stimme am Telefon war Besorgnis erregend vage und vorsichtig, fast demütig, und sie begann, sich zu schämen, dass sie nicht richtig hingehört hatte. Um das wiedergutzumachen, hielt sie den Atem an und drückte den Hörer fester ans Ohr, um doch noch etwas von der Botschaft aufzuschnappen, aber das half nichts, da sie auf der vollkommen falschen Spur war. In ihrem benommenen Zustand war es auch nicht sonderlich leicht, die Spur zu wechseln.

Sie war erst gegen drei ins Bett gefallen, alles andere als nüchtern. Sie überlegte, während sie den Hörer weiterhin ordentlich ans Ohr hielt, ob sie das mittlerweile wohl wieder war. Sie fixierte daher das Plakat an der gegenüberliegenden Wand, um zu sehen, ob es schaukelte.

Das war der Fall. Außerdem fühlten sich ihre Beine an wie gekochter Spargel. Sie ließ sich also auf den Stuhl fallen. Inzwischen hatte sie zumindest begriffen, dass etwas vorgefallen war. Oder, genauer gesagt, das Gegenteil.

Es war nichts vorgefallen.

Es war Emmys Mutter. Sie war weiterhin wahnsinnig freundlich, weswegen sich Trissan auch äußerste Mühe gab. Sie brummte höflich und hoffte nur, dass ihre trockene und belegte Stimme sie nicht verraten würde. Aber als sie versuchte, ihre Stimmbänder und ihre Zunge in Gebrauch zu nehmen, stellte sie fest, dass ihr nichts gehorchte. Die Worte purzelten einfach so hervor, verwaschen und vollständig willenlos.

Aber nichts schien Emmys Mama zu beeindrucken.

»Es tut mir leid, dass ich Sie stören muss! Sie finden das vielleicht übertrieben«, sagte sie und räusperte sich, während sie nach den passenden Worten suchte. »Haben Sie vielleicht eine Vorstellung, wo Emmy stecken könnte?«

»Nein«, stotterte Trissan.

Sie hatte nicht den blassesten Schimmer. Sie konnte sich noch so sehr anstrengen, aber die Frage interessierte sie nicht. Vielleicht war sie ein klein wenig neugierig, aber das war auch alles. Emmy lag vermutlich in den Armen ihres Märchenprinzen, wer auch immer das war. Vielleicht dieser Karl, dem sie schon so lange hinterherstarrte.

Aber das konnte sie natürlich nicht sagen.

»Sie geht weder ans Telefon noch ans Handy. Und auf SMS reagiert sie auch nicht. Ich habe nichts von ihr gehört. Seit zwei Tagen nicht mehr.«

»Ach?«

Trissan dachte darüber nach, wann sie sich zuletzt bei ihrer Mutter gemeldet hatte. Wenn das erst eine Woche her war, dann war das okay. Und sie hatten wirklich kein schlechtes Verhältnis. Dauernde Anrufe bei Muttern konnten natürlich auch recht normal sein, waren andererseits aber auch ein Anzeichen für ein zu ungebrochenes Verhältnis. Das war klassisch. Ein Muster, bei dem keine die andere loslassen konnte, nicht einmal einen Tag lang.

Sie hatte schließlich Psychologie studiert.

Sie erinnerte sich an die gemeinsame Wohnung in der Gyllenkroks Allé. Emmy, Cecilia und sie. Sie dachte daran, dass

Emmy andauernd, fast ängstlich zu Hause bei ihren Eltern angerufen hatte. Immer recht kurz. Weder sie noch Cecilia hatten diese Quote je erreicht.

»Ich mache mir nicht direkt Sorgen«, sagte Emmys Mutter mit einem nervösen Lachen. Vermutlich fand sie selbst, dass sie lächerlich war.

»Nein, nein«, erwiderte Trissan mit rauer Stimme und fragte sich, was jetzt kommen würde.

»Glauben Sie, Sie könnten mir dabei behilflich sein, sie ausfindig zu machen?«

Meine Güte!

Im Kopf von Trissan explodierte etwas. Sich auf den Weg zu machen und Emmy zu suchen war das Letzte, wozu sie Lust hatte. Sie wollte einfach nur eines: wieder ins Bett kriechen.

»Ich meine, Sie sind doch Emmys beste Freundin«, ließ sich die flehende Stimme von Emmys Mutter vernehmen.

Das gab den Ausschlag.

Emmys beste Freundin.

Die Worte bohrten sich in ihre Brust, die bereits wegen der weniger erfreulichen Nebeneffekte des Alkohols recht empfindlich war. Ihr Puls pochte ihr in den Ohren. Ich trinke nie mehr was, dachte sie und versuchte gleichzeitig, an den grauen Nebel zu denken, der in letzter Zeit über Emmys und ihrem Verhältnis gelegen hatte. So sollte es nicht sein. Unter Freunden hatte alles klar und deutlich zu sein.

Sie hatte keine Lust gehabt, überhaupt nur den Versuch zu machen zu begreifen, was geschehen war. Sie hatte eher gefunden, dass Freunde eben kamen und gingen, dass ihre gemeinsame Zeit vorüber war, weil die Chemie nicht mehr stimmte, sie hatten sich einander entfremdet. Und sie hatte ihre eventuelle Rolle bei dieser Entfremdung nicht sehen wollen.

Das tat weh.

Ihr fehlte Emmy und in der Tat auch Cecilia, die mit ihrer etwas lakonischen und humoristischen Art zu einer anderen, vielleicht etwas entspannteren Einstellung zur Karriere und zum Leben beigetragen hatte.

Eines war jedoch sicher, und das wurde ihr jetzt ganz deutlich, dass sie unter normalen Umständen genau gewusst hätte, wo Emmy wäre! Emmy hätte es ihr erzählt. Sie hätte es nicht sein lassen können. Sie hatten kaum Geheimnisse voreinander gehabt.

In letzter Zeit hatte Emmy kaum noch von sich hören lassen. Wenn sie sich jedoch ein seltenes Mal trafen, war seltsamerweise alles wie immer. Jedenfalls eine Weile lang. Wie beim letzten Mal, bevor sie Cecilia in der Klinik besucht hatten.

»Natürlich kann ich das«, hörte sie sich jetzt zu Emmys Mutter sagen.

»Das ist nett von Ihnen. Es hat keine Eile … Aber es wäre auch gut, wenn Sie nicht so lange damit warten würden.«

Trissan hörte deutlich die Nachdrücklichkeit, die hinter der Vorsicht steckte. Sie musste dann wohl sofort los.

»Wo soll ich nach ihr suchen?«

Am anderen Ende der Leitung wurde es still.

»Könnten Sie vielleicht so nett sein und erst einmal zu ihr nach Hause fahren? Sonst wüsste ich nicht …«

Sie verstummte.

»Sie wissen das vermutlich selbst am besten«, sagte Emmys Mutter dann mit kräftigerer Stimme und überließ die Verantwortung damit Trissan.

Es war halb elf. Trissan wurde bei dem Gedanken, gleich losradeln zu müssen, ganz matt, aber jetzt hatte sie es versprochen.

Sie hielt ihr Gesicht unter kaltes Wasser und trank einen ganzen Literkarton Orangensaft, zog ihre Jeans und einen Pullover an und steckte alle Telefonnummern von Emmys Mutter ein. Bei der Arbeit, zu Hause und Handy. Dann nahm sie den Fahrstuhl nach unten und schob ihr Fahrrad vom Hof. Sicherheitshalber rief sie bei Emmy an, als sie vor ihrem Haus in der Bytaregatan stand. Auf Emmys Handy antwortete niemand. Unter der Festnetznummer ebenfalls nicht. Aber darüber musste man schließlich nicht gleich aus dem Häuschen geraten.

Emmy wohnte im Stadtteil Väster, also richtiggehend auf dem Land, die Ärmste, aber dort würde sie sicher nicht ewig verkümmern. Trissan fetzte am Grand Hotel vorbei, durch die Eisenbahnunterführung, an der Klosterkyrkan vorbei, schräg auf das Gericht zu, kam am Polizeipräsidium vorbei, fuhr dann ein kurzes Stück den Fjelievägen entlang, bog daraufhin auf den Fahrradweg ein, der hinter den hübschen gelben Eisenbahnerhäusern vorbeiführte. Als sie so weit war, war sie vollkommen erschöpft und strampelte immer langsamer. Zwei Gentlemen spielten auf dem zentralen Sportplatz Tennis, die Bahnen für die Läufer und die Rasenflächen waren menschenleer. Ganz aus der Puste kam sie an einem kleineren Park vorbei, der so überwuchert war, dass sie an einem dunklen Abend sicher einen anderen Weg gewählt hätte. Vor allem nach dem, was Cecilia zugestoßen war. Worüber sie bisher nur auf Schlagzeilen und in der Zeitung gelesen hatte, war jetzt direkt in ihr eigenes Leben eingedrungen.

Aber jetzt war schließlich heller Tag.

Sie hatte Glück, am Fasanvägen war die Ampel auf Grün. In ihren Gedanken gingen Emmy und Cecilia durcheinander. Ihr Herz pochte immer noch ganz schnell. Ihr Pullover klebte am Rücken, obwohl sie nicht mehr so schnell radelte. Sie wurde noch langsamer. Ihr Haar stand in alle Richtungen, sie war ungeduscht, aber hatte zumindest die Zähne geputzt, ehe sie losgeradelt war. Sie war so durstig wie jemand, der sich in der Wüste verlaufen hat, und ihr war etwas übel. Langsam radelte sie den Fuß- und Fahrradweg nach Papegojlyckan weiter. Langsam begann sie sich Sorgen darüber zu machen, was sie tun sollte, falls Emmy nicht zu Hause war. Auf weitere und längere Ausflüge hatte sie irgendwie keine Lust. Sie wollte nach Hause, eine Kopfschmerztablette nehmen und sich wieder hinlegen.

Ob sie die Adresse finden würde? Sie war nur ein einziges Mal in der neuen Wohnung von Emmy gewesen. Sie erinnerte sich, dass die Mietshäuser recht dicht standen und recht ähnlich aussahen. Schließlich kam sie zu den Häusern, die kreuz und quer in einer verkehrsberuhigten Zone mit asphaltierten Fußwegen lagen. Jetzt wurde sie richtig unsicher. Sie radelte aufs Geratewohl auf zwei Häuser zu und betrachtete die Fassaden, ob sie etwas wiedererkennen würde. Aber das war unmöglich. Roter Backstein, dunkel gebeizte Fensterrahmen wie Trauerränder, einfach unmöglich auseinanderzuhalten. Wie sehr sie sich auch anstrengte, konnte sie sich nicht mehr an die Hausnummer erinnern.

Sie rief Emmys Mutter an. Sie war sofort am Apparat. Ihre Enttäuschung war ihr anzumerken, aber sie bekam die Adresse. Sie lautete Örnvägen 53.

Trissan stand vor der Stadtbücherei, die im Gebäude von Coop im Keller lag. Gegenüber waren Hausnummern mit sechzig. Um Zeit zu sparen, wollte sie jetzt ganz systematisch vorgehen. Aber sie konnte weder eine Übersichtskarte noch eine Menschenseele zum Fragen entdecken. Die einzige Person, die sie sah, war ein unrasierter Mann, der langsam auf den Laden zuging und mit dem sie sich nicht abgeben wollte.

Deswegen ging sie runter in die Bibliothek, sah aber niemanden am Informationstresen. Ein paar kleine Kinder blätterten in Bilderbüchern. Sie wurde fast wahnsinnig, ging aber trotzdem gelassen um die Regale herum, bis sie die nichts Böses ahnende Bibliothekarin gefunden hatte.

»Wo ist die Hausnummer dreiundfünfzig?«

Die Bibliothekarin hatte keine Ahnung, konnte ihr aber zeigen, wo sich ganz in der Nähe die Übersichtskarte befand. Trissan war sogar recht dicht an ihr vorbeigegangen und hätte sie sicherlich auch gesehen, wenn sie nicht so benebelt gewesen wäre. Sie hatte immer noch einen wahnsinnigen, quälenden Durst. Sie sah bereits vor sich, wie sie ihren Mund bei Emmy in der Küche unter die Wasserleitung halten würde. Ihre Übelkeit hatte sich jetzt mit Hunger gemischt, also begab sie sich in den Coop, um sich etwas Reelles, am liebsten etwas Süßes, zu besorgen. Sie entschied sich für ein paar frische Brötchen und zwei riesige Muffins. Das wird reichen, dachte sie. Emmy hat sicher Kaffee.

Mit der Einkaufstüte in der Hand trabte sie die Treppe hinauf. Sie hatte immer noch keine Lust, genauer darüber nachzudenken, was sie tun würde, falls Emmy wider Erwarten nicht zu Hause wäre. Aber sie würde natürlich verschlafen in der Tür stehen. Sie würde: Meine Güte, was willst du denn hier?, oder etwas Ähnliches sagen, sich aber trotzdem freuen. Ihre dunklen und leicht schrägen Augen würden leuchten, und sie würde sie in ihre unordentliche Wohnung lassen. Oder sie würde ihr zu verstehen geben, dass es gerade nicht passte, und das konnte nur eines bedeuten. Dass noch jemand dort war. Jemand, der wichtiger war als die Freundin.

Aber Trissan hatte sich vorgenommen, sich nicht um ihren Kaffee bringen zu lassen. Etwas würde Emmy schon als Dank für die Mühe für sie tun müssen. Trissan sah Emmys zwei Zimmer vor sich. Überall Markenklamotten, Accessoires, Make-up, Schuhe und vor allen Dingen Bücher und Kompendien sowie ungespülte Tassen und halb gegessene Butterbrote auf Tellern.

Sie drückte mit dem Zeigefinger fest auf die Klingel. Das Klingeln hallte in der Wohnung wider. Nichts passierte.

Sie klingelte nochmals.

Und noch einmal.

Insgesamt vier Mal. Dann klopfte sie und legte ihr Ohr an die Tür.

Totenstille.

Schlimmste Vorahnungen befielen sie, während sie klopfte, bis ihre Hand schmerzte. Um Gottes willen!

Jetzt schlug sie mit der flachen Hand gegen die Tür, und zwar so laut, dass die Nachbarn hätten kommen müssen, falls sie zu Hause gewesen wären. Sie spähte durch den Briefkastenschlitz: Fußabtreter, Reklame und ein weißer Umschlag. War die Post schon da gewesen? Oder war das die Post vom Vortag?

Ein schrecklicher Gedanke!

Jetzt reg dich mal nicht auf, ermahnte sie sich. Bleib vernünftig. Wenn Emmy über Nacht nicht nach Hause gekommen war, dann gab es dafür sicherlich eine ganz plausible Erklärung. Zumindest statistisch gesehen.

Sie musste die Herausforderung annehmen und sie ausfindig machen. Also drehte sie sich um und ging mit schweren, enttäuschten Schritten die Treppe hinunter. Aber gerade als sie beschlossen hatte, sich mit ihren Brötchen und Muffins zu trösten, fiel ihr ein, dass sie gar nicht geschaut hatte, ob die Tür überhaupt abgeschlossen war. Also machte sie noch einmal kehrt und drückte die Klinke herunter.

Erstaunlicherweise war nicht abgeschlossen.

Sie hielt auf der Schwelle inne. In der Diele brannte eine runde weiße Deckenlampe aus Glas. Die Badezimmertür ihr gegenüber war angelehnt. Dort war es dunkel. Sie lauschte, ob etwas zu hören sei, aber es herrschte Totenstille. Niemand war da. Aus Angst hielt sie trotzdem den Atem an. Ein Abflussrohr rauschte, in der Ferne wurde eine Tür zugeschlagen, ein Kind schrie, aber diese Geräusche kamen alle aus den anderen Wohnungen.

Sie schüttelte den Kopf. Typisch Emmy! Sie hatte es wohl zu eilig gehabt, um zuzuschließen. Die Wohnungstür fiel nicht automatisch ins Schloss. Emmy kann froh sein, dass niemand ihre Wohnung geplündert hat, dachte Trissan und betrachtete lächelnd einen orientalischen rubinroten Pantoffel mit geschwungener Spitze, der mitten in der Diele lag. Den anderen sah sie nirgends.

»Hallo?«

Auf ihren vorsichtigen Ruf antwortete nur Stille. Sie gab sich einen Ruck und trat in die Diele. Da klingelte ihr Handy.

Sie sah auf dem Display, dass es Emmys Mutter war. Jetzt nicht, dachte sie. Ich kann nicht drangehen. Sie brachte das Handy zum Schweigen und ging vorsichtig weiter in die Wohnung. In der Küche brannte ebenfalls Licht. Zwei Bierflaschen standen auf der Spüle. Ich hatte Recht, dachte Trissan. Emmy hat jemanden kennen gelernt. Sie wusste, dass Emmy nur selten Bier trank. Sie zog Wein vor.

Sie schaute ins Schlafzimmer. Die Rollos waren heruntergelassen, und das ungemachte Bett lag in trübem Dunkel. Die Lampe auf dem Nachttisch leuchtete schwach. Als sich Trissans Augen an die Dunkelheit gewöhnt hatten, erkannte sie, dass Emmy es sehr eilig gehabt haben musste, denn überall im Zimmer lagen Kleider verstreut.

Trissan beruhigte sich etwas, drehte sich rasch in der Diele um und trat ins Wohnzimmer.

Nach nur wenigen Schritten auf dem Parkettfußboden erstarrte sie. Langsam hob sie ihre Hand zum Mund, um nicht schreien zu müssen. Wie gelähmt und ohne ein einziges Mal zu blinzeln starrte sie aufs Sofa.

Emmy lag auf dem Rücken. Dass sie nicht schlief, war ganz offensichtlich. Ihre Stellung war steif und unnatürlich. Ihr Kopf war zur Armlehne zurückgebeugt, und ein Bein war zu Boden gerutscht. Die Augen waren geöffnet. Sie starrte an die Decke. Ihr Mund war geöffnet.

Sie wusste nicht, wie viele Minuten vergangen waren. Es kam ihr wie eine Ewigkeit vor. Emmys Mutter rief wieder an, als sie unten die Haustür hörte und rasche Schritte nach oben kamen. Sie antwortete auch dieses Mal nicht.

Sie saß vor der Tür auf den kalten Treppenstufen. Sie war immer noch ebenso hungrig, durstig und allgemein erschöpft wie zuvor, aber jetzt spielte das keine Rolle mehr. Sie fühlte sich vollkommen leer.

Es waren mehrere Personen. Eine Polizistin nahm neben ihr auf der Treppe Platz. Sie war in ihrem Alter, groß und schlank und hatte einen flachsblonden Zopf auf dem Rücken.

»Ich habe mein Handy abgestellt«, sagte sie zu der Polizistin. »Ich will nicht mit ihrer Mutter reden. Sie weiß noch nichts.«

»Das machen wir dann schon«, erwiderte die Polizistin und legte ihr einen Arm um die Schultern. »Wir kümmern uns darum.«

Ein Arzt von der Abteilung für Gehirntraumata der Rehaklinik Orup, die etwa dreißig Kilometer von Lund entfernt lag, würde im Verlauf des Tages Cecilia untersuchen, um festzustellen, wann und ob eine Behandlung in Orup sinnvoll für sie sei. Veronika hatte sich sagen lassen, dass die Rehaklinik vorbildlich und die Behandlung dort sehr breit gefächert sei.

Das Kopfende des Bettes war aufgerichtet. Veronika hatte einen Spiegel in der Hand, und Cecilia griff danach und hielt ihn sich vors Gesicht. Schaute. Ihr Gesicht war bleich und zart. Sie hatte abgenommen, aber nicht so, dass es aufgefallen wäre. Sie sah fast aus wie vorher, bloß kahlköpfig. Von vorne waren die Narben, die wie schwarze Inschriften auf der Kopfhaut wirkten, kaum zu sehen. Die Wunden verheilten allmählich. Sie trug keinen Verband mehr.

Veronika hielt ihr auch ein Foto von ihr hin, das bei der Hochzeit aufgenommen worden war. Die Schwestern der Station hatten vorgeschlagen, dass sich Cecilia mit ihrem »neuen« Aussehen vertraut mache und darüber nachdenke, ob sie eine Perücke tragen wolle, bis ihr eigenes Haar nachgewachsen sei. Veronika hatte die Telefonnummer des Perückenmachers auf einem Zettel notiert.

»Die sieht nett aus«, sagte Cecilia und deutete auf das Foto.

»Das bist du.«

»Das weiß ich doch!«

Sie versuchte, ironisch zu lächeln.

»Dir stehen auch kurze Haare«, meinte Veronika.

»Das ist nicht kurz. Das ist kahl.«

Sie sprach etwas schleppender als sonst, aber immerhin konnte sie sich verständigen und rumalbern wie früher. Sie war wieder die Alte. Das war Cecilia, und Veronika jubelte innerlich.

»Hättest du gerne eine Perücke?«

Cecilia dachte eine Weile nach.

»Nein. Ich glaube, das schenken wir uns!«

Veronika musste lachen. Das war eine Wohltat. Mit Cecilia ging es jetzt rasch aufwärts, obwohl es noch ein weiter Weg war.

»Hör mal«, sagte Veronika.

Cecilia wandte ihr langsam das Gesicht zu.

»Deine Wohnung ist wirklich sehr nett.«

Cecilia sah sie schweigend an.

»Du erinnerst dich doch an deine Wohnung?«

»Vielleicht …«

»Du warst ja noch gar nicht richtig eingezogen.«

»Ach.«

»Sie liegt in der Tullgatan, erinnerst du dich?«

Cecilia dachte nach.

»Nein.«

»Du bist dort an dem Tag eingezogen, an dem das Unglück passierte.«

»Ach.«

»Die ganze Wohnung ist also noch voller Umzugskartons. Einiges habe ich allerdings schon ausgepackt.«

Schweigen.

»Vielleicht erinnere ich mich.«

»Ich dachte, wir könnten dir vielleicht beim Einrichten helfen, ein paar Möbel aus Oskarshamn mitbringen, die Kommode, vielleicht auch ein Regal kaufen. Hast du was dagegen? Du kannst es nachher auch wieder ändern.«

Cecilias Konzentration ließ nach. Träumend sah sie aus dem Fenster. Zwei Düsenflugzeuge zeichneten weiße Striche an den Himmel.

Nina Bodén stand auf der Schwelle des Büros der Direktorin. Man sah ihr sofort an, dass sie trauerte.

Kerstin Malm war erleichtert darüber, ihr bereits im ICA begegnet zu sein. Jetzt bat sie Nina Bodén, an dem runden Tisch Platz zu nehmen. Sie erwog, die Teelichter anzuzünden, ließ es dann aber bleiben. Draußen schien die Sonne, und eine zusätzliche Beleuchtung war nicht nötig. Außerdem hätte es ihrem kurzen Termin den Charakter einer Andacht verleihen können. Das wollte sie tunlichst vermeiden.

Kerstin Malm hatte eigentlich keine Zeit für eine längere Unterredung. Sie hatte natürlich vor, zur Beerdigung zu gehen, wann auch immer diese stattfinden mochte, aber das musste sie der schweigsamen Witwe ja nicht jetzt schon auf die Nase binden. Auch nicht, dass die Fachkollegen dabei waren, einen Nachruf zu verfassen. Das würde sie schon früh genug merken.

Nina Bodén saß in aufrechter Haltung auf ihrem Stuhl. Sie wirkte vollkommen erschöpft. Kerstin Malm fühlte sich bemüßigt anzufangen.

»Das war wirklich eine Überraschung«, meinte sie unüberlegt.

Sie erstickte fast an dieser Unbesonnenheit. Natürlich kam solch ein Trauerfall überraschend. Trotzdem hatten sie an der Schule kein Kriseninterventionsteam zusammenstellen oder andere außergewöhnliche Maßnahmen ergreifen müssen. Sie hatte sich in eigener Person zu den Klassen begeben, die Jan hauptsächlich unterrichtet hatte, und hatte sie in knappen Worten von den Geschehnissen in Kenntnis gesetzt, ohne sich zu irgendwelchen Mutmaßungen hinreißen zu lassen. Sie hütete ihre Zunge. Es war zweifellos besser, zu wenig als zu viel zu sagen. Unüberlegte Worte ließen sich nur schwer zurücknehmen. Mit dem Schweigen hatte sie keine Probleme. Ideal war es natürlich, sich deutlich und konsequent zu äußern.

Die Schüler seien natürlich entsetzt gewesen, berichtete sie Nina Bodén. Einige hätten ihrer Trauer besonderen Ausdruck verliehen. Sie sah, wie Nina Bodéns Augen feucht wurden und wie sie dann ihren Blick abwandte und aus dem Fenster sah.

Natürlich erzählte sie nicht, dass sich die Schüler ohnehin bereits an Jans Krankenvertretung, einen pickligen, frisch examinierten Jüngling, gewöhnt hatten. Sie sagte auch nicht, dass nicht nur die Schüler, sondern auch die Kollegen der Meinung waren, das große Los gezogen zu haben. Der junge Lehrer war voller Enthusiasmus, und das steckte an. Man hatte ihr bereits zu verstehen gegeben, dass alle ihn gerne behalten wollten, und das wirkte jetzt durchaus machbar.

Nein, man soll nicht denken, man sei unersetzlich, dachte sie, während sie darauf wartete, dass Nina Bodén etwas sagen würde. Jedenfalls nicht am Arbeitsplatz. Höchstens den nahen Verwandten. Das musste man sich ab und zu vergegenwärtigen. Eine Mutter oder ein Vater ließen sich nicht ersetzen. Und ein Kind noch viel weniger.

Diesen abgrundtiefen Schmerz schob sie rasch von sich. Wie ein Windhauch, ein Schulterklopfen und ein Lächeln aus einer anderen Zeit.

Nina Bodén schien kaum zugehört zu haben. Sie saß reglos da und nickte nicht einmal, als sammle sie Kräfte für etwas.

»Wie geht es Ihnen denn jetzt?«, fragte Kerstin Malm daher mit leiser Stimme.

Sie kam frisch vom Friseur, und ihr Haar roch noch intensiv. Das kam ihr unpassend vor. Sie nahm sich vor, sich nicht zu stark vorzubeugen.

»Man wurstelt sich so durch.«

Die Antwort war kaum zu hören.

Sie kannte Frau Bodén kaum, hatte aber trotzdem das Gefühl, dass ihre Trauer etwas Seltsames hatte. Aber vielleicht lag das ja nur an ihrer ganzen Erscheinung. Sie hatte Ringe um die Augen, ihr Pony war eine Idee zu lang – sie hatte wohl nicht die Zeit gefunden, sich die Haare schneiden zu lassen –, und sie ließ mutlos die Schultern hängen. Trotzdem trug sie eine aufrührerisch rote Bluse.

»Darf ich Ihnen eine Frage stellen?«, fragte Nina Bodén und brach endlich das Schweigen.

Jetzt kommt's, dachte Direktorin Malm und wurde etwas nervös.

»Natürlich, fragen Sie nur«, erwiderte sie milde und beherrscht, um die Angelegenheit hinter sich zu bringen.

»Was für einen Umgang hatte Jan an der Schule?«

»Tja, hauptsächlich waren das die Kollegen der naturwissenschaftlichen Fächer, Johansson, Rast, Lillebill …«

»Danke, das genügt.«

»Sie kennen sie sicher besser als ich«, meinte Malm beschwichtigend, nachdem ihr Nina Bodén so brüsk ins Wort gefallen war.

»Ja, einige von ihnen.«

Direktorin Malm nickte, und ihre Ohrringe, silberne Federn, schwangen hin und her.

»Aber ich würde gerne wissen, ob er irgendwelche anderen Beziehungen hatte«, fuhr Nina fort, und ihre Wangen überzog jetzt eine leichte Röte.

Kerstin Malm sah vor ihrem inneren Auge Warnlichter aufleuchten. Sie musste ausgesprochen diplomatisch vorgehen.

»Davon weiß ich nichts …«

Sie räusperte sich und versuchte, Zeit zu gewinnen.

»Ach?«

»Woran denken Sie?«

»Sie verstehen schon, was ich meine.«

Jetzt sah ihr Nina Bodén direkt in die Augen und presste die Lippen zusammen. Und Direktorin Malm, die dem städtischen Gymnasium vorstand, fühlte sich auf einmal wie in einem Kreuzverhör, jedoch mit unsicherer Rollenverteilung.

»Sie meinen, ob er eine …?«

Kerstin Malm begriff nicht recht, warum sich dieses eine Wort so schwer aussprechen ließ. »Beziehung« klang zu ungenau, »Geliebte« zu intim, »Affäre« zu abfällig und »außereheliches Verhältnis« zu technisch.

»Ob er eine andere Frau hatte«, sagte Nina Bodén rundheraus.

Kerstin Malm schluckte.

»Aufrichtig gesagt, habe ich keine Ahnung.«

Sie log. Denn sie hatte ihre Ahnungen, aber eben auch nicht mehr. Sie wusste nichts Bestimmtes. Und ihre Ahnungen bezogen sich auf Verhaltensmuster, die sie bei früheren Geschichten beobachtet hatte. Jan gehörte zu den Männern mit Affären. Ihm hing auch immer noch eine Geschichte mit einer Schülerin nach, aber damals war sie noch nicht Direktorin gewesen. Aber sie erinnerte sich – und die meisten anderen vermutlich auch. Es hatte sich damals aber nichts beweisen lassen, und die Geschichte war im Sande verlaufen. Aber natürlich hatte der Vorfall Jan Bodén wie ein Schatten verfolgt.

Solche Geschichten hatte es an den meisten Schulen gegeben, aber mittlerweile gab es zumindest deutliche Vorgaben. Gelegentlich war die Schulverwaltung doch zu etwas gut.

Ihre Neugier war jedoch geweckt.

»Wieso glauben Sie das?«

Ihre Stimme war so vorsichtig, dass sie fast zu stottern begann.

»Die Polizei hat mir eine Telefonnummer gegeben.«

Kerstin Malm ahnte, um welche Nummer es sich handelte: »Haben Sie herausgefunden, wem sie gehört?«

»Sie ergab nichts. Aber ich kenne schließlich auch nicht die richtige Vorwahl«, erwiderte Nina Bodén, und in ihrer Stimme schwang unterdrückter Tatendrang mit. »Ich habe vor, dieser Sache auf den Grund zu gehen«, fuhr sie verbissen fort und trommelte energisch mit dem Zeigefinger auf die Tischplatte. »Es ist wirklich nicht angenehm, die Betrogene zu sein.«

Kerstin Malm schluckte. Die Luft bebte bedrohlich. Sie hoffte, dass sich die Frau, die ihr gegenübersaß, wieder abregen würde, jedenfalls allmählich, schon allein ihrer selbst wegen. So viel Wut oder, genauer gesagt, Bitterkeit nützte niemandem, am allerwenigsten, wenn sie sichtbar wurde.

Andererseits musste sie ihr Recht geben. Es war, gelinde gesagt, immer unangenehm, betrogen zu werden. Das Schlimmste war, dass Jan tot war. Was passiert war, ließ sich natürlich nicht ungeschehen machen. Aber man konnte es hinter sich lassen. Ihr Jan-Olof war zurückgekommen.

»Aber es ist doch gar nicht sicher, dass es sich um die Telefonnummer einer Frau handelt«, meinte sie beschwichtigend. »Es kann irgendeine Nummer sein.«

Aber sie hörte selbst, dass es nicht überzeugend klang. Telefonsex, Prostitution, wer weiß was!

»Vielleicht handelt es sich ja nicht einmal um eine Telefonnummer?«, schlug sie vor.

Und auf einmal wusste sie, weswegen ihr die Zahlen so bekannt vorgekommen waren.

Nicht die Folge.

Aber die Wahl der Zahlen.

»Ich bin auf dem Stortorget«, sagte Karl in sein Handy, und sie hörte den Lärm im Hintergrund. »Komm doch auch. Es sind noch ein paar andere da.«

»Es ist was passiert«, wimmerte Trissan.

Er hörte, wie aufgeregt sie war.

»Ist es so schlimm, dass du es hier nicht erzählen kannst?«

»Vielleicht. Aber ich komme. In zwei Minuten bin ich da.«

Es dauerte vier, weil sie zu Fuß gehen musste. Ihr Fahrrad stand nicht mehr dort, wo sie es nachlässigerweise auf der Straße abgestellt hatte. Aber sie war so am Boden zerstört gewesen, dass sie kaum gewusst hatte, was sie tat, als sie von der Polizei nach Hause gekommen war. Jetzt joggte sie die Lilla Fiskaregatan entlang. Es ging auf halb sieben zu. Die Läden waren bereits geschlossen, und die Stadt war fast menschenleer.

Die Polizei hatte erwogen, sie unter Personenschutz zu stellen. Man hatte sie gefragt, ob nicht jemand bei ihr wohnen oder ob sie nach Hause zu ihren Eltern nach Ystad fahren könne. Aber das hatte sie abgelehnt. Also würde man sie mit einem Alarmsystem ausrüsten. Außerdem habe ich ja Nachbarn, die mich schreien hören, falls jemand einbricht, dachte sie, aber wusste auch, dass das bei Emmy nicht funktioniert hatte. Was half das schon? Außerdem war bei Emmy nicht eingebrochen worden. Die Tür war intakt. Und Cecilia war auf der Straße niedergeschlagen worden.

Reiner Terror, dachte sie. Wer hatte es nur auf sie abgesehen? Oder handelte es sich um zwei Personen?

Karl saß in der Bar. Jonathan Lönn, der Scheißkerl, war auch da. Sie wusste, was sie von ihm zu halten hatte. Cecilia hatte ausführlich berichtet. Er war jedoch wahnsinnig gut aussehend. Leider. Und jetzt lächelte er.

»Hallöchen«, sagte er milde und wollte wie Karl auch eine Umarmung.

Rasch legte sie ihm ihren Arm um den Hals und drückte ihre

Wange an die seine raue. Sein lockiges Haar kitzelte an ihrer Nase.

»Und das hier ist Leo«, meinte Karl, und sie gab ihm gehorsam die Hand. »Und das hier Gustav.«

Sie nickte auch Gustav zu, und dieser gab ihr einen weichen Händedruck. Er kam ihr vage bekannt vor. Ein gleichmäßiges Gesicht, das man leicht vergaß. Blonde Bartstoppeln, die Haut der Wangen etwas rau, vermutlich von der Sommersonne ausgetrocknet. Vielleicht war er Segler, etwas nachlässig gekleidet. Leo schien mehr so ein dunkler, schwer genießbarer Typ zu sein. Er war kaum eines Lächelns fähig.

Das Gedränge am Tresen, das ständige Kommen und Gehen nervten sie. Dauernd wurde sie angerempelt. Sie hatte nicht vor, bei den vielen Leuten, die um sie herumstanden, auch nur einen Ton zu sagen. Aber sie musste sich jemandem mitteilen.

»Können wir nicht woanders hingehen?«, flüsterte sie.

Karl erhob sich von seinem Barhocker und trat mit ihr auf den Stortorget. Kaum war die Tür hinter ihnen zugefallen, da brach es aus ihr heraus. Schluchzend und mit Tränen auf den Wangen erzählte sie. Karl musste mehrmals nachfragen, ehe er sich einen Reim darauf machen konnte, was geschehen war. Dann nahm er sie ganz fest in die Arme. So blieben sie lange stehen. Sie glaubte, dass auch er weinte, aber das war mit einem Ohr an seiner warmen Brust und seiner großen Hand am Kopf schwer zu entscheiden.

Wenn doch die Zeit jetzt stehen geblieben wäre. Sie war so außer sich und in ihrer Verzweiflung so verwirrt, dass sie sich einen Moment lang der Geborgenheit hingab, dem schweren, sinnlichen Duft seines Rasierwassers, seiner selbstverständlichen Umarmung, der Zufriedenheit darüber, getröstet zu werden, und der Tatsache, dass es plötzlich und überraschend in ihr zu kribbeln begonnen hatte. Es siedete und pochte in ihrem Unterleib.

Aber das würde sie für sich behalten.

Was sich die Leute in diesem Augenblick dachten, war ihr plötzlich gleichgültig. Ihr ganzes Leben stand Kopf. Vorsichtig schaute sie unter seinem Arm hervor. Hinter den Fenstern des Restaurants erschienen die Gesichter wie weiße Monde.

Sie ließen sich los. Vielleicht war er es auch, der sie losließ. Sie versuchte, nicht weiter darüber nachzudenken. Sie fror und sah Leos bleiches Gesicht, das sie durchs Fenster anschaute. Übernächtigt und ernst. Dieser Gustav war nicht zu sehen. Vermutlich war er auf der Toilette.

Sie wollte nicht mehr reingehen, sich zu ihnen setzen und gesellig tun. Die Gemeinplätze würden ihr doch nur im Hals stecken bleiben.

Eigentlich wollte sie nichts, am allerwenigsten nach Hause gehen.

»Die Polizisten haben mich gebeten, ihnen eine Liste von Emmys Freunden zu geben.«

»Ja, natürlich«, erwiderte Karl etwas geistesabwesend.

»Die Polizei wird auch am juristischen Institut vorbeischauen«, fuhr sie fort.

»Klar«, sagte er mit tonloser Stimme.

Er war natürlich am Boden zerstört. Er blinzelte traurig und sah über ihren Kopf hinweg auf den Platz. Dann schaute er auf sie herab.

»Welche Namen wirst du der Polizei denn geben?«

»Du brauchst dir keine Sorgen zu machen«, sagte sie und gab ihm einen Stups. Es gelang ihr tatsächlich, einen scherzhaften Tonfall anzuschlagen. »Ich werde dich schon nicht vergessen.«

Der Junge

Die Sonne scheint. Die Vögel zwitschern, das sagen jedenfalls ein paar von den Mädchen aus der Klasse. Kurz und gut, Idealwetter für den letzten Schultag.

Ich trug ein weißes Hemd. Mama hatte es für den Siebzigsten von Opa gebügelt. Wir waren dann aber nicht hingegangen. Papa hatte in letzter Sekunde abgesagt. Ich erinnere mich nicht mehr, worum es bei diesem Streit ging, aber jedenfalls fuhren wir nicht. Man begreift nur selten, worüber Papa sich aufregt. Es kann etwas x-Beliebiges sein. Aber man merkt, wenn sich etwas zusammenbraut. Das tun wir alle. Und wir richten uns danach.

Er sagte jedenfalls zu Mama, er wolle mit seiner Familie zu Hause essen. Daran erinnere ich mich. Sie solle eine gute Flasche Wein aufmachen. Die eigene Familie sei gewissermaßen wichtiger, fand er. Dass wir zusammenhielten und uns umeinander kümmerten. Und dann tranken sie Wein, und ich erinnere mich nicht mehr richtig, was wir Kinder taten. Ich zog mir vermutlich das Hemd aus und ging nach draußen. Oder hoch in mein Zimmer.

Verdammt, wird das schön, endlich selbst entscheiden zu können! Ich muss mich nur noch ein paar Jahre zusammennehmen. Die Mittelstufe überleben und dann das Gymnasium. Man muss stark sein. Dafür sorgen, dass einen niemand runtermacht.

Also hat Mama Opa an jenem Tag angerufen. Er war natürlich enttäuscht. Ich glaube, dass Mama auch enttäuscht war.

Obwohl sie mehrfach wiederholte, dass wir an einem anderen Tag kommen und ihn dann richtig feiern würden.

Aber das ist nie dasselbe, so nachträglich. Manche Dinge sind einfach zu spät, da kann man sich noch so auf den Kopf stellen. Filippas Geburtstag zum Beispiel haben sie nie verpasst. Aber meinen. Letztes Jahr. Sie waren unterwegs. Papa musste auf irgendeine Konferenz und wollte Mama dabeihaben, und das war nur angenehm, fand ich und Filippa auch, sie hat ja ihren Freund oder was auch immer er ist. Aber Mama oder Papa hätten zumindest mal anrufen können. Oder mir ein Geburtstagsgeschenk mitbringen. Aber ich sagte nichts. Erinnerte sie nicht einmal daran.

Ich glaube, Opa weiß, was los ist. Aber was soll er schon machen? Gleichzeitig findet er Papa ganz großartig. Er kann schließlich Rezepte ausstellen und gute Behandlungen empfehlen, und man kann mit ihm im Bekanntenkreis angeben. Besonders Oma ist stolz. Sie faselt die ganze Zeit davon, dass ich in Papas Fußstapfen treten soll. Und in die von Großvater, also die von Papas Vater. Bei Papas Familie handelt es sich um eine richtige Ärztedynastie. Man kann sagen, dass Mama in bessere Verhältnisse eingeheiratet hat. Auch ihre Eltern haben dadurch Zutritt in diese Kreise erhalten. Es versteht sich, dass ich ebenfalls dazugehören will. Ich will jemand werden, den alle mit Respekt behandeln. Beispielsweise kam so eine alte Schachtel in der Stadt auf meinen Vater zu und sagte, dass er sie geheilt hätte. Das war schon ganz schön beeindruckend. Papa sagte natürlich, das sei schließlich seine Aufgabe, lächelte aber über das ganze Gesicht. Das sollte wohl seine Bescheidenheit demonstrieren, aber ich sah trotzdem, dass er wie eine Sonne leuchtete. Und Mama stand neben ihm und strahlte ebenfalls.

Heute ist also der letzte Schultag. Ich war in meinem ganzen Leben noch nicht so nervös wie heute Morgen. Aber ich zeigte es nicht. Man darf sich nichts anmerken lassen. Das gelingt gut.

Nachdem wir »Jetzt kommt die Zeit der Blüte« gesungen hatten und der Rektor seine Rede gehalten hatte, dass wir den

Sommer nutzen und ausgeruht und braun gebrannt aus den Ferien zurückkehren sollten, gingen wir wieder in unser Klassenzimmer. Unser Klassenlehrer ist ganz okay. Er heißt Egon, und das kann kein Spaß sein, so zu heißen, aber er kommt gut damit zurecht. Kaum einer wagt es, sich über ihn lustig zu machen. Er trug ebenfalls ein Hemd, eines mit großem Muster, Schlabberlook, das ihm über die Jeans hing, und das erstaunte uns alle. Egon hat sonst nicht viel für Farben übrig. Und in einem Hemd hatten wir ihn noch nie gesehen. Meist in verwaschenen Pullovern. Eines der Mädchen aus der Klasse hat erzählt, dass er unverheiratet ist. Nicht dass sie jetzt unbedingt auf ihn scharf gewesen wäre, aber das erklärt, warum er aussieht wie ein Komposthaufen. Niemand hat ein Auge darauf, dass er sich ordentlich anzieht. Mir ist das egal, denn er ist fair.

Dann kamen die Noten. Zum ersten Mal würden wir richtige Noten bekommen. Vorher waren es immer nur Beurteilungen gewesen, und Mama und Papa hatten wie alle einmal im Halbjahr mit dem Lehrer gesprochen und erfahren, dass ich gut zurechtkäme und ein heller Kopf sei. Opa gab damit an, und Papa lag mir damit dann immer in den Ohren. Das Wichtigste sei, dass man einsehe, dass es nichts umsonst gebe, das habe er schon immer gewusst. Er habe sich immer angestrengt, und wir sollten das gefälligst auch tun. Immer danach streben, am besten zu sein. Sonst würde er schon dafür sorgen.

Ein ewiges Gerede also. Ich müsse einsehen, dass sich nichts im Leben wiederholen lasse. Man müsse die Chance ergreifen, wenn sie sich biete. Behauptete er jedenfalls. Er lag mir auch mit der Frage in den Ohren, warum ich nicht auch in Sport der Beste sei. Man müsse nur genug trainieren, behauptete er. Wie ein Elitesportler. Das habe er auch früher getan. Aber ich glaube, er lügt. Ich habe Großmutter einmal gefragt, und sie hat gesagt, Papa sei keine Sportskanone gewesen. Er sei eigentlich auch in der Schule nur recht mäßig gewesen, hätte dann seine Noten auch noch verbessern müssen, um überhaupt in Deutschland Medizin studieren zu können. Dort hätte man leichter einen Studienplatz bekommen. Aber das würde er nie zugeben. Ich glaube nicht einmal, dass ich es wagen würde, ihn danach zu fragen. Eigentlich spielt es auch keine Rolle, denn er hat wirklich Erfolg gehabt. Er hat das wieder wettgemacht. Und in Deutschland wird man ein genauso guter Arzt, wenn nicht sogar ein besserer. Denn dort verlangten sie mehr von ihren Studenten, sagt Papa. Das Studium in Schweden sei ein Witz.

Egon sagte, er wolle es kurz machen. Dann rief er uns recht schnell einen nach dem anderen auf. Wir bekamen einen großen Umschlag, und dann verschwanden alle in alle Richtungen. Alle wollten nur noch raus und den Umschlag irgendwo auf dem Schulhof aufmachen. Wir haben Egon schließlich noch ein weiteres Jahr, es war also egal, dass wir uns alle aus dem Staub machten.

Einige von den Mädchen standen in einer Gruppe, rissen die Zeugnisse aus den Umschlägen und hielten sie so dicht vor das Gesicht, dass niemand etwas sehen konnte. Einige schrien vor Glück, bei anderen war es umgekehrt. Totenstill und kreideweiß. Egon hatte gesagt, dass niemand Einsen bekommen würde, die wollte er sich bis zur letzten, der neunten Klasse aufheben, damit wir uns noch etwas anstrengten. Nur Stellan sollte eine Eins in Sport bekommen, weil er phänomenal war.

Als ich nach Hause kam, war niemand da. Filippa war bei ihrem Typen oder wie man ihn jetzt nennen soll, er ist zwei Jahre älter als sie. Mama gefällt das nicht, aber Filippa ist nicht aufzuhalten. Sie hat gerade die sechste Klasse abgeschlossen. Aber irgendwie sind sie nicht auf diese Art zusammen.

Ich legte mich aufs Bett, machte Musik an und begann in dem Stapel mit Comicheften zu blättern. Dann hörte ich Mama ins Haus kommen. Ich zeigte ihr das Zeugnis, und sie lobte mich. Sie kochte Kaffee. Sie hatte Zimtschnecken gekauft, und wir hatten es eine Weile recht gemütlich.

Papa kam ein paar Stunden später nach Hause. Ich fand, dass er mich selbst nach meinen Noten fragen könnte. Ich hatte nicht vor, sie ihm von mir aus zu zeigen, obwohl es ein gutes Zeugnis war, vermutlich das beste der Klasse, wenn ich das sagen darf, ohne anzugeben. Aber bei ihm weiß man nie. Ich wollte erst einmal sehen, in was für einer Stimmung er war. Das kann recht unterschiedlich sein. Manchmal gut gelaunt. Manchmal das genaue Gegenteil. Man kann es nie wissen.

Mama war am Herd mit dem Essen beschäftigt. Papa stand mit dem Rücken zu mir, als ich in die Küche kam. Er machte gerade eine Flasche Wein auf.

»Weißt du, wo Filippa ist?«, fragte er mit dem Rücken zu mir.

»Nein«, antwortete ich und verschwand auf die Toilette.

»Hast du wirklich keine Ahnung, wo sie ist?«, beharrte er, nachdem ich die Spülung betätigt hatte und wieder in die Küche gekommen war.

»Nein.«

Papa schwieg. Ich hasse es, wenn er schweigt.

»Mama sagt, dass du ein gutes Zeugnis bekommen hast.«

Ich nickte.

»Willst du es mir nicht zeigen?«

Papa biss die Zähne so fest zusammen, dass die Muskeln seiner Wangen an Bälle erinnerten. Dann zog er den Korken aus der Flasche und goss sich einen Schluck Wein ein.

»Doch, das kann ich«, sagte ich, ging auf mein Zimmer, hob die Schreibunterlage an und zog den braunen Umschlag hervor.

Papa faltete das Papier auseinander. Schaute auf die Zahlen. Lange. Mucksmäuschenstill. Mama klapperte hinter ihm am Herd.

»Das ist doch ein schönes Zeugnis«, sagte sie zu Papa auf diese muntere Art, mit der sie ihn manchmal besänftigen will. Sie zwinkerte mir verschwörerisch zu.

Endlich schaute Papa von dem Papier hoch. Er sah mich schweigend an. Seine Ärmel waren hochgekrempelt, daran erinnere ich mich. Seine dunklen Haare an den Unterarmen sträubten sich.

»Die Einsen fehlen«, sagte er und schlug mit der flachen Hand auf das Papier.

Was dann passierte, daran will ich mich lieber nicht erinnern.

Jedenfalls war es mein erstes Zeugnis, und das war hart. Für Papa, meine ich. Ich bin mittlerweile größer als er und bald auch stärker.

Und ich gelobe es mir noch einmal, dass mir in Zukunft keiner auch nur ein Haar krümmt.

Wirklich keiner.

Fünfzehntes Kapitel

Freitag, 20. September

Klara bekam einen warmen Pullover, weil ihre Jacke sehr dünn war. Sie war an den Ärmeln auch etwas zu kurz, im Sommer war sie in die Höhe geschossen. Er fragte sich, ob ihre Schuhe nicht auch zu eng waren. Claesson drückte mit dem Daumen auf das harte und verschrammte Leder der Schuhspitze, spürte die winzigen Zehen jedoch nicht.

Er stand aus der Hocke auf.

»Hör mal, Klara, heute kommt Mama«, sagte er und sah auf sie herunter.

»Maa«, brabbelte Klara.

»Sie soll mit dir ins Schuhgeschäft gehen und deine Füße dort nachmessen lassen.«

Bei Gegenwind strampelte er zum Humlan und hoffte, dass Klara nicht fror. Schweigend saß sie auf dem Kindersitz. Er dachte nach. Ein ruhiger Augenblick früh am Tag. Der Kopf noch frei und der Körper ausgeruht.

Veronika würde am Montag wieder zu arbeiten beginnen. Sie freue sich darauf, behauptete sie. Er freute sich jedenfalls darauf, sie wieder auf der anderen Seite des Küchentisches sitzen zu haben, und darauf, dass sie seinen Nacken küsste, wenn er Zeitung las.

Cecilia wurde jetzt in die Rehaklinik Orup verlegt. Sie warteten auf den Termin, an dem die nächsten Angehörigen über die Rehabilitierungspläne informiert werden sollten. Veronika hatte durchblicken lassen, dass auch er dazugehöre. Und natürlich ihr Vater Dan Westman und dessen neue Familie, die auch nicht mehr so sonderlich neu war. Vermutlich eine recht große Versammlung. Die Gefühle hinsichtlich Cecilias Rehabilitierung waren gemischt. Es war schwer, sich damit auszusöhnen, dass sie in absehbarer Zukunft nicht vollkommen genesen würde. Vielleicht nie mehr, aber darüber sprach niemand.

Warum auch den Teufel an die Wand malen?

Aber dem Teufel war trotzdem nicht zu entrinnen.

Die ersten qualvollen Tage hatten sie hinter sich. Das Gehirntrauma sei fokal gewesen, hatte der Arzt gesagt. Eine begrenzte Blutung außerhalb der Gehirnhaut, die jedoch die empfindliche Hirnsubstanz ein paar Stunden lang gequetscht hatte, bis man Cecilia gefunden und operiert hatte. Darüber hatten sie immer wieder gesprochen und es besorgten Freunden und Bekannten zu beschreiben und erklären versucht.

Es hätte also schlimmer kommen können. Das war immer so. Es gab immer noch etwas Schlimmeres. Aber wo war dann die reine Hölle? Der Tod war es doch wohl nicht. Der kam häufig als Befreiung.

Cecilia konnte sich wieder normal bewegen und hatte keine Schmerzen. Sie war wie früher, erzählte Veronika. Aber sie war unendlich müde und fühlte sich träge, wenn er das Ganze richtig verstanden hatte. Und es fiel ihr schwer, sich zu erinnern und zu konzentrieren.

Ihm war klar, dass sie oft nach Schonen würden fahren müssen. Demnächst würde er mitfahren. Vielleicht konnte er dann auch bei den Kollegen in Lund vorbeischauen.

Über dem Präsidium von Oskarshamn türmten sich dunkle Wolken auf, aber noch regnete es nicht. Weiße Schaumkronen zierten die Wogen. Ein kühler Wind kam von Norden, und die Blå Jungfru war aufgrund des diesigen Wetters kaum zu erkennen.

Nach der Morgenbesprechung begab sich Claesson energischen Schrittes zu Louise Jasinskis Büro. Jetzt war der richtige Zeitpunkt gekommen.

»Beschäftigt?«

Sie schüttelte den Kopf. Ihr Haar war frisch geschnitten. Sie trug immer noch ihren Pony, aber seitlich stand das Haar in zwei Flügeln über den Ohren ab. Er dachte einen kurzen Augenblick darüber nach, ob er das schick fand. Vielleicht war er aber auch nur feige und mochte grundsätzlich keine Veränderungen.

Resolut zog er die Türe hinter sich zu.

»Wie geht's?«

Er nahm ihr gegenüber Platz.

»Gut«, erwiderte sie und drehte ihren Schreibtischstuhl in seine Richtung.

»Das ist schön! Zu wenig zu tun?«

»Das habe ich nicht gesagt.«

Sie verzog den Mund. Er ergriff seine Chance.

»Hübscher Haarschnitt«, meinte er rasch.

»Danke«, erwiderte sie und lächelte jetzt wirklich. »Die Arbeit läuft ganz gut, aber alles in allem war es doch recht anstrengend.«

Dann schwappte die Scheidung hoch. Fast wie Erbrochenes, gemischt mit vielem anderen.

»Du wirst das schon schaffen.«

»Du hast gut reden«, erwiderte sie und starrte verlegen auf die Tischplatte. »Das Schlimmste ist vermutlich, dass einen niemand mehr anfasst.«

»Soll ich dich umarmen?«

Sie lachte.

»Wenn absoluter Notstand auftreten sollte, sage ich dir Bescheid, das verspreche ich dir. Du kannst mir jedoch erzählen, was du so treibst.«

Er stand auf, verschwand in sein Zimmer und kam mit einer Mappe zurück.

»Ein Fall von den Kollegen in Lund«, sagte er. »Es gibt jedoch interessante Verbindungen hierher. Das Opfer Jan Bodén wohnte in Oskarshamn. Bisher gibt es kein Motiv. Er war Lehrer, nicht sonderlich wohlhabend, hatte aber auch nicht den

Gerichtsvollzieher auf den Fersen. Er hatte einen kleineren, eher harmlosen Tumor im Innenohr, den er sich operativ entfernen lassen wollte. Offenbar bereitete ihm das Sorgen. Laut seiner Frau machte er eine unnötig große Sache daraus, er bekam auf einmal Angst vor dem Tod und geriet in eine Lebenskrise. Getrunken hat er jedoch nicht.«

»Gibt es was über ihn in den Akten?«

»Nein. Nicht einmal ein Strafmandat wegen Falschparkens. Niemand kann sich einen Reim darauf machen. Weder den Kollegen in Lund noch mir fällt etwas ein. Eifersucht als Tatmotiv ist zwar am häufigsten, aber bisher haben wir nur eine Affäre mit der Nachbarsfrau ermitteln können.«

»Noch aktuell?«

»Ja. Seine Frau weiß vermutlich nichts davon.«

»Ach, wirklich?«

»Noch nicht, jedenfalls. Aber hätte sie davon gewusst, dann hätte sie nicht die Zeit gehabt, nach Lund zu fahren, um ihn zu ermorden. Zum vermuteten Zeitpunkt der Tat fuhr sie mit dem kleinen weißen Auto der Gemeindeschwestern durch die Gegend. Das habe ich kontrolliert. Da arbeitet sie nämlich.«

Dann hielt er die Kopie des Zettels aus Bodéns Jackentasche in die Höhe.

»Das hier ist nicht von Bodén«, sagte er. »Seine Fingerabdrücke waren nicht einmal auf dem Zettel.«

Schweigend betrachtete Louise die Zahlen. Sie kniff die Augen zusammen und spitzte die Lippen, während sie nachdachte.

»Das sieht aus wie meine Noten aus der neunten Klasse. Überwiegend Dreien und Vieren.«

»Hattest du so schlechte Noten?«

Sein Erstaunen war echt.

»Das war die chaotische Zeit in meinem Leben. Manche Leute werden erst recht spät reif.«

Kriminalinspektor Gillis Jensen vom Dezernat für Gewaltverbrechen der Polizei Lund hatte viel zu tun. Der Fall mit dem

Mann, der tot in einem Putzmittelraum im Krankenhaus gefunden worden war, musste warten.

Sehr viel anderes schlummerte ebenfalls. Der Stapel mit den Fällen, die noch nicht abgeschrieben waren, lag ganz an der Kante rechts auf dem Schreibtisch. Dort lag er gut. Er würde jedoch zusehen, dass der Stapel nicht wuchs. Das bedeutete, dass die Fälle nicht auf ewig in diesem Stapel begraben waren. Ganz und gar nicht.

Gillis Jensen war ein fleißiger Mensch. Außerdem war er recht schnell, obwohl er nicht diesen Eindruck erweckte. Er sprach bedächtig und mit einer gewissen Verzögerung, als müsste er stets nach den richtigen Worten suchen, was ungeduldige Personen aufbrachte und dazu führte, dass sie versuchten, ihm Beine zu machen. Aber das hatte keinen Sinn, denn Gillis Jensen ging behutsam mit Worten um oder fürchtete sie geradezu. Er war mit acht Jahren nach Schweden gekommen, und das Dänisch, das er damals gesprochen hatte, hatten alle für Kauderwelsch gehalten, insbesondere weil seine Familie nicht aus Seeland und dem Großraum Kopenhagen stammte, sondern aus Jütland, wo ein schwer verständlicher Dialekt gesprochen wurde.

Eigentlich war die Kriminalpolizei in Malmö für alle Mordermittlungen im südlichen Schonen zuständig, aber im Moment vollzog sich gerade eine der unzähligen Umstrukturierungen.

Seiner Frau, die im Pflegesektor arbeitete, erging es ähnlich. Es hatte keinen Sinn, sich groß aufzuregen. Vielleicht wurde das eine oder andere ja tatsächlich besser, wenn man es nur durch die richtige Brille betrachtete.

Jedenfalls lief es im Augenblick wieder einmal auf eine Dezentralisierung hinaus, die so weit ging, dass sich sogar vollkommen unerfahrene Streifenpolizisten um gewisse Ermittlungen kümmern durften. Wie diese ausfielen, konnte man sich leicht ausrechnen. Kurz gesagt, höchst unterschiedlich. Das war zumindest Jensens Ansicht. Aber er war andererseits auch einer jener verhassten Beamten, die schon auf die Rente zugingen und als Fossile betrachtet wurden. Dass sie etwas konnten, schien plötzlich vollkommen in Vergessenheit geraten zu sein. Gemäß der jüngsten Verlautbarung von oben sollten sie den wachen, jungen Leuten Platz machen. Frührente. Jensen verspürte jedoch nicht die geringste Lust abzutreten. Er wollte bis fünfundsechzig durchhalten.

Die Leute in Malmö hatten alle Hände voll zu tun und rissen sich nicht gerade darum, auch noch die Ermittlung über die tote Studentin zu übernehmen. Damit musste die Lunder Polizei schon selbst fertig werden. Eine weitere Mordermittlung also. Die Spurensicherung aus Malmö kümmerte sich jedoch um die Wohnung im Örnvägen 53, da Lund über keine Kriminaltechniker verfügte.

Das Ermittlungsverfahren leitete dieses Mal nicht die Staatsanwältin Malin Didriksen, sondern der bedeutend trockenere und korrektere Christer Pettersson. Kriminalinspektor Lars-Åke Mårtensson war ausersehen worden, die Fahndung zu leiten. Er sprach ein ganz breites Schonisch, da er aus der Veberödregion stammte. Er war das genaue Gegenteil des gelassenen Gillis Jensen. Mit hochrotem Gesicht und rudernden Armen, als säße er in einem Kajak, hatte er sich der neuen Aufgabe angenommen. Aber sie waren die Energieausbrüche dieses Mannes, der im Übrigen eher aussah wie die personifizierte Trägheit, inzwischen gewöhnt.

Mårtensson und Pettersson stellten in ihrer Gegensätzlichkeit ein interessantes Paar dar.

Gillis Jensen hatte die Anweisung erhalten, während der einleitenden Phase bei den Vernehmungen behilflich zu sein, da der Zeitfaktor von großer Bedeutung war. Anschließend würde er sich wieder dem Fall Jan Bodén zuwenden. Immerhin hatten sie herausgefunden, dass nichts darauf hindeutete, dass jemand ihn nach der Ermordung in den Putzmittelraum verfrachtet hatte. »Rücklings erdrosselt« traf laut Gerichtsmediziner Ring immer noch zu.

Für das Gesundheitswesen war es nicht sonderlich erfreulich, dass dort, wo Leben gerettet werden sollten, Tote aufgefunden wurden! Jensen fand das bei allem Ernst fast schon komisch. Merkwürdigerweise hatte die Presse dieses Detail nicht ausgeschlachtet. Es hatte die üblichen riesigen Schlagzeilen in den Boulevardzeitungen gegeben, die aber sofort wieder in Vergessenheit geraten waren. Im Fernsehen hatten die Lokalnachrichten und sogar die abendlichen Hauptnachrichten einen Beitrag gebracht, aber dann war wieder Stille eingetreten. Es war nicht gelungen, dem Gesundheitswesen zu unterstellen, dass es mit Lebensgefahr verbunden sein könnte, das große Krankenhaus in Lund aufzusuchen. Denn die Menschen waren allzu sehr auf das Gesundheitswesen angewiesen. Außerdem ließen sie sich wohl auch einfach nicht jeden Bären aufbinden.

Aber es war gelungen, die Schwester der HNO-Klinik ausfindig zu machen, die eine Tasche mit einem Necessaire und Unterwäsche hinter einem Stuhl auf dem Gang gefunden und im Schwesternzimmer deponiert hatte. Von dort war die Tasche dann verschwunden. Die Schwester war auf der ersten Seite von *Kvällsposten* abgebildet gewesen. Ein strahlendes Lächeln und Wimpern, die zu einem amerikanischen Vorabendserienstar gepasst hätten. Sie hatte sicher ihr Glück gemacht. Und Jensen gegenüber hatte sie nicht sonderlich viel hinzuzufügen gehabt, außer dass sie bedauere, dass die Tasche verschwunden sei, obwohl sie nicht sonderlich traurig wirkte.

War der Ort, der Putzmittelraum, von Bedeutung? Oder die Tatsache, dass die Tat in einem Krankenhaus verübt worden war? Handelte es sich um eine diffuse oder warum nicht gar eindeutige Symbolik? Oder war es einfach nur ein Zufall gewesen? Jeden Tag sann Jensen darüber nach. Und über die Zahlenkombination. Er hatte sogar seine Frau gefragt, obwohl er das nicht hätte tun dürfen, aber nach vierzig gemeinsamen Jahren wusste er, dass er sich auf sie verlassen konnte.

Mit Bodén kam er nicht weiter. Er zog seine Jacke an und verließ das Büro.

Er klingelte bei Kenneth Larsson, der ein Stockwerk unter Emmy im Örnvägen 53 wohnte. Am Vortag war niemand zu

Hause gewesen, aber jetzt waren hinter der Tür leise Schritte zu hören.

Der Mann, der öffnete, sah gesund und fit aus. Er war um die fünfzig und trug ein schwarzes T-Shirt und schwarze Boxershorts, als wollte er zum Training. Er hatte nur Strümpfe an den Füßen. Auch diese waren schwarz. In der Diele stand eine gepackte Trainingstasche.

Ohne zu zögern, ließ er Gillis Jensen ein.

»Ich habe keine festen Arbeitszeiten. Deswegen war ich gestern auch nicht zu Hause. Ich wollte mich auch gerade auf den Weg machen ...«

»Haben Sie Zeit?«

»Natürlich. Ich kann auch später zum Training gehen.«

»Wo gehen Sie da hin?«

Gillis Jensen stellte gern immer erst ein paar allgemeine Fragen, es war ihm eigentlich vollkommen gleichgültig, wo Larsson seinen Schweiß vergoss.

»In die Gerdahalle.«

»Da gehen viele hin.«

»Bei meinen unregelmäßigen Arbeitszeiten ist die Gerdahalle ideal. Es gibt immer irgendein Training, an dem ich teilnehmen kann.«

Anfangs unterhielten sie sich in der Diele, begaben sich dann aber in die Küche und nahmen auf zwei Stühlen Platz. Ein Tisch war nicht vorhanden. Gillis Jensen ignorierte dieses Detail. Er versuchte, es zu vermeiden, auf die behaarten Oberschenkel des Mannes zu starren.

»Wirklich bedauerlich, dass sie tot ist«, meinte Kenneth Larsson. Seine Stimme klang aufrichtig.

»Kannten Sie sie?«

»Nicht wirklich. Sie wohnt erst seit ein paar Wochen hier. Sie besaß keinen Mietvertrag. Das ist recht üblich bei den Studenten. Wir grüßten uns im Treppenhaus. Nettes Mädchen.«

Jensen sah ihn an, und Larsson errötete.

»Sie wohnen alleine?«

»Ja, allerdings. Aber ... da war was unlängst abends. Etwa

um Mitternacht«, sagte er und strich sich mit beiden Händen über die Oberschenkel, als könne er nicht still sitzen. »Ich lande immer vor dem Fernseher, wenn ich weiß, dass ich nicht aufstehen muss. Eine verdammt schlechte Angewohnheit ... jedenfalls saß ich da und glotzte, als ich jemanden vor dem Fenster rufen hörte. Mein Fenster stand offen, da es recht warm war, also schaute ich raus und ...«

Die geschickt gewählte Pause wirkte wie ein starkes Abbremsen. Gillis Jensen starrte auf Larssons Lippen. Er wartete gehorsam auf die Fortsetzung. Aber es kam keine.

»Und?«, drängte er.

»Unten stand ein Mann.«

Er sprach geradezu in Zeitlupe. Die Spannung stieg weiter. Gillis hatte ein gutes Gefühl. Das hier wird schnell gehen, dachte er, vorausgesetzt, der Mann lügt nicht.

»Ein Mann?«

»Ja.«

Larsson hatte Kautabak unter der Oberlippe. Er blinzelte mit den Augen.

»Jetzt wollen Sie natürlich wissen, ob ich den Mann genauer beschreiben kann.«

Kenneth Larsson schloss die Augen, als versuchte er, sich das Bild ins Gedächtnis zurückzurufen. Jensen sah, dass sich der Tabak schwarz zwischen seinen Zähnen verfangen hatte.

»Nach meiner Einschätzung war er recht jung. Aber ich kann mich auch irren.«

Er saß immer noch mit geschlossenen Augen da.

»Jung?«

»Tja, vielleicht so um die fünfundzwanzig oder dreißig. Die Stimme klang jedenfalls jung. Es war dunkel draußen, ich wage also nicht, mehr zu sagen.«

Er presste die Lippen zusammen und öffnete wieder die Augen.

»Sie sagten, Sie hätten vor dem Fernseher gesessen«, fuhr Jensen fort.

»Ja.«

»Und wo steht der?«

Sie erhoben sich und gingen ins Wohnzimmer. Es handelte sich um eine Zweizimmerwohnung, deren Grundriss mit der darüberliegenden, in der Emmy Höglund tot aufgefunden worden war, übereinstimmte. Die Tür zum Schlafzimmer war geschlossen.

Das Wohnzimmer war verblüffend leer. Es gab nur einen Fernseher und einen Liegestuhl auf einem kleinen Teppich, vermutlich damit er auf dem Parkett keine Kratzer hinterließ.

»In dem schlafe ich genauso gut ein wie im Bett«, erzählte Larsson lachend und deutete mit dem Kopf auf den Liegestuhl. Gillis Jensen entschied ein weiteres Mal seit Betreten der Wohnung, sich über die Gründe für die sparsame Möblierung keine Gedanken zu machen. Vielleicht hatte ihn ja seine Frau gerade rausgeworfen.

»Sie saßen also dort?«

Jensen deutete auf den Liegestuhl. Larsson nickte.

»Ich habe alle Möbel verkauft«, erklärte er. »Ich ziehe mit einer Frau zusammen, und wir brauchen nicht alles doppelt. Ich habe den Kram übers Internet angeboten, und fast sofort rief ein Mann an. Damit war die Sache schon erledigt.«

So einfach kann es sein, dachte Jensen, dessen Garage komplett vollgestellt war.

»Es war also dieses Fenster?«

Jensen deutete auf das einzige Fenster und kam sich dabei ziemlich einfältig vor.

»Genau. Ich streckte den Kopf raus, ungefähr so«, sagte Larsson und beugte sich über die Fensterbank. »Ich sah den Typen da unten, und er war sofort still, ohne dass ich etwas sagen musste. Sonst hätte ich ihn gebeten, die Klappe zu halten.«

Er trat vom Fenster zurück, und Jensen schaute nach draußen. Unten war ein schmales, von hohen und dichten Fliederbüschen umgebenes Rasenstück zu sehen.

»Er war aber irgendwie zu verstehen. So wie bei Romeo und Julia. Klar, dass er zu dem Mädel hochwollte«, meinte Larsson.

»Sie haben sich nicht erboten, runterzugehen und ihm aufzuschließen?«

Kenneth Larsson kratzte sich am Kopf. Sein Haar war kurz geschnitten, dunkel, etwas angegraut, aber ohne dünne oder kahle Stellen, was ihn jünger erscheinen ließ, als er vermutlich war.

»Ich wollte mich da nicht einmischen. Vielleicht wollte sie ja nicht, dass er hochkommt.«

Auch wahr, dachte Jensen und nickte.

»Wenn Sie jetzt noch einmal aus dem Fenster schauen wollen …«

Larsson tat, worum er gebeten worden war.

»… erinnern Sie sich dann daran, ob noch in einem anderen Fenster Licht brannte?«

»Nein.«

»Sie waren als Einziger noch wach?«

»Und die junge Frau über mir.«

»Woher wollen Sie das wissen?«

»Sie öffnete ihr Fenster. Anschließend. Nach mir. Und dann ging sie runter und schloss die Haustür auf. Aber das war erst nach einer Weile.«

»Der Mann stand also draußen in der Dunkelheit?«

»Ja. Darf ich meinen Kopf jetzt wieder reinziehen?«

»Nein. Sehen Sie nach unten und versuchen Sie, sich daran zu erinnern, welche Haarfarbe der Mann hatte.«

»Das kann ich nicht.«

»Nein?«

»Nein. Er trug eine Trainingsjacke mit Kapuze.«

»Ach so.«

»Und die Kapuze hatte er auf.«

»Wie groß war er schätzungsweise?«

Ein Kopfschütteln vor dem Fenster.

»Schwer zu sagen. Aber es war kein Zwerg.«

»Also nicht klein?«

»Nein, glaube ich nicht. Eher durchschnittlich.«

»Was haben Sie zu ihm gesagt?«

Er zog den Kopf zurück.

»Kein Wort. Da bin ich mir ganz sicher! Ich habe ihn nur missbilligend angeschaut.«

»Was hatte er für eine Stimme?«

»Die war nicht weiter bemerkenswert, er klang jung, wie gesagt.«

»Dialekt?«

»Er war jedenfalls nicht aus Schonen.«

»Ach, nicht, wo kam er dann her, glauben Sie?«

»Keine Ahnung, aber jedenfalls nicht aus Stockholm und nicht aus Norrland, denn diese Dialekte kenne ich von meinen Arbeitskollegen.«

Gillis Jensen notierte die Telefonnummern des Mannes und bedankte sich. Er erfuhr, dass Larsson in einer Druckerei in Malmö im Schichtdienst arbeitete.

»Fällt Ihnen vielleicht noch etwas ein?«, fragte er, als sie in der leeren Diele standen.

Kenneth Larsson kratzte sich am Kopf.

»Tja, gerade als ich einschlafen wollte, es war vermutlich zwei oder drei Uhr nachts, da hörte ich es oben rumpeln und vernahm Laute wie von einer jammernden Katze.«

Wieso ausgerechnet von einer Katze, überlegte sich Gillis Jensen.

»Aber ich dachte, jetzt kriegt sie vermutlich, was sie will.«

Er verzog den Mund.

»Sie glaubten also, dass sie miteinander schliefen?«

»Ja. Gewisse Frauen schreien immer.«

Anschließend begab sich Gillis Jensen in die Express Bar am Westbahnhof und aß einen Pastasalat im Stehen. Dieses Lokal suchte er recht oft auf. Es ging schnell, das Essen war gut, und von hier waren es dann nur noch zweihundert Meter bis zum Präsidium. Kaum war er über die Schwelle getreten, stieß er auf den Fahndungschef Lars-Åke Mårtensson.

»Kommen Sie mit.« Lars-Åke fuchtelte mit seinen riesigen Händen.

Das meiste an diesem Schonenknaben war ausladend. Kinn und Hals glitten in weicher Linie ineinander. Und manche Kollegen verglichen ihn, wenn sie gemein sein wollten, mit einem Hängebauchschwein. Der Gürtel lag irgendwo in der üppigen Taille begraben. Heute trug er das blaue Polizeihemd und dunkle Hosen, als wollte er in seiner Funktion als Fahndungschef straffer erscheinen. Gillis Jensen trug nur selten Uniform. Eifrig fuhr sich Lars-Åke durch sein blondes, borstiges Haar, das die Assoziationen seiner Gegner noch bestärkte.

Gegner hatte er einige. Bei so viel Ehrgeiz und Energie hatte sich Lars-Åke Mårtensson einige Feinde geschaffen. Es waren nun mal die Ehrgeizigen, die viele Neider hatten, nicht die Trägen. Gillis Jensen konnte Lars-Åke recht gut leiden, was er auch immer betonte, wenn gelästert wurde.

»Wie heißt doch noch mal das Mädchen, das beim botanischen Garten niedergeschlagen wurde?«

»Ja, sie heißt …«

Irgendwas stimmt nicht, dachte Gillis Jensen. Dass ihm Namen nicht mehr sofort einfielen. Aber er weigerte sich zu glauben, dass er vergesslich wurde. Was er im Kopf hatte, saß, aber er musste manchmal etwas suchen. Diese junge Frau, Stiefvater ein Kollege aus Oskarshamn – Claes Claesson, netter Kerl –, Mutter Ärztin. Letztere hatte geknickt vor ihm gesessen und die wenigen Habseligkeiten ihrer Tochter betrachtet, die sichergestellt worden waren. Sie hieß …

»Cecilia.«

»Nachname?« Lars-Åkes Augen funkelten eifrig.

»Westman, wenn ich mich recht erinnere.« Das war ihm jetzt allerdings sofort eingefallen!

»Bravo, Jensen!«, sagte Lars-Åke und klopfte ihm so kräftig auf die Schulter, dass er husten musste.

Gillis Jensen überlegte sich, womit er diesen Beifall verdient hatte.

Schon wieder stand Claes Claesson auf der Schwelle von Kerstin Malm, der Direktorin des Oskarsgymnasiums. Dieses Mal hatte er sein Kommen nicht vorher angekündigt. Er wandte sich an die Sekretärin, die mitteilte, Frau Malm sei sicher gleich zurück. Es klang, als wäre sie nur mal rasch auf die Toilette gegangen. Als sie jedoch nach einer halben Stunde immer noch nicht aufgetaucht war, gab er auf, nannte der Sekretärin seine Handynummer und bat um Rückruf. Die übertriebenen Zusicherungen, Kerstin Malm werde dies sicherlich sofort tun, erweckten in ihm den Verdacht, dass ihm die Direktorin aus dem Weg ging. Aber wahrscheinlich war das nur Einbildung.

Er fuhr zum Präsidium zurück und sah Nina Bodén auf das gegenüberliegende Ärztehaus zugehen. Sie hat also wieder angefangen zu arbeiten, dachte er. Im Übrigen wirkte sie recht mitgenommen. Vielleicht war sie ja krank? Oder hing es mit der Trauer zusammen? Oder mit der Untreue ihres Mannes? Hatte sie von seiner Affäre mit der Nachbarin erfahren?

Es hatte sich einiges auf seinem Schreibtisch angehäuft, das erledigt werden musste.

Janne Lundin holte ihn zur Kaffeepause ab. Peter Berg saß fröhlich auf der blauen Couch.

»Was ist los mit dir?«, fragte Claesson.

»Wieso?«

Berg lächelte immer noch.

»Du siehst so fröhlich aus.«

»Ist das irgendwie verdächtig?«

Er lächelte immer noch breit.

»Nein. Das ist nur etwas ungewöhnlich.«

»Ich habe gerade den Mietvertrag für eine Wohnung mit Meerblick unterschrieben.«

»Wo?«

»In der Munkgatan.«

»Gratuliere!«

»Ziehst du um?«, fragte Louise Jasinski, die sich zu ihnen gesellt hatte.

»Jawohl!«

»Hat es dir in deiner alten Wohnung nicht gefallen?«

»Doch, aber eine Einzimmerwohnung ist einfach zu klein.«

»Wie groß ist denn die neue Wohnung?«

Meine Güte, was Louise alles wissen will, dachte Claesson. Sie wusste genauso gut wie er, dass Peter Berg Platz für den Polizisten aus Kalmar brauchte. Sie sollte froh sein, dass er blieb und nicht in die Großstadt umzog, in der man angeblich toleranter und weniger schwulenfeindlich war.

»Eine Dreizimmerwohnung«, antwortete Peter Berg gehorsam.

»In einem dieser neueren Häuser, die etwas höher liegen?«

»Genau.«

»Toll!«

Sie strahlte Berg an. Manchmal hält sie ein wenig gute Laune offenbar für angebracht, dachte Claesson.

Sie saßen an einem langen Tisch im Pausenzimmer, Berg und Claesson auf dem Sofa, Lundin und Louise auf Stühlen. Lundin, der wie immer ein kariertes Hemd trug, schaukelte auf seinem Stuhl, was Louise vorläufig noch geflissentlich ignorierte. Peter Berg hatte sich aufgebrezelt und trug gebügelte schwarze Jeans und ein flaschengrünes Polohemd einer besseren Marke. Abgesehen davon, dass sie abgenommen und sich eine neue Frisur zugelegt hatte, sah Louise aus wie immer.

Immer noch die gute alte Truppe, stellte Claesson fest. Er spürte deutlich, dass er in dieser Besetzung gerne noch ein Weilchen weitermachen würde. Erika Ljung fehlte als Einzige, aber sie war noch in den Ferien. Sie hatte ihren Vater auf die exotische Südseeinsel begleitet, auf der er geboren war. Vermutlich hatte sie sogar den Namen der Insel erwähnt, aber niemand konnte sich so recht erinnern. Besser gesagt, die grundlegenden Geografiekenntnisse fehlten. Der Einzige, der regelmäßig ins Ausland fuhr, war Lundin. Aber er und seine Frau Mona fuhren immer an denselben Ort, ein kleines Dorf irgendwo an der portugiesischen Küste.

Sie hörten die schweren Atemzüge des Polizeichefs vor der Tür. Es klang, als spräche er mit Benny Grahn, dem Kriminaltechniker, der immer zu viel zu tun hatte.

»Hier sitzt ihr also.«

Gotte stand auf der Schwelle. Er war außer Atem und hatte sein Jackett ausgezogen. Claesson sah, dass er unter seinem Hemd ein weißes Unterhemd trug. Kein Wunder, dass er vollkommen verschwitzt war. Außerdem trug er seinen Schlips so eng, dass ihm seine Backen wie die eines Hamsters über den Kragen hingen.

»Schön euch zu sehen!«, nickte ihr Chef und hielt inne.

Keiner von ihnen sprang auf, um zu demonstrieren, wie viel beschäftigt sie waren. Das war nicht nötig, denn Olle Gottfridsson war ausgesprochen demokratisch veranlagt. Die Opportunistenschar war äußerst gering, was jedoch nicht bedeutete, dass es ihm gegenüber an Respekt gefehlt hätte. Eher im Gegenteil. Ein Mensch, den man nicht fürchten musste, bewies dadurch seine Größe. Und Gotte war klug, das wussten alle.

Ein Jahr noch würde Gotte den Posten des Polizeichefs innehaben. Wer seine Nachfolge antreten würde, war noch ungewiss, aber es waren schon wilde Spekulationen in Umlauf. Den meisten wäre jemand von außen recht gewesen. Frisches Blut, neue Ideen.

Obwohl die alten, erprobten Methoden immer wieder zur Anwendung kommen, ganz egal, wie man es angeht, dachte Claesson.

»Claesson, hättest du einen Moment Zeit?«

Gotte war also seinetwegen gekommen. Er erhob sich und folgte Gotte auf den Gang.

»Ein junger Mann namens Martin Bodén hat angerufen, um sich über dein Verhalten seiner Mutter gegenüber zu beklagen. Was hast du dazu zu sagen?«

Ein unbehagliches Hitzegefühl durchströmte seinen Körper vom Scheitel bis zur Sohle. Gotte erkannte sein Unbehagen und neigte seinen Kopf zur Seite. Seine Wangen folgten nach.

»Sollen wir zu mir reingehen?«

»Nein, ist nicht nötig, ich war nur so überrascht.«

Gotte wartete ab. Er müsste seine Brille putzen, dachte Claesson und sah Gotte geradewegs in seine etwas wässrigen Augen. »Ich habe weder etwas Ungebührliches gesagt noch getan. Bloß die üblichen Fragen hinsichtlich des Todes ihres Mannes gestellt. Schließlich handelt es sich ja um eine Mordermittlung.«

»Vielleicht ist das ja der Grund.«

»Kann sein. Ich war sogar so rücksichtsvoll, ihr nicht zu erzählen, dass ihr Mann ein Techtelmechtel mit der Nachbarsfrau hatte. Jedenfalls noch nicht.«

»So ist das also.«

»Wie klang der Sohn?«

»Aufmüpfig, sagt man nicht so?«

Das Wort klang ungewohnt in Gottes Mund.

»Doch.«

»Er studiert an der Handelshögskolan in Stockholm. Er ist der Auffassung, dass seine Mutter Hilfe braucht und nicht beunruhigt werden darf. Er findet natürlich, dass die Aufklärung des Mordes an seinem Vater viel zu langsam vorankommt … und so weiter. Ja, du weißt schon.«

Ja, Claesson verstand vollkommen. Obwohl Nina Bodén bei ihrem Besuch nicht den Eindruck erweckt hatte, als fühlte sie sich ungewöhnlich schlecht behandelt. Aber so etwas war natürlich immer relativ. Und der Sohn in Stockholm versuchte mittels Fernsteuerung seine Ohnmachtsgefühle und die Lage in den Griff zu kriegen. Er musste zusehen, dass er Nina Bodén zukünftig nur noch in Begleitung aufsuchte.

Die Menschen tun die seltsamsten Dinge, wenn es ihnen nicht gut geht, dachte er.

Da klingelte sein Handy.

Kerstin Malm, die heute ganz in erikafarbener Garderobe steckte, winkte ihm freudig zu.

»Tut mir leid, dass ich letzthin nicht antreffbar war.«

»Kein Problem.«

Wie beim letzten Mal nahmen sie an dem kleinen Tisch in ihrem Büro Platz, aber dieses Mal zündete sie die Teelichter nicht an. Das Tiefdruckgebiet aus dem Westen hatte sich abgeschwächt, die leichte Bewölkung hatte sich aufgelöst, und die Herbstsonne entfaltete allmählich ihre ganze Kraft.

Der Schreibtisch schien ihm weniger beladen, was er auch kommentierte.

»In so intensiven Zeiten gilt es einfach, sich Schicht um Schicht durch den Stapel zu arbeiten. Momentan muss der Umweltplan umgesetzt werden. Ein Elend, wenn ich mal so sagen darf.«

Er sah sie mit verständnislosem Blick an, da begann sie zu lachen.

»Aber das soll uns jetzt nicht bekümmern. Was haben Sie denn diesmal auf dem Herzen?«

Er zog nochmals den Zettel mit der Zahlenkombination hervor. Dieses Mal handelte es sich um Gillis Jensens Kopie, einen offenbar von einem Formular abgerissenen linierten Schnipsel mit fettem Rahmen.

»Ich habe Ihnen diese Zahlen bereits gezeigt.«

Sie nickte.

»Ich habe keine Ahnung, was sie bedeuten können.«

»Könnte es sich um ein Zeugnis handeln?«

»Warum nicht? Dann aber um ein altes. Wir haben ja keine Zahlenbewertungen mehr. Und es ist kein vollständiges Zeugnis.«

»Wann wurde zum letzten Mal mit Zahlen bewertet?«

»Neunundsechzig.«

Über das Papier an sich wusste Kerstin Malm nichts weiter zu sagen, als dass es sich nicht um ein Formular handelte, das in ihrer Schule verwendet wurde.

Veronika stieg aus dem Zug. Sie sah mitgenommen aus. Er küsste sie auf die Wange, und Klara gab ihr einen nassen Kuss auf den Mund. Sie fuhren fast gänzlich schweigend nach Hause und luden ihre Tasche und alle Einkaufstüten aus. Dann nahm Veronika Klara bei der Hand und machte einen Rundgang im Garten. Sie tauchte ihre Nase in eine spät blühende Rose, entfernte einige welke Samenkapseln und begutachtete die Astern, die an der Hausecke leuchteten. Die Tochter blieb immer ganz dicht bei ihr. Veronika ließ ihre Finger durch ihr dünnes Haar gleiten, das am Hinterkopf wie ein Krähennest verwuschelt war.

Claesson öffnete ein Bier, setzte das Essen auf und kam sich sehr häuslich vor.

»Schön, wieder zu Hause zu sein«, sagte sie und ließ ihre Fingerspitzen über seinen Nacken gleiten.

Er erschauerte vor Wohlbehagen und drehte sich um, um ihr nun einen Kuss auf den Mund zu geben. Er hoffte, dass Klara zur gewohnten Zeit einschlafen würde, damit ihnen noch ein Stündchen füreinander blieb. Er wusste genau, was er wollte, jetzt würde Schluss sein mit dem Zölibat.

Veronika deckte den Tisch, während ihr Klara an den Beinen hing.

»Fahren wir morgen hinaus?«, fragte sie.

»Wohin?«

»Irgendwohin, wenn's nur ins Grüne ist. Vielleicht Pilze sammeln?«

Er schwieg.

Alle unerledigten Aufgaben, die seiner harrten, fielen ihm plötzlich ein. Schuhe und Jacke für Klara. Vorräte erneuern. Außerdem noch vieles andere. Der vernachlässigte Haushalt. Er hatte noch keine Zeit beziehungsweise Lust gehabt, den Straßenschmutz zu beseitigen, den ihre Tochter ins Haus brachte. Aber immerhin hatte er die Wäsche erledigt, eine Maschine nach der anderen. Obwohl er die saubere Wäsche noch sortieren musste. Und dann hatte er im Stillen auch schon eine Trainingsrunde eingeplant. Einen Zehnkilometerlauf. Mindestens.

Sein Zögern entging ihr nicht.

»Oder hast du keine Lust?«, fragte sie.

Er schwieg.

»Ich kann auch nur mit Klara fahren.«

»Natürlich will ich auch. Aber ich habe noch einiges zu erledigen!«

Seine Stimme klang angestrengt und war von unerwarteter Schärfe.

Ein Vorwurf schwang darin mit.

Weswegen?

Ohne etwas zu erwidern, hob sie Klara auf den Arm. Verbarg ihr Gesicht hinter dem Kopf der Tochter. Brauchte Bedenkzeit.

Habe keine Kraft, dachte sie. Keine Kraft zum Streiten.

Er wollte nun wirklich kein Spielverderber sein, aber es gab unendlich viel zu Hause zu erledigen. Ein Berg überlebensnotwendiger Aufgaben türmte sich vor ihm auf. Und insgeheim hatte er gehofft, dass sie einige davon übernehmen würde. Wo sie sich so lange um nichts hatte kümmern müssen. Den alltäglichen Mühen ferngeblieben war.

Sie müsste doch wenigstens verstehen, wie er es gehabt hatte.

In Erwartung dieses Verständnisses harrte er aus. Schwieg weiterhin. Drehte sich zum Herd um und rührte mit heftigen Bewegungen in den Töpfen. Wütend schlug er mit dem Kochlöffel gegen die Kochtopfkante.

Es wirkte fast, als würde er den Verdruss genießen.

»Tja«, sagte Veronika.

Kein Wort mehr.

Aber man muss doch auch ein bisschen Mensch sein dürfen, dachte sie resigniert. Einfach mal etwas für sich tun. Nicht immer nur im Unternehmen Familie tätig sein. Aber ihr fehlte die Energie, ihre Stimme zu erheben. Sie benötigte all ihre Kraft, um sich überhaupt auf den Füßen zu halten.

Soll er halt beleidigt sein, dachte sie und kniff die Lippen zusammen. Sieht aus wie ein trotziger Dreijähriger, wie er so dasteht und demonstrativ mit den Töpfen klappert. Mir fehlt die Kraft, um ihn auch noch zu bemuttern.

Mit Klara auf dem Arm begab sie sich ins Badezimmer und ließ Badewasser einlaufen. Danach ging sie die Treppe hinauf und holte dem Mädchen einen frischgewaschenen Schlafanzug.

Zwanzig Minuten später saß Klara mit rosigen Backen und sauberem Schlafanzug auf ihrem Kinderstuhl. Er hatte unterdessen versucht, das Essen warmzuhalten. Die Schinkensoße mit Karotten zum Reis hatte sich geklumpt. Aber er machte ihr keinen Vorwurf.

»Wollen wir essen?«

Ihre Stimme klang ausgesprochen neutral, geradezu geglättet. Aber sie sah ihm nicht ins Gesicht.

»Das Essen ist schon längst fertig.«

Er lehnte sich an die Arbeitsplatte und verschränkte die Arme.

»Das ist mir klar.«

»Entschuldige«, murmelte er und stellte den Kochtopf auf den Tisch.

Da sah sie ihn an, und er schlug die Augen nieder. Die Quälerei muss ein Ende haben, dachte sie zärtlich.

»Aber sicher!«, erwiderte sie, und ihre Mundwinkel hoben sich. Schließlich war sie nicht nachtragend.

»Mir fehlt die Kraft zum Streiten«, sagte sie leise.

Trotzdem klang sie wie eine Lehrerin mit überdeutlicher Aussprache.

Er ließ seinen Zeigefinger vorsichtig über ihre Wange gleiten, dann die ganze Hand.

»Dann lassen wir es halt.«

Tränen liefen ihr über die Wangen. Sie schniefte und wischte sich mit dem Handrücken über die Nase.

»Ich verkrafte im Moment auch rein gar nichts.«

»Macht nichts«, erwiderte er lächelnd und nahm sie fest in die Arme.

Sie setzten sich. Zündeten Kerzen an. Er schenkte Wein ein. Veronika nippte, stellte das Glas dann aber hin.

»Ist der Wein nicht gut?«

»Weiß nicht. Er schmeckt etwas seltsam.«

Er hob sein Glas und trank einen Schluck. Er rollte den Wein auf der Zunge, bevor er schluckte.

»Nicht so schlecht.«

»Wahrscheinlich bin ich einfach nur müde.«

Claes' Handy klingelte. Es lag neben der Spüle, und er streckte die Hand danach aus. Er schaute auf die Tischplatte, während er sprach. Veronika war klar, dass es etwas Wichtiges war.

»Das war Gillis Jensen aus Lund.«

»So spät noch?«

Ihr Herz setzte einen Schlag aus. Wusste er etwas über Cecilia?

Claes schaute auf die Uhr, die über der Tür hing. Es war fast sieben.

»Was wollte er?«

Er sah ihr in die Augen.

»Emmy Höglund ist ermordet worden.«

Veronika legte ihr Besteck beiseite. Dann rannte sie auf die Toilette und übergab sich.

Sechzehntes Kapitel

Dienstag, 24. September

George Johansson öffnete mit einem Lächeln die Tür.

»Treten Sie ein«, sagte er und winkte Claesson und Peter Berg mit einer energischen Handbewegung ins Haus.

»Meine Güte, kommen Sie gleich zu zweit«, fuhr er ausgelassen fort. »Wir sind im Augenblick noch allein, meine Frau kommt erst in einer halben Stunde. Sie weiß aber, dass Sie hier sind.«

Davon gehe ich aus, dachte Claesson. Schließlich hatte George Johansson sie herbeizitiert.

Die Johanssons besaßen ein eingeschossiges Siebzigerjahre-Einfamilienhaus in der Skärgårdsgatan, nicht weit vom Strandbad Gunnarsö entfernt. Gute Lage. Auf der einen Seite Wald, auf der anderen die Schären. Die Raumaufteilung war praktisch und die Einrichtung noch original mit einem Fußboden aus Korkimitat und einer Küche aus Kiefernholz.

Vollgestopfte Wohnzimmer waren eher die Regel als die Ausnahme. Weder Claesson noch Peter Berg wunderten sich, als sie sich auf der riesigen Couchgarnitur niederließen, die von Schränken, Bücherregalen und Beistelltischen mit Glasfiguren, Keramikschalen, Spankörben und anderem Kunsthandwerk umstellt war. Peter Berg versuchte einem riesigen Farn auszuweichen, der ihm ins Gesicht hing. Auf einer Blumenbank drängten sich weitere Gewächse. Kaffeetassen aus einem dünnen Porzellan und ein Teller mit Plätzchen standen auf dem Couchtisch. Sieben verschiedene Sorten, dachte Claesson, der gerade auf Diät war. Oder mindestens drei, wenn man mal von den Zimtschnecken und dem Rührkuchen absah. Kokosmakronen, Schwarzweißgebäck und Mürbegebäck. Sie sahen überaus verlockend aus. Bei ihm zu Hause hatte es immer Plätzchen gegeben.

George Johansson sagte, er habe Jan Bodén seit dreißig Jahren gekannt. Sie seien Arbeitskollegen gewesen.

»Sie ermitteln ja in Sachen Jan. Es mag seltsam klingen, aber ich glaube, dass wir, die ihn richtig lange gekannt haben, immer noch nicht so ganz begriffen haben, was eigentlich passiert ist. Wir können einfach noch nicht fassen, dass er nicht mehr unter uns weilt.«

So kann man das natürlich auch vorsichtig formulieren, dachte Claesson und vermied es, Peter Berg hinter seinem Farn anzusehen. Worte sind gefährlich.

»Wenn ich Ihnen irgendwie behilflich sein kann, dann stehe ich Ihnen natürlich zur Verfügung. Meine Chefin Kerstin Malm meinte, sie könnten Informationen über Jans Vergangenheit gebrauchen …«

Claesson nickte. Johansson hörte auf zu lächeln.

»Ich will damit nicht sagen, dass es irgendwie fragwürdig gewesen wäre, aber Jan war immer recht …«

Die beiden Polizisten warteten. Es war immer wieder faszinierend, wie sich Leute in kniffligen Situationen übereinander äußerten.

»… recht … verschwiegen.«

»Ach so. Hatte er Ihrer Meinung nach einen Grund, verschwiegen zu sein?«

Claesson bemerkte, wie Peter Berg verstohlen zum Teller mit dem Gebäck schielte. Vermutlich hatte er keine Gelegenheit zum Mittagessen gehabt, weil Claesson ihn einfach mitgeschleift hatte, da er nach der Sache mit Bodéns Sohn vorsichtig geworden war. Auch George Johansson schien aufgefallen zu sein, dass Berg Hunger hatte, schob ihm den Teller mit dem Gebäck zu und goss Kaffee aus der Thermoskanne ein.

»Milch und Zucker?«

»Nein danke«, sagten Claesson und Berg gleichzeitig.

»Ich weiß nicht recht«, fuhr George Johansson dann fort, »aber manche Menschen erwecken den Eindruck, als würden sie große Geheimnisse mit sich herumtragen. So ein Mensch war Jan. Aber das könnte auch daran gelegen haben, dass er etwas schüchtern war.«

»Ach? Können Lehrer schüchtern sein?«, fragte Claesson.

»Das mag seltsam klingen. Schauspieler sollen ja angeblich oft schüchterne Menschen sein, aber in ihrer Rolle blühen sie dann auf.«

George Johansson vollführte mit einem Arm eine theatralische Geste.

»Jan war sehr auf sein Äußeres bedacht«, fuhr er fort. »Vielleicht nicht immer der letzte Schrei, so schlimm war es nicht. Aber er war doch eitler, als man auf den ersten Blick hätte glauben können. Vermutlich hatte er Angst vor dem Altern. Er war immer schlank und sportlich. Er hatte wirklich keine Probleme mit einem Bierbauch!«

Johansson hatte im Übrigen auch keinen. Er war sehnig und hatte einen dunklen Haarkranz und einen braun gebrannten Schädel. Wie von einem Lehrer zu erwarten, trug er eine Brille, ein modernes Metallgestell, das ihm das Aussehen eines Intellektuellen verlieh. Braune Augen, denen vermutlich nicht die geringste Bewegung in Dreißigergruppen entging, Jeans, aufgekrempelte Hemdsärmel, die den Blick auf sehnige und haarige Unterarme freigaben. Das Hemd aus hellblauer Baumwolle war sorgfältig gebügelt. So etwas fiel Claesson auf, der ein Faible für Hemden, aber nicht fürs Bügeln hatte. Veronika leider auch nicht.

George Johansson wirkte im Großen und Ganzen entspannt, uneitel und nicht egozentrisch, ganz im Unterschied zu dem Eindruck, den Bodén offenbar erweckt hatte.

»Jan sah immer zu, dass er die Klasse im Griff hatte«, fuhr Johansson fort.

»Er konnte mit den Schülern also gut umgehen?«

»Vielleicht auch das.«

»Ach?«

»Er bediente sich recht harter Methoden. Ein guter Lehrer ist demokratisch. Das war er nicht. Er versetzte die jungen Leute eher in Angst und Schrecken. Gleichzeitig war er jedoch ein guter Lehrer.«

Immer diese Leute mit den zwei Gesichtern, dachte Claesson.

»Wie das?«

»Er konnte Mathematik und Physik zweifellos so erklären, dass es die Schüler verstanden, also jedenfalls die, die halbwegs motiviert waren.«

»Und die anderen?«

»Die überließ er vermutlich ihrem Schicksal. Aber wem bleibt heutzutage schon etwas anderes übrig, auch wenn das betrüblich ist. Es funktioniert einfach nicht mehr. Die Bandbreite ist zu groß. Alle haben darunter zu leiden. Die jungen Leute können einem leidtun, aber alle kommen einfach nicht mit. Sie wollen etwas anderes tun, als in der Schule zu sitzen. Und die Zukunft sieht, ehrlich gesagt, auch nicht allzu rosig aus. Es ist nicht leicht, einen Ausbildungsplatz zu bekommen. Der Arbeitsmarkt wird immer gnadenloser ...«

Claesson merkte, dass er diesen Vortrag schon oft gehalten hatte. Neben sich hörte er Peter Berg kauen. Nach Kuchen und Zimtschnecken war Berg jetzt zu den Plätzchen übergegangen.

»Ist in letzter Zeit etwas Besonderes vorgefallen?«

»Jan wurde noch zugeknöpfter. Aber das lag vermutlich daran, dass er schlechter hörte und befürchtete, ins Wanken zu geraten. Das ist nicht leicht, wenn man Schüler um sich herum hat. So gesehen, ist dieser Job ziemlich brutal. Außerdem weigerte sich Jan zuzugeben, dass mit ihm etwas nicht in Ordnung sein könnte. Wir erfuhren es erst, als feststand, dass er eine Krankenvertretung bekommen würde.«

»Und Sie hegten keinen Verdacht?«

»Tja. Vielleicht. Er verhielt sich immer ausweichender, aber wir beschäftigen uns vermutlich alle mehr mit uns selbst, je älter wir werden.«

Vielleicht, dachte Claesson.

»Ich wusste auch nicht, was ihn eigentlich beschäftigte.«

»Wie meinen Sie das?«

»Tja, was er so in der Freizeit machte …«

In diesem Augenblick ging die Haustür auf.

Die Gattin hieß Marianne, war korpulent und nahm gleich mit wichtiger Miene am Tisch Platz, goss Kaffee nach und sah die beiden Polizisten bereitwillig und neugierig an. Peter Berg hatte bisher noch keinen Ton gesagt und nur gegessen, aber das machte Claesson nichts aus. Der Vorteil war, dass er anschließend jemanden hatte, mit dem er reden konnte.

»Wir unterhalten uns gerade über Jan Bodén. Kannten Sie ihn?«

»Natürlich! Nina ist im selben Literaturzirkel wie ich«, zwitscherte sie.

Sie gehört zu dieser gnadenlos gut gelaunten Sorte, dachte Claesson. Das fand Berg, der rasch eine Braue hochzog, offenbar auch.

»Sie treffen sie also regelmäßig?«

»Ja. Nina ist wirklich ein Schatz. Ihr liegt zwar nicht gerade das Herz auf der Zunge, aber sie hat …«

Sie schaute von Claesson auf Berg, ob ihr auch beide folgten. Vermutlich entgeht ihr nicht viel, dachte Claesson.

»Nina Bodén ist sehr integer.«

Das klingt gut, dachte Claesson. Aber das kann auch bedeuten, dass sie einiges zu verbergen hat. Diesen Verdacht hegte er nämlich.

»Für sie ist das jetzt natürlich nach all den gemeinsamen Jahren eine schwere Zeit«, seufzte sie.

Claesson hielt es für angebracht, sie eine Weile weiterreden zu lassen, und so gab er Berg ein Zeichen, sich weiterhin zurückzuhalten.

»Das kann wirklich nicht leicht sein«, fuhr sie salbungsvoll fort und holte dann Luft. »Es kann aber am Schluss mit Jan auch nicht mehr ganz leicht gewesen sein. Er hat schließlich nie über etwas geredet. Das mit der Krankheit nahm er richtig persönlich, er hielt das fast für eine Kränkung.«

So heißt es immer. Aber ist das so erstaunlich, dachte Claesson. Er wusste, dass Marianne Johansson eine Art von Kindertherapeutin war, das hatte ihr Mann erzählt.

»Jan ließ nie jemanden an sich ran«, stellte sie fest und nickte energisch mit dem Kopf. »Deswegen hat man diese Geschichte vermutlich auch so schnell vergessen. Das konnte einfach niemand von ihm glauben.«

»Entschuldigen Sie, aber was für eine Geschichte?«

»Wissen Sie das nicht?«

Sie sah sie treuherzig an.

»Ich dachte, die Polizei würde alles in Erfahrung bringen.«

»Wir tun unser Bestes.«

»Marianne!«, zischte ihr Mann. »Das gehört nicht hierher!«

»Dann halt nicht. Außerdem ist es schon sehr lange her, mindestens zehn Jahre.«

Sie konnte ihre Lust, die Geschichte zu erzählen, kaum bezwingen. Sie hatte auch keine Lust, klein beizugeben.

»Vielleicht gehört das wirklich nicht hierher, aber es wäre gut, wenn Sie es uns trotzdem erzählen würden. Dann können wir entscheiden, ob es irgendwie von Bedeutung ist.«

Claesson nickte ihr aufmunternd zu, und sie nahm nochmals Anlauf.

Ihr Mann unternahm noch einen letzten Versuch, als wollte er sich von dem, was jetzt kommen würde, distanzieren.

»Marianne, bitte, das gehört nicht hierher«, flehte er.

Aber Marianne Johansson beugte sich zu Claesson vor und senkte die Stimme.

»Ich finde trotzdem, dass die Wahrheit gesagt werden muss. Jan Bodén hatte eine Affäre mit einer Schülerin«, sagte sie fast flüsternd.

Und damit war es gesagt.

Ihr Mann wandte sich sofort an Claesson.

»Aber es gab nichts, was das bewiesen hätte! Man soll sich sehr davor in Acht nehmen, Menschen zu verurteilen, die nicht erwiesenermaßen schuldig sind. Das schadet allen und ist unmoralisch.«

Er knallte die Faust auf den Tisch.

»Aber alle redeten darüber«, beharrte sie. »Und kein Rauch ohne Flamme!«

»Genau! So werden Unschuldige verurteilt! Das Mädchen hätte das genauso gut aus der Luft gegriffen haben können. Aussage stand damals gegen Aussage. Und ich wiederhole: Es gab keinerlei Beweise. Jan wäre ja sonst wohl kaum Lehrer geblieben.«

»Es wurde nie eine Anzeige erstattet«, stellte Claesson fest.

»Ich glaube, die Sache verlief im Sand.«

George Johansson war immer noch sehr aufgebracht, sprach aber jetzt leiser.

»Der damalige Direktor fand nichts, was für ein Disziplinarverfahren gereicht hätte«, fuhr er fort. »Es passiert so leicht, dass sich irgendwelche Mädchen in einen Lehrer verlieben und dann was mit sexueller Belästigung erfinden, wenn er ihnen nicht die Aufmerksamkeit schenkt, die sie sich erhofft haben. Wenn man etwas hätte beweisen können, dann wäre das natürlich etwas ganz anderes gewesen.«

Seine braunen Augen suchten Zustimmung in Claessons Blick. Dieser verzog jedoch keine Miene. Johansson faltete die Hände.

»Und vielleicht war sie ja auch willens …«

Damit wäre auch das gesagt, dachte Claesson und bemerkte, dass die Wangen des Oberstudienrats langsam von einem wettergegerbten Grau in ein flammendes Rot übergingen.

Ein schamvolles Erröten. Vielleicht.

Claesson und Peter Berg verließen schweigend das Wohnviertel. Als sie in den Östersjövägen einbogen und Richtung Zentrum fuhren, seufzte Peter Berg, der am Steuer saß, tief.

»Alte Säcke«, sagte er Richtung Windschutzscheibe.

Claesson lächelte. Das kann ein junger Mann wie du leicht sagen, dachte er.

»Wir müssen diese Schülerin auftreiben«, meinte er dann.

»Sieht ganz so aus.«

»Ihr Name ist Karl Wallin und Sie sind einunddreißig Jahre alt, stimmt das?«

»Ja.«

In Gillis' Büro im Lunder Präsidium war es kühl, was gegen Nachmittag auch nötig wurde. Das Gehirn war dann träger.

Im Augenblick hatte er es satt, gebildete, sogenannte jüngere Erwachsene zu vernehmen. Am Vormittag hatte er mit einem jungen Mann gesprochen, einem Kommilitonen Emmy Höglunds. Jurist, bleich und schmal wie eine Lauchstange. Auf den ersten Blick hatte er antriebslos gewirkt, sich dann aber kritisch hinterfragend und überheblich geriert. Ein typischer Schreibtischmensch, der noch nie etwas Schwereres als einen Kugelschreiber in die Hand genommen hatte und vermutlich zukünftig auch nie tun würde. Solche Typen verärgerten Gillis Jensen. Unentwegt musste er tief einatmen, um einen Wutausbruch zu verhindern.

Und jetzt dieser Karl Wallin. Schien aber etwas ängstlicher zu sein. Wallin erzählte, er wohne in der Östra Vallgatan, und zwar allein in einer kleinen Zweizimmerwohnung im Hinterhaus, die ihm gut gefalle. Er habe das Grundstudium in Medizin hinter sich und absolviere nun sein praktisches Jahr mit dem Ziel, Internist zu werden. Die Ausbildung zum Facharzt habe er gerade angefangen. Er habe nur noch Zeit für Diabetes. Diese Krankheit, die sich in modernen Wohlfahrtsgesellschaften immer mehr ausbreitete, war sein Forschungsgebiet und offenbar auch sein großes Interesse.

Klingt lukrativ, dachte Gillis Jensen nüchtern.

Karl Wallin sprach ruhig und gelassen. Vermutlich war er es gewohnt zu reden, ohne dass ihn jemand unterbrach.

»Ich bin im Augenblick von der Inneren beurlaubt, um meine Doktorarbeit fertig zu schreiben. Die Disputation ist irgendwann nächsten Herbst, wenn alles nach Plan läuft. Im Augenblick wüsste ich auch nicht, was dem im Wege stehen sollte.«

Er trägt mir seinen Lebenslauf vor, dachte Gillis Jensen und versuchte zu folgen, aber diese ständigen Großtaten ermüdeten ihn nur.

Den größten Teil seiner Zeit brachte also Karl Wallin in einem Labor oder am Computer zu. Er behauptete, sich den Tag selbst einteilen zu können, es sei ihm jedoch wichtig, keine Zeit zu vergeuden. Er wolle fertig werden. Es sei nicht leicht, Forschungsmittel zu bekommen, man könne es sich also nicht leisten zu trödeln. Er wohne also, abgesehen von kurzen Ausflügen in die Gerdahalle, mehr oder minder im Labor. Das Training sei eine Unterbrechung, die er gut gebrauchen könne und die seine Leistungsfähigkeit als Forscher eher noch erhöhe, fand er.

Als zöge man sich ein Büßerhemd über, dachte Gillis Jensen. In einer Turnhalle schwitzen, statt mit einem Hund in der Natur herumzutollen.

Aber er ließ sich von der Munterkeit des Mannes anstecken und davon, dass dieser alles andere als ein Jammerlappen war. Hier hatte er einen, der resolut die Ärmel hochkrempelte und zupackte. So weit das Auge reichte, gab es keine Hindernisse. So lautete vermutlich das Erfolgsrezept.

Traf das etwa auch auf andere Handlungen zu?

Ab und zu ein Bier in der Gesellschaft von Freunden gönnte sich der junge Mann dann aber doch. Gott sei Dank, dachte Jensen. Übertriebene Zielstrebigkeit verlieh Leuten das Charisma von Schaufensterpuppen.

Der Leiter der Fahndung, Lars-Åke Mårtensson, saß gleichzeitig ein paar Zimmer weiter mit Therese-Marie Dalin, die Trissan genannt wurde und ihre Freundin tot aufgefunden hatte. Sie war bereits früher vernommen worden. Sowohl sie als auch Karl Wallin gehörten zur selben losen Clique, die auch Verbindungen zu Cecilia Westman hatte. Das behielt Gillis Jensen im Gedächtnis, ohne die Karten zu mischen. Noch nicht.

Cecilia war niedergeschlagen worden. Emmy hatte der Täter auf dem Wohnzimmersofa erdrosselt. Davon gingen jedenfalls die Spurensicherung, der Gerichtsmediziner und die Polizisten aus, die in der Wohnung gewesen waren. Emmy Höglund hatte mit dem Rücken auf den grauen Kissen gelegen, wobei ein Unterschenkel herabgehangen hatte, sodass ihr Fuß im hellen Leinenflokati versunken war. Jensen hatte die Bilder gesehen. Der Gerichtsmediziner vermutete, dass der Täter ein Kissen verwendet hatte. Auf dem Boden hatten drei Sofakissen aus Plüsch gelegen, und ein weiteres hatte sich unter der Leiche befunden. An ihrem Hals waren keine Würgemale zu erkennen, aber ihre Augäpfel wiesen die typischen geplatzten Äderchen auf.

Was hatte der Nachbar unter ihr gesagt? Laute wie von einer jammernden Katze. Aber wahrscheinlich waren sie nicht von der Lust hervorgerufen worden, sondern von etwas Weichem, das die Schreie der jungen Frau hatte dämpfen sollen.

Emmy Höglund hatte Schläge erhalten. Ihr Körper, insbesondere der Rumpf, wies etliche blaue Flecken auf. Natürlich hatte sie sich gewehrt. Unter den Fingernägeln ließ sich sicher etwas finden. Sie mussten die Ergebnisse aus dem Labor abwarten.

Es wirkte jedoch, als wäre sie nicht vergewaltigt worden. Das war bei Cecilia Westman allerdings auch nicht der Fall gewesen, aber trotzdem gab es mehr Unterschiede als Ähnlichkeiten zwischen diesen beiden Straftaten. Cecilia war als Zufallsopfer beurteilt worden. Zufälligerweise war sie spätnachts noch auf der Straße gewesen, als irgendjemand seine Kraft und Macht hatte unter Beweis stellen müssen.

Aber vielleicht irrte er sich auch.

Immerhin war sie noch am Leben. Möglicherweise würden sie so allmählich etwas von ihr erfahren. Wenn sie Glück hatten.

Aber Emmys Tod war kein Zufall gewesen.

»Sie kannten Emmy Höglund. Stimmt das?«

»Ja. Wir haben uns ab und zu gesehen.«

Gillis Jensen warf ihm einen scharfen Blick zu, aber Karl Wallin wich ihm nicht aus.

»Erzählen Sie.«

»Was soll ich erzählen?«

Karl Wallin sah ihn mit einem offenen Blick an. Groß, gut gebaut, aschblondes, kurzes Haar, gleichmäßige Zähne, graugrüne Augen, sonnengebräunt. Er trug Jeans und ein weißes Hemd, das seine Sonnenbräune noch betonte. Die graue Kapuzenjacke passte zu seinen Augen. Ungezwungen, aber ordentlich. Offenbar voller Selbstvertrauen, dachte Jensen. Aber nicht so eingebildet wie der Letzte, den er vernommen hatte.

»Können Sie mir erzählen, wann Sie sie zuletzt gesehen haben?«

»Ungefähr vor einer Woche. Wir treffen uns manchmal mit ein paar Leuten und trinken ein Bier.«

»Wo?«

»Das ist unterschiedlich, aber vor einer Woche waren wir im Carlssons Trädgård.«

Gillis Jensen machte sich Notizen.

»Manchmal sehen wir uns auch am Stortorget oder woanders.«

»Können Sie mir vom letzten Mal erzählen?«

»Da gibt es nicht so viel zu erzählen … hm … oder … eigentlich gäbe es da unendlich viel zu erzählen.«

»Fangen Sie einfach an.«

»Ich habe Emmy durch Cecilia Westman kennengelernt, also diejenige, die …«

In seine Augen trat ein trauriger Schimmer.

»Sie wohnten bis vor kurzem in derselben Wohnung«, fuhr er fort. »Cecilia ist die Freundin von einer Freundin von mir, die Ylva heißt … Ich höre schon, dass das kompliziert klingt.«

»Nein, überhaupt nicht!«, sagte Jensen rasch.

»Als wir uns zuletzt gesehen haben, war Emmy gestresst. Allerdings war sie das sowieso fast immer. Sie stellte große Ansprüche an sich. Wir sind uns beim Training in der Gerdahalle begegnet. Dann sind wir ins Carlssons, und die anderen kamen nach.«

»War das geplant?«

»Nein. Ich rief Leo Uhlm und Gustav Stjärne an, aber nur Leo hatte Zeit. Dann haben wir uns ein paar Stunden später getrennt. Ich bin allein nach Hause gegangen.«

»Sie sind also als Erster gegangen?«

»Ja.«

Hier gilt es, sich die Zeiten zu notieren, dachte Jensen. Diese Art von Arbeit gefiel ihm. Er saß gerne in seinem Büro und legte Schaubilder darüber an, wer sich wann wo befunden hatte.

»Was glauben Sie, ist passiert?«

»Keine Ahnung.«

Gillis Jensen schwieg. Er betrachtete Karl Wallin durchdringend von der Seite, bis dieser den Blick senkte.

»Was soll man glauben?« Unglücklich zuckte Wallin mit den Schultern.

»Sie haben also Emmy Höglund seit Montagabend voriger Woche nicht mehr getroffen oder gesehen. Stimmt das?«, fasste Jensen zusammen.

»Genau.«

»Sie wissen also nicht, wie sie den Dienstag verbrachte?«

Er schüttelte den Kopf.

»Sie rief Dienstagabend um neunzehn Uhr vierundzwanzig auf Ihrem Handy an.«

Er erbleichte.

»Das habe ich gesehen«, sagte er mit gepresster Stimme.

»Sie sind aber nicht drangegangen.«

»Nein.«

Gillis Jensen wartete. In der Stille hörte er seinen Magen knurren. Allmählich wurde er hungrig.

»Ich hatte den Klingelton meines Handys den ganzen Abend ausgeschaltet«, sagte Wallin. »Ich war mit einem heiklen Versuch beschäftigt und wollte mich nicht stören lassen. Ich war bis etwa halb zwölf im Labor.«

»War außer Ihnen noch jemand dort?«

Er schüttelte den Kopf.

»Nein. Ich war allein.«

»Was haben Sie nach halb zwölf gemacht?«

»Ich bin mit dem Fahrrad nach Hause gefahren und ins Bett gefallen. Der Klingelton war bis zum nächsten Morgen abgestellt. Da erst ist es mir aufgefallen, dass sie angerufen hatte.«

»Haben Sie zurückgerufen?«

»Nein.«

»Was könnte sie von Ihnen gewollt haben?«

Eine lange Pause entstand.

»Weiß nicht. Einfach nur reden.«

»Worüber?«

»Irgendwas. Vielleicht wollte sie sich mit mir verabreden, das kam gelegentlich vor.«

»Und?«

»Wenn es sich zeitlich einrichten ließ, dann trafen wir uns, aber meistens hatte ich keine Zeit.«

»Aber sie hatte Zeit?«

Er zuckte mit den Achseln.

»Ich hatte den Eindruck, dass Emmy Höglund eine viel beschäftigte und ehrgeizige Studentin war«, meinte Jensen.

»Natürlich! Aber auch sie hatte ihre Prioritäten.«

»Wie meinen Sie das?«

»Tja ...«

Kriminalinspektor Jensen sah Karl Wallin lange an, und dieser wirkte zum ersten Mal nicht ganz unbekümmert.

»Es geht doch wohl nicht nur um Zeit«, meinte er. »Worum geht es denn dann?«

Karl Wallin verzog den Mund und breitete die Arme aus: »Keine Ahnung!«

Jensen quälte ihn einen Moment mit seiner ernsten, verschlossenen Miene. Die Sekunden vergingen. Schließlich hielt es Karl Wallin nicht länger aus.

»Wir waren nicht zusammen. Wir waren nur befreundet«, betonte er, und Gillis Jensen sah ein, dass er sich einfach nicht gut genug auskannte. Er war zu alt. Seine jüngeren Kollegen hätten sein Gegenüber vermutlich besser verstanden. Waren sie wirklich nur befreundet gewesen? Hatten sie vielleicht etwas gegeneinander in der Hand?

Karl Wallin räusperte sich.

»Unangenehm. Ich habe fast den Eindruck, dass Sie mir nicht glauben.«

Um vier Uhr glich Lars-Åke Mårtenssons Ermittlerteam seine Listen ab und strich die Zeugen, die man erreicht hatte. Mårtensson stand in regelmäßigem Kontakt mit dem Staatsanwalt und Leiter der Voruntersuchung, Christer Petterson.

»Wie immer, wenn es um junge Leute in diesem Alter geht, breiten sich die Kreise, in denen sie sich bewegt haben, weiter aus und überschneiden sich«, meinte Mårtensson ungehalten.

»Junge Leute, ich weiß nicht«, meinte ein unauffälliger Polizist namens Swärd. »Sie wirkten recht etabliert.«

»Mit Karl Wallin bin ich fertig, ich muss das Protokoll nur noch ausdrucken«, meinte Jensen und deutete auf die Liste, die Mårtensson in der Hand hielt.

»Wie war er?«

»So einer, den sich jede Mutter als Schwiegersohn wünscht. Besaß aber kein Alibi für die Nacht zwischen Mittwoch und Donnerstag voriger Woche. Er erbot sich aus freien Stücken, eine Speichelprobe für einen DNA-Test zu liefern. Das ist also auch erledigt.«

»Dann kann er es nicht sein«, stellte Mårtensson fest.

»Abwarten«, widersprach ihm Jensen. »Mir ist es aber noch nicht gelungen, diesen Sjärne aufzutreiben. Er arbeitet vermutlich recht viel. Vielleicht hatte er ja in der Tatnacht Dienst.«

»Versuch es einfach noch einmal!«

Mårtensson klang genauso munter wie immer, obwohl sich der Arbeitstag seinem Ende näherte. Das konnte recht ermüdend sein. Jensen würdigte ihn kaum eines Blickes.

»Ich habe mich noch einmal mit Therese-Marie Dalin unterhalten. Ziemlich ausgiebig«, fuhr Mårtensson fort.

»Und wie war sie?«, fragte Swärd neugierig.

»Sie war natürlich immer noch verstört. Es wird sicher lange dauern, bis sie sich wieder gefasst hat.«

»Das kann man sich vorstellen«, meinte Jensen. »Vielleicht ist da ja jemand dabei, der nicht in diese Gesellschaft gehört.«

Claesson fuhr. Louise Jasinski trug eine Sonnenbrille, obwohl das Licht hinter den Wolken matt graugelb war. Ein Tiefdruckgebiet sei von Westen im Anzug, erläuterte eine Stimme aus dem Autoradio.

»Mit anderen Worten: Regen«, sagte sie. »Jetzt fängt das mit den Gummistiefeln und den Regensachen wieder an.«

Er fuhr Richtung Skeppsbron.

»Mal sehen, was du von ihr hältst«, sagte er leise.

Sie waren auf dem Weg zu Nina Bodén. Sie hatten sich mit ihr verabredet.

»Ich verstehe nicht, dass sie meinen letzten Besuch so in den falschen Hals gekriegt hat. Schließlich hat sie mich geradezu bekniet, mich mit der Sache zu befassen.«

»Wahrscheinlich geht es wie meistens um etwas ganz anderes. Vielleicht um den Sohn, Angst, Trauer und ein schlechtes Gewissen, alles bunt durcheinandergemischt.«

Er hatte sich inzwischen wieder einigermaßen gefangen.

»Ich glaube, sie besitzt ein Motiv«, meinte er.

»Ach?«

»Eifersucht.«

Louise verkniff sich einen Kommentar. Dieses Thema berührte sie persönlich.

»Und Leidenschaft.«

Sie starrte ihn an.

»Inwiefern?«

»Ich glaube, dass beide ein Verhältnis hatten.«

»Das ist nichts Ungewöhnliches.« Ihre Stimme war staubtrocken.

Louise ist verbittert, sie muss aufpassen, dachte Claesson.

»Sie hatten Gütertrennung vereinbart. Es geht zwar nicht um ein größeres Vermögen, aber doch um eine ordentliche Summe. Das Haus gehört beiden, aber das Vermögen und das Sommerhaus auf Gotland nur ihm. Obwohl eine Scheidung vermutlich einfacher gewesen wäre, als ihn gleich totzuschlagen, wenn sie es nun auf sein Geld abgesehen hatte.«

»Nicht unbedingt. Mit Toten ist leichter umzugehen als mit Leuten, die einen sitzenlassen. Außerdem hat man nachher einen besseren Status. Witwe zu sein ist besser, als sitzengelassen zu werden«, sagte sie unwirsch.

»Nun gut.« Claesson seufzte. »Aber sie kann den Mord rein praktisch nicht begangen haben.«

»Aber sie könnte einen Strohmann geschickt haben.«

»Hm.«

»Ihr Liebhaber. Wie ist es mit dem?«

»Weiß nicht. Ich habe da nur so Vermutungen. Ich weiß eigentlich auch gar nicht sicher, ob es einen gibt, und noch viel weniger, wer er ist.«

Aber jetzt ging es ihnen um etwas anderes.

Nina Bodén wirkte etwas munterer. Sie hatte nicht mehr so tiefe Ringe unter den Augen und schien sich außerdem die Zeit genommen zu haben, zum Friseur zu gehen. Auch an diesem Tag trug sie dunkle Hosen, dazu jedoch eine rosa Bluse.

Sie trippelte. Kurze, fast schwebende Schritte. Claesson fand furchtsame Frauen unheimlich. Hinter der zarten Fassade verbarg sich oft ein Wille aus Stahl.

Sie nahmen wieder im Wohnzimmer Platz. Sie musterte Louise Jasinski und verstand natürlich, warum diese mitgekommen war. Die Polizistin schien sie jedoch zu irritieren. Kommissar Claesson betrachtete sie mit größerem Zutrauen. Offenbar entschied sie sich für eine Seite. Spannung lag in der Luft.

Es wurde auch nicht besser davon, dass Louise Jasinski das Gespräch eröffnete.

»Wir interessieren uns nur für Dinge, die für die Aufklärung des Mordes an Ihrem Mann von Bedeutung sind. Manchmal lohnt es sich zurückzublicken.«

»Ach?«

Nina Bodén betrachtete sie mit glaskugelkaltem Blick.

»Ihr Mann wurde verdächtigt, Umgang mit einer jungen Frau, genauer gesagt, einer Schülerin gepflegt zu haben, deren Namen wir gerne wüssten.«

Louise vermied bewusst das Wort »Affäre«, weil nie etwas bewiesen worden war.

»Das ist mir vollkommen neu«, schnappte Nina Bodén.

»In Ordnung«, meinte Claesson und erhob sich sofort. »Dann bedanken wir uns.«

In der Diele gab sie auf.

»Es war eine furchtbare Zeit.«

Sie wandte sich an Claesson. Louise hielt sich im Hintergrund.

»Ja«, sagte er nickend.

»Das war reiner Rufmord. Ich weiß, dass er unschuldig war. Das waren nichts anderes als die Fantasien einer jungen Frau, die vollkommen außer Kontrolle geraten waren.«

Sie errötete bis hinab zur ordentlich geknöpften Bluse.

»Ihr Name ist Melinda Selander«, sagte Claesson. »Das stimmt doch?«

Nina Bodén nickte.

Der Junge

Sie ist nicht wie die anderen.

Ich sage es leise vor mich hin.

Sie ist verdammt noch mal keinesfalls wie die anderen.

Und sie ist die Einzige, die mich mit diesem Blick bedacht hat. Abgrundtief und geheimnisvoll. Glühend wie eine Schweißflamme. Ich tue alles für diesen Blick.

Auch die Kleider, die sie trägt, sind andersartig. Schwer zu sagen, ob sie bloß vorsichtig ist oder ob es ein bewusster Stil ist, an dem sie arbeitet. Ich kenne mich mit so etwas gar nicht aus. Sie sieht ein bisschen aus wie Mama auf alten Fotos. Lange Röcke und knappe Jacken und weich herabfallendes Haar. Kein knalliges Rosa oder Glitzerzeug, wie Filippa es schätzt. Und keinerlei Schminke. Sie ist sie selbst und dabei ungemein natürlich.

Nach den Sommerferien erschien sie in einer weißen Bluse, die so dünn war, dass man ihre Brustwarzen sehen konnte. Als sie die ersten Kommentare hörte, zog sie sich ein kurzes Samtjäckchen über. Ihre weißen Wangen wurden von einem leichten Rosa überzogen, das einzige Anzeichen dafür, dass es ihr unbehaglich war.

Sie ist ein ganz besonderes Wesen. Still, aufrecht, schmal und mit langem Haar, das über den Rücken herabhängt. Wie eine Elfe. Oder wie Goldlöckchen mit ihrem wallenden Engelshaar. Ich muss ständig an sie denken.

In der Klasse höre ich manchmal, wie die Jungs unken, sie sei ziemlich lahm, ängstlich und habe keine Einfälle. Und hässlich. Kein Make-up. Still, geradezu unsichtbar, aber ich sehe sie deutlich.

Besonders ihre zurückhaltende Art finde ich berauschend. Sie ist schüchtern. Es ist, als hätte ich sie ganz für mich allein. Und dass die anderen Jungs über sie reden, erfüllt mich mit Stolz. Aber gleichzeitig auch mit Wut. Sie haben kein Recht, sie anzufassen. Nicht einmal mit Worten. Und sie ist keine Null. Sie ist das klügste Mädel der Klasse.

Ich glaube, sie wusste ganz genau, was sie tat, als sie ihr kleines Köpfchen zur Seite neigte und zu mir hochschaute. Die Anmache war ganz eindeutig. Sie hatte mich und niemand anders auserwählt, und bereits beim ersten Versuch hatte sie mich am Haken. Ansonsten ist sie vorsichtig, es ist gar nicht ihre Art herumzuflirten, sie zieht sich eher zurück. Außer mir gegenüber. Sie öffnet sich mir. Wie eine Knospe, die aufgeht. Wir können über fast alles reden. Aber so ist sie nur in meiner Gegenwart, da bin ich mir ganz sicher.

Sie geht auch immer alleine, und zwar aus freien Stücken, genau wie ich. Die anderen Mädchen beobachten sie verstimmt. Sie ist klüger als sie und kein Busenwunder. Sie sind wahrscheinlich eifersüchtig, fühlen sich banal und dumm. Ganz einfach minderwertig. Sie schließt sie aus ihrem Leben aus, und das ärgert sie natürlich. Sie will so bald wie möglich die Stadt verlassen, hat sie gesagt. In einen größeren Ort, an dem sie sich entfalten kann. Sie und ich, wir haben hinsichtlich der Zukunft die gleichen Vorstellungen. Wir wollen ein bisschen mehr als die anderen. Nicht stecken bleiben. Ihr konnte ich meinen Plan anvertrauen. Dass ich Arzt werden will. Es stellte sich heraus, dass sie den gleichen Berufswunsch hegt. Wir sind uns sehr ähnlich, wir zwei.

Wir hatten die Angewohnheit, zum Jachthafen beim Corallen hinunterzuradeln und dann auf den Felsen weit draußen am Wasser spazieren zu gehen. Nie zuvor bin ich so nahe neben jemandem hergegangen. Und nie zuvor habe ich jemandem erlaubt, meine Hand zu ergreifen.

Aber mit ihr war es schön. Und kein bisschen lächerlich.

Wir beschlossen, niemals in der Schule zusammen gesehen zu werden, und an diese Abmachung haben wir uns strengstens gehalten. Niemand anderes darf etwas erfahren. Wir sind etwas Besonderes, intensiver als andere. Niemand darf sich einmischen.

Ich für meinen Teil bin recht froh darüber, dass sie nicht darauf gedrungen hat, zu mir nach Hause zu kommen. Vielleicht geht das ja später mal, aber vorher müssen Filippa und ich uns ordentlich ins Zeug legen und richtig sauber machen. Ich habe ein eigenes Zimmer, aber im ganzen Haus herrscht ein ziemliches Durcheinander, seit Mama die Biege gemacht hat. Keiner von uns hat die Kraft aufzuräumen. Der Alte ist unter der Woche nur selten zu Hause. Und an Wochenenden auch kaum. Wichtige Aufträge, behauptet er. Mir ist es vollkommen egal, was er so treibt. Es ist angenehm, ihn los zu sein. Filippa ergeht es offenbar ebenso. Sie kümmert sich um ihr eigenes Zeug.

Mit den Schlägen ist Schluss. Der Alte lässt mich in Ruhe. Aber er lässt uns nicht los, weder Filippa noch mich.

Mama ruft manchmal aus Göteborg an. Sie will wissen, wie es uns geht. Papa erlaubt uns nicht, sie zu treffen. Jeden Tag kommt ein Kontrollanruf. Seitdem sie sich dünngemacht hat, ist sie für uns gestorben. Wir haben eingesehen, dass es vorläufig so weitergeht. Sobald ich das Gymnasium hinter mir habe, gehe ich die Sache auf meine Weise an. Dann fahre ich sie besuchen.

Die Situation ist ziemlich frustrierend. Aber wir haben uns mittlerweile daran gewöhnt, meine Schwester und ich. Aber manchmal platzt mir einfach der Kragen. Ich will es wirklich nicht an Filippa auslassen und reiße mich zusammen, so sehr ich nur kann. Aber manchmal scheint sie geradezu darum zu betteln. Und in letzter Zeit hatte ich wirklich viel um die Ohren.

Eines Tages erschien sie nicht in der Marina. Es war zwar ungewöhnlich kalt und windig, aber mir kam es trotzdem komisch vor. Ich hatte das Fahrrad an der gewöhnlichen Stelle abgestellt und bin sicher tausend Runden auf den Pfaden und

Felsen am Wasser gegangen. Ich bin im Heidekraut herumgestiefelt, habe Kiefernzapfen gesammelt und sie verärgert an die Kiefernstämme geworfen. Ein einziger Gedanke beherrschte mich: Warum kommt sie nicht?

Zu guter Letzt setzte ich mich über mein Versprechen hinweg, sie niemals zu Hause aufzusuchen, und fuhr mit dem Fahrrad nach Gröndal. Ich hämmerte an die Tür, aber niemand war zu Hause. Die Fenster gähnten schwarz, und das Auto war weg. In gewisser Weise erleichterte es mich, dass die ganze Familie verreist zu sein schien und nicht nur sie allein. Wenn ihre Mutter geöffnet und mir mitgeteilt hätte, sie sei bei anderen Freunden, so wäre ich wohl auf der Stelle gestorben.

Meine Eltern sind wahnsinnig fromm, hatte sie gesagt. Es sei also keine gute Idee, dass sie mich sähen. Einmal hat sie erzählt, sie hätten ihr verboten, sich mit jemandem vorehelich fleischlich zu vereinen. Welch altmodisches Wort: »fleischlich«. Wie zwei Koteletts.

Aber eine Heirat kommt dann doch nicht für mich infrage. Noch lange nicht.

Am nächsten Tag kam sie nicht in die Schule. Nach einer Woche tauchte sie wieder auf und war wie ausgewechselt. Sie beachtete mich überhaupt nicht mehr.

In der Mathestunde fiel mir dann auf, wie Bodén sie anglotzte. Mit seinen Altmänneraugen. Voll eklig. Er hielt sie geradezu fest mit seinen ernsten verschwommenen Augen und den hochgezogenen Brauen, sodass man gar nicht recht wusste, ob er jetzt böse war oder was da eigentlich lief. Ich konnte gut verstehen, dass sie es nicht wagte, seinem Blick auszuweichen und zu mir rüberzuschauen. Sie hatte einfach Angst. Und dass dieser verdammte Bodén irgendetwas mit ihr angestellt hatte, war sonnenklar. Irgendetwas, das sie erschreckt und dazu bewogen hat, sich von mir abzuwenden. Das Ganze musste ein riesiges Missverständnis sein, und ich hatte keine andere Wahl. Ich musste sie retten, zusehen, dass sie sich von Bodén losmachen und wieder sie selbst werden konnte.

In der Pause ging ich geradewegs auf sie zu, packte sie am

Arm und stellte sie zur Rede. »Lass mich los!«, sagte sie da nur wütend und riss sich los.

Gleichzeitig schämte sie sich. Das fiel mir auf. Ihr fiel auf, dass es mir auffiel, wobei ihr unbehaglich zumute wurde. Darum musste sie mir einfach eins auswischen.

»Ich habe jemanden getroffen, der ein wenig erwachsener ist als du«, sagte sie und kniff die Augen zusammen.

Es war, als hätte sie mir eine brennende Fackel ins Gesicht gestoßen. Ich sah rot, und in meinem Kopf rauschte es, als ob etwas in meinem Inneren am Überkochen sei.

Sie drehte sich um und rannte den Korridor hinunter.

In diesem Moment fasste ich meinen Entschluss. Ich würde sie zurückholen.

Siebzehntes Kapitel

Donnerstag, 26. September

Veronika hatte keine sonderlich anstrengenden Operationen vor sich. Ein Lipom, einen hässlichen Leistenbruch und einige Leberflecken und andere Hautveränderungen. Lunch und anschließend Sprechstunde.

Auf dem Speisezettel standen Kartoffelklöße. Sie mussten grau und aus rohen Kartoffeln gemacht sein und eine reichliche Füllung aus Speckwürfeln und mit Nelken gewürzten Zwiebeln besitzen.

Diese Spezialität aus der Region, die mittlerweile als Delikatesse gehandelt wurde, schmeckte ihr sehr. Sie schaffte aber nur drei – und nicht mal die ganz. Sie verspürte eine leichte, nicht nachlassen wollende Übelkeit. Magenverstimmung, dachte sie wieder. Sie hatte auf der Station ein Maloxan genommen. Das half zumindest vorübergehend.

Sie war andauernd gestresst. Glücklicherweise setzte sich Ronny Alexandersson an ihren Tisch. Außer Else-Britt Ek war er der Einzige, bei dem sie sich entspannen konnte.

Ronny war ein netter Kerl, so hätte sich ihr Vater zumindest ausgedrückt. Er war außerdem ein sehr guter Arzt. Sie verband, dass sie beide aus kleinen Verhältnissen stammten und Aufsteiger waren und sich somit keine gelassene Haltung erlaubten. Während ihres Studiums war kaum etwas selbstverständlich gewesen, und das war immer noch so. Sie besaßen keine prominenten Verwandten, die sie hätten protegieren können, keine Ärzte, die sich einen Namen in der schwedischen Medizingeschichte gemacht hatten. Sie hatten auch keine Beziehungen besessen, die ihnen eine Stelle hätten beschaffen können, als die Arbeit knapp gewesen war. Die Ungezwungenheit und Selbstverständlichkeit vieler ihrer Mitstudenten, der sogenannten Ärztekinder, im Umgang mit Vorgesetzten hatten sie sich nie angeeignet. Ihr Erfolg war hart erkämpft, falls man nun von Erfolg und nicht nur von gewöhnlicher Plackerei sprechen konnte. Sowohl Ronny Alexandersson als auch Veronika waren sehr strebsam gewesen. Fast vorbildlich und sehr loyal. Vielleicht auch etwas langweilig in ihrem Bemühen, es allen recht zu machen. Darüber machten sie Witze und stellten dann fest, dass sie sich etwas anderes auch gar nicht hätten leisten können.

Als sie am Montag wieder zur Arbeit gegangen war, war sie, wie sie zu ihrer Schande gestehen musste, freudig überrascht gewesen. Ihre Kollegen waren nett gewesen und hatten versprochen, sie nach besten Kräften zu unterstützen. Niemand hatte so getan, als sei nichts gewesen. Alle hatten wissen wollen, wie es Cecilia ging.

Wie wenig man dann doch weiß, dachte sie, denn so viel Verständnis hatte sie nicht erwartet.

Am Wochenende wollte sie nach Lund fahren, dieses Mal zusammen mit Claes und Klara. Sie wollten das Auto mit Möbeln und Sachen für Cecilias Wohnung vollpacken. Das Bett, das sie bestellt hatte, würde Montagvormittag geliefert werden. Diesen Tag hatten sich Claes und sie frei genommen. Am Nachmittag wollten sie die dreißig Kilometer nach Orup zu einer Besprechung für die Angehörigen fahren. Cecilia war bereits dort.

Sie hatten also alle Hände voll zu tun, was sie davon abhielt, gänzlich in einem Gefühl der Ohnmacht zu versinken.

Ein Augenblick nach dem anderen.

»Wie geht es dir mit der Arbeit?«

Ronny aß bereits seinen fünften Kartoffelkloß. Er war mager wie ein Windhund, und sie fragte sich, wo er das ganze Essen nur ließ. Das Leben war ungerecht.

»Es ist richtig angenehm, auf andere Gedanken zu kommen. Aber so ganz auf der Höhe bin ich vermutlich nicht.«

Sein Blick deutete an, dass er diesen Eindruck hatte.

»Darf ich mich dazusetzen?«

Ein Tablett schwebte direkt hinter ihr über ihrem Kopf.

»Klar!«

Sie rückte den freien Stuhl neben sich ein Stück zurück. Der Fremde setzte sich. Er nickte Ronny zu.

»Du bist also wieder da«, meinte dieser.

»Ich habe heute Nacht Bereitschaft, bleibe dann übers Wochenende und noch bis Anfang nächster Woche.«

Veronika erkannte den Mann wieder, der aus der Gegend stammen musste. Sein singendes Småländisch klang schon fast komisch. Sie hielt ihm ihre Hand hin und stellte sich vor.

»Pierre Elgh«, erwiderte er.

Sie merkte, wie ihr das Blut in den Kopf stieg, nicht aus Verlegenheit, sondern vor Aufregung.

»Wo arbeiten Sie sonst?«

»In Lund.«

»Aber Sie springen manchmal hier ein?«

»Tja, wenn es sich so ergibt. Ich habe recht viele Überstunden in Lund abzufeiern. Und euch fehlt es ja an Anästhesisten.«

Sie hatte ihn schon früher auf dem Gang des OP-Trakts gesehen, aber bei ihr im OP war er nie für die Narkose zuständig gewesen. Sie hatte ihn auch in der Kantine in Lund gesehen.

Plötzlich stockte die Unterhaltung. Sie konnte sich einfach nicht mehr verstellen und weiterplaudern. Ronny hatte offenbar gehofft, dass sie etwas sagen würde, denn er schwieg.

Trotzdem war sie neugierig. Sie hätte gerne gewusst, ob er auch auf der Neurochirurgie als Anästhesist arbeitete. Sie wollte ihn nicht belästigen, aber alles, was mit Cecilias Schicksal zu tun hatte, zog sie an, und sie konnte es schließlich nicht sein lassen.

»Nein, dort teilt man mich nur selten ein«, antwortete er.

Sie hatte die Nachmittagssprechstunde abgekürzt, um Klara kurz nach drei abholen zu können. Gemächlich fuhr sie auf ihrem Dreigangrad zum Kindergarten. Früher hatte sie sieben Gänge gehabt, aber nicht alle verwendet.

Andere Menschen ermüdeten sie. Das ganze Gerede und das ständige Stellung-nehmen-Müssen lösten sie gewissermaßen auf. Und das Zuhören. Sie musste sich anstrengen, nicht geistesabwesend zu wirken. Trotzdem waren es diese ruhigen Gespräche mit den Patienten, die sie immer mehr interessierten. Aber jetzt konnte sie fast nicht mehr. Schließlich war sie auch nur ein Mensch.

Sie hatte Claes versprochen einzukaufen. Sie wollte wiedergutmachen, dass sie so viel weg gewesen war. Dieses ständige Wiedergutmachen. Nicht dass er es erwartet hätte – oder vielleicht nur ein wenig. Er hatte sich schon ganz schön selbst bemitleidet. Sie wusste nur nicht, wie sie das durchhalten sollte, sie war müde, und ihr war speiübel. Im Übrigen fiel ihr nichts ein, worauf sie zum Abendessen Appetit gehabt hätte. Höchstens Eis, weiches, schon halb aufgetautes Vanilleeis.

Wie beim letzten Mal.

Diese Einsicht schoss wie ein Korken an die Oberfläche. Sie begann nachzurechnen. Wann hatte sie zuletzt ihre Tage gehabt?

Die Menstruation war in letzter Zeit etwas häufiger gekommen, was sie nicht weiter gekümmert hatte, denn sie hatte es nüchtern als dem Altern zugehörig erachtet.

Im Übrigen war es in letzter Zeit vollkommen unmöglich gewesen, so banale Dinge wie ihre Regel im Auge zu behalten. Sie war sechsundvierzig und würde bald ihren siebenundvierzigsten Geburtstag feiern. Sie kannte niemanden, der in diesem Alter noch ein Kind bekommen hätte. Höchstens im Ausland und mit künstlicher Befruchtung.

Es war eine große Gnade gewesen, Klara zu bekommen. Sie hatten sich eigentlich damit abgefunden, ein gutes Leben ohne gemeinsame Kinder zu führen.

Dann war ihre Tochter zur Welt gekommen.

Beim Kindergarten stieg sie vom Fahrrad. Die Kinder spielten draußen, und sie stellte sich vor den niedrigen Lattenzaun. Klara entdeckte sie und rannte mit ausgestreckten Armen auf sie zu. Sie fing ihr Mädchen auf, vergrub ihre Nase in ihrem nach Sand riechenden Haar und spürte die warme, klebrige Wange an ihrem Hals. Es fehlte nicht viel, und sie wäre in idiotische Tränen ausgebrochen.

Das Dasein war so überwältigend. So unbegreiflich! Ich befinde mich mitten im Leben, dachte sie.

Sie holte Klaras Tasche. Ihre Tochter blieb ihr auf den Fersen, wieselflink. Veronika fing sie ab, bevor sie im Spielzimmer verschwinden konnte.

»Nein, du, jetzt fahren wir nach Hause.«

Sie schnallte Klara auf dem Kindersitz an und setzte ihr den leuchtend roten Helm mit Igeln auf.

Sie schob es von sich weg. Sie würde es noch eine Weile geheim halten. Sie wollte sich erst sicher sein. Nicht unnötig für Unruhe sorgen. Es war so schon genug.

Stattdessen dachte sie darüber nach, ob sie es riskieren sollte, einen Schwangerschaftstest bei ICA zu kaufen. Nicht dass die Qualität im Supermarkt schlechter gewesen wäre, aber sie wollte sich nicht von der Kassiererin kritisch mustern lassen.

Die Alte, was bildet die sich denn ein!

Das waren die Nachteile eines Lebens in der Kleinstadt. Man fühlte sich immer neugierigen Blicken ausgesetzt.

Ester Wilhelmsson saß mit einer anderen Hebamme auf der Couch im Kaffeezimmer der Lunder Frauenklinik. Sie hatten die Köpfe zusammengesteckt und sprachen leise.

Christina Löfgren hatte ihnen den Rücken zugewendet und wartete darauf, dass ihr Cappuccino fertig wurde. Trotzdem merkte sie, dass Ester den Tränen nahe war. Glühende, schmerzhafte Liebe, so viel begriff sie, ohne dass sie die Details mitbekommen hätte. Aber man musste schließlich auch nicht alles wissen.

Gustav Stjärne saß ein Stückchen weiter weg am Esstisch und blätterte zerstreut im *Sydsvenska Dagbladet*. Es kann nicht leicht sein, es in dieser Frauenwelt auszuhalten, dachte sie, gerade als »auseinander ziehen« vom Sofa an ihr Ohr drang. Dann hörte sie: »Treffe meine Mutter.«

Ja, Mütter waren immer eine Hilfe. Sie hatte vier Kinder zu Hause und fragte sich manchmal, ob ihr Mann nicht auch noch zu den Kindern gezählt werden müsste. Es war ein Privileg, eine Mutter zu haben, die noch am Leben war. Außerdem noch eine, die fit war. Sie lief zwar keinen Marathon mehr, fuhr aber immer noch Rad. Und zwar in Schonen auf dem Land, um fit zu bleiben.

Auf der Entbindungsstation war es im Augenblick ruhig, und Christina Löfgren nutzte die Gelegenheit und entspannte sich ein wenig. Sie nutzte ohnehin jede Gelegenheit, sich auszuruhen, wenn sie bei der Arbeit war. Im Gegensatz zu daheim, konnte sie hier manchmal sowohl Kaffee trinken als auch einen zusammenhängenden Gedanken fassen. Aber es konnte auch jeden Moment umschlagen. Die Unvorhersehbarkeit der Arbeit besaß ihren Reiz. Die Pausen waren jedoch nötig, um überhaupt die Kraft für die Stressphasen zu besitzen.

Lotten stand in der Tür.

»Da ist ein Mann, der Sie sprechen möchte«, sagte sie an Gustav Stjärne gewandt.

»Wer?«

Er blieb reglos sitzen und starrte in die Zeitung.

»Weiß nicht. Noch nie gesehen. Ich habe ihn in den Aufenthaltsraum gebeten.«

In diesem Moment schrillte eine Stimme durch den Korridor.

»Mit den Herztönen in der drei stimmt was nicht.«

Christina Löfgren rannte los.

»Sag dem Mann, er soll warten«, rief sie Gustav zu.

Die Tür hatte sich hinter ihr geschlossen, als sich Gustav an Lotten wandte.

»Sagen Sie, ich sei beschäftigt. Bitten Sie ihn um seine Telefonnummer, dann rufe ich ihn an.«

Dann eilte er hinter Christina her auf den Korridor.

Gillis Jensen ging zum Block, um eine Tasse Kaffee in der Eingangshalle zu trinken. Sie erinnerte ihn an eine riesige, moderne Kathedrale. Er setzte sich an einen runden Tisch am Fenster und starrte nach draußen. Der Asphalt im Schatten des hohen Gebäudes war dunkel. Es ist wirklich düster hier unten. Weiter oben ist es sicher besser, dachte er. Plötzlich war er dankbar dafür, einen freieren Arbeitsplatz zu haben oder zumindest einen gesünderen.

Ein ständiger Strom von Taxis. Die Drehtür war ein Rachen, der Menschen verschluckte und einige ausspuckte. Andere blieben.

Er hatte das bestimmte Gefühl, dass sich der junge Stjärne nicht melden würde. Sein Handy würde nicht klingeln. Während er zerstreut die Geschäftigkeit um sich herum betrachtete, kam er zu dem Schluss, dass er es sich erlauben konnte zu warten. Jedenfalls eine Weile. Eigentlich hatte er es satt, junge Menschen zu vernehmen. Einige hatten sich allerdings auch von sich aus gemeldet. Einige hoch qualifizierte Jünglinge und einige Frauen mit flinkem Mundwerk. Alle hatten sich bereit erklärt, eine Speichelprobe für den DNA-Test abzugeben. Die Meisten hatten es angeboten, noch ehe die Vernehmung begonnen hatte.

Eckige Raumteiler in Seegrasgrün ragten zwischen der Cafeteria und dem Durchgang zu den Fahrstühlen auf. Personal, Patienten und Besucher standen am gegenüberliegenden Pressbyrå-Kiosk Schlange. Er zog die Brauen hoch, als er die Schlagzeile einer Abendzeitung sah: *Emmys Mörder in Haft*.

Das wusste nicht mal ich, dachte er sarkastisch.

Es regte ihn jedoch nicht weiter auf. Darüber war er schon lange hinweg. Der Anblick des inzwischen weit verbreiteten und stark vergrößerten Fotos von Emmy Höglund mit ihrem langen dunklen Haar und ihren munteren Augen bereitete ihm jedoch ein gewisses Unbehagen. Die armen Eltern, dachte er. Emmy lächelte hold. Frauen lächelten immer hold auf Fotos. Nur Männer durften ernst bleiben.

Jensen erblickte den dunkelhaarigen Arzt, der Leo hieß. An

den Nachnamen erinnerte er sich nicht. Er setzte sich mit zwei anderen an einen Tisch in der Nähe. Leo bemerkte ihn nicht. Er war noch bleicher und hatte noch tiefere Ringe unter den Augen. Wahrscheinlich war es anstrengend, Arzt zu sein.

Jetzt beugte sich dieser Leo zu den anderen beiden vor, einem jungen Arzt, den Gillis noch nie gesehen hatte, und einer Frau, die ebenfalls einen weißen Kittel trug. Sie kehrte ihm den Rücken zu. Blondes, verblüffend kräftiges Haar fiel über ihre Schultern herab. Engelshaar. Er wusste nicht recht, warum er es den Kranken gegenüber unangemessen fand, offenes Haar zu tragen. Ärzte hatten nicht eitel zu sein. Im Übrigen war es unhygienisch. Er stellte sich vor, wie sich Bakterien daran festklammerten und dann verbreiteten. Oder Viren.

Jensen warf noch einen Blick auf die Schlagzeilen. Dieses Mal würden sie den Mörder fassen. Davon war auch der Leiter der Ermittlung überzeugt. Kriminalinspektor Lars-Åke Mårtensson hatte nicht lockergelassen, sondern seinen Optimismus und seinen Aktivismus eher noch hochgeschraubt. Er war ein vorausschauender Mann. Manche Mitarbeiter waren ihm vollkommen ergeben.

So war ich auch mal, als ich jünger war, dachte Gillis Jensen. Er wusste nicht, ob es gut oder schlecht war, dass seine Energie nachgelassen hatte. Zumindest war das Leben angenehmer geworden.

Emmy Höglunds bemitleidenswerte Eltern harrten einer Auskunft. Sie waren natürlich vollkommen fassungslos. Fast alles im Leben ihrer Tochter war perfekt gewesen. Jedenfalls aus ihrer Sicht. Außerdem war sie das einzige Kind gewesen. Nicht dass er je geglaubt hätte, dass ein Kind ein anderes ersetzen konnte, aber es wurde natürlich einsamer, wenn man gar keine hatte.

Die bisherigen Ermittlung hatten nicht erhellt, weshalb sich Emmy von den anderen eifrig büffelnden Studentinnen hätte unterscheiden sollen.

Aber in einem Punkt hatte sie geirrt: Sie hatte den falschen Mann in ihre Wohnung gelassen.

Der Kaffee war getrunken und das Mandelgebäck aufgegessen. Er sah auf die Uhr. Es war vermutlich immer noch zu früh, zur Entbindungsstation zurückzugehen.

Aus einer Eingebung heraus, begab er sich auf die Spuren von Jan Bodén und ließ den Fall der ermordeten Studentin erst einmal ruhen.

Bodéns letzter Gang. Jensen hatte diesen Gang nach Golgatha natürlich bereits ein paar Mal nachvollzogen, aber jetzt waren seit dem letzten Mal ein paar Wochen vergangen. Vielleicht würde der zeitliche Abstand etwas Neues ergeben.

Er passierte beide Fahrstuhleinheiten, bei den ersten herrschte reger Betrieb, die zweiten waren dem Bettentransport vorbehalten. Hier herrschte momentan Grabesruhe. Zwischen Personen- und Bettenfahrstühlen befand sich die Treppe von normaler Größe, im Gegensatz zu Hotels, in denen es zum Hinterhof enge Treppenhäuser gab, durch die das Personal ungesehen verschwinden konnte oder die als Fluchtweg vorgesehen waren.

Die Treppe führte zu den zwölf oberirdischen Stockwerken und zu den zwei Untergeschossen mit ihren Tunneln. Die Angestellten benutzten sie recht fleißig, zumindest jene, die nicht weiter oben im Gebäude arbeiteten. Aber kein Einziger, der wegen Bodéns Tod hatte von sich hören lassen, und das waren viele gewesen, hatte etwas Brauchbares beizutragen gewusst. Trotz der vielen Aufrufe in der Presse.

Jensen betrachtete Fußboden, Wände und Schilder und versuchte sich in Jan Bodén hineinzuversetzen. Er war ein paar Jahre jünger gewesen als er und hatte einen kleinen und harmlosen Tumor hinter dem einen Ohr gehabt. Laut Claes Claesson hatte ihn das aber ziemlich mitgenommen und in eine Lebenskrise getrieben.

Das war an sich nichts Merkwürdiges. Vor allen Dingen, weil Bodén offenbar vorher gesund gewesen war. Wie er sich seine Unsterblichkeit und seine eventuelle Größe vorgestellt hatte, darüber wusste Jensen nicht so viel. Und auch sonst niemand. Aber er stellte sich vor, dass Bodén nicht sonderlich sympathisch gewesen war. Claes Claesson hatte Widersprüchliches in Erfahrung gebracht. Vielleicht hatte ja seine Arbeit Spuren hinterlassen. Den widerstrebenden Bälgern Kenntnisse einzubläuen erforderte vermutlich gewisse Tricks und eine barsche Stimme.

Aber war er hier wirklich allein entlanggegangen?

Wo war er seinem Mörder begegnet?

Bodén war allein gewesen, als er die HNO-Klinik verlassen hatte, dessen war sich das Personal sicher. Jemand hatte ihn auf den Block zugehen sehen. Er hatte an der Treppe gestanden, die zum Wendeplatz vor dem Entree führte. Aber dann gab es keine verlässlichen Zeugen mehr.

Jensen konnte verstehen, wieso. Die Menschen, denen er hier begegnete, hatten Mühe, überhaupt vorwärtszukommen. Sie gingen auf Krücken, saßen im Rollstuhl oder lagen auf einer Trage. Im hinteren Teil der Eingangshalle bei den Fahrstühlen gab es keine Bänke, auf denen man hätte verweilen und die Umgebung betrachten können. Außerdem wurde dieses Areal gewissermaßen von der Cafeteria verdeckt. Die Weißgekleideten schienen alle in Eile zu sein, und die Besucher hatten Mühe, sich mithilfe der Wegweiser zurechtzufinden.

Langsamen Schrittes begab sich Jensen in den menschenleeren Gang hinter der Eingangshalle. Er spähte in den Innenhof. Das einfallende Licht wurde von dem sandfarbenen Linoleumboden zurückgeworfen. Er verharrte wie nun schon oft vor den beiden Toiletten und dem mittlerweile berühmten oder, genauer gesagt, berüchtigten Putzmittelraum. Der Innenhof diente als Lichtschacht, und man konnte ihn nicht betreten. Er war gepflastert, es gab aber keine Stühle und Tische. Hinter den Fenstern auf der anderen Seite des Innenhofs waren Monitore und Schreibtischlampen auszumachen. Dort befand sich das Zentrallabor. Natürlich waren dort alle vernommen worden. Niemand hatte etwas gesehen. Das Licht fiel so ein, dass der Gang vor den Vorlesungssälen und damit auch vor dem Putzmittelraum tagsüber im Halbdunkel lag. Abends, wenn Licht brannte und man durch die Fenster besser hineinsehen konnte, befand sich niemand mehr in den Büros gegenüber. Der Mord war Anfang September verübt worden, und da waren die Abende noch nicht dunkel gewesen.

Die Decke ruhte auf eleganten Säulen. Hinter den gerundeten Wänden lagen die Vorlesungssäle. Jensen fand das Ambiente recht ansprechend. Hell und nicht so eckig und krankenhauskorridormäßig.

Plötzlich wurde eine Tür geöffnet, und das Geräusch von Stimmen drang nach draußen. Gillis Jensen blieb stehen. Kurze Zeit später verließen alle Studenten den Saal und entfernten sich in unterschiedliche Richtungen. Eine Person verschwand auf der Toilette, einige strebten an ihm vorbei einen schmalen Gang entlang zum Hinterausgang des Blocks, den man kennen musste, um ihn überhaupt zu finden. Die meisten gelangten auf einen Korridor, der, von den Fahrstühlen aus gesehen, in entgegengesetzter Richtung zur großen Eingangshalle führte.

Nur eine Hand voll Studenten ging zu den Aufzügen. Kein einziger Medizinstudent hatte sich bei der Polizei gemeldet.

Innerhalb einer Minute waren alle Studenten verschwunden. Wahrscheinlich eilten sie jetzt nach Hause zu ihren Büchern. Er schaute auf die große Uhr, die weit oben an einer der Säulen befestigt war. Kurz nach drei.

Er machte kehrt. Folgte den Schildern, dieses Mal jedoch in entgegengesetzter Richtung, und zwar zur Notaufnahme. Dass es sich um einen Schleichweg handelte, ging schon daraus hervor, dass die Buchstaben auf den Schildern klein waren. Patienten, die nicht aus dem Gebäude kamen, sollten das große Portal auf der Rückseite des Blockes benutzen, wo die neue Notaufnahme neuerdings lag.

Hatte Bodén dorthin gewollt? War er seinem Mörder hier oder in der Eingangshalle begegnet oder vielleicht sogar vor der Klinik? Oder war es jemand gewesen, der von der Notaufnahme oder aus einem der Tunnel gekommen war? Hatte es sich um eine Verabredung gehandelt, die eskaliert war? Hatten sie sich aus unerfindlichen Gründen hier verabredet gehabt? War es ein Student gewesen?

Christina Löfgren stand über den Schnitt gebeugt. Sie schloss die dicke und blutende Öffnung in der Gebärmutter. Sie nähte rasch und mit gleichmäßigen Stichen. Die Blutung stoppte. Gustav Stjärne schnitt den Faden ab. Sie tupfte das Blut ab. Sie hatte den Eindruck, dass sich die Gebärmutter gut zusammengezogen hatte. Sie arbeitete konzentriert und ohne ein Wort zu sagen. Die Frau befand sich in Narkose. Alles war gut gelaufen. Der Vater befand sich draußen bei dem Kind, das nach dem Kaiserschnitt etwas apathisch gewirkt hatte. Aber laut den Berichten aus dem Vorraum ging es dem Mädchen langsam besser. Der Kinderarzt war dort.

Christina biss hinter dem Mundschutz die Zähne zusammen und versuchte, sich nicht über Stjärne aufzuregen. Sie schaute nicht mal hoch. Er stand auf der anderen Seite des OP-Tisches. Sie bat die OP-Schwester um Haken für Stjärne, und diese reichte sie. Christina erhielt eine Pinzette und eine neue Nadel und neuen Faden, ohne dass sie darum gebeten hätte. Stjärne hielt mit den Haken die Kanten auseinander, während sie die Fascia zusammennähte. Immerhin konnte er inzwischen besser assistieren, stellte sie fest. Er war ihr nicht mit Gewebe und Fingern im Weg. Er stand nicht nur blöde rum, glotzte und ließ die Arme hängen.

Aber das meiste wäre zweifellos einfacher gewesen und schneller gegangen, wenn sie ihn nicht dauernd an der Backe gehabt hätte.

»Tücher, Instrumente und Nadeln sind gerichtet«, sagte die OP-Schwester.

»Danke«, erwiderte sie und verknotete den Faden. Dann hielt sie das Fadenende hoch. Stjärne war rasch mit der Schere zur Stelle und schnitt ab. Dann konnte er gehen.

»Sie werden auf der Entbindungsstation gebraucht«, sagte sie und sah ihm zum ersten Mal direkt in die Augen.

Er nickte und verschwand. Sie entledigte sich ihrer Handschuhe und des Mundschutzes und ging, um den Bericht zu diktieren. Sie sah gerade noch seinen grünen Rücken den Gang entlang verschwinden.

Er geht selbstbewusst, dachte sie noch, ehe er um die Ecke herum verschwand. Seltsam, so viel hat er doch wirklich nicht zu bieten. Außer möglicherweise, dass er ein Mann war, aber daran wollte sie gar nicht erst denken, denn dann stieg ihr Blutdruck. Offenbar hatte er auch den richtigen Hintergrund, um sich durchzusetzen. Einen berühmten Vater. Dozent Eskil Nordin hatte sich bereits seiner angenommen. Stjärne habe Talent für die Forschung, hatte Nordin gesagt.

Ihrer Meinung nach wäre das in diesem Fall das Einzige gewesen. Sie hatte ihm alles von Grund auf beibringen müssen. Die meisten hatten zumindest noch einige klare Erinnerungen aus der Gynäkologievorlesung. Stjärne hatte definitiv alles vergessen gehabt. Aber er bedachte sie trotzdem mit dem Blick eines Adligen aus einem Film, der vor über hundert Jahren spielte. Genauer gesagt, sah er immer knapp an ihr vorbei.

Wie konnte man nur so selbstbewusst sein? Es war ihr unerklärlich. Aber nicht nur sie hatte angefangen zu murren. Schwestern, Hebammen und Kollegen, viele machten sich Gedanken. Aber wie immer waren die Meinungen geteilt, und wie immer hatte es zu nichts geführt, außer dass man sie mehr oder minder gegen ihren Willen zu Stjärnes Mentorin gemacht hatte. Andererseits hatte es niemanden gegeben, der diese Aufgabe freiwillig übernommen hätte. Also Zwang. Weisung von oben. Auch ein bisschen Schmeichelei – sie besäße doch so eine einzigartige Geduld und so weiter und so fort. Ihr Chef hatte gelächelt, und damit hatte sie dann die Bescherung gehabt.

Es war ihr trotz allem gelungen, Stjärne einen halben Kaiserschnitt ausführen zu lassen. Er konnte einen ganz annehmbaren Hautschnitt ausführen und sich dann mithilfe der Finger gewebeschonend und rasch bis zur Gebärmutter vorarbeiten, obwohl ihm dabei die Hände zitterten. Dann gelang es ihm, die Haut über der Blase aufzuschneiden und nach unten zu schieben. Aber er hatte sich bisher außer Stande gesehen, den eigentlichen Schnitt in die Gebärmutter vorzunehmen und das Kind herauszuholen. Und natürlich bestimmte niemand anderes als Gustav Stjärne, wie schnell es zu gehen hatte. Da sagte sie nichts. So gesehen, war sie eine rücksichtsvolle Pädagogin.

Druck funktionierte langfristig nicht.

Aber etwas mehr Dampf könnte man ihm schon machen, dachte sie und legte verärgert eine Kassette in das Diktiergerät. Die meisten Ärzte in der Ausbildung waren kaum aufzuhalten. Der Eifer weiterzukommen ließ sie in der Regel keine Grenzen anerkennen. Sie taten eigenmächtig mehr, als sie durften, und fragten nicht oft genug nach. Aber manches Mal war es auch gar nicht so einfach, jemanden zu finden, den man fragen konnte. Mit anderen Worten, würde ihr Stjärne weiterhin ein Klotz am Bein sein! Sie saß in einem Kabuff im OP-Trakt, das nicht größer als ein Kleiderschrank war. Hier hatte sie ein paar Minuten lang ihre Ruhe. Zum Arbeiten war dies der beste Platz der ganzen Klinik. Sie konnte die Tür hinter sich zumachen und durch das Fenster die Sonne sehen und die Menschen, die zwischen dem Block und der onkologischen Klinik hin und her gingen. Hier saß sie gerne, ohne dass sie jemand unterbrach oder versuchte, sie wegzuzerren.

Sie diktierte Datum, ihren Namen, die Daten der Patientin, die Namen der Chirurgen – sie und Stjärne – sowie das Zahlenkürzel für die Diagnose und den Eingriff. Sie hatte das schon so oft getan, dass die Worte wie von selbst kamen. Ihr Blick wanderte gleichzeitig zur Lasarettsgatan hinaus und blieb an Ester hängen, die auf die Onkologie zuging. Ein dunkelhaariger, jüngerer Arzt kam auf sie zu. Ihr Freund, dachte sie. Oder der Ex? Kein Kuss und keine Umarmung. Sie blieben in einigen Metern Abstand voneinander stehen. Er schaute schräg in die Luft, und Ester hatte die Schultern hochgezogen. Es war deutlich zu sehen, dass die Unterredung unangenehm war. Sie hatte ihre Hände immer noch in den Manteltaschen vergraben, als sie einige Minuten später zum Haupteingang des Blockes weiterging.

Christina Löfgren nahm die Kassette heraus und ging zur Sekretärin, grüßte, gab das Diktat ab, zog sich um, warf die grünen Kleider in den Wäschekorb und atmete tief durch.

Sie musste wieder runter auf die Entbindungsstation und zu Stjärne. Besser nicht nachdenken.

Aber warum soll ich nicht ehrlich sein, dachte sie und zog weiße Hosen und ein weißes Hemd an. Sie musste Gustav Stjärne auf eine elegante Art, falls das überhaupt ging, plausibel machen, dass er sich eine ganz andere medizinische Fachrichtung suchen sollte. Ein Gebiet, auf dem es keine so große Rolle spielte, dass man sich nicht entscheiden konnte. Sie wollte ihm eine ehrliche Chance geben. War er zwischen Reagenzgläsern und Pipetten nicht einfach besser aufgehoben? Oder in der Psychiatrie?

Einige Kollegen hatten sich überschwänglich lobend über das Einfühlungsvermögen Stjärnes Patienten gegenüber ausgelassen. Sie suchte in der Kitteltasche nach einem Kamm. Die OP-Hauben machten einem immer die Frisur kaputt.

Stjärne als Psychologe!

Vermutlich war das damals, als er die allein stehende werdende Mutter auf der Entbindungsstation beruhigt hatte, dachte sie und schaute in den Spiegel. Oder als er dieser umständlichen und nervigen Patientin zuhörte. Fast eine Stunde lang hatte er in einem Behandlungsraum gesessen und die Depressionen dieser Frau über sich ergehen lassen. Vermutlich hatte sie es nötig gehabt. Und es war das Einzige, was Stjärne wirklich beizutragen hatte. Darin war er gut, das musste sie zugeben. Die meisten wären schon viel früher aus der Haut gefahren.

Sie nahm die Treppe und merkte, dass sie ihren Piepser im OP vergessen hatte. Da war sie bereits in der Eingangshalle. Sie rannte zurück und wäre beinahe mit einem Mann zusammengestoßen, der ihr auf der Treppe entgegenkam. Sie bat eine der OP-Schwestern, ihr den Piepser aus dem OP zu holen, und eilte dann wieder die Treppe hinunter.

Derselbe Mann, der ihr auf der Treppe begegnet war, stand jetzt vor der verschlossenen Tür der Entbindungsstation. Etwas bejahrt für einen werdenden Vater. Aber man konnte nie wissen. Vielleicht handelte es sich auch um einen Großvater.

»Entschuldigen Sie«, sagte er freundlich. Sein zerfurchtes Gesicht erinnerte sie an das eines Bluthunds.

»Ich suche einen Arzt namens Gustav Stjärne. Er arbeitet wohl auf der Entbindungsstation. Könnten Sie vielleicht so freundlich sein, ihn zu holen?«

Ehe sie noch fragen konnte, um was es gehe, fuhr er fort: »Ich bin Kriminalinspektor Gillis Jensen. Ich habe nur ein paar kurze Fragen.«

Cecilia stand am Fenster. Sie hatte sich gewaschen, die Zähne geputzt und halb angekleidet. Ihre lange Hose hatte sie fast ohne Hilfe angezogen, und dafür hatte sie die Ergotherapeutin gelobt. Einen BH hatte sie ebenfalls angezogen, was fast an ein Wunder grenzte. Das war nicht leicht, deshalb hatte sie sich helfen lassen. Über die Schultern und mit den Haken. Die Ergotherapeutin hatte ihr gesagt, sie solle stehen bleiben und sich nicht hinlegen, auch wenn das Bett verlockend wirkte. Oder der Stuhl.

»Ich weiß, dass du müde bist«, sagte die Ergotherapeutin, »aber halte durch!«

Sie war in Orup. Früher hatte hier einmal ein Sanatorium gelegen. Aber ihr war das gleichgültig. Sie war hier und würde offenbar eine Weile bleiben. Rehabilitation. Das Wort war so lang, dass sie kaum die Kraft hatte, es auch nur zu denken. Der ganze Umzug hatte irgendwie ohne ihr Zutun stattgefunden. Das machte ihr eigentlich nichts aus. Sie war froh, dass ihr Entscheidungen erspart blieben.

»Hör mal! Was musst du jetzt noch anziehen?«

Die Ergotherapeutin hieß Elke. Sie war nett. Und stur. Das war sicher gut. Cecilias Blick ließ von den Bäumen vor dem Fenster ab. Grüne Blätter und vereinzelte gelbe, die vom Wind gepeitscht wurden. Der Himmel war kaltblau. Sie wohnte weit oben, und die Klinik lag auf einem Berg. Weit unten befand sich der Ringsjön. Das Zimmer besaß hellgrüne Wände. Das beruhige die Nerven, hatte jemand gesagt. Vermutlich war es die Pflegehelferin gewesen. Auch egal.

Irgendetwas musste sie jetzt tun. Was hatte die Ergotherapeutin schon wieder gesagt? Plötzlich fehlte ihr jegliche Erinnerung. War einfach nur wahnsinnig müde. Wollte sich nur hinlegen. Sie hatte nicht einmal die Kraft, um zu antworten.

Ihre Augen blieben an der Frau hängen, die sie eigentlich nicht kannte. Sie hatte sich daran gewöhnt, von fremden Personen umgeben zu sein, die sich an ihr und ihren Sachen zu schaffen machten. Sie hochhoben, zurechtsetzten und hin und her bewegten.

Sie hatte aufgegeben. Ließ sie gewähren.

Guter Dinge, um die fünfzig, lange Hosen und ein blau kariertes Hemd. Sie betrachtete sie weiterhin.

Sie mochte diese Ergotherapeutin sehr. Aber ihr fehlte einfach die Kraft zu antworten. Sie vermochte nicht einmal zu lächeln. Wie hieß sie jetzt noch gleich? Eben hatte sie es doch noch gewusst. Sie starrte auf das Namensschild an der Hemdtasche.

»E-l-k-e«, buchstabierte sie laut.

»Ja, das bin ich.« Die Frau lächelte aufmunternd und geduldig. »Was wolltest du jetzt machen? Erinnerst du dich?«

Cecilia sah sie mit leerem Blick an.

»Erinnerst du dich?«, wiederholte die Frau in dem blau gemusterten Hemd, die Elke hieß.

Das Hemd war schön.

Aber was sollte sie tun? Mein Gott! Sie suchte in ihrem Kopf. Vollkommen leer.

Was nur?

»Schau dich an«, sagte Elke immer noch mit demselben Eifer.

Langsam beugte sie den Kopf nach vorne. Unter ihren Jeans sahen gelbe Turnschuhe hervor.

»Weiter oben!«

Beine in Jeans. Zwei Stück. Und dann der Bauch.

»Fehlt irgendwas?«

Der Bauch war nackt, die Arme waren es ebenfalls. Sie hatte

einen nackten Oberkörper, trug aber einen schwarzen BH mit Spitze. Den musste sie sich also irgendwie angezogen haben. Meine Güte!

Sie ging einen Schritt auf den Schrank zu und bekam sogar die Tür auf. Schaute hinein. Ließ den Blick langsam wandern. Von oben nach unten. Kleider. Einige auf Bügeln, andere in herausziehbaren Körben.

»Du musst was aussuchen.«

Elkes Stimme hinter Cecilia. Sie wartete.

Sie sollte also herausnehmen, was sie anziehen wollte, blieb aber hängen. Stand einfach nur da und starrte. Es ging nicht. Sie hatte nicht die Kraft zu wählen. Hatte noch weniger die Kraft, die Hand zu heben und etwas herauszunehmen. Sie war todmüde.

Sie schloss die Tür wieder, wandte sich zum Stuhl und ließ sich darauf niedersinken.

Wahnsinnig stur öffnete Elke die Tür erneut und nahm einen blau-weiß gestreiften Pullover aus dem Schrank. Hübsch. Den hatte sie noch nie gesehen. Doch, vielleicht.

»Was hältst du von dem?« Elke hielt ihn ihr hin und stupste sie an.

Sie starrte auf den Pullover.

»Der ist weich und behaglich und passt zu den Jeans«, meinte Elke.

Sie starrte ihn nur weiter an.

»Was meinst du, musst du jetzt tun?«

Sie starrte noch etwas länger. Irgendwie konnte sie das Starren nicht lassen. War so wahnsinnig träge.

»Was sollst du jetzt tun?«, beharrte Elke.

Die Stimme war deutlich und gleichzeitig eindringlich, blieb aber immer freundlich.

»Ihn anziehen«, hörte sie sich selbst langsam sagen mit einer Stimme, die ihr total fremd war.

Dann hob sie gehorsam beide Arme und erlaubte Elke, ihr den Pullover über den Kopf zu ziehen.

Jetzt befand sie sich in einer Turnhalle. Ohne Rast und Ruh. Ihr Stundenplan war voll. Sie hatte im Rollstuhl zur Turnhalle fahren dürfen. Es war so schwierig, dorthin zu gelangen, Treppen runter, dann kreuz und quer durch unzählige Korridore! Unmöglich, sich zurechtzufinden! Jetzt durfte sie den Aufzug benutzen. Im Rollstuhl. Aber nur vorläufig. Schließlich besäße sie ja zwei Beine, die sie tragen könnten, hatte Sara gescherzt. Sie war die Krankengymnastin und hatte auch den Rollstuhl besorgt. Sie wollte sich bei Sara dafür bedanken, hatte dazu aber nicht die Kraft. Sie war so müde, dass sie kein einziges Wort herausbrachte. Nicht einmal ein kurzes Danke. Sie musste sich ihre Kraft für das Training aufheben.

Die Krankengymnastin hatte einen langen Pferdeschwanz. Cecilia betrachtete ihren durchtrainierten Körper, den Heimtrainer und die anderen Fitnessgeräte. Was hatte sie hier verloren? Sie konnte sich ja kaum auf den Beinen halten.

Nein, sie müsse nicht Rad fahren. Noch nicht. Aber es sei gut, stehen und kürzere Strecken gehen zu üben, meinte Sara.

»Es geht bald besser«, meinte sie und bat Cecilia, ihre Hände zu drücken. »Mit aller Kraft«, ermahnte sie. »Und dann lass los.«

Sie strengte sich an, alle Anweisungen zu befolgen. Aber manchmal fehlte ihr sogar die Kraft zum Zuhören. Sie wollte sich wirklich bewegen. Sie wollte wirklich alles richtig machen. Aber es ging nicht.

»Es ist gut, dass du den Willen hast«, sagte Sara. »Das merkt man. Aber alles braucht seine Zeit. Du wirst schon wieder in Gang kommen. Du wirst schon sehen!«

Sie erinnerte sich nicht, wie lange sie in der Turnhalle gewesen war. Die Zeit verging einfach wie im Fluge. Sie wusste nur, dass sie jeden Tag dorthin musste. Dass sie einen Trainingsplan hatte. Dass es wichtig war, selbst wieder die Verantwortung zu übernehmen.

Aber noch hatte sie nichts im Griff, und deswegen waren auch alle so nett und halfen ihr.

Als sie oben in ihrem Zimmer war, schlief sie sofort ein. Aber sie durfte nicht lange ruhen. Die Pflegehelferin holte sie zum Abendessen ab.

Danach holte sie sie erneut.

»Du hast Besuch«, sagte sie.

»Ich habe ein paar kurze Fragen, die Emmy Höglund betreffen.«

Gillis Jensen sah, wie es um die Mundwinkel des jungen Arztes zuckte.

»Was ist mit ihr?«, wollte Gustav Stjärne gereizt wissen.

Die höchst bemerkenswerte Tatsache, dass sie ermordet worden ist, dachte Jensen. Hat er nichts davon gehört?

Stjärne saß aufrecht im Sessel, beide Füße auf dem Boden, und seine Arme ruhten auf den Armlehnen. Er ließ die Schultern hängen, was seinen Hals länger erscheinen ließ. Mit kühlem Blick betrachtete er Jensen. Seinen Ärztekittel trug er aufgeknöpft und darunter ein weißes Hemd, weiße Hosen und Turnschuhe, die einmal weiß gewesen waren.

Gustav Stjärne besaß gekräuseltes aschblondes Haar, dem ein frischer Haarschnitt gut getan hätte. Seine Augen waren hellblau und seine ausgeprägten Brauen blond, vermutlich sonnengebleicht. Sein kleiner Mund wies eine schmale Oberlippe und eine kräftigere Unterlippe auf. Er hielt ihn geschlossen, was einen mürrischen Eindruck erweckte. Die Nase war kurz und vielleicht etwas platt. Seine Züge waren jedoch recht symmetrisch, was ihn im Gesamten gut aussehen ließ, ohne dass er deswegen eine charakteristische oder charismatische Ausstrahlung besessen hätte. Er strahlte überhaupt nichts aus. Höchstens eine dunkle Unruhe.

Dieser Mann verschwindet leicht einmal in der Menge, dachte Jensen. Und ist leicht zu verwechseln. Gillis Jensen hatte die ganze Zeit die Aussage des Nachbarn von Emmy Höglund im Kopf. Von dem Mann mit dem Liegestuhl. Er hatte sich wirklich Mühe gegeben, den Mann zu beschreiben, der kurz nach Mitternacht aus der Dunkelheit nach Emmy gerufen hatte. Mehr, als dass nichts an ihm ungewöhnlich gewesen sei, hatte er aber nicht zu sagen gewusst.

Sie saßen für sich in einem fensterlosen Raum auf der Entbindungsstation. Die Pflegehelferin hatte sie zu dem Zimmer geführt. »Gesprächsraum« stand auf einem Schild an der Tür. Er wirkte so gut schallisoliert wie ein Bunker und war frisch gestrichen. Die ganze Entbindungsstation war gerade umfassend renoviert worden, das hatte sogar im *Sydsvenska Dagbladet* gestanden. Die Korridore waren hell und breit, und die Zimmer waren ganz offensichtlich bestens ausgestattet.

Stjärne hatte verbissen gewirkt, als die Ärztin ihn geholt und er den Kriminalinspektor im Korridor der Entbindungsstation erblickt hatte. Natürlich konnte er nicht wissen, wer Jensen war. Jensen trug immer Zivil, aber vielleicht hatte Stjärne etwas geahnt. In Krankenhäusern sprach sich alles rasch herum.

Natürlich war er ihm unverzüglich gefolgt, alles andere hätte zweifellos Aufsehen erregt.

Obwohl er das ja bereits getan hatte, als er so unerreichbar gewesen war und sich auch nicht gemeldet hatte.

»Ja, Sie wissen ja bereits, dass ich hinter Ihnen her bin«, meinte Jensen.

»Ich hatte keine Zeit …«

Jensen vertiefte dieses Thema gar nicht erst.

»Sie kennen Emmy Höglund«, stellte er stattdessen fest.

»Nicht sonderlich gut«, wehrte sich Stjärne.

Jensen nickte, und seine hängenden Wangen bebten leicht.

»Können Sie mir von ihr erzählen?«

Stjärne sah ihn übernächtigt an.

»Oder fällt es Ihnen schwer?«, fuhr Jensen mit einer honigmilden Stimme fort.

»Da gibt es eigentlich nichts zu erzählen«, meinte Stjärne.

Gillis Jensen schwieg. Er hielt den Weltrekord im Schweigen.

»Wir haben uns gelegentlich gesehen«, erwiderte Stjärne schließlich mit leiser, mürrischer Stimme. »Sie ist eigentlich die Freundin eines Bekannten.«

»Aha?«
»Er heißt Karl.«
»Und wie weiter?«
Schweigen.
»Heißt er Karl Wallin?«
Stjärnes Wangen röteten sich, und sein Blick bohrte sich in eine pastellfarbene Gardine, die die gegenüberliegende Wand auflockern sollte. Zwischen ihnen stand ein Tisch aus hellem Holz.
Schließlich nickte er.
»Können Sie mir sagen, wann sie Emmy Höglund zuletzt getroffen haben?«
»Ich erinnere mich nicht richtig. Vielleicht vor etwa einer Woche.«
»Sie waren also am Montag nicht auf ein Bier im Carlssons Trädgård dabei?«
»Nein. Wieso?«
»Einige von Ihren Bekannten waren dort.«
»Aber ich nicht.«
Jensen dachte, dass ihm nichts anderes übrig bleiben würde, als weiterzubohren. Stjärne würde kein Wort freiwillig sagen.
»Sie waren am Montagabend, also vor einer guten Woche, nicht mit Emmy, Karl und den anderen im Carlssons Trädgård?«
»Nein.«
»Wo waren Sie dann?«
»Ich war hier.«
»Hier?«
»Ja. Ich hatte in der Nacht von Montag auf Dienstag Bereitschaft.«
Hätte er das nicht gleich sagen können, dachte Jensen. Wirklich ein supernerviger Typ, jedoch mit einwandfreiem Alibi.
»Und wie war's am Dienstagabend, was haben Sie da gemacht?«
»Jedenfalls nicht Emmy getroffen.«
»Können Sie das beweisen?«

Da schien auf einmal der Sauerstoff aufgebraucht zu sein. Schritte und Stimmen waren draußen zu hören. Der Piepser in Stjärnes Kitteltasche meldete sich.

Da hast du aber Glück gehabt, dachte Jensen.

Nina Bodén hatte sich ein paar Tage freinehmen müssen, als es besonders schlimm gewesen war. Sie hielt sich selbst für eine starke Frau mit gewissen Schwächen wie alle anderen. Man konnte schließlich nicht ständig Vollgas geben. Zu Hause ging sie nur im Kreis. Aber jetzt saß sie in dem kleinen Dienstwagen der Pflegezentrale und klammerte sich an das Lenkrad. Sie blickte geradeaus auf die Straße, denn sie wollte weder Dachs noch Reh überfahren. Und noch weniger mit einem Elch zusammenstoßen.

Tränen liefen ihr über die Wangen, und sie wurde von Schluchzern geschüttelt. Sie hatte vor, bis zur Beerdigung durchzuhalten, dann würde sie weitersehen.

Sie fühlte sich wie ein entwurzelter Baum. Und im Wurzelloch wimmelte es von Ungeziefer. Dagegen konnte sie nichts machen. Die Trauer besaß keine Struktur. Sie war abwechselnd schwarz, heftig und zärtlich. Außer den Erinnerungen bot die Vergangenheit nicht viel Verlässliches. Sie hatte sich ohne weiteres täuschen lassen und sich bestens selbst betrogen.

Aber die Erinnerungen waren heimtückisch. Einige waren beständig, andere entglitten ihr. Und nicht nur die schönen Stunden des Lebens kehrten wieder.

Sie schnäuzte sich, trocknete die Wangen und betrat pflichtbewusst das Haus. Sie hörte das Ticken der Uhr bereits in der Diele. Es war eine dieser Wanduhren, die immer mehr von elektrischen oder batteriebetriebenen verdrängt worden waren. Sie wusste, was sie zu tun hatte. Hier kannte sie sich aus. Niemand mischte sich ein, und nur selten beklagte sich jemand. Der Alte freute sich, sie zu sehen. Fast wäre er wieder in Tränen ausgebrochen. Mit seiner breiten, gekrümmten Hand winkte er ihr vom Sofa aus zu. Bei den Alten wuchsen Hände und Nase.

»Es ist nicht leicht, ihm auf die Beine zu helfen«, sagte seine

Frau und näherte sich ihr ihrer verschlissenen Hüften wegen auf zwei Krücken gestützt.

»Und ich liege hier auf dem Sofa wie ein Stück Brennholz«, scherzte der Alte.

Vermutlich liegt er da und schaut durch die Stores auf den Himmel, dachte sie.

»Haben Sie es aber gut«, erwiderte sie mit ihrer fröhlichen Stimme. Sie wechselte den Verband an den Beinen des alten Mannes und kontrollierte, dass beide ihre Medikamente genommen hatten.

Hätten das Jan und sie in einer unbekannten Zukunft sein können? Sie lachte plötzlich unangemessen laut, aber da saß sie schon wieder allein in ihrem Wagen und war auf dem Weg in die Pflegezentrale. Sie fuhr auf dem Björnfällevägen in südlicher Richtung. Pferde grasten auf großen Weiden am Waldrand. Jedes Jahr wurden es mehr. So gesehen, lebten die Dörfer noch. Vermutlich hatten alle Kinder so lange gequengelt, bis sie so ein armes Pony bekommen hatten, das ihnen dann rasch verleidet war und nun auf der Weide hinter dem Haus herumstand. Sie waren einfach verwöhnt.

Es war vier Uhr. Im Wald war es bereits finster, aber es war diese samtweiche Dunkelheit, die sie so mochte. Dieses Jahr hatte sie keine Pilze gesammelt. Und auch keine Beeren. Überhaupt nichts.

Sie hatte sich an Jan festgeklammert wie eine Ertrinkende am Rettungsring. Das hatte Kräfte gekostet. So etwas kostete immer Kräfte. Sie war feige. Sie wünschte sich, sie wäre wagemutiger, selbstständiger gewesen. Und dass sie sich nicht so viele Gedanken über das Geld gemacht und solche Angst gehabt hätte, zu irgendeinem Fest nicht eingeladen zu werden. Sie war einfach töricht gewesen. Zu welchen Festen sie wohl noch eingeladen werden würde, wenn sich nach dem Begräbnis herausstellte, was sie selbst hinter dem Rücken des armen Jan getrieben hatte.

Sie musste grinsen.

Am Vorabend hatte sie nicht einschlafen können. Sie war

aufgestanden und hatte sich ans Wohnzimmerfenster gestellt, hatte Eva-Lenas Beete betrachtet. Akkurat und langweilig. Hauptsächlich Rosen, die allerdings noch blühten, und nicht das geringste Unkraut.

Ich muss hier weg, hatte sie gedacht. Unbedingt!

Anschließend war sie eingeschlafen.

Keinesfalls würde sie in diesem großen Haus bleiben und abwarten. Sie würde es verkaufen, das Sommerhaus aber behalten. Sie würde kündigen und wegziehen. Davon hatte sie den Kindern aber noch nichts gesagt. Sie würden entsetzt sein, besonders Martin. Furchtbar, wie der sich in letzter Zeit anstellte. Als hätte er Jans Nachfolge angetreten. Aber das würde sie sich wahrhaftig nicht bieten lassen!

Als sie den nördlichen Ortsrand erreicht hatte, waren die Tränen versiegt. Sie befand sich in einem Zustand, der sich als höchst flüchtige Harmonie hätte beschreiben lassen. Ihre eigene Unvollkommenheit war somit erträglich. Jan hatte es offenbar gemerkt, dachte sie. Begriffen, was los war. Sie hoffte es beinahe. Schadenfreude als die einzig wahre Freude. Sie hoffte, dass er gemerkt hatte, dass sie nicht daran geglaubt hatte, dass er nach dieser Sache mit der Schülerin seine Eskapaden aufgegeben hatte. Eva-Lena mit den unanständigen flammenroten Haaren hatte in ihrer Küche gesessen und geglaubt, dass sie rein gar nichts kapierte.

An jenem Tag auf Gotland, als sie mit Jan nach Visby gefahren war, war der Himmel wolkenlos gewesen. Er hatte nicht protestiert, als sie sich ans Steuer gesetzt hatte. Sie hatte eingesehen, wie es um ihn stand, und es hatte sie wirklich ganz schön nervös gemacht, dass er ausgerechnet da krank geworden war. Wenn es etwas Ernstes mit einer langen Genesungszeit war, konnte sie ihn ja schlecht verlassen. Bis zu seinem Tod an ihn gekettet zu sein hatte ihr Angst eingeflößt. So war es früher nicht gewesen. Da hatte sie der Gedanke, dass er sie verlassen könnte, mit Schrecken erfüllt.

Sie hatte für die Woche ihrer Rückkehr aus Gotland einen Termin bei Doktor Björk vereinbart. Sie hatte extra zugesehen, dass er zu Björk kam, da dieser ein erfahrener Arzt war und wusste, wie man Jan nehmen musste. Sie hatte den Eindruck gehabt, dass es sich nur um eine zunehmende Unruhe handele. Altersschwerhörigkeit und Schwindel waren ungefährlich, aber Körper und Seele hingen nun einmal zusammen. Körperliche Schmerzen beeinträchtigen das seelische Wohlbefinden. Jedenfalls war es deprimierend, andauernd Schmerzen in Schach halten zu müssen. Oder umgekehrt. Seelische Not führte gelegentlich zu den verblüffendsten körperlichen Symptomen. Ohrensausen, Schwindel, eingeschränkte Wahrnehmung und Herzrasen.

Sie hatte erkannt, dass Jan an einer Altersparanoia litt. Er hatte sich ungemein vor dem Altern gefürchtet. Diese Angst hatte mit jedem Jahr zugenommen. Hatte ihn abgeschottet. Hatte dazu geführt, dass er sich kaum noch zu bewegen wagte. Sie dagegen hatte es genossen, ihr Dasein immer mehr im Griff zu haben. Sich nicht mehr nur nach anderen richten zu müssen, nach den Kindern und Jan. Aber Jans Selbstbild hatte immer nur auf Stärke gebaut, jedoch nicht unbedingt körperlicher Art, er war definitiv kein Bodybuilder gewesen. Nein, er hatte eher das Gefühl gehabt, allem gewachsen zu sein. Nicht zuletzt den Schülern.

Er hatte kaum über sich geredet. Sie selbst glaubte zwar auch nicht daran, dass es immer besser sei, laut zu jammern, aber irgendwann musste schließlich alles raus. Und es hatte zweifellos Dinge gegeben, über die er besser ein zweites Mal nachgedacht hätte. Seine Angst und seine Panik waren aus vielen Quellen gespeist worden. Wie erbärmlich und feige er doch gewesen war! Bei näherem Nachdenken wäre sie selbst angesichts solch großer Versündigungen ebenfalls zurückgeschreckt und hätte auf die Vergesslichkeit der Leute gehofft oder auf ihre Vergebung oder ihren Willen zur Versöhnung.

Im Verlauf des Sommers hatte sie das Autofahren übernommen und noch vieles mehr. Aber beim Wechseln der Plumpskloeimer hatte er mithelfen müssen. Im Übrigen hatte er sich kaum bewegt. Spätnachmittags, wenn es kühler geworden war, war er langsam an den Strand gegangen. Er hatte auf seinem alten Bademantel im Sand gesessen und zugesehen, wie die Abendbrise das Wasser kräuselte. Und sie hatte darüber kein Wort verloren.

An jenem Tag, als sie nach Visby gefahren waren, hatte er Bücher ausleihen und Zeitungen lesen wollen. Also hatte sie ihn vor der Bibliothek in Almedalen abgesetzt. Sie erinnerte sich nicht mehr, welche Erledigungen sie selbst vorgeschützt hatte, aber sie hatte am Söderport außerhalb der Stadtmauer geparkt. Pierre hatte auf einer der Bänke auf dem Södertorget gewartet. Er war von Sysne in die Stadt gefahren.

Dass sie immer noch genauso viel füreinander empfanden wie damals, als sie jung gewesen waren! Es war ein himmlisches Gefühl gewesen, als sie sich im vergangenen Jahr in der Stadt begegnet waren. Er war gerade aus Lund eingetroffen, um aushilfsweise in der Klinik zu arbeiten. Sie hatte schlagartig das Tal des Todes durch das Himmelreich ersetzt. Ihr Leben war wieder leidenschaftlich geworden, obwohl ihr ihr Gewissen anfänglich sehr zu schaffen gemacht hatte. Aber sie hatte sich daran gewöhnt. Pierre hatte noch weitere Wochen in Oskarshamn organisiert. Und dazwischen hatten sie telefoniert. Sie hatte die Telefonrechnungen stets verschwinden lassen. Glücklicherweise war sie für die Rechnungen zuständig gewesen. Sie hatte sie immer unverzüglich beglichen.

Sie hatte sich neben ihn auf die Bank gesetzt und sich wieder einmal darüber gewundert, dass es solch grenzenlose Gefühle geben konnte, ein Sprudeln und Prickeln in ihrem Inneren, obwohl sie nicht mehr jung war. Von ihrer Bank aus hatten sie das ganze Meer jenseits des Parkplatzes und der Häuserdächer sehen können. Sie hätten ewig einfach so dasitzen können, wenn nicht ein Unwetter aufgezogen wäre. Die Wolken über der Ostsee waren tiefschwarz gewesen, eine nicht ungewöhnliche Erscheinung, wenn die Insel stark erwärmt war. Ein Wolkenbruch hatte sie dazu gezwungen, ins Restaurant Brinken zu fliehen. Die Einrichtung war noch echt Sechzigerjahre, nicht retro wie in Stockholm. Es war stickig gewesen, da fast alle

Plätze besetzt gewesen waren. Er hatte Gulasch und sie Flunder bestellt. Die meisten Gäste waren keine Touristen gewesen, sondern Leute aus den Büros in der Nähe oder Handwerker. Ein einziger Tisch war noch frei gewesen.

Ihre Hände hatten sich auf der Tischplatte berührt. Dass Hände so warm sein konnten, so sinnlich, und dass sie so genau verstanden, was sie zu tun hatten! Er hatte ihr sanft mit den Fingerspitzen über die Handfläche gestrichen, über die Lebenslinie bis hin zu der empfindlichen Haut an der Innenseite ihres Unterarms. Trotzdem hatte sie sich mitten in dem zunehmenden Wohlgefühl schuldig gefühlt. Sie hatte sich gewünscht, ihr Leben wäre einfacher und reiner und verliefe in deutlicheren Bahnen.

Da hatte ihr Pierre vom »Lachs« erzählt. Wieso er das getan hatte, hatte sie erst anschließend verstanden. Irgendwie war es falsch rübergekommen, obwohl sie gewusst hatte, dass Jan kein Unschuldslamm war. Die distanzierte und zynische Oberfläche, oft mit Humor durchmischt, besaß natürlich eine schmutzige Rückseite. Aber wie schlimm es war, hatte sie nicht gewusst. Seine Eltern waren die personifizierte Ehrbarkeit gewesen. Fast schon auf übertriebene Weise.

»Es kam nie raus, was sich eigentlich zugetragen hat«, hatte Pierre gesagt, und seine Augen hinter der Brille hatten sehr sachlich gewirkt. »Sie haben den ›Lachs‹ tot im Keller gefunden. Er war damals sechzehn. Der Einzige, von dem man mit Sicherheit wusste, dass er sich im Keller befunden hatte, war sein Bruder. Und die waren immer wie Hund und Katze gewesen.«

»Er wurde also verurteilt.«

Pierre hatte genickt und war ihrem Blick nicht ausgewichen.

»Aber er war zu jung fürs Gefängnis und kam in ein Erziehungsheim.«

»Ach. Weißt du, was dann aus ihm geworden ist?«

Sie fand es immer furchtbar, wenn Leute schon in jungen Jahren auf die schiefe Bahn gerieten.

»Nein. Aber man weiß ja, wie das zu gehen pflegt.«

Er hatte recht wichtigtuerisch gewirkt, als er das gesagt hatte. Wie ein Gott, der Lebende und Tote verurteilen konnte. Sie hatte sich die Geschichte angehört und war doch recht ratlos gewesen. Warum hatte er sie ihr erzählt?

Pierre hatte ihre Gedanken vermutlich erraten, denn er hatte sich vorgebeugt und noch leiser weitergesprochen.

»Jan war in die Sache verwickelt«, hatte er geflüstert.

»Davon hat er nie erzählt«, hatte sie abgewehrt.

Das Gefühl, etwas über ihren Ehemann zu erfahren, das sie bereits hätte wissen sollen, hatte ihr Unbehagen bereitet. Sie stand ihm doch wohl am nächsten.

»Nicht?«

Er hatte ihr einen prüfenden Blick zugeworfen. Aus unerklärlichem Grund hatte sie sich mithilfe eines Lächelns gewehrt, was er als Ermunterung auffasste.

»Jemand hatte Jan in das Haus gehen sehen. Aber bei näherem Nachsinnen – und zwar viel später – hatte ihn niemand herauskommen sehen. Der ›Lachs‹ war sein bester Freund gewesen. Niemand glaubte, dass er es gewesen sein könnte.«

Sie hatte gespürt, wie ihre Zweifel zunahmen. Gleichzeitig hatte sie die Wahrheit erfahren wollen.

»Aber wo ist er dann hin?«

»Niemand weiß das. Er hat sich vielleicht oben im Haus versteckt. Das war jedenfalls die Theorie eines der Polizisten. Aber damals gab es noch keine DNA-Tests und so. Niemand suchte anfänglich weiter oben im Haus. Jan soll plötzlich in der Diele gestanden und nach dem ›Lachs‹ gefragt haben. Wahrscheinlich glaubten alle, er sei von draußen gekommen, aber niemand hatte ihn klopfen hören. Danach herrschte dann komplettes Chaos, als man den ›Lachs‹ tot auffand. Man glaubte, er hätte einen Stein auf den Kopf bekommen.«

»Einen Stein?«

»Ja, das glaubte man. Auf dem Nachbargrundstück wurde gebaut. Die Mordwaffe wurde nie gefunden.«

Sie war verstummt. Hatte Pierre sie davon überzeugen wollen, sie sei mit einem unverbesserlichen Lügner und Betrüger verheiratet? Mit einem Mörder?

Gab es Leute aus Jans Vergangenheit, die noch eine Rechnung offen gehabt hatten? Die sich Jahre später noch gerächt hatten?

Bei dem Gedanken schauderte sie.

Über Pierres Absichten hatte es jedoch keine Zweifel gegeben. Sie waren eindeutig, hatten ihr geschmeichelt, aber auch zwiespältige Gefühle ausgelöst. Er hatte sich gewünscht, dass sie sich sofort scheiden ließe. Dass sie ihm gehöre, wie er sich ausgedrückt hatte.

Aber sie hatte niemandem außer sich selbst gehören wollen.

Als Pierre und sie sich erhoben hatten, war ihr aufgefallen, was ihr schon viel früher hätte auffallen sollen. Karlgren, der das Sommerhaus neben ihrem besaß, hatte ein paar Tische weiter im Halbdunkel gesessen und sie angestarrt. Dass er, was er mitbekommen hatte, für sich behalten würde, war zu viel verlangt.

Egal, hatte sie gedacht und ihm auf dem Weg nach draußen zugenickt, als könnte sie es sich endlich gestatten loszulassen.

»Hallo, Cecilia. Erkennst du mich?«

Vielleicht. Aber sie hatte das Gefühl, dass irgendetwas an ihm komisch war. Das war unbequem. Sie versuchte nachzudenken. Aber das kostete Kraft. Ständig kamen Leute und sagten, sie würden sie kennen, und sie konnte sich nicht erinnern, es gelang ihr nicht herauszukriegen, inwiefern sie wohl befreundet sein könnten.

Egal, dachte sie. Ich muss mich daran gewöhnen. So allmählich wird vermutlich alles klarer. Dann, wenn nicht mehr alles so zäh wie Sirup ist, werde ich weitersehen.

»Jonathan«, sagte er und strich sich mit der Hand über das Haar, das er mit einem Gummiband zusammengebunden hatte.

»Hallo ...«

»Dir steht kurzes Haar«, sagte er.

Sie sah ihn skeptisch an.

»Das wächst nach«, fügte er hinzu.

Damit ich wieder so bin wie früher, dachte sie, hatte aber nicht die Kraft, den Mund zu öffnen. Auch nicht, ihn ganz zu schließen. Halb offen – wie bei einer Idiotin.

»Ich wollte sehen, wie es dir geht«, fuhr er fort.

Weshalb?

Sie wusste nicht, ob es ihr recht war, dass er auf dem Lehnstuhl in ihrem Zimmer saß. Sie fühlte sich nicht sicher in seiner Gesellschaft.

»Ich war noch nie in Orup«, sagte er. »Das ist also gleichzeitig auch etwas Neues. Sehr schön ist es hier mit dem Buchenwald und der Aussicht, das reinste Erholungsgebiet, sogar eine Minigolfbahn und einen Tierpark gibt es.«

Tierpark!

Sie sah ihn finster an.

»Sehr friedlich alles«, fuhr er fort. »Wirklich ein guter Ort, um sich zu erholen.«

Sie sah immer noch finster aus. Konnte ihn nicht aus den Augen lassen.

»Ja, wie gesagt, ich wollte nur sehen, wie es dir geht … Schließlich wollten wir ja Freunde bleiben.«

Wollten wir das, dachte sie und wünschte sich jeden anderen Besucher, nur nicht ihn. Denn jetzt hatte sie sich an die Stimme gewöhnt und erkannte den weichen Klang wieder, fast so milde wie bei einer Frau. Langsam kehrte die Erinnerung zurück. Bilder tauchten auf. Unzusammenhängend. Und hauptsächlich Geräusche und Gerüche. Ein warmes Bett. Körper. Schweiß. Mann. Sperma.

Wieder überkam sie diese Müdigkeit. Es fiel ihr schwer, ihr zu widerstehen. Sie war wie eine Stahltür, die sich automatisch schloss.

Sie wollte ihn loswerden.

Aber er blieb sitzen. Lehnte sich zurück und schlug das eine lange Bein über das andere.

Was wollte er?

»Freut mich, dass es so gut gegangen ist«, meinte er.

Sie wusste nicht, wie es sonst hätte gehen können. Aber klar, hier war alles in Ordnung.

»Woran erinnerst du dich eigentlich?«

Seine schönen Zähne strahlten sie an, und sie spürte plötzlich, wie sehr sie dieses Lächeln mochte. Es war vertraut und warm. Ihr Herz schlug schneller, gleichzeitig war sie verwirrt. Sollte sie nicht vorsichtig sein?

Aber sein Haar war anders. Es fiel nicht mehr in weichen Locken herab, sondern war zurückgekämmt.

»Erinnern?«, sagte sie.

»Ich dachte nur, es muss ziemlich schlimm gewesen sein, niedergeschlagen zu werden ...«

Was weiß ich, dachte sie und zuckte ganz leicht mit den Achseln. Es war wie ein schwarzes Loch.

»An wie viel kann man sich eigentlich erinnern?«, beharrte er.

Sein Mund war nicht mehr derselbe. Gierig lächelnd wartete er auf die Antwort.

Was wollte er?

Sie wollte ihn nicht dahaben. Später würde die Polizei kommen und sie vernehmen, hatte man ihr gesagt. Aber er war kein Polizist.

»Du weißt, was Emmy Höglund passiert ist?«, fragte er.

Emmy?

»Sie hatte nicht so viel Glück wie du.«

Wer?

»Sie ist tot.«

Wer? Wer ist tot?

Sie glaubte, sie würde verrückt werden. Diese chaotischen Gedanken machten sie vollkommen fertig. Sie gähnte laut.

»Bist du müde?«

Sie nickte und stolperte zum Bett. Streckte sich darauf aus. Hörte, wie die Tür geschlossen wurde, gerade als sie die Augen zumachte.

Der Junge

Ich koche innerlich. Ich trage dieses Sieden ständig mit mir rum. Es wird mich zerstören. Mein Gehirn und mein ganzes Inneres verbrennen. Ich weiß, dass es unausweichlich ist, wenn nichts passiert, das mich, wenn auch nur für einen Moment, abkühlt. Wie ein Vulkan kurz vor dem Ausbruch lebe ich rund um die Uhr. Nachts weckt mich der kalte Schweiß. Ich erwache davon, dass die Laken vollkommen durchnässt sind. Ich komme nie zur Ruhe.

Träume davon, ein ganz normaler Mensch zu werden. Ein Durchschnittsbürger, der zum Fußball geht und mit der Familie Hamburger vor dem Fernseher isst.

Aber das geht nicht. Ich bin kein normaler Mensch. Ich weiß nicht, was ein normales Leben ausmacht, denn das habe ich nie gelernt.

Aber ich würde gerne.

Denn jetzt bin ich ganz allein. Sie sieht mich nicht mehr. Ich halte mich fern. Wenn sie mich nicht will, dann eben nicht! Aber ich kann es nicht lassen, auf großem Abstand zu folgen.

Das wehende, weiche Haar, manchmal trägt sie es in einem weizenblonden Zopf auf dem Rücken, wie ein Tau, das man packen kann.

Sie wird es sich überlegen. Ich weiß das. Sie wird es bereuen. Sie wird einsehen, was sie verloren hat.

Ich habe Ideen. Ich werde mir etwas Schlaues ausdenken. Muss mich deswegen zusammennehmen, ruhig und gelassen bleiben und jedwede Schwierigkeiten mit ihr oder sonst wem vermeiden, solange ich nachdenke. Und das tue ich die ganze Zeit, denn die Gedanken lassen sich nicht abschalten. Sie quälen mich genau wie die Hitze und der Vulkan.

Alles ist ein einziges Durcheinander. Ein frisierter Motor, den niemand abstellen kann.

Deswegen halte ich mich weiter auf Abstand. Bleibe meist allein, denn dann kann niemand herausfinden, was passiert ist, und mich mit Ansichten belästigen. Niemand kann mir schaden, und ich kann auch niemandem schaden, und alles wird irgendwie leichter mit etwas Luft um mich herum.

Wenn meine Konzentration jedoch nachlässt, weiß ich nicht, wohin mit mir selbst. Die Wut macht mich kaputt. Sie nagt innerlich an mir. Ich habe Angst vor ihr. Ich habe Angst vor mir selbst. Ich weiß nicht, was mein Jähzorn anrichten kann.

Daher warte ich, dass der Vulkan erlischt, damit ich die Kontrolle zurückgewinne. Ich will mich beherrschen können. Cool sein.

Und ich hatte geglaubt, schon alles über Wut und Erniedrigung zu wissen! Schon vor Jahren alle Grenzen überschritten zu haben, weil ich von klein auf trainiert wurde. Dass ich inzwischen alles ertragen würde. Dass ich vollkommen abgebrüht und nicht kleinzukriegen sei, obwohl ich rein körperlich nicht sonderlich stark bin. Nicht so ein Muskelidiot, der seine Tage im Fitnessstudio verbringt. Verschwitzte Nullen. Eklig.

Sie können die Welt zerstören, wenn sie wollen. Aber sie können es auch bleiben lassen. Sie können es sich aussuchen. Ich werde es ihm zeigen! Aber auf meine Art.

Ich werde sie zurückbekommen.

Meine Stärke ist, dass ich Schweinereien besser aushalte als die meisten. Besser als er. Es gilt nur, die Gedanken zu zähmen und in die richtige Bahn zu lenken. Ich muss mich auf das Wichtige konzentrieren, den Rest auf sich beruhen lassen.

Wenn ich vor dem Spiegel stehe, versichere ich mir selbst, dass mir meine Furchtlosigkeit Rückhalt bietet. Sie verleiht mir die Überlegenheit des Andersartigen, denke ich, und dann wiederhole ich dieses Mantra.

Ich bin ihnen überlegen.

Ich presse die Lippen zusammen. Runzle die Stirn. Sehe hart aus.

Es ist wichtig, sich nicht unterbuttern zu lassen. Man muss sich Respekt verschaffen, sonst wird man ausgenutzt. Die Spielregeln des Lebens fordern, dass man sich von niemandem unterdrücken lässt. Wer mich angreift, soll meine Härte sofort zu spüren bekommen. Von mir beeindruckt werden, mich vorlassen, weil er weiß, dass ich ihm überlegen bin.

Ich habe sogar gelernt, die Gewissensqualen von mir zu schieben, die mich trotz allem manchmal befallen. Das passiert aber eigentlich nur dann, wenn Filippa Prügel bekommen hat. Das Schwesterchen. Ich mag sie wahnsinnig! Meine einzige Schwäche ist, dass ich sie nicht in Ruhe lassen kann. Feige, feige, feige!

Und dennoch komme ich nicht dagegen an. Filippa sollte sich auf Abstand halten, wenn sie sieht, dass ich aus dem Gleichgewicht bin. Lange Zeit ist es ruhig. Aber manchmal bin ich einfach so frustriert. So wie heute. Das war nicht meine Schuld. Die Fäuste machten sich einfach selbstständig. Aber sie bettelt regelrecht darum. Als wollte sie mich ins Wanken bringen, mich dazu zwingen, dass ich mir dumm vorkomme, damit sie sich als etwas Besseres fühlen kann. Sie glotzt mich mit ihren gekränkten Rehaugen an. Und ich werde verrückt und nur noch wütender, weil sie will, dass ich mich schämen soll. Sie bittet doch regelrecht darum!

Der Alte bettelt auch förmlich um Prügel.

Ich bin ihm überlegen. Jünger. Die Zukunft liegt vor mir. Der Typ ist bald alt, und dann bleibt ihm sowieso nur noch das Heim. Alte Leute sind Verlierer.

Ich weiß, dass ein Riss entstanden ist. Ein Riss in meinem Inneren. In diesem Riss sitzt Melinda. Sie liebt mich. Ihre warme Hand in meiner. Sie darf nie vergessen, mich zu lieben. Ich bin der Mensch, den sie an der Hand halten soll.

Es wird schon wieder werden. Es muss sich einrenken. Und wir werden glücklich sein. Wir zwei.

Ich werde mich ändern und nicht mehr über meine Schwester herfallen.

Ich werde Melinda nie ein Haar krümmen. Wenn sie nur bei mir bleibt.

Und nicht bei diesem verfluchten Alten. Aber ihm werde ich es eines schönen Tages auch noch heimzahlen. Und ich werde dafür sorgen, dass mich niemand je wieder sitzenlässt.

Achtzehntes Kapitel

Freitag, 27. September

Die Wiederholungstäter sind das Problem«, meinte Janne Lundin. »Da muss man ansetzen, wenn man die Statistik verbessern will.«

Die anderen nickten. Etwas anderes blieb ihnen nicht übrig.

Auf der Tagesordnung stand eine Umstrukturierung mit neuen Arbeitsmethoden, veränderten Arbeitszeiten und besseren Voruntersuchungsprotokollen. Es gab Leute, die glaubten, dass sich die Kriminalität auf diese Weise eindämmen ließe. Die Leute, die an der Front standen und nicht in irgendeinem Verwaltungspalast arbeiteten, hatten natürlich eine andere Perspektive und hielten sich für erfahrener. Janne Lundin hatte dieses Mal die Frage aufgeworfen und war wie immer umständlich und wortreich. Aber sie ließen ihn gewähren. Da er der Älteste war, besaß er einen guten Überblick.

Sonst hatte niemand Lust, sich auf diese Diskussion einzulassen. Das Thema war unlustig und trist und gehörte so sehr zu ihrem Alltag, dass sie sich schon längst daran gewöhnt hatten. Solange keine Maßnahmen ergriffen wurden, um die Bedingungen außerhalb der Gefängnismauern zu verbessern, würde die Zahl der Rückfälligen nicht abnehmen. Rauschgift, Einbrüche, Autodiebstähle. Trostlos. Sie hatten ohnehin keine Möglichkeit, auf Beschlüsse Einfluss zu nehmen, die auf höchster Ebene gefasst wurden.

»Immerhin hast du ja diesen Lehrer als Abwechslung«, fuhr Lundin nach einer ungewöhnlich langen Pause fort und nickte Claesson zu.

»Außergewöhnlich stimulierend«, meinte Claesson und verzog den Mund.

Erika Ljung, die aus dem Urlaub zurück war, starrte ihn an.

»Das ist mein Ernst.«

»Wird die Sache nicht langsam kalt?«, wollte Lundin wissen.

»Kann sein. In Lund ist ihnen etwas anderes dazwischengekommen, diese junge Studentin. Aber vielleicht stoßen wir ja von hier aus auf die Lösung.«

»Glaubst du?«, fragte Peter Berg neugierig.

»Das wäre natürlich was«, meinte Louise Jasinski.

»Entweder haben wir es mit einem Verrückten zu tun oder mit jemandem, der Jan Bodén kannte. Und dieser Jemand könnte durchaus aus der Gegend von Oskarshamn sein, da Bodén von hier stammte und den größten Teil seines Lebens hier zugebracht hat«, sagte Claesson und deutete auf den Fußboden.

Sie saßen im Kaffeezimmer des Präsidiums, es war kurz nach zehn, und der Regen prasselte wie eine Maschinengewehrsalve gegen die Fensterscheiben. Gotte war eben gegangen, nachdem er ihnen ein paar aufmunternde Worte gesagt hatte. Er war davon überzeugt, dass die Arbeit dann besser lief. Und er hatte Recht, obwohl sie es so gewöhnt waren, dass sie es für eine Selbstverständlichkeit hielten. »Die Aufgabe des Feldherrn ist, das Heer anzuführen«, sagte Gotte. Er lobte sie, mehr Geld konnte er ihnen leider nicht geben.

»Ich kann irgendwie nicht glauben, dass jemand mit dem Vorsatz, ihn zu erschlagen, nach Lund gefahren ist«, fuhr Claesson fort. »Das wirkt zu kompliziert. Ich glaube eher an eine Affekthandlung. Der Mörder sieht Bodén, gerät aus Gründen, die uns unbekannt sind, in Wut und nutzt die Gelegenheit. Keine Waffen, kein Blut, das Spuren hinterlässt. Trocken und sauber erwürgt.«

»Spuren?«, wollte Peter Berg wissen.

»Gibt es natürlich, aber keine Treffer im Strafregister.«

»Also bei null anfangen, meinst du?«, sagte Lundin.

»So in etwa.«

Claes Claesson holte einen Dienstwagen und fuhr zur Bragegatan. Das Einfamilienhaus war aus Holz und hatte einen Anstrich nötig. Die grüne Farbe ließ sich nur noch ahnen. Der Garten war jedoch sehr gepflegt.

Margareta Selander war eine Bohnenstange, lang, dünn, und sie hielt sich sehr aufrecht. Alles an ihr war farblos, angefangen von den Kleidern bis zu den Haaren.

»Ich wohne inzwischen allein hier«, sagte sie, nahm Claessons Jacke und hängte sie auf einen Kleiderbügel.

Ein Haus mit Flickenteppichen, dachte er. Er hatte nichts gegen Flickenteppiche. Sie verbreiteten Gemütlichkeit und vermittelten ein Gefühl von Kontinuität, da es sie in fast jedem schwedischen Haus gab.

»Mein Mann ist vor ein paar Jahren gestorben. Eigentlich ist das Haus zu groß für mich, aber es fällt mir schwer, mich von allem zu trennen. Außerdem habe ich ja die vielen Webstühle.«

Er schaute in die Richtung, in der er das Wohnzimmer vermutete. Dort standen die Webstühle dicht an dicht wie in einem Atelier. An der Wand stand eingeklemmt ein altes Schulharmonium. Darüber hing ein Kruzifix.

Sie setzten sich in ein kleineres Nebenzimmer mit Couchgarnitur und Fernseher. Über dem Fernseher war ein Bord mit Fotos befestigt. Claesson suchte mit dem Blick nach den typischen Aufnahmen. Sie sagten einiges darüber aus, was den Leuten wichtig war. Er selbst hatte neben einem Foto einer lachenden Klara, die mit verschmiertem Gesicht am Esstisch saß, und einem Schnappschuss von Veronika im Halbprofil, auf dem ihr langer, schöner Hals besonders gut zur Geltung kam, ein Hochzeitsbild aufgehängt. Es war etwas unscharf, aber ihm war seine Verliebtheit richtiggehend anzusehen. Immer wenn er das Foto betrachtete, stiegen leidenschaftliche Gefühle in ihm auf. Fast hätte er es auf dem Schreibtisch in seinem Büro platziert, hatte sich dann aber für ein weniger sinnliches Bild von Veronika entschieden, für eines, auf dem sie Klara auf dem Schoß hielt und geradewegs in die Kamera schaute.

Der Ehemann schien auch recht dünn gewesen zu sein. Er betrachtete das schwarz-weiße Bild eingehend. Pferdegebiss. Margareta Selander sah, nach dem Hochzeitsfoto zu urteilen, immer noch so aus, wie sie als junge Frau ausgesehen hatte, nur etwas matter. Sie war dunkelhaarig gewesen. Ihre Tochter war eine Kopie der Mutter, allerdings so blond wie ihr Vater.

»Ich wäre Ihnen dankbar, wenn Sie Melinda mit alledem verschonen könnten. Sie ist nach ein paar schweren Jahren wieder auf die Füße gekommen, und ich glaube nicht, dass sie es verkraften würde, wenn alle diese üblen ... furchtbaren Dinge wieder ans Licht gezerrt würden.«

»Es geht um ihre Verbindung zu Jan Bodén ...«

»Schlimm«, fiel sie ihm sofort ins Wort und machte ein Gesicht, als hätte sie etwas Saures verschluckt. »Was für eine abscheuliche Geschichte!«

»Ich sehe, dass Ihnen das zu schaffen macht«, fuhr Claesson fort, »und natürlich war das für Sie als Eltern nicht leicht ...«

Sie warf ihm einen finsteren, aber trotzdem gnädigen Blick zu.

»Aber es würde die Ermittlung, mit der wir gerade befasst sind, begünstigen, wenn wir Klarheit in die Vorgänge von damals bringen könnten.«

»Er hat sie verführt!«

Sie klang aufgebracht. Auf einen Schlag nahm ihr Gesicht die Farbe der hinter ihr auf dem Fensterbrett dicht gedrängt stehenden Geranien an.

»Sie war ein unschuldiges Kind, und er war schon gar nicht mehr so jung, er war ein richtiger ...«

Sie suchte nach einem Wort.

»Kinderschänder ...«

Sie presste ihre magere Hand an die Brust, als ränge sie um Fassung. Es war stickig und warm, aber sie hatte ihre Bluse trotzdem ordentlich zugeknöpft.

»Nein. Lehrer dürfen wirklich keine Affären mit ihren Schülern haben«, sagte er. »Sie missbrauchen damit ihre Machtposition.«

»In der Tat. Er benahm sich ja wie ein Pädophiler.«

»Darf ich Ihnen eine ganz direkte Frage stellen: Hat er sich ihr aufgezwungen?«

»Das kann man wohl sagen, und zwar, als er dafür sorgte, dass sie sich in ihn verliebte, damit er sie schamlos ausnutzen konnte …«

Sie starrte auf ihre Knie.

»Wie das mit dem geschlechtlichen Umgang genau war, darüber weiß ich nicht so viel«, fuhr sie fort.

»Sie haben ihn nicht angezeigt?«

»Meine Güte! Es genügte doch wohl, dass Gösta und ich sie dabei ertappten, diesem Bodén hinterherzuschmachten, und dass er sich tatsächlich auf heimliche Rendezvous mit ihr einließ. Sogar in der Schule. Was sie dort trieben, damit will ich gar nichts zu tun haben. So sündig und furchtbar, dass man es gar nicht erst wissen will.«

»Aber keine Behörde wurde eingeschaltet?«, wiederholte Claesson.

Sie schüttelte den Kopf.

»Melinda war sechzehn, fast siebzehn. Sie war also heiratsfähig, um es einmal so zu sagen. Und sie geriet auch erst vollkommen außer sich, als er sie nicht mehr haben wollte …«

Sie sah aus, als fände sie, das sei ihrer Tochter recht geschehen.

Claesson schluckte. Das war für eine Mutter wirklich eine merkwürdige Art, sich auszudrücken.

»Inwiefern?«

Seine Frage war vorsichtig formuliert. Er tastete sich vor.

»Seine Frau schöpfte Verdacht. Und er war sie wohl leid. Schließlich war sie nur ein Mädchen. Aber Melinda hatte nur noch diesen Kerl im Kopf, der ihr Vater hätte sein können. Natürlich erfuhr der Direktor, was geschehen war.«

»Ah ja?«

»Gösta rief ihn an und teilte ihm mit, diesem Lehrer müsse gekündigt werden.«

Schau an, dachte Claesson. Er versuchte, keine voreiligen Schlüsse zu ziehen. Die Frau war ihm nicht sympathisch, obwohl er ein gewisses Mitgefühl für sie als Mutter einer missbrauchten Tochter hegte. Aber sein Mitgefühl verschob sich rasch zur jungen Frau, die er ja noch nie getroffen hatte. Denn sie war, wie auch immer die Umstände ausgesehen hatten, ein Opfer gewesen. Vielleicht hatte sie nur versucht, aus einem Zuhause auszubrechen, das sie zu ersticken drohte.

»Was passierte dann?«

»Das Ganze wurde aus Mangel an Beweisen unter den Teppich gekehrt. Aussage stand gegen Aussage. Bodén war immer diskret vorgegangen. Melinda machten das ganze Gerede und die Tatsache, dass er sie verschmäht hatte, sehr zu schaffen.«

Klingt wie aus einer Illustrierten, dachte Claesson. Davon gab es, wie er sehen konnte, jede Menge. Ein großer Stapel Klatschblätter, wie sie sein Vater genannt hätte, lag auf der Ablage unter dem Couchtisch.

»Dann sorgte man dafür, dass Melinda die Klasse wechselte.«

»Ich hoffe, dass es Ihrer Tochter danach gut ergangen ist.«

Claesson sah die Mutter milde an.

»Sie hat sich durchgeschlagen. Erst hörte sie auf zu essen. Aber als sie diesen Unsinn verarbeitet hatte und wieder anfing, sich um die Schule zu kümmern, da hatte sie dann nur Bestnoten. Jetzt ist sie Ärztin. Sie arbeitet in Lund.«

»Sie müssen sehr stolz auf sie sein«, meinte er.

Jetzt lächelte Margareta Selander zum ersten Mal und schien ein paar Zentimeter zu wachsen.

»Sie hat einen hübschen Namen«, fuhr er fort.

Die Frau errötete erneut.

»Diesen Namen hat ihr Vater ausgesucht. Er war Künstler«, sagte sie, als würde das etwas erklären.

Aber Claesson hatte das deutliche Gefühl, dass Gösta Selander nicht als Künstler gearbeitet hatte. Das hätte er sonst gewusst, da er viele Jahre lang Mitglied des Kunstclubs der Polizei gewesen war.

»Gösta war nicht ihr Vater«, erklärte sie.

Sie schaute auf ihre Hände.

»Ihr Vater war ein rastloser Mensch. Hier war es ihm zu eng.«

»Ach so.«

»Er verschwand ins Ausland. Da war sie erst drei. Und nach einer Weile, nachdem er nichts von sich hatte hören lassen, lernte ich Gösta kennen. Er war wie ein Vater zu ihr.«

»Während dieser schweren Zeit hatte Ihre Tochter sicher auch andere Freunde. Erinnern Sie sich noch an diese?«

Sie schüttelte den Kopf. Merkwürdig, dachte Claesson. Das Mädchen muss sehr einsam gewesen sein. Oder sie führte ein Doppelleben. Ein Leben zu Hause und eines draußen.

»Hatte sie …«, er dachte lange darüber nach, welches Wort er benutzen sollte, »irgendwelche Kavaliere?«

Sie starrte vor sich hin.

»Erinnern Sie sich an irgendeinen von ihnen? Ich könnte sie natürlich auch selbst fragen, aber …«

»Natürlich hatte sie Freunde. Aber eigentlich niemanden, der mir damals besonders aufgefallen wäre.«

»Vielleicht haben Sie ja noch ein Klassenfoto?«

»Ja, das habe ich vermutlich. Lassen Sie mich nachschauen …«

Sie erhob sich.

»Ich warte, Sie müssen sich meinetwegen nicht beeilen«, sagte Claesson, als sie sich ins Obergeschoss begab.

Eine Weile später hielt er eine verblichene Farbfotografie in den Händen. Gymnasiasten, so ernst, als sei ihnen der Tod auf den Fersen, obwohl sie doch das ganze Leben noch vor sich hatten, aber das war natürlich ernst genug.

»Können Sie sich erinnern, ob Melinda mit einer dieser Personen besonders gern zusammen war?«

Margareta Selanders Blick wanderte systematisch erst die hintere Reihe entlang und dann nach vorne.

»Er«, sagte sie und deutete auf einen Jüngling mit ebenso verschlossener Miene wie die anderen. »Ich glaube, er war recht angetan von ihr.«

»Erinnern Sie sich an seinen Namen?«

Sie schüttelte den Kopf.

»Dürfte ich das Foto ausleihen?«

Dann überließ er Margareta Selander wieder ihrer geschlossenen Welt und fuhr mit dem Auto zum Oskarsgymnasium. Irgendein Schülerverzeichnis müssen sie schließlich noch haben, dachte er.

Der Chef der Frauenklinik schloss resolut die Tür. Normalerweise ließ er sie nur einen Spalt offen stehen, um seinen Angestellten zu verstehen zu geben, dass er für sie zur Verfügung stand.

Erst hatte er eine Besprechung hinter sich gebracht, in der es um einen Konflikt oder, genauer gesagt, um unterschiedliche Auffassungen hinsichtlich der Personalmittel ging. Da diese Besprechung nicht freundlich, sondern eher eisig gewesen war, war er froh, dass er sie hinter sich hatte. Schwelende Aggressionen und Halsstarrigkeit waren eine anstrengende Kombination. Ebenso wie Leute, die nicht kapieren wollten, was ihnen nicht in den Kram passte.

Kaum hatte er einatmen können, da klopfte auch schon Christina Löfgren an der Tür. Sie hielt auf der Schwelle inne und fragte, ob er zwei Minuten Zeit habe. Er nickte rasch. Im Unterschied zu manch anderen, die immer gleich angerannt kamen, suchte sie ihn nur selten auf, um nicht zu sagen: nie.

»Nehmen Sie Platz«, sagte er.

Das Zimmer ging nach Süden und war hell und freundlich. Im Sommer konnte es bei Sonnenschein schon einmal zu heiß werden. Trotzdem hatte er nur selten Lust, die Jalousien herunterzulassen. Aber jetzt war die Sonne schwach und blendete niemanden.

»Ich habe das Gefühl zu tratschen«, sagte sie mit Unbehagen in der Stimme und sah auf die Uhr.

Gut, dachte er, sie wird sich kurz fassen.

»Ich fühle mich nicht ganz wohl in meiner Haut. Als würde ich jemanden anschwärzen.«

Da sind Sie nicht die Einzige, dachte er. Kein Grund zum Grübeln. Alle tratschen und schwärzen sich gegenseitig an. So sieht die Welt nun mal aus. Etwas weiter oben in der Hierarchie bezeichnet man das als Strategie und Taktik.

»Kein Problem«, meinte er daher.

Sie schien jedoch so unentschlossen zu sein, dass er einsah, dass er etwas nachhelfen musste.

»Handelt es sich um eine persönliche Angelegenheit?«

»Nein, nicht im Geringsten!«

Sie schüttelte energisch den Kopf.

»Es geht um Gustav Stjärne.«

Er horchte auf. Vor ihm saß jetzt schon die dritte Person, die innerhalb kürzester Zeit Gustav Stjärne zur Sprache brachte.

»Und?«

»Es ist schwierig, ihn einzuweisen. Man weiß nie, ob man zu ihm durchdringt, obwohl ich glaube, dass er sich bemüht ...«

Unglücklich sah sie aus dem Fenster.

»Sie wissen ja, dass Sie nicht aus Zufall seine Mentorin wurden. Schließlich besitzen Sie so viel Erfahrung. Das wird schon gehen«, meinte er und hoffte, dass seine Stimme väterlich energisch klang. Er sah es als eine seiner wichtigsten Aufgaben, seinen Mitarbeitern den Rücken zu stärken.

»Ich will damit sagen, dass ich mir nicht sicher bin, ob er nicht irgendwann einmal eine Dummheit macht.«

Das saß. Er holte tief Luft, aber so langsam, dass sie es nicht merkte. Ein anderer Trick war, bis zehn zu zählen, wenn es unangenehm wurde. Nie, niemals durfte man etwas direkt zurückgeben. Das konnte sich böse rächen.

»So, so«, erwiderte er daher beherrscht.

Christina besaß Urteilsvermögen. Ihre Beobachtungen waren sicher nicht aus der Luft gegriffen, das musste er ihr zugute halten. Aber sechs Monate wird sie es doch wohl mit ihm aushalten können, dachte er müde. Das wäre das Einfachste, obwohl zufriedene Patienten natürlich Priorität hatten. Kunstfehler standen ganz oben auf den Wunschlisten der Journalisten. Und einen Skandal in den Zeitungen wollte er wirklich vermeiden. Der Unterschied zwischen den Enthüllungsjournalisten und ihm bestand darin, dass ihm in seinem Innersten klar war, dass auch Ärzte Menschen waren. Sie taten ihr Bestes, waren aber auch nicht ohne Fehler. Sonst wären sie auch keine Menschen, sondern Götter gewesen. Aber selbstverständlich mussten sie stets um die Sicherheit der Patienten bemüht sein, aus den eigenen Fehlern lernen und immer aufmerksam bleiben.

Gustav Stjärne schien eine schlechte Wahl gewesen zu sein.

»Manchmal unternimmt er überhaupt nichts, wenn er eigentlich eingreifen oder zumindest Hilfe holen müsste. Manchmal führt er auch Eingriffe hinter meinem Rücken aus. Und ich kann ihn schließlich nicht andauernd beaufsichtigen«, fuhr Christina Löfgren fort.

Ihre Stimme klang säuerlich.

»Das glaube ich Ihnen«, erwiderte er. »Aber schließlich ist er noch nicht so lange hier. Vielleicht braucht er noch etwas Zeit. Wir müssen ihm eine angemessene Chance geben.«

Er breitete die Hände aus und sah, dass sie auf seine Wortwahl reagierte. Sein Wortschatz war im Übrigen voller solcher Ausdrücke: »vertretbar«, »akzeptabel«, »passend« …

»Und was meinen Sie mit ›angemessen‹?«, wollte sie wissen.

Diese Frage beantwortete er natürlich nicht. Er sah sie stattdessen aufmunternd an.

»Wie lange dauert seine Vertretung?«

Ruhig und gelassen stellte sie diese Frage, was ihm sehr zusagte.

»Sechs Monate, dann sehen wir, wie wir zueinander stehen.«

»Wer sind wir?«

Sie klang schon wieder aufgebracht.

»Die Klinik und Stjärne«, antwortete er.

»Er wird sicher bleiben wollen«, murmelte sie. »Ihm fehlt die Selbstkritik. Aber das hier ist schließlich eine Uniklinik. Irgendwelche Qualifikationen müssen die Neuen doch besitzen, wenn sie zu uns kommen!«

Wieder breitete sich ein viel sagendes Schweigen aus.

»Irgendwas stimmt da nicht. Eigentlich kann er einem leidtun. Es ist, als könnte er sich nicht öffnen«, meinte sie nachdenklich. Gleichzeitig war ihr Empörung anzumerken. Ihre Bewegungen waren ruckartig, und sie hatte eine Falte zwischen den Brauen.

Er wusste aus Erfahrung, dass mit den Ärztinnen schwerer umzugehen war, wenn sie wütend wurden. Er hatte sich nicht die Mühe gemacht zu analysieren, warum das so war, das war einfach so.

»Das klingt sehr ernst, und ich nehme das zur Kenntnis«, sagte er aufrichtig und gab sich Mühe, gelassen zu wirken.

Nach dreifacher Klage über Stjärnes eventuelle Inkompetenz hatte er nicht nur genug davon, sondern war auch äußerst beunruhigt. Mit bestimmten Leuten gab es immer Ärger.

Er hatte Stjärne nie selber bei der Arbeit beobachtet und wusste alles nur vom Hörensagen. Man durfte nie etwas übereilen. Erst mal darüber schlafen, war immer eine gute Devise.

Trotzdem, er hätte sich die Möglichkeit gewünscht, den jungen Mann sofort nach Hause schicken zu können. Danke und auf Wiedersehen. Aber so einfach war es nicht. Er musste etwas in der Hand haben, um die Vertretungsstelle kündigen zu können. Am besten wäre es natürlich gewesen, wenn er hätte abwarten können, bis das halbe Jahr um war. Er war sich recht sicher, dass Stjärne davon ausging, dass er würde bleiben können. Zumindest ging Eskil Nordin davon aus. Stjärne war einer von Eskils Schützlingen. Und es war immer unangenehm, jemanden enttäuschen zu müssen. Und Eskil wollte er am allerwenigsten gegen sich aufbringen. Der in der Forschung hoch qualifizierte Kollege legte ihm schon jetzt Steine in den Weg. Aber was sein muss, muss sein, dachte er und empfand eine gewisse Befriedigung bei dem Gedanken, einmal etwas gegen Eskil zu unternehmen.

Das Problem war, dass er in diesem Fall auch selbst davon überzeugt sein musste, dass Stjärne ungeeignet war. Leider hatte nicht nur Eskil Nordin Stjärne gelobt. Im Kollegenkreis gab es einige, die fanden, dass der männliche Nachwuchs einen Sonderstatus verdiente. »Wir können doch mal ein Auge zudrücken«, hatte einer der Ärzte gemeint.

Für ihn spielte das Geschlecht der Mitarbeiter kaum eine Rolle, solche Probleme hatte er nie gehabt. Als Chef wusste er es zu schätzen, wenn Leute ihre Aufgaben erfüllten und vorzugsweise dabei auch freundlich waren, denn dann klappte das meiste.

»Es kann viel passieren«, sagte er jetzt zu Christina Löfgren.

»Das ist wohl so.«

Sie sah wieder auf die Uhr.

»Ich habe bald eine Patientin auf der Entbindungsstation.«

Sie hatte aufgegeben.

»Jedenfalls habe ich es Ihnen jetzt mitgeteilt«, meinte sie mit geschäftsmäßiger Stimme.

»Melden Sie sich, falls neue Probleme auftauchen.«

»Das geschieht andauernd.«

Sie sprang auf, wie aus dem Lehnstuhl geschleudert, nickte und verschwand.

Etwas zu eilig, als dass es wirklich angenehm gewesen wäre, dachte er, als er die Tür hinter ihr zumachte.

Das ist gar nicht gut, dachte er und massierte mit kreisenden Bewegungen seine Stirn. Er war eigentlich stets auf Konsens bedacht. Diese Geschichte passte ihm überhaupt nicht. Eine unsichere Karte. Stjärne konnte wer weiß was anrichten. Darauf ließ Christina Löfgrens Reaktion schließen. Das war gar nicht gut.

Es war nicht seine Idee gewesen, Stjärne einzustellen. Aber er hatte sich auch nicht aktiv widersetzt, und darauf würden die Kritiker hinweisen, falls es Probleme gab. Er trug in letzter Konsequenz die Verantwortung. So war es nun mal. Falls ein

Kopf rollte, dann seiner. Manche hatten an solchen Hinrichtungen richtig Spaß. In diesem Punkt hatten sie das Mittelalter noch nicht hinter sich gelassen.

Damals hatte er so viel anderes um die Ohren gehabt, den ganzen Haushaltsplan und die Lohnverhandlungen. Aber Eskil Nordin hatte die Sache so eifrig betrieben, dass er sich selbst kein ordentliches Bild von Stjärne gemacht hatte. Irgendein Sohn von jemandem, den Eskil von irgendeinem Kongress kannte, aber der Vater war offenbar kein Arzt. Was Eskil als Gegenleistung erhalten hatte, daran wollte er gar nicht erst denken. Den Vater kannte er nicht. Stjärne habe während des Studiums einen fantastischen Aufsatz geschrieben, hatte Eskil Nordin behauptet. Letztes Mal, als Nordin einen neuen Arzt vorgeschlagen hatte, war es auch ein Volltreffer gewesen.

Die Sache war wirklich nicht leicht.

Er strich sich mit der Hand übers Kinn. Schloss einen Augenblick die Augen und versuchte, sich zu sammeln. Vermutlich war es klug, sich Stjärnes Papiere noch einmal anzusehen. Er würde die Sekretärin bitten, sie hervorzusuchen. Vielleicht war es auch angezeigt, seine Stellvertreterin aufzusuchen und sie zu fragen, was sie in Erfahrung gebracht hatte, als sie Stjärnes frühere Arbeitgeber angerufen hatte. Er schaute auf die Uhr. Vermutlich war sie bereits im OP. Das musste warten. Wenn er sich recht erinnerte, hatte sie nur eine der Personen erreicht, die Stjärne als Referenz angegeben hatte. Ihrer Aussage zufolge hatte sein ehemaliger Chef nicht viel zu sagen gehabt und war wohl recht einsilbig gewesen. Sie hätte ihm mehr auf den Zahn fühlen sollen. Keine direkten Klagen, soweit er sie damals verstanden hatte, aber auch kein Jubel. Aber manchmal hörte man eben auch nur das, was man hören wollte. In diesem Fall, dass er ein vernünftiger Bursche war und dass sonst nicht viel zu sagen war.

Stjärne hatte bisher überwiegend in Norwegen gearbeitet und beim Vorstellungsgespräch einen guten Eindruck gemacht. Korrekt, möglicherweise etwas distanziert, aber das ließ sich auch als Schüchternheit deuten. Obwohl ihm sein

Gefühl sagte, dass die Persönlichkeit des Mannes zweifelhafte Züge aufwies. Er wirkte geradlinig und aufrichtig, wie man sich seine Mitarbeiter wünschte. Außerdem sollten sie natürlich loyal sein. Trotzdem war der Bursche seltsam, ganz einfach. Aber etwas Großzügigkeit konnten sie sich gestatten, schließlich mussten nicht alle aus einem Guss sein. Es ging ja auch nicht um eine feste Anstellung, gewisse Risiken konnte man also eingehen.

Wo er wohl studiert hatte?

Nun, das würde er erfahren, sobald er die Papiere in der Hand hielt.

Er seufzte und dachte, dass sich der Sturm sicher bald legen würde. Mit routinierter Handbewegung griff er nach dem Stapel in der rechten Schreibtischecke, schob ein paar Broschüren beiseite und nahm behutsam das Buch hervor, das unter ihnen verborgen gelegen hatte. Aufs Geratewohl schlug er eine Seite auf und versenkte sich in die Worte. Im Zimmer wurde es still, und sein Herz schlug mit einem Mal gleichmäßig und ruhig. Nichts brachte die Welt so rasch wieder in Ordnung wie ein paar Strophen eines Gedichts. An diesem Tag hatte er es genau richtig getroffen.

Da spürte er den Zorn in der Wange
über den eitlen Fleiß der Menschen
und sagte ein Sprichwort in den Wind
über die Verrücktheit der Jugend.

Ester Wilhelmsson hatte sich mit ihrer Mutter auf der Ecke vor der Buchhandlung Gleerups verabredet. Dort trafen sie sich meist. Falls sich eine der beiden verspätete, dann waren hier immer viele Leute, die man betrachten konnte. Und Freitagnachmittag waren immer besonders viele Leute in der Stadt.

Es war bewölkt, aber mild, und sie trug nur eine dünne Jacke. Ihr Magen knurrte, da sie während der Arbeit keine Gelegenheit gefunden hatte, etwas zu essen. Sie hatte der Versuchung widerstanden, sich eine Tafel Schokolade zu kaufen, denn eigentlich hatte sie Hunger auf etwas Richtiges oder wenigstens auf ein Butterbrot oder eine Bockwurst. Sie wagte es jedoch nicht, noch rasch zu der Wurstbude etwas weiter die Straße hinunter zu eilen, denn es ging bereits auf halb vier zu, und sie wusste, dass ihre Mutter gerade an diesem Tag vermutlich nicht würde warten wollen.

Wie sie so dastand, nahm sie mit einem Mal die Welt um sich herum wahr. Lange war sie von einer betäubenden Unentschlossenheit wie von einem grauen Nebel umhüllt gewesen. Jetzt nahm sie eine aufrechte Haltung an und winkte ein paar Bekannten zu. Sie hatte ihr schwarzes Haar törtchenförmig am Hinterkopf zusammengebunden. Schick, hatte einer der Assistenzärzte gemeint. Obwohl es Gustav gewesen war, hatte sie sich geschmeichelt gefühlt. Er konnte manchmal richtig süß sein. Sie schämte sich, dass sie so ungeduldig mit ihm gewesen war. Und dass sie hinter seinem Rücken so schlecht über ihn geredet hatte. Er hatte gesagt, sie erinnere ihn an jemanden, allerdings nicht aufgrund ihrer Haarfarbe und Augen, sondern mehr vom Typ her. Das hatte sie verlegen und neugierig gemacht.

»An wen denn?«

Sie hatte sich diese Frage nicht verkneifen können. Er hatte sie ironisch angelächelt.

»Das ist mein Geheimnis.«

Kann mir doch egal sein, hatte sie gedacht, es aber trotzdem interessant gefunden, dass er offenbar eine Frau kennengelernt hatte.

Sie drehte sich um. Ob ihre Mutter wohl aus der Richtung des Doms käme? Nein. Stattdessen sah sie Karl, der sich vor einer Kneipe namens Kino mit ein paar Leuten unterhielt. Rasch wandte sie sich ab und senkte den Blick. Sie wollte wirklich nicht, dass er sie sah. Karl war Leos Freund, und sie ging Leos Freunden aus dem Weg. Sie glaubte zwar nicht, dass Karl sich eingemischt hätte, sondern sie schämte sich eher, wie unbegründet das auch sein mochte. Leo war vollkommen übergeschnappt. Das war ihr klar geworden, als sie ihn in der

Klinik getroffen hatte, um ihm den Schlüssel zurückzugeben. Er wollte die Wohnung im Stadtteil Djingis Khan behalten. Er schlief und aß nicht mehr, und das erstaunte sie wirklich. So wichtig war sie ihm nicht gewesen, als sie noch zusammengewohnt hatten. Jedenfalls hatte es nicht so gewirkt. Er hatte sich nie die Mühe gemacht, ihr zuzuhören, und das meiste als selbstverständlich hingenommen. Aber jetzt war er beleidigt, und sie stand da mit zwiespältigen Gefühlen. Es war wirklich nicht schön, dass es ihm so schlecht ging. Gleichzeitig war sie froh, sich von dieser ganzen negativen Energie losgelöst zu haben. Keine Gnade und kein Humor, nur egozentrischer Ernst und dann natürlich seine Arbeit. Nie wäre er auf die Idee gekommen, dass auch sie Pläne für die Zukunft haben könnte.

Das graue Haar ihrer Mutter war sehr kurz. Sie näherte sich auf dem Rad von der Lilla Fiskaregatan her und schlängelte sich gerade zwischen den Passanten der Fußgängerzone hindurch. Ihre dunkelrote Jacke passte gut zu ihrem Haar.

»Hallo, mein Mädchen.«

Sie hüpfte vom Sattel und quetschte das Rad in den Fahrradständer.

»Hier ist der Schlüssel. Papa und ich fahren morgen in der Früh. Aber wir können doch noch einen Moment irgendwohin gehen?«

Sie überquerten die Straße, betraten das Herkules und bestellten zwei Cappuccinos. Die aufgeschäumte Milch dämpfte ihren Hunger ein wenig. Die Wurst würde sie später essen.

Ester hatte sich entschlossen, etwas Eigenes zu finden, konnte sich aber keine Eigentumswohnung leisten. Ihre Eltern hatten ihr versprochen, ihr finanziell unter die Arme zu greifen. »Vorerbe« hatten sie es genannt. Sie hatte sich jedoch noch nicht die Zeit genommen, sich Wohnungen anzusehen. Sehr vorübergehend wohnte sie auf der Couch bei einer guten Freundin, aber das ging natürlich nicht auf Dauer. Jetzt würde sie zu Hause wohnen, dort allerdings nicht wieder einziehen. Sie mochte ihre Eltern, und es würde sicher auch eine Weile lang unter demselben Dach funktionieren. Aber sie wollte ihr

Verhältnis nicht längerfristig dieser Belastungsprobe aussetzen. Sie hatten im Obergeschoss ein Gästezimmer, aus dem ihre Mutter gerade erst das Gerümpel ausgeräumt hatte.

»Wird schon alles gut gehen«, sagte sie und strich Ester über die Hand.

Ester starrte in ihre Kaffeetasse.

»Ich mache mir keine Sorgen.«

Sie hatte ihre Möbel noch nicht bei Leo abgeholt, aber ein Kollege, der ein großes Auto besaß, hatte versprochen, ihr am Wochenende damit zu helfen.

»Du kannst alles einstweilen in den Schuppen stellen«, sagte ihre Mutter. »Ich habe unseren Plunder beiseitegeräumt. Es gibt also Platz.«

Hinter ihrer Mutter ging die Tür auf und wieder zu. Das geschah die ganze Zeit. Ester konnte es nicht lassen, das Kommen und Gehen zu beobachten. Jetzt sah sie wieder hoch. Gustav Stjärne kam gerade herein. Er war allein. Sie nickten sich zu.

»Wer war das?«, flüsterte ihre Mutter und drehte sich um.

»Einer von den neuen Ärzten.«

»Sieht nett aus«, meinte ihre Mutter und lächelte ihr aufmunternd zu.

Ester entgegnete nichts. Sie schob den Knoten an ihrem Hinterkopf zurecht. Kürzeres Haar kräuselte sich in ihrem Nacken. Sie trug ein eng anliegendes blaulila Top, und im Ausschnitt traten ihre Schlüsselbeine hervor. Im Fenster konnte sie undeutlich ihr Spiegelbild erkennen. Nicht übel, dachte sie. Sie schaute erst wieder in die Richtung von Gustav Stjärne, als sie sich sicher war, dass er nicht zu ihr herübersah.

»Ich lege dir einen Zettel auf den Küchentisch, wann wir wieder zu Hause sind und wo du uns telefonisch erreichen kannst. Und dann darfst du nicht vergessen, die Blumen zu gießen!«

»Natürlich nicht.«

Ester stöhnte leise, lächelte ihrer Mutter aber zu. Sie wollte nur ihr Bestes. Dass ihre Mutter Leo eigentlich nie gemocht hatte, hatte sich erst nach dem Bruch herausgestellt.

»Er ist zu sehr mit sich selbst beschäftigt«, hatte ihre Mutter etwas wichtigtuerisch gemeint. »Das habe ich sofort gemerkt.«

Da hatte sie dann ganz spontan Leo und die Entscheidung, die sie einmal getroffen hatte, verteidigt. Ganz falsch war er doch nicht. Er hatte auch seine guten Seiten.

Aber das war unnötig gewesen, als hätte sie offene Türen eingerannt. Denn natürlich hatten auch ihre Eltern eingesehen, dass Leo auch gute Seiten besaß, er war vielleicht nur nicht der geeignete Mann für ihre Tochter gewesen.

Gustav Stjärne hatte auf einem Barhocker am Fenster Platz genommen und schaute auf den Stortorget. Draußen war es schwarz vor Menschen. Immer noch saßen Leute mit Decken um den Beinen an den Tischen im Freien. Zwischen ihr und Gustav war Platz, dort gingen Leute durch, aber zwischendurch war es dort leer.

Nein, mit ihm würde sie sich nicht einlassen, nicht aus dem Regen in die Traufe. So viel Grips hatte sie doch noch. Aber sie sehnte sich nach zwei Armen. Aber sie sollten kräftig sein und ihr Geborgenheit geben.

Es war Freitagnachmittag, und Direktorin Kerstin Malm wollte eigentlich nach Hause gehen, aber kurz nach dem Mittagessen hatte Kriminalkommissar Claesson angerufen und dringend um einen Termin gebeten.

»Hat das nicht bis Montag Zeit? Da kann ich mich freimachen«, schlug sie mit ihrer Direktorinnenstimme vor, energisch und nachdrücklich.

Sie hatte sich in Gedanken bereits mit einem Glas Rotwein in ihr bequemes Sofa zu Hause sinken lassen, eine einfache Mahlzeit und die Fernbedienung in bequemer Reichweite. Ihr Mann und sie hatten sich diese angenehme Gewohnheit oder vielleicht auch Unart zugelegt, seit die Kinder aus dem Haus waren. Sie genossen das.

Ganz so gefühlvoll, dass er sie auf Knien angefleht hätte, war der Kommissar dann nicht gewesen, und er hatte darauf beharrt, bei ihr zu erscheinen. Seine Stimme hatte fast so viel Autorität gehabt wie die ihre. Ansonsten war er aber ein ganz netter Mensch. Und als sie sich einmal damit abgefunden hatte, musste sie sich eingestehen, dass sie im Grunde genommen auch recht neugierig war.

Sie hatte also getan, worum er sie gebeten hatte. Mit praktischen Fragen hatte sie nur selten Probleme. Eine der Schulsekretärinnen hatte das angeforderte Material aus dem Archiv holen müssen, was ein Weilchen dauerte. Klassenfotos, Namenslisten sowie Halbjahres- und Abgangsnoten aus einer bestimmten Zeit lagen nun in ordentlichen Stapeln auf ihrem Schreibtisch. Niemand sollte sie der Ungefälligkeit beschuldigen können. Niemand sollte sagen können, sie hätte eine Ermittlung behindert, bei der es darum ging, den brutalen Mord an einem Lehrer ihrer Schule aufzuklären.

Es wurde natürlich geredet, aber das Schlimmste war bereits überstanden. So war es meist. Die Wellen glätteten sich, und man ging wieder zur Tagesordnung über. Vor allem weil der Mord dreihundert Kilometer von zu Hause verübt worden war. Das Interesse nahm mit zunehmendem Abstand ab, das galt sowohl zeitlich als auch räumlich.

Ihr eigenes Interesse unterschied sich in diesem Punkt auch nicht. Es war abgekühlt. Sie hatte anderes zu tun. Aber jetzt flammten die Tragik und natürlich auch ihr Interesse von neuem auf, da sie indirekt in die Ermittlung einbezogen wurde. Sie hatte niemanden, dem sie sich hätte anvertrauen können. Sie schwieg wie ein Grab, das hatte sie Claesson versprochen. So gesehen, war es fast eine Erleichterung, diesen Polizisten wieder zu treffen. Mit ihm konnte sie reden. Aber das war nicht unproblematisch. Sie achtete sehr darauf, keine Mutmaßungen anzustellen und keine Gerüchte zu verbreiten. Sie versuchte, auseinanderzuhalten, was sie gehört hatte und was sie konkret wusste. Das war nicht immer ganz leicht.

Die Geschichten, die ihr in letzter Zeit zu Ohren gekommen waren, klangen unglaublich und unwahrscheinlich. Die schlimmsten konnte man leicht aussortieren. Unerklärliches geschah jedoch immer wieder, dafür gab es Beispiele. Das, was man sich nach Bodéns Tod über ihn erzählte, war, gelinde gesagt, unterschiedlichster Art. Wer hätte dem faden Bodén zugetraut, in jedem Dorf eine Braut zu haben? Oder dass er jahrelang mit der jugoslawischen Mafia zusammengearbeitet hatte und durch Aktienspekulation unermesslich reich geworden war? Sie glaubte das jedenfalls nicht. Letzteres konnte jedoch durchaus stimmen. Aktiengeschäfte waren mittlerweile in den verschiedensten Kreisen ein normales Hobby. Aber dass man ihn des Geldes wegen ermordet haben sollte, wirkte zu simpel. Fast trivial. Wem wäre das Geld zugefallen? Seiner Frau vielleicht? Der Täter, eine Frau. Dieser Gedanke munterte sie auf.

Sie waren zu zweit. Claesson hatte einen, wie ihr schien, sehr jungen Mann dabei.

»Peter Berg«, stellte er sich mit einem festen Händedruck vor.

Er war bleich und sah nett aus. Sie bot einen Kaffee an, den sie dankbar annahmen, wie auch die Vanillekekse, die sie in einer Dose im Bücherregal versteckt hatte.

Claesson legte ihr unverzüglich das Klassenfoto vor, von dem er ihr bereits erzählt hatte. Dreißig Jugendliche, gestochen scharf. Sie setzte die Lesebrille auf, die an einer lila Schnur um ihren Hals hing, und betrachtete das Foto eingehend. Sie ließ sich Zeit und hörte dabei, wie der Jüngling Berg die knusprigen Vanillekekse verzehrte.

»Nehmen Sie ruhig«, sagte sie und schob ihm die ganze Dose hin. Sie folgte den aufgereihten Gesichtern mit ihrem weinroten Zeigefingernagel. Den Frisuren war anzusehen, dass inzwischen ein paar Jahre vergangen waren. Die Jungen trugen die Haare im Nacken lang, und die Mädchen hatten fast alle eine Art Afrolook. Alle außer Melinda Selander. Sie hob sich durch ihre anmutige, aber auch verschlossene Art ab. Große Augen und ein kleiner, geschlossener Mund. Wie eine Kirsche. Das halbe Gesicht wurde von ihrem blonden Haar verdeckt. Es war kräftig und schien ihr fast bis zur Taille zu reichen. Alle blickten mit großem Ernst in die Kamera, als fürchteten sie sich vor dem Leben, das ihrer harrte. Zwei Jungen bildeten die Ausnahme. Sie schnitten Grimassen und fuchtelten mit den Händen.

So war es immer. Einige versuchten stets in jugendlichem Trotz aus der Normalität auszubrechen.

»Das hier wird nicht so schwer«, meinte sie optimistisch. »Schauen Sie, ich habe die Fotos aller drei Klassen herausgesucht, die Melinda Selander hier auf dem Gymnasium besuchte, und dazu die Namenslisten.«

Claesson war dankbar. Diese Frau hatte alles im Griff.

»Melinda Selander wechselte übrigens im letzten Schuljahr die Klasse. Das ist zwar nicht gerade üblich, kommt aber hin und wieder schon einmal vor«, fuhr sie fort.

Sie sah nach, um welche Schuljahre es ging, und begann in den Schülerlisten zu blättern.

»Hier haben wir sie. Melinda Selander.«

Sie verstummte.

»Jetzt erinnere ich mich«, sagte sie plötzlich.

Sie betrachtete die ernsten Gesichter erneut.

»Ich war damals noch nicht Oberstudiendirektorin, sondern erst Studiendirektorin.« Sie verstummte abrupt.

»Woran denken Sie?«

Claessons Blick war durchdringend.

»Dass das, was damals geschah, nicht ganz greifbar war und nie aufgeklärt wurde. So etwas bleibt im Gedächtnis hängen. Die Fantasie erhält dadurch zu viele Möglichkeiten.«

»Erzählen Sie.«

»Bodén selbst äußerte sich nicht sonderlich ausgiebig dazu. Er ließ die Beschuldigungen und das, was er als Lügen bezeichnete, gar nicht erst an sich heran und wurde noch verschlossener und unzugänglicher. All jene, die ihn besser kannten, erzählten, wie sehr er sich gekränkt fühlte. Melinda Selander, vielleicht waren es auch ihre Eltern, warfen ihm sexuelle Nötigung vor. Sie können mit George Johansson darüber sprechen.«

Claesson nickte. Das hatte er bereits getan.

»Und dann?«

»Aussage stand gegen Aussage. Ein Gerücht besagte, Melinda habe für ihren Lehrer geschwärmt. Das wäre ja nichts Ungewöhnliches«, stellte Kerstin Malm fest und zog mit einer energischen Bewegung den Kragen ihrer Kostümjacke über ihrem Busen glatt. Ihre Bluse war blassrosa und hob sich effektvoll von ihrem mahagoniroten Haar ab.

»Es gibt immer Ärger, wenn so etwas ans Licht kommt. Niemand will sich wirklich damit auseinandersetzen.«

»Was ergab sich?«, wollte Claesson wissen.

»Nichts.«

»Überhaupt nichts?«

»Möglicherweise machte Melinda Selander doch mehr durch, als wir ahnten. Sie war schließlich gezwungen, die Klasse zu wechseln, und das ist eine große Sache. Ich erinnere mich nicht, ob das auf Wunsch der Eltern geschah. Es spielt auch keine Rolle, sie muss ziemlichen Belastungen ausgesetzt gewesen sein. Ich denke mir, dass man, wenn man jemanden der sexuellen Nötigung bezichtigt, ziemlich unter Druck gerät. Hätte ich eine Tochter, würde ich ihr von einer Anzeige abraten«, meinte sie und errötete stark, als Claesson sie eindringlich ansah. »Ich meine, alles was nachher kommt, Verhöre, die Männer bei Gericht, die einen infrage stellen, das ist schlimmer als das Eigentliche ...«

Sie schlug den Blick nieder. Claesson zählte bis zehn. Einerseits konnte er sie verstehen, vielleicht stimmte er ihr sogar zu, jedenfalls so wie die Rechtslage aussah, inkompetente und unsensible Polizisten und konservative Richter, aber auf diese Diskussion wollte er sich jetzt nicht einlassen. Außerdem arbeiteten sie an einer Verbesserung, auch wenn sich diese nur langsam vollzog.

»Hat Bodén anderen Schülerinnen Avancen gemacht?«, wollte er wissen.

Sie spitzte ihre weinroten Lippen. Der Lippenstift war teils verschwunden, teils verwischt.

»Nichts, was sich belegen ließ. Es waren alles nur Gerüchte. Das Gefährliche ist, dass diese gänzlich aus der Luft gegriffen sein können. Manchmal gibt es durchaus Rauch ohne Flammen, oder die Leute machen aus einer Mücke einen Elefanten. Glauben Sie mir!«

Claesson glaubte ihr. Auch dieses Mal faszinierten ihn die Federn an Kerstin Malms Ohrläppchen, die hin und her schwankten, wenn sie sprach. Zweifellos eine stattliche Dame.

»Gab es auch noch in letzter Zeit Gerede?«

»Mir ist während der letzten Jahre nichts zu Ohren gekommen. Bodén fiel als Lehrer nicht weiter auf. Er setzte sich auch auf keinem Gebiet sonderlich ein. Hielt seinen Unterricht. Weder besonders gut noch besonders schlecht.«

Peter Berg betrachtete das Klassenfoto. Melinda Selanders lange, schmale Gestalt, ihre etwas altmodische Kleidung und ihr feierlicher Ernst. Sie stand ganz vorne. Er kannte diese Art Mädchen aus dem Ort, aus dem er stammte. Ein langer beigefarbener Rock aus einem dünnen Stoff, der vermutlich flatterte, wenn sie ging. Vielleicht mit Stickereien unten am Saum, irgendwas Indisches. Vielleicht auch etwas durchsichtig. Verführerisch, aber gleichzeitig auch brav. Hübsche Stiefel aus braunem Leder. Dazu eine dunkelrote Bluse mit langen, weiten Ärmeln, kleiner Ausschnitt. Um den Hals trug sie ein Band, vielleicht auch eine Halskette, die der von Maja Gräddnos aus dem Kinderbuch ähnlich war. Sie erinnerte ihn an ein Mädchen von Zuhause, mit dem man ihn hatte verkuppeln wollen. Und sie war wirklich nicht so harmlos gewesen, wie sie ausgesehen hatte, sondern ausgesprochen leidenschaftlich. Er wäre fast nicht mehr losgekommen.

Vielleicht war das bei dieser seriösen jungen Dame ja genauso. Superfleißig. Ihre Überlegenheit war ihr anzusehen. Schleimte sich sicher auch bei den Lehrern ein. Den Neid auf die richtig Schlauen wurde er nicht mehr los. Auf die, denen alles gelang, ohne dass sie sich auch nur im Mindesten anzustrengen schienen.

»War sie auch Ihre Schülerin?«, fragte er Kerstin Malm, deren Röte sich noch nicht gelegt hatte.

»Nein. Aber ich glaube, wenn mich mein Gedächtnis nicht

ganz im Stich lässt, dass sie sehr intelligent war. Der stille, begabte Typ. Einserkandidatin, ganz einfach«, meinte sie und machte sich daran, ihre Abiturnoten herauszusuchen. »Mein Gedächtnis hat mich nicht getrogen. Fast lauter Einsen, ein paar vereinzelte Zweien.«

Sie beugten sich über ihre Schulter und betrachteten das Zeugnis.

»Sie ist mittlerweile Ärztin«, meinte Claesson.

Kerstin Malm nickte.

»Schön, dass sie es so weit gebracht hat. Man weiß schließlich nie. Es gibt viele, die, aus welchen Gründen auch immer, aus ihrer Begabung nichts machen.«

Dass sie Karriere gemacht hatte, sagte allerdings nichts darüber aus, wie glücklich sie war. Kerstin Malm fingerte an einer Brosche, einer Katze aus Messing, die ihren Schwanz um sich herumgelegt hatte, und dachte nach.

»Gibt es auf dem Foto irgendeine weitere Person, an die Sie sich aus irgendwelchen Gründen besonders erinnern?«

Peter Berg schob das Klassenfoto wieder zu ihr hinüber.

»Ja, einer der Jungen war irgendwie auch in die Sache verwickelt. Das müsste also gewesen sein, bevor sie die Klasse wechselte. Er muss also auf diesem Foto sein.«

Die Oberärztin der Frauenklinik, Regina Hertz, hatte sich immer sagen lassen, sie sei eine besonnene Frau. Sie bekam nur selten Angst. Dafür ärgerte sie sich oft über die Trägheit der anderen, nicht über ihre Dummheit. Für Dummheit konnte niemand etwas. Sie hatte viele Pläne für die Klinik, alle waren vernünftig. Man sollte sich rascher und kostengünstiger um die Patienten kümmern, das war natürlich wichtig. Irgendjemand musste es übernehmen, für Veränderungen zu sorgen. Sie konnte es einfach nicht bleiben lassen. Und da sie zupackend und realistisch war, hatten einige ihrer Pläne das Ideenstadium verlassen und waren umgesetzt worden, und das war allerhand. Die konservativen Kräfte, die den alten Strukturen und nicht zuletzt der Angst entsprangen, waren unerschöpflich.

Aber ist man im Begriff, einen riesigen Tanker zu wenden, so gerät leicht einmal weniger Wichtiges in Seenot. Insbesondere da sich Regina Hertz während dieses ganzen umwälzenden Prozesses mit derselben unermüdlichen Energie wie früher um die Krebspatienten gekümmert hatte. Schließlich hatte der Tag nach wie vor nur vierundzwanzig Stunden, eine Tatsache, die sie manchmal von sich schob.

Jetzt saß sie im Zimmer des Klinikchefs. Vor dem Fenster herrschte diesige Dämmerung. Es war später Freitagnachmittag, und ihr Chef war immer noch da, und bereits das hatte in ihr böse Ahnungen erweckt, als er sie zu sich bestellt hatte. Freitags machten die Ärzte kurz nach Mittag Feierabend, da Montags bis halb sieben Besprechung war. Die Korridore wurden dann mit einem Mal leer und still, und man hörte durch einen Spaltbreit geöffnete Türen nur noch die ausländischen Gastforscher, die diskret an ihren Computern arbeiteten und deren Familien am anderen Ende der Welt lebten.

Regina Hertz hatte eine langwierige Operation ausgeführt, während der sie stundenlang hatte stehen müssen, und war gerade damit beschäftigt gewesen, konzentriert das Operationsprotokoll zu diktieren, als er sie angerufen hatte. Nach dieser Unterbrechung hatte sie den Faden wieder aufgenommen und fertig diktiert, ehe sie in sein Büro geeilt war.

Ihr Chef trug ihr, sobald sie die Schwelle überschritten hatte, sein Anliegen vor.

»Unglaublich!«, sagte sie atemlos und studierte eingehend die Papiere, die er ihr vorgelegt hatte.

Dann schlug sie die Beine übereinander, begann mit dem einen grünen Bein zu wippen und genehmigte sich eine Portion Kautabak, die sie sich unter die Oberlippe schob. In aller Eile hatte sie einen weißen Kittel über die OP-Kleidung gezogen. Ihr Haar klebte verschwitzt am Kopf, und die Abdrücke vom Mundschutz waren noch auf den Wangen zu sehen. Eigentlich hatte sie Hunger. Aber das musste warten.

Allmählich spürte sie, wie der Tabak das Hungergefühl vertrieb.

Während sie noch auf die vier Dokumente starrte, berichtete ihr Chef mit verbissener Miene von Christina Löfgrens Besuch und seinen unmittelbaren Maßnahmen. Er erwähnte nicht, dass er erst vorgehabt hatte, die leidige Sache auf Montag zu verschieben, dass ihm aber im Personalfahrstuhl unbehaglich gewesen sei und dass er deswegen in sein Büro zurückgekehrt sei und sich die Akte habe kommen lassen.

Die Fälschung war wirklich nicht leicht zu durchschauen.

»Siehst du es?«, fragte er und deutete auf die Papiere.

»Kaum zu glauben!«, erwiderte sie mit Nachdruck. »Ganz unglaublich, dass jemand es wagt, so zu bluffen.«

Möglicherweise war der Briefkopf des Arbeitsplatzes eingeklebt. Das wirkte irgendwie unprofessionell.

»Viele Dinge sind unbegreiflich.«

Wollte er jetzt anfangen zu philosophieren? Sie wartete auf eine Erläuterung, die aber nicht kam.

»Aber irgendetwas stimmte nicht mit ihm«, sagte sie. »Darin waren sich alle außer vielleicht Eskil immer einig.«

Sie saß entspannt auf ihrem Stuhl. War nicht im Geringsten schockiert. Fast nichts konnte sie schockieren. Sie staunte höchstens. Wie ein Kind, das sich darüber wundert, wie bunt die Welt doch sein kann.

»Vollkommen bizarr und faszinierend!«, rief sie.

»Ach wirklich?« Ihr Chef runzelte die Stirn. Er war eher verärgert. Und sehr müde. Aber er würde sich nie so weit herablassen, das auch zu zeigen.

»Was hat sein voriger Chef eigentlich gesagt?«, wollte er dann wissen, um sich wieder den Fakten zu nähern.

Sie dachte nach. Als die Vorstellungsgespräche stattgefunden hatten, war gerade viel zu tun gewesen. Sie hatte viel um die Ohren gehabt und war gehetzt in der Klinik herumgerannt. Was genau gesagt worden war, hatte sie daher nicht mehr im Kopf. Nur so ein diffuses Gefühl. Und das war nicht rundum erfreulich gewesen, das musste sie trotz allem zugeben.

»Ich glaube, er hat nicht so viel gesagt«, erwiderte sie daher wahrheitsgemäß.

Dieser Umstand hätte sie schon aufmerken lassen müssen, das sah sie jetzt ein.

»Er hat ihn nicht unbedingt über den grünen Klee gelobt, um es einmal so auszudrücken«, verdeutlichte sie. »Aber er hat auch keine direkten Warnungen ausgesprochen.«

»Und zwischen den Zeilen?«

Spannung lag in der Luft. Ihr Chef war ganz gegen seine Art verärgert, aber nicht über Regina Hertz. Aber das konnte sie nicht wissen. Sie überlegte, ob sie zu Kreuze kriechen sollte.

Aber nein!

Stattdessen wurde auch sie wütend.

»An seinen Unterlagen wäre schließlich nichts weiter auszusetzen. Wenn sie nicht gefälscht wären, versteht sich. Und mit so etwas rechnet man ja wirklich nicht. Schließlich wird bei einer Halbjahresvertretung nicht jede Kleinigkeit kontrolliert!«

Sein Gesicht gefror einen Augenblick zu Eis. So hatte sie ihn noch nie erlebt. Er war außer sich.

Der Ruf der Klinik natürlich. Das konnte sie sehr gut verstehen. Mühsam, durch die Presse geschleift zu werden, insbesondere, da alles Übrige ausgezeichnet funktionierte.

Unbehagen befiel sie. Würde er ihr die Schuld in die Schuhe schieben?

»Außerdem hast du das Vorstellungsgespräch mit ihm geführt«, meinte sie deswegen säuerlich.

Er kniff die Lippen zusammen. Schweißperlen traten ihm auf die Stirn. Sein Adamsapfel wanderte an seinem sehnigen Hals rauf und runter. Sein ehemaliger Chef hatte nicht viel gesagt. Allein deswegen hätten in ihrem armseligen Kopf schon die Alarmlampen blinken müssen. Aber klar, es war keineswegs nur ihre Schuld, er wollte sich da nicht rausreden. Aber er war diese halben Sachen gründlich leid.

Musste er wirklich alles selbst machen?

Sie hätte es besser wissen müssen!

Er holte tief Luft.

»Wir waren zu dritt«, sagte er.

»Gut. Umso schlimmer. Drei Paar Augen hätten mehr sehen müssen als ein Paar.«

Sie zog ihre gezupften dunklen Brauen hoch und lächelte schwach. Er schwitzte. Ein Kittel über Hemd und Schlips war warm.

»Aber selbst die Sonne hat ihre Flecken«, meinte sie großzügig und feuerte ein entwaffnendes Lächeln auf ihn ab, in der Hoffnung, dass er sich ein wenig entspannte.

»Was tun wir jetzt?«

»Die Personalabteilung soll sich die Papiere noch einmal ansehen. Trifft unsere Vermutung zu, dass sie gefälscht sind, dann zeigen wir das bei der Polizei an. In diesem Fall müssen wir auch das Ministerium verständigen. Vielleicht wissen die noch von anderen Krankenhäusern, an denen er gearbeitet hat. Aber solange das nicht geklärt ist, unternehmen wir nichts. Schließlich ist niemand durch ihn zu Schaden gekommen.«

Nein, dachte sie. Er hat tunlichst jeden Handgriff vermieden. Ein so arbeitsscheuer Kollege war wirklich nicht zu gebrauchen. Es reichte schon, dass alle anderen müde und abgespannt waren.

Eine höchst unpassende Ausgelassenheit ergriff plötzlich von ihr Besitz. Sie schüttelte den Kopf, und ihr kraftloses Haar geriet in Bewegung.

»Eigentlich ein dolles Ding! Das *Sydsvenska Dagbladet* wird sich darum reißen! Ich sehe die Schlagzeile schon vor mir: ›Falscher Arzt in Frauenklinik‹«, zwitscherte sie.

Er starrte sie finster an. Seine Nasenlöcher weiteten sich. Nicht der geringste Anflug eines Lächelns war zu sehen.

Sie begab sich nach Hause.

Hoffentlich steht das Essen auf dem Tisch, dachte sie.

Claesson saß an der Schmalseite des großen Schreibtisches, Kerstin Malm hatte auf ihrem Bürosessel Platz genommen und Peter Berg an dem kleinen runden Tisch. Die Neonröhren an der Decke des Büros der Direktorin brannten, und es war stickig. Sie hatten fast jegliches Gefühl für Zeit und Raum verloren.

Sie durchforsteten Zeugnisse. Claesson und Kerstin Malm hatten ihre Lesebrillen aufgesetzt und sich ihre Jacken ausgezogen. Vor sich hatten sie ein Papier mit der Zahlenreihe »4 3 3 2 4 3«. Sie verglichen diese Zahlen mit den Noten sämtlicher Schüler in den Klassen, die Melinda Selander besucht hatte. Sie starrten diese Zahlen jetzt schon so lange an, dass sie begannen, sich wie Ameisen auf dem Papier zu bewegen. Und das würde sicher noch schlimmer werden.

Sie gingen aufgrund einer Hypothese vor, die allerdings nicht vollkommen aus der Luft gegriffen war. Louise Jasinski war dieser Gedanke gekommen. Aber auch Kerstin Malm hatte die Idee gehabt, dass es sich bei den Zahlen um Zeugnisnoten handeln könnte. Zwei voneinander unabhängige Personen mit derselben Assoziation ließen die Hypothese plausibler erscheinen. Das Problem bestand darin, dass sie weder wussten, für welche Fächer die Zahlen galten, noch für welches Schuljahr.

»Es muss sich um ein Abgangszeugnis handeln«, glaubte Kerstin Malm. »Andere Noten behält wohl kaum jemand im Kopf.«

»Ich erinnere mich an meine überhaupt nicht mehr«, meinte Peter Berg.

»Ich auch nicht«, sagte Claesson.

»Aber bei dir ist es ja auch schon so lange her.«

Claesson warf ihm einen schiefen, aber amüsierten Blick zu.

Claesson wusste aus Erfahrung, dass Schleichwege in einem Fall wie diesem nur Verwirrung stifteten. Das hier war richtige Polizeiarbeit. Nichts wurde einem auf einem silbernen Tablett serviert. Es war lange her, dass er sich in eigener Person solcher Aufgaben angenommen hatte. Er wusste nicht recht, ob es ihm Spaß machte, aber jedenfalls handelte es sich um etwas Greifbares. Arbeit zu delegieren hatte zwar seine Vorteile, aber ab und zu konnte bodenständigere Arbeit auch nicht schaden. Der Fall kam einem dadurch näher. Das gefiel ihm.

Die Zwei hob sich von den anderen Zahlen ab.

»Sicher ein Hobby oder eine besondere Begabung wie für Sport oder Musik«, meinte Malm.

»Und warum nicht für Mathematik?«, wollte Claesson wissen.

»Da würden die anderen naturwissenschaftlichen Fächer mitziehen. Oder eine der Sprachen. Aber bei Noten gibt es im Prinzip unendliche Variationsmöglichkeiten. Wie Sie sehen, sind die Fächer in alphabetischer Reihenfolge aufgeführt. Da es sich um den naturwissenschaftlichen Zweig handelt, wie das damals noch hieß, ehe man es Programm genannt hat, ist die erste Note die Biologienote, dann kommen Chemie, Englisch und so weiter.«

»Das muss ja ein vollkommen Irrer sein, der sich an seine Noten wie an die Lottozahlen erinnert«, meinte Peter Berg.

»Vermutlich wirklich nicht alle auf der Reihe«, murmelte Claesson.

»Es gibt Leute, die lange Gedichte aufsagen können«, sagte Kerstin Malm.

»Das wirkt allemal unterhaltender.«

Sie hatten die Klasse in einigermaßen gerechte Stapel aufgeteilt. Kerstin Malm war am schnellsten fertig, was Claesson auffiel, der immer gerne wetteiferte. Dass er den Treffer landen könnte, spornte ihn an. Er wollte gerne derjenige sein, der die richtige Zahlenfolge fand.

Kerstin Malm lehnte sich zurück und rieb sich die Augen. Sie hatte ihre Aufgabe erledigt.

»Soll ich etwas Obst holen? Ich glaube, es liegen noch ein paar Äpfel im Lehrerzimmer.«

»Gerne. Danke!«

Kerstin Malm war okay, zumindest seit sie sich damit abgefunden hatte, dazubleiben und nicht nach Hause zu fahren. Ihr Mann würde sie dann später abholen. Claesson war erst unschlüssig gewesen. Sie hätten das ganze Material natürlich mitnehmen und am Montag im Präsidium durchgehen können, aber dann hätte er das delegieren müssen, da er nach Schonen wollte. Jetzt konnte er sich die Kompetenz der Direktorin zunutze machen und dann die Sache ad acta legen. Außerdem wollte er einfach selbst dabei sein.

Die Zeit verging. Niemand dachte daran aufzuhören. Nicht jetzt.

Kerstin Malm kehrte mit drei Äpfeln zurück. Peter Berg und Claesson hatten sie eingeholt.

»Dann fangen wir mit dem zweiten Jahr an«, sagte sie und biss in ihren Apfel.

Sie hatte rasch die Aufgabe der Vorarbeiterin übernommen. Claesson lehnte sich nicht dagegen auf. Das war ihre Domäne, sie saßen in ihrem Büro, es hatte also kaum einen Sinn zu protestieren.

Jeder bekam zehn Zeugnisse. Sie sahen sie rasch durch, ohne eine vergleichbare Ziffernreihe zu finden. Die Luft bewegte sich nicht. Ein kleines Fenster stand zum Lüften auf, aber Kerstin Malm kippte auch noch das große Fenster.

»Nun gut«, meinte sie. »Jetzt wird es heikel. Melinda wechselte im letzten Jahr die Klasse.«

»Wir nehmen uns erst die Klasse vor, die sie besucht hat, und dann ihre ehemalige«, sagte Claesson.

Kerstin Malm holte den richtigen Ordner, nahm die Zeugnisse heraus und teilte sie aus. Zwanzig Minuten später waren sie fertig. Kein Treffer.

»Die Zeugnisse sind wirklich sehr unterschiedlich«, meinte Peter Berg. »Ziemlich schlimm, Menschen so zu klassifizieren. Das bringt manch einen in eine schwierige Lage. Es ist wirklich wichtig, dass die Lehrer auch gerecht sind.«

»Gerechtigkeit gibt es nicht«, erwiderte Kerstin Malm. »Jedenfalls nicht auf den Millimeter. Schließlich teilen Menschen diese Noten aus. Aber ein besseres System haben wir nun einmal nicht.«

Für eine Direktorin ist das ziemlich scharfsichtig, dachte Peter Berg. Noten erweckten in ihm ein Gefühl des Unbehagens. Man wurde verurteilt, obwohl man lieber in Ruhe gelassen worden wäre. Er hatte immer zur breiten Masse gehört, dem großen anonymen Mittelfeld. Was in gewisser Weise recht gut gewesen war. Im Laufe der Jahre war er selbstbewusster geworden, und er hatte erkannt, worin seine Stärke lag. Bei Verhören unter anderem. Da besaß er eine Begabung, vielleicht hauptsächlich, weil er so gut im Zuhören war. Das war einfach so. Claesson hatte ihn dafür gelobt, und das hatte ihm Mut gemacht.

»Manche bringen es weit, andere erreichen gar nichts, aber leben trotzdem gut«, meinte Claesson, als hätte er seine Gedanken gelesen.

»Und manche sind auch Spätzünder«, sagte Kerstin Malm, um das Gleichgewicht zu wahren. »Das soll man nicht vergessen. Sie wählen den zweiten Bildungsweg oder finden eine andere Aufgabe im Leben. Sofern sie nicht stecken bleiben, die Kontrolle verlieren und einfach aufgeben. Es gibt natürlich auch andere Faktoren. Unerwartete Ereignisse.«

Auch dieses Mal erzielten sie keinen Treffer. Kerstin Malm legte ein paar Ordner auf den Fußboden und ergriff einen neuen. Er enthielt die Zeugnisse von Melindas alter Klasse.

»Auf ein Neues«, sagte sie und teilte die Zeugnisse mit der Routine aus, die sich bei Lehrern durch das Austeilen von Kopien einstellt.

Die Spannung stieg. Jetzt kam es darauf an. Sonst mussten sie sich unverrichteter Dinge nach Hause trollen. Beziehungsweise verrichteter, aber ergebnisloser.

Als sich Kerstin Malm zurücklehnte und die Hände in den Schoß legte, war Claesson klar, dass sie die richtige Ziffernfolge nicht gefunden hatte. Zwei Minuten später stellte er fest, dass sie auch bei ihm nicht aufgetaucht war.

Peter Berg saß mit dem Rücken zu ihm. Sein Kopf war fast zwischen seinen mageren Schultern verschwunden. Claesson hörte, wie er ein Blatt beiseitelegte. Er wagte nicht nachzusehen, wie viele Berg noch übrig hatte. Er saß genauso unbeweglich da wie Kerstin Malm und wartete. Dann legte Berg ein weiteres Blatt beiseite. Claesson konnte sich nicht mehr beherrschen. Er lehnte sich zur Seite und sah, dass Berg noch mehr als eine Zeugniskopie übrig hatte. Die Spannung war zwar nicht unerträglich, aber spürbar.

Plötzlich räusperte sich Peter Berg.

»Ich glaube, ich hab's«, sagte er ruhig.

Claesson und Kerstin Malm sprangen auf und beugten sich über Berg. Dieser hatte die Hände auf dem Blatt vor sich liegen.

»Hier.«

Er legte den Finger unter die erste Note. »Chemie: 4«, stand da zu lesen.

Die folgenden Noten stimmten. Geschichte: 3, Mathematik: 3, Musik: 2, Physik: 4, Sport: 3.

Ihre Augen wanderten zum Namen.

»Verdammt«, sagte Claesson.

Gustav Stjärne.

Kerstin Malm drehte sich um und begann mit vor Aufregung geröteten Wangen die Liste der Fachlehrer herauszusuchen. Dann ließ sie den Ordner langsam sinken.

»In Chemie hatte er George Johansson.«

Die Enttäuschung war Claesson anzumerken.

»Aber in Mathe und Physik hatte er Jan Bodén«, sagte sie und schlug den Ordner zu.

In Lund regnete es in Strömen. Der Asphalt glänzte, und die blaue Bankfiliale auf der anderen Straßenseite war kaum zu erkennen. Der Herbst war nun unabänderlich eingetroffen. Das Wetter war wechselhaft. Sonne, dann wieder Regenguss. Gillis Jensen hatte immer seinen Regenanzug in der Satteltasche, die in seinem Büro stand. So eine altmodische aus braunem Kunstleder, die man rasch am Gepäckträger einhängen konnte und die, dessen war er sich bewusst, eine Spur lächerlich aussah. Seine Tochter hatte ihm vor Jahren schon verboten, sich in ihrer Schule mit dieser Tasche blicken zu lassen. Aber die neuen aus Nylon waren nicht so praktisch, denn Papiere und Ordner wurden darin nur geknickt.

Als er seine grünen Regenhosen übergezogen und in der Taille zusammengezogen hatte, klingelte das Telefon. Die Spurensicherung aus Malmö, die eine Mitteilung vom staatlichen kriminaltechnischen Labor in Linköping erhalten hatte.

»In den Strafsachen Jan Bodén und Emmy Höglund wurde an beiden Tatorten dieselbe DNA gefunden.«

Jensen überlegte, ob das bedeutete, dass er seine Regenhose ausziehen und bleiben musste.

»Also sowohl im Putzmittelraum des Blocks als auch in Emmy Höglunds Wohnung«, verdeutlichte der Kriminaltechniker.

»Mit anderen Worten: derselbe Täter«, erwiderte Jensen.

»Denkbar«, meinte der Kriminaltechniker.

Er zog die Hosen also doch wieder aus. Vielleicht hört es in der Zwischenzeit auf zu regnen, dachte er und machte sich auf den Weg zum Büro des Ermittlungsleiters, erwartete aber nicht, dass Mårtensson noch da war. Er hatte sich getäuscht.

»Nicht schlecht!«, donnerte Lars-Åke und hieb ihm auf die Schulter wie einem kleinen Jungen. »Was glaubst du?«

»Nichts«, erwiderte Gillis ungerührt.

Vom Glauben hielt er gar nichts.

»Ein Durchbruch«, donnerte Mårtensson weiter.

Dem war wohl so.

Und Arbeit brachte es auch mit sich. Sie mussten die Berührungspunkte finden. Zwei vollkommen unterschiedliche Opfer und eine Menge junger Menschen, in die er sich aufgrund seines Alters nicht sonderlich gut hineinversetzen konnte. Ein unendliches Gewirr aus Freundschaften und Affären. Gelegentlich sowohl als auch. Wie bei einem verhedderten Wollknäuel.

Was war eigentlich Sache?

Als er wieder allein war, rief er Kriminalkommissar Claes Claesson in Oskarshamn auf seinem Handy an. Der Regen war inzwischen in ein leichtes Nieseln übergegangen. Wenn er noch eine Weile wartete, hörte es vielleicht ganz auf.

Am anderen Ende klingelte es. Claesson antwortete erst, als er fast schon wieder auflegen wollte.

Er musste einfach mit einem vernünftigen Menschen sprechen, nachdem es ihm nun gelungen war, den übereifrigen und heißblütigen Mårtensson endlich abzuwimmeln, der sich aufgeführt hatte, als stünde die ganze Welt in Flammen. Seine Art war manchmal recht anstrengend. Er hätte einen Feuerlöscher gebraucht.

Jetzt wandte er sich stattdessen an Claesson.

Vielleicht sollte man sich bald mal sehen, dachte er, während er die Ergebnisse des staatlichen kriminaltechnischen Labors referierte.

Der Junge

Das Haus ist leer. Der Herbst ist in Winter übergegangen. Der zweite Advent nähert sich. Filippa hat erstaunlicherweise irgendwo einen Adventskerzenständer aufgetrieben. Das kann sie, sie kommt mit dem Leben zurecht. Filippa ist nicht hart. Sie ist ein Engel. Trotz allem.

Sterne funkeln in den Fenstern, in allen Gärten leuchten Lichterketten, Weihnachtsglück in jedem Haus. Ich habe das Gefühl, daran zu ersticken. Aber es ist auch schön.

Über Weihnachten fahren wir vielleicht zu Mama. Sie macht Pläne, aber wir wissen schon, wie das meist endet. Filippa und ich. Vater überlegt es sich plötzlich anders. Kommt im letzten Moment nach Hause und überwacht uns. Kümmert sich unversehens von zu Hause aus um die Geschäfte. Er arbeitet schon lange nicht mehr als Arzt. Er will richtig Geld verdienen. Alles hochwichtig, und er ist der Beste. Er kann die Leute wirklich um den Finger wickeln. Seine Vorträge sind Spitze. Er schwafelt herum, wie sich der Krankenpflegesektor am besten organisieren lässt. Wie Leute besser und härter arbeiten und trotzdem harmonisch und glücklich bleiben. Irgendwas in der Art. Er hat Forschungen betrieben und weiß, wie alles in der Welt aussieht. Er kann jeden unter den Tisch reden, so viel ist sicher. Er leuchtet am Rednerpult wie die Sonne im Hochsommer. Widerlich tüchtig. Etwas anderes lässt sich über ihn nicht sagen. Meinen Papa.

Aber über sich selbst weiß er nicht so viel. Und er weiß auch nicht viel über mich und Filippa. Vielleicht weiß er etwas mehr über Filippa, weil sie immer redet. Ich bin verschlossen. Das verunsichert ihn.

Aber was Weihnachten wird, hängt auch von meinen Verhandlungen mit Papa ab. Falls ich überhaupt fahren will. Filippa will schon. Sie sehnt sich vermutlich nach Mama. Ich würde also Filippas wegen fahren. Ich bliebe lieber zu Hause, auch wenn das recht einsam werden kann. Schließlich muss ich auf alles Mögliche ein Auge haben.

Wenn ich nicht jede Nacht schweißgebadet und hasserfüllt aufwachen würde, dann hätte ich diese Zeit kaum überstanden. Diese Hölle hält mich seltsamerweise auf den Beinen. Wut und Erregung zwingen mich in die Stadt, um zu spionieren, um zu sehen, ohne gesehen zu werden. Trotz eisigen Winters.

Weihnachten war eine seltsame Mischung aus Gemütlichkeit und Weihnachtsmann bei Mama in Göteborg, gleichzeitig war es, wie allein auf einer einsamen Insel zu sitzen. Mama hat eine gute Arbeit. Sie hat auf dem Sozialamt in Partille angefangen, schließlich ist sie gelernte Sozialarbeiterin. Sie war verändert, als sei sie in eine neue, schönere Welt gekommen. Die Ringe unter ihren Augen waren verschwunden. Aber wir fehlen ihr. Sie weiß, dass es keinen Sinn hat, deswegen Streit anzufangen. Daher sprach sie kaum davon, dass wir zu ihr ziehen sollten, was gut war, denn es hätte die Lage nur noch verschlimmert.

Wo Papa über Weihnachten war, weiß ich nicht so genau. Vermutlich ist er in so ein Wellness-Hotel gefahren und hat sich in den Whirlpool gelegt.

Melinda ist ständig in mir.

Und dieser widerliche Typ.

Sobald ich aus Göteborg zurück war, kontrollierte ich, dass Melinda noch da war. Also im wirklichen Leben. Manchmal fragt man sich ja schon. Vielleicht war sie ja nur ein Gespenst gewesen, das sich in meinem Kopf festgesetzt hatte?

Ich stehe vor dem Zaun im Schatten, wo das Licht der Laternen nicht mehr hinkommt, um nicht gesehen zu werden. Sehe durchs Fenster des Hauses, wie sie aufsteht. Mein Herz fängt an zu klopfen, und ich werde fast verrückt. Sie existiert. So viel ist sicher. Sie existiert und ist lebendiger als die meisten. Sie lebt in mir.

Die Sportferien im Februar waren zäh. Sie ging irgendwo Ski fahren. Dann kam sie zurück. Sie schleicht sich immer noch zu diesem Typen. Und ich folge ihr lautlos wie ein Schatten.

Es wurde dann seltsamerweise doch Frühling. Das macht das Leben einfacher, weil ich nicht mehr frieren muss. Ich treibe mich meist draußen rum. Habe nicht die Ruhe, zu Hause zu sitzen. Wie Juckpulver am ganzen Körper. Ich muss immer wissen, wo sie steckt.

Eines Tages sehe ich Melinda nach der letzten Stunde auf einer Bank in einem der Korridore der Schule sitzen. Ich verschwinde auf der Toilette, während sich der Korridor leert. Dann lösche ich das Licht und mache die Tür einen Spaltbreit auf. Sie sitzt mit einem Buch auf der Bank. Ich lasse die Tür offen stehen und sitze mucksmäuschenstill auf dem Deckel der Toilette und beobachte sie wie verhext. Ich wage kaum zu atmen.

Mir ist natürlich klar, auf wen sie da wartet. Dafür braucht man keinen sonderlich hohen IQ, um sich das auszurechnen. Noch dauert es mehrere Stunden, bis die Alarmanlage der Schule eingeschaltet wird. Ich habe die Zeiten im Kopf.

Andererseits wird der blöde Typ schon dafür sorgen, dass sich Melinda rechtzeitig auf den Weg macht.

Sie sitzt also auf der Holzbank und tut so, als würde sie lesen, als der Typ an ihr vorbeischarwenzelt. Ich kann sie deutlich durch den Türspalt sehen. Nachdem sie aufgestanden ist und mir den Rücken zugekehrt hat, folge ich ihr lautlos. Ihr Rücken ist schmal und aufrecht, ihr Haar silberhell und weich gewellt. Wenn ich mir vorstelle, wie ich mit den Fingern hindurchfahre, kribbelt es im ganzen Körper.

Unsere Schuhe berühren auf dem leeren Korridor fast nicht den Fußboden. Wir schweben förmlich. Die Vorsicht sitzt uns in den Knochen. Wie gewandten Nachttieren.

Sie folgt dem Alten.

Bis zu einem Klassenzimmer ganz hinten am Ende des Korridors, dicht gefolgt von mir. Ich verstecke mich hinter ein paar Schränken, als sie in dem Klassenzimmer verschwinden. Kaum hörbar wird die Türe vorsichtig geschlossen. Ich schleiche ein paar Schritte vor und lege das Ohr an den Türspalt.

Leise Stimmen. Es ist nichts zu verstehen. Der Typ macht vielleicht Witze, denn sie kichert. So viel höre ich. Dann schmatzende Geräusche und Stille, lang wie eine Ewigkeit. Ich muss an mich halten, um nicht zu platzen oder die Tür aufzureißen. Sie wimmert leise. Jenseits der Türe zerreißt es mir förmlich das Herz. Denn dieses Wimmern ist von Wollust erfüllt. Sie genießt es, die Schlampe! Mit diesem Schwein!

In meinem Kopf spielt sich einfach alles ab. Der Missbrauch des Alten. Seine rhythmischen Stöße, schneller und immer schneller. Und sie, die sich diesem Ekel hingibt. Sie sollte es besser wissen! Aber dieser Typ hat sie betrogen. Hat ihr eine Menge Lügen vorgeleiert, ihr was vom Sinn des Lebens erzählt, das Hohelied der Liebe gesungen, sich über Religion ausgelassen und darüber, dass Frauen und Männer füreinander geschaffen seien und wie sich das zeige. Hat etwas von Träumen und Zukunft und von Gott weiß was erzählt. Und dann beteuert er, sie sei die schönste Frau der Welt, während er sie fickt. Keine sei wie sie. Keine einzige auf dieser ganzen großen verdammten Erde. Seine Frau schon mal gar nicht. Sie existiert irgendwie schon gar nicht mehr. Sie ist weggedacht.

Es sickert durch die Tür, das Küssen und die Worte. Dringt zu mir durch, obwohl das Herz so fest in meiner Brust schlägt, dass es diese fast zerreißt.

Voller Abscheu schleiche ich mich davon.

Eines Tages schicke ich einen anonymen Brief. Ich kann mich nicht beherrschen. Dann warte ich auf die Wirkung. Der Typ verzieht in den Stunden keine Miene. Er ist wie immer, selbstbewusst und wichtigtuerisch.

Die Zeit vergeht, und es gibt weitere Briefe.

Eines Tages sagt der Typ zu mir, ich solle nach der Stunde noch bleiben. Das Klassenzimmer leert sich.

»Dir ist doch wohl klar, dass es eine Straftat ist, anonyme Drohbriefe zu verschicken?«

Seine Augen brennen. Seine Kiefermuskeln bewegen sich.

»Wie bitte?«, erwidere ich und schaue trotzig auf einen Punkt zwischen Bodéns Augen, auf die Nasenwurzel. Diesen Trick habe ich gelernt, um Papa in die Augen sehen zu können. Bemerke, dass sich die Adern wie Regenwürmer unter der Haut von Bodéns Gesicht abzeichnen. Sehr viele, das ganze Gesicht ist voll davon. Besonders jetzt, wo er mir droht.

»Tu nicht so«, sagt der Alte. »Ich weiß es genau.«

Das Schwarz seiner Augen. Wie Steinkohle. Es durchbohrt mich, hart und sicher. Brust raus, Hals und Rücken gerade. Die Hand in der einen Jackentasche klappert mit einem Schlüsselbund.

Ein Standbild, genauso unerschütterlich wie ein Findling.

Ich werde nervös, obwohl es mir schwerfällt, das zuzugeben. Wie will er wissen, dass ich es war? Ich warte auf eine Fortsetzung, aber es kommt keine. Der Findlingsblock schweigt. Das Schweigen droht mich zu ersticken. Die Steinkohlenaugen funkeln.

Plötzlich begreife ich. Ich weiß, woher der Typ das alles hat. Diese Erniedrigung ist schlimmer als alles andere.

Melinda! Sonst kann mich niemand verraten haben. Sonst weiß niemand davon.

»Ich kann Sie anzeigen«, sage ich zu dem Typen.

Der Hass bricht aus mir hervor. Angst, Wut, Eifersucht und Erniedrigung. Der ganze Hass der Welt.

Ich sehe den Typen an, und er schaut träge zu mir herab.

»Das sind meine Briefe«, sagt er. »Ich mache mit ihnen, was ich will. Vielleicht verbrenne ich sie ja. Was weiß ich.«

Er lächelt höhnisch.

»Es ist verboten, mit Schülerinnen …«, stammle ich trotzig und spüre, dass meine Knie weich werden.

»Du hast doch gar keine Beweise.«

Ich hatte eine Chance, dieses widerliche Schwein dranzukriegen. Aber sie hat sich in Luft aufgelöst. Unschlüssig suche ich nach weiteren Angriffspunkten, aber sie ergeben sich nicht. Mein Kopf ist genauso leer wie ein Fußballplatz ohne Spieler.

»Du kannst jetzt gehen.«

Das sind die letzten Worte des Ekels. Für dieses Mal.

Und ich gehe.

Nach diesem Tag entgleitet mir alles. Nichts spielt eine Rolle mehr. Wie ein Toter, der über Bord gespült worden ist und der vom Meeresboden nicht mehr hochkommt. So fühle ich mich.

Meine Noten werden schlechter. Anfänglich ist es eine Erleichterung nachzugeben. Es einfach laufen zu lassen.

Aber es gab dann doch keinen Grund, mir so viel schlechtere Noten zu geben. Ich starre auf die Noten, die sich plötzlich verändert haben. Auch Johansson gibt mir schlechtere Noten, obwohl ich mit ihm nicht verfeindet bin. Mir wird klar, dass sie Spaß daran haben, ungerecht zu sein. Egal, was ich mache, ob ich in allen Klassenarbeiten die beste Note habe, und das ist leider nicht der Fall, so kriegen sie mich doch dran. Bodén will mein Leben zerstören, und Johansson, diese Memme, zieht nach. Bodén hasst mich und will meine Zukunft zerstören. Wie gelähmt stelle ich das fest. Ich bin vollkommen machtlos, denke ich. Es ist die Hölle.

Der Typ ist mir die ganze Zeit ein Dorn im Auge.

Aber ich bin kein Dummkopf. Ich weiß, dass ich schlau bin. Und ich werde es ihnen zeigen! Sowohl dem blöden Typen als auch Melinda. Noch nicht. Später. Ich werde mich rächen, wenn ich mein Leben selbst in der Hand habe. Aus mir wird etwas werden. Dann kann ich entscheiden. Ich werde Macht über Leben und Tod haben. Ich werde Arzt. Wie Papa. Und wie Melinda.

Wartet nur!

Neunzehntes Kapitel

Samstag, 28. September

Veronika stand unter der Dusche. Irgendwo klingelte ein Handy. Claes stiefelte herein und ließ die Haustüre halb aufstehen. Er packte gerade den Volvo voll.

»Das ist deins!«, rief er durch die Badezimmertür.

»Geh halt dran! Es liegt in meiner Tasche.«

Das Handy hatte gerade aufgehört zu klingeln, als er es aus der braunen Ledertasche zog. Aus verschiedenen Gründen verabscheute er es, in ihrer Handtasche zu wühlen.

»Ich war zu langsam«, rief er durch die geschlossene Badezimmertür.

Gleichzeitig hatte er ein zusammengefaltetes Blatt Papier aus der Tasche gefischt. Er konnte es nicht lassen, es aufzufalten. Klara stand vor ihm und streckte ihm die Arme entgegen. Sie wollte auf seinen Arm.

»Warte«, sagte er geistesabwesend.

Eine Telefonnummer.

Seine Frau hatte eine Telefonnummer auf einem Papier in ihrer Handtasche. Was tue ich jetzt, dachte er und starrte auf das Papier. Soll ich ihr eine Szene machen? Soll ich sie zwingen, sich zu erklären? Und wenn das nicht reicht, soll ich sie so lange unter Druck setzen, bis sie ein Geständnis ablegt?

War das Dans Nummer? Die beiden hatten viel Zeit zusammen in Lund gehabt.

Während seine Fantasie und seine Gefühle mit ihm durchgingen, sah er jedoch gleichzeitig ein, dass er unvernünftig war. Er brauchte sie ja einfach nur zu fragen.

Die Dusche wurde abgedreht. Er öffnete die Badezimmertür, und der Wasserdampf schlug ihm entgegen. Was für eine Frau!, dachte er, obwohl er gerade erst eifersüchtig gewesen war. Sie stand nackt, ein Handtuch um den Kopf gewickelt vor ihm, die Haut vom warmen Wasser gerötet.

Sie sah ihn an.

»Was ist mit dir los?«

»Was ist das hier?«

Er hielt das Papier zwischen Daumen und Zeigefinger. Sein Tonfall glich dem eines Staatsanwaltes.

»Ein Stück Papier, das siehst du doch.«

Der Blick unter dem Handtuchturban war unfreundlich. Sie cremte sich das Gesicht ein. Kreisende, ausdauernde Bewegungen.

»Wo hast du das her?«

»Aus deiner Handtasche.«

Sie warf ihm einen neuen Blick zu, dieses Mal jedoch belustigt.

»Ich wollte nicht in deinen Sachen herumwühlen. Aber das Papier lag da, als ich dein Handy herausnahm.«

Sie trat in die Diele. Lächelte. Spannte ihn auf die Folter.

»Kein heimlicher Liebhaber«, sagte sie, beugte ihren Kopf nach vorne und frottierte ihr Haar.

»Nicht?«

»Da kannst du dir ganz sicher sein.«

Er schämte sich.

»Was ist es dann?«

»Bist du eifersüchtig?«

Ihre Augen funkelten. Sie riss ihm das Papier aus der Hand.

»Das ist die Nummer der Perückenmacherin. Falls Cecilia eine Perücke will, solange ihr Haar noch nachwächst, sollten wir uns dort melden. Aber sie hat sich noch nicht darüber geäußert.«

Letzteres hörte er schon nicht mehr. Der Stein war ihm mit einer solchen Wucht vom Herzen gefallen, dass er einen Augenblick lang taub war. Wie kindisch von ihm! Er drückte liebevoll ihren Oberarm, das war das Einzige, was er noch erwischte, denn sie war bereits auf dem Weg ins Obergeschoss, um sich anzukleiden.

Er hatte sich wieder besonnen und wollte gerade das Papier in die Handtasche in der Diele zurücklegen, als sein Blick erneut darauffiel. Irgendetwas daran kam ihm bekannt vor. Was war es, was er wiedererkannte?

Er ging in die Küche, da es dort heller war, setzte die Brille auf, die in seiner Hemdtasche steckte, glättete den Zettel auf dem Küchentisch. Klara war mit Veronika nach oben gegangen. Plötzlich war es um ihn herum vollkommen still.

Eine Art DIN-A5-Formular. Das Wappen der Provinz Schonen in der oberen linken Ecke. Daneben stand in fetten Buchstaben »Nachricht«. Das gesamte Formular wies einen schwarzen Rahmen auf. Am oberen Ende befanden sich zwei Rechtecke, eines für den Namen des Absenders und eines für den des Empfängers. Vorgedruckt waren die Worte »Von«, »Abteilung« und »Sachbearbeiter/in«. Darunter Linien, auf denen man die Nachricht schreiben konnte, ganz unten konnte man ankreuzen: »wie vereinbart«, »zur Erledigung«, »mit der Bitte um Vervollständigung«, »mit der Bitte um Stellungnahme«, »zur Kenntnis«, »zur Genehmigung«, »zur Unterschrift« und so weiter und so fort.

Aber keines dieser Details war ihm ins Auge gestochen, sondern die Zeilen und der etwas ungewöhnliche Rahmen. In winziger Schrift war auch die Bezeichnung des Vordrucks vermerkt und wo er gedruckt worden war: Lidbergs Druckerei, Skurup. Er war sich nicht ganz sicher, wo genau Skurup lag, er glaubte aber, es müsse irgendwo in der Nähe von Ystad sein.

Er schaute auf die Uhr. Neun.

»Für wie alt hältst du Gillis Jensen?«, rief er nach oben.

Veronika stellte sich ans Treppengeländer. Sie hatte Jeans und einen sandfarbenen Pullover mit V-Ausschnitt angezogen.

»Wieso willst du das wissen?«

Er hatte nicht die Kraft, es ihr zu erklären.

»Und?«

»Mindestens sechzig. So ein wettergegerbter Typ«, meinte sie.

Dann ist er schon wach, dachte er und wählte die Nummer, die er in seiner Brieftasche hatte.

Gillis Jensen hatte gerade mit Rose, einem riesigen Boxer, der aber als Welpe noch ganz handlich gewesen war, einen Spaziergang gemacht, als Claesson ihn anrief.

»Sie haben also das Wochenende frei?«, meinte Claesson.

»Das schon, ich werde aber trotzdem arbeiten.«

»Ich habe nur eine kurze Information. Der Zettel, der in Bodéns Jackentasche gefunden wurde, stammt von einem Vordruck der schonischen Krankenhäuser.«

Diese Zusammenarbeit auf Distanz faszinierte Jensen.

»Sind Sie sich sicher?«

»Eigentlich schon. Auf dem Papierfetzen steht etwas, was sich als Acht deuten lässt, außerhalb des schwarzen Rahmens. Das ist es auch, und dann folgen weitere Zahlen. Das ist die Nummer des Formulars von der Druckerei in Skurup.«

Gillis Jensen hatte die Tür zum Garten geöffnet. Die Herbstblumen blühten und waren noch von Tau bedeckt. Die Stockrosen an dem weißen Bretterzaun zum Nachbarn waren vom letzten Wolkenbruch nach unten gedrückt worden. Nächstes Jahr würde er keine Stockrosen pflanzen, obwohl diese recht dankbar waren. Phloxe, Ringelblumen, Dahlien in warmen Farben und niedrige Rosenbüsche in verschiedenen tiefroten Nuancen wuchsen vor der Terrasse. Der Apfelbaum bog sich unter der Last seiner Früchte. Er hatte ein paar Äste mit Brettern abstützen müssen. Den Großteil der riesigen Ernte würden sie nie verwerten können.

»Da können wir also davon ausgehen, dass der Täter im Krankenpflegesektor arbeitet«, meinte er und versuchte sich darauf zu besinnen, auf wen das wohl zutreffen mochte.

Auf zu viele, wie er feststellte.

»Ich komme heute im Laufe des Tages nach Schonen, wie schon gestern angekündigt.«

»Gut«, erwiderte Jensen. »Dann sehen wir uns.«

Jensen freute sich über Cecilias Fortschritte, obwohl er die junge Dame nicht kannte. Er vermied es sorgfältig, über diesen Fall schwerer Körperverletzung zu sprechen. In dieser Sache waren sie nicht weitergekommen, und Claes Claesson besaß so viel Takt, ihn nicht daran zu erinnern.

Er hatte das Gefühl, dass etwas in ihm festsaß wie ein rostiger Nagel.

Er würde ihn schon rauskriegen. Bald.

Es bestand also ein Zusammenhang zwischen dem Mord an dem Lehrer und dem an Emmy Höglund, wie seltsam das auch erscheinen mochte. Die Unterschiede der Herkunft, des Alters, des Geschlechts und der Tatorte hätten größer nicht sein können. Alles wich voneinander ab. Nichts stimmte, aber irgendwo gab es eine Verbindung.

Die Neugier hatte von ihm Besitz ergriffen. Seine eigene Fantasie reichte nicht aus, um auf einen plausiblen Zusammenhang zu kommen. Auch sonst hatte niemand etwas Kluges beizutragen gehabt. Intuition reichte offenbar nicht aus. Mårtensson hatte sich nicht geäußert, aber er gehörte auch kaum zu denen, die besonders kreativ waren. Er konnte eine Herde vor sich hertreiben, war ein guter Vorarbeiter, aber das war auch alles. Aber man musste schließlich auch nicht alles gleich gut können, deswegen arbeiteten sie ja im Team.

Vielleicht hatte ja Claesson ein paar Ideen. Es würde interessant sein, sich mit ihm zu unterhalten. Vielleicht ließen sich neue Einsichten gewinnen.

Er griff zum Telefonhörer. Er konnte Mårtensson genauso gut auch gleich wegen dieses Formulars anrufen, damit er jemanden beauftragen konnte, dieser Sache auf den Grund zu gehen.

Cecilia hatte gerade gefrühstückt. Karl stand auf der Schwelle zu ihrem Zimmer auf der Hirntraumastation in Orup. Er war der Erste, den ihr Anblick weder in Verlegenheit brachte noch quälte. Er war auch der Erste, den sie ohne größere Verzögerung wiedererkannte. Er war wie immer, er lächelte breit und herzlich. Karl war aber auch fast nicht in Verlegenheit zu bringen.

»Ich wusste nicht recht, was ich mitbringen sollte«, sagte er und überreichte ihr eine Tüte Süßigkeiten.

Sie machte sie nicht auf. Sie nahm sie nicht einmal entgegen. Er legte die gelbe Tüte von Godisgrottan auf ihren Nachttisch.

»Erinnerst du dich daran, dass wir dich auch in Lund auf der Station besucht haben?«

Sie dachte angestrengt nach, verlor dann aber plötzlich den Faden. Woran hatte sie sich noch gleich erinnern sollen?

»Bitte?«

»Ich habe dich dort mehrere Male auf der Station besucht. Erinnerst du dich?«

»Vielleicht«, sagte sie tonlos.

Aber sie erinnerte sich an überhaupt nichts. Es störte sie, kein richtiges Gedächtnis zu haben. Ihr Unbehagen nahm überdies zu, wenn alle diese Leute in ihr Zimmer kamen und ihr von allem Möglichen erzählten, während in ihr nur Leere herrschte. Sie fühlte sich wie ausgehöhlt. Das erfüllte sie mit einem Entsetzen vor sich selbst.

Hatte sie Dinge gesagt und getan, an die sie sich nicht erinnern konnte und für die sie sich schämen musste? Alle wussten offenbar Dinge über sie, von denen sie keine Ahnung hatte.

Was wollte sie Karl eigentlich sagen? Sie wagte kaum, ihn anzusehen.

»Erinnerst du dich an die Party bei Ester?«, fragte Karl und sah, dass sie plötzlich etwas unstet wirkte.

»Ja, daran erinnere ich mich.« Sie hörte ihn schlucken und fand, dass sein Blick unsicher wurde.

»Kannst du dich erinnern, wie wir auf dem Sofa saßen?« Er lachte, sah aber nicht mehr fröhlich aus.

Sie starrte leer vor sich hin.

»Nein. Hatten wir unseren Spaß?«, wollte sie wissen und sah ihn an.

»Es spielt absolut keine Rolle, falls du dich nicht daran erinnern kannst!«, meinte er. »Ich freue mich nur, dass es so gut gelaufen ist.«

Das hatte sie jetzt auch schon oft gehört. Es ist so gut gelaufen. Schwein gehabt. Und dass sie so tüchtig sei. Aber sie selbst hatte nichts dazu beigetragen. Sie trug rein gar nichts bei. Alles spielte sich ohne ihr Zutun ab. Und es war doch wohl wirklich nicht glimpflich, niedergeschlagen worden zu sein, sondern eine verdammte Scheiße! Es war die Hölle. Aber das erwähnte niemand. Alle redeten, als sei sie eine zerbrechliche Porzellanpuppe.

»Du bist etwas ganz Besonderes. Bald wirst du wieder wie früher.«

Das Lächeln keck. Er meinte wirklich, was er da sagte. Aber sie fühlte sich kleiner werden und hatte einen Kloß im Bauch.

Wie früher zu sein, wie war das? Durfte sie nicht so wie jetzt sein?

Er sah sie an.

»Bist du traurig?«

»Nein.«

Aber die Tränen strömten dann doch. Karl erhob sich und nahm sie in die Arme. Sie zuckte erst zusammen, wollte ihren Körper für sich haben. Aber dann atmete sie den Geruch seines Pullovers ein. Hatte ihre Nase an seinem Hals. Es roch nach einem Gewürz in einem Eintopf. Nicht Lorbeer, nicht Gewürznelken. Sie wusste nicht recht, welches es war. Aber sie kannte diesen Duft. Ihr wurde warm, sie entspannte sich, und er tätschelte ihr vorsichtig den Kopf.

»Wie ein Pferdemaul«, scherzte er.

Sie wusste nicht, was sie sagen sollte. Worte zu finden, war am schwersten. Aber es ging mit jedem Tag besser. Das behaupteten jedenfalls die Schwestern. Sie zwangen sie durchzuhalten. Sie war wieder ein Kind geworden. Sie wollte bei Karl sitzen bleiben wie auf dem Schoß ihrer Mutter. Geborgen und warm. Und noch mehr.

Vielleicht hatten sie einige Minuten so dagesessen. Sie konnte es nicht beurteilen.

»Willst du rausgehen?«, flüsterte er ihr ins Ohr.

Hatte sie die Kraft dazu? Hatte sie die Kraft zu gehen? Sie schaute über seine Schulter auf den Rollstuhl.

»Ich schiebe dich«, meinte er liebevoll und ließ sie los. Strich mit seinen Fingern über ihr kurz geschnittenes Haar, die Wange hinunter, über ihre Lippen. Das kitzelte. Sie lachte. Das klang merkwürdig. Sie hörte es selbst.

»Ich kann gehen«, sagte sie.

»Das weiß ich.«

»Aber vielleicht schwanke ich oder ermüde.«

»Wir können den Rollstuhl ja mitnehmen. Es ist so ein schöner Tag draußen.«

Sie verließen die Station. Er schob sie im Rollstuhl den hellgrünen Korridor entlang.

»War Trissan eigentlich schon mal hier?«, fragte er im Aufzug.

Schon wieder diese Fragen! Sie hasste Fragen.

Ob Trissan sie besucht hatte? Wer war schon wieder Trissan?

Sie brachte ihre Freunde durcheinander. Wie war das jetzt wieder? Es waren zwei gewesen. Trissan und …

»Doch«, sagte sie, denn jetzt erinnerte sie sich genau. »Emmy war hier«, sagte sie stolz.

Karl sah sie ganz merkwürdig an. Dann packte er den Rollstuhl und schob sie durch die Tür.

Claes Claesson schloss die Haustür ab. Veronika schnallte Klara im Kindersitz an und spürte, dass es ihr den Magen umdrehte, als sie sich vorbeugte. Fast hätte sie sich übergeben müssen. Verdammte Übelkeit! Sie richtete sich auf, und da war es auch schon vorbei.

Sie hatte noch nichts gesagt. Das war unfair, dessen war sie sich bewusst. Sie wollte nur noch ein paar Tage abwarten, um sicherzugehen, dass sie nicht doch noch zu bluten begann. Und dann wollte sie auch den richtigen Moment abwarten. Wenn es einmal ruhig war und sie seine Reaktion registrieren konnte.

Der Volvo war randvoll beladen. Nicht einmal mithilfe eines Schuhlöffels hätte man noch etwas hineinquetschen können. Sie setzte sich auf den Rücksitz neben Klara, da auch der Beifahrersitz vollgepackt war. Auch hinter Klaras Kindersitz und bei ihren Füßen war alles voll. Sie fühlte sich eingesperrt. Aber sie mussten ja nur dreieinhalb Stunden fahren, nach Lund. Vermutlich mussten sie zwischendurch Rast machen und Klara die Windel wechseln.

Claes setzte zurück. Langsam fuhr er durch ihre schmale Straße, die gerade erst erwacht war. Hübsche Holzhäuschen. Idylle. Sie hatten es gut getroffen. Sie näherten sich dem Doppelhaus, das an einen Bunker aus der ehemaligen DDR erinnerte. Ein Mann kam angeradelt und bog auf das Grundstück ein. Veronika drehte sich nach ihm um. Claes erkannte das Fahrrad.

»Ist das jemand, den du kennst?«

Er hatte im Rückspiegel gesehen, wie sie sich umgedreht hatte.

»Nein. Kennen ist zu viel gesagt, aber ich weiß, wer das ist. Er arbeitet bei uns manchmal vertretungsweise als Anästhesist.

»Ach so.«

Dass dieser Mann zu Nina Bodén wollte, ließ ihn nicht los. Vermutlich stimmte sein Verdacht ja. Es hatte da jemanden hinter den Kulissen gegeben. Trotzdem erstaunte es ihn nun, dass er tatsächlich Recht gehabt hatte.

Während er sich durch den Vormittagsverkehr schlängelte, ging ihm der Mann auf dem Fahrrad nicht aus dem Sinn. Alle wollten zum Einkaufen in die Stadt, da Samstag war.

Er könnte Louise Jasinski anrufen und sie bitten, ihn zu überprüfen. Sie konnte auch Peter Berg oder Erika Ljung vorbeischicken, falls sie selbst keine Zeit hatte. Alle wussten einigermaßen, worum es ging. Janne Lundin war verreist, sonst hätte er ihn gebeten.

»Weißt du, wie er heißt?«, fragte er Veronika.

Sie starrte geradeaus, um ihren instabilen Magen in Schach zu halten. Sie dachte nach.

»Pierre Elgh«, erwiderte sie. »Warum fragst du?«

Er zog sein Handy hervor und verlangsamte, sodass sie den Kolbergavägen regelrecht entlangkrochen. Dann drückte er die Kurzwahltaste für Louises Nummer. Eine ihrer Töchter war am Apparat. Er wurde noch langsamer und legte den zweiten Gang ein. Die Tochter schrie nach Louise. Er hörte Schritte auf das Telefon zu. Louise klang fröhlich. Aber das wird sicher gleich anders, dachte er.

Er trug ihr sein Anliegen vor. Sie wurde nicht sauer und stöhnte weder, noch klang sie kurz angebunden. Sie versprach, jemanden vorbeizuschicken und dann wieder von sich hören zu lassen.

»Worum geht es eigentlich?«

Veronika beugte sich vor. Er sah ihr erstaunlich angestrengtes Gesicht im Rückspiegel.

»Um einen Mord.«

Therese-Marie Dalin hatte die Treppe genommen und befand sich auf der schmalen Bytaregatan, auf der keine Autos fahren durften und die bereits voller Flaneure war. Sie ging ins Ebbas, das sich in einem niedrigen alten Haus befand, das zwischen einem älteren und einem neueren Mietshaus eingeklemmt lag, und bestellte Frühstück. Schwarzen Kaffee und ein Croissant, ihr gefielen die französischen Sitten. Es war ihr egal, dass das ungesund war. Haferbrei, Dickmilch oder Müsli waren nichts für sie.

Sie brauchte jetzt Trost. Den brauchte sie eigentlich jeden Tag. Sie hatte schlecht geschlafen. Frühstück um zehn Uhr. Immerhin war sie nicht so tief gesunken, dass sie halbe Tage verschlief. Sie hätte eigentlich lernen müssen, aber das ging nicht.

Bald würde sie auf eine Beerdigung gehen. Sie war noch nie auf einem Begräbnis gewesen, hatte das immer nur im Kino gesehen. Sie hatte Angst vor den großen Gefühlen. Davor, wie man sich zu verhalten hatte. Vielleicht konnte sie sich eine Ausrede einfallen lassen, aber wahrscheinlich würde sie sich nur noch elender fühlen, wenn sie einfach davonlief.

Emmys Mutter war so froh gewesen, mit ihr reden zu können. Sie wusste den Kontakt mit einer von Emmys wunderbaren Freundinnen zu schätzen. Dass Trissan an diesem betrüblichen Tag in den Örnvägen gekommen war, hielt die Mutter für eine gute Tat. Dass sich Trissan so großzügig Zeit genommen hatte. Obwohl es so schrecklich gewesen war. Aber das hatte man da ja noch nicht gewusst. Vielleicht hatte Emmys Mama auch ein schlechtes Gewissen, dass sie Trissan dorthin geschickt hatte. Dass sie, ein noch so junger Mensch, so etwas Fürchterliches hatte entdecken müssen. Vielleicht dachte Emmys Mama ja, dass sie direkt die Polizei hätte anrufen sollen. Sie hatte dies zwar mit keinem Wort erwähnt, aber Trissan hatte den Eindruck gewonnen, dass sie so oder in ähnlichen Bahnen gedacht hatte. Aber Trissan hatte großzügig abgewehrt.

»Es war doch eine Selbstverständlichkeit, dorthin zu fahren«, hatte sie mit einem Lächeln gesagt.

Das hatte ihr einen gewissen Heldenstatus verliehen. Bei näherem Nachdenken war es vielleicht doch nicht ganz so selbstverständlich, einen jungen Menschen an einen Ort solch tragischer Handlung zu schicken. Aber das bekümmerte sie jetzt nicht. Jedenfalls nicht so sehr wie der Gedanke an die Beerdigung.

Es war aber trotzdem schön, dass Emmys Mama sie mochte. Alles wurde dadurch so einfach. Emmys Mama hatte sie umarmt und geweint, und alles war so selbstverständlich gewesen. Sie hatte sich an ihr festgeklammert, als wäre sie ein Teil von Emmy. Keine bösen Worte. Nichts Merkwürdiges. Nur Trauer. Emmys Mama und Papa waren vollkommen am Boden zerstört. Aber sie konnte es verkraften.

Nach und nach hatte sie sich während der letzten Tage den unbehaglichen Gedanken gestellt. Seit sie auseinander gezogen waren, war ihr Verhältnis zu Emmy so seltsam geworden. Es war schwierig gewesen, und sie wusste nicht, woher das gekommen war. Hatte sie Emmy genervt, ohne dass sie das selbst gemerkt hatte? Falls das der Fall gewesen war, konnte sie nichts dafür.

Aber immerhin war bei ihrer letzten Begegnung alles beim Alten gewesen. Zum Glück!

Das war gewesen, als sie Cecilia besucht hatten, die Ärmste. Ob sie wohl je wieder normal werden würde?

Bei diesem Gedanken schauderte es sie. Sie überlegte sich, was wohl schlimmer war, einen Dachschaden zu erleiden wie Cecilia oder ermordet zu werden wie Emmy.

Sie blätterte im *Sydsvenska Dagbladet*. Emmy wurde nicht mehr erwähnt. Ihr Tod war keine Nachricht mehr. Ein Zeitungsbote war niedergeschlagen worden, darüber gab es einen großen Artikel. Zwei Wellensittiche waren entflogen, weil die ambulante Hauspflege nicht aufgepasst hatte, stand in einer Notiz.

Sie hatte lange darüber nachgegrübelt, wer wohl der Täter sein könnte. Meist waren die Täter im engsten Umfeld zu suchen, das wusste sie. Vollkommen unbekannte Täter waren seltener.

Es war unbehaglich, den ganzen Bekanntenkreis nach möglichen Mördern durchzugehen. Man sah ihn plötzlich mit ganz anderen Augen. Sie hatte so gut wie alle Bekannten unter die Lupe genommen und sich vorgestellt, wie sich ihre Gesichter plötzlich verzerrten, ihnen Draculazähne wuchsen und sie sich in das personifizierte Böse verwandelten.

Ihre Mutter hatte am Vortag angerufen und die Ansicht vertreten, Trissan solle heim nach Ystad kommen und sich ein paar Tage ausruhen. Am Meer spazieren gehen, gut essen. Sie hatte ihr geraten, die nächste Prüfung sausen zu lassen. Man muss manchmal auch nett zu sich selbst sein, hatte sie gesagt, und da hatte Trissan angefangen zu heulen. Ihre Mama war mindestens genauso lieb wie die von Emmy. Sie hatte ihr auch vorgeschlagen, mit dem Öresundzug zum Shoppen nach Kopenhagen zu fahren.

Aber sie war unentschlossen. Als wagte sie nicht, Lund zu verlassen. Es geschah einfach so viel. Sie wollte da sein, wenn sie ihn schnappten. Sie hatte der Polizei außerdem versprochen, in der Nähe zu bleiben, falls sie ihre Hilfe benötigten.

Sie holte sich noch eine Tasse Kaffee. Sie nahm keinen Zucker mehr. Das waren nur Idioten, die Kaffee mit Zucker tranken.

Karl war ihr am unbegreiflichsten. Sie blies auf ihren heißen Kaffee. Emmy hatte geglaubt, Trissan hätte nichts bemerkt, aber es war überdeutlich gewesen, dass sich Emmy in Karl verliebt hatte. Das war ihr bereits aufgefallen, als sie noch in der Gyllenkroks Allé gewohnt hatten und er Cecilia dort besucht hatte. Emmy hatte sich dann immer bei Cecilia zu schaffen gemacht. Cecilia war immer recht cool geblieben. Offenbar war es ihr egal gewesen, dass Emmy für Karl geschwärmt hatte und so an ihm interessiert gewesen war. Vielleicht war sie sich seiner ja vollkommen sicher gewesen. Oder er war wirklich mit einem anderen Mädchen zusammen gewesen, das Cecilia gekannt hatte.

Sie zweifelte jedoch daran, dass Karl dazu fähig gewesen wäre, Emmy zu ermorden. Das würde sie wirklich enttäuschen und ihr das Gefühl geben, sich nie wieder auf ihr eigenes Urteil verlassen zu können.

Wieso hätte er auch Emmy etwas antun sollen? Schließlich schien er sie ja gemocht zu haben, auch wenn er nicht unbedingt in sie verliebt gewesen war.

Es sei denn, er wäre von Sex besessen gewesen. Hinter der harmlosen Fassade eines idealen Schwiegersohns, von dem alle Mütter nur träumen konnten, verbarg sich vielleicht ein supergeiler Volltrottel! Von so etwas hatte man schließlich schon gehört. Das ganze Internet war voll davon. Die waren voll krank im Kopf und benutzten Ketten, Latex, Peitschen und weiß der Himmel was in schwarzen Kellerlöchern.

Vielleicht hatte Karl sie ja zu etwas gezwungen? Und als sie nicht gewollt hatte, hatte er sie erwürgt …

Sie stellte die Kaffeetasse ab und schaute durch das Sprossenfenster. Nein, so war er nicht. Dieser Gedanke war abwegig, ließ sich jedoch weiterspinnen.

Waren Emmy und Karl vielleicht zusammen gewesen, bevor sie ermordet wurde? Das hätte sie gerne gewusst. Aber sie kannte ihn nicht so gut, als dass sie ihn hätte fragen können. Es wäre ihr jedenfalls wie ein Verrat vorgekommen. Cecilia hatte schließlich keine Chance gehabt, das zu verhindern. Schließlich war sie da draußen in diesem Genesungsheim oder was das jetzt immer war. Reine Verbannung. Man brauchte ein Auto, um dorthin zu kommen. Oder man musste die Energie aufbringen, mit dem Pågazug nach Höör zu fahren und von dort aus den Bus zu nehmen. Das hatte sie gestern Karl erzählt, woraufhin er behauptet hatte, dass er rausfahren wolle. Sie hatte geschwiegen. Soweit sie wusste, besaß er kein Auto, was in Lund auch nicht nötig war.

Ein leises Gefühl der Eifersucht stieg in ihr auf.

Er hat so schöne Augen, dachte sie sehnsüchtig.

Veronika saß schweigend auf dem Rücksitz. Sie hatten die Stadt noch nicht hinter sich. Sie hielten an der Ampel auf der Norra Fabriksgatan in Richtung Folkhögskolan.

»Mord«, sagte sie dann. »An wem?«

Claes wurde sich plötzlich bewusst, dass sie die dramatische Entwicklung nicht kannte. Sie war kaum zu Hause gewesen und hatte außerdem alle Hände voll zu tun gehabt.

»Du kennst ihn nicht«, erwiderte er, als es grün wurde. »Er wohnte in diesem Ziegeldoppelhaus in unserer Straße.«

Sie schwieg. Starrte auf die Straße. Runzelte dann die Stirn.

»Wie sieht er aus? Ich meine, wie sah er aus?«

Meine Güte, dachte Claes.

»Tja, recht durchschnittlich, würde ich sagen. Lehrer.«

Als sei damit alles gesagt.

»Etwas mehr wirst du doch wohl noch über ihn sagen können?«

»Fortgeschrittenes Alter, mittelgroß, aschblondes, schütteres Haar.«

»Wie wurde er ermordet?«

»Von hinten erdrosselt, glaubt man.«

»Unerfreulich, dass so etwas bei uns in der Straße passiert. Vielleicht sollten wir uns ja doch eine Alarmanlage zulegen?«

Sie hatten davon gesprochen, als Småland von einer Einbruchswelle heimgesucht worden war und die roten Holzhäuschen mit den weißen Fensterrahmen unerwünschten Besuch erhalten hatten. Aber dann war nichts daraus geworden. Vermutlich hatten sie dann doch gefunden, dass so etwas vor allem in Großstädten vonnöten sei. Im kleinen Oskarshamn brauchte man so etwas doch wohl nicht.

»Es ist nicht hier passiert, sondern in Lund. In der Uniklinik, um genau zu sein. In diesem Block, so heißt das Ding wohl. Ja, du weißt schon.«

Sie saß wie versteinert da. Bilder tauchten vor ihrem inneren Auge auf, die sie wiedererkannte. Sehr gut sogar. Ein Mann von zu Hause eilte an ihr vorbei. Vielleicht war das zu viel gesagt. Er hatte eher geschwankt. Mit Angst im Blick. Sie hatte so etwas nicht zum ersten Mal gesehen. Ruckartige Bewegungen, voller Anspannung und Aufregung. Die pure Angst, eine Panikattacke, vielleicht sogar Todesangst.

Sie versuchte sich die Situation wieder zu vergegenwärtigen. Sie zurückzurufen. Die Sequenz zu stoppen, um sie deutlicher sehen zu können.

Sie waren auf dem Weg zum Kreisverkehr am Folkets Park und wollten gerade auf die Landstraße 23 abbiegen, als Claes auffiel, wie versteinert Veronika auf dem Rücksitz wirkte. Ihre starren Augen waren weit aufgerissen, als sähe sie etwas in weiter Ferne.

Er versuchte ihren Blick im Rückspiegel aufzufangen.

»Veronika. Ist was?«

»Ich glaube, ich habe ihn gesehen«, erwiderte sie ruhig.

Wäre es möglich gewesen, hätte er unverzüglich den Wagen gestoppt, aber sie befanden sich auf der rechten Spur. Linkerhand befanden sich das Krankenhaus und eine Reihe Autos, die dorthin abbiegen wollten. Er setzte also seinen Weg Richtung Svalliden und Döderhult fort, passierte diese beiden Orte und überlegte, ob er Richtung Forshult abzweigen sollte.

»Das müssen wir eingehender besprechen.«

Seine Stimme klang energisch, und er versuchte sich umzudrehen, um sie anzusehen.

»Schau auf die Straße! Ich kann es dir auch so erzählen.«

Er beruhigte sich wieder, hielt beide Hände am Lenkrad und fuhr geradeaus weiter, weil es ihm jetzt noch wichtiger erschien, so schnell wie möglich nach Lund zu gelangen.

»Das ist ja vollkommen unglaublich! Du hast ihn gesehen!«, jubelte er. »Was für ein Tag! Wir reden darüber, wenn Klara eingeschlafen ist.«

Das Heidekraut blühte rosa in den Felsspalten. Der Wald war dicht und wich gelegentlich bei Bauernhöfen und kleinen Seen zurück. Ihm fiel auf, wie schön die Landschaft war. Sie fuhren an roten Häusern vorbei, an Scheunen und Ferienhäusern mit weißen, verspielten Veranden, die von der Herbstsonne beschienen wurden. Dann tauchten der See Smälten und der kleine Ort Bockara auf. Er verlangsamte und fuhr mit fünfzig an der alten roten Holzkirche vorbei, die zwischen den Bäumen ihren Dornröschenschlaf hielt. Bei der Gabelung ging es links erst nach Högsby und dann nach Växjö weiter. Im Auto war es still geworden. Klara schlief endlich.

Nun wurde es ernst. Eine Mischung aus Zeugenvernehmung und ehelichem Disput nahm seinen Anfang.

»Komm schon, Veronika. Wie sah der andere aus? Der ihm folgte?«

Zwischen Fagerhult und Åseda stellte er diese Frage, und erst als sie sich Växjö näherten, rief er Gillis Jensen an. Bis dahin hatte er in Erfahrung gebracht, dass ein Mann in weißen Kleidern, genauer gesagt, einem Ärztekittel und wahrscheinlich auch weißen Hosen und einem weißen Hemd höchstwahrscheinlich irgendwie mit dem Mann, der kein anderer als Jan Bodén gewesen sein konnte, in Verbindung gestanden hatte. Claes hielt jedoch nicht an, um seine Mappe zu öffnen und Veronika Fotos des Verdächtigen zu zeigen. Das wollte er von verwandtschaftlichen Banden unbelasteten Beamten in Lund überlassen.

Gillis Jensen schwieg erst einmal. Wahrscheinlich war es

ihm peinlich, oder vielleicht fand er es eher ärgerlich, dass die einzige vernünftige Zeugin im Mordfall Bodén vor einigen Wochen vor ihm gesessen hatte, allerdings in einer anderen Angelegenheit. Schade, dass er damals nicht so weitsichtig gewesen war.

»Aber wie hätten Sie auf diese Idee kommen sollen?«, meinte Claesson. »Manchmal hat man einfach Glück. Wie jetzt.«

»Ausgezeichnet. Verdammt noch mal, einfach hervorragend!«

Auf Claessons Aufforderung hin hatte Jensen die Adresse der jungen Dame ausfindig gemacht, die knapp zehn Jahre zuvor vermutlich ein Verhältnis mit Bodén gehabt hatte. Das Klassenfoto war bereits nach Lund unterwegs.

Vielleicht hatten sie ja weiterhin Kontakt, dachte Claesson. Wer weiß?

»Können Sie mit dem Besuch bei ihr warten, bis ich in Lund bin?«, fragte er, die eine Hand am Lenkrad, in der anderen sein Handy.

Es war an der Zeit, sich eine Freisprechanlage zuzulegen, damit er beide Hände fürs Lenkrad frei hatte.

»Wollen Sie mitkommen?«

»Ja, falls Sie nichts dagegen haben.«

»Nein«, erwiderte Gillis, »überhaupt nicht.«

Claes legte auf. Sie befanden sich inzwischen auf der Umgehungsstraße von Växjö, passierten die Abzweigung nach Alvesta, dann die Kreuzung bei Räppe. Als sie die Stadt hinter sich hatten, gab er Gas. Die Landstraße war relativ schmal, überall standen Elchwarnschilder. Die Höchstgeschwindigkeit betrug neunzig. Er fuhr etwas schneller.

Ester Wilhelmsson war in der Stadt gewesen. Sie hatte bis Sonntag um halb drei frei, dann folgte die Spätschicht bis neun. Sie hätte genauso gut jetzt schon arbeiten können, am liebsten rund um die Uhr, schon allein um sich abzulenken. Aber der Dienstplan stand bereits seit langem fest.

Das Wetter war mild. Viele Menschen waren in der Stadt

unterwegs. Samstags kurz nach Semesterbeginn herrschte in der Innenstadt von Lund immer Volksfeststimmung. Auf dem Mårtenstorget war Markt, Schlangen standen vor den Fischständen an, es gab Preiselbeeren und Pfifferlinge und Unmengen von Blumen in leuchtenden, satten Farben. Die Türen zu den Geschäften und Cafés standen offen, und nicht nur Jugendliche und Studenten drängten sich darin. Alle schienen unterwegs zu sein.

Sie schlenderte herum. Kaufte ein Paar neue Jeans, die sie zwar nicht brauchte, aber sie konnte es einfach nicht bleiben lassen. Dann kaufte sie ein paar Bücher im Taschenbuchladen, mit deren Hilfe sie sich davonträumen wollte. Auf dem Weg nach Hause traf sie eine Arbeitskollegin, die ebenfalls Single war. Da Ester weiter nichts vorhatte, schlug sie vor, einen Kaffee trinken zu gehen. Sie musste irgendwie die Zeit totschlagen. Sie gingen in den Lundagård, der immer noch Tische im Freien hatte. Eine Stunde würden sie sicher dort sitzen.

Die Kollegin erzählte von ihren Plänen, nach Afrika zu reisen. Sie war viel mutiger als Ester, vielleicht war sie auch reifer. Sie kam aus dem nordschwedischen Lycksele, war also im Gegensatz zu Ester Veränderungen gewohnt. Sie hingegen hatte es gemacht wie viele Leute aus Lund, sie war einfach geblieben. Aber ich kann auch nach Afrika fahren, jetzt, wo ich keinen Lebensgefährten mehr habe, dachte sie. Sie ließ sich inspirieren, versprach aber der Kollegin, auf der Arbeit nichts zu erzählen, ehe alles definitiv war. Die Kollegin wollte nicht, dass die Pflegeleitung davon erführe, weil sie nur eine Vertretungsstelle hatte.

Dann strampelte Ester den ganzen langen Weg nach Hause zum Haus ihrer Eltern in Norra Fäladen, einem Wohnviertel aus den Sechzigerjahren. Es war ungefähr genauso weit vom Zentrum entfernt wie das Wohnviertel Djingis Khan, aber sie hatte von klein auf das Gefühl gehabt, am Ende der Welt zu wohnen. Außerdem ging es auf dem ganzen Weg nur bergauf. Ein zäher Hang, der kein Ende nehmen wollte.

Sie hatte in der Stadt nicht eingekauft und bog deshalb auf den Fäladstorget ab. Dort hatte sie Zimtschnecken und Süßigkeiten gekauft, als sie in die Mittelstufe gegangen war. Die Schule lag auf der anderen Seite der Straße. In letzter Zeit war sie selten dort gewesen. Sie hatte das Gefühl, Touristin in ihrer eigenen Stadt zu sein. Der öde Platz mit ziegelfarbenem Pflaster war schmucklos und zugig. Die moderne Kirche am Ostende zierte ein eckiger Glockenturm. Sie empfand all das als ausgesprochen deprimierend. Der Platz war wie ausgestorben. Ein paar Männer lungerten vor der Pizzeria herum, aber die meisten Leute waren auf der Gasse mit den Geschäften zu sehen. Fäladen war der internationalste Stadtteil von Lund, hier lebten Menschen aus aller Welt.

Sie betrat den Coop und kaufte Joghurt, Milch, Brot, ein Glas Pesto und Nudeln. Wein hatten ihre Eltern vorrätig, dessen war sie sich sicher. Sie traf Fathi, eine ehemalige Mitschülerin. Sie kam sich offenbar genauso verloren vor wie Ester. Sie wohnte inzwischen in Brüssel und befand sich auf einer Stippvisite. Ester kam sich wieder hausbacken und feige vor. Sie sah ein, dass sie keinerlei Perspektive besaß, außer der von neuem Leben, des Gebärens.

Vor dem Coop begegnete sie ausgerechnet Gustav Stjärne. Er hatte auch gerade eingekauft, allerdings bei ICA.

»Wohnst du hier?«, fragte er.

»Nein, nur vorübergehend.«

Sie erklärte ihm kurz, dass sie gerade bei ihren Eltern wohnte und dass das auch kein Problem sei, da diese nicht zu Hause, sondern in Australien seien.

»Das ist wirklich weit weg«, scherzte er.

Sie fand, dass er sie komisch anschaute. Er grinste, fragte aber nicht weiter, obwohl seine Augen neugierig wirkten und er stehen geblieben war. Er schien es überhaupt nicht eilig zu haben. Wahrscheinlich schlägt er gleich vor, dass wir zusammen etwas trinken gehen, dachte sie. Was sollte sie dann sagen? Sie würde Leo und diese Geschichte nicht erwähnen. Das ging Gustav Stjärne auch nichts an. Vermutlich wusste er es sowieso bereits. Aber ganz sicher war das nicht. Vielleicht schämte sich Leo ja und erzählte nichts. Schließlich hatte sie Schluss gemacht.

Gustav wohnte in der Kulgränd. Er hatte eine kleine Wohnung unter der Hand gemietet. Das sei kein Problem, erzählte er. Er sei sich nicht sicher, ob er in Lund bleiben würde, schließlich habe er an der Frauenklinik nur eine Vertretung, und vielleicht wolle er wieder ins Ausland, wenn er es recht bedenke. Er sei es gewohnt, mobil zu sein.

»Und? Wo warst du bisher?«, fragte sie und dachte, dass sie es schon wieder mit einem Menschen zu tun hatte, der auf der ganzen Welt zu Hause war.

»Hier und da«, erwiderte er. »In Norwegen, Dalarna, Värmland und Dänemark.«

Mehr nicht, dachte sie, weder China noch Afrika.

»Und wo hast du eigentlich studiert?«

Sie wusste nicht recht, warum sie so neugierig war. Vielleicht nur, weil er nichts von sich aus erzählte. Er musste in Lund studiert haben, davon ging sie aus. Er kannte so viele Leute. Leo, Karl und alle anderen.

»Ich habe hier in Lund Geisteswissenschaften studiert«, erzählte er, ohne das näher zu präzisieren. »Damals habe ich mit Karl Wallin im Mikael Hansens Kollegium gewohnt.«

Sie nickte. Das war ein Studentenheim, in dem man mit Stipendium wohnen konnte. Die Miete war sehr gering, wenn man sehr gute Abiturnoten hatte. Man hatte damit anfänglich wohl weniger wohlhabende, aber begabte Studenten finanziell unterstützen wollen. Jetzt wohnte dort Arm und Reich.

»Dann habe ich in Dänemark studiert«, meinte er und sah geheimnisvoll aus. Er richtete sein Fahrrad auf, als wollte er gehen.

Sie fragte nicht weiter.

Eine Mutter rannte schreiend an ihnen vorbei, weil ihr Kind auf den Parkplatz gelaufen war. Sie verabschiedeten sich. Irgendwie ergab sich für ihn nie die Gelegenheit, sich mit ihr zu verabreden. Das war angenehm, so brauchte sie ihm keinen Korb zu geben.

Sie radelte, die Einkaufstüte am Lenker, den Fahrradweg entlang Richtung Osten. Gemächlich. Kam am Delphi vorbei, einem eben erst renovierten Studentenheim, und an den Kleeblatthäusern und gelangte schließlich in die Gegend, in der sie aufgewachsen war. Hier standen recht dicht an kurzen Straßen und von hohen Hecken getrennt zweistöckige Einfamilienhäuser aus dunklem Backstein. Das Haus ihrer Eltern lag an der Ritaregränd, ganz hinten, am Wendeplatz. Es waren fantastische Häuser. Wirkten englisch, sagten manche. Sie freute sich, dass die Nachbarin, die sie von klein auf gekannt hatte, ihr zuwinkte, als sie die Haustür aufschloss.

»Nett, dass du wieder mal da bist!«

Sie winkte zurück und erzählte, alles sei in Ordnung. Dann stellte sie ihre Einkaufstüte in die Diele und schloss die Tür hinter sich ab.

Es roch nach Zuhause. Wie immer.

Um halb drei waren sie in Lund. Claesson warf rasch das Gepäck in der kleinen Wohnung in der Tullgatan ab. Die meisten Sachen waren für Cecilia. Veronika war mit Klara draußen geblieben, weil sich das Kind bewegen musste. Dann fuhren sie zum Präsidium in der Bryggmästaregatan, was recht viel Zeit kostete, weil Claes noch nie dort gewesen war und Veronika den Weg zwar kannte, aber ihn nie mit dem Auto zurückgelegt hatte.

Ein Polizist namens Swärd kümmerte sich um Veronika. Er führte sie in ein Zimmer, um ihr dort verschiedene Fotos zu zeigen.

Claes Claesson und Gillis Jensen sahen sich verlegen an, als sie sich die Hand gaben.

»Sie sind jünger, als ich dachte«, sagte Jensen.

Was auf Jensen selbst hingegen nicht zutraf. Er war nicht jünger, als Claesson gedacht hatte, eher älter. Fast schon im Rentenalter. Vom Typ her erinnerte er an Janne Lundin, er war aber kleiner. Er gehörte zu dieser robusten, gegerbten Sorte. Ein Spürhund, der immer noch die Kraft hatte, die Witterung aufzunehmen.

Claesson hegte großen Respekt vor Kollegen, die schon lange dabei waren, sofern sie nicht resigniert hatten, unflexibel waren oder tranken und ihre Familie vernachlässigten. Die meisten Berufe erforderten sehr viel Erfahrung, davon ließ sich einfach nicht absehen. Die Alten wurden für die Stabilität gebraucht.

Sie saßen im Kaffeezimmer, damit Klara um die Tische herumrennen konnte. Eine eingehendere Vernehmung Veronikas verschoben sie auf Montag. Jetzt wollten sie nur die wichtigsten Fragen klären.

Veronika musterte konzentriert die Gesichter auf einem alten Klassenfoto. Swärd schwieg.

»Es geht nicht«, sagte sie mit resignierter Stimme.

Swärd legte ihr noch weitere Fotos vor, vergrößerte Passfotos einiger Männer neueren Datums.

»Erkennen Sie einen von ihnen?«

Sie strengte sich an. Alle blickten ernst, wodurch sie sich recht ähnlich wurden. Erschwerend kam hinzu, dass alle blond waren.

»Möglicherweise der«, sagte sie und deutete auf einen Mann mit braunen Augen. »Nein, warten Sie. Er ist es! Wenn er etwas größer ist als der Durchschnitt«, sagte sie und deutete mit ihrer Hand über ihren eigenen Kopf. »Aber jetzt hat er längere Haare als auf dem Klassenfoto. Ich glaube, ein wenig gelockte.«

Mit gemischten Gefühlen holte Veronika Klara, die auf dem Korridor hin und her rannte. Wenn sie jetzt auf den falschen Mann gedeutet hatte!

Claes und Jensen begleiteten sie zum Auto. Sie wollte fürs Frühstück einkaufen und dann in die Wohnung gehen. Gillis Jensen lud sie zum Abendessen ein. Seine Frau erwarte sie, sagte er. Veronika fühlte sich erschöpft, und Klara würde durch eine späte Einladung bei ihr Unbekannten vollkommen aus dem Takt geraten, aber natürlich nahmen sie die Einladung dankend an.

»Dann fahren wir«, sagte Jensen zu Claesson und ging auf einen Saab zu.

Lund war keine Stadt, in der man ungestraft Auto fuhr. Sie bestand aus einem Gewirr von Einbahnstraßen und Sackgassen. Mittelalterliche Städte eigneten sich nur selten für modernen Autoverkehr. Deswegen fuhren auch alle mit dem Fahrrad. Es gäbe nichts in Lund, was sich nicht mit dem Rad erreichen ließe, behauptete Jensen. Die Stadt war rund und wuchs in alle Himmelsrichtungen auf die Äcker hinaus.

Jetzt waren sie zu einem Wohnviertel im Süden namens Klostergården unterwegs. Jensen fand die Straße natürlich sofort. Mit dem richtigen Haus und Treppenaufgang in dem großen Komplex hatten sie dann mehr Mühe. Die Adresse lautete Virvelvindsvägen, eine U-förmige Straße, an der zum Teil recht hohe Häuser mit Innenhöfen lagen. Jensen erläuterte, dass es hier sowohl Eigentumswohnungen als auch Mietwohnungen gab. Das Viertel war in den Sechzigerjahren gebaut worden und inzwischen recht beliebt, und die Preise waren in die Höhe geschossen. Ruhige, gut geschnittene Wohnungen, viel Grün, gute Schulen. Einige Wohnungen boten eine Aussicht über den Öresund bis nach Kopenhagen.

Sie erwarte sie und habe erkältet geklungen, sagte Jensen.

Das war sie wirklich. Melinda Selander. Ihre Nase war feuerrot, und ihre Augen tränten, als sie ihnen öffnete. Sie wohnte im zweiten Stock in einer Zweizimmerwohnung mit Aussicht zum Hof.

Claesson erkannte sie vom Klassenfoto. Sie hatte sich kaum verändert, nur ihre Gesichtszüge waren schärfer geworden. Außerdem trug sie keine Ponyfrisur mehr. Ihr kräftiges Haar wurde auf dem Rücken von einem Band zusammengehalten. Claesson hatte noch nie so lange Haare gesehen. Sie sah aus wie ein Waldgeist. Ihre Augen blickten furchtloser als auf dem

Foto. Eigentlich ohne jegliche Furcht. Auch heute trug sie einen langen, weiten Rock aus fließendem Stoff und ein kurzes Jäckchen über einem Pullover.

Die Wohnung war nett mit einem Gemisch aus alten und neuen Möbeln eingerichtet. Fotos zeigten einen Hund und einen Mann, vermutlich der Vater, denn im Rahmen daneben steckte die Mutter. Claesson fand, dass sie auf dem Foto besser aussah als in Wirklichkeit. Irgendwie deutlicher. Es gab auch ein kleineres Foto eines blonden, lächelnden Jünglings, der seinen Arm um Melindas Schultern gelegt hatte. Das Rathaus von Kopenhagen war im Hintergrund auszumachen.

Sie nahmen in der Küche Platz, wobei es um den Tisch herum recht eng wurde. Sie bot nichts an, worüber sie dankbar waren. Sie verhielt sich majestätisch, selbst während sie sich schnäuzte, was während der Vernehmung recht oft geschah. Sie bilde sich zur Fachärztin für rheumatische Erkrankungen aus, erzählte sie.

»Es stimmt, dass ich Jan Bodén als Lehrer hatte. Es stimmt auch, dass es im vorletzten Schuljahr Komplikationen gab. Der Alte hat gegrabscht und mich verführt«, sagte sie, und zwar mit so gelassener Überzeugung, dass Claesson vermutete, dass sie mit Erfolg eine Therapie absolviert hatte.

»Dass er im Block erdrosselt wurde oder was auch immer mit ihm geschah, war mir neu. Ich hatte viel Arbeit und kaum Muße, die Zeitung gründlich zu lesen. Wahrscheinlich hat er es nicht besser verdient«, meinte sie und putzte sich ausgiebig ihre pfingstrosenrote, glänzende Nase.

»Gab es damals in dieser Zeit noch andere Vorfälle?«, wollte Claesson wissen.

»Massenweise. Schließlich war ich ein Teenager«, meinte sie mit einem schiefen Lächeln und öffnete ein neues Paket Papiertaschentücher.

»Gab es sonst noch einen Mann?«

»Wie meinen Sie das?«

Sie schnäuzte sich erneut, und Claesson dachte, dass er von Glück sagen konnte, wenn er nicht angesteckt wurde.

»War außer Bodén, soweit Sie sich erinnern können, noch jemand von Ihnen angetan?«

Sie schaute aus dem Fenster und kniff dabei ihre blauen Augen zusammen.

»Meine Güte! Das waren doch Jugendsünden. Das hat doch wohl jetzt keine Bedeutung mehr.«

»Nein, vielleicht nicht. Aber ich hätte trotzdem gerne gewusst, ob Sie mit jemandem …«

»Da gab es so einen armen Teufel, der mir immer hinterherlief«, sagte sie mit belegter Stimme. »Ich bin ihm kürzlich wieder begegnet und habe mich gefreut, dass doch noch etwas aus ihm geworden ist. Wir pflegten uns zu unterhalten. Das ist lange her. Er hatte es nicht leicht. Sein Vater war so ein dämonischer Arzt. Recht bekannt für seine Thesen über den Zusammenhang von Körper und Seele, irgendwie jedenfalls. Was auch immer. Aber er war ein regelrechter Teufel, der Bursche hatte es also nicht leicht.«

»Wie hieß er?«

»Gustav Stjärne, und er ist der unsicherste und harmloseste Typ, den man sich vorstellen kann.«

Sie stand auf und wandte den beiden Polizisten den Rücken zu, um ihnen nicht direkt ins Gesicht niesen zu müssen.

Der Junge

Ein neuer Tag bricht an. Ich weiß nicht, ob er gut oder schlecht wird.

Oder eher weniger schlecht. Erträglicher.

Ich habe den Boden unter den Füßen verloren. So einfach ist das, und ich habe keine Probleme damit, das zuzugeben. Ich weiß, dass man stark sein muss, um zu überleben, das habe ich bereits als Kind von meinem Alten gelernt. Ich weiß inzwischen auch, dass es recht herrlich ist, Wind in den Segeln zu haben. Aber es ist nicht so einfach, wie ich dachte, der große Arzt zu sein. Auch begehrenswerte Frauen zu behalten.

Es ist, als wäre ich vergiftet. Als hätte sich ein Virus auf die Festplatte geschlichen, in meinen Kopf und diesen zerstört.

Ich wusste, dass sich in mir viel Wut angestaut hatte, aber ich glaubte, ich könnte sie steuern und in reine Energie umwandeln. Aber sie hat ganz von mir Besitz ergriffen, und jetzt schlummert sie tief in mir und wartet nur darauf, auszubrechen, mich explodieren zu lassen.

Dafür kann ich nichts.

Mein altes Leben, das ich ausradieren wollte, brach plötzlich wieder über mich herein. Bodén, dieses widerliche Ekel! Er bat um meine Hilfe. Wankte kläglich herum. Wie hat er ausgerechnet mich gefunden? Erkannte er mich wieder? Ich bin jetzt Arzt. Das kann der Alte kaum erwartet haben. Er, der mir alles kaputtmachen wollte!

Vielleicht war es ja Zufall oder Fügung, dass ich die Gelegenheit erhielt, es ihm heimzuzahlen. Dass ich die Wut noch einmal verspüren und sie endlich loswerden durfte. Sie dort abladen durfte, wo sie hingehörte.

Denn ich habe nichts vergessen. Kann man verlangen, dass man einen Menschen vergisst, der alles zerstört hat?

Ich kann nichts dafür, dass ich ihm geben musste, was er schon lange hätte bekommen müssen. Ich konnte nicht aufhören. Aber das war dumm. Das sehe ich ein. Ich habe mir selber ein Bein gestellt. Meiner Zukunft. Ich muss also sehr genau aufpassen.

Ich konnte auch nichts für die Sache mit Emmy. Ich habe ganz einfach die Beherrschung verloren! So war es gar nicht beabsichtigt. Ich hatte nächtelang nicht schlafen können, und es brannte so unbeschreiblich schrecklich in meinem Inneren. Ich war gezwungen, mich abzukühlen. Etwas zu tun. Wollte, dass jemand nett zu mir ist. Aber nicht irgendwer. Jemand Weiches und Warmes, jemand, der mich beruhigen konnte.

Vielleicht wollte ich nur Sex. Einen Orgasmus. Ich war mir dessen wohl nicht bewusst, aber das war da im Hintergrund.

Nach Bodén waren die Tage ein einziger langer Albtraum. Aber manchmal tauchte Emmys Gesicht auf. Da wurde ich fröhlicher. Als hätte ich lange nach ihr gesucht. Sie erinnert mich an ein anderes Mädchen, aber die ist jetzt Geschichte. Dieses Kapitel meines Lebens ist nun erstaunlicherweise abgeschlossen. Ich bin Melinda in der Tat mehrmals begegnet, fühle aber überhaupt keine Erregung mehr. Offenbar ist es doch so, wie die Leute sagen, dass die Zeit alle Wunden heilt.

Mir war klar, dass sich Emmy für Karl interessierte. Aber ich glaubte, das ließe sich ändern und sie würde dann stattdessen mich mögen. Denn Karl wollte nicht mehr von Emmy als gute Freundschaft. Das sagte er eines Abends, nachdem sie in der Kneipe recht anhänglich gewesen war. Als müsste er sich erklären. Aber wer wäre nicht gerne wie Karl? Er kommt irgendwo rein und kann jede Frau haben. Aber im Augenblick will er keine, sagt er. Er ist voll und ganz mit seiner Forschung beschäftigt. Aber ich will. Jedenfalls manchmal. Ich will vom

Tisch der Reichen nehmen. Will die Frauen flachlegen, die sich in Karl verlieben.

Es ergab sich einfach so, dass ich zu Emmy fuhr. Sie ist so klein und süß mit ihren munteren, bezaubernden Augen. Während der Fahrt lächelte sie mich in meinem Kopf an. Es war mitten in der Nacht, und da sieht es in meinem Inneren am übelsten aus. Bei ihr brannte noch Licht. Wahrscheinlich büffelt sie noch, dachte ich. Da brauche ich sie nicht mal wecken. Besser konnte es gar nicht sein.

Sie schien sich zu freuen und ließ mich rein. Und da sie mich reingelassen hatte, hatte sie schon ja gesagt. So ist es einfach. Sonst hätte sie nicht runterkommen und aufmachen brauchen. Wenn sie keinen Sex wollte, meine ich. Man könnte sagen, dass sie geradezu darum bat.

Worauf ich auch hinwies, als sie plötzlich einen Rückzieher machen wollte.

Ich kann nicht richtig sagen, was dann geschah. Sie machte Schwierigkeiten, und ich bekam eine solche Wut, dass es in meinem Kopf ganz rot wurde. Und dann griff ich mir ein Kissen. Es ergab sich einfach so, ich drückte es ihr ins Gesicht. Sie hätte nicht so schreien sollen! Ich hielt es einfach nicht aus, mir das Geschrei anzuhören. Danach klang es mehr wie ein Winseln. Und ich musste meinem Drang nachgeben, sonst wäre ich explodiert.

Aber sie trat und wand sich unter mir. Deswegen drückte ich mit dem Kissen noch fester zu. Drückte sie mit meinem Körpergewicht nach unten, während ich versuchte, ihr die Hose auszuziehen.

Da beruhigte sie sich plötzlich. Lag ganz still.

Ich hob das Kissen hoch.

So eine verdammte, verfluchte Scheiße!

Jetzt kann ich tun, was ich will.

Es spielt sowieso keine Rolle mehr.

Ich bin ein Versager.

Zwanzigstes Kapitel

Die Nacht von Samstag, 28. September,
auf Sonntag, 29. September

Ihr Vater hatte sie mit dem Auto abgeholt und die zentnerschwere Tasche nach oben getragen, ohne dass sie ihn darum gebeten hätte. Sie war ihm gefolgt. War seinem breiten, vertrauten Rücken gefolgt. Sie hatte einen Kloß im Hals gehabt, hielt im Augenblick nicht viel aus.

Nachdem sie mit Leo zusammengezogen war, hatte sie sich um das meiste selbst kümmern müssen. Er war nie eine große Hilfe gewesen, solange man ihn nicht ausdrücklich um etwas gebeten hatte, und das hatte ihr immer widerstrebt. Sie wollte einen Mann, der war wie Papa, der ihre Bedürfnisse erkannte, ohne dass sie sich auf den Markt stellen und sie herausbrüllen musste.

Leo war so aufmerksam wie ein Blinder. Trotzdem hatte er immer gesagt, er habe nie jemanden so sehr geliebt wie sie. Er konnte es wohl nicht besser.

Mama hatte ihre weiße Kommode ausgeleert. Mit Müh und Not fanden ihre Unterwäsche und ihre Pullover darin Platz. Sie besaß nicht viele Kleidungsstücke, die auf einen Bügel hängen mussten. Eigentlich nur das rote Kleid. Ärmellos und aus Rohseide, die ihre Mutter in Thailand gekauft hatte. Sie schüttelte die Falten aus und hängte den Kleiderbügel an die Tür des Kleiderschranks. Es würde vermutlich recht lange dauern, bis sie wieder Verwendung dafür hatte. Leo hatte das Kleid gefallen. Sie hatte ihm in dem Kleid gefallen. Sie wusste noch nicht, ob das bedeutete, dass sie es nie mehr tragen würde.

Sie manipulierte ihre Gedanken die ganze Zeit. Versuchte,

nicht an ihn zu denken. Hauptsächlich wollte sie die schmerzlichen Gedanken von sich schieben. Das Weiche. Das Sexuelle. Denn sonst würden alle Dämme bersten, ihre Tränen fließen und sie ihn wie auf einem retuschierten Reklamefoto vor sich sehen. Schön, warm und liebevoll. Nicht steif und egozentrisch. Er war gut im Bett gewesen. Erstaunlicherweise. Das würde ihr fehlen.

Im Haus herrschte Stille. Sie hatte von Geburt an darin gelebt. Sie und ihre zwei Geschwister hatten die Zimmer mit Leben erfüllt. Sie öffnete den Kühlschrank, der wie immer vollgestopft war. Ihre Mutter füllte immer nach, sortierte aber nie aus. Essiggurken, Eingelegtes, alle möglichen Marmeladen, Dijonsenf, Preiselbeerkompott, Rote Bete und Silberzwiebeln. Sie nahm einige Gläser heraus und machte sich ein paar riesige Butterbrote, holte dann eine Flasche Rotwein aus der Speisekammer und setzte sich vor den Fernseher.

Draußen wurde es dunkel. Sie zündete Kerzen auf dem Couchtisch an und legte sich eine Decke um die Schultern. Sie fühlte sich wohl und genoss das Fernsehprogramm. Eigentlich hätte sie ins Bett gehen sollen, aber sie hatte irgendwie keine Lust. Das war langweilig, und sie war dort allein. Sie zappte und fand einen Film, der bis nach Mitternacht dauern würde.

Plötzlich vermeinte sie ein Geräusch aus dem Garten zu hören. Sie zuckte zusammen, warf die Decke beiseite und ging auf Strümpfen zur Terrassentür. Ihr eigener Schatten an der Wohnzimmerwand machte ihr Angst. Sie blieb ein Stück von der Tür entfernt stehen und lauschte. Keine merkwürdigen Geräusche. Sie trat näher und versuchte, in die Dunkelheit zu spähen. Alles schwarz. Keine weiteren seltsamen Geräusche waren zu hören. Vielleicht war es ein Tier gewesen? Etwas anderes konnte es wohl nicht gewesen sein. Ihr Puls normalisierte sich wieder.

Sie legte sich auf das Ledersofa, zog die Wolldecke über sich und versuchte sich auf den Film zu konzentrieren. Aber dann meinte sie, die Geräusche erneut zu hören, das Knacken von

Zweigen, dumpfe Schritte, aber jetzt aus der anderen Richtung, von der Haustür. Schlich jemand um das Haus?

Sie zwang sich aufzustehen, ging auf Zehenspitzen in die Diele, nahm ihr Handy aus ihrer Handtasche und steckte es in die Tasche ihrer Jeans. Dann kehrte sie zum Sofa zurück. Aber jetzt war der Film irgendwie ruiniert.

Es verging eine Viertelstunde, da hörte sie erneut dieses schleifende Geräusch, wie Zweige und Blätter, die an etwas entlangschrammen. Einbrecher!, kam es ihr plötzlich in den Sinn. Sie wussten vielleicht, dass ihre Eltern verreist waren. Sie hatten vielleicht gesehen, wie das Taxi sie mit ihren Koffern abgeholt hatte.

Sie musste die Gardinen vorziehen, sonst würde sie gar nichts von dem Film haben. Sie ging wieder zur Terrassentür, lehnte sich gegen die Scheibe und presste das Gesicht gegen das Glas. Bei dem Gedanken, dass sie vielleicht nur ein paar Zentimeter von dem Unbekannten trennten, der draußen lauerte, schauderte es sie. Sie wagte kaum, sich zu bewegen, und traute sich nicht einmal, die Gardinen vorzuziehen. Sie schaute in Richtung Diele, wagte sich aber auch nicht dorthin.

Die Haustür. Hatte sie sie überhaupt abgeschlossen? Sie versuchte sich zu erinnern. Das hatte sie doch wohl getan? Sie musste nachsehen, hatte aber das Gefühl, dass ihre Beine sie nicht mehr so recht trugen. Sie schaute wieder aus dem Fenster und stellte wieder einmal fest, dass wirklich niemand aufs Grundstück schauen konnte. Büsche und Bäume betteten das Haus ein. Die Nachbarn waren zwar irgendwo dahinter, aber sie konnte kein einziges erleuchtetes Fenster sehen.

Sie sah nur die Nacht.

Plötzlich krachte es, und ein weißes Gesicht wurde gegen die Scheibe gepresst. Entsetzt starrte sie nach draußen und hätte sich vor Angst fast in die Hose gemacht.

Dann schrie sie.

Aber das Gesicht hinter der Scheibe lächelte unverzagt. Die Nase und die Lippen waren platt. Dann nickte es fröhlich, wie eine Puppe.

Er erlaubte sich einen Spaß mit ihr. Aber sie starrte ihn nur ratlos und hilflos an.

Dann klopfte er vorsichtig an die Scheibe.

»Lass mich endlich rein!«

»Meine Güte! Bist du das?«, sagte sie, als sie nach einem gewissen Zögern endlich die Terrassentür öffnete.

Lachend trat er ins Wohnzimmer.

Gillis Jensen wohnte in Vallkärra, einem Dorf kurz vor Lund, im Nordwesten. Bei der weiß gestrichenen Kirche oben auf dem Hügel, die aus dem zwölften Jahrhundert war, habe der Endkampf der großen Schlacht von Lund im Jahre 1676 stattgefunden, erzählte er.

Sie leiteten den Abend mit einem Whisky ein und machten anschließend einen Spaziergang. Veronika trank nichts, sie sagte, sie müsse fahren. Neben der Kirche lag die Schule. Das kleine Dorf war noch ein intaktes Idyll. Das Ehepaar Jensen wohnte in einem neueren Teil des Dorfes, der in der Nähe eines Waldfriedhofs lag.

»Die Schlacht bei Lund war ein wahnsinniges Blutbad, in dem die Schweden schließlich siegten«, sagte Jensen. »Aber die Dänen, die den Krieg angefangen hatten, um Schonen zurückzuerobern, machten weiter. Sie bedienten sich der Strategie der verbrannten Erde und legten Höfe und Häuser bis hinein ins Stadtzentrum in Schutt und Asche. Beinahe hätte es auch den Dom erwischt. Man erwog sogar, die Universität zu verlegen, die bereits 1668 gegründet worden war, aber daraus wurde nichts. Diese Brandschatzung von 1678 war das Ende der blühenden Renaissance in Lund. Im Jahr darauf begannen Friedensverhandlungen mit internationalen Schlichtern. Es ging um die Frage, zu welchem Land die Provinzen Blekinge, Halland und Schonen gehören sollten. Alles blieb bei Schweden, wie jeder weiß! Und hätte Lund damals nicht seine Universität behalten, wäre die Stadt heute ein Provinznest.«

Jensens hatten keine Enkel. Noch nicht, meinte Ingegerd

und folgte Klara nervös mit dem Blick. Das erste Enkelkind sei jedoch unterwegs.

Schließlich räusperte sich Veronika.

»Vielleicht sollten Sie die Gegenstände, um die Sie sich Sorgen machen, wegräumen. Diese hübsche Vase beispielsweise.«

Alles lachte.

»Tja, dann bereite ich mich jetzt schon vor«, meinte Ingegerd und stellte die zerbrechlichsten Gegenstände weg.

Der Garten war üppiger und bunter, als das bei ihrer kargen småländischen Erde möglich war. Schonen war die Kornkammer Schwedens, das hatten sie schon in der Schule gelernt.

Der Abend verlief ungezwungen, wie immer wenn man mit guten und großherzigen Menschen zusammen war. Irgendwann, während sie käseüberbackenes Kassler aßen, rief Louise Jasinski Claesson auf seinem Handy an und erzählte, Pierre Elgh sei Anästhesist in Lund, aber manchmal arbeite er auch der Abwechslung halber in seiner alten Heimatstadt Oskarshamn. Louise war selbst bei Nina Bodén gewesen.

»Er konnte nicht bestreiten, dass er ein Verhältnis mit Nina Bodén hat. Es stand ihnen beiden ins Gesicht geschrieben«, meinte sie gut gelaunt. »Wie zwei verliebten Teenagern. Pierre Elgh hat erzählt, dass er Nina bereits als Jugendlicher kannte, dann aber den Kontakt verloren habe, wie das eben so ist. Er besitzt also ein Motiv. Er wollte Nina Bodén für sich, und diese schien sich aus irgendwelchen schwer erklärlichen Gründen nicht scheiden lassen zu wollen. Trotzdem wirkt es irgendwie weit hergeholt«, meinte sie. »Er streitet ab, Jan Bodén in Lund gesehen zu haben. Irgendwie komisch. Wir sollten ihn im Auge behalten.«

Die Nacht wurde hart. Claesson war aus dem Alter raus, in dem man noch Matratzen auf dem Fußboden etwas abgewinnen kann. Überdies musste er auch noch mit Veronika und Klara teilen.

Am Sonntag wollten sie nach Malmö zu Ikea fahren. Am Montag würde dann das richtige Bett geliefert werden.

Es war drei Uhr morgens. Schwärzeste Nacht.

Ihr fehlte die Energie, um noch länger zu reden oder zu denken. Aber sie zwang sich trotzdem. Sie dachte nach, dass ihr der Kopf schmerzte. Ihr Mund war trocken. Noch nie hatte sie solche Angst gehabt. Aber jetzt dauerte es schon seit Stunden an, und sie hatte das Gefühl, nicht mehr die Kraft zu haben, die Angst noch länger auszuhalten.

Nach zweimaligem Geschlechtsverkehr oder wie man das nennen sollte, Vergewaltigungen – sie hatte es nicht gewagt zu protestieren –, hatte sie ihn dazu gebracht, sich an den Küchentisch zu setzen und ihm noch ein Glas Wein eingegossen, das er trank, als wäre es Milch. Sein Gesicht war grau. Seine Sprunghaftigkeit machte ihr am meisten Angst. Diese Unvorhersehbarkeit. Diese plötzlichen Attacken, wenn er sie umarmte und küsste. Sie ließ ihn gewähren. So viel hatte sie kapiert. Ruhig bleiben und es geschehen lassen!

Er war gefährlich.

Sehr gefährlich.

Sie wagte es nicht, viele Fragen zu stellen. Nichts Eingehenderes. Trotzdem schien ihn das Gespräch zu beruhigen. Dass er reden durfte. Dass sie dasaß und ihm zuhörte. Dass sie nicht protestierte. Ihm nie widersprach.

»Du denkst, ich schaffe es nicht, oder?«

Er sah sie finster an.

»Du denkst, ich kann den anderen Doktoren nicht das Wasser reichen.«

Sie schwieg. Versuchte ein Lächeln. Neigte den Kopf etwas zur Seite.

»Oder?«

»Warum sollte ich das denken? Schließlich kümmerst du dich so gut um die Patientinnen«, brachte sie mit Mühe über die Lippen.

Ein Freudenschimmern trat in seine Augen.

Sie verdunkelten sich aber rasch wieder.

»Das sagst du doch nur, um dich bei mir einzuschleimen. Eigentlich hast du doch eine Heidenangst vor mir.«

Sie richtete sich in ihrem Stuhl auf, versuchte wieder milde zu lächeln. Sie dachte an Cecilias Freundin, die sie selbst nicht gekannt hatte. Die war zu Hause in ihrer Wohnung ermordet worden. Konnte er der Täter gewesen sein?

»Nein, ehrlich. Viele sagen, dass du so nett zu den Patientinnen bist«, sagte sie dann mit Lippen, die sich irgendwie nicht natürlich bewegen wollten.

»Nein, ehrlich«, äffte er sie nach, erhob sich, die Unterarme noch auf der Tischplatte, von seinem Stuhl und drückte sein Gesicht gegen ihres. Sie musste sich sehr zusammennehmen, um nicht zurückzuweichen.

»Lass dir gesagt sein: Mein Vater war ein sehr bekannter Arzt. Er ist in ganz Schweden ... auf der ganzen Welt tätig gewesen. Aber jetzt ist er tot. Ein Jammer! Der Prostatakrebs hat ihn umgebracht. An seinem Sterbebett habe ich ihm versprochen, auch Arzt zu werden. Die Berufung weiterzuführen. Er war wirklich eine Koryphäe, mein Papa. Filippa kann diese Familientradition schließlich nicht weiterführen. Sie ist in Ordnung, aber nicht besonders helle. Lieb, aber dumm.«

»Ah ja?«

Er ist betrunken, dachte sie.

»Kannst du dir vorstellen, wie ich mich gefühlt habe?«

»Wie meinst du das?«

»Man weiß, dass einem alle Türen offen stehen, und dann kommt Bodén, dieses Schwein, und macht alles kaputt.«

Sie begriff überhaupt nichts. Wer war Bodén?

»Das ist ja bedauerlich«, erwiderte sie und hoffte, dass er sich damit begnügen würde.

»Bedauerlich«, schrie er. »Das war noch viel mehr als nur bedauerlich. Er hat mein Leben zerstört! Aber ich habe es ihm heimgezahlt«, fuhr er fort, und jetzt war seine Stimme versöhnlicher. »Und zwar gründlich, der Alte hat sich vor Schreck fast in die Hosen gemacht.«

Seine blutunterlaufenen Augen waren viel zu nahe. Dass sich ein Mensch so verwandeln kann, dachte sie. Von einer bleichen Memme in ein Gespenst.

»Das hat mir wirklich Spaß gemacht, ihn so verängstigt zu sehen. Ihn, der mir mein Zeugnis so versaut hat, dass ich nicht reinkam.«

»Wo denn?«

Sie konnte sich diese Frage nicht verkneifen.

»Du kapierst wirklich gar nichts.«

In dieser Hinsicht stimmte sie ihm zu und schwieg daher.

»Es stand fest, dass ich Arzt werden würde. Aber dann ...«

Er beugte sich vor und schluchzte wie ein gekränktes Kleinkind.

»Aber du bist lieb«, sagte er plötzlich, legte ihr einen Arm um den Hals und drückte seine nassen Lippen auf ihre.

Fast hätte sie sich übergeben müssen, sie sprang auf, um zum Waschbecken zu laufen, aber er packte sie am Arm.

»O nein, jetzt wollen wir noch mal kuscheln.«

Er nahm sie fest in die Arme und presste sich an sie. Sie spürte seine Erektion. Das halte ich nicht noch mal durch, dachte sie. Sie stand stocksteif da wie ein Puppe. Er wurde wütend.

»Zeige mir, dass du mich wirklich liebst!«, sagte er und ließ sie los. Er trat einen Schritt zurück und sah sie auffordernd an.

Sie drehte sich blitzschnell um und rannte in die Diele und zur Haustür, aber er holte sie ein. Sie wand sich aus seinem Griff und rannte Richtung Waschküche. Aber auch jetzt war er schneller. Er packte sie an den Haaren und schlug ihren Kopf gegen die Wand, bis sie glaubte, dass sie bewusstlos werden würde. Dann packte er ihren Hals und drückte ihr den Kehlkopf zu, dass sie sich fast übergeben hätte. Sie rammte ihm ihr Knie zwischen die Beine, und er krümmte sich, gab den Weg zur Tür aber nicht frei. Sie kam nicht vorbei. Er richtete sich schwankend auf und sah sie hasserfüllt an. Dann schlug er ihr mit der Faust ins Gesicht. Etwas knirschte. Ein unerträglicher Schmerz. Und da kam schon der nächste Schlag und noch einer.

Danach verlor sie das Bewusstsein.

Einundzwanzigstes Kapitel

Sonntag, 29. September

Es war nachmittags, Viertel vor drei. Hebammen und Schwestern saßen in Grüppchen um den länglichen Tisch herum und machten die Übergabe. Rigmor hatte niemanden, an die sie ihre Patienten übergeben konnte, denn Ester war noch nicht gekommen. Sie war schon eine Viertelstunde verspätet und hatte nicht angerufen.

Als eine weitere Dreiviertelstunde vergangen war, überlegten alle, wo Ester wohl abgeblieben sein konnte. Sie war auch auf ihrem Handy nicht zu erreichen.

»Als ich sie gestern getroffen habe, hat sie nichts gesagt«, teilte eine der jüngeren Hebammen mit. Sie versuchten es noch einige weitere Male auf ihrem Handy, jedoch ohne Erfolg. Sie überlegten, eine andere Hebamme zu bestellen, entschieden sich dann aber dafür, zu warten. Im Augenblick hatten sie nur drei Gebärende auf der Entbindungsstation, und damit wurden sie fertig.

»Seltsam«, meinte eine der Hebammen.

»Wieso?«

»Sie trennt sich gerade von ihrem Freund«, informierte Lotten.

»Das wusste ich nicht. Wieso denn?«

»Dumm gelaufen«, meinte Lotten.

Die Stunden vergingen. Erst um zehn war Feierabend. Die Ärztin im Bereitschaftsdienst, Annika Holt, wurde allerdings schon um sechs von Georgios Kapsis, dem stolzen und nicht gerade leisen Griechen der Klinik, abgelöst. Er würde die ganze Nacht arbeiten. Gustav Stjärne war zu seiner Unterstützung eingeteilt, was der Grieche nicht unbedingt als Entlastung empfand.

»Ich dachte, du hättest mit Christina Löfgren zusammen Bereitschaft?«, sagte Kapsis.

»Nein«, erwiderte Stjärne und schlug die Augen nieder.

Er wirkte ungewöhnlich erschöpft. Aschfahl im Gesicht, tiefe Ringe unter den Augen und Kratzspuren auf der einen Wange.

»Hat dich eine Katze gekratzt?«, spottete Lotten.

»Nein, ich bin mit dem Fahrrad hingefallen«, antwortete Stjärne.

»Ach so!«, meinte Kapsis. »Pech!«

Der Grieche verzog den Mund. Das sollte glauben, wer wollte.

Ein paar Stunden, nachdem die Ärzte ihren Dienst angetreten hatten, wurde es hektisch. Eine junge Frau wurde mit dem Krankenwagen eingeliefert. Ihr Blutdruck war kaum noch messbar. Sie lag vollkommen reglos da und hatte solche Schmerzen im Unterleib, dass man sie fast nicht untersuchen konnte. Georgios Kapsis, mit Stjärne an seiner Seite, kümmerte sich um sie. Man nahm ihr ein paar Tropfen Urin ab, der Schwangerschaftstest war positiv, es konnte sich also nur um eines handeln, eine extrauterine Schwangerschaft. Sie verständigten den Anästhesisten und brachten sie sofort in den OP-Trakt. Als sie vor dem Fahrstuhl standen, meldete sich der Piepser schon wieder. Im Kreißsaal wurde Hilfe benötigt.

»Geh du«, sagte Kapsis. »Melde dich, falls was sein sollte.«

Stjärne trollte sich etwas enttäuscht auf die Entbindungsstation. Er hätte lieber Kapsis assistiert. Lotten wartete schon und lotste ihn in einen der Entbindungsräume.

»Sie müssen das hier zu Ende bringen«, sagte die Hebamme und deutete mit dem Kopf zur alarmierenden Kurve hinüber.

Das war ein Befehl. Ihm wurde flau im Magen. Die Hebamme war eine der erfahrensten auf der Station, und es hatte keinen Sinn zu protestieren.

»Soll ich Ihnen eine Glocke oder eine Zange geben?«

Sie sah ihn auffordernd an. Schweißperlen funkelten auf ihrer Stirn. Sie war sehr besorgt. Das machte die Sache nicht leichter.

Zange. Sollte er eine Zange verwenden? Meinte sie das?

»Also, was jetzt?«

»Ich sehe mir das erst einmal an«, erwiderte er, um Zeit zu gewinnen.

Er hatte noch nie eine Zange gehandhabt, sondern immer nur zugeschaut. So schwer konnte das nicht sein. Die Löffel einführen, einen nach dem anderen, schließen und dann ziehen, dachte er. Wäre was, womit man dieser Hebamme das Maul stopfen könnte.

Lotten warf ihm eine Schürze zu.

»Handschuhgröße?«, fragte sie.

»Sieben.«

Er knotete die Schürze zu. Kapsis, dachte er. Ich sollte ihn holen.

»Die Saugglocke«, hörte er sich dann aber doch sagen.

Er hatte öfter beim Einsatz einer Saugglocke zugesehen, deren Anwendung flößte ihm also weniger Angst ein. Sein Mund war trocken. Verdammt, wer wagte, gewann. Irgendwann war immer das erste Mal.

Lotten riss die Verpackung auf. Er hielt den platten, runden Gegenstand in der Hand und schob ihn dem Kopf des Kindes entgegen, während die Mutter laut schrie.

»Jetzt muss es schnell gehen«, zischte ihm die Hebamme ins Ohr. »Die Herztöne ...«

Sie schaute nach oben, und das reichte; er verstand.

Die Wehe kam und er zog, aber der Kopf bewegte sich keinen Millimeter.

»Zieh nach unten«, zischte die Hebamme und bat Lotten peinlicherweise, Verstärkung zu holen. Als würde er das nicht schaffen. Diese wichtigtuerischen Weiber gingen ihm wirklich auf den Keks!

Noch eine Hebamme kam, stellte sich neben sie und drückte auf den Bauch.

»Nach unten, nicht gerade nach vorne«, fauchte die Hebamme wütend.

Aber er begriff nicht, warum er nach unten ziehen sollte, das Kind sollte schließlich raus und nicht auf den Fußboden. Er machte also weiter, wie er angefangen hatte. Die Hebamme sollte ihm gefälligst keine Vorschriften machen.

Die Minuten verstrichen. Er zog und zog. Der Kopf des Kindes bewegte sich nicht. Die Unruhe im Zimmer nahm zu, ging in Angst über, verwandelte sich in Panik. Die Hebammen gaben sich Zeichen.

Ich werde es ihnen verdammt noch mal zeigen, dachte Gustav Stjärne. Noch einmal ziehen, dann kommt der Kopf raus.

So weit kam er nicht. Plötzlich war der Entbindungsraum voller Leute.

»Machen Sie Platz.«

Kapsis Stimme war hart. Er stand in grüner OP-Kleidung neben ihm.

Stärne wich zurück. Kapsis betrachtete mit ernster Miene die Kurve. Die hatte Stjärne im Eifer des Gefechts fast vergessen. Dann untersuchte Kapsis den Bauch der Mutter, betastete den Kopf des Kindes von unten, gab den Hebammen diverse Anweisungen, die er kaum verstand, aber sie taten, was Kapsis sagte. Er selbst stand wie betäubt von seiner eigenen Unvollkommenheit da.

Etwa eine Minute später war das Kind da. Ist es so einfach?, dachte er.

»Darüber reden wir nachher«, meinte Kapsis auf dem Korridor scharf und ging zurück in den OP-Trakt.

Sie erwachte. Ihr Kopf pochte. Er drohte zu zerspringen, sodass sie kaum wagte, ihn zu bewegen. Sie versuchte zu schlucken, aber das tat zu weh. Ihr Mund tat auch weh. Ihr Kiefer fühlte sich lose an. Einige Zähne auch.

Sie öffnete ihre zugeschwollenen Augen. Sie lag, den Rücken an der Waschmaschine, in der Waschküche. Sie hatte keine Ahnung, wie spät es war, sah aber, dass Tageslicht durch den Efeu fiel, der über das Fenster wuchs.

Es war eng wie in einem Koffer. Sie konnte nicht einmal die Beine ausstrecken. Vorsichtig richtete sie sich auf und fasste nach der Türklinke. Die Tür war abgeschlossen. Mit den Fingern suchte sie nach dem Schlüssel, das Schlüsselloch war aber leer. Panik durchfuhr sie. Sie suchte in ihren Jeans nach ihrem Handy. Es lag in der rechten Tasche. Sie zog es heraus und versuchte die Zahlen zu erkennen. Sie sah nur verschwommen. Blinzelte ein paar Mal. Stellte fest, dass der Akku leer war.

»Verdammt!«

Sie stand auf, ging aber sofort wieder in die Knie. Die ganze Welt schwankte. Sie befühlte mit der Hand ihren Hinterkopf. Ihr Haar war nass und verfilzt. Sie betrachtete ihre Finger. Blut. Sie taumelte zum Fenster, sank aber wieder um.

Ich liege hier nur einen Moment und ruhe mich aus, dachte sie.

Dann wurde wieder alles schwarz.

Ester zuckte zusammen. Sie lag unbequem auf dem Fliesenboden. Schmerzen. Kopf, Arme, Beine. Nagender Hunger.

Sie richtete sich auf und saß auf dem Fußboden ihres Gefängnisses. Sie schaute zum Fenster. Zwischen den Blättern war es jetzt dunkler. Abend. Sie war offenbar mehrere Stunden lang bewusstlos gewesen.

Ihr Kopf war geschwollen und schwer, aber jetzt konnte sie besser nachdenken. Das Fenster, sie musste das Fenster öffnen und hinausklettern. Der Riegel saß sehr fest, und ihre Finger glitten ab. Sie zwang sich dazu, fester zuzupacken, und bekam das Fenster schließlich auf. Eine Matte aus Laub und verschlungenen Ästen bedeckte die Fensteröffnung. Sie drehte sich um, wollte nach etwas suchen, womit sie das Efeu wegschneiden konnte, fand aber nur dafür unbrauchbare Gegenstände, Waschmittelschachteln, Fleckenentfernungsmittel, Wäscheklammern.

Sie begann zu ziehen und zu zerren und hatte schließlich ein ausreichend großes Loch, um den Kopf hindurchzustecken. Sie schrie, so laut sie konnte, durch die Blätter. Ihre Stimmbänder waren vertrocknet, und sie trank etwas Wasser am Waschbecken. Schrie noch lauter.

Ihre Schreie drangen nach draußen und prallten auf den Rasen, die Rosenbüsche und den Flieder. Trafen aber auf kein menschliches Wesen. Sie wartete Ewigkeiten. Niemand kam.

Dann zerrte sie wieder an diesem verdammten Efeu. Sie fand einen Plastikeimer, den sie umdrehte. Sie stellte sich darauf und konnte jetzt ihren Kopf weiter durch das Fenster schieben. Dann glitt sie jedoch zurück. Immerhin war das Loch im Efeu jetzt größer. Ihr ganzer Körper schmerzte, aber sie hatte das Stadium, in dem ihr das noch etwas ausmachte, schon weit hinter sich gelassen.

Sie versuchte es erneut und bekam dieses Mal die eine Schulter durch das Loch. Beim nächsten Mal sogar die andere. Jetzt konnte sie einen Arm ausstrecken, sich an der Mauer abstützen und sich langsam in das Blumenbeet sinken lassen.

Dann lag sie zitternd da. Wo war er? Sie kroch mit schmerzenden Knien an der Hauswand entlang, um die Terrasse herum. Die Terrassentür war geschlossen. Sie kroch weiter um die Hausecke. Noch ein Stück. Sie ahnte die großen Fenster dunkel über sich.

Konnte er sie sehen?

Sie stand auf, aber das tat so weh, dass sie schwankte. Sie ging gebeugt wie eine alte Frau. Schlich er hinter ihr her? Sie hatte nicht einmal die Kraft, sich umzudrehen, um nachzusehen.

Sie trat auf die Straße. Stand schwankend da.

»Mama! Schau mal! Eine Hexe voller Blut!«

Die Stimme eines kleinen Kindes hallte ihr in den Ohren, als sie auf der Straße zusammenbrach.

»Eine Schwester, die ich kenne, rief eben an und sagte, Ester sei in der Notaufnahme«, sagte Rigmor. Ein entsetztes Schweigen breitete sich um den Tisch herum aus. Gustav Stjärne erblasste, dabei war er bereits nach seinem Versagen recht schweigsam und bleich gewesen.

»Körperverletzung«, sagte Rigmor, und alle wussten, dass dies ein Verstoß gegen die Schweigepflicht war.

»Nicht zu fassen«, meinte eine Schwester und hob den Blick von ihrem Sudoku.

»Wie geht es ihr?«, wollte Lotten wissen.

»Recht schlecht.«

Die Stimmung am Tisch wurde merkbar schlechter.

Der Telefon klingelte. Gustav Stjärne stand leicht schwankend auf und ging dran.

Der Schmerz ließ nach, und sie wurde schläfrig. Sie schlief fast, als ihr der Chirurg die Platzwunde am Hinterkopf zunähte. Sie war bereits beim Röntgen und auch sonst überall gewesen.

Jetzt legte man sie in ein normales Bett. Weicher. Saubere Bettwäsche. Sie lag da und wartete darauf, dass man sie auf eine Station brachte.

Jetzt war alles gut. Aber trotzdem fehlte ihr ihre Mutter. Die hätte jetzt da sein sollen.

Sie schloss die Augen. Schlief lange.

Sie öffnete die Augen wieder, sie ließen sich kaum öffnen. Waren verquollen. Sie hatte jedes Zeitgefühl verloren und wusste nicht, wo sie war. Weiße Decke. Weiße Wände.

Jetzt hörte sie Schritte. Eine Schwester, die sie irgendwo hinschieben sollte vermutlich. Aber die Schwester schien zu bleiben. Ester versuchte den Kopf zu heben.

»Hallo«, sagte er. »Wie geht's?«

Gustav!

Gustav Stjärne.

»Hier ist ein Mann, der mit Stjärne sprechen will. Wissen Sie, wo er ist?«, wollte Lotten wissen.

Georgios Kapsis hatte es sich vor dem Fernseher im Kaffeezimmer der Entbindungsstation bequem gemacht.

»Nein. Vielleicht auf der Station, aber ich kann mich darum kümmern«, sagte er und dachte, das ist genauso gut, denn was es auch sein mag, bleibt dann ja sowieso an mir hängen. Nach dem Versuch mit der Saugglocke hatte er endlich begriffen, wovon alle geredet hatten. Auf Stjärne war kein Verlass. Entweder drückte er sich oder er war der Aufgabe nicht gewachsen.

Er ging durch den breiten, hellen Korridor. Ein älterer Mann mit zwei weiteren Männern im Schlepptau wartete vor der Glastür. Kapsis sah ihnen sofort an, dass sie keine Väter waren, die ihre frisch entbundenen Frauen besuchen wollten.

»Können Sie uns dabei helfen, Gustav Stjärne zu finden?«, fragte der Mann und hielt ihm seinen Ausweis hin.

Kapsis starrte darauf. Polizei. Meine Güte! Was hatte Stjärne jetzt wieder angestellt?

Er öffnete den Mund, schloss ihn aber wieder.

Sie befanden sich an einem von zwei Eingängen zur Entbindungsstation, der zur Frauenklinik führte.

»Ich kann ihn anpiepsen«, meinte Kapsis.

»Danke«, meinte der Mann, der sich als Gillis Jensen vorgestellt hatte.

Kapsis ging den Korridor entlang auf das Schwesternzimmer zu und wählte die Nummer von Stjärnes Sucher. Dann legte er auf. Jetzt musste er abwarten, bis Stjärne ihn anrief.

Nichts passierte. Er wählte die Nummer erneut. Legte auf. Wartete. Die Polizisten warteten ungeduldig vor der Tür.

Auch jetzt meldete sich Stjärne nicht.

Kapsis ging zurück zu den Polizisten.

»Er meldet sich nicht«, sagte er und merkte, wie die Spannung stieg.

Eine kleine Gruppe weiß gekleideter Frauen hatte sich zu ihnen gesellt.

»Wo könnte er sein?«, wollte Jensen wissen.

»Keine Ahnung. Er darf das Gebäude nicht verlassen«,

meinte Kapsis. »Vielleicht hat er beim Umziehen den Piepser vergessen. Vielleicht im OP-Trakt?«

Aber Gustav Stjärne war nicht im OP-Trakt gewesen, es war auch kein Problem gewesen, ihn ausfindig zu machen, als er die missglückte Zangengeburt hatte durchführen sollen.

»Ich habe ihn im Tunnel gesehen, als ich vom Patientenhotel kam«, meinte Lotten.

»In welche Richtung ging er?«

»Zum Block.«

Die drei Polizisten nickten.

»Können Sie uns den Weg zeigen?«, sagte Jensen zu Lotten.

Sie eilten auf die Treppen zu, die ins Tunnelgeschoss führten. Jensen merkte, dass er nicht richtig mithalten konnte. Sein Herz war verbraucht, er war keine zwanzig mehr. Er zog sein Handy aus der Tasche. Kein Empfang in dem langen, halbdunklen Tunnel, an dessen Decke unzählige Rohre entlangliefen.

Der Vortrupp war mit Lotten an der Spitze bereits weg. Er war ein Stück zurückgeblieben. Auf der Treppe zum Eingangsbereich hatte er endlich wieder Empfang und rief im Präsidium an. Im Vorraum zu den Fahrstühlen konnte er die anderen dann nirgends mehr entdecken.

Lotten war die Führerin. Sie fand den Weg.

Aber er fand auch den Weg.

Genau wie Stjärne.

Gillis Jensen rannte mit großen Schritten die Treppe vom Tunnel aus hoch. Eilte an den Fahrstühlen vorbei und weiter. Die Hintertür der Notaufnahme war abgeschlossen. Er klingelte und rüttelte gleichzeitig an der Tür. Sekunden vergingen, aber niemand kam. Er klopfte, aber offenbar waren alle taub. Durch die Glastür sah er einen funkelnden, dunklen Fußboden, aber keine Menschenseele.

Plötzlich öffnete sich ein Stück weit weg eine weiße Tür. Ein Mann schaute heraus. Ein gebrechlicher Alter, dachte Jensen, etwas krumm, mit Pomade zurückgekämmtes Haar, ausgebeulte graue Hose und eine blaue Jacke. Er versuchte, den

Alten auf sich aufmerksam zu machen. Hämmerte an die Glasscheibe. Der Mann drehte sich langsam um.

Es war Gustav Stjärne.

In dem Moment, in dem Gillis Jensen mit den Fäusten an die Tür hämmerte, machte Stjärne kehrt und eilte in die entgegengesetzte Richtung. Ohnmächtig sah ihn Jensen den breiten Korridor entlang in Richtung Empfang und Wartezimmer der Notaufnahme verschwinden.

Er hatte nichts, womit er die Glastür hätte zertrümmern können. Er nahm also sein Handy aus der Tasche und rief Verstärkung. Da machte ihm endlich eine Schwester auf.

»Sie können hier nicht durch«, wies sie ihn zurecht.

Aber er war schon an ihr vorbei, vorbei an den gelben Paravents vor den Betten, an Rolltischen aus Stahl, Müllsäcken, Türen und nochmals Türen. In das Allerheiligste. Weiße Rücken vor einem Bett in einem Zimmer. Er rannte vorbei und hörte die Schwester hinter sich rufen.

»Sie dürfen hier nicht rein!«

Er lief zum Empfang weiter, erstaunte Blicke folgten seinem Vormarsch. Er kam ins Wartezimmer, aber dort ging es nicht weiter. Er blieb hängen an einer verschlossenen, halbhohen Tür, die ihm bis zur Hüfte reichte.

»Machen Sie auf, verdammt!«, rief er der Sekretärin zu, die in einem verglasten Kabuff saß und vermutlich die Person war, die aufmachen konnte.

Aber die starrte ihn nur wie versteinert an.

Er hatte keine Wahl. Er nahm Anlauf und sprang hinüber. Vermutlich der letzte Hürdenlauf meines Lebens, dachte er, bevor seine Knie gefährlich bei der Landung knackten.

Der ganze Warteraum, groß wie ein Flugplatzterminal, hatte ihm seine Aufmerksamkeit zugewandt. Sonntagabend war immer voll. An der Krankenwageneinfahrt kam er abrupt zum Stehen.

Draußen war es dunkel, und er sah nur ein Taxi auf sich zukommen und sonst keine Menschenseele.

Er atmete angestrengt. Er war ratlos, gab auf und erwog,

wieder in den Block zu gehen, als der erste Streifenwagen eintraf und ein Trupp uniformierter Polizisten auf ihn zulief. Jensen stand vollkommen erschöpft da und versuchte ihnen die Lage zu beschreiben. Er wusste noch immer nicht, wo die anderen Kollegen geblieben waren.

Dann kam der nächste Wagen. In diesem saß Mårtensson. Er übernahm das Kommando und befahl den sofortigen Einsatz aller zur Verfügung stehenden Beamten.

»Das gesamte Klinikgelände muss durchsucht werden. Mit Hunden und allem.«

Jensen sah sich um. Er hatte sich beruhigt und dachte nach. Wo zum Teufel konnte Stjärne stecken? Es gab allerdings genug Gebäude, in denen man verschwinden konnte. Aber lohnte sich das? Sie würden ihn doch früher oder später schnappen.

Er rief auf der Entbindungsstation der Frauenklinik an und ließ sich den großen Griechen geben.

»Falls Sie heute noch einen weiteren Arzt für den Nachtdienst brauchen, müssen Sie jemand anderen als Stjärne bemühen«, beendete er das Gespräch.

»Ich komme schon allein zurecht, und zwar sehr gut«, erwiderte Georgios Kapsis im Brustton der Überzeugung.

Er stellte keine Fragen, und dafür war ihm Jensen dankbar.

Plötzlich kam ein Arzt mit fliegenden Kittelschößen auf ihn zu.

»Was zum Teufel ist hier los?«

Er wirkte gestresst und leicht arrogant.

»Wir haben gerade eine Frau reanimiert, die jemand mit einem Kissen erwürgen wollte. Was zum Teufel ist eigentlich los?«

Das wüsste ich auch gerne, dachte Jensen und betrachtete Mårtensson, der sich mit der Antwort Zeit ließ. Dieser wusste nur, was er von der Notrufzentrale erfahren hatte, nämlich dass eine misshandelte Frau in Norra Fäladen aufgefunden worden war, und was Jensen ihm erzählt hatte, als er Verstärkung angefordert hatte. Die Kriminalpolizei hatte Stjärne nicht in seiner Wohnung angetroffen und Jensen verständigt, da dieser

Stjärne vernommen hatte. Jensen wusste, wo Stjärne arbeitete, also waren sie dorthin gefahren. Aber als sie eingetroffen waren, war er verschwunden gewesen.

Es wird wirklich brenzlig, dachte Jensen.

»Wie geht es der Frau, die eingeliefert wurde?«

»Sie war ausgesprochen mitgenommen, und dann kommt da noch so ein Irrer und versucht sie zu erwürgen«, begann der Arzt erneut.

»Aber wie geht es ihr jetzt?«, unterbrach ihn Jensen.

Hoffentlich ist alles okay, dachte er im selben Atemzug. Irgendwann muss man diesem Stjärne endlich das Handwerk legen.

»Wir kriegen sie schon wieder hin. Aber sie ist ganz schön übel zugerichtet. Weniger wäre auch schon viel zu viel gewesen. Sie redet andauernd von einem Gustav ...«

Jensen ließ den Arzt kurz aus den Augen. Er sah einen dunklen Wagen langsam vorbeifahren. Immer diese Schaulustigen, dachte er müde und wollte gerade wieder reingehen, als er durch das runtergekurbelte Seitenfenster ein weißes Gesicht erblickte. Und ein höhnisches Grinsen.

Die Leute sind nicht ganz bei Trost, dachte er.

Im selben Augenblick realisierte er, wer in diesem Auto saß.

»Mårtensson!«, rief Jensen mit lauter Stimme.

»Warten Sie einen Augenblick«, erwiderte dieser und fuchtelte abwehrend mit seinen riesigen Händen, weil er sein Gespräch mit dem Arzt beenden wollte.

»Er ist gerade vorbeigefahren«, schrie Jensen.

Mårtensson starrte ihn an.

»Wer?«

»Stjärne!«

Dann entstand ein großes Durcheinander, totales Chaos brach aus. Alle rannten kreuz und quer. Die beiden verloren gegangenen Kollegen schlossen sich allerdings der Gruppe vor der Notaufnahme an. Sie hatten Stjärne zwar nicht entdeckt, aber dafür einen Bündel weißer Kleider auf einer Toilette gefunden.

Jensen konnte sich leider nicht entsinnen, in was für einem Auto Stjärne gesessen hatte. In irgendeinem mittelgroßen, weder Saab noch Volvo, wahrscheinlich ein Japaner. Möglicherweise ein Mazda. Es war eine dunkle Farbe gewesen, vielleicht Schwarz.

Mårtensson befahl, alle Straßen nach Lund zu sperren. Er wird entkommen, dachte Jensen. Plötzlich fiel ihm eine gewisse Leere auf. Als fehlte jemand. Claes Claesson, dachte er. Ich muss ihn auf dem Laufenden halten. Er rief ihn auf seinem Handy an, und sie unterhielten sich eine Weile. Claesson steuerte einige interessante Gesichtspunkte bei. Vielleicht kamen sie aber auch von seiner Frau, die sich irgendwo im Hintergrund befand.

»Machen Sie es, wie Sie es für richtig halten«, meinte Jensen zum Schluss.

Letzteres schnappte Mårtensson auf.

»Wer war das?«

»Claes Claesson.«

Ermittlungschef Mårtensson starrte ihn an.

»Wir sind hier schon genug. Mehr als genug! Wir brauchen hier nicht auch noch Leute aus Småland, die die Sache komplizieren.«

Das nicht, dachte Gillis Jensen, aber Smålânder tun sowieso immer, was sie wollen. Sie sind ungemein stur.

Claes Claesson hatte gerade ein weiteres Billy-Bücherregal zusammengeschraubt und auch bereits ein paar Bücher darin gestapelt. Er freute sich schon, dass er nicht noch eine Nacht auf der schmalen Matratze schlafen musste. Als sie bei Ikea gewesen waren, hatten sie auch gleich ein Gästebett gekauft. Das exklusive Bett, das Veronika für ihre Tochter in einem Möbelladen in Lund gekauft hatte, würde am nächsten Morgen gegen zehn geliefert werden. Ein richtiges Komfortbett. Sie hatte gerade Klara dazu gebracht einzuschlafen. Diese lag quer auf der Matratze.

Als sein Handy klingelte, war ihm sofort klar, dass es unangemessen gewesen wäre, höflich noch einmal für die nette Einladung zu danken. Gillis Jensen wäre für solche Phrasen nicht empfänglich gewesen.

»Ester Wilhelmsson?«, wiederholte Claesson. »Ich weiß nicht recht, wer das ist.«

Veronika, die hinter ihm stand, zuckte zusammen und packte ihn am Arm, während Jensen erklärte.

»Was ist los?«, flüsterte sie und kam näher, als ob sie glaubte, dass die Stimme aus dem Handy auch zu ihr durchdringen würde. »Ester ist eine Freundin von Cecilia.«

»Übel zugerichtet, sagen Sie? Aber sie lebt noch«, wiederholte er zu Veronika gewandt, die zu erbleichen schien.

»Cecilia«, sagte sie halblaut.

Er sah sie an und war leicht verärgert, dass sie sich einmischte, sah aber, als er bereits auflegen wollte ein, dass es die Psychologie des engsten Kreises war. Cecilia, Emmy Höglund und jetzt Ester Wilhelmsson. Eine Gruppe junger Frauen, die mehr oder minder lose in Verbindung standen. Er versuchte sich zu erinnern, wie die dritte Frau geheißen hatte, mit der Cecilia zusammengewohnt hatte und die Emmy Höglund tot aufgefunden hatte. Hilfe suchend sah er Veronika an.

»Trissan«, flüsterte Cecilia.

»Wäre es nicht ratsam, jemanden bei dieser Trissan vorbeizuschicken, falls ...«

Jensen erwähnte einen drahtlosen Alarm.

»Aber reicht das?«, wandte Claesson ein.

Auch Jensen hielt es eigentlich für eine unzureichende Maßnahme. Er wollte dafür sorgen, dass jemand zu Trissan nach Hause fuhr. Claesson war klar, dass Jensen das erst bei diesem Fleischberg Mårtensson durchsetzen musste.

»Könnt ihr auch jemanden nach Orup schicken?«

Jensen schwieg erst eine Weile, meinte dann aber, vielleicht, aber das sei ja so weit weg. Dorthin würde er doch wohl kaum fahren?

Plötzlich fand sich Claes Claesson in seinem Auto wieder. Veronika hatte ihn buchstäblich aus dem Haus getrieben.

Er fand erstaunlich mühelos aus der Stadt heraus. Dann nahm er die Autobahn Richtung Norden. Er verpasste beinahe die Abzweigung nach Växjö. Draußen herrschte schwarze Nacht. Die Landstraße war recht kurvig und schmal. Er wusste, dass die Landschaft sehr schön war. Jetzt sah er die Straße vor sich im Scheinwerferlicht, die erleuchteten Stallplätze der Bauernhöfe und helle Häuserfenster. Streckenweise war die Geschwindigkeit auf fünfzig begrenzt. Es war fast überhaupt kein Verkehr, und er konnte wirklich Gas geben. Aber vermutlich hatte er ja gar keinen Grund, sich so zu beeilen. Er schaltete das Radio nicht ein, weil er das Handy hören wollte, wenn es klingelte. Er versuchte sich auf die Begegnung mit den Schwestern einzustellen. Er wollte sie nicht unnötig in Aufregung versetzen, sie sollten die Situation jedoch ernst nehmen.

Auf dem Hinweg waren sie an der Abzweigung zur Klinik Orup vorbeigefahren, er wusste also ungefähr, wo sie lag. Bei der langen Steigung verlangsamte er, sah das Schild und bog ab. Er kam an großen Einfamilienhäusern vorbei und dann an einem schwarzen Wäldchen. Plötzlich lag das Krankenhaus vor ihm, weiß angestrichen und beleuchtet und mit einem Turm in der Mitte. Wie eine Kreuzung aus einer Burg und einem Schloss.

Er parkte auf dem großen fast leeren Parkplatz. Es gab viele Eingänge, die aber alle abgeschlossen zu sein schienen. Dann fand er Schilder, die zu einer Art Notfalleingang ungefähr in der Mitte des Gebäudes führten.

Schwester Tuula stand im Arzneimittelraum, der auch »Beichtstuhl« genannt wurde. Er lag außerhalb der Station im Treppenhaus und war mit einem ordentlichen Schloss gesichert. Sie hatte die Tür angelehnt und beabsichtigte, wieder ordentlich hinter sich abzuschließen. Ihre Kollegin von der Station war gerade mit einem Korb mit der Abendmedizin die Treppe hinuntergegangen. Hier trafen sich die Stationen. Diese Regelung war praktisch, und vor allen Dingen war es von großem Vorteil, dass nicht alle Stationen Räumlichkeiten für die starken und in gewissen Kreisen sehr begehrten Arzneimittel zur Verfügung stellen mussten. Außerdem konnte man hier ganz ungezwungen und ungestört ein paar Worte miteinander wechseln.

Plötzlich hörte sie Geräusche aus dem unteren Treppenhaus. Als atmete jemand heftig. Sie wartete und lauschte auf Schritte, hörte aber keine. Sie überlegte, ob sie nachsehen gehen sollte. Vielleicht hatte ja einer der Patienten einen Asthmaanfall erlitten? Aber erst musste sie mit dem Korb mit den Medikamenten auf ihre Station gehen. Sie schloss den Arzneimittelraum ab, öffnete dann die Stationstür und ging mit dem Korb ins Schwesternzimmer und stellte ihn dort ab. Dann kehrte sie ins Treppenhaus zurück, konnte den angestrengten Atem aber nicht mehr hören. Vermutlich einer der Burschen mit dem Rückenmarkstrauma, der mit dem Rollstuhl nach draußen gefahren ist, um zu rauchen, dachte sie und ging zurück ins Schwesternzimmer.

Sie drehte sich nicht um, um zu sehen, ob die Tür auch richtig ins Schloss fiel.

Sie hörte die Tür quietschen und drehte sich im Bett um. Ein schwacher Lichtschein fiel vom Korridor ins Zimmer. Jemand schloss vorsichtig die Tür hinter sich und kam ins Zimmer. Vermutlich die Nachtschwester, dachte Cecilia müde. Was will die?

Sie schlief wieder ein. Als sie sich später im Bett umdrehen wollte, merkte sie, dass jemand auf der Bettkante saß. Sie tastete in der Dunkelheit. Eine Person.

»Ist was?«, fragte sie schlaftrunken.

»Nein«, hörte sie eine Männerstimme.

Sie wurde wach.

»Wer bist du?«

»Ich bin's nur«, erwiderte die Stimme.

»Ich?«

Sie war sich unsicher, obwohl sie fand, dass ihr die Stimme irgendwie bekannt vorkam.

»Mach das Licht an«, bat sie.

»Nicht nötig. Ich sitze hier nur etwas im Dunkeln und halte deine Hand.«

»Meine Hand?«

Sie ließ es geschehen, obwohl es ihr seltsam erschien.

»Ja«, sagte er und drückte sie.

Sie versuchte sich einen Reim darauf zu machen, wollte, dass es irgendeinen Sinn ergab. Ein Mann, der mitten in der Nacht reinkam, sich auf ihr Bett setzte und ihre Hand hielt, obwohl sie nicht darum gebeten hatte. Nein, da stimmte doch etwas nicht? Es musste daran liegen, dass sie neuerdings so komisch im Kopf war. Die Leute machten einfach mit ihr, was sie wollten. Manchmal war sie auch einfach allen egal. Aber ihm war sie jedenfalls nicht egal.

»Warum?«, fragte sie schließlich trotzdem.

»Weil du lieb bist«, sagte er.

»Lieb?«, wiederholte sie leise.

»Lieb zu mir«, sagte er.

»Zu dir?«

Merkwürdig, dachte sie. Zu wem war sie da lieb?

Etwa eine halbe Stunde später klingelte es an der Tür. Tuula hatte noch nicht alle Schlaftabletten verteilt. Sie hatte keine Ahnung, wo Brita gerade steckte. Vermutlich war sie in einem der Patientenzimmer, um jemanden für die Nacht fertig zu machen.

Nur selten kommt noch jemand so spät, dachte sie und schaute auf die Uhr. Orup lag abgelegen, und die Patienten, alle mehr oder minder von ihren Hirnschäden traumatisiert, waren keine Nachtmenschen.

Ein Mann stand vor der Glastür. Sie sah ihn schon aus der Ferne und setzte eine strenge Miene auf. So spät noch zu kommen!

Der Mann fragte höflich, ob er hereinkommen dürfe.

»Jetzt?«, rief sie und schaute demonstrativ auf ihre Armbanduhr.

Sie betrachtete ihn kritisch. Er sah zwar freundlich und ordentlich aus, aber einen Mann, der einfach so unangemeldet aufkreuzte, konnte sie einfach nicht reinlassen. Sie mussten die Patienten schützen.

»Kann ich Cecilia Westman sehen«, sagte er. »Wäre das möglich?«

Das war es wahrhaftig nicht.

»Darf ich fragen, worum es geht?«, fragte sie dann aber doch, denn sie begann neugierig zu werden.

Er sah nachdenklich aus.

»Ich bin von der Polizei«, antwortete er schließlich.

Sie betrachtete ihn misstrauisch.

»Verhöre finden normalerweise tagsüber unter geordneten Umständen statt«, teilte sie streng mit.

Der Mann hielt ihr einen Ausweis hin, aber den konnte sie nicht mehr eingehend betrachten. Weiter hinten am Korridor quietschte eine Tür. Sie schauten beide dorthin. Vermutlich Brita, dachte Tuula.

»Sie dürfen mich gerne begleiten. Ich habe nur gute Absichten«, bat er höflich.

Sie hörte aber deutlich, dass er als Nächstes seine Behördenstimme gebrauchen würde.

»Na gut, ausnahmsweise«, sagte sie daher und deutete den Korridor entlang auf die Tür von Cecilias Zimmer, »aber ich glaube, sie schläft.«

Sie hielt es für das Beste, ihn nicht aus den Augen zu lassen, gleichzeitig war ihr ihre übertriebene Vorsicht peinlich. Daher blieb sie ein paar Meter hinter ihm.

Cecilia hörte eine Männerstimme auf dem Korridor. Jemand redete, eine Stimme, die sie kannte.

»Da ist jemand«, flüsterte sie.

Sie wusste nicht, wieso sie flüsterte. Vielleicht, weil er das tat. Als hätten sie ein gemeinsames Geheimnis. Er war süß, hatte nicht so viel gesagt. Er hatte die meiste Zeit schweigend dagesessen und sie vorsichtig getätschelt. Den Kopf, den Arm, die Schulter. Und er hatte ihre Hand gehalten. Mehr nicht.

Aber jetzt war er gespannt wie eine Bogensehne.

»Kannst du dich aufsetzen«, zischte er und begann an ihr zu zerren, damit es schneller ging.

Sie war recht ungeschickt, aber schließlich saß sie auf der Bettkante und wollte gerade mit den nackten Füßen nach ihren Pantoffeln auf dem Boden suchen.

»Was machst du?«, fragte er und schien Angst zu haben.

»Meine Pantoffeln«, jammerte sie.

»Die sind jetzt scheißegal.«

Sie spürte seine raue Hose am Oberschenkel und lehnte sich an ihn. Er roch frisch gebadet und angenehm. Sie wollte ihren Kopf an seine Schulter legen. Hatte es vollkommen aufgegeben herauszufinden, wer er war. Er war lieb, und sie war lieb, und alles war eitel Freude.

Die Schritte draußen näherten sich. Auf der anderen Seite der Tür wurde es plötzlich vollkommen still. Cecilia und ihr Freund auf der Bettkante wagten es kaum zu atmen.

Da wurde die Tür aufgerissen, und das Licht vom Korridor fiel ins Zimmer. Jemand machte die Deckenlampe an. Gleichzeitig sprang der Mann vom Bett auf und zog sie mit. Er stellte sie schwankend und verwirrt vor sich auf den Boden.

Sie spürte, dass seine Arme sie von hinten ganz fest hielten, damit sie nicht zusammensackte. Ein Mann, den sie wiedererkannte, glotzte sie an.

Sie blinzelte.

Mamas neuer Typ.

Was wollte der hier?

»Sie fassen sie nicht an«, hörte sie eine halblaute Stimme hinter sich.

Der Neue ihrer Mutter stand still und schaute nur. Er war ungewöhnlich wütend. Oder ernst. Sie begriff überhaupt nichts.

»Lassen Sie das Messer sinken«, sagte Mamas Neuer ruhig.

Welches Messer? Sie sah kein Messer. Er hielt einen Arm angenehm um ihre Taille. Er war warm an ihrem Rücken.

Aber wo hatte er seine andere Hand?

Sie versuchte ihren Kopf herumzudrehen, aber da zuckte er zusammen und presste sie fester an sich.

»Wirf das Messer weg«, sagte Mamas Neuer wieder.

Er klang recht harmlos. Vielleicht war er ja auch lieb.

»Wenn Sie mich gehen lassen, werfe ich das Messer weg«, sagte die Stimme hinter ihr.

»Lass sie zuerst los.«

Nach einem gewissen Zögern ließ er sie los, und es wurde auf einmal so kalt und nackt. Sie wusste plötzlich nicht, wo sie hinsollte. Blieb irgendwie einfach stehen.

Da sah sie, dass etwas neben ihr blitzte. Er hatte seine Hand sinken lassen, und die scharfe Klinge befand sich genau neben ihrem Oberschenkel.

Mamas Neuer wartete ab. Dann trat er vorsichtig einen Schritt nach vorne.

Da krachte es.

Zwei Sekunden später war sie vollkommen allein. Sie ließ sich auf ihr Bett sinken, saß da, begriff gar nichts. Es schauderte sie.

Claesson prallte heftig gegen die Wand. Stjärne hieb ihm den Ellbogen in die Brust, als er sich an ihm vorbei durch die Türöffnung warf. Claesson konnte nicht sehen, ob er das Messer weggeworfen hatte, nahm aber trotzdem die Verfolgung auf, sobald er wieder auf den Beinen war.

Er hatte nicht gesehen, in welcher Richtung Stjärne verschwunden war, aber eine Schwester stand auf dem Korridor und deutete.

»Rufen Sie die Polizei«, schrie er, während er hinter Stjärne herrannte.

Stjärne war schnell verschwunden, aber das Geräusch seiner verzweifelten Füße verriet ihn. Claesson folgte ihm auf den Fersen, so gut es ging. Die Jagd wurde nicht von seinem Ausdauervermögen erschwert, denn an diesem war nichts auszusetzen, sondern durch die labyrinthartigen Korridore, Treppen und Winkel. Er musste sich auf sein Gehör verlassen.

Quälend kam ihm zu Bewusstsein, dass er nicht bewaffnet war.

Bisher hatte Stjärne alles Mögliche, aber keine Klingen benutzt. Offenbar brauchte er keine schwere Artillerie, um sein Ego zu stärken. Ihm reichte anderes, dachte Claesson, während er hinter ihm herrannte. Titel, Hände, Kissen.

Er zwang sich, nicht daran zu denken, was Cecilia zugestoßen sein könnte. Das musste warten.

Er war hinter Stjärne her eine schmale Treppe hinuntergerannt, die kaum als behindertengerecht bezeichnet werden konnte. Dann ging es einen langen, gut beleuchteten Korridor weiter, der zum zentralsten und vermutlich ältesten Teil des immer wieder vergrößerten und umgebauten Krankenhauses führte. Hier waren die Gänge schmaler und Türen und Fenster höher und altmodischer.

Stjärne war aus seinem Gesichtsfeld verschwunden, und Claesson bewegte sich langsam vorwärts. Er hielt inne und lauschte auf Schritte und keuchende Atemzüge. Da bemerkte er eine Treppe und hörte Schritte nach oben verschwinden.

Er rannte los, nahm immer zwei Stufen auf einmal. Er hatte fast den Geschmack von Blut im Mund. Seine Schritte hallten wider. Noch ein Stockwerk und noch eines. Es schmerzte in seinem Brustkorb.

Nahm das denn nie ein Ende?

Endlich erreichte er einen Treppenabsatz, groß wie ein kleineres Wartezimmer, aber leer. Er stellte fest, dass er ganz oben angekommen war, hier endete die Treppe. Er befand sich im Turm. Es gab zwei Türen. Er überlegte einen Moment, mit welcher er anfangen sollte.

Vorsichtig öffnete er die ihm am nächsten liegende einen Spaltbreit. Eine Toilette, leer. Er atmete erleichtert auf.

Es musste also die Tür ihm gegenüber sein. Es gab keine andere Möglichkeit.

Er sammelte sich und schlich dann vorwärts. Er wagte kaum zu atmen und hörte sein eines Knie knacken. Ein heftiger Schmerz durchzuckte ihn, und er blieb stehen, verzog das Gesicht und wartete darauf, dass der Schmerz nachlassen würde. Eine alte Fußballverletzung, die sich manchmal in Erinnerung brachte.

Dann setzte er angespannt seinen Weg zur Tür fort. Sein Herz hämmerte, sonst waren keine menschlichen Laute zu hören. Keine Motorengeräusche. Er war mitten auf dem Land.

Vorsichtig drückte er die Klinke hinab. Die Tür knirschte ein wenig und öffnete sich dann.

Vorsichtig schaute er durch den Spalt.

Der Sternenhimmel leuchtete durch eine Reihe von Fenstern in dem viereckigen Turmzimmer. Geräusche wurden vom Wind verstärkt, der gegen die Fenster des hallend leeren Raumes peitschte. Dann hörte er den keuchenden Atem, wie von einem gejagten Tier.

Aber es war ein Mensch.

Er trat ein und stellte sich breitbeinig mitten auf den Fußboden. Der Nachthimmel umgab ihn, und der Mond spiegelte sich glitzernd im See weit unten.

Am anderen Ende des nackten Fußbodens in der dumpfen Dunkelheit einer Ecke unterhalb eines Fensters sah er eine zusammengekauerte Gestalt. Wie ein kleines Kind, das sich versteckt, dachte Claesson.

Voller Ohnmacht, Todesangst und vollkommen einsam.

Epilog

Montag, 30. September

Wie ein Adlerhorst thronte das ehemalige Sanatorium Orup auf einem Berg. Das Wasser des Ringsjö glitzerte darunter. Bei Tag und in strahlendem Sonnenschein sah es vollkommen verändert aus. Majestätisch erhob es sich aus den umgebenden Wiesen.

Es war kurz vor Mittag, und es herrschte wenig Verkehr. Claes Claesson hatte gerade wieder Gas gegeben, nachdem er sich in der Kurve bei Bosjökloster ordentlich an die Geschwindigkeitsbegrenzung gehalten hatte. Auf der einen Seite lag auf einem hügeligen Areal ein Golfplatz, auf der anderen Seite ein idyllischer Buchenwald.

Er nahm seine Sonnenbrille aus dem Handschuhfach, da ihn die tief stehende Septembersonne blendete und vielleicht auch der einzigartige Anblick, der einen starken Kontrast zu der Düsternis der vergangenen vierundzwanzig Stunden bildete.

Ein falscher Arzt. Wie hatte er es nur wagen können?

Aber er hatte Cecilia beschützt. Sie täte ihm leid, hatte er gesagt. Plötzlich hatte dieses Mitgefühl für andere, verletzte Menschen durch die Frustration und die wahnsinnige Wut hindurchgeschimmert.

»Was wollte er eigentlich?«, fragte Veronika.

»Weiß nicht. Liebe, vielleicht.«

»Um Liebe kann man nicht bitten. Man kann sie sich auch nicht einfach nehmen.«

»Nein.«

»Man kann sie auch noch viel weniger fordern. Sie ist ein Geschenk.«

Aber eines, das nicht allen vergönnt ist, dachte er. Nicht einmal allen Kindern.

Er stellte das Auto auf dem Parkplatz ab. Ein Naturpark mit einem kleinen Café und einem Minigolfplatz, der unter dem sanften Schatten der Buchen noch geöffnet zu sein schien. Tiere gab es auch. Vögel, Schweine und Ziegen. Am Vortag war ihm nichts davon aufgefallen.

Sie waren eine Stunde zu früh dran und hatten gerade erst gegessen. Die Fahrt von Lund hatte eine knappe Dreiviertelstunde gedauert. Er kaufte zwei Eis, Veronika wollte keins. Dann ging er mit Klara zu den Tieren.

Sie betrachteten ein paar träge Schweine, die in der Sonne lagen. Claes legte Veronika seinen Arm um die Schultern und zog sie an sich. Plötzlich hatte sie das Gefühl, dass der richtige Augenblick gekommen sei.

Und erzählte es ihm.

Claes glaubte erst, sich verhört zu haben.

»Warum hast du mir das nicht schon früher erzählt?«

Sie schluckte.

»Irgendwie kam ich nicht dazu ...«

»Du kamst nicht dazu? Bist du nicht ganz bei Trost?«

Sie hörte, dass er eigentlich nicht böse war.

Er hörte, dass er wie ein Idiot klang.

Eine endlose Minute lang maßen sich ihre Blicke, dann brachen sie gleichzeitig, wie auf ein Kommando, in Gelächter aus.

Dank

Viele haben mir geholfen, trotzdem können sich Fehler eingeschlichen haben. Die habe ich natürlich ganz allein zu verantworten!

Professor Måns Magnusson von der HNO-Klinik in Lund hat mir bereitwillig seine Kenntnisse der Symptomatologie sowie der Diagnose und Behandlung von Patienten mit Akustikusneurinom vermittelt. Dieser Hintergrund war für die Geschichte notwendig. Dozent Carl Henrik Nordström von der Neurochirurgie in Lund hat mir großzügigerweise erläutert, wie Patienten mit Hirntrauma behandelt werden. Die Einsichten über den langen Weg zurück, die Rehabilitierung nach Schädelverletzungen habe ich vielen Mitarbeitern der Klinik in Orup zu verdanken. Dort wurde ich an einem strahlenden Frühlingstag herzlich empfangen. Mein besonderer Dank gilt der Chefärztin Brita Edholm, der Ergotherapeutin Elna Tykesson-Jansson, der Krankengymnastin Hanna Johansson, der Neuropsychologin Lena Wenhov und last, but not least der Krankenschwester Helén Fagerlind-Nilsson, die meine Mentorin wurde und mir das Turmzimmer zur Verfügung stellte.

Ich bedanke mich auch bei dem Gerichtsmediziner Peter Krantz dafür, dass er sich immer Zeit nimmt, wenn ich ihn anrufe.

Während der Entstehung aller meiner Bücher habe ich mich der Polizei vorsichtig auf verschiedene Art und Weise genähert. Ohne den Kriminaltechniker Lars Henriksson aus Helsingborg wäre ich jedoch nicht weit gekommen. Kriminalinspektor Jerker Lefèvre aus Lund und ich haben viele Jahre lang auf einem anderen Gebiet zusammengearbeitet, aber dieses Mal habe ich mir von ihm auch beim Schreiben helfen lassen.

Ich freue mich besonders über meine beiden Leserinnen Maria Ploman und Eva Andersson, die meine Arbeit begeistert begleitet und mir wertvolle Hinweise gegeben haben.

Mit großer Zuneigung denke ich auch an meine Lektorin Katarina Ehnmark Lundquist und meine Verlegerin Charlotte Aquilonius, die beide nicht nur ausgesprochene Profis sind, sondern mir auch immer Mut gemacht haben.

Als Letztes: Danke, Peter, für die Unterstützung und für das gute Essen!

KARIN WAHLBERG